想象都市

陈平原 著

生活·讀書·新知 三联书店

Copyright © 2020 by SDX Joint Publishing Company.
All Rights Reserved.
本作品版权由生活·读书·新知三联书店所有。
未经许可，不得翻印。

图书在版编目（CIP）数据

想象都市／陈平原著 . —北京：生活·读书·新知三联书店，2020.3
ISBN 978 – 7 – 108 – 06657 – 2

Ⅰ.①想… Ⅱ.①陈… Ⅲ.①随笔–作品集–中国–当代 Ⅳ.① I267.1

中国版本图书馆 CIP 数据核字（2019）第 167922 号

责任编辑	卫　纯
装帧设计	蔡立国
责任印制	宋　家

出版发行　生活·讀書·新知 三联书店
　　　　　（北京市东城区美术馆东街 22 号 100010）
网　　址　www.sdxjpc.com
经　　销　新华书店
印　　刷　北京市松源印刷有限公司
版　　次　2020 年 3 月北京第 1 版
　　　　　2020 年 3 月北京第 1 次印刷
开　　本　880 毫米 × 1230 毫米　1/32　印张 10.25
字　　数　195 千字
印　　数　0,001 – 5,000 册
定　　价　55.00 元
（印装查询：01064002715；邮购查询：01084010542）

目 录

i _ 小引

上编

3 _ 文学的都市与都市的文学

32 _ 长安的失落与重建

107 _ 不忍远去成绝响

153 _ 我见青山多妩媚

159 _ 为何"文库",什么"文学",哪个"海上"

中编

169 _ 风正一帆悬

179 _ "保护"才是"硬道理"

186 _ "三足"能否"鼎立"

196 _ 六城行

212 _ "城市"怎样"阅读"

235 _ 看得见的风景与看不见的城市

下编

271 _ "都市想象与文化记忆丛书"总序

274 _ 《西安：都市想象与文化记忆》序言

287 _ 作为学术话题的"京津"

291 _ 《开封：都市想象与文化记忆》序言

297 _ 《香港：都市想象与文化记忆》序言

303 _ 《都市蜃楼：香港文学论集》小引

306 _ 附录：都市研究·香港文化·大众传媒

小 引

几年前，我曾谈及，不妨借"大学""都市""图像""声音"这四个关键词，展开"现代中国研究"的新视野（参见《"现代中国研究"的四重视野》，初刊《汉语言文学研究》2012年第1期，后收入陈著《读书的风景》，北京：北京大学出版社，2012年），这某种意义上属于"夫子自道"。四个话题中，我谈"大学"成绩比较突出，有北大出版社推出的"大学五书"等；"图像"则有东方出版社的《图像晚清——〈点石斋画报〉》《图像晚清——〈点石斋画报〉之外》，以及三联书店刊行的《左图右史与西学东渐》，也都颇见功力；"声音"则除了《有声的中国——"演说"与近现代中国文章变革》等单篇论文，暂时难成阵势。至于"都市"，比上不足，比下有余——大小文章写了不少，也有一定的知名度，但"起了个大早，赶了个晚集"，成绩不理想。

虽然此前也偶尔涉及，但真正将城市作为一个学术话题，投入一定的精力，是从2001年秋天在北大开设"北京文化研究"专题课才开始的。那篇根据这门课的"开场白"整理而成的《"五方杂处"说北京》，初刊《书城》2002年第3期及台湾《联合文学》2003年第4期，反响很不错；而2003年10月与哈佛大学王德威教授合作，在北大召开"北京：都市想象与文化记忆"国际学术研讨会，算是拉开了架势，好像真要大干一场的样子。遗憾的是，因兴趣广泛，加上能力有限，这一"系列国际学术研讨会"，只做了四次（北京、西安、开封、香港），便难以为继了。也正因此，原计划撰写现代文人与都市记忆的系列论文，也就显得有头无尾。至于想借助"文学的都市与都市的文学"，来揭示"中国文学史有待彰显的另一面相"，那就更是遥遥无期了。

唯一聊以自慰的是，我的城市研究，虽"创造无力"，却"提倡有心"。具体说来，就是《"北京研究"的可能性》（2015年）中提及的十篇博士论文、五场学术会议以及四轮专题课。尤其是与王德威合作主持的"都市想象与文化记忆"系列国际学术研讨会，在学界影响颇为深远。这也是我不避重复，从《假如没有"文学史"》（北京：生活·读书·新知三联书店，2011年）及《刊前刊后》（北京：生活·读书·新知三联书店，2015年）借来几则序言，组成本书下编的缘故。

我当然看重自家借"文学的都市与都市的文学"来揭示"中国文学史有待彰显的另一面相"的设想，也对《长安的失落与重建》等专论怀有深深的感情，但我知道，此书最值得夸耀的，还是"阅读城市"的姿态："希望综合学者的严谨、文人的温情以及旅行者好奇的目光,关注、体贴、描述、发掘自己感兴趣的'这一个'城市。"(《"都市想象与文化记忆丛书"总序》)

我之谈论城市,比较有心得的,还是帝都北京。尤其是那种带着强烈的问题意识、徘徊于学界与民间、长枪短棒一起上的论述姿态,在《记忆北京》一书有更明显的体现。两书对读,就好像两个瘸子互相搀扶,或许还能走得稍远一点。

2018年12月11日初稿,12月30日改定于京西圆明园花园

上编

文学的都市与都市的文学

——中国文学史有待彰显的另一面相

同一座城市,有好几种面貌:有用刀剑刻出来的,那是政治的城市;有用石头垒起来的,那是建筑的城市;有用金钱堆起来的,那是经济的城市;还有用文字描出来的,那是文学的城市。我关注这几种不同类型的城市,但兴趣点明显倾向于最后一种。有城而无人,那是不可想象的;有了城与人,就会有说不完的故事。人文的东西,需要不断地去讲述、解说。文献资料、故事传说、诗词歌赋等,这些文字建构起来的都市,至少丰富了我们的历史想象与文化记忆。

比如,现在人们谈论北京,关注比较多的是城墙、胡同、四合院等有形的、看得见摸得着的物体。这种谈论,切近日常生活,容易引起民众的兴趣。其实,在城市改造中失落的,不仅仅是古老的建筑,还包括对于这座城市的历史记忆。并非只是四合院的问题,还包括对这座城市的前世今生有无深入的体贴,或者说"理解的同情"。借助于"北京学",至少可以让我们在心理上对这座城市多几分亲近之情,也多几分敬畏之心。

相对于时代大潮,个人的力量实在太渺小,只能做到尽心尽力。保不住城墙,保不住四合院,那就保住关于这座城市的历史记忆,这也是一种功德。除了建筑的城市,还有一个城市同样值得守护——那就是用文字构建的,带有虚拟、润色与想象成分的北京。这是我们能做的事情——用教育、学术、大众传媒甚至口头讲演等,尽可能让大家留住这个城市的身影,留住"城与人"之间剪不断、理还乱的复杂情感。

一、从"溪山行旅"到"都市印象"

借用城市考古的眼光,谈论"文学的都市",乃是基于沟通时间与空间、物质与精神、口头传说与书面记载、历史地理与文学想象,在某种程度上重现三百年、八百年乃至千年古城风韵的设想。不仅如此,关注无数文人雅士用文字垒起来的都市风情,在我,主要还是希望借此重构中国文学史的图景。

谈论中国的"都市文学",学界一般倾向于从20世纪说起;可假如着眼点是"文学中的都市",则又另当别论。在《〈十二个〉后记》中,鲁迅称俄国诗人勃洛克为"现代都会诗人的第一人":"他之为都会诗人的特色,是在用空想,即诗底幻想的眼,照见都会中的日常生活,将那朦胧的印象,加以象征化。将精气吹入所描写的事象里,使它苏生;也就是在庸俗的生活、尘嚣的市街中，发见诗歌底要素。"至于中国，鲁迅说得很肯定："中国没有这样的都会诗人。我们有馆阁诗人，山林诗人，花月诗人……；没有都会诗人。"

周作人则不这么看，在《〈陶庵梦忆〉序》中，他给张岱奉上了"都会诗人"的桂冠："张宗子是个都会诗人，他所注意的是人事而非天然，山水不过是他所写的生活的背景。"对鲜衣美食、华灯烟火、梨园鼓吹、花鸟古董等民俗文化和都市风情有特殊兴趣的张岱，确实与传统中国文人对于山水田园的夸耀大异其趣。假如我们不将都市诗人与现代主义直接挂钩，那么，周作人的意见未尝没有道理。

再进一步推论，考古学意义上的都市，几乎与文明同步；文学家对于都市的想象，当然也应十分久远。为何历史学家与经济学家所津津乐道的都市，在文学史家那里基本缺席？并非古来中国文人缺乏对于都市的想象，而是此等文字一般不被看好。

一部中国文学史，就其对于现实人生的态度而言，约略可分为三种倾向：第一，感时与忧国，以屈原、杜甫、鲁迅为代表，倾向于儒家理想，作品注重政治寄托，以宫阙或乡村为主要场景；第二，隐逸与超越，以陶潜、王维、沈从文为代表，欣赏道家观念，作品突出抒情与写意，以山水或田园为主要场景；第三，现世与欲望，以柳永、张岱、老舍为代表，兼及诸子百家，突出民俗与趣味，以市井或街巷为主要场景。如此三分，只求大意，很难完全坐实，更不代表对具体作家的褒贬。如果暂时接受此三分天下的假设,你很容易发现,前两者所得到的掌声,远远超过第三者。

王佐良《并非舞文弄墨——英国散文名篇新选》(北京:生活·读书·新知三联书店,1994年)选了小品文大家兰姆1801年致湖畔诗人华兹华斯的信,开头便是:"我的日子是全在伦敦过的,爱上了许多本地东西,爱得强烈,恐非你们这些山人同死的大自然的关系可比。"而在中国,很长时间里,文人不愿意承认自己对于都市生活的迷恋,在城乡对立的论述框架中,代表善与美的,基本上都是宁静的乡村。

一直到20世纪,现当代文学史上的诸多大作家,乃至近在眼前的第五代电影导演,对乡村生活的理解与诠释,都远远超过其都市想象。这里有中国城市化进程相对滞后的缘故,但更缘于意识形态的引导。很长时间里,基于对商人阶层以及市井百姓的蔑视,谈论古代城市时,主要关注其政治和文化功能,而相对忽略了超越职业、地位乃至种族与性别的都市里的日常生活。历史上中国的诸多城市(如所谓"七大古都",还有扬州、苏州等历史文化名城)都曾引领风骚,并留下数量相当可观的诗文笔记等。可惜文学史家很少从都市想象角度立论,而更多地关注读书人的怀才不遇或仕途得志。

都市里确实存在着宫殿或衙门,读书人的上京或入城,确实也主要是为了追求功名。但这不等于五彩纷呈的都市生活,可以缩写为"仕途"二字。明人屠隆《在京与友人书》中极力丑化"风起飞尘满衢陌,归来下马,两鼻孔黑如烟突"的燕京，对比没有官场羁绊的东南佳山水，感叹江村沙上散步"绝胜长安骑马冲泥也"。这里有写实——比如南人不喜欢北地生活；但更多的是抒怀——表达文人的孤傲与清高。历代文人对于都城的"厌恶"有真有假，能有机会"致君尧舜上，再使风俗淳"，而心甘情愿地选择"采菊东篱下，悠然见南山"的，为数不是很多。更吸引人的，其实还是陆游所描述的"小楼一夜听春雨，深巷明朝卖杏花"。晚清以前，中国农村与城市的生活质量相差不大，特别是战乱年代，乡村的悠闲与安宁更值得怀念。但总的说来，都市经济及文化生活的繁荣，对于读书人来说，还是很有吸引力。"大隐隐朝市"，住在都市而怀想田园风光，那才是最佳选择。基于佛道二家空寂与超越的生活理想，再加上山水田园诗的审美趣味，还有不无反抗意味的隐士传统，这三者融合，决定了历代中国文人虽然不乏久居都市者，一旦落笔为文，还是倾向于扬乡村而抑都市。

朝野对举的论述框架，既可解读为官府与民间的分野，也隐含着城市与乡村、市井与文人的对立。引进都市生活场景，很可能会使原先的理论设计复杂化。比如，唐人的曲江游宴，宋人的瓦舍说书，明人的秦淮风月，清人的宣南唱和，都很难简化为纯粹的政治符号。

同样远离作为审美理想的"山林气"，官场的污浊与市井的清新，几不可同日而语。随着学界的视野及趣味逐渐从士大夫转移到庶民，都市生活的丰富多彩会日益吸引我们；

对中国文学的想象，也可能因此而发生变化。以都市气象来解读汉赋的大气磅礴，以市井风情来诠释宋词之别是一家，以市民心态来评说明人小说的享乐与放纵，应该不算是领异标新。除了关注城市生活中的文人情怀，比如《桃花扇》里风月无边的秦淮河，或者《儒林外史》之以隐居乡村的王冕开篇，以市井四奇人落幕；更希望凸显作为主角的都市，以及其催生新体式、新风格、新潮流的巨大魔力。

有朝一日，我们的关注点从"溪山行旅"走向"都市印象"，对历代主要都市的日常生活场景"了如指掌"，那时再来讨论诗人的聚会与唱和、文学的生产与知识的传播，以及经典的确立与趣味的转移，我相信会有不同于往昔的结论。起码关于中国文学史的叙述，不会像以前那样过于注重乡村与田园，而蔑视都城与市井。

二、城市的历史与文本的历史

美国学者理查德·利罕（Richard Lehan）在其所著《文学中的城市》（*The City in Literature*, University of California Press, 1998）中，将"文学想象"作为"城市演进"利弊得失之"编年史"来阅读；在他看来，城市建设和文学文本之间，有着不可分割的联系。"因而，阅读城市也就成了另一种方式的文本阅读。这种阅读还关系到理智的以及文化的历史：它既丰富了城市本身，也丰富了城市被文学想象所描述的方式。"(289页)在某种程度上,我们所极力理解并欣然接受的"北京"或"长安",同样也是城市历史与文学想象的混合物。

陈桥驿在推荐施坚雅主编的《中华帝国晚期的城市》时,称扬其超越了传统的"人文学性的历史记述",而成为"历史社会科学的比较城市研究"。前者"从叙述城市的历史沿革,考证城市的地名由来,探究城市的人物掌故以至坊巷俚语、市井逸闻,面面俱到,无所不有",因此不可能有"深入的分析"。我基本同意陈先生的看法,只是希望略作补充。我并不认为只有"通过城市的社会经济的研究",才能揭示城市发展的规律性的东西(参见陈桥驿《〈中华帝国晚期的城市〉后记》,载施坚雅主编、叶光庭等译《中华帝国晚期的城市》,北京:中华书局,2000年);文学想象与文化记忆,同样可以帮助我们进入城市。

作为专业的"城市研究",确实应走出单纯的风物记载与掌故之学。对城市形态、历史、精神的把握,需要跨学科的视野以及坚实的学术训练;因此,希望综合学者的严谨、文人的温情以及旅行者好奇的目光,关注、体贴、描述、发掘自己感兴趣的"这一个"城市。

讨论都市人口增长的曲线,或者供水及排污系统的设计,非我所长与所愿;我的兴趣是,在拥挤的人群中漫步,观察这座城市及其所代表的意识形态,在平淡的日常生活中保留想象与质疑的权利。偶尔有空,则品鉴历史,收藏记忆,发掘传统,体验精神,甚至做梦、写诗。比如,我之研究北京,关注的不是区域文化,而是都市生活;不是纯粹的史地或经济,而是城与人的关系。虽有文明史建构或文学史叙述的野心,但更希望像波德莱尔观察巴黎、狄更斯描写伦敦那样,理解北京、长安等都市的七情六欲、喜怒哀乐。如此兼及"历史"与"文学",当然是自己的学科背景决定的。

关注"文学的城市",必须兼及作家、作品、建筑、历史、世相、风物等,在文化史与文学史的双重视野中展开论述。我感兴趣的,包括汉唐长安、汉魏洛阳、六朝金陵、北宋开封、南宋临安、明清的苏州与扬州、明清广州、晚清以降的上海、八百年北京、近代的天津、现代的香港和台北,还有抗战中的重庆与昆明,乃至具体而微的(成都)杜甫草堂、(武汉)黄鹤楼、(北京)天安门广场等。十年前,一个偶然的机缘,我写了篇短文《"北京学"》,日后被广泛征引;而2001年秋,在北大开设"北京研究"专题课,算是我"都市文化研究"的"破题儿第一遭"。

我关注的是成为世界性大都市以后的北京之"文学形象"。原因是,讨论都市的文学想象,只凭几首诗是远远不够的。我们能找到金代的若干诗文以及寺院遗址,也知道关汉卿等杂剧名家生活在元大都,但此类资料甚少,很难借以复原其时的都市生活场景。而15世纪起,情况大为改观,诗文、笔记、史传,相关文字及实物资料都很丰富。从"公安三袁"的旅京诗文、刘侗等的《帝京景物略》,一直到20

世纪的《骆驼祥子》《春明外史》《北京人》《茶馆》等小说戏剧，以及周作人、萧乾、邓云乡关于北京的散文随笔，乃至80年代后重新崛起的京派文学，关于北京的文学表述几乎俯拾即是。成为国都的八百年间，北京留存下大量文学及文化史料，对于今人驰骋想象，是个绝好的宝库。这一点，正是北京之所以不同于香港、上海、广州的地方。只要稍微涉足"文学北京"，你会发现许多有趣的话题。比如王士祯的游走书肆，宣南诗社的诗酒唱和；西郊园林的江南想象，厂甸的新春百态；沙滩红楼大学生们的新鲜记忆，来今雨轩里骚人墨客的悠然自得；还有30年代的时尚话题"北平一顾"，60年代唱遍大江南北的红色歌曲"我爱北京天安门"……所有这些，都在"茶馆"的缕缕幽香中，慢慢升腾。

2003年秋，我又在北大开了一门新课，就叫"都市与文学"，除总论外，主要是带着研究生一起阅读、讨论以下著作：理查德·利罕的《文学中的城市：知识与文化的历史》、李欧梵的《上海摩登》、赵园的《北京：城与人》、谢和耐的《蒙元入侵前夜的中国日常生活》、陈学霖的《刘伯温与哪吒城——北京建城的传说》、施坚雅的《中华晚期帝国的城市》、卡尔·休斯克（Carl E. Schorske）的《世纪末的维也纳》、本雅明的《发达资本主义时代的抒情诗人》，以及石田干之助的《长安之春》。选书的标准，除了学术质量，还希望兼及思路与方法、文学与历史、中国与外国、古代与现代等。学生们对《世纪末的维也纳》和《发达资本主义时代的抒情诗人》两本书尤其感兴趣，那种游手好闲的姿态，那种观察品味城市的能力，那种将城市的历史和文本的历史搅和在一起的阅读策略，都让他们很开心。

至于参与组织两个国际会议——"北京：都市想象与文化记忆"（北京，2003年）和"西安：历史记忆与城市文化"（西安，2006年），某种意义上带有实验的性质。汉唐以及汉唐以前的长安，明清以及明清已降的北京，无疑都是中国史上最值得关注的"都市景观"。而采用跨学科的思路，兼及文学、史学、考古、艺术、地理、建筑等，目的是尽可能拓展"都市阐释"的空间与力度。

三、兼具温情与想象力的"漫游"

谈到都市（比如"北京"），我一再坚持，必须把"记忆"与"想象"带进来，这样，这座城市才有生气，才可能真正"活起来"。"旧时王谢堂前燕，飞入寻常百姓家。"只有斑驳的百姓家、只有来去匆匆的燕子，还不够，还必须把"旧时王谢"的历史记忆带进来，这个画面才完整，才有意义。把人的主观情感以及想象力带入都市研究，这个时候，城市才有了喜怒哀乐，才可能既古老又新鲜。另一方面，当我们努力用文字、用图像、用文化记忆来表现或阐释这座城市的前世与今生时，这座城市的精灵，便得以生生不息地延续下去。记忆与实录之间，固然存在很大的差异；文学创作与历史著述，其对于真实性的界定，更是不可同日而语。可"驰骋想象"，这个让历史学家深感头痛的话题，很可能在文化史家那里如鱼得水——解读诸多关于北京的"不实之辞"，在我看来，意味无穷。因为，关于城市的"集体记忆"，不管虚实真假，同样值得尊重。学者的任务，不是赞赏，也不是批判，而是理解与分析。

走出单纯的风物掌故、京味小说，将"北京城"带入严肃的学术领域，这很重要。但同是都市研究，主旨不同，完全可能发展出不同的论述策略。注重历史考证与影响现实决策，思路明显不同。倘若将城市作为文本来阅读、品味，则必须透过肌肤，深入其肌理与血脉，那个时候，最好兼及史学与文学、文本分析与田野调查。也正因此，《北京：都市想象与文化记忆》（北京：北京大学出版社，2005年）一书的取材，源自考古实物、史书记载、口头传说、报章杂志等。虽说无法呈现完整的历史图景，各论题之间互相搭配，参照阅读，起码让我们意识到，所谓的"北京记忆"，竟可以是如此丰富多彩。

在我看来，阅读北京，最好兼及学者的严谨、文人的温情以及漫游者的好奇心。这方面，德国的文化史及文艺理论家瓦尔特·本雅明（Walter Benjamin, 1892—1940）是个很好的例子。比如，在《发达资本主义时代的抒情诗人》一书中，借助游手好闲者的眼光来观察巴黎："在波德莱尔那里，巴黎第一次成为抒情诗的题材。他的诗不是地方民谣，这位寓言诗人以异化了的人的目光凝视着巴黎城。这是游手好闲者的凝视。他的生活方式依然给大城市的人们与日俱增的贫穷洒上一抹抚慰的光彩。"(参见本雅明著、张旭东等译《发达资本主义时代的抒情诗人》189页，北京：生活·读书·新知三联书店，1989年)学者本雅明一如诗人波德莱尔，在拥挤的人群中漫步，观察这座城市及其所代表的意识形态，这种兼具体贴、温情与想象力的"漫游"，既不同于市民的执着，也不同于游客的超然，而是若即若离，不远不近，保留足够的驰骋想象的空间，还有独立思考以及批判的权力。

"游手好闲者"之观察城市，注重瞬间、偶然以及破碎的现代体验，其关于都市场景的描述以及社会现象的观察，不以完整性诱人，而以深刻性见长。一方面，这是本雅明特有的写作方式——为各种新颖的城市意象所吸引，注重个人体验，喜欢寓言与象征，使用诗一样的语言，因此言不尽意，引诱阅读者参与对话；另一方面，理解城市，我们确实需要在历史地理、建筑艺术、社会经济等专业分析之外，添加对于诗歌等文学文本的解读。后者的多义性、象征性、深刻性，表面上不太好把握，可更容易引起"震惊"的感受。如果超越实际决策，谈论"城市记忆"时，希望深入到历史、人生、精神、文化层面，则本雅明的思路不无可供借鉴之处。记忆政治上的史事人物，也记忆地理上的高山大川，还有就是介于自然与历史之间、兼及人与物的都市。解读博物馆里收藏的"断肢残片"，需要想象力，也需要科学精神。

挖掘者的那把铁锹,既指向深不可测的过去,也指向遥不可及的未来;既指向宏大叙事的民族国家想象,也指向私人叙事的日常生活细节。

在《世纪末的维也纳》一书的"导论"部分,原普林斯顿大学教授卡尔·休斯克曾这样介绍自己的研究方法:拒绝"预先接受一个抽象的范畴来作为分析的工具"(比如黑格尔的"时代精神"),而是主张"对多元的现象予以经验的观察,再基于这些观察来形构文化类型"。具体论述时,既有历时性的历史溯源,也有共时性的文本分析——后者借助人文学科的内在分析方法,用以"捕捉20世纪那些不属于科学范畴的文化创造者的内在世界"。全书并不呈现完整的历史图像,而是在各章中分别讨论"世纪末的维也纳"的文学与政治、都市规划与建筑风格、贵族文化传统与现代大众政治、《梦的解析》中的政治与弑父、绘画以及自由派的自我危机、文化秩序的瓦解以及表现主义的诞生等。每个章节各自独立,分别从不同的领域来探讨同一个主题,"而贯穿各章节的基调,乃是政治与文化的互动关系"。为什么这么处理?那是因为作者意识到,学科的分野越来越清晰,专业化的结果,导致知识支离破碎,研究者在论述中"无法兼顾领域与领域之间的互动关系"。而在作者看来,"共同的社会体验,乃是孕育文化元素的沃土,也是文化借以凝聚的基础"。所以历史学家必须学会"评估一个思想内容与跟它同时的其他文化分支的关系",穿梭于文学、政治学、艺术史、哲学、

建筑等不同领域。(参见卡尔·休斯克著、黄煜文译《世纪末的维也纳》36—46页,台北:麦田出版,2002年)

关于都市的论述,完全可以而且必须有多种角度与方法。就像所有的回忆,永远是不完整的,既可能无限接近目标,也可能渐行渐远——正是在这遗忘(误解)与记忆(再创造)的巨大张力中,人类精神得以不断向前延伸。总有忘不掉的,也总有记不起的,"为了忘却的记念",使得我们不断谈论这座城市、这段历史。在这个意义上,记忆不仅仅是工具,也不仅仅是过程,它本身也可以成为舞台,甚至构成一种创造历史的力量。

四、春夏秋冬与晚清女学

要让"文学的都市"活在一代代读者的记忆中,"城"中必须有"人"。而且,这"人"还不能面目模糊、漂浮不定,而必须是生活在特定时空、有着特定风貌,值得后人欣赏、品鉴、追慕的"人",这样,方才可能成为这座城市永恒的"风景"。这方面,我曾写过两篇文章,分别谈论北京的春夏秋冬以及晚清北京画报中的女学。前者关注"时令",后者涉及"人物",都是尝试拓展"文学都市"的表现空间。

你可能读过像《狄更斯与伦敦》《雨果与巴黎》《卡夫卡与布拉格》《乔伊斯与都柏林》这样的著述,再加给你一本《老舍与北京》,也没什么了不起。不妨换一个角度,不谈某某作家的都市体验，而是借助四则散文，呈现北京作为一座城市的精神与气质。而且，撇开那些独一无二的景观（比如故宫、天坛、长城、颐和园等），谈论北京城里每个人都必须面对的，那就是"春夏秋冬"。

为什么选择最为常见的"春夏秋冬"，那是因为，文学与时令不无联系。不管是"忽如一夜春风来，千树万树梨花开"，还是"夜来风雨声，花落知多少"，这些都属于全人类的共同记忆，不会因时间流逝或意识形态移转而失去意义。中国文人很早就认识到"春夏秋冬"有其永恒的意义——北宋时，宋绶编过《岁时杂咏》二十卷，收入汉魏至隋唐诗一千五百首，这书后来散佚了；南宋初年，四川人蒲积中有感于此书未收同样光彩照人的宋诗，于是着意重编，扩充成四十六卷的《古今岁时杂咏》，收诗二千七百余首，按一年四季的节气时令，如元日、立春、寒食、清明等收诗。按《四库全书总目》的说法："古来时令之诗，摘录编类，莫备于此。非惟歌咏之林，并亦典故之薮，颇可以资采掇云。"这跟蒲积中《序》中的说法意思相通，可互相补充："非惟一披方册，而四时节序具在目前，抑亦使学士大夫因以观古今骚人，用意工拙，岂小益哉！"

至于北京的岁时诗文，《人海诗区》及《帝京景物略》等略有涉及，但最为集中，且最精彩的，还是两本清人的著述，一是清初潘荣陛的《帝京岁时纪胜》，一是清末富察敦崇的《燕京岁时记》。

读此类诗文,就像蒲积中说的,不只希望知道四时节序,更想了解、鉴赏骚人文章。说到文章,擅长不同文体的作家,对时令的感觉与表达,很不一样。另外,还必须考虑时代的差异。作为一个博学且通达人情的散文家,周作人之谈论"北平的春天",蕴含着自己的文化理想——不只是嫌北平的春天太慌张,而且抱怨北平人的生活不够优雅、不够腴润。与周作人的话里有话但点到即止相反,郁达夫非把自己的感觉表达得淋漓尽致不可。郁主要以小说名家,但我以为,他的散文比小说写得好;或者套用他评苏曼殊的话,郁达夫的"人"比"文"还可爱。浪漫文人的共同特点,就是语调夸张,表达情绪时不节制,有时显得过火,就像《故都的秋》最后那段抒情,就不是很必要。

张恨水主要写长篇小说,他谈都城、讲四季,都带有介绍风土人情以便你进入小说规定情景的味道。通俗小说家往往比先锋派作家更有文化史的眼光,比如同样提及京城里的洋槐,郁达夫只说他如何感动,张恨水则告诉你洋槐什么时候传入中国,它与刺槐的区别在哪里。至于邓云乡的《文化古城旧事》,是一本以随笔体书写的文化史著作,不以文采见长,但作者趣味广泛,旁征博引,介绍了很多相关历史知识。

晚清画报散落世界各地,且多为"断简残编",查询及翻阅极为艰难。借助我曾寓目的十八种晚清北京刊行的画报,谈论京城里刚刚兴起的"女学",我用了个相当具文学性的标题——《流动的风景与凝视的历史》。那是因为，在我看来，这些宝贵的图像资料，恰好可以跟我们以往熟悉的文学作品相互阐发。

当初北京刊行画报之盛况，不妨借用兰陵忧患生撰于1909年的《京华百二竹枝词》，其中有这么一首："各家画报售纷纷，销路争夸最出群。纵是花丛不识字，亦持一纸说新闻。"诗后有小注："我国报纸，较之东西各国，固不得谓之发达；而各家画报，购者纷纷，尝见花界中人，识字与否，率皆手持一纸，销路之广，于此可见一斑。"（路工编选《清代北京竹枝词》126页，北京：北京古籍出版社，1982年）比起著述之文，报刊文章显得"浅显"；而有了以图像为中心的画报，日报又相对"高深"起来。鲜活的图像配上浅俗的文字，确实比较容易渗透到妇孺以及下层社会。这就难怪，"画报"很容易与"女学"结盟。

晚清北京尘土飞扬的大街上，走过若干身着崭新校服的女学生，吸引了众多民众以及记者/画师的目光。千万别小看这幅略显黯淡的图景。正是这些逐渐走出深闺的女子，十几年后，借助"五四"新文化潮流，登上了文学、教育乃至政治的舞台，展现其"长袖善舞"的身姿，并一举改变了现代中国的文化地图。

画报的存在，起码让我们了解，这些其实并不弱小的"弱女子"，如何在公众的凝视下，逐渐成长的艰辛历程。那些充满好奇心的"凝视"，包含惊讶与激赏，也隐藏偏见与误会;但所有这些目光,已经融入女子教育发展的历程,值得我们认真钩稽、仔细品味。

"画报中的女学",不仅仅混合着民众的街头窥探与画师的笔墨技巧,还带着鲜明的时代印记。在这个意义上,必须直面的,除了具体的图像资料,还包括凝视中所呈现出来的历史,以及凝视本身的历史性。晚清北京的画报,为中国女学的发展,勾勒了一个大致轮廓;但就像所有的"凝视"都有其历史性一样,北京画报观察女学的视角,以及描述女学的技法,严重受制于那个时候京城里的舆论环境。

视野开阔、兴趣广泛的晚清北京画报,并未自觉承担记录女学历史的重任;今人即便披沙拣金,所呈现出来的图景,无论如何都是残缺不全的,且多少带有"后设"的味道。明知存在如此陷阱,借助若干具体场景,迅速掠过那风云激荡的年代,我们还是能够如"惊鸿一瞥"欣赏那异彩纷呈的"晚清女学"与"帝都北京"。

五、城阙、街景与风情

从汉晋的《二京赋》《三都赋》,到宋元的《东京梦华录》《武林旧事》,再到明清的《帝京景物略》《燕京岁时记》等,两千年的中国文学史上,曾经出现过大量关于帝京的宫殿园囿以及日常生活场景的详细描述。而《清明上河图》等风俗画的存在,更是提醒我们,对于帝京形象的塑造,画家同样起了至关重要的作用。值得注意的是，到了晚清画报那里，这两条线索开始合并。当然，这里主要指的是观赏对象，而不是技术手段。随着时代的变迁，视角在转变，焦点在推移，辞藻和笔墨也都不再墨守成规，但帝京风光依旧。

在晚清画报中，"帝京"仍是热门话题。只不过，由于大众媒体的发达以及政治思潮的涌动，画报中的"帝京"，逐渐丧失了神圣感与神秘性。具体表现是：政治的、军事的北京迅速消退，而经济的、文化的北京逐渐占据主导地位。四时节序、饮食男女、世态人情、旧学新知等都市生活的各个层面，因画报的日常叙事性质，得以充分展开。如此骚动不安、杂花缤纷的帝京景象，既是晚清社会的真实写照，也蕴含着某种变革的动力。对照同时期"文字的帝京"与"图像的帝京"，探讨新兴的画报与都市日常生活之间的良性互动，可以从另一个侧面解读晚清的文化变革。

不同于"景物略"或"风俗画"的静态描述，作为连续出版物的"画报"，首先从属于"新闻"，这就决定了其"帝京形象"必定充满动感。不管是文字撰写还是图像制作，其工作方式，已经不可能再像晋人左思那样，"其山川城邑，则稽之地图；其鸟兽草木，则验之方志。"（左思《三都赋序》）而必须关注瞬息万变的政局，以及发生在街头巷尾的大小事件。当然，面对如此变动不居的帝京想象，你依然能够感觉到"传统"的巨大存在。不仅仅是因为晚清北京的社会变革不如西学东渐的前哨上海那么激烈，更因画报制作者的知识背景以及欣赏趣味限制了其视野。在这里,中心与边缘、历史与现实、传闻与记忆、旧学与新知、文字与图像等,决定了上海、北京两地的画报,在"帝京想象"方面存在着明显的差异。

在晚清,阅读及刊行画报最为积极的城市,除了上海,就是北京。上海肇始在先(最有代表性的《点石斋画报》创刊于1884年),北京奋起于后(发轫之作当推创办于1902年的《启蒙画报》),且颇有后来居上之势。画报固然可以流通到其他城市(每种画报的流通范围,从其开列的"发行处"大致可以猜测出来),但本城读者的阅读趣味,毫无疑问必须优先考虑。将京沪两地画报互相比照,看看上海人是如何看待北京,以及北京人怎样谈论自己的城市(有趣的是,那时的北京画报,不太喜欢讲述上海的故事),分析各自的"洞见"与"不见",凸显"帝京想象"的丰饶与繁杂。在这一内部视角与外部视角的交汇与对话中,东坡先生"横看成岭侧成峰,远近高低各不同"的天才预想,得到了很好的落实。

我曾撰《城阙、街景与风情——晚清画报中的帝京想象》,选择《点石斋画报》《时事报图画旬报》《图画日报》等六种上海画报,以及《启蒙画报》《北京画报》《开通画报》《星期画报》等十七种北京画报,探讨其中关于帝都北京的记忆、想象、窥视与重现,尤其集中在"城阙"所凝聚着的历史意识,"街景"所体现的空间布局,以及旧俗新知所表露出来的万种"风情"。在我看来,正是这三者的纵横交错,构成了古都北京的独特魅力,同时也使得读者的"按图寻访"或"卧游披览"成为可能。

借助无数或零散或连续的图像资料(画报),我们得以进入晚清的历史。但所有的历史记忆,都夹杂着个人偏见;所有的历史场景,都不可能自然呈现。今人所见晚清画报中的场景,无不包含着画报人的眼光、趣味以及笔墨技巧等。

如何获得"帝京印象",这首先取决于从何处观看。这里说的不是透视法之类的绘画技法,而是观察的角度以及标准的设定。不管是平视宫殿、深入街景,还是表彰新学、推崇公园,都蕴藏着某种价值评判——以"开通""文明"为标志的启蒙论述,与"西学东渐"大潮密不可分。

选择还是避开宫阙,代表着各自的政治立场与文化趣味;在这点上,注重风情的上海画家与深入街巷的北京画家,各有其利弊。与上海画报对于北京的"遥想"不同,北京画家之描述帝京,好处是身处其中,很容易进入规定情境;缺点则是受制于朝廷高压,不可能畅所欲言。另一方面,上海画报中关于帝京景物的描摹固然精致,但混合着皇朝的自我塑造和外国人的鉴赏趣味;北京画家则撇开皇城等建筑,深入街巷,着眼局部,见证这座城市正在发生的剧烈变化——这样一来,画面或许不如前者讲究,甚至笔调稚拙;但有生气,更能显示北京这座城市的真实面貌,以及画家对于这座古城的款款深情。

谈论帝京,"遥想"并非贬义词——当初自有其好处,今日更是必不可少。随着时代推移,我们与《点石斋画报》《星期画报》等,相隔百年上下,如此悠远的距离,使得我们阅读残缺的图像资料时,只能唤起若干模糊的历史记忆。必须补充许多文字材料,如档案、野史、笔记、小说、竹枝词等,并经过一系列的图文互证,方才能从某一特定角度,呈现那已经永远消逝的历史瞬间。在这个意义上,阅读、体味、遥想晚清人的"帝京想象",对于今人来说,并不那么容易,同样需要"精骛八极,心游万仞""观古今于须臾,抚四海于一瞬"(陆机《文赋》)。

六、历史与现实的对话

二十年前,作家萧乾在《人民日报》上发表文章,称"该有座北京市的博物馆了"。第二年,萧乾又在《北京晚报》上连续发表十则《北京城杂忆》,除了新旧北京的衣食住行、人情世态、历史掌故、京白与吆喝、布局和街名,还提到20年代在北京做寓公的英国诗人奥斯伯特·斯提维尔所撰《北京的声与色》、30年代在北大教书的英国作家哈罗德·艾克敦的自传《一个审美者的回忆录》、老舍的《龙须沟》、传统相声《卖布头》《改行》等。或许,在萧乾眼中,文学的文本跟城市的历史,二者互相交织,密不可分。而这,正是关注都市生活的文学史家所要讨论的问题。

大概是害怕被人批评为"怀旧",二十年前,萧乾在杂忆北京时,不断强调自己并非"发怀古之幽思"(《北京城杂忆·昨天》,《北京城杂忆》11页,北京:生活·读书·新知三联书店,1999年)。在应日本学者要求所撰的《〈杂忆〉的原旨》中,萧先生再三辩解:"我是站在今天和昨天、新的和旧的北京之间,以抚今追昔的心情,来抒写我的一些怀念和感触。"饱含深情地谈论"老北京",这样一来,很难避免"今不如昔"或"借古讽今"的大帽子。二十年后的今天,我们或许很难体会萧乾当初谈论此话题时的如履薄冰:"从大的方面,我当然更爱今天的北京。……所以当我眼睁睁地看着我爬过的城墙和城楼给拆成平地时,我一边往心里掉眼泪儿,一边宽慰着自己说,只要能让人都吃上饭,拆什么怎么拆都成。"(《北京城杂忆》33—35页)不全是外在的压迫,现代中国的知识分子,多有此平民意识,不敢以自家的审美趣味来冲撞百姓的日常生活。很久以后,我们方才醒悟到,拆城墙无益于国计民生,纯属"历史的误会"。

2003年出版的《城记》(北京:生活·读书·新知三联书店),直言五十年来北京城市改造的缺失,不但没有受到批判,反而成为畅销书,可见时代潮流的变化。作者王军自称严守记者职责,主要以各种口述及文字资料说话,但入手处是那完整保存北京古城、在古城外建设中心区的"梁陈方案",对五十年来北京城的营建,自然是批评多于赞许。而绝大部分欣赏此书的读者,也都跟作者一样,对于"梁陈方案"的被搁置"扼腕长叹"。如此明目张胆地"发怀古之幽情",不怕别人扣帽子,足证二十年间思想文化界的进步。

实际上,随着旧城改造的积极推进,"老北京"——还有"老南京""老西安"等,已走上了不归之路。古都风貌的迅速失落,与古城记忆的日渐清晰,二者之间不无联系。也正是因为痛感逝者不可追,才突然间出现那么多关于老北京、老南京、老西安的追忆。在某种意义上,我们永远生活在对于过去的记忆之中。一方面,今人的性格、情绪、言谈、举止等,被无数的"旧时风物"所缠绕;另一方面,我们对于未来的想象,乃是"旧时风物"的续写或反写。历史就像一个幽灵,以片段(而非全景)的方式,进入我们的视野——不是历史学家和教科书里所谈论的井然有序的知识体系,而是充斥在日常生活中的"文明的碎片"。如此阴魂,召之不来,挥之不去,严重影响着我们的现实规划以及未来想象。过去提"新旧杂陈",往往带有讽刺的意味;现在,我们终于意识到,抽刀断水水更流——这才是真实的历史。

谈论家国兴亡与追忆城市盛衰,二者颇多相通处。实际上,有些重要的"城记",倘若你"凝神寂听",同样写尽历史沧桑与人间悲欢。比如,同是极尽铺张描写之能事,班固的《两都赋》对比东西两京的宫殿苑囿,颂扬后汉的崇尚礼乐、修明法度;鲍照的《芜城赋》则借广陵一城的今昔盛衰,感叹"天道如何,吞恨者多"。表面上,无论是城池宫阙,还是残垣断壁,都无言地屹立在天地间,但对于阅读者来说，除了视觉上的冲击，更有情感上的震撼。这就是历史，也是"追忆"的魅力所在。

同样长期生活在北京，女作家冰心读了《北京城杂忆》后，对萧乾满怀眷恋地描写七十年前北京城的色香味不大以为然，因为："那时的'姑娘'和'学生'，就没有同等的权利！他和我小弟坐过的'叮当车'——有轨电车，我就没有为了尝试而去坐过。我也没有在路边摊上吃过东西。我在上学路上闻到最香的烤白薯和糖炒栗子，也是弟弟们买来分给我吃的。"（冰心：《读了〈北京城杂忆〉》，《北京城杂忆》31页）萧乾所记忆的那些"老北京一般的孩子所能享受到的"，对冰心来说都很陌生，这就难怪她对那有着"尘土飞扬的街道"以及"泥泞的小胡同"的老北京，实在很不喜欢。因此，当她说起"灰色的城墙不见了，流汗奔走的人力车夫也改行了"时，由衷地感慨："我对北京的喜爱是与日俱增的。"谈及拆城墙，萧乾往心里掉眼泪，冰心却没有这种痛楚的感觉。我欣赏萧乾的诚挚，也感谢冰心的直言。读冰心的文章，起码让我们明白，对于老北京，并非每个人都有好感。换句话说，并不存在一个统一的北京——因阶级不同、种族不同、性别不同、年龄及文化水准不同，导致了各自"北京想象"的巨大差异。

现实世界中的都市，有着巨大的内在矛盾，所谓"浑然一体"，只是一种假象。就好像以胡同为代表的老北京，与以大院为代表的新北京，存在着裂缝；紫禁城的皇家政治与宣南的士大夫文化之间，也有巨大的差异。富贵东城与幽雅西山、王公贵族与平民百姓，并不享有共同的记忆。同一座城市，新旧、贫富、高低、雅俗，同时存在，互相制约。如果再考虑到时间这一轴，还有文体（比如小说、诗歌、散文、专著）本身的规定性，关于北京的诸多记忆，其面貌可能截然不同。正是这"多重变奏"，使得北京作为八百年古都兼国际性大都市，其形象与魅力得到了极好的呈现。

2003年的初冬时节，"北京：都市想象与文化记忆"会后，我接受新华社记者采访，采访稿以《北京失忆》为题，发表在2003年12月4日《瞭望东方周刊》上。可惜，那是删节稿，对照日后以《想象北京城的前世与今生》为题刊于《北京师范大学学报》2005年1期的全文，不难明白此中奥秘。三年后在西安召开的"西安：历史记忆与城市文化"国际研讨会，则有完全不同的命运。2006年11月4日《西安晚报》上，有题为《学者献策古城文化建设　孙清云等参加研讨》的长篇报道，其中有云："'西安城市文化建设方略'专题研讨会在大唐芙蓉园进行，书记、市长等参加，倾听学者意见。西安这样的古都依然在当代中国人心中活着，并且发挥着她的作用。但应当如何珍惜城市的记忆？北京大学教授陈平原提出的这个问题引发了与会专家的思考。"此报道主要引述我的三个观点。第一，如何留住民间的生活印迹："一座古塔、一个牌坊、一口水井、一间民房，可能没有宫殿、庙宇等古迹遗址的观赏价值，可能也没有什么现实的意义，但它们却充满了活的气息，是子孙后代走入历史的重要途径。陈平原呼吁西安市的执政者，在古城内的建设要慎之又慎，尽可能地保存遗址和古迹，包括那些民间的、充满生活气息的遗迹。"第二，西安是西安人的西安："旅游城市可能会努力迎合观光客的胃口，因为观光客的眼光而影响城市改造。"但我们不能忘记："城市是给人看的，更是给人住的，因此应当尊重市民的感受，要有自己的品位与风格，勇于展现自己的审美趣味，来影响观光客的眼光，这样才是一个良性循环。因为西安永远是西安人的西安，而不是观光客眼中的西安。"第三，保存城市记忆需要发动民间力量："城市的记忆只靠政府保存，显然是做不到的，特别是大量的民间遗迹。……在国外，大量的民间建筑、遗迹都是由产权所有者自己来保护的，政府只起到立法、监督的作用。根据西安的情况，他提出了明确产权、由所有者就地保护、政府扶助的保护形式。"同样强调历史记忆，批评城市改造中政府之倾向于"推倒重来""焕然一新"，得到两种截然不同的回应。但要是以为学者在西安"说话算数"，那可就太天真了。

说实话，我对"保护古都风貌"，不抱很大的信心。但即使不成功，也必须抵抗。我们常常埋怨政府保护不力，谴责房地产商心太黑，这些都有道理。但老百姓的生活理想，也是一种无形的力量；而且，这种力量很大，不能低估。你会发现，很多老百姓心目中美好的生活场景，是从影视里获得的，是纽约、巴黎、东京等大都市的繁华街市，而不是朴素淡泊的老北京。穷怕了的中国人，需要过上"体面的生活"，这一合理的愿望，比任何呼吁都更有力量。比如，由于历史的原因，大部分四合院已经沦落为大杂院，在那里生活的北京人，对专家们所论证的四合院建筑的美感没有真实的体会，只知道其脏乱差。反倒是文化人，出于某种理念，一直呼吁保护四合院。你让老百姓投票，看他们要那些未经改造、没有现代设施的四合院，还是宽敞明亮的高楼大厦，恐怕很多人会选择后者。二十多年的欧风美雨，形成了中国人"现代化"等于"欧美化"的错觉，落实在城市建设中，便是努力拷贝纽约等"国际性大都市"的繁华景观。可能要等几十年后，我们才会认真反省今日推土机大量铲平四合院的野蛮行径。但那已经为时太晚了，只有凭吊的份儿。就像我们今天谈论北京拆城墙一样，现在想起来很难受，当初呢？人类注定只能不断走弯路。没吃过这苦，你硬要来什么"醒世恒言"，很难奏效。如果不是黄河断流、太湖污染、北京沙尘暴肆虐，我们对于经济建设中如何保护生态环境，不会像现在这么重视。

若干年后，你来看北京，城墙我们有东南角楼，四合院也有几个保护区；然后，就是各种适合于旅游观光的仿古新建筑。这样的旧城改造，不能说是成功的。这些问题，作为个体的学者，基本上是无能为力的。除了呼吁，我们还能做些什么？只能在力所能及的范围内，保护我们的历史记忆——即使已经成为残片，也要努力将其连缀成文。

说这些，有点跑题了。可这也正好证明我之谈论"都市"，既是学术思考，也含现实关怀，当然，希望二者并行不悖。只是发言的场合不同，因而选择不同的论述策略而已。比起"不说白不说，说了等于白说，白说还得说"的旧城保护，我对借"文学的都市与都市的文学"来重构中国文学史图景，更有信心。

附记：

本文乃作者在澳门大学主办的"中国文学现代化进程国际学术研讨会"（2006年11月18—22日）上的演讲稿，主要依据本人此前所撰若干文章，如《五方杂处说北京》（《书城》2002年3期）、《北京记忆与记忆北京》（《北京社会科学》2005年1期）、《想象北京城的前世与今生——答新华社记者刘江问》（《北京师范大学学报》2005年4期）、《文学的北京：春夏秋冬》（《晚清文学教室——从北大到台大》，台北：麦田出版，2005年）、《流动的风景与凝视的历史——晚清北京画报中的女学》（《中华文史论丛》2006年1期）、《城阙、街景与风情——晚清画报中的帝京想象》（《北京社会科学》2007年2期）等，特此说明。

2008年2月24日修订于香港客舍

（初刊《社会科学论坛》2009年3期）

长安的失落与重建

——以鲁迅的旅行及写作为中心

严格说来，这是一件平淡无奇、波澜不惊、普通得不能再普通的小事。一位作家，因为一次旅行，而取消了某个写作计划，其中没有凶杀，无关情色，连悬念基本上都不存在。这样的故事，还能勾起读者进一步探究的兴趣？能。就因为其牵涉现代中国最伟大的作家鲁迅，以及中国史上最显赫的古都西安，故可引发无尽的遐思，也带出了不少有趣的话题。

1924年的7、8月间，应西北大学的邀请，鲁迅前往西安讲学。此次旅行，除了日记、讲稿（《中国小说的历史的变迁》），还有两篇杂文（《说胡须》与《看镜有感》）以及一则私人书信（《致山本初枝》），主要资料只有这些。就这么点资料，原本不足以大做文章的。可"鲁迅在西安"居然成为一个热门话题，从孙伏园的回忆，到单演义的考辨，再到近年的不少评说。因此，我不只关注鲁迅的西安之行，同时关注后人对此行的众多诠释。在我看来，对鲁迅此行的"解读",与其从政治史(与军阀斗争)或学术史(小说史写作)着眼,还不如从文学史入手更有意思。

据说鲁迅西安行的主要目的,是为创作长篇小说或剧本《杨贵妃》做准备;没想到旅行结束时,计划取消了。到底是什么原因促使鲁迅放弃此写作计划,以致留下了无可弥补的遗憾,害得后人为鲁迅能否写长篇小说而争讼不休?[1]崇敬鲁迅的,抱怨西安太不争气,使得可能成为一代名篇的《杨贵妃》胎死腹中;热爱古都的,则暗地里扼腕,要是当初鲁迅真的完成了以唐代长安为背景的长篇小说或剧本,今天大大获益的,不仅是专家学者,还包括市政当局和旅游业者。

鲁迅未创作长篇小说,是一个遗憾;没描摹古都长安,更是一个遗憾。对此,有人归咎于邀请讲学的军阀刘镇华的

---

[1] 王朔《我看鲁迅》(《收获》2000年2期)称:"我认为鲁迅光靠一堆杂文几个短篇是立不住的,没听说有世界文豪只写过这点东西的。……我坚持认为,一个正经作家,光写短篇总是可疑,说起来不心虚还要有戳得住的长篇小说,这是练真本事,凭小聪明雕虫小技蒙不过去。"周海婴是这样回答记者关于《两地书原信》是否"书信体的长篇小说"的询问的:"我父亲鲁迅是世界公认的文学家,他的文笔有目共睹,即使是和母亲通信,也是妙笔生花。我母亲许广平也是'才华横溢',她信中的内容也'充满了文学气息'。这不是我的话,这是中国青年出版社的高级编辑和教授级的高级校对在反复阅读之后得出的结论,他们说'小说讲究的是描写性格和感情的演变历程,一百六十四封《两地书原信》,完整地刻画出鲁迅、许广平的性格和感情。从这个意义上来说,《两地书原信》可以说是书信体的长篇小说,篇幅超过了《阿Q正传》,是他一生写得最长的小说'。"(参见张牧涵、肖云祥《周海婴:鲁迅情书也是妙笔生花》,《中国青年报》2005年5月31日)在我看来,二说均不可信。

专横跋扈,有人抱怨从北京到西安的路途遥远舟车不便;有人称,那年头兵荒马乱,西安街头乱七八糟,难怪鲁迅印象不好[1];有人猜,要是牡丹花开的3、4月间来西安,鲁迅的感觉就大不一样了[2];更有人半开玩笑地说,鲁迅在西安未获得新的刺激,好不容易尝试着吸了一回鸦片,也没得到什么灵感,"万一那一天我们居然成功,那么《杨贵妃》也许早就问世了"[3]。除了最后一说略带调侃,其余的都将《杨贵妃》的"不幸流产",归咎于西安的自然环境、政治氛围以及社会生活。所有这些,都不是空穴来风,但又都不足以充分说明问题。在以下的论述中,我除了努力钩稽、复原鲁迅的"杨贵妃"小说或戏剧创作计划,更希望着重阐述:作为思接千古、神游万仞的小说家,到底该如何复活那已经永远消逝了的"唐朝的天空",以及如何借纸上风云,重建千年古都长安。

一、众说纷纭的"西安之行"

1924年的西安之行,鲁迅本人并不怎么看重,同行者

---

[1] 以上三说,多见于谈论鲁迅西安行的文章,并集中体现于单演义著《鲁迅在西安》(西安:陕西人民出版社,1981年)。
[2] 参见竹村则行《鲁迅の未刊腹稿〈楊貴妃〉について——時間旅行の幻滅》,《未名》19号,2001年3月;又见氏著《楊貴妃文学史研究》387—404页,东京:研文出版社,2003年。
[3] 参见孙伏园《〈杨贵妃〉》,《鲁迅先生二三事》,重庆:作家书屋,1942年;又见《1913—1983鲁迅研究学术论著资料汇编》第3卷794—795页,北京:中国文联出版公司,1987年。

也没觉得有什么了不起。只是随着时间的推移,"鲁迅研究"急剧升温,"唐朝的天空"怎样消逝以及《杨贵妃》为何胎死腹中,方才成了个大问题。八十年间,此话题波澜起伏,论述的主旨迭经演变,隐约折射出整个中国学界的风云变幻,其婀娜多姿的运动轨迹,值得仔细勘察。

最初涉及此话题的,是与鲁迅同行的北京《晨报副刊》编辑孙伏园。《晨报副刊》1924年8月16—18日连载的《长安道上》,本是孙伏园"将沿途见闻及感想拉杂书之"的长篇游记,表达的是个人对于西安的观感,只是偶尔提及同行的师长鲁迅。"游陕西的人第一件想看的必然是古迹",故《长安道上》(二)主要记录自家游踪,涉及鲁迅的是以下这一段:

> 古迹虽然游的也不甚少,但大都引不起好感,反把从前的幻想打破了,鲁迅先生说,看这种古迹,好像看梅兰芳扮林黛玉,姜妙香扮贾宝玉,所以本来还打算到马嵬坡去,为避免看后的失望起见,终于没有去。[1]

而在《长安道上》(三)中,孙伏园转而介绍陕西的美术学校、易俗社、凤酒和方言,还有归途所见山西的治安状况如

---

[1] 伏园:《长安道上》(二),1924年8月17日《晨报》副刊,又见《1913—1983鲁迅研究学术论著资料汇编》第1卷65页。

何好、洛阳的旅馆设施如何差。涉及鲁迅的是:"一天同鲁迅先生去逛古董铺,见有一个石雕的动物,辨不出是什么东西,问店主,则曰:'夫。'"相对于孙伏园的一脸茫然,鲁迅马上悟出那是"鼠"[1]。也就是说,最初关于鲁迅"长安行"的文本,只是记录其逛古董铺,对那里的古迹很失望,并未牵涉小说或剧本的写作。

首次提及鲁迅准备为杨贵妃撰写小说的,是著名小说家郁达夫。1926年,在刊于《创造月刊》1卷2期的《历史小说论》中,郁达夫称:

> 朋友的 L 先生,从前老和我谈及,说他想把唐玄宗和杨贵妃的事情来做一篇小说。……L 先生的这一个腹案,实在是妙不可言的设想,若做出来,我相信一定可以为我们的小说界辟一生面,可惜他近来事忙,终于到现在,还没有写成功。[2]

文中还提及鲁迅关于长生殿誓愿的解释,以及马嵬坡唐玄宗为何不救杨贵妃,还有老来怎样后悔,"就生出一场大大的神经病来"。

---

[1] 伏园:《长安道上》(三),1924年8月18日《晨报》副刊,又见《1913—1983鲁迅研究学术论著资料汇编》1卷69页。
[2] 郁达夫:《历史小说论》,《创造月刊》1卷2期,1926年4月16日;此文收入《奇零集》,上海:开明书店,1928年。

类似的说法，在冯雪峰1937年所撰《鲁迅先生计划而未完成的著作》中，有更进一步的发挥：

> 鲁迅先生一直以前也曾计划过一部长篇历史小说的制作，是欲描写唐朝的文明的。这个他后来似乎不想实现的计划，大概很多人知道，因为鲁迅先生似乎对很多人说过，别的人或者知道得比我更详细。我只听他在闲谈中说过好几次，有几点我还记得清楚的是……但他又说他曾为了要写这小说，特别到长安去跑了一趟（按，即1924年夏到西安任暑期演讲），去看遗迹，可是现存的遗迹全不是在古籍上所见的那么一回事，黄土，枯蓬……他想写它的兴趣反而因此索然了。[1]

鲁迅计划写作的，是一部"描写唐朝的文明"的"长篇历史小说"，可书名是否就叫《杨贵妃》，冯雪峰并没有说。倒是1942年重庆作家书屋刊行孙伏园的《鲁迅先生二三事》，其中有一篇《〈杨贵妃〉》，彻底坐实了鲁迅的写作计划：

> 鲁迅先生对于唐代的文化，也和他对于汉魏六朝的文化一样，具有深切的认识与独到的见解。……他觉得

---

[1] O.V.（冯雪峰）:《鲁迅先生计划而未完成的著作》，《宇宙风》50期，1937年11月1日；又见《1913—1983鲁迅研究学术论著资料汇编》第2卷880页。

> 唐代的文化观念,很可以做我们现代的参考,那时我们的祖先们,对于自己的文化抱有极坚强的把握,绝不轻易动摇他们的自信力;同时对于别系的文化抱有极恢廓的胸襟与极精严的抉择,绝不轻易的崇拜或轻易的唾弃。这正是我们目前急切需要的态度。

这段追忆,与冯雪峰的说法一致,且有鲁迅早已公开发表的《看镜有感》为证,没有任何疑义。至于说"鲁迅先生那时几已十年没有旅行,又因本有体味一下唐代故都生活的计划,所以即刻答应了西北大学的邀请",也都可以接受。让人心生疑窦的,是紧接着的这段话:

> 拿这深切的认识与独到的见解作背景,衬托出一件可歌可泣的故事,以近代恋爱心理学的研究结果作线索:这便是鲁迅先生在民国十年左右计划着的剧本《杨贵妃》。

鲁迅计划撰写的,到底是"长篇历史小说"还是"三幕剧",这问题需要专门探讨,暂且按下不表。对于古都西安,鲁迅到底印象如何:

> 我们看大小雁塔,看曲江,看灞桥,看碑林,看各家古董铺,多少都有一点收获。在我已觉得相当满意,但一叩问鲁迅先生的意见,果然在我意中又出我意外地

答复我说:

"我不但甚么印象也没有得到,反而把我原有的一点印象也打破了!"[1]

因此,原本希望"到西安去体味一下实地的风光"的鲁迅先生,只好放弃了写作计划。

对于孙伏园的上述说法,当初在西安参与接待鲁迅的张辛南似乎不太以为然。虽然承认"陕西入民国后兵连祸结岁无宁日,旧学无由昌明,新学无从输入,被视为文化落空的区域,真是整个民族的一个大不幸",但他还是认为,"鲁迅先生对于这座古城好像很感兴味,不讲演的时候,时常到街上去溜达"。接下来,绘声绘色地讲述其如何陪鲁迅买弩机的张君,同样感叹:"鲁迅先生的'杨贵妃'一戏始终未写出来,我觉得是一件莫大的损失。"[2]

正是受孙、张等人文章的启发,学者林辰开始关注鲁迅之"长安行"。1943年初刊、1945年修订、1948年收入开明书店版《鲁迅事迹考》中的《鲁迅赴陕始末》,借助鲁迅的《说胡须》以及孙伏园、张辛南等文,初步勾勒出鲁迅此次西安之行的大致轮廓。有感于"在许多关于鲁迅的著作

---

[1] 孙伏园:《〈杨贵妃〉》,见《1913—1983鲁迅研究学术论著资料汇编》第3卷794—795页。

[2] 辛南:《追忆鲁迅先生在西安》,1942年6月22日《中央日报》《扫荡报》联合版(重庆);又见《1913—1983鲁迅研究学术论著资料汇编》第3卷1039—1041页。

里，对于他这次的西安之行，大抵都是空白"，林辰撰文的目的是"拾遗补缺"；《杨贵妃》为何没能成稿，不是他关注的重点。鲁迅此行的目的是"为了体验一下古长安的风光"，至于到底是想创作"历史剧"（孙说）还是"历史小说"（冯说），权衡再三，因孙伏园与鲁迅同行且立说在先，林文于是郑重其事地加了个注："兹从孙说。"[1] 可是，读了鲁迅好友许寿裳的《亡友鲁迅印象记》后，林辰动摇了，1955年重刊本《鲁迅事迹考》于是改为："孙伏园说是历史剧，则系误记；……应以小说为确。"[2]

1947年，峨眉出版社刊行了《亡友鲁迅印象记》，第十五节"杂谈著作"中，许寿裳提及鲁迅未能完成的著述，包括《中国字体发达史》《中国文学史》以及三部长篇小说的腹稿——包括准备多年的《杨贵妃》，只是因时势紧迫，鲁迅选择了杂文这么一种"战斗文体"，而"再没有工夫来写长篇了"。[3]

以上各位，除林辰外，均系鲁迅的好友或学生，都曾亲自聆听鲁迅关于杨贵妃的妙论。孙伏园是鲁迅早年任山会初级师范学堂校长时的学生，北大毕业后任《晨报》副刊、

---

[1] 林辰：《鲁迅赴陕始末》，初刊1943年4月30日《文坛》2卷1期，见《1913—1983鲁迅研究学术论著资料汇编》第4卷701—704页。
[2] 林辰：《鲁迅赴陕始末》，《鲁迅事迹考》45页，上海：新文艺出版社，1955年。
[3] 参见许寿裳《亡友鲁迅印象记》50—52页，北京：人民文学出版社，1977年。

《京报》副刊以及《语丝》周刊编辑时,与鲁迅过从甚密,后因立场歧异而渐行渐远。郁达夫1923年到北大任教后,与鲁迅交往频繁,常一同宴饮。1928年12月9日,冯雪峰由柔石陪同到景云里17号去见鲁迅;从此,冯与鲁迅建立了非同寻常的亲密关系,不仅是师生之谊,更有战友之情。至于许寿裳,则是鲁迅的挚友,共事多年,交谊深厚,所撰《亡友鲁迅印象记》《我所认识的鲁迅》等,被公认是研究鲁迅的重要史料。可以说,诸人的追忆是可信的。可就像当初张辛南在质疑孙伏园时说的,"事隔二十年,记忆力恐怕有些靠不住"[1]。这个时候,史家的登场,恰逢其时。

林辰《鲁迅赴陕始末》的出现,预示着严谨的学者开始登场。这方面的代表,非原西北大学教授单演义莫属。从1957年撰写小册子《鲁迅讲学在西安》,到1978年编印资料集《鲁迅在西安》(西北大学鲁迅研究室资料组印),再到1981年出版专著《鲁迅在西安》,三十年间,单先生锲而不舍,专注于此课题。凭借编辑资料集的长期积累,《鲁迅在西安》(正文十二章,外加三篇附录)比起《鲁迅讲学在西安》(七章)来,不仅篇幅大增,论述也丰满了许多。主要变化在于:增加了第一章"陕西社会面貌鸟瞰"、第五章"在西安讲演的特色"、第六章"鲁迅后来对《史略》及讲稿中某些观

---

[1] 辛南:《追忆鲁迅先生在西安》,见《1913—1983鲁迅研究学术论著资料汇编》第3卷1039页。

点的修正"、第十一章"鲁迅与康有为来西安讲学的比较观",删去原第六章"寄赠西安友好的书和信",将原第四章"鲁迅在西安"扩展为第七章"游览名胜古迹和购买古物"、第八章"鲁迅与易俗社"、第九章"鲁迅冷对军阀和名士"。因史料增加且时势迁移,单书的具体论述多有变化,但从新文学、新学术、新政治角度,高度评价鲁迅西安之行,这一基本立场没变。只是过犹不及,表彰鲁迅"不惟毫无奴颜婢膝之态,而且采取了'硬骨头'报复的行动"时,举鲁迅拒绝为军阀歌功颂德,对军士也讲小说史,这些都还可以;以尝试吸食鸦片为例,可就有点曲为辩解了——虽然鲁迅本人有言在先[1]。

当然,这与新中国成立后政府对于鲁迅的极力表彰有关——任何与鲁迅相关的事件、人物、地点,都受到学界高度关注。举个例子,原东南大学教授、国文系主任陈钟凡,也对当初与鲁迅同往西安讲学备感荣耀。除撰写《鲁迅到西北大学的片断》,补充若干生活细节,包括陕州"苍蝇哄鸣,扰人清梦"等[2],还在《自传》中再次叙述与鲁迅同赴西安讲学的经过与感受。显然,作者很看重这一经历,这段叙述,竟占据整篇自传近三分之一的篇幅[3]。如此时代氛围,

---

[1] 参见单演义《鲁迅讲学在西安》81—82页,武汉:长江文艺出版社,1957年;鲁迅《关于知识阶级》,此文人民文学出版社1981年版《鲁迅全集》未收,见2005年版《鲁迅全集》第8卷223—229页。
[2] 参见陈中凡《鲁迅到西北大学的片断》,《西北大学学报》1976年2期。
[3] 陈中凡:《自传》,《中国当代社会科学家》第一辑62—69页,北京:书目文献出版社,1983年。

导致世人对鲁迅"长安行"的论述普遍过于高调——"他这次西来讲学的影响,也和历史上德教流行、风气转移一样,不是马上可以看到、听到,如影之随形、响之应声的,然而'风行草偃,从化无违',又是必然的"[1]。过分强调鲁迅此行的深远意义,也就难得深入探究鲁迅在体味、悬想、复原"唐朝的天空"时所可能遭遇的困境。

反倒是两位日本学者,不太受此潮流的影响。著名中国学家竹内实1958年发表《谈鲁迅的〈中国小说的历史的变迁〉》,在辨析第三讲"唐代传奇"时,创造性地引入鲁迅的《说胡须》和《致山本初枝》,以及撰写"杨贵妃"小说的设想,将其与《长恨歌》和《长恨歌传》相对照,得出以下颇具新意的结论:

> 这样,在试图挖掘人的内心世界,重视历史真实的鲁迅来看,白居易和陈鸿未免过于善良和浪漫了。当谈到美人埋在黄土下,不胜感伤之至时,也许鲁迅脸上会现出讽刺的微笑。[2]

将近半个世纪后,九州大学教授竹村则行出版《杨贵妃文学

---

[1] 参见单演义《鲁迅讲学在西安》80—81页;类似的话,也见单著《鲁迅在西安》134页。
[2] 竹内实:《谈鲁迅的〈中国小说的历史的变迁〉》,《文学》1958年3期;中译本(李汝松译)作为附录收入单演义著《鲁迅在西安》(见146—161页)。

史研究》,全书主体部分(第一章至第十六章)讨论从《长恨歌》到《长生殿》杨贵妃故事的变迁,第十七章突然改为近现代语境中杨贵妃故事的展开,借助"西安的自然环境""西安的人际关系""唐代长安与1924年的西安",反省鲁迅为何放弃《杨贵妃》的写作计划[1]。

最近几年,中国学界重新对鲁迅的"西安之行"以及放弃"杨贵妃"写作计划感兴趣,有正面探讨的(如骆玉明、吴中杰)[2],也有旁敲侧击的(如朱正、蒋星煜)[3],报纸上的简要评述,更是不胜枚举[4]。其中,出于趣味性考量的居多,但也不乏严肃认真的思考。只可惜,史料、思路以及论述策略,基本上走不出单演义的《鲁迅在西安》。本文将另辟蹊径,从"何处是长安""爱情、女性还是都城""可疑的'古都'情结""时间意识还是空间想象""如何'遥想汉唐盛世'"等不同角度,探究鲁迅"西安行"与"杨贵妃"之间

---

[1] 参见竹村则行《楊貴妃文学史研究》387—404页。
[2] 参见骆玉明《鲁迅的〈杨贵妃〉》,《文汇报》2005年6月8日;吴中杰《〈杨贵妃〉命意的启示》,《文汇报》2007年8月19日。
[3] 参见朱正《杜甫·鲁迅·杨贵妃》,《鲁迅研究月刊》2001年6期;蒋星煜《揭开鲁迅不看秦腔的疑案》及《孙伏园与鲁迅恩怨真相》二文,见氏著《文坛艺林备忘录》,上海:上海远东出版社,2007年。
[4] 参见宋桥《1924年鲁迅西安之行》,《中华读书报》2003年5月19日;韩望舒《鲁迅留下的遗憾》,《人民政协报》2004年3月13日;《80年前的7月鲁迅在西安》,《三秦都市报》2004年7月11日;讷言《鲁迅为啥没写〈杨贵妃〉》,《太原日报》2005年4月27日;张琦《82年前,鲁迅先生舟行渭河》,《西安晚报》2006年3月31日;《鲁迅解读杨贵妃》,《今晚报》2006年8月10日;王卫军《鲁迅和〈杨贵妃〉》,《太原日报》2007年1月15日等。

错综复杂的关系,以及重建古都的方法与途径。

二、何处是长安

1924年鲁迅的西安之行,起于7月7日,讫于8月12日。两个多月后,鲁迅撰《说胡须》,第一次以文字形式谈论此行。这篇初刊1924年12月15日《语丝》第5期、后收入论文及杂文集《坟》(1927年北京未名社初版)的短文,借胡子问题谈国民心态,跟同一时期诸多杂文同调。至于"西安之行",只是顺带提及,并非文章主旨。可这毕竟是当事人的自述,极为难得:

> 今年夏天游了一回长安,一个多月之后,胡里胡涂的回来了。知道的朋友便问我:"你以为那边怎样?"我这才栗然地回想长安,记得看见很多的白杨,很大的石榴树,道中喝了不少的黄河水。然而这些又有什么可谈呢?我于是说:"没有什么怎样。"他于是废然而去了,我仍旧废然而住,自愧无以对"不耻下问"的朋友们。
>
> ……我一面剪,一面却忽而记起长安,记起我的青年时代,发出连绵不断的感慨来。长安的事,已经不很记得清楚了,大约确乎是游历孔庙的时候,其中有一间房子,挂着许多印画,有李二曲像,有历代帝王像,其中有一张是宋太祖或是什么宗,我也记不清楚了,总之

是穿一件长袍,而胡子向上翘起的。……

　　我剪下自己的胡子的左尖端毕,想,陕西人费心劳力,备饭化钱,用汽车载,用船装,用骡车拉,用自动车装,请到长安去讲演,大约万料不到我是一个虽对于决无杀身之祸的小事情,也不肯直抒自己的意见,只会"唵,唵,对啦"的罢。他们简直是受了骗了。[1]

虽说是杂文笔调,可一句"长安的事,已经不很记得清楚了",隐约透露出,作者对于此行不是很满意,起码是"观感欠佳"。十年后,在一则私人通信中,鲁迅写下这么一段话,成为此话题的"关键证词":

　　五六年前我为了写关于唐朝的小说,去过长安。到那里一看,想不到连天空都不像唐朝的天空,费尽心机用幻想描绘出的计划完全被打破了,至今一个字也未能写出。原来还是凭书本来摹想的好。[2]

虽然关于"长安行"的具体时间记忆有误,但整个事件的来龙去脉已清晰地勾勒出来。而这,与十年前孙伏园《长安道上》(二)的描述若合符节:

---

[1] 鲁迅:《坟·说胡须》,《鲁迅全集》第1卷174—176页,北京:人民文学出版社,1981年。
[2] 鲁迅:《致山本初枝》,《鲁迅全集》第13卷556页。

> 唐都并不是现在的长安，现在的长安城里几乎看不见一点唐人的遗迹。……至于古迹，大抵模胡得很……陵墓而外，古代建筑物，如大小二雁塔，名声虽然甚为好听，但细看它的重修碑记，至早也不过是清之乾嘉，叫人如何引得起古代的印象？照样重修，原不要紧，但看建筑时大抵加入新鲜份子，所以一代一代的去真愈远。就是函谷关这样的古迹，远望去也已经是新式洋楼气象。[1]

当初只是记录自家旅行观感及鲁迅的只言片语，日后撰写追忆文章，孙伏园东拼西接，终于将整个故事"讲圆"了。因孙君的追忆是整个论述的关键，必须仔细推敲：

> 我们看大小雁塔，看曲江，看灞桥，看碑林，看各家古董铺，多少都有一点收获。在我已觉得相当满意，但一叩问鲁迅先生的意见，果然在我意中又出我意外地答复我说：
> "我不但甚么印象也没有得到，反而把我原有的一点印象也打破了！"
> 鲁迅先生少与实际社会往还，也少与真正自然接

---

[1] 孙伏园：《长安道上》（二），见《1913—1983鲁迅研究学术论著资料汇编》第1卷65页。

> 近,许多印象都从白纸黑字得来。在先生给我的几封信中,尝谈到这一点。……
>
> 那时的西安也的确残破得可以。残破还不要紧,其间因为人事有所未尽而呈现着复杂、颓唐、零乱等等征象,耳目所接触的几无一不是这些,又怎么会不破坏他那想象中的"杨贵妃"的完美呢?
>
> 在我们的归途中,鲁迅先生几乎已经完全决定无意再写《杨贵妃》了。[1]

这已经不是私人性质的"追忆",而是夹杂引述与考证的"后见之明"。但有一点,冯雪峰等人的文章告诉我们,鲁迅讲述"杨贵妃"故事的兴致,一直持续到晚年,并非西安归来便戛然而止。至于文章中称,鲁迅的经验及知识"都从白纸黑字得来",一旦与实际社会接触,"大大的破坏第一印象的完美",故《杨贵妃》必然流产。如此立说,虽是好意,却与我们通常认可的鲁迅如何"直面惨淡的人生",形成了有趣的对照。

难道鲁迅真的那么"不谙时世"?孙伏园说有鲁迅给他的信为据,还专门写了《鲁迅先生的几封信》,说明鲁迅如何"交际太少""不大愿意和实际社会相接触"[2]。查1981年

---

[1] 孙伏园:《〈杨贵妃〉》,见《1913—1983鲁迅研究学术论著资料汇编》第3卷794—795页。
[2] 孙伏园:《鲁迅先生的几封信》,《潇湘涟漪》2卷11期,1937年2月;又见《1913—1983鲁迅研究学术论著资料汇编》第2卷680—683页。

长安的失落与重建

人民文学出版社刊《鲁迅全集》中，除了《集外集拾遗》所收《通讯（致孙伏园）》（初刊1925年5月4日《京报》副刊），再就是鲁迅给孙的四封信，分别写于1923、1924、1927年。其中1923年6月12日《致孙伏园》，就《晨报》副刊上关于"爱情定则"的讨论发表意见。鲁迅希望此讨论继续下去，让各种奇谈怪论都得到发表，以便世人清醒——"杜塞了这些名言的发展地，岂不可惜？"接下来，有这么一句："我交际太少，能够使我和社会相通的，多靠着这类白纸上的黑字，所以于我实在是不为无益的东西。"[1]鲁迅的本意是，借助此"爱情定则"的讨论，可深入了解世态人情；孙伏园无限扩大，将鲁迅描述成"书生气十足"，如此解读，我以为不太恰当。读书人对于世界的了解和认识，主要来源于"白纸黑字"，这很正常；至于因与实际社会接触而不断修正过去的认识，也在情理之中。说鲁迅对于"长安"及"杨贵妃"原本只有美好的想象，一旦接触现实，发现并非如此，只好放弃写作计划——孙伏园此说影响甚大，却并非无懈可击。

要说借助"白纸黑字"获得历史知识，"大唐长安"早就失落，这是个常识，鲁迅不该毫无心理准备。唐末战乱，天祐元年（904）昭宗东迁，长安城受到了毁灭性的破坏。唐末五代诗人韦庄《长安旧里》有云："满目墙匡春草

---

[1] 鲁迅：《致孙伏园》，《鲁迅全集》第11卷416—417页。

深,伤时伤事更伤心。车轮马迹今何在,十二玉楼无处寻。"至于《秦妇吟》更是传诵久远:"长安寂寂今何有,废市荒街麦苗秀。……昔时繁盛皆埋没,举目凄凉无故物。"从宋兴到清亡,漫长的历史岁月中,长安再也没有恢复过所谓的"盛唐气象"。当然,从长时段看,"长安城帝都地位的丧失,主要在于经济原因"[1];唐中期以后,长江中下游地区经济发展迅速,远远超过了黄河流域,随着全国经济重心的南移,国都因而自然向东移动。到了民国初年,古城西安政治上确实一团糟,真可谓兵连祸结,"乱哄哄你方唱罢我登场";但也偶有兴学、办报或创立"易俗社"等好事[2]。这一点,鲁迅去西安前已有所了解和评述[3]。

但即便如此,西安如此衰微破败,还是给鲁迅很大的震撼。因为,古老的长安,某种意义上,成了中华文化的象征。经由汉赋、乐府、唐诗等千年诗文的凝聚,"长安"已成为"帝京"的象征,后世诗文中,常见以之代指那时的国

---

[1] 参见史念海、辛德勇《西安》,陈桥驿主编《中国七大古都》112页,北京:中国青年出版社,1991年。
[2] "宏大叙事"见西安市档案局、西安市档案馆编《西安古今大事记》(西安出版社,1993年),"私人叙事"见王独清自传《长安城中的少年》(上海:光明书局,1933年)。后者提及清末西安城里同盟会的活动,阅读《新民丛报》的热潮,公益书局和健本学堂如何传播新文化,官办的高等学堂又怎样设置课程等,很有史料价值(70—80页)。另外,据王著称,民初西安教育有两个体系,"一个是西北大学,一个是三秦公学";三秦公学更激进,喜欢闹学潮(125—150页)。
[3] 参见单演义著《鲁迅在西安》15—16、90—91页。

都的。等到鲁迅登临,千年古都已是满目疮痍,触景生情,念及中国的悠久历史及黯淡前景,焉能不感慨唏嘘。或许,这里用得上闻一多的名诗《发现》:

> 我来了,我喊一声,迸着血泪,
> "这不是我的中华,不对不对!"[1]

对于读书人来说,"长安"是我们精神上永远的"故乡"。寻访魂牵梦萦的长安城,鲁迅此时的心境,若借用唐人诗句,应该是"近乡情更怯""何处是长安"[2]。只是鲁迅的日记近乎流水账,从不涉及个人心情,而同行的孙伏园,也只是旁观者,其叙述不见得可靠。这里姑且移花接木,挪用三年前所撰《故乡》开篇部分,揣摩鲁迅此时的心境:

> 我冒了严寒,回到相隔二千余里,别了二十余年的故乡去。
>
> 时候既然是深冬;渐近故乡时,天气又阴晦了,冷风吹进船舱中,呜呜的响,从篷隙向外一望,苍黄的天底下,远近横着几个萧索的荒村,没有一些活气。我的

---

[1] 闻一多:《发现》,见《死水》29页,北京:人民文学出版社,1980年。
[2] 宋之问《渡汉江》:"岭外音书断,经冬复历春。近乡情更怯,不敢问来人。"张祜《昭君怨》二首之一:"万里边城远,千山行路难。举头惟见月,何处是长安?"

> 心禁不住悲凉起来了。
> 阿！这不是我二十年来时时记得的故乡？
> 我所记得的故乡全不如此。我的故乡好得多了。但要我记起他的美丽，说出他的佳处来，却又没有影像，没有言辞了。仿佛也就如此。于是我自己解释说：故乡本也如此，——虽然没有进步，也未必有如我所感的悲凉，这只是我自己心情的改变罢了，因为我这次回乡，本没有什么好心绪。[1]

民初的中国，不论是浙东的美丽水乡绍兴，还是西北的千年古都西安，都是一派衰败景象。目睹"故乡"此状，自然是深感"悲凉"。

可是，面对沧海桑田、物是人非，失望之余，作家并非只有"废书长叹"一策。相反，可能更激发其创作欲望。"折戟沉沙铁未销，自将磨洗认前朝"（杜牧《赤壁》），擅长"怀古"与"咏史"的中国诗人，并不惧怕或回避"废墟"，而是更愿意在这些"文明遗迹"前追忆、感愤、书怀。

实际上，古今中外，无数诗人、画家、小说家、戏剧家，其创作激情、想象力及表达的欲望，正缘于那些代表"文明碎片"的残垣断壁。那位"不仅是18世纪而且是一切说英语的国家的最伟大的历史学家"爱德华·吉本（Edward

---

[1] 鲁迅：《呐喊·故乡》，《鲁迅全集》第1卷476页。

Gibbon,1737—1794),曾撰写了"或许是文艺复兴以后可以永远称得上是古典著作的唯一的一部历史著作"《罗马帝国衰亡史》[1],最初的写作冲动,来自二十七岁那年戏剧性地突然前往罗马,坐在神殿的废墟上沉思。晚年,已经功成名就的吉本,深情地回味这段难忘的经历:

> 我的脾气不是很容易感染热情的,而我又从来不屑于假装出我自己没有感觉到的热情。可是我在经过了二十五年这么长的时间之后,却忘不了当年首次走近并且进入这座"永恒的城市"时激动我内心的强烈情绪,也难以用言语将它表达出来。一夜不能入眠,第二天我举起高傲的脚步,踏上古罗马广场的遗址。每一个值得纪念的地点,当年罗慕路站立过的,或者塔利演说过的,或者恺撒被刺倒下的地方,一下子全都呈现在我眼前了。我损失了,或者享受了几个陶醉的日子,然后才能从事冷静细致的考察。……1764年10月15日,在罗马,当我坐在朱庇特神堂遗址上默想的时候,天神庙里赤脚的修道士们正在歌唱晚祷曲,我心里开始萌发撰写这座城市衰落和败亡的念头。[2]

---

[1] 参见 J.W. 汤普森著、孙秉莹等译《历史著作史》下卷第3分册101页,北京:商务印书馆,1992年。
[2] 参见爱德华·吉本著、戴子钦译《吉本自传》119—122页,北京:生活·读书·新知三联书店,2002年。

对于文人学者来说,面对曾辉煌无比但早已失落的古都,更容易激起感慨以及书写的欲望。在留学生鲁迅看来,今日的西安残败不堪,远远比不上上海或北京,更不要说想象中的"盛唐气象"。可即便如此,千年古都,难道真的风韵荡然无存,以致没有任何"遥想公瑾当年"的机缘?翻阅当年的老照片,感觉并非如此。

《古都沧桑——陕西文物古迹旧影》收录了四百多幅有关陕西地区历史文化古迹的老照片,除部分来自西安碑林博物馆或私人旧藏,主要得益于晚清以来在西安任教或考察的日本学者的著述,如足立喜六的《长安史迹考》、桑原骘藏的《考史游记》以及关野贞的《中国文化史迹》。[1]其中,最值得关注的是足立喜六的作品。1906年至1910年在陕西高等学堂教授算学、理化的日本学者足立喜六(1871—1949),利用课余时间,实地考察西安及其附近的历史遗迹,回国后于1926年撰成《长安史迹考》。此书1933年出版,穿插自己拍摄制版的一百七十一幅图片,保留了很多西安"旧影",这点尤其难得。该书先后有两种中译,后者收录了原著的全部照片[2]。作者有感于"从来中国学者,例多根据文献,而忽略实地踏查,然典籍所记,谬误滋多",因而,"课余之暇

---

[1] 参阅赵力光主编《古都沧桑——陕西文物古迹旧影》,西安:三秦出版社,2002年。
[2] 参见足立喜六著、杨炼译《长安史迹考》,上海:商务印书馆,1935年;足立喜六著、王双怀等译《长安史迹研究》,西安:三秦出版社,2003年。

兼及汉唐旧都长安规模、遗构之研究""一方探究文献，同时，复基于广泛的实地踏查，而测定其故迹与遗址"[1]。而在此书的"序说"中，作者描述其颇为艰难的"西安行"——1906年3月11日自郑州出发，一路走来，经过函谷关、潼关、华山之阴、新丰之鸿门坂、骊山之温泉、灞桥、灞上，3月22日终于抵达西安。接下来，便是作者对于西安的第一印象：

> 由灞桥行十里许至浐桥。是即圆仁所谓之浐水桥，惟桥已非唐代所建。桥系石造，两端建立牌坊，与四面风景甚相调和。过桥复行峻陡坡道，抵十里铺。此坡在唐时名长乐坡，为东郊名胜之一。由此约行十里，即为长安街市，在坡道上已可望见省垣之东门与城壁。在东关门前，换乘绮丽马车，振作威仪而入城。城壁之伟大，城门之宏壮与门内之杂沓，均可令人惊异。[2]

你可以说早于鲁迅到达的日本学者因备受优待，且走马观花，心情当然很不错。可另外一个欧洲汉学家、对中国革命相当同情且与鲁迅有交往的普实克（Jaroslav Prusěk，1906—1980），对西安同样不无好感。

---

[1] 足立喜六：《〈长安史迹考〉小引》，见足立喜六著、杨炼译《长安史迹考》。
[2] 参见足立喜六著、杨炼译《长安史迹考》7—8页。

从1932年起，普实克在中国留学两年半，其间曾到西安旅行。其回忆录《中国——我的姐妹》中，第四十七章题为"曾经辉煌的城市——西安府"，谈及印象深刻的城门、城墙、城市中心的鼓楼、书店、博物馆、剧院、清真寺、小雁塔、碑林等建筑。作者称："自从这座城市衰落以后，只有这些城墙还能够证明它曾经经历过的辉煌""最好的时光是上午在城门楼上，观看太阳刚刚露出的笑脸""我最喜欢消磨时间的地方是碑林"。[1]作为见多识广的欧洲学者，普实克并不忌讳"废墟"，只是希望历史遗迹能打扫干净，尽可能给人美感：

> 西安府周围的废墟遗址与意大利和北平的废墟相比，给人的印象要更加令人悲哀。意大利的废墟覆盖着绿色植物，与周围美丽感伤的自然景色相协调；北平的废墟则使人回忆起旧时光的宏伟壮丽。而这里的一切都覆盖着尘土，宝塔像一座座畸形的雪人站立在肮脏的工厂院子里。为了保留其本身的美丽，历史遗址需要清洁干净。[2]

在第四十八章"洛阳之春"中，普实克曾提及其经过临潼时，想起杨贵妃的故事，理由是："有多少戏剧与小说以她

---

[1] 参见普实克著、丛林等译《中国——我的姐妹》388—412页，北京：外语教学与研究出版社，2005年。
[2] 同上书402页。

的一生作为创作的题材啊!"[1]

没错,古往今来,确实有无数骚人墨客,将杨贵妃作为吟咏的对象。除了诸多声名远扬的戏剧小说外,还有无数诗文笔记。清人胡凤丹编《马嵬志——唐明皇杨贵妃事迹》,收集唐明皇与杨贵妃史迹;全书共十六卷,前六卷包括古迹、事实、词曲、金石、图画、服饰、珍宝、花卉、禽兽、评论等,后十卷则是艺文,总共收录题咏马嵬的诗篇五百三十余首(起于唐,讫于清)。该书《自序》称:"马嵬,一坡耳,驿耳。非有豪杰起于其乡,仙佛栖灵于其地也。徒以美人黄土,埋玉此间。千百载后,骚人韵士,过而凭吊留连。……余之志马嵬也,志杨妃乎,志明皇也。"[2]而有志于撰写小说或戏剧《杨贵妃》的鲁迅先生,不仅过华清池时没有任何特别的感触[3],而且最

---

[1] 参见普实克著、丛林等译《中国——我的姐妹》414页。
[2] 参见胡凤丹编《马嵬志——唐明皇杨贵妃事迹》,杭州退补斋书局光绪三年(1877)原刊,台北广文书局1986年影印;胡凤丹编,严仲义校点《马嵬志——唐明皇杨贵妃事迹》(以下引文见此版本),南京:江苏古籍出版社,1990年。
[3] 鲁迅1924年7月14日记:"晴。晨发潼关,用自动车。午后抵临潼,游华清池故址,并就温泉浴。营长赵清海招午饭。下午抵西安,寓西北大学教员宿舍。寄母亲信。晚同王峄山、孙伏园至附近街市散步,买栟榈扇二柄而归。"(见《鲁迅全集》第14卷505页)同行的北师大历史教授王树龄(别号峄山)大不一样,《陕西旅行纪》(北京:北京文化学社,1928年)详细描述过华清宫遗址所见:"内有娘娘殿,中祀贵妃""有温泉池二,大者名太子池,小者名贵妃池。贵妃池中有一石,上带红色,永不脱落,好事者谓杨妃月事来时坐处之遗迹也。"接下来,王教授还引录了诸多唐人诗句。见单演义编《鲁迅在西安》207—208页,西安:西北大学鲁迅研究室资料组印,1978年。

终放弃了寻访马嵬坡的计划。为什么？

难道仅仅因为对今日长安之颓败有切肤之痛，不忍再见，也不忍再言？以鲁迅对现代主义文学及艺术的深入体悟，为何不在"废墟"中发现美感，或像历史学家吉本那样，由此"萌发撰写这个城市衰落和败亡的念头"？

三、爱情、女性还是都城

基于对鲁迅以往创作业绩的了解，论者大都认定，那胎死腹中的《杨贵妃》，值得充分期待，是一部不幸夭折的"杰作"。大家似乎忽略了，鲁迅关于《杨贵妃》的构思，存在着三种不同的发展方向——或许，正是这种内在的矛盾，导致作者犹豫再三，并最后放弃此写作计划。

白居易的诗句实在太精彩了，以至后人谈及唐明皇与杨贵妃，首先想到的，必定是："在天愿作比翼鸟，在地愿为连理枝。天长地久有时尽，此恨绵绵无绝期！"这一经由《长恨歌》（白居易）、《长恨歌传》（陈鸿）、《杨太真外传》（乐史）、《梅妃传》（佚名）、《梧桐雨》（白朴）、《惊鸿记》（吴世美）、《长生殿》（洪昇）等名作的再三渲染，逐渐定型的"爱情神话"，在喜欢追问"从来如此，便对吗"的鲁迅看来，不无可疑之处。这方面，郁达夫、冯雪峰、许寿裳的"追忆"大同小异：

他的意思是：以玄宗之明，哪里看不破安禄山和她的关系？所以七月七日长生殿上，玄宗只以来生为约，实在是心里已经有点厌了，仿佛是在说"我和你今生的爱情是已经完了"！到了马嵬坡下，军士们虽说要杀她，玄宗若对她还有爱情，哪里不能保全她的生命呢？所以这时候，也许是玄宗授意军士们的。[1]

第一，他说唐朝的文明很发达，受了外国文明的影响；第二，他以为"七月七日长生殿"唐明皇和杨贵妃的盟誓，是他们之间已经感到了没有爱情了的缘故；第三，他想从唐明皇的被暗杀，唐明皇在刀儿落到自己的颈上的一刹那，这才在那刀光里闪过了他的一生，这样地倒叙唐明皇的一生事迹。——记得他自己还说，"这样写法，倒是颇特别的。"[2]

他的写法，曾经对我说过，系起于明皇被刺的一刹那，从此捯上去，把他的生平一幕一幕似的映出来。他看穿明皇和贵妃两人间的爱情早就衰歇了，不然何以会有"七月七日长生殿"，两人密誓愿世世为夫妇的情形呢？在爱情浓烈的时候，哪里会想到来世呢？他的知人

---

[1] 郁达夫：《历史小说论》，《创造月刊》1卷2期，1926年4月16日。
[2] O.V.（冯雪峰）：《鲁迅先生计划而未完成的著作》，见《1913—1983鲁迅研究学术论著资料汇编》第2卷880页。

论世,总是比别人深刻一层。[1]

这三段文字,除了具体的写作技巧(从唐明皇被刺的一刹那落笔),主要是拆解世人对李、杨爱情神话的迷信。从"山盟海誓"中,读出双方感情危机,这确实显示出鲁迅洞察人心的过人之处。

可是,单凭这些奇思妙想,还不足以支撑起整部小说。古典文学专家骆玉明怀疑鲁迅之放弃《杨贵妃》,并非缘于西安之行,而是另有原因:

> 杨贵妃的文学故事包含了各种华丽的因素:宫廷风情、帝王生活、权力斗争、突发兵变,以及美貌、恋情和悲惨的死亡,极富浪漫气息,不管鲁迅看待它的眼光如何较前人为尖锐,上述基本特质是不可能清除掉的。而在20世纪初期的中国,国势的贫弱、艰困、暗昧,足以阻止任何感受敏锐的人进入到那种华丽和浪漫的故事氛围中去。[2]

此说不无道理,但忽略了一个重要因素,即,作为"文体家",鲁迅特别擅长根据不同对象选择不同笔调;讲述杨贵

---

[1] 许寿裳:《亡友鲁迅印象记》51—52页。
[2] 骆玉明:《鲁迅的〈杨贵妃〉》,《文汇报》2005年6月8日。

妃的故事,不一定就是"华丽和浪漫",可以"苍凉",可以"颓废",还可以"反讽"。同样以文章名家,周氏兄弟的"文体感"以及写作策略明显有别:周作人是以不变应万变,同一时期的所有撰述,不管是翻译还是创作,是散文还是专著,笔调基本一致。鲁迅则很不一样,不要说翻译和创作不同,小说与散文不同,即便同是议论,杂文与论文的笔调,也都可能迥异[1]。既然选择哀感顽艳的杨贵妃故事,鲁迅必然考虑过怎样克服题材本身的局限。这一点,看《补天》《铸剑》《理水》等如何"老调重弹"、翻新出奇,就不难明白。

对于骆玉明的新说,现代文学专家吴中杰不太认同,在他看来,为女性辩诬,方才是鲁迅撰写《杨贵妃》的主旨:

> 鲁迅想发掘杨贵妃遭遇的真实情况,是与他一向反对"女人是祸水"论的思想一致的。通过重写这一历史故事,他要揭露男权社会所强加在女子头上的罪名。[2]

这一点,有《〈三浦右卫门的最后〉译后记》《女人未必多说谎》等文作为支持,根基相当牢靠[3]。西安行之前三年,鲁

---

[1] 参见陈平原《分裂的趣味与抵抗的立场——鲁迅的述学文体及其接受》,《文学评论》2005 年 5 期。
[2] 参见吴中杰《〈杨贵妃〉命意的启示》,《文汇报》2007 年 8 月 19 日。
[3] 此前,另一个鲁迅研究专家朱正也有过类似的论述,参见朱正《杜甫·鲁迅·杨贵妃》,《鲁迅研究月刊》2001 年 6 期。

迅曾撰《〈三浦右卫门的最后〉译后记》,其中提及:

> 杨太真的遭遇,与这右卫门约略相同,但从当时至今,关于这事的著作虽然多,却并不见和这一篇有相类的命意,这又是什么缘故呢?我也愿意发掘真实,却又望不见黎明,所以不能不爽然,而于此呈作者以真心的赞叹。[1]

西安行之后十年,鲁迅又撰《女人未必多说谎》和《阿金》,继续为女性"打抱不平":

> 譬如罢,关于杨妃,禄山之乱以后的文人就都撒着大谎,玄宗逍遥事外,倒说是许多坏事情都由她,敢说"不闻夏殷衰,中自诛褒妲"的有几个。就是妲己,褒姒,也还不是一样的事?女人的替自己和男人伏罪,真是太长远了。[2]

> 我一向不相信昭君出塞会安汉,木兰从军就可以保隋;也不信妲己亡殷,西施沼吴,杨妃乱唐的那些古老话。我以为在男权社会里,女人是决不会有这种大力量

---

[1] 鲁迅:《译文序跋集·〈三浦右卫门的最后〉译后记》,《鲁迅全集》第 10 卷 229 页。
[2] 参见鲁迅《花边文学·女人未必多说谎》,《鲁迅全集》第 5 卷 425 页。

的,兴亡的责任,都应该男的负。但向来的男性的作者,大抵将败亡的大罪,推在女性身上,这真是一钱不值的没有出息的男人。[1]

批评道貌岸然的中国文人缺乏道德勇气,借"女人祸水论"推脱"男人们的责任",这思路鲁迅一以贯之。上述《女人未必多说谎》文,甚至引录前蜀花蕊夫人《述国亡诗》[2],而后连呼:"快哉快哉!"有趣的是,这三则替女人打抱不平的文章,都有杨贵妃风姿绰约的影子。因此,说鲁迅拟写《杨贵妃》,明显有"替女性出头"的意识,当不为过。

鲁迅赞赏的诗句"不闻夏殷衰,中自诛褒妲",出自唐代大诗人杜甫的《北征》。此诗对君王的昏庸与虚伪,颇有责难与讽谏。其中"桓桓陈将军,仗钺奋忠烈",表彰的是率禁卫军护送唐玄宗逃离长安,在马嵬驿前逼死杨贵妃的陈玄礼。威严勇武的陈大将军,历来备受赞许,也就是杜甫说的"微尔人尽非,于今国犹活"。只有清代诗人袁枚很不以为然,《随园诗话》卷十六中有曰:

余雅不喜陈元礼逼死杨妃,《过马嵬》云:"将军手

---

[1] 鲁迅:《且介亭杂文·阿金》,《鲁迅全集》第6卷201页。
[2] 前蜀花蕊夫人《述国亡诗》:"君王城上竖降旗,妾在深宫那得知?十四万人齐解甲,更无一个是男儿!"鲁迅撰文时根据记忆,未称作者和诗题,且误为"二十万人齐解甲"。

把黄金钱,不管三军管六官。"吴[镇]《过马嵬》云:"桓桓尪说陈元礼,一矢何曾向禄山?"亦两意相同。[1]

收入《小仓山房诗集》卷八的《马嵬》,更是贬白而褒杜,讥讽世人之沉湎帝王风流而漠视民生疾苦:

> 莫唱当年《长恨歌》,人间亦自有银河。
> 石壕村里夫妻别,泪比长生殿上多![2]

当有"书呆子"以考据家眼光读诗,批评其违背历史事实时,袁枚在《随园诗话》卷十三中如此辩解:

> 考据家不可与论诗。或訾余《马嵬》诗曰:"'石壕村里夫妻别,泪比长生殿上多!'当日,贵妃不死于长生殿。"余笑曰:"白香山《长恨歌》:'峨眉山下少人行',明皇幸蜀,何曾路过峨眉耶?"其人语塞。[3]

---

[1] 袁枚:《随园诗话》544页,北京:人民文学出版社,1962年;另见胡凤丹编《马嵬志——唐明皇杨贵妃事迹》78页,文字略有改动,包括将避讳的"陈元礼"改回"陈玄礼"。

[2] 袁枚著,周本淳标校:《小仓山房诗文集》第1册171页,上海:上海古籍出版社,1988年。

[3] 袁枚:《随园诗话》446页,收入胡凤丹编《马嵬志——唐明皇杨贵妃事迹》,见78页。

可惜的是,中国历史上,像袁枚这样头脑清醒且不避嫌疑、愿意挺身而出为女性辩护的文人,实在是凤毛麟角。同样是对君王及御用文人借"女人祸水"推卸亡国责任不满,宋代诗人王安石的《宰嚭》流传甚广:"谋臣本自系安危,贱妾何能作祸基。但愿君王诛宰嚭,不愁宫里有西施。"宋人罗大经撰笔记集《鹤林玉露》,乙编卷四"荆公议论"则曾引此诗,而后略作发挥:

> 夫妲己者,飞廉、恶来之所寄也。褒姒者,聚子、膳夫之所寄也。太真者,林甫、国忠之所寄也。女宠蛊君心,而后憸壬阶之以进,依之以安。大臣格君之事,必以远声色为第一义。[1]

说来说去,还是回到杨贵妃。可见,在世人心目中,要说"女人祸水",没有比杨贵妃更"声名卓著"的了。这就难怪鲁迅对"杨太真的遭遇",一直耿耿于怀。

撰写历史小说或剧本《杨贵妃》,除了人物心理的发掘、女性意识的萌现,还有第三个重要因素,那就是鲁迅念念不忘的"唐朝的天空"。前两者完全可以坐在书斋里向壁虚构,只有第三者——历史场景的复原,需要某种"亲身体验"。鲁迅之实地踏勘,主要针对的是"古都"而非"人情"。正

---

[1] 罗大经:《鹤林玉露》186页,北京:中华书局,1983年。

是在这个问题上,鲁迅遭遇了巨大的障碍。

这里先从《杨贵妃》的文类归属说起——鲁迅想写的,到底是历史小说呢,还是剧本?孙伏园一口咬定是剧本:"鲁迅先生的原计划是三幕,每幕都用一个词牌为名,我还记得它的第三幕是'雨霖铃'。而且据作者的解说,长生殿是为救济情爱逐渐稀淡而不得不有的一个场面。"[1]当初参与接待的李级仁,追忆鲁迅"说要把她写成戏剧,其中有一幕,是根据诗人李白的《清平调》,写玄宗与贵妃的月夜赏牡丹"[2]。这两幕的名称都有历史沿袭的成分,日本学者竹村则行于是大胆推想,鲁迅所拟的另一幕可能是《舞霓裳》[3]。第一幕《清平调》,第二幕《舞霓裳》,第三幕《雨霖铃》——此说很是顺畅,只是有点落了俗套,恐怕非鲁迅所愿。

说鲁迅拟写的是小说(而非剧本),同样言之凿凿。前引郁达夫、冯雪峰、许寿裳三人的文章,都持此说;而且,鲁迅《致山本初枝》里,明明说的是"写关于唐朝的小说"。既然二说都有道理,单演义的《鲁迅在西安》只好来个首尾兼顾——"鲁迅在决定写成历史小说之前,曾有写成历史剧的计划,或者有人建议写成历史剧,因而和孙伏园等人谈及。"[4]我认同两个计划鲁迅都曾考虑过,但主张:作为历史

---

[1] 孙伏园:《〈杨贵妃〉》,见《1913—1983鲁迅研究学术论著资料汇编》第3卷794页。
[2] 关于李级仁的回忆,见单演义《鲁迅讲学在西安》15页。
[3] 参见竹村则行《楊貴妃文学史研究》392—393页。
[4] 参见单演义著《鲁迅在西安》21页。

小说的《杨贵妃》，鲁迅酝酿很久，且一直没有放弃；而作为历史剧的《杨贵妃》，则很可能是在西安"一时兴起"。

西安讲学时的鲁迅，除了翻译小说及辑校古籍外，已刊小说集《呐喊》（北京新潮社，1923年）和《中国小说史略》（上下册，北京新潮社，1923、1924年），还发表了若干后来收入《彷徨》中的短篇小说（如《祝福》《在酒楼上》等）。原本收入《呐喊》中的《不周山》，1930年第十三次印刷时，由作者自行抽掉；此篇后改名《补天》，收入1936年初版《故事新编》。这则取女娲炼石补天神话而创作的短篇，是鲁迅历史小说创作的最初尝试："那时的意见，是想从古代和现代都采取题材，来做短篇小说。"[1] 以小说创作及小说史研究名家，且已开始"故事新编"的尝试，构想"杨贵妃"的书写形式，选择"历史小说"远比选择"剧本"更为顺理成章。

至于鲁迅曾考虑将"杨贵妃"写成剧本，我的猜想是：第一，观看易俗社精彩演出的联想；第二，回避真实历史背景的困难。查《鲁迅日记》，在西安停留二十天，竟看了五场易俗社的演出，[2] 这在鲁迅一生中绝无仅有。须知，鲁迅喜欢看电影，但不是戏迷，对京剧等传统戏曲甚至不无偏见。或许是受陕西人观剧时的巨大热情感染，鲁迅竟开始构思如何让"杨贵妃"登台演出了。

---

[1] 鲁迅：《故事新编·序言》，《鲁迅全集》第2卷341页。
[2] 参见《鲁迅全集》第14卷504—509页。

选择剧本还是小说，其实牵涉到作家的整体构思是以杨贵妃的爱情故事，还是以大唐长安的历史场景为主。二者之间不无缝隙，如何取舍，显示了作家的趣味与学识。新文学家高扬个性解放大旗，注重独立思考，需要"重写历史"时（无论小说、戏剧还是叙事诗），容易改变的是思想观念与人物造型，难处理的则是历史氛围与生活场景。选择"多幕剧"而不是"长篇历史小说"，作为都城的"长安"（包括皇城格局、建筑形式以及日常生活场景等），其重要性相对降低；背景的淡化，可以化解很多写作上的困难。这一点，不妨以鲁迅"西安行"后不久出现的两部"杨贵妃"戏为例。

1927年，诗人王独清出版六场话剧《杨贵妃之死》；三年后再版时，作者称，此剧最初酝酿于法国里昂乡间，那时正学希腊文，故深受希腊悲剧的影响，原本"打算由杨贵妃与安禄山交好做起一直到马嵬驿底兵变"，后改为只写马嵬驿。作者设想，杨贵妃因性不满足而厌恶唐明皇，因异国情调和强健体格而爱慕安禄山；而"这剧本的立意只有一点，就是想来提高女性"，故刻意把杨贵妃写成"女性的模范"[1]：

> 这儿底杨贵妃完全不是历史上的杨贵妃了，我在这儿把杨贵妃变成了一个甘为民族甘为自由牺牲的人物。

---

[1] 王独清：《作者附言》，《杨贵妃之死》69—77页，上海：乐华图书公司再版，1930年。

> 这儿底杨贵妃坦然地把生命献给了民众，不但没有自私的行为，并且还是一个为自由为人格奋斗的表率。像我这个杨贵妃才是我所希望的女性，才是我们都应该崇拜的女性呢！[1]

将马嵬驿作为戏剧中心，场景的布置就变得很容易了，分别是佛殿前、佛殿后、佛殿内，而完全回避了有关长安城的描写。至于人物性格，请看第五场杨贵妃自杀前的独白：

> 唵，长安呀！长安呀！我们要永别了！你是我们中华民族产育文化的都城，你是我享受人生苦乐的地方，我因你成就了我过去种种的生活和最后的人格，你也因我增添了繁华、富丽，又陷入了荒废、败倾……唉，我也不知道我怎样成了这样一个与民族有关系的人！……
>
> 唉，时候到了！我知道时候到了！……长安……河东……中国，哦哦，安禄山，安禄山，我底力，我底光明，我底生命底生命……我，为祖国死，为爱情死……死，死……[2]

为配合作者"提高女性"的总体构思，大将军陈玄礼也只好

---

[1] 王独清：《作者附言》，《杨贵妃之死》73页，上海：乐华图书公司再版，1930年。
[2] 王独清：《杨贵妃之死》55、57页，上海：创造社出版部，1927年。

屈尊,在第六场中,率领众将士为"新女性"下跪:

> 她能为民众这样牺牲,也确不是一个寻常的女性,我们应该感谢,并且也应该崇拜……跪下罢,兵士们!国民们!跪下瞻礼这曾具有不朽的灵魂的神圣的尸体,跪下!跪下!……哦,今日底事件,真是我们底光荣呀!我们应该三呼长安底光荣。[1]

如此面貌一新的"杨贵妃",很有叛逆性,也很符合"五四"新文化人的趣味,可就是不太好搬上舞台,也不太容易为观众接受。

至于欧阳予倩亲自创作、编排并扮演的歌剧《杨贵妃》(剧本发表于1929年)[2],同样是大做翻案文章。三十年后,作者自述其创作心得:

> 杨贵妃和唐明皇相爱的故事,流传很广也很久,大家都认为他们是"在天愿作比翼鸟,在地愿为连理枝",可是我的戏却认为李隆基并不真爱杨玉环,不过是把她当作玩物。当"六军不发无奈何"的时候就把误国的责任推在女人身上,赐她一死;反不如安禄山对杨玉环的

---

[1] 王独清:《杨贵妃之死》66—67页,上海:创造社出版部,1927年。
[2] 参见(欧阳)予倩创作的剧本《杨贵妃》,初刊《戏剧》1卷1期,1929年5月25日。

爱是真挚的。这样就违反了一般的习惯看法。《马嵬坡埋玉》一场，照《长生殿》传奇是异常悱恻缠绵的。照一般的习惯，皇帝和妃子应当演得难舍难分，而杨玉环之死，也可以表现为忠君爱国、为国捐躯，我却把她演成激昂慷慨反抗封建帝王那种自私的、虚伪的爱。她临死拿起皇帝赐给她的白绫子，激动地唱着舞着，最后几句唱词是："……笼中鸟难把翅展，盆中花舒不开枝干，梦醒时不过刹那间，望远天边人不见！白练啊！我爱你没染过的洁白，就与你终始缠绵！"唱完舞完，她就拿白绫子绕在脖子上由高力士把她缢死。[1]

这个作者"费了很大的事编排出来""花了整整半年的时间练习我自做的长绸舞"的《杨贵妃》，演出效果并不好，甚至"不如随便弄出来的小戏卖座"，这让欧阳予倩很悲伤："我修改了好几次，但根本的东西没法子改。"

站在现代人的立场，重新解读千古传诵的爱情故事，这对于"五四"新文化人来说，不算难事——个性解放，女性觉醒，批判帝王，同情弱者等，在王独清的话剧《杨贵妃之死》和欧阳予倩的歌剧《杨贵妃》中，都得到了充分的体现。但是，鲁迅希望看到的"唐朝的天空"，却一点影子也

---

[1] 欧阳予倩：《我自排自演的京戏》，《欧阳予倩全集》第6卷274页，上海：上海文艺出版社，1990年。

没有[1]。

换句话说，鲁迅关于《杨贵妃》的腹稿，容易实现的，是人物心理的发掘、女性意识的萌现；难以落实的，乃历史场景的复原。而"长篇历史小说"与"三幕剧"的区别，关键就在这个地方。之所以想实地考察，而且感慨再也找不到"唐朝的天空"，很显然，鲁迅并不希望只是讲述一个爱情故事——即便是精彩的"翻案文章"。那个在历史深处若隐若现、让鲁迅怦然心动但又感到难以捉摸的都城"长安"，方才是"杨贵妃"书写的最大障碍。

四、可疑的"古都"情结

鲁迅西安行，看了华清池，但放弃寻访马嵬驿；来回都停留在河南灵宝县，归途还曾登临函谷关。此关在灵宝县东北，距黄河岸边不远，相传为关尹喜望候老聃的地方。日后鲁迅撰写"故事新编"《出关》，很难说与此次旅行有直接关系。影响作家创作的因素很多，旅途与观感，只是其中之一。假如承认鲁迅之放弃"杨贵妃"，主要不是因李、杨爱情消逝，而是唐代长安失落，那么，需要追问的是，何为鲁迅的"帝京想象"。

---

[1] 王独清撰写自传，注重的是少年的精神成长；全书唯一提及的城市空间，是清廷在长安的行宫（参见《长安城中的少年》27页）。

同一个长安，完全可以有不同的解读方式，或亭台楼阁，或通衢大道，或民生疾苦，或宝马香车，或宴饮赋诗，或踏青赏胜，或客商云集，或士子风流……可谓五彩缤纷，无奇不有。但既然是书写唐明皇与杨贵妃，那就必然与"帝京"/"宫廷"联系在一起。那个早已消逝了的"唐朝的天空"，到底是指向时代精神、日常生活还是都城景观？抑或三者兼备？论及此，不能不牵涉作家的学识、历史感以及文化趣味。

谈及长安，熟悉中国历史及文学的读书人，大都马上联想起"千年古都"之显赫与辉煌。那位在"人"（杨贵妃）与"城"（长安）之间徘徊不已的作家鲁迅，是否也不例外？翻阅《鲁迅全集》，你会发现一个有趣的现象，对于"古都""帝京"之类的说法，鲁迅其实不太感兴趣。

或许是叛逆心理，或许是平民意识，或许是反威权（皇权）、反压迫（中心）、反传统（古老），在鲁迅的著述中，提及"古都"与"古城"的竟然只有一次，且语带嘲讽。初刊1933年2月6日《申报·自由谈》的《崇实》，说及年初日军占领山海关，国民政府慌忙将历史语言研究所、故宫博物院等收藏的古物分批从北平运往南京和上海。对于当局的迁移古物和不准大学生逃难，鲁迅大加嘲讽，并剥唐人崔颢《黄鹤楼》诗以吊之：

阔人已骑文化去，此地空余文化城。

> 文化一去不复返,古城千载冷清清。
> 专车队队前门站,晦气重重大学生。
> 日薄榆关何处抗,烟花场上没人惊。[1]

而发表在 1934 年 2 月 3 日《申报·自由谈》上的《"京派"与"海派"》,称北京学界原本有五四运动的光荣,"但当时的战士"功成后或"身退"、或"身稳"、或"身升","前年大难临头,北平的学者们所想援以掩护自己的是古文化,而惟一大事,则是古物的南迁,这不是自己彻底的说明了北平所有的是什么了吗?"接下来就是:

> 但北平究竟还有古物,且有古书,且有古都的人民。在北平的学者文人们,又大抵有着讲师或教授的本业,论理,研究或创作的环境,实在是比"海派"来得优越的,我希望着能够看见学术上,或文艺上的大著作。[2]

鲁迅笔下的"古都"与"古城",全都暮气沉沉,危机四伏,绝非希望之所在。至于今人奉若神明的"帝京""都城""京都""京城""帝都"等"绝妙好词",在鲁迅的著述中,也

---

[1] 鲁迅:《伪自由书·崇实》,《鲁迅全集》第 5 卷 12—13 页。
[2] 鲁迅:《花边文学·"京派"与"海派"》,《鲁迅全集》第 5 卷 433 页。

很少出现。

除专有名词（地名、书名），鲁迅提及"帝京"的，有《汉文学史纲要·汉宫之楚声》[1]；提及"都城"的，有《故事新编·非攻》[2]；提及"京都"的，有《故事新编·理水》、《中国小说史略·清之侠义小说及公案》和《致增田涉》[3]；提及"京城"，则是《呐喊·一件小事》、《中国小说史略·宋元之拟话本》和《致增田涉》[4]。"帝都"一词出现的频率稍微高点，共四次，且有实际评价，不妨全部抄录。《故事新编·理水》："一个半阴半晴的上午，他终于在百姓们的万头攒动之间，进了冀州的帝都了。前面并没有仪仗，不过一大批乞丐似的随员。"[5]《花边文学·"京派"与"海派"》："北京是明清的帝都，上海乃各国之租界，帝都多官，租界多商，所以文人之在京者近官，没海者近商，近官者在使官得名，近商者在使商获利，而自己也赖以糊口。"[6]《且介亭杂文·"京派"和"海派"》引述前文，故再次出现"帝都"[7]。《鲁迅全集·书信·致姚克》："北平原是帝都，只要有权者一提倡'惰气'，一切就很容易趋于'无聊'

---

[1] 参见《鲁迅全集》第9卷386页。
[2] 参见《鲁迅全集》第2卷455页。
[3] 参见《鲁迅全集》第2卷379页、第9卷270页、第13卷540页。
[4] 参见《鲁迅全集》第1卷458页、第9卷125页、第16卷423页。
[5] 参见《鲁迅全集》第2卷385页。
[6] 参见《鲁迅全集》第5卷432页。
[7] 参见《鲁迅全集》第6卷302页。

的，盖不独报纸为然也。"[1]纵观所有论述，凡涉及"帝都"等，鲁迅都没好声气；最多也只是平铺直叙，绝不会有任何歆羡或溢美之词。

如果担心词汇使用有其偶然性，那么，不妨追踪一下鲁迅的踪迹及著述，看他对历代帝都到底是何感觉。照历史地理学专家的意见，漫长的中国史上，曾经作为一统政权或较大地区政权的都城的城市很多，但同为都城，规模及重要性相差甚远；至关重要的，按历史顺序，是西安、洛阳、南京、开封、杭州、北京（也有加上安阳而成"七大古都"的）。而所谓"重中之重"，"前期是西安，后期是北京，二者应并列为两个最大的古都"[2]。恰好，鲁迅在其中的四个古都生活过，请看他如何描述。

1898年5月7日，少年周树人从绍兴来到南京，先是考取江南水师学堂，后转矿路学堂；1902年3月24日，周随俞明震总办离宁经沪赴日留学。日后，鲁迅诗文中出现南京的，除《朝花夕拾·琐记》外，还有30年代写的几首题赠友人的诗：

> 六代绮罗成旧梦，石头城上月如钩。(《无题二首·其一》)

---

[1] 参见《鲁迅全集》第12卷511页。
[2] 参见谭其骧《〈中国七大古都〉序》，陈桥驿主编《中国七大古都》1—14页，北京：中国青年出版社，1991年。

>   雨花台边埋断戟，莫愁湖里余微波。(《无题二首·其二》)
>   英雄多故谋夫病，泪洒崇陵噪暮鸦。(《无题》)
>   风生白下千林暗，雾塞苍天百卉殚。(《赠画师》)[1]

这里的"石头城""白下"均代指南京，至于"雨花台"、"莫愁湖"以及"崇陵"（中山陵）等，都是南京的名胜古迹。所有这些，都是点到即止。至于描述南京求学经历的《朝花夕拾·琐记》，有人名、书名，但很少地名——作家关注的，显然不是城市的空间布局，而是少年的精神成长。唯一写到风景的，是练习爬桅杆："人如果爬到顶，便可以近看狮子山，远眺莫愁湖，——但究竟是否真可以眺得那么远，我现在可委实有点记不清楚了。"[2]

除了少年时前去探望入狱的祖父，鲁迅1909年从日本回国，任教于浙江官立两级师范学堂优级师范部，在杭州居住了一年。关于鲁迅这一年的生活，许寿裳有精彩的描述。其一是《亡友鲁迅印象记》之《归国在杭州教书》：

>   鲁迅极少游览，在杭州一年之间，游湖只有一次，还是因为应我的邀请而去的。他对于西湖的风景，并没

---

[1] 诸诗见《集外集拾遗》，《鲁迅全集》第7卷428、431、441页。
[2] 鲁迅：《朝花夕拾·琐记》，《鲁迅全集》第2卷294页。

有多大兴趣。"保俶塔如美人,雷峰塔如醉汉",虽为人们所艳称的,他却只说平平而已;烟波千顷的"平湖秋月"和"三潭印月",为人们所流连忘返的,他也只说平平而已。[1]

其二,《〈民元前的鲁迅先生〉序》称,鲁迅常识丰富、趣味广泛,尤其对于花草有特殊爱好:

> 他在杭州时,星期日喜欢和同事出去采集植物标本,徘徊于吴山圣水之间,不是为游览而是为科学研究。每次看他满载而归,接着做整理、压平、张贴、标名等等工作,乐此不疲,弄得房间里堆积如丘,琳琅满目。[2]

很幸运,我们现在还可见到鲁迅 1910 年 3 月采集植物标本的记录,那倒是另一种滋味的"春游"或"风土志":

> 三月一日　孤山;三月八日　钱塘门内二外五;三月八日　栖霞岭;三月十三日　孤山;三月十四日　灵隐;三月十五日　师范学堂内;三月十六日　吴山;三月二十日　本学堂;三月二十二日　孤山;三月二十七

---

[1] 许寿裳:《归国在杭州教书》,《亡友鲁迅印象记》31 页。
[2] 许寿裳:《〈民元前的鲁迅先生〉序》,《我所认识的鲁迅》49 页,北京:人民文学出版社,1981 年。

日　栖霞岭；三月二十八日　玉皇山；三月二十九日栖霞岭及葛岭、孤山。

此记录的末行，有鲁迅自己做的统计："三月所集总七十三种。"据说，那时的鲁迅还计划写《西湖植物志》，可惜由于种种原因没有完成[1]；要不，与前代文人的《西湖游览志》，可就"交相辉映"了。

对常人习焉不察的西湖植物感兴趣，而对世人赞叹不已的人文景观，鲁迅反而兴趣索然。就在撰《说胡须》、感慨长安之行"没有什么怎样"的前两天，鲁迅还写了《论雷峰塔的倒掉》，讥笑那西湖十景之一的"雷峰夕照"：

听说，杭州西湖上的雷峰塔倒掉了，听说而已，我没有亲见。但我却见过未倒的雷峰塔，破破烂烂的映掩于湖光山色之间，落山的太阳照着这些四近的地方，就是"雷峰夕照"，西湖十景之一。"雷峰夕照"的真景我也见过，并不见佳，我以为。[2]

这跟许寿裳所追忆的，鲁迅称平湖秋月及三潭印月"平平而

---

[1] 参见王祖勋、董舒林《鲁迅在浙江两级师范学堂》，《鲁迅在杭州》13—19页，山东师范学院聊城分院，1979年。引文部分，据李进敏《鲁迅的"植物标本记录"》（《鲁迅研究月刊》2010年2期）校改。

[2] 鲁迅：《坟·论雷峰塔的倒掉》，《鲁迅全集》第1卷171页。

已",若合符节。

1928年7月,鲁迅和许广平由许钦文陪同,到杭州来"蜜月旅行",负责接待的原北大学生川岛(章廷谦),日后在回忆录中提到:

> 鲁迅先生在杭州住了四日,虽是那么难得的高兴;在后来见面时说起来也总不忘此行。但说到杭州时,以为杭州的市容,学上海洋场的样子,总显得小家子气,气派不大。至于西湖风景,虽然宜人,有吃的地方,也有玩的地方,如果流连忘返,湖光山色,也会消磨人的志气的。如像袁子才一路的人,身上穿一件罗大褂,和苏小小认认乡亲,过着飘飘然的生活,也就无聊了。[1]

五年后,郁达夫迁往杭州,鲁迅赠诗劝阻(《阻郁达夫移家杭州》)。研究者大都认定,鲁迅此诗包含着对于郁达夫从进步的文化前线退避,跑到杭州来营造个人安乐窝的批评[2]。而在《南腔北调集·谣言世家》中,鲁迅是这样谈论杭州人的:

> 中国人里,杭州人是比较的文弱的人。当钱大王治

---

[1] 川岛:《忆鲁迅先生一九二八年杭州之游》,《和鲁迅相处的日子》58页,北京:人民文学出版社,1958年。
[2] 参见丁景唐《关于鲁迅〈阻郁达夫移家杭州〉诗的一些史实》,《鲁迅在杭州》79—86页。

世的时候,人民被刮得衣裤全无,只用一片瓦掩着下部,然而还要追捐,除被打得麂一般叫之外,并无贰话。不过这出于宋人的笔记,是谣言也说不定的。但宋明的末代皇帝,带着没落的阔人,和暮气一同滔滔的逃到杭州来,却是事实,苟延残喘,要大家有刚决的气魄,难不难。到现在,西子湖边还多是摇摇摆摆的雅人;连流氓也少有浙东似的"白刀子进红刀子出"的打架。[1]

对南京记忆不深,对杭州印象欠佳,对曾居住了十四年且由此登上历史舞台的北京,鲁迅感觉如何?

从1912年5月5日下午7时抵达北京,开始重记日记,到1926年8月26日下午4时25分乘车离京(许广平同行),鲁迅在北京整整生活了十四年。十四年间,鲁迅先后居住的地方有绍兴会馆、八道湾十一号、砖塔胡同六十一号、西三条胡同二十一号。绍兴会馆里的补树书屋、西三条胡同二十一号里的"绿林书屋"(亦称"老虎尾巴"),或因鲁迅自述,或因学生描摹,对于现代文学研究者,都是再熟悉不过的了。但在鲁迅的小说、散文、诗歌中,作为古都的北京(北平),从来不是重要角色,没有得到过仔细的描写。

80年代初,学者邓云乡以《鲁迅日记》中记载的游宴为线索,分厂肆志略、厂甸风貌、酒肆谭乘、名胜散记、生活

---

[1] 鲁迅:《南腔北调集·谣言世家》,《鲁迅全集》第4卷594页。

杂摭五部分，尽可能复原"北京风土"。在"酒肆谭乘"中，作者列出《鲁迅日记》中谈及的六十五家饭馆和酒楼，然后发表以下议论：

> 在我国历史文献上，关于这方面的资料历来很少，有的只是宋人孟元老的《东京梦华录》、吴自牧的《梦粱录》、周密的《武林旧事》等书，留下了汴京的樊楼、杭州的太和园等酒楼的字号名称，和当时酒楼场景的剪影。其他各代，则没有具体的专著了。有的，也只是一些零星记载。如果能从一本书中，找出五六十家酒楼饭店的字号名称，在近代各家的著作中，虽不能说绝无仅有，恐怕也真是稀如凤毛麟角了。先生事事留心，在写日记的时候，为我们留下了这么许多饭馆的字号名称，这也是一个有关一个历史时期生活、市容、经济、商情等方面的具体资料，而且这是一般的高文典册中找不到的资料，应该说是十分珍贵的。先生这样记，据我想也绝不是无意的吧。[1]

其实，周氏兄弟中，喜欢"都市风光"以及"风土人情"（尽管多系书本知识）的是周作人，而非鲁迅。至于鲁迅那

---

[1] 邓云乡：《鲁迅与北京风土》73—74页，石家庄：河北教育出版社，2004年。

些"写给自己看的"日记,"写的是信札往来,银钱收付,无所谓面目,更无所谓真假"。[1]后人从中读出某种特殊韵味,但却并非作者的本意。

曾长期居住过的"古都"南京、杭州和北京,尚且没在鲁迅的著述中留下深刻印记,怎能期待那匆匆一瞥的西安古城让鲁迅过目不忘?或许,强烈的社会关怀与敏锐的现实感触,使得鲁迅对人云亦云的"古都风韵"没有多少兴趣。若如是,为撰写《杨贵妃》而走访西安,效果不可能很好。同行的人兴致勃勃,除孙伏园发表长篇通讯《长安道上》外,文学教授陈斠玄(陈钟凡、陈中凡)撰《陕西纪游》,称:"往返凡四十有九日,游踪所及,举凡太华终南之奇,河渭伊洛之广,函谷潼关之险峻,曩昔所向往者,莫不登临,一览无胜,信足名生平之赏矣。"[2]史学教授王桐龄甚至专门出版《陕西旅行纪》一书,除描摹一路所见山水,抄录唐人诗句(如崔颢、许浑、杜牧等),还对西安古城的现状做了许多调查,如第二章"长安之观察"便包含"长安之建筑""长安之市街""长安之实业""长安之教育""长安之市政""长安附近之交通机关""长安之宗教""长安之风俗""长安之古迹及古物""长安之饮食""长安之土产""长

---

[1] 鲁迅:《马上日记》,《鲁迅全集》第3卷308页。
[2] 陈斠玄:《陕西纪游》,原刊1924年10月21日《西北大学周刊》,见单演义编《鲁迅在西安》196页。

安之植物"十二节。[1]相形之下,只在两篇杂文中顺带提及"西安行"的鲁迅,似乎对这座"古城"没有多大兴致。

五、时间意识还是空间想象

鲁迅之立意写作《杨贵妃》,最早的感触来自作家对世道人心的洞察,以及对中国历史上女性地位的思考,而与都城长安关系不是很密切。至于直接的起因,除了翻译《三浦右卫门的最后》,我相信还与其撰写《中国小说史略》大有干系。那么,长安之行,对于作为小说史家的鲁迅,到底有没有帮助?

先看鲁迅启程西安前就已经出版的《中国小说史略》,其第八篇"唐之传奇文(上)",对于陈鸿及其《长恨歌传》有如下介绍:

> 陈鸿为文,则辞意慷慨,长于吊古,追怀往事,如不胜情。鸿少学为史,贞元二十一年登太常第,始闲居遂志,乃修《大统纪》三十卷,七年始成(《唐文粹》九十五),在长安时,尝与白居易为友,为《长恨歌》作传(见《广记》四百八十六)……《长恨歌传》则作于元和初,亦追述开元中杨妃入宫以至死蜀本末,法与

---

[1] 王桐龄:《陕西旅行纪》,见单演义著《鲁迅在西安》183—194页。

《贾昌传》相类。杨妃故事,唐人本所乐道,然鲜有条贯秩然如此传者,又得白居易作歌,故特为世间所知,清洪昇撰《长生殿传奇》,即本此传及歌意也。[1]

接下来的"传今有数本"以下,是关于此传的版本考辨,有大段的引文。既然对从《长恨歌》到《长生殿》的"杨贵妃文学史"多有了解,而且号称是为撰写自家的《杨贵妃》而来到西安的,照常理推测,鲁迅作《中国小说的历史的变迁》系列演讲时,应该多有发挥才是,出乎意料,第三讲"唐之传奇文"中,关于从唐到清的"杨贵妃",竟只有寥寥数语:

> 此外还有一个名人叫陈鸿的,他和他的朋友白居易经过安史之乱以后,杨贵妃死了,美人已入黄土,凭吊古事,不胜伤情,于白居易作了《长恨歌》;而他便做了《长恨歌传》。此传影响到后来,有清人洪昇所做的《长生殿》传奇,是根据它的。[2]

撰于 1927 年 8 月、初收于《唐宋传奇集》下册的《稗边小缀》称:"二十年前,读书人家之稍豁达者,偶亦教稚子

---

[1] 鲁迅:《中国小说史略》,《鲁迅全集》第 9 卷 75 页。
[2] 鲁迅:《中国小说的历史的变迁》,《鲁迅全集》第 9 卷 315 页。

诵白居易《长恨歌》";"本此传以作传奇者,有清洪昉思之《长生殿》,今尚广行"。还是原来的意思,只是增加了一条史料:"陈鸿所作传因连类而显,忆《唐诗三百首》中似即有之。"[1] 通行本《唐诗三百首》确实在白居易《长恨歌》后,附录了陈鸿的《长恨歌传》,使得一诗一传,相得益彰。

换句话说,无论是西安的演说还是日后的撰述,关于"杨贵妃"的评说,比起北大讲义及其写定本,只有删削,没有增加。原本兴致勃勃,可事到临头,反而意兴阑珊;除了对现实中的西安不满,依我观察,还有一个因素,那就是,鲁迅对"空间"的意义不敏感。

在《唐宋传奇集·稗边小缀》中,鲁迅批评宋人乐史所撰《杨太真外传》,恰恰因乐是学识渊博的史官,把地理志的趣味带到小说创作里来:

> 盖史既博览,复长地理,故其辑述地志,即缘滥于采录,转成繁芜。而撰传奇《绿珠》《太真传》,又不免专拾旧文……且常拳拳于山水也。[2]

作为中国文化史上的重要著述,乐编《太平寰宇记》记载各地自前代至宋初的州县沿革、山川形势、人情风俗、交通、

---

[1] 参见鲁迅《唐宋传奇集·稗边小缀》,《鲁迅全集》第10卷99—100页。
[2] 同上书131页。

人物姓氏、土特产等，其旁征博引，得到学界的好评，却被同为小说家的鲁迅斥为卖弄学问。就创作而言，鲁迅的感觉是对的；但由此也可看出，鲁迅对"地理""博览""拳拳于山水"等不感兴趣。这也就难怪，到了西安，鲁迅未曾触景生情，没有借题发挥，演讲和著述中，连一点"本地风光"都看不到。或许，作为文人、学者、思想家的鲁迅，始终关注的是时间上的"历史"，而不是空间上的"都城"。

在鲁迅的所有小说中，人物命运及其内心感受最为重要；至于生活场景，不占中心位置。鲁迅对于鲁镇（若《孔乙己》《明天》《社戏》《祝福》）与绍兴（《药》《故乡》《在酒楼上》）的描摹，不及沈从文笔下的湘西精细；至于谈论北京城（如《一件小事》之"我从乡下跑到京城里"，《头发的故事》里北京双十节挂旗，《示众》开篇则是"首善之区的西城的一条马路上"，还有《伤逝》里的会馆和吉祥胡同），更无法与老舍或张恨水相提并论。这里有长篇小说与短篇小说体裁上的差异——前者无疑更适于展开都市里的建筑、风俗以及日常生活场景。可也不尽然，比如新感觉派小说对于"摩登上海"的精雕细刻，采用的便多为短篇小说。可见，关键还是作家的趣味，即，是否对所谓的"都市风景线"感兴趣。在这个意义上，鲁迅不是"风俗画家"，很难将其定位为某都市或某地域的"代言人"。

具体到西安，鲁迅还面临另一重困境——这是一个早已消逝了的"古都"，眼前的风景，与历史上曾真实存在过的那座繁华都城,几乎没有任何联系。当然,这里还牵涉传世文献的问题。七大古都中并列为第三等的安阳和杭州,都曾"中断"过,但在公众印象中,却是天差地别。除了西湖风月依旧,后人很容易"恢复记忆";更重要的,恐怕还在于后者有大量文献存世。追溯历史,安阳继承殷和邺而成为河北平原南部、太行山东麓的都邑,是中国史前期(前14世纪至前6世纪)的重要古都,但因殷、邺的故址早已成为废墟,安阳至今也不是繁华都市,公众对其了解甚微。而杭州虽只做过一个割据东南十三州的吴越国首府,一个偷安半壁江山的南宋王朝的行在所,却因城市历来繁华,加上有许多文学书写,公众对其十分亲近。后世学者甚至不难依据那数量惊人的诗文以及生活琐记、逸事汇编、笔记小说、地方志等,复原马可·波罗所再三称道的这座"世界上最辉煌最优秀的城市",并提供关于这座城市的"大量翔实准确和栩栩如生的细节"[1]。当然,最方便的还是北京,老舍根本用不着参与"考古"或阅读"方志",单凭日常生活经验,他就能为这座千年古都画像;而且,笔笔生动。因为,这里的"古都"是活着的,街道及建筑会有变化,但"香火"及"气味"犹存,城市的生命还在延续,你不难触摸到其跳动的脉搏。因此,同是"追忆",当张岱这样的"都市诗人"(周作

---

[1] 参见谢和耐著、刘东译《蒙元入侵前夜的中国日常生活》6页,南京:江苏人民出版社,1995年。

人语）相对容易些；而要为千年以前的都市造像，则非有丰厚的学识作为根基不可。

无疑，鲁迅有学问，但其所撰历史小说，全都有意无意地回避了有关古代都城的描写。在"叙事有时也有一点旧书上的根据，有时却不过信口开河""并没有将古人写得更死"的《故事新编》中[1]，鲁迅是如何处理古代都城的呢？《补天》(《不周山》)和《奔月》取材于神话传说，没有这个问题；《采薇》除了"叩马而谏"，主要场景是养老堂和首阳山；《起死》的故事发生在野外，满眼荒地、土冈、蓬草；《出关》中终于有了座像样的建筑："这大厅就是城楼的中一间，临窗一望，只见外面全是黄土的平原，愈远愈低；天色苍苍，真是好空气。"真正涉及古代都城的，是《铸剑》、《理水》和《非攻》三篇。

一心复仇的眉间尺，终于进城了。小说除了略为展现国王游山的仪仗与威严，再就是结尾处城里城外的人民"都奔来瞻仰国王的'大出丧'"，欣赏清道的骑士以及"什么旌旗，木棍，戈戟，弓弩，黄钺之类"[2]。整篇《铸剑》，避开了关于城池、通衢或宫廷建筑的正面描写。

《理水》讲述夏朝的创建者、治水英雄禹的故事，其中穿插奇肱国飞车、考证禹是一条虫的学者（嘲笑顾颉刚），

---

[1] 参见鲁迅《故事新编·序言》，《鲁迅全集》第2卷342页。
[2] 鲁迅：《故事新编·铸剑》，《鲁迅全集》第2卷423、435页。

以及提倡性灵的文人（讥讽林语堂）。"禹爷走后，时光也过得真快，不知不觉间，京师的景况日见其繁盛了。"终于，禹又回来了："双手捧着一片乌黑的尖顶的大石头——舜爷所赐的'玄圭'，连声说道'借光，借光，让一让，让一让'，从人丛中挤进皇宫里去了。"[1]至于"京师"到底是何光景，"皇宫"究竟有何模样，小说没有明言。

1934年撰写的《非攻》，是《故事新编》中唯一正面描写都城的。小说提到宋国的国都商丘（今属河南）以及楚国的都城郢（今湖北江陵县境）。前者破败萧条：

> 城墙也很破旧，但有几处添了新石头；护城沟边看见烂泥堆，像是有人淘掘过，但只见有几个闲人坐在沟沿上似乎钓着鱼。……城里面也很萧条，但也很平静；店铺都贴着减价的条子，然而并不见买主，可是店里也并无怎样的货色；街道上满积着又细又粘的黄尘。

后者之勃勃生机，与前者的颓败，恰好形成鲜明的对照：

> 楚国的郢城可是不比宋国：街道宽阔，房屋也整齐，大店铺里陈列着许多好东西，雪白的麻布，通红的辣椒，斑斓的鹿皮，肥大的莲子。走路的人，虽然身体

---

[1] 鲁迅：《故事新编·理水》，《鲁迅全集》第2卷384、385页。

比北方短小些,却都活泼精悍,衣服也很干净,墨子在这里一比,旧衣破裳,布包着两只脚,真好像一个老牌的乞丐了。

再向中央走是一大块广场,摆着许多摊子,拥挤着许多人,这是闹市,也是十字路交叉之处。墨子便找着一个好像士人的老头子,打听公输般的寓所,可惜言语不通,缠不明白,正在手掌心上写字给他看,只听得嗡的一声,大家都唱了起来,原来是有名的赛湘灵已经开始在唱她的《下里巴人》,所以引得全国中许多人,同声应和了。不一会,连那老士人也在嘴里发出哼哼声,墨子知道他决不会再来看他手心上的字,便只写了半个"公"字,拔步再往远处跑。然而到处都在唱,无隙可乘,许多工夫,大约是那边已经唱完了,这才逐渐显得安静。他找到一家木匠店,去探问公输般的住址。[1]

但无论繁华的郢,还是衰败的商丘,其作为都城的特点,在小说中都没有得到精细的刻画。读者很难借助这些略带调侃的笔墨,进入那个规定情景。你可以说是鲁迅有意为之,借此获得"间离效果",促使读者认真反省与思考;[2]但毫无疑问,此举也回避了撰写此类小说原本必须进行的关于古代

---

[1] 鲁迅:《故事新编·非攻》,《鲁迅全集》第2卷455、457页。
[2] 参见陈平原《鲁迅的〈故事新编〉与布莱希特的"史诗戏剧"》,《在东西方文化碰撞中》254—280页,杭州:浙江文艺出版社,1987年。

都城的实证研究。

小说家许钦文曾提出一个有趣的问题：鲁迅此前写了《不周山》，此后又撰有《奔月》《理水》等，所有收在《故事新编》中的历史小说，都是凭想象写成的，为什么到了《杨贵妃》就不行？许的答案是：

> 因为这是有着相当的实际情况可以对照，西安的现象明明摆在那里的。背景不明白就不写，这是鲁迅先生态度严肃的表现了。[1]

不要说大禹的皇宫装饰怎样没人说得清楚，就是郢都景色如何，除了极个别的专门学家，一般人根本无法悬想。但长安就不一样了，你稍不留神，就可能露馅。这也是许钦文说的，同是历史小说，鲁迅为何对撰写《杨贵妃》颇为踌躇的原因。

对作为城市的"古都"颇为漠然，而对作为历史的"古人"极感兴趣，这样的作家或学者，其知识储备及敏感点，必定在"时间"而非"空间"。讲述杨贵妃的故事，既牵涉人间真情的体味，更旁及汉唐盛世的遥想、帝京风物的复活。而后两者，在时间意识外，还得兼具空间想象的趣味与

---

[1] 许钦文：《关于鲁迅先生在西安》，《西安晚报》1962 年 11 月 15 日；见单演义编《鲁迅在西安》128 页。

能力。有个细节,值得我们仔细揣摩:在《〈唐宋传奇集〉序例》中,鲁迅提及清代著名学者徐松(1781—1848)的《登科记考》;[1]但终其一生,鲁迅只字未及徐的另一部名著《唐两京城坊考》。后者对于了解唐代长安的空间布局,实在太重要了,以至我会追问:重现"唐朝的天空",鲁迅准备好了吗?

六、如何"遥想汉唐盛世"

谈及隋唐长安史迹,最重要的参考文献,莫过于唐开元时韦述的《两京新记》、北宋宋敏求的《长安志》、元代李好文的《长安志图》以及清人徐松的《唐两京城坊考》。韦述的《两京新记》之长安部分,是最早记述隋唐长安城坊的专著;《长安志》以《两京新记》为本而"博采群籍,参校成书",《四库全书总目提要》称其"凡城郭、官府、山川、道里、津梁、邮驿,以至风俗、物产、宫室、寺院,纤悉毕具,其坊市曲折,及唐盛时士大夫第宅所在,皆一一能举其处,粲然如指诸掌"[2]。《长安志图》共三卷,图二十二:"凡汉唐宫阙、陵寝及渠泾,沿革制度皆在焉。"[3]《唐两京城坊考》乃承继《两京新记》《长安志》等,对唐代长安的城市

---

[1] 鲁迅:《古籍序跋集·〈唐宋传奇集〉序例》,《鲁迅全集》第10卷140页。
[2] 参见《四库全书总目》619页,北京:中华书局,1965年。
[3] 同上书620页。

规制、宫殿苑囿、官署里巷、水陆交通、风土人情等详加描述的著作，成书于嘉庆庚午年（1810），有《连筠丛书》《畿辅丛书》刊本及商务印书馆《丛书集成初编》排印本[1]。清末以还，大量墓志出土，加上考古发掘，今人对唐代长安的了解，当然大有长进；而学界在校正徐著之误方面，也多有建树[2]。但时至今日，《唐两京城坊考》仍是我们了解唐代长安的最为重要的著述。

就像徐松在《唐两京城坊考序》中所称："古之学者，左图右史，图必与史相因也。余嗜读《旧唐书》及唐人小说，每于言宫苑曲折，里巷歧错，取《长安志》证之，往往得其舛误，而东都盖阙如也。"[3]像他那样，有机会且有实力奉诏纂辑唐文，查阅《永乐大典》，并在"校书之暇，采集碑文墓志，合以程大昌、李好文之《长安图》，作《唐两京城坊考》"，实在是千载难逢。此书纂成，不仅"以为吟咏唐贤篇什之助"，对于后人之理解唐代长安，也是功莫大焉。大概是因为学术兴趣的差异，希望了解"唐朝的天空"的鲁迅，竟然错过了这部极为重要的著作。

---

[1] 有清一代，校补之作有张穆《唐两京城坊考校补》、程鸿诏《唐两京城坊考校补记》。

[2] 参见辛德勇《隋唐两京丛考》，西安：三秦出版社，1991年；阎文儒等《两京城坊补考》，郑州：河南人民出版社，1992年；徐松撰、李健超增订《增订唐两京城坊考》（修订版），西安：三秦出版社，2006年。

[3] 徐松：《唐两京城坊考序》，徐松撰、李健超增订《增订唐两京城坊考》1页。

这就涉及一个问题，我们是否过高估计了鲁迅对于唐代长安的了解？许寿裳在《亡友鲁迅印象记·杂谈著作》中，曾这样谈论鲁迅的知识结构：

> 有人说鲁迅没有做长篇小说是件憾事，其实他是有三篇腹稿的，其中一篇曰《杨贵妃》。他对于唐明皇和杨贵妃的性格，对于盛唐的时代背景、地理、人体、宫室、服饰、饮食、乐器以及其他用具……统统考证研究得很详细，所以能够原原本本地指出坊间出版的《长恨歌画意》的内容的错误。[1]

遥想汉唐盛世，尤其是都城长安的日常生活，细节很重要。要说人物的外貌、心灵、情感、性格以及命运等，古今之间，没有太大的差异；容易产生误解与隔阂的，是地理、宫室、服饰以及城市的空间布局。后者，若无足够的知识准备，不太好开口。许寿裳说鲁迅为此下了很大功夫，"统统考证研究得很详细"，是真的吗？

不妨就从鲁迅批评《长恨歌画意》说起。1932年11月，中华书局出版李祖鸿（字毅士，曾任北京大学、北京艺术专科学校、上海美术专科学校教授）绘制的《长恨歌画意》，一直关注杨贵妃故事的鲁迅，很快请周建人代买了

---

[1] 许寿裳：《亡友鲁迅印象记·杂谈著作》，《亡友鲁迅印象记》51—52页。

一册[1]。一年后，在给朋友的信中，鲁迅对此画册作了如下评议：

> 汉唐画像石刻，我历来收得不少，惜是模胡者多，颇欲择其有关风俗者，印成一本，但尚无暇，无力为此。先生见过玻璃版印之李毅士教授之《长恨歌画意》没有？今似已三版，然其中之人物屋宇器物，实乃广东饭馆与"梅郎"之流耳，何怪西洋人画数千年前之中国人，就已有了辫子，而且身穿马蹄袖袍子乎。绍介古代人物画之事，可见也不可缓。[2]

同年，在致郑振铎的信中，鲁迅再次批评《长恨歌画意》，称："位高望重如李毅士教授，其作《长恨歌画意》，也不过将梅兰芳放在广东大旅馆中，而道士则穿着八卦衣，如戏文中之诸葛亮，则于青年又何责焉呢？"不过，此信的重点在针对"青年心粗者多"，一画古衣冠，全都靠不住，该如何采取补救措施：

> 至于为青年着想的普及版，我以为印明本插画是不够的，因为明人所作的图，惟明事或不误，一到古衣

---

[1]《鲁迅日记》1933年1月4日："夜三弟来并为代买《长恨歌画意》一本，三元二角。"见《鲁迅全集》第15卷57页。
[2] 鲁迅：《致姚克》(1934年3月24日)，《鲁迅全集》第12卷359页。

> 冠,也还是靠不住,武梁祠画像中之商周时故事画,大约也如此。或者,不如(一)选取汉石刻中画像之清晰者,晋唐人物画(如顾恺之《女史箴图》之类),直至明朝之《圣谕像解》(西安有刻本)等,加以说明;(二)再选六朝及唐之土俑,托善画者用线条描下(但此种描手,中国现时难得,则只好用照相),而一一加以说明。[1]

这里有点小差错,《圣谕像解》并非刊于明代,乃清人梁延年编,共二十卷,依据康熙九年(1670)颁布的十六条"上谕",摹绘古人事迹于上谕之下,以便化民成俗。

鲁迅一直留心汉唐石刻画像,西安之行也不忘购买土俑和弩机,除了审美以及收藏的兴趣,还希望借此了解一个时代的民情与风俗。蔡元培在《鲁迅先生全集序》中,称许鲁迅之做学问用清儒家法而又"不为清儒所囿",具体表现在继承宋代以降的金石学传统,但"注意于汉碑之图案者",此为"旧时代的考据家鉴赏家所未曾着手"也[2]。这段关于鲁迅学术思路及贡献的概述高屋建瓴,为此后的研究者不断征引;但在我看来,必须略为补正:因时代思潮及学术训

---

[1] 鲁迅:《致郑振铎》(1934年6月21日),《鲁迅全集》第12卷465—466页。
[2] 蔡元培:《鲁迅先生全集序》,《鲁迅全集》第1卷卷首,上海复社,1938年。

练,鲁迅的收藏,其实还是偏于传统的金石学[1]。也正是这一点,明显限制了其对唐代长安的体味与想象。

如何"遥想汉唐盛世",靠传世诗文来复原唐代长安的生活场景,虽也有效(若日本学者石田干之助的《长安之春》),却不无局限。对"古都"之想象与复原,需要历史、考古、建筑、美术等诸多学科的支持。从收藏以及阅读不难看出,鲁迅有史学的眼光、美术的趣味以及金石的学养,但对日渐崛起的考古学、建筑史以及壁画研究等,相对陌生。有的是个人兴趣,无所谓好坏;有的则是难以回避的时代局限——比如,鲁迅虽收藏有中央研究院历史语言研究所编印的《安阳发掘报告》、西北科学考查团理事会刊行的《徐旭生西游日记》等[2],但对现代考古学的研究方法及学科前景,其实颇为茫然。道理很简单,那时候,现代考古学还没在中国站稳脚跟并大展宏图[3]。

具体到从考古学或历史地理角度进行的"长安研究",

---

[1] 查鲁迅藏书,未见徐松《唐两京城坊考》;而清刘喜海辑《长安获古编》光绪三十一年(1905)刘鹗补刻本第1册上,有"会稽周氏收藏"印。参见《鲁迅手迹和藏书目录》第2册16页,北京鲁迅博物馆编印,1959年。

[2] 参见《鲁迅手迹和藏书目录》第2册60—61页。

[3] 20世纪20年代,科学的田野考古发掘才在中国开始萌芽,先是由中国政府聘外国学者做,接着是中外学者共同工作,然后才是中国学者独立主持——最值得骄傲的是中央研究院史语所考古组1928—1937年的殷墟发掘。可由于连年战乱,一直到40年代末,中国考古学成果寥寥。50年代以来,各人文学科发展很不均衡,文史哲多有挫折,唯独考古学一枝独秀。

在鲁迅酝酿撰写《杨贵妃》的时代,可借鉴的成果少得可怜。杜瑜等编《中国历史地理学论著索引》,收录1900—1980年中国(包括台港)和日本发表/出版的关于历史地理学方面的论文和专著[1],其中专门研究古都长安的,在鲁迅走访西安之前发表的,只有那波利贞的《盛唐之长安》(1917年《历史与地理》1卷7、8号)。至于中国人的著作,刘敦桢的《汉长安城及未央宫》刊1932年9月出版的《中国营造学社汇刊》3卷3号,向达的《唐代长安与西域文明》刊1933年10月出版的《燕京学报》专号之二[2],陈子怡的《西京访古丛稿》算是专书,收录了作者有关古代长安城遗址、帝王陵墓、城坊建筑、名胜古迹等考证文章十篇,1935年9月由西安的"西京筹备委员会"刊行——这三种重要著述,出现太晚,没能成为鲁迅"遥想长安"的学术支持。至于梁思成、冈大路等撰建筑史或园林史,部分涉及唐代长安,那更是后话了[3]。

对于唐代长安的想象,除了早已消逝的宫殿、苑囿、街道、民居,各种传世的古代文物,都有助于学界的考订,

---

[1] 杜瑜等编:《中国历史地理学论著索引》,北京:书目文献出版社,1986年。谭其骧为此书所撰序言,称"这是我所看到的最详尽的一种"。
[2] 此乃长文,包括"叙言""流寓长安之西域人""西市胡店与胡姬""开元前后长安之胡化""西域传来之画派与乐舞""长安打球小考""西亚新宗教之传入长安""长安西域人之华化"八章,加上两个附录。
[3] 参见梁思成《中国建筑史》95—129页,天津:百花文艺出版社,1998年;冈大路著、常瀛生译《中国宫苑园林史考》77—110页,北京:农业出版社,1988年。

可帮助后人在某种程度上重建早已失落在历史深处的古都。古代文物分青铜器、陶瓷器、金银玉器、石刻艺术品、唐墓壁画等；那些绘制在建筑（宫殿、寺观、墓葬）墙壁上的美术作品，最能表现时人的精神信仰及日常生活。宫殿早就毁灭，寺观也极少存留，壁画主要集中在石窟寺或地下墓葬。西安附近考古发掘出土的历代墓葬，其壁画比以佛经故事为主的敦煌莫高窟，更能显示当时的生活风貌。陕西历史博物馆收藏的墓葬壁画便蔚为奇观，可那都是从50年代以后才开始发现并精心保存下来的。美术史家可能强调那些"纪年明确又形成系统的墓室壁画资料，对唐代绘画源流演变的研究"弥足珍贵[1]，而历史学家则希望借此理解唐人的建筑、服饰、器物、乐舞、耕种、狩猎，以及各种仪礼和习俗。

很可惜，鲁迅到访西安时，更能显示"盛唐气象"的墓葬壁画尚未开启；可单凭"长安的昭陵上，却刻着带箭的骏马，还有一匹驼鸟，则办法简直前无古人"[2]，就已经让鲁迅心驰神往了。唐陵石雕早就引起国外学界的关注，20世纪的最初十年，有日本、法国学者前往调查，1914年更发生"昭陵六骏"遭盗毁的惨剧——其中二石被盗运到美国，其余四

---

[1] 参见杨泓《美术考古半世纪——中国美术考古发现史》269页，北京：文物出版社，1997年。
[2] 鲁迅：《坟·看镜有感》，《鲁迅全集》第1卷197页。

骏也被砸成数块,幸得国人奋起保护,才未流落异乡[1]。鲁迅对此应该了然于心,因此,抵达西安第二天,便前往碑林游览。不过,所能见到的,只能是那"全身已被日人击碎,现在系用粘料沾着而成,中多伤痕"的四骏了[2]。

那让鲁迅赞叹不已的"带箭的骏马",当年就放置在细心呵护着长安昔日辉煌的碑林。"长安保存古碑之处名碑林,在南门内东城根,归图书馆照料。"同行的史学教授王桐龄撰《陕西旅行纪》,第二章专门介绍"长安之建筑""长安之市街""长安之市政""长安之风俗""长安之古迹及古物"等,其中谈及:

> 历代宫殿苑囿陵墓寺观,大半破坏,或尚存一部分(如慈恩寺之大雁塔、荐福寺之小雁塔等),或仅存其基址(如弘福寺、青龙寺遗址),或基址全无,此类甚多:即文王之丰,武王之镐,成王以后之宗周,汉之未央宫、长乐宫,亦在此例。所谓古迹,大半有名无实。古器具若石碑石人石马等,半为官吏或人民所盗卖,半为外国人或外省人(以古董商为多)收买或偷窃以去。明清以来不甚著名之石碑,多为本城石头铺收买,改大

---

[1] 参见杨泓《美术考古半世纪——中国美术考古发现史》251—253页。
[2] 参见王桐龄《陕西旅行纪》第二章第九节"长安之古迹及古物",单演义著《鲁迅在西安》192页。

为小,作为新碑出售。[1]

至于称"陕西长安为中国故都,间有数百年前建筑(如卧龙巷之卧龙寺、化觉巷之清真寺、大学习巷之清真寺等),颇庄平瑰丽,伟大可观;然此种古建筑,现存者绝少";"大街皆石路,用长四五尺宽二三尺之大石砌成,多系数百年前旧物,高低凹凸不平,车行颠簸特甚"[2]。此等描述,可看出王桐龄对都城生活空间的重视,这与鲁迅更多地侧重长时段的历史思考,显然趣味不同。

比起弩机、土俑、墓前石兽等零星器物,城墙、宫殿、庙宇等各式建筑及其遗址,更容易让读者展开想象的翅膀。可宫殿早已毁灭,壁画难得存留,只有扑倒野外埋没土中的碑石比较幸运,逃过了战火的焚烧,留给后人一点遥远的记忆[3]。最能体现这一"长安记忆"的,当属鲁迅等人急于参

---

[1] 王桐龄:《陕西旅行纪》第二章第九节,单演义著《鲁迅在西安》192页。
[2] 参见王桐龄《陕西旅行纪》第二章第五节"长安之市政",单演义著《鲁迅在西安》188页。
[3] "唐代长安是全国的政治、文化中心,因此保存有很多杰出的艺术品。唐朝灭亡后,这些珍贵文物随着长安城的破坏,也遭到了极大的厄运,其中有些东西,如大量的壁画,都随着宫殿寺庙等建筑物的毁坏而根本毁灭了。一些能够挟带的,都被抢劫散失了。当然,被火烧毁的也可能很多。只有碑石虽然亦被毁坏不少,但毕竟因为质料不同,比较能够经受摧残,人亦不能将其轻易携走,故虽倒露野外,埋没土中,仍有一些保了下来。在社会稍微安定之后,它们又逐渐引起人们的重视,受到了特殊的保护。"见武伯纶编著《西安历史述略》(增订本)305—306页,西安:陕西人民出版社,1984年。

观的碑林。碑林不仅仅是古代文物的陈列所，其饱经沧桑的"躯体"，同样激发世人怀古之幽思。

若着眼于现代博物馆的建立，西安起步甚晚。比起张謇创建的南通博物苑（1905年），或者国立历史博物馆（1912年）、故宫博物院（1925年）、中央博物馆筹备处（1933年）等，1944年方才在西安碑林基础上成立的陕西历史博物馆，只能说是"后起之秀"。可要从尊经重道、宝爱书法说起，则西安碑林大有来头：从唐天祐元年（904）韩建重修长安城时，将遗留在城外的石经迁移到了城内，到宋元祐五年（1090）吕大忠将石经及颜柳等众碑移至今日的碑林，再到明万历十六年（1588）、清乾隆三十七年（1772）的多次整修，碑林成了体现长安辉煌历史的最佳场所。民国初年，碑林交陕西图书馆代管；鲁迅走访时，馆长乃热心戏剧改良、创办易俗社并三度出任社长的高树基。当然，真正让碑林的整修与保护步入正轨的，还是30年代中期以后[1]。

据1913—1914年编制的《图书馆所管碑林碑目表》，当年的西安碑林，共收历代碑刻172种，其中碑130种、墓志12种、造像碑3种、经幢4种、石刻画7种、石经16种。十年后，鲁迅来访，碑林格局应该没有大的变化。如此收藏，不太像现代意义上的历史博物馆，似乎与张鹏一《重修

---

[1] 参见路远《西安碑林史》430—431、68、268、312、320页，西安出版社，1998年。

西安碑林记》的刻意表彰——"考古者莫不以石经为校经证史重要物矣"——更为吻合[1]。对于理解唐代长安的都市面貌，或百姓的日常生活，民初的碑林基本上不起作用。

历经千年风雨的摧残，眼前的长安早已今非昔比；但也不是没有任何蛛丝马迹可供学者们追寻。"唐代长安地面上的建筑大多早已不复存在，然而其昔日的荣光，仍然通过唐朝的地志、画史、碑记、寺塔记以及诗人的吟咏篇什、笔记小说的故事等等，多多少少地保留下来，可以让我们透过文献记载，去想象大唐都市的辉煌。"[2]只是如此兼及考古发掘与文献钩稽，借以重现"唐朝的天空"，并非一蹴而就，需要一代代学者的不懈努力。在鲁迅的时代，这样深厚的学术积累，并没有形成。换句话说，鲁迅若真的创作"长篇历史小说"《杨贵妃》，未必能获得足够的学术支持。对于擅长"翻开历史一查"的鲁迅来说，或引远古人物而借题发挥（像《故事新编》），或借儿女情长写政治风云（像《桃花扇》），这都是手到擒来；困难在于，如何呈现那些凝聚着历史情境、空间意识、生活体验以及审美感受的都市景观。

一方面，鲁迅的主要兴趣不在"古都"；另一方面，那时的中国学界，并没给鲁迅提供有关唐代长安的丰富学识——尤其是在历史地理以及考古、建筑、壁画等方面。在

---

[1] 参见路远《西安碑林史》270—292、581 页。
[2] 参见荣新江《关于隋唐长安研究的几点思考》，《唐研究》第 9 辑，北京：北京大学出版社，2003 年。

《故事新编》的序言中,鲁迅为历史小说创作中的"学问"辩解:"对于历史小说,则以为博考文献,言必有据者,纵使有人讥为'教授小说',其实是很难组织之作,至于只取一点因由,随意点染,铺成一篇,倒无需怎样的手腕。"[1]照鲁迅的说法,这叫"如鱼饮水,冷暖自知"。后世学者在大力表彰《故事新编》的诸多创新时,或许不该忘记,这其实也是一种"趋避"——起码涉及都城描写时是如此。这样的"腾挪趋避",写短篇小说《非攻》可以,写长篇小说《杨贵妃》,可就没那么顺当了。鲁迅对自己的小说史颇为自豪,理由是:"我都有我独立的准备。"[2]这种性格,决定了其若真的撰写"长篇历史小说"(而不是散文、杂文、歌剧、话剧、抒情诗或短篇小说)《杨贵妃》,不可能采用"戏说"的策略;而详细描写唐代都城,包括其宫阙、街道、苑囿、寺庙等,单凭想象力远远不够,还需要丰厚的学识。在没有足够学术支持的情况下,不愿率尔操觚,而选择了放弃,我以为是明智之举。

鲁迅放弃长篇小说或多幕剧《杨贵妃》的写作,对后人来说,毫无疑问是一种遗憾;可经由对这一"故事"的剖析,呈现城市记忆、作家才识以及学术潮流之间错综复杂的关系,进而促使我们探讨古都的外在景观与作家的心灵体验

---

[1] 参见鲁迅《故事新编·序言》,《鲁迅全集》第2卷342页。
[2] 参阅郑振铎《鲁迅的辑佚工作》,《文艺阵地》2卷1期,1938年10月;鲁迅《不是信》,《鲁迅全集》第3卷229页。

之间的巨大张力,思考在文本世界"重建古都"的可能性及必经途径,未尝不是一件好事。

2006年10月初稿,2007年12月修订,2008年7—9月定稿

(初刊《鲁迅研究月刊》2008年10期)

不忍远去成绝响

——张长弓、张一弓父子的"开封书写"

任何一座稍有点历史的城市,都有属于自己的"光荣与梦想"。于是,居住于此的人们,于沧海桑田、世事沉浮之际,借追忆昔日的好时光,驰骋想象,建立自信,展示愿景——古今中外,概莫能外。差别仅仅在于,何时追忆、如何追忆,以及追忆的契机、途径与效果。以开封为例,作为"七朝古都"[1],这座城市最繁盛、最值得追忆的,无疑是其真正"号令天下"的北宋年间(960—1127年)。那一百六十八年的辉煌,日后被世世代代的开封人用各种方式追怀、书写、赞叹与回味。在某些特定年代,这些记忆被压抑,或被有意无意地遗忘;可风气一转,马上"似曾相识燕归来"。

曾为帝都的开封,进入20世纪,因政治、经济以及

---

[1] 所谓"七朝古都",指的是战国时期的魏(公元前365—前225年),五代时期的后梁、后晋、后汉、后周(907—960年),北宋(960—1127年)和金代后期(1214—1233年)都曾建都于开封。

交通等因素，已不再是在全国举足轻重的区域性中心城市了[1]。但是，即便在最为落魄的时候，传统的开封人依然有其骄傲与自足。我同意刘春迎的意见："北宋灭亡以后，开封城的政治地位虽然在日趋下降，但它曾经作为举世无双的大都会、曾经创造出的极度辉煌，已把'夷门自古帝王州'这种思想理念，深深地烙在了人们的心灵深处，在以后漫长的岁月里再也无法磨灭。"[2]

最近三十年，这座沉寂多年的"千年古城"，因潘湖考古发现明代周王府遗迹（1981年）、被国务院确定为首批国家级历史文化名城（1982年）、古城墙成为全国重点文物保护单位（1996年），以及电子动态版《清明上河图》亮相上海世博会（2010年），正日渐引起世人的好奇与关注。而我关心的是，在古城残破且孤寂、不被世人看好的年代，有哪些文人学者，在精神上不即不离，用自己的专业学养，默默地呵护着它。

本文以原河南大学中文系教授张长弓出版于1948年的

---

[1] 刘春迎称："明代的开封，不仅是河南省的省城，也是明朝初年的陪都，还是周王的封地。……然而，明朝末年一场特大洪水，不仅将开封城全城覆没，也使开封在千百年来所积蕴的王气在转瞬之间化为乌有，标志着开封皇城时代的彻底终结。"参见《揭秘开封城下城》200页，北京：科学出版社，2009年。另，清代及民国年间，开封作为河南省的省会，在全国政治格局中仍有其重要性。1954年10月，河南省会由开封迁往郑州，此后，开封的地位一落千丈。

[2] 刘春迎：《揭秘开封城下城》15页。

学术著作《鼓子曲言》[1]，及其儿子张一弓刊行于 2002 年的长篇小说《远去的驿站》为中心[2]，借助二者的互文关系，讨论这场跨越半个世纪的精神对话，探究古城、大学与战火，如何成就了张氏父子以声音为中心的"开封书写"。

---

[1] 张长弓（1905—1954），原名聪致，笔名常工，河南新野县人。1920 年进入信阳师范念书，后又成为开封师范音乐科插班生。1929 年秋考取燕京大学研究生，随郭绍虞教授专攻中国文学史。1931 年夏毕业，先后任安阳高中、嵩阳中学、北仓女中、淮阳师范国文教员。1940 年 9 月任燕京大学国文系讲师，1941 年 12 月珍珠港事变后返豫，任河南大学国文系副教授，1946 年升为教授，1954 年 12 月病逝。早年从事文学创作，曾出版短篇小说集《名号的安慰》，北平：景山书店，1930 年。主要著作有《中国僧伽之诗生活》，北平：著者书店，1933 年；《中国文学史新编》，上海：开明书店，1935 年；《先民浩气诗选注》，南京：正中书局，1936 年；《文学新论》，上海：世界书局，1946 年；《鼓子曲存》第 1 集，开封：听香室，1947 年；《鼓子曲言》，南京：正中书局，1948 年；《唐宋传奇作者暨其时代》，上海：商务印书馆，1951 年；《河南坠子书》，北京：生活·读书·新知三联书店，1951 年；《张佩先》（鼓词），武汉：武汉通俗出版社，1951 年；《张长弓曲论集》，郑州：黄河文艺出版社，1986 年；等。

[2] 张一弓（1934—），河南省作家协会名誉主席。祖籍南阳新野县。1950 年肄业于开封高中，历任《河南大众报》《河南日报》记者等，1956 年开始发表文学作品，1959 年秋因短篇小说《母亲》受批判而辍笔 20 年。80 年代初重新写作，《犯人李铜钟的故事》《张铁匠的罗曼史》《春妞和她的小嘎斯》分别获第一、第二、第三届全国优秀中篇小说奖；《黑娃照像》获 1981 年全国优秀短篇小说奖。先后出版中短篇小说集《张铁匠的罗曼史》，天津：百花文艺出版社，1982 年；《流泪的红蜡烛》，成都：四川人民出版社，1983 年；《火神》，广州：花城出版社，1985 年；《犯人李铜钟的故事》，郑州：中原农民出版社，1986 年；《张一弓集》，福州：海峡文艺出版社，1986 年；《死吻》，武汉：长江文艺出版社，1988 年；《死恋》，上海：上海文艺出版社，1989 年；以及散文随笔集《飘逝的岁月》，武汉：长江文艺出版社，2001 年；长篇小说《远去的驿站》，武汉：长江文艺出版社，2002 年；等。

一、战火中弦歌不辍

对于学者张长弓来说,八年全面抗战,是其著述的"关键时刻"。就以《鼓子曲言》为例,1948年正中书局版的《题记》称:"民国三十四年六月脱稿于宝鸡石羊庙,又二年二月改定于开封。"此文有曰:"三十三年嵩潭失陷,明年宛西战役,皆在极艰苦中,强力携出曲稿。"[1]《张长弓曲论集》收录的《鼓子曲言》修订本,则是:"1945年6月脱稿于宝鸡,1947年2月改于开封,1950年3月再改于开封。"[2]《鼓子曲言》第一章"历史与源流"曾以《南阳俗曲之历史与源流》为题单独发表,文后注:"1945年2月在荆关。"[3]这里的"荆关",即《鼓子曲言·题记》中提及的位于豫、鄂、陕三省交界,濒临丹江的荆紫关;而后者提及的"嵩潭",乃豫西深山区的嵩县潭头(现归栾川县管辖)。此"嵩潭",在《鼓子曲存·序》中也有涉及:"回想1941年春,敌人侵犯郾漯,本人远在北京。妻孟华三置箱箧不顾,携儿女稿包逃难下乡。1944年夏,敌人陷我嵩潭,衣物损失罄尽,带眷负稿出山。今日整理旧稿付印,真是感怀不绝。"[4]

---

[1] 参见张长弓编著《鼓子曲言》145、143页,南京:正中书局,1948年。
[2] 参见《张长弓曲论集》134页,郑州:黄河文艺出版社,1986年。
[3] 参见张长弓《南阳俗曲之历史与源流》,《文艺先锋》7卷6期,1945年12月。
[4] 张长弓:《〈鼓子曲存〉序》,《张长弓曲论集》210页。

不忍远去成绝响

嵩县潭头、淅川荆紫关、宝鸡石羊庙、河南省会开封，这四个地名，不仅关系《鼓子曲言》一书的写作状态，更牵涉一所著名大学的命运——八年全面抗战，河南大学多次迁徙，先迁豫南鸡公山，1939年5月转豫西的嵩县潭头。1944年5月日军奔袭，师生逃避不及，多有牺牲（被杀16名，失踪25名）。河南大学师生攀援于崇山峻岭之间，转移到淅川县荆紫关落脚，继续办学；第二年又因日寇逼近，师生及家眷"经商南，越秦岭，过蓝田，步行八百里，于4月中旬抵达西安"。不久又奉部令迁往宝鸡附近的石羊庙继续办学，一直坚持到抗战胜利，才返回原址开封古城[1]。

张一弓长篇小说《远去的驿站》中关于H大学抗战中四处迁徙、辗转办学的经历，基本属于写实；至于"父亲"在炮火连天中坚持治学，寻访古曲《劈破玉》的经历，可与张长弓的著作相印证。只是在小说中，河大遇袭以及从潭头转移到荆紫关这一段，以张长弓为原型的"父亲"更像是孤胆英雄[2]。

---

[1] 参见河南大学校史编写组《河南大学校史》83—85、174—179页，开封：河南大学出版社，2002年。

[2] "父亲暂时放弃了去洛阳寻访《劈破玉》的计划，与母亲打点逃难的行李，忽听寨墙上一声叫喊：'鬼子进寨了！'父母亲丢掉了全部家当，带领我们五个子女连夜逃出潭头，南渡伊水，钻进山洼，到了一个名叫小河的村庄。寨内响起枪声时，父亲才忽地想起，过去搜集的鼓子曲稿与讲义全部丢到了寨子里，又不顾母亲阻拦，只身揣着打狼的手杖，表现出拼死一战的姿态，折回枪声大作的潭头去了。……父亲终于出现在村头。潭头的房东用溃兵丢下的长枪挑着父亲从北平带回来的（转下页）

就像张一弓在《〈远去的驿站〉后记》中说的,这部小说以父亲、大舅、姨父三个家族的故事为主体,而第一人称"我"的位置,"好像只是'冰糖葫芦'和'羊肉串'中的那根棍儿",其作用是"把三个家族内外的各种人物串连起来"[1]。作为贯穿线索与观察角度的"我",主要关注的是作为H大学教授的"父亲"如何冒着炮火寻访古曲《劈破玉》。卷首篇"胡同里的开封"以及第四卷"琴弦上的父亲",固然是以父亲的故事为中心;第一卷的卷外篇"浪漫的薛姨"、第二卷第九节"绝唱",以及第二卷的卷外篇"倒推船",也都是寻访鼓子曲的故事。擅长经营中篇而非长篇的张一弓,其《远去的驿站》对抗战中大学生活的精彩描写,本可与鹿桥的《未央歌》、宗璞的《南渡记》《东藏记》《西征记》比肩,可惜作家贪多求快,将"原要分为三部长篇来写"的故事,用"经济实惠"的结构,硬塞进一部二十多万字的长篇小说里[2],明显分散了笔墨。但有一点,将小说中关于河南大学的迁徙以及张长弓教授的撰述,与相关史料相印证,发现大都属实——除了爱情这条主线外。

(接上页)那个邮袋,一惊一乍地跟在父亲身后。父亲说,他躲在寨外的山包上,望见第一批鬼子劫掠了潭头而后西去、第二批鬼子正从东山向潭头进发,他抓紧短暂的空隙潜入潭头,用邮袋带出了全部文稿。"见张一弓《远去的驿站》316—317页,武汉:长江文艺出版社,2002年。

[1] 参见张一弓《远去的驿站》363—364页。
[2] 参见张一弓《后记》,《远去的驿站》363页。

不忍远去成绝响

我曾提及:"抗日战争中,于颠簸流离中弦歌不辍的,不仅是西南联大。可后人谈论'大学精神',或者抗战中的学术文化建设,都会以西南联大为例证。……战火纷飞中,中国大学顽强地生存、抗争、发展,其中蕴含着某种让后人肃然起敬的精神。"[1]我所表彰的众多随战事转移而四处迁徙、弦歌不辍的中国大学,就包括教学及科研都相当出色的国立河南大学[2]。

所谓河大于离乱艰辛中"弦歌不辍",既包括校方如何殚精竭虑,严格教学管理;也包括学生热心求学,教授勤奋著述[3]。此外,还有兼及写实与象征的大山深处之舞台演出。《远去的驿站》第四卷"琴弦上的父亲"的第一节"劈破玉",讲述"父亲"如何暂时搁置《劈破玉》的寻找,担任H大学剧社艺术顾问:

---

[1] 参见陈平原《永远的"笳吹弦诵"——关于西南联大的历史、追忆及阐释》,台湾《政大中文学报》第16期,2011年12月。
[2] "经多方努力,1942年3月10日国民政府行政院通过了将省立河南大学改为国立河南大学的决议";"1944年,经国民政府教育部综合评估,河南大学以教学、科研及学生学籍管理的优异成绩,被评为全国国立大学第六名"(见河南大学校史编写组《河南大学校史》173页)。
[3] 参见河南大学校史编写组《河南大学校史》200—209页。书中提及教授之"著书立说":"张长弓先生1942年春到校任文学院副教授。教学之余,他着意搜集河南地方戏的有关资料、素材,长期进行研究。"(207页)另,读《任访秋先生生平著述系年》(任亮直编),感叹任先生从1940年起任教河南大学文学院,潭头、荆紫关、石羊庙,同样一路著述不辍,着实让人感动。参见沈卫威编《任访秋先生纪念集》240—248页,开封:河南大学出版社,2004年。

1943年，H大学女生为庆祝"三八"节演出《红楼梦》，就是父亲提供的曲稿，把乡间村头和市井茶肆里演唱的鼓子曲，搬上了关帝庙对面原本为关云长唱戏的戏台。

"那是H大学师生流亡山区以来的第一次艺术享受。我望见父亲眼含泪水，呆坐在广场中央的小板凳上。"此后，"父亲"的艺术宗旨发生了变化，"开始推出了一个个属于'先锋派'的'大腕儿'明星"。所谓"先锋派"，就是在古装戏中穿插时事，甚至夹杂英语。"村民们都望着戏台发愣，知识阶层却轰然大笑，热烈鼓掌。父亲也欢畅大笑。我只会在树上跟着傻笑，奋勇鼓掌。"[1]

关于河大抗战中的戏剧演出，张一弓1997年发表散文《小镇戏台上》，已经有所追忆[2]。五年后出版长篇小说，更是不会放过此等精彩细节。有趣的是，那些生活在台湾的河大老学生，多年后回想起大山深处的求学生涯，也都对学校组织的戏剧及曲艺演出赞不绝口："每逢纪念节日，京戏、话剧、梆子、越调、坠子、相声全部上演，总要热闹好几

---

[1] 参见张一弓《远去的驿站》310—313页。
[2] "我对地方戏最早的记忆，是在我八九岁的时候。那是抗日战争末期，在河南大学任教的父亲随校流亡到嵩县潭头（现属栾川县），我们一家也都到了潭头。……只有一个残破的戏台面对着一座古庙，据说逢年过节都要给神仙唱戏的。古庙变成河南大学校本部以后，河大的学生剧社就在这个戏台上不断推出自己的'大腕'明星，上演一些带有'先锋派'特征的豫剧、曲剧。"见张一弓《飘逝的岁月》287页，武汉：长江文艺出版社，2001年。

天。"[1]对此,周恒的《河南大学概述》有比较全面的叙述:"山村别无娱乐,学校利用课余之暇,提倡劳动服务,同学亦争以习劳为乐。自总办公处与图书馆出入小径,讲演台及各教室通各村道路,皆由同学课余修筑而成,且助民修堤、筑桥、栽种树木、插植花草,以美化环境。劳动之余,复组织剧团,资以调剂。因之京剧、话剧、梆子、坠子、越调、南阳调等,色色俱全,偶尔亦邀请外角来潭助演。每逢双十国庆、国父诞辰、校庆、领袖生日、过年、过节,往往数剧杂陈,连演数日,为山村居民等,带来无限欢乐。"[2]

这些为河大师生及山村居民"带来无限快乐"的演出,到底多大程度归功于文学教授张长弓的顾问与指导,这很难说。因为,抗战中,娱乐设施极为缺乏,各大学师生在颠沛流离中,都曾举行类似演出,也都大获赞许。当然,河大之选择由鼓子曲变化而来的高台曲,且添加了布景,这确实与地方文化特色以及张教授的学术趣味有关。在《鼓子曲言》第十八章"鼓子曲与高台曲"中,作者特地岔开去,讲述1943年为河大女生编排《红楼梦》时如何引进布景这一新尝试:

> 由于布景烘托曲情,自下午七时演至深夜二时,全

---

[1] 李守孔:《往事忆犹新——民国三十二年至三十六年河南大学生活琐记》,《学府纪闻·国立河南大学》256页,台北:南京出版有限公司,1981年。
[2] 周恒:《河南大学概述》,《学府纪闻·国立河南大学》13页。

校师生以及潭头寨内观众，空巷前往，无不交口称道，誉为在文学上别辟蹊径，价值甚高。[1]

据说，此后凡学校纪念演出，必有高台曲；凡演高台曲，必增加布景。而且，这种风气很快流播民间。

值得注意的是，张长弓抗战中指导河大学生演出，不仅仅是个人爱好，更与其鼓子曲的研究息息相关。《鼓子曲言》中有这么一段：

> （民国）三十二年暑假，本人横断五百里伏牛山脉，经宿合峪、车村，皆深山小镇。不意夜阑人静，坠子与歌声同奏，殊令余惊讶曲子流行之广，传布之速，以及势力之大。[2]

战火纷飞之际，作者为何"横断五百里伏牛山脉"？那是为了寻访失落在民间的鼓子曲，尤其是《劈破玉》——这正是长篇小说《远去的驿站》中着力描写，也最为精彩的部分[3]。正是这一年，张长弓在南阳的报纸上公布自己收藏的

---

[1] 张长弓：《鼓子曲言》138页。
[2] 同上书139页。
[3] "父亲着魔了。每当学校放假，他都要拎着一把装在伞套里的雨伞，手执一根长着天然花纹的手杖——H大学的教授们几乎都从卖柴人的柴捆里找到了来自伏牛山中的花纹各异的手杖，农民说那是可以防范山鬼、驱除狼虫的'降魔杖'。父亲用手杖荷着一个黑色的皮包，（转下页）

曲目，征求所无曲子，"由于远近同好协助，前后收到百首以上"[1]，这对作者日后刊行《鼓子曲存》第一集和《鼓子曲谱》大有助益[2]。

接下来要叩问的是，烽火连天中，河大文学教授张长弓怎样奋力撰写平生最得意的著作《鼓子曲言》，以及此书战后出版时，作者又做了哪些重要修订；而这一撰述与修订背后，如何蕴含着"开封""声音""文学史"等关键因素？

二、为何只能是"开封"

《鼓子曲言》1945年6月脱稿于宝鸡，1947年2月改定于开封，我关心的是，从"脱稿"到"改定"的这一年半中，恰好是抗战胜利，作者随河大返回开封古城，这一经历是否影响其论述姿态？此书原稿没有保留下来，但幸运的是，在全书出版前，作者曾于1945年刊行的《文艺先锋》7卷6期上[3]，

（接上页）冒着山野上的风雪或是顶着晴空的骄阳，翻山越岭、餐风宿露，去伏牛山南边、桐柏山北边的大地皱褶里苦苦寻找，那里是'劈破玉'深藏不露的地方。"见张一弓《远去的驿站》308—309页。
[1] 参见张长弓《鼓子曲言》143页。
[2] 张长弓编《鼓子曲存》第一集和《鼓子曲谱》，1947年在开封以"听香室"名义自费印行，分赠友好。设想中的《鼓子曲存》第二集、第三集最终未能刊行，但拟收曲目见第一集附录。
[3]《文艺先锋》，月刊，1942年10月在重庆发刊，署文艺先锋社印行。1946年移至南京出版，自9卷2期起，署中央文化运动委员会编辑印行；1948年9月出至13卷3期终刊。

发表《南阳俗曲之历史与源流》(附"牌子与调子")。此文正是《鼓子曲言》第一、二章[1]。略做比较，马上发现一个问题：作者改定时，将立足点从"南阳"转移到"开封"。原本是："南阳曲一名鼓子曲，近年为别于高台曲，又名曰南阳大调曲，亦称曲子戏。"改定本则曰："鼓子曲一名南阳曲，近年为别于高台曲，又名曰南阳大调曲，亦称曲子戏。"[2]二者都承认"南阳曲"与"鼓子曲"渊源极深，问题在于以谁为主，是为南阳曲溯源呢，还是描述鼓子曲的辐射型影响？若是前者，着重点在作者的家乡南阳；若是后者，则更多牵涉作者当下居住的古城开封。

《〈鼓子曲言〉题记》有曰："余世居新野，与南阳比邻，在儿童时代，已习闻鼓子俗曲之歌调。农忙后，每在柳荫月下，或雪夜围炉，瞎谋娃，一个盲乐师，抱着三弦，到处弹唱，听众乐而忘倦。本人沉醉于此种场合下，不知凡几。"日后作者到开封念书、谋生，"如谋娃之弹唱，先后数见不鲜，方知此种俗曲，已不翼而飞，遍及各地。"[3]阅读郑振铎编刊的《白雪遗音选》，明白这些俗曲大有来头；而着手研

---

[1] 这期《文艺先锋》的《编后记》称："《南阳俗曲之历史与源流》的作者张长弓先生为国立河南大学教授，张教授研究通俗文学有素。此篇即为其对南阳俗曲研究之一部。将来尚有《南阳俗曲四讲》陆续在本刊发表。"很可惜，预告的《南阳俗曲四讲》未见刊出，无法做进一步的比较。
[2] 张长弓：《鼓子曲言》1页。
[3] 同上书141页。

究的机缘则是:

> 民国二十六年冬,回到南阳,则卖茶肆、教育馆,每日三弦琵琶,弹唱不辍,乐声飞扬,游人心醉。俗曲既一名"南阳曲",在南阳听俗曲,自无足怪。搜集曲子之机会已来。[1]

既然少年记忆以及工作契机都是南阳,为何非要选择"鼓子曲"为书题?理由很简单,就因为传说此盛行于南阳的"俗曲",发源自古城开封。

在《南阳俗曲之历史与源流》中,张长弓称:"开封自古七代建都,人文荟萃,杂耍游艺,往来自四方,明代俗曲唱于汴梁大为文人赏识,业已见诸载籍。迄于清初或明季传来南阳,颇有可能。以禹县而论,明清以后为河南药材出口最大商埠,由水道东南行可通至长江下游扬州一带。则禹县自东南各省输出俗曲,辗转传到南阳,亦有可能。以上两说,孰是孰非,不易证明,然亦无须证明。"[2]作者乃燕京大学研究生毕业,撰写过文学史著作,当明白"无征不信"的道理。所谓今天流传中原大地的南阳大调,就是文献中提及的明代开封之"俗曲",这样的考证是不太能服人的。其实,

---

[1] 张长弓:《鼓子曲言》142页。
[2] 张长弓:《南阳俗曲之历史与源流》。

一直到今天,起源于开封的鼓子曲是如何传播到南阳的,学界仍没有定论,就因相关史料太少,不足以支撑任何一说。

《鼓子曲言》之所以言之凿凿,称"鼓子曲最初自何地而来,不见记载;据口耳相传,鼓子曲初见于开封"[1],是跟下面这一更大的假设紧密相关的:

> 俗曲最早唱奏于开封,自属于北曲。未几,江淮间相继兴起,当为受北曲影响之南方俗曲,所以乐器仍沿用北曲特用之乐器三弦。嗣后北曲渗入南曲,亦南亦北之俗曲产生,自可断言。[2]

要想论证世人所谈的南曲、北曲,均源于明代开封的俗曲,虽说也有很多困难,但多少还是有一点影子的。可要说南曲、北曲全都起源于南阳,那是谁也不会相信的。关键在于,"开封自古七代建都,人文荟萃,杂耍游艺,往来自四方"——这句话,在《鼓子曲言》中被保存下来,只是将"往来自"改为"往往来自"[3]。或许,在作者看来,只有像开封这样具有深厚历史积淀的古城,才可能催生出鼓子曲这样的艺术奇葩。

上述"俗曲最早唱奏于开封"这一段,1950年3月改

---

[1] 张长弓:《鼓子曲言》2页。
[2] 同上书9页。
[3] 同上书2页。

订本中被整段删去。大概是作者也感到心虚,毕竟证据不足,怕引起其他地方研究者的"抗议"。不过,刚刚凯旋的河大教授张长弓,在开封古城撰《〈鼓子曲存〉序》时,强调"河南鼓子曲,便是集五百年来南北俗曲的大成"[1];或在改定《鼓子曲言》时,一定要说河南鼓子曲"即不能说是四百五十年来中国俗曲之大成;亦可以说是南北曲衰歇后唯一的曲子戏"[2],其维护乡土荣誉的心情完全可以理解。

考辨某种艺术形式的起源,当然是个十分严肃的学术问题;但落实到具体学者,为何从事这一研究,背后往往是有情怀的。你可以说其中包含着争夺正统与正宗、知识与权力的意识,但也只有真正热爱,才可能在炮火连天中不畏艰难,苦苦撑持。这里的乡土情怀,值得体贴与同情。

长期任教河南大学、抗战期间出任文学院院长的史学教授张邃青,战前就开设了"中州文化史"这门中国文学、史学系学生必修的课程。此课程"系张邃青教授历数十年之时间,搜集各县县志,配合考古发掘资料,整理成为有系统之文化发展报告,足以代表中原文化之特征,亦为中国文化之主流"[3]。而1946年12月至1948年5月出任河南大学校长的姚从吾,据弟子李守孔追忆,即便校务繁忙,依旧讲授"历史方法论"课程,"也带领文史系历史组同学在开封城内

---

[1] 参见《〈鼓子曲存〉序》,《张长弓曲论集》207页。
[2] 参见张长弓《鼓子曲言》9—10页。
[3] 参见周恒《记河大的学术研究》,《学府纪闻·国立河南大学》46页。

外调查过古迹"[1]。姚从吾乃河南襄城人，早年治学兴趣在地理学，北大研究所国学门毕业，考取赴德深造的机会，1922年11月返里向家人辞行时曾上书师长张相文，称自己来到开封："欲从事访查挑筋教史迹，并寻觅大梁回教碑及各项史迹，辑之成篇，上陈师览，兼就正于陈圆庵先生。余暇当遍访大梁古迹，汇成游记，刊著杂志。"半个月后再次致信师长，辨正陈垣《开封一赐乐业教考》第七章关于开封市街清真寺一段的描写，大概就是这次实地探访的成果[2]。河南籍的学者，尤其是在河大教书的文史教授，理所当然地，有责任探访、发掘、宣扬开封这座"千年古城"。

表彰乡土，为何一定要选"开封"（而不可能是"南阳"）？当然有"口耳相传"鼓子曲起于汴梁的缘故，但也不排除这一考证背后蕴含着某种文化心理——只有"七朝古都"开封才能让此俗曲名扬（乃至影响）天下。南阳乃国务院批准的第二批历史文化名城，也是历史悠久、人杰地灵，但从来不是古都；即便经济实力早已超越开封，文化知名度还是远远不及。那么多学者殚精竭虑，就是说不清南阳大调是如何从开封传播而来的；但所有人都承认，这鼓子曲一定源于"汴梁小曲"。因为，汴梁聚集了当时中国最有才华的

---

[1] 参见李守孔《往事忆犹新》，《学府纪闻·国立河南大学》264页。
[2] 姚从吾致张相文信，原刊《地学杂志》第14年1、2期合刊（1923），转引自王德毅编著《姚从吾先生年谱》11、12页，台北：新文丰出版公司，2000年。

文人学士以及落魄的乡村读书人，还有部分手工业者、小商小贩等，他们吸取了宋元诸种曲艺形式在民间的遗留，与明清俗曲结合后就形成了鼓子曲[1]。我不是曲艺方面的专家，无从判断此类推论是否准确；但我注意到张凌怡等著《河南曲艺史》对鼓子曲形成时间及传播途径的论述，与张著《鼓子曲言》有不小的差异。只是在鼓子曲形成于开封这一点上，各家没有分歧。

没有分歧不是因为论据十足，板上钉钉，而是实在"无典籍可稽"。在这种情况下，认定其起源于开封有个明显的好处："从其体制、曲牌来源和连套方式等特征中，可看到河南古代多种乐曲体伎艺的身影。"[2]照张凌怡等著《河南曲艺史》的说法：

> 自唐代"遍布河洛"的曲子词，至宋金汴梁的鼓子词、小唱、缠令、缠达、诸宫调和元明的散曲、"汴省时曲"（即汴梁小曲）等，呈现出河南古代乐曲体说唱艺术的丰富多彩。它们其中的多数都具有全国性，有着

---

[1] 参见姜书华《南阳大调曲起源试探》，《东方艺术》2005年12期；李海萌《大调曲子传入南阳时间考辨》，《南阳师范学院学报》2006年7期；冯彬彬《河南大调曲子的源流与艺术特征》，《美与时代》2006年7期；王铮《试论邓州大调曲子的传承现状》，《大众文艺》2011年5期等。

[2] 张凌怡等著：《河南曲艺史》173页，郑州：河南人民出版社，2007年。另，关于鼓子曲的历史及传承，参见此书173—180页。

光辉灿烂的历史,对我国的宋词、元曲以及古代的戏曲等都有着深远的影响。因而,它们在我国的文学史、戏曲史和曲艺史中都占据着重要地位。清代,全国各地(包括河南)的小曲(即清曲)、琴曲和曲牌连套体的说唱技艺,也大都是在它们的影响下而先后形成的。[1]

要想描述某种曲艺的"全国性"影响,起源于古都开封是十分有利的因素。《鼓子曲言》中有十章专门谈论音乐曲体的问题,经常溯源至宋元说唱或戏曲。而这,很容易让人联想到孟元老《东京梦华录》里的"京瓦伎艺"[2]。到了明代,"天下藩封数汴中",南北艺人纷纷涌入开封,娱乐业依旧十分兴盛。这方面,有诗人李梦阳《汴中元夕》为证:"中山孺子倚新妆,郑女燕姬独擅场。齐唱宪王新乐府,金梁桥外月如霜。"而纪"汴梁鼎盛之时也"的《如梦录》[3],其"街市纪第六"提及大相国寺中各种建筑及娱乐活动:"每日有说书、算卦、相面,百艺逞能,亦有卖吃食等项,僧人专下过往官员,及大商、茶店、清客等众人往还,摆酒接妓,

---

[1] 张凌怡等著:《河南曲艺史》172 页。
[2] 参见孟元老撰、伊永文笺注《东京梦华录》461—478 页,北京:中华书局,2009 年;周宝珠《宋代东京研究》424—461 页,开封:河南大学出版社,1992 年。
[3] 参见《如梦录》著者原序以及孔宪易《〈如梦录〉前言》,郑州:中州古籍出版社,1984 年。

歌舞追欢。"[1]明末李自成攻城，官军掘河，洪水入城，"居人溺死者十有八九，救援不及一二，叫苦连天，呼救满河，如鱼之游于沸鼎之中，可怜数十万无辜生灵，尽葬鱼腹之内。"[2]此等惨状，也没有完全断绝开封之"乐府新词"，只是多了几分"寂寞"与"悲凉"[3]。

　　清人在相国寺废墟上数次建置与重修，依旧保留其交易与游乐的功能："关于曲艺杂耍方面，二殿前后有鼓书、坠子、土梆子、说书、相声、双簧，又有所谓'十二能'，所说概属淫词秽语。"[4]而1927年冯玉祥主政，逐寺僧，毁佛像，先改造成中山市场，后又移入河南省立民众教育馆。据张履谦编著"相国寺特种调查之二"的《民众娱乐调查》（1936年），中山市场内供应民众娱乐的，有梆子戏、京剧、说书、道情、相声、大鼓书、西洋镜等[5]。从明代小说《说岳全传》的"大相国寺闲听说书"，到张长弓《河南坠子书》的"以开封来说，相国寺内，及南关闹市，合计有七八百个茶棚是以唱坠子书来招揽听众的"[6]，不必专门学者，一般人也都会认定开封人特别擅长或欣赏"说说唱唱"。正因如此，

---

[1] 参见孔宪易校注《如梦录》51页。
[2] 同上书14页。
[3] 清初周在延《登大梁城楼》："乐府新词声寂寞，西亭残卷事悲凉。《梦华录》续肠堪断，依旧金梁月似霜。"
[4] 参见熊伯履编著《相国寺考》130—138、154页，郑州：中州古籍出版社，1985年。
[5] 同上书157—163页。
[6] 参见《张长弓曲论集》140页。

在缺乏文献,无法证明鼓子曲不是起源于开封的情况下,张长弓当然有理由选择这一"口耳相传"的故事。

三、倾听古都的"声音"

既然认准鼓子曲起源于开封,作者又居住于此古城,照理说,应该多有对于古城风貌的描述。可无论是《鼓子曲言》《河南坠子书》,还是张长弓的其他文学史著,都看不出作者对这座城市有何偏爱——即便是与论题相关的相国寺,也都一笔带过[1]。唯一像样的笔墨,是介绍"茶棚下的坠子书":

> 在许多座位前,有一张方桌,桌上放着直径八寸大小的皮鼓,还有一块小小的醒木。桌后坐着一个或两个盲乐师,手中拉着坠子,足下踏着脚打板,"点生意"后,桌前出现三个或两个女艺人,她们左手握着一副檀木剪板,右手执着一支筷子。一声响来,众乐齐奏。两把坠子拉着同一的快板,艺人手中的剪板哒哒地叫,桌上的皮鼓咚咚地响,与弦子的乐调配合着,奏出统一的和谐的旋律。这一个闹台,会闹得群众耳热心痒,不觉

---

[1]《河南坠子书》提及1927年以后的那两年,河南坠子生意最好:"以开封相国寺来说,坠子书茶棚排列了六七个之多。"参见张长弓《河南坠子书》5页,北京:生活·读书·新知三联书店,1951年。

要挤进茶棚来坐下。[1]

如此热闹的演艺场面,河南哪个城镇都有,不一定非开封不可。真是"有其父必有其子",张一弓《远去的驿站》卷首篇"胡同里的开封",讲述的故事发生在开封,可古城的身影同样淡到几乎看不见。抗战胜利了,"父亲"随H大学回到开封古城,小说第四卷中,略为涉及城市空间的,一是"父亲"与宛儿姨在龙亭公园柳荫下聊天,再就是"我"和"父亲"外出时遇学生游行:"我们被游行队伍挤在路边的人墙里左冲右突,好不容易在东司门与游行队伍分离,来到了书店街北口,却看到中山路那边的新街口上,齐刷刷站着一排持枪军警";"父亲又领着我穿过书店街,准备绕道行宫角,再到女师。谁知到了相国寺后街,又正好碰上游行队伍。"[2]只是列举地名,没有任何描述,如此看来,作为学者或作为作家的张氏父子,对这座古城的街头巷尾、亭台楼阁乃至名胜古迹,实在缺乏兴趣。

有古都情结,但对眼下的景物不太关心,这其实与开封城的特殊命运有关。近年的考古发掘,证实了开封的民间谚语:"开封城,城摞城,地下埋有几座城。"今天我们所见到的古城墙,既不是宋,也不是明,连清初都谈不上,而是道

---

[1]《河南坠子书》第二章,见《河南坠子书》7页。
[2] 参见张一弓《远去的驿站》347、353—354页。

光二十二年（1842）清政府再次对开封城墙进行加高修葺的结果[1]。在开封城，文人怀古，很难找到可供凭吊的遗迹。同样是古都，在这个问题上，开封与长安的差异实在太大了。因此，生活在很少"古物"的开封，从"声音"的角度或许更容易"思接千古"。而这正是张氏父子的特异之处——对产生于开封并仍在此古城荡漾不已的鼓子曲情有独钟。

张长弓之关注市井的"声音"，既受郑振铎等人的影响，又有自己的拓展。在学术视野及理论方法上，曾求学燕大的张长弓，无疑受周作人、顾颉刚、郑振铎等人提倡俗文学研究的影响。而李家瑞的《北平俗曲略》（1933年）、陈汝衡的《说书小史》（1936年）以及郑振铎的《中国俗文学史》（1938年），都是张长弓必须努力超越的重要成果。据李家瑞转述："刘半农师说过，研究俗曲，可从四方面进行：一、文学方面，二、风俗方面，三、语言方面，四、音乐方面。"而刘半农为《北平俗曲略》写序，提及自己虽看了此书的文辞及材料，却没能审读乐谱；并提醒读者，因传抄翻刻，乐谱中可能有好多错误，"演奏起来未必能和歌词配合得上"。刘半农于是感叹："在这上面，将来还大有继续研究的余地"；"在这一个范围之内的探求校订的工作，最好交给天华去做，可惜天华死了。"[2]

---

[1] 参见刘春迎《揭秘开封城下城》5—6页。
[2] 参见刘半农《〈北平俗曲略〉序》及李家瑞《〈北平俗曲略〉序目》，均见李家瑞《北平俗曲略》，上海：上海文艺出版社，1990年。

对照刘半农的提示，很容易明白张长弓《鼓子曲言》的好处。1945年刊《南阳俗曲之历史与源流》有一"后记"：

> 余从事整理南阳俗曲，拜师求友，走访函询，索谱采曲，瞬经十载。拟成《南阳曲谱》《南阳曲选》《南阳曲言》三稿。曲谱已请音乐家李柏芝先生主稿，并约曲界耆宿党震藩、王省吾……诸先生分别开谱，清末号称曲子圣人之汤印侯老曲友，亦欣然赞助，现已积谱百余种，内有稀世珍品为社会不传之秘稿。曲选由于远近同好，惠示佳章，现已积得曲子约五十万言。曲言已脱稿者除上两章外，又有……南阳曲与高台曲等十六章。南阳俗曲，此系初论，疏略挂漏，自所难免，尚盼时贤，不吝教益，予以谠正。[1]

作者对自家搜集的曲谱格外沾沾自喜，所谓"内有稀世珍品为社会不传之秘稿"，大概指的是日后收录在《鼓子曲言》中的《劈破玉》吧？

1948年正中书局刊行的《鼓子曲言》，附有署"王省吾传、李柏芝校"的《劈破玉》曲谱。除了注明此曲子系《林冲夜奔》，作者还郑重其事地添上一句："本曲谱久为曲坛不传之秘稿，经七年努力，方始到手；嗣后学习此谱者，请声

---

[1] 张长弓：《南阳俗曲之历史与源流》。

明系王君所传。"[1]很可惜,这个曲谱,在1986年黄河文艺出版社刊行的《张长弓曲论集》中被删去了。据张一弓等为此论集所撰序言,删去附录的曲谱,是作者本人1950年3月修订此书时决定的。此改定本保留了1948年刊本的大框架,没有伤筋动骨,只是根据中华人民共和国成立后的政治形势,做了些自卫性质的修订(如增加一点政治思想分析,将"俗文学"改为"民间文学"等)。让我百思不得其解的是,张长弓为何删去原本特别得意的《劈破玉》曲谱?

原刊本的"题记"中特别强调,在访求曲谱《劈破玉》的过程中,起关键作用的是曲子行家唐河李柏芝。而在修订本中,"一九四四年盛暑,战事频繁,我冒着危险去唐河走访李柏芝"后面,加了个括号,添上一句:"见面时知道他吸鸦片,过着破落地主的剥削生活。中华人民共和国成立后又听说他有反革命行为,已被人民政府法办。"说到张松亭、华清臣曾在洛阳为河南保安处处长罗东峰的夫人教曲,括号中改为"国民党反动政府的河南省保安处长";提及"曲子圣人"汤印侯时,只保留抗战中"老河口卖茶,以弹唱为生",删去原有的"昔年以能曲曾任张伯英将军之二十路军指挥部书记官"[2]。正是这些因应时事所做的调整,隐约透露出作者的焦虑,可以帮助我们理解作者为何违心地删去《劈破玉》。

---

[1] 张长弓:《鼓子曲言》168页。
[2] 参见张长弓《鼓子曲言》144—145页,以及《张长弓曲论集》132—133页。

不忍远去成绝响

1948年刊本《鼓子曲言》的"题记"中，作者讲述访求《劈破玉》曲谱的艰难时，十分动情，且明确主张将音乐置于文辞之上：

> 有曲子无曲谱则不能唱奏，有曲谱无曲子则可以创造，是曲谱比曲子之价值为大，其创制亦比曲子为难。[1]

如此看重曲谱，尤其是最为难得的《劈破玉》，绝无主动删去之理，只能理解为政治风气变化，作者感受到巨大的精神压力。

在1950年改定本《鼓子曲言》中，作者增加了十二条治曲经验，其中："（5）采集曲谱最难，必须经多次弹唱，反复校音，写下来才能正确"；"（9）鼓子曲的曲调，甲地乙地的名目相同，唱法拍子却大有出入"；"（12）鼓子曲谱尚缺少通乐理的同志，加以研究，加以提高"，[2]这三条经验，都指向曲艺的"音乐性"。而《河南坠子书》的第十章"总结"部分，也专门提及"研究说唱文艺，必须通晓音乐，方能了解得透彻"[3]。作者曾在开封师范音乐科当过插班生，即便不擅长弹奏，对音乐的功能及意义也颇有了解。

关于"采集曲谱最难"，在《鼓子曲言》的"题记"中

---

[1] 张长弓：《鼓子曲言》143—144页。
[2] 参见《张长弓曲论集》134页。
[3] 参见《河南坠子书》86页。

有所说明:"开曲谱是苦工。非如弹唱之轻快,必须一人弹奏,一人笔记;然后反复合弦,校对音度,方成定稿。既然难开如此,非邀约同好共同努力不可。"[1] 正是这开谱的艰难以及合作的需要,成就了《远去的驿站》中凄婉欲绝的爱情故事。

知父莫如子,张一弓构思《远去的驿站》时,始终抓住寻访《劈破玉》作为主线。关键是音乐,而后才是文辞,这就决定了"父亲"的主要工作不是翻查史料,而是翻山越岭地访求曲友。无典籍可供实证,因而需要驰想天外;田野调查充满惊险,因而更适合于展开小说创作。至于宛儿姨在战火中为柳二胡琴记谱那一段描写,实在精彩,值得大段引录:

> 宛儿姨说,她刚刚回到南阳找到柳二胡琴,南阳外围战就打响了。她跟她的父亲和柳二胡琴一起逃到内乡县乡下,一边躲避战火,一边听琴记谱。柳二胡琴已年过八旬,不识乐谱,全凭记忆,每次授曲记谱前都要说:"叫我吸一口,只吸一口!"他只要吸了大烟,不管炮声震耳,房屋动摇,仍能调筝抚弦,情痴心醉,如入桃源仙境,一次能坚持半晌,就这样记下了《劈破玉》的古筝曲谱。柳二胡琴对此事十分认真,还要把《劈破玉》合成演奏中其他乐器的曲谱一一模拟口授出

---

[1] 张长弓:《鼓子曲言》144页。

来，但他体弱声细，更需要吸大烟提劲。那边又打起了拉锯战，整日炮火连天，找不到大烟吸了。柳二胡琴哭泣说："我一辈子也没有摸过大烟灯，眼下是要用大烟把我剩下的寿命提到这两个月里烧干用尽，才能把《劈破玉》留给知音啊！"宛儿姨的老父要宛儿携《劈破玉》古筝曲谱逃离战火，留下自己照料柳二胡琴，相机记录其他乐器的余稿。但他只会用"工尺谱"记录，日后还要由宛儿姨再译为简谱和五线谱。[1]

比起小说中另外一段更为夸张的记谱——国共两军争夺开封的炮火中，"父亲"和"我"躲在长条书桌下面，用手电筒照着宛儿姨手抄的《劈破玉》弹奏曲，哼唱曲谱并记录节拍[2]，我以为柳二胡琴的故事更真实，也更动人。《鼓子曲言》的"题记"中，谈到好几位帮助搜集曲谱以及开谱的曲友，其中并没有"柳二胡琴"的名字。小说家很可能是捏合了"题记"中提及的"年已七十，体弱声细，一手好筝，能唱出不能开下，会曲谱虽多惜不能记下"的郝吾斋、传《劈破玉》曲谱的名师王二胡琴的长孙王省吾，以及协助寻访到此曲谱的关键人物李柏芝[3]，而创作出来的。1944年冬，张

---

[1] 张一弓：《远去的驿站》340—341页。
[2] 同上书356—357页。
[3] 参见张长弓《鼓子曲言》141—145页。另，1950年改定本《鼓子曲言》称李柏芝吸食鸦片。

长弓经李柏芝获得王省吾转来的曲谱，稿末有言："此谱系数十年来不传之秘稿，今开赠先生，幸勿等闲视之。"张教授在《鼓子曲言·题记》中记下这段话，然后添上八个字："余得此谱，如获至宝。"[1]小说中柳二胡琴开谱的故事，正好与张长弓的自述相呼应，凸显学者的执着以及曲友的深情。

四、鼓子曲、高台曲与坠子书

河南有丰富多彩的曲艺形式，不说唐宋的盛极一时，清代以来存在的曲种就有五十多个[2]。作为俗文学研究专家，张长弓深知："民间文艺是息息相通的。道情书、铁板书、大鼓书、鼓子曲等，与坠子书都有血缘关系，可以相互帮助了解。"[3]可张教授真正着力研究的，只是鼓子曲、高台曲以及坠子书。在初刊1950年8月《河南文艺》1卷4期的《河南的三大曲艺——鼓子曲、高台曲、坠子书》中，有这么一段提纲挈领的话：

> 河南曲艺中，历史最久的是鼓子曲，驰名南北的是坠子书，高台曲历史很短，名声不大，是自民间新发展出来的艺术形式，通俗生动，最受工农大众的欢迎。在

---

[1] 张长弓：《鼓子曲言》144页。
[2] 参见张凌怡等著《河南曲艺史》11页。
[3] 参阅《河南坠子书》第十章"总结"，见《河南坠子书》85页。

河南来说,这是民间较大的三种曲艺。[1]

高台曲是"从鼓子曲、高跷故事、地方戏相结合而发展出来的新形式",20世纪20年代在南阳一带出现,很快便蔓延开去,到张长弓撰写《鼓子曲言》时,已经是"现在中原地带,不问男女老幼,都醉心于高台曲"了[2]。因高台曲的曲调及唱词很多本于鼓子曲,故张长弓没有专门论述,只是在《鼓子曲言》中设一章"鼓子曲与高台曲",讨论二者的渊源及差别。至于坠子书,以主要乐器是坠子而得名。"这种民间曲艺形成,从本世纪初叶产生到现在,才不过几十年的历史。它最初是由'莺歌柳书'和'道情书'结合而发展出来的。"在与鼓子曲的竞争中,相对通俗、勇于创新、容易适应新时代需要的坠子书,很快占据了上风[3]。我关注的是,张长弓研究河南曲艺的两本专著,出版于1948年的《鼓子曲言》与刊行于1951年的《河南坠子书》,为何存在着不小的差异。

借助"五四"新文化的东风,北大歌谣研究会1922年创办了《歌谣周刊》,此迅速崛起的俗文学研究,其基本立场是平民趣味、民间崇拜以及乡土情怀。搜集并研究歌

---

[1]《河南的三大曲艺——鼓子曲、高台曲、坠子书》,见《张长弓曲论集》198页。
[2] 参见《张长弓曲论集》198、125页。
[3] 参阅《河南坠子书》第一章"坠子的产生及其发展过程",见《河南坠子书》1—6页。

谣等俗文学，除了《〈歌谣周刊〉发刊词》所标榜的"学术的"以及"文艺的"这两个角度[1]，还应该有第三条路，那就是"音乐的"。具体到不同学者，因研究对象差异以及自身条件限制，完全可以各显神通。作为河南大学的文学教授，关注广泛流传于中原大地的鼓子曲等，自在情理之中；而张长弓著述的最大特色，在于兼及文学分析与音乐描述。《河南坠子书》除掉头尾的溯源与总结，讨论音乐的有"唱出时候的情形"和"坠子音乐"，其余的都属于文学教授的本色当行："句式""韵脚""语汇""唱词上的几种特色""结构""内容的批判"。而《鼓子曲言》则大不一样，"读音""取材范围与体别""题材来源考""体制与内容"放在后面，占主导地位的是"牌子与杂调""牌子杂调组织法""牌子杂调唱奏时之变化""过门""乐器""鼓子曲与八角鼓牌子杂调比较观"等。如此强调田野调查、注重"声音"，兼及"音乐"的文学研究，在中文系教授中并不多见。

对于鼓子曲、高台曲以及坠子书的评价，中华人民共和国成立前后，张长弓有很大的变化。1948年版的《鼓子曲言》中，比较过鼓子曲与高台曲在乐器、篇章、曲调、唱法、宾白的区别后，作者下了这么一个结论：

　　总之，鼓子曲如平剧，高台曲如梆子；鼓子曲如青

---

[1] 参见《〈歌谣周刊〉发刊词》，《歌谣周刊》第1期，1922年12月17日。

衣，高台曲如花旦；鼓子曲如闺秀，高台曲如歌妓。身份不同，情韵自别。一雅一俗，雅乐能赏者少，俗乐所好者众。今日之中原，高台曲为社会上下层时尚之娱乐。[1]

这段相当精彩、很能见出作者趣味的话，在1950年改定本中做了修订：除了将"平剧"改为"京剧"，"社会上下层"改为"社会上人民大众"，最关键的，是删去"政治不正确"的"鼓子曲如闺秀，高台曲如歌妓"[2]。在"人民大众"当家做主的新时代，主流意识形态对"高雅"的艺术趣味保持警惕，强调"与民同乐"，不欣赏美学意义上的"鹤立鸡群"。

面对如此时代思潮，张长弓一改旧作的姿态，开始抑鼓子曲，扬高台曲和坠子书。1950年2月，张长弓在《长江文艺》2卷1期上发表《鼓子曲的价值和应有的改进》，除了强调"批判旧内容"，再就是指出鼓子曲的缺点："它是让演唱者安静地坐着，既不化装，也不表演，一直清唱到底。这种方式，显然仅仅适合场面简单的乡村或小市镇。如果鼓子曲要搬到大城市，要扩大观众范围，便存在很大缺陷。"为了舞台效果，作者希望"闺秀"向"歌妓"看齐，将"有简单的化装，有适当的布景，有动作，有表演"的高台曲，作为今后努力的"新的方向"[3]。半年后，作者又在《河南文艺》

---

[1] 张长弓：《鼓子曲言》139页。
[2] 参见《张长弓曲论集》127页。
[3] 张长弓：《鼓子曲的价值和应有的改进》，《张长弓曲论集》216页。

上发表《河南的三大曲艺——鼓子曲、高台曲、坠子书》,重提这个设想:"把这两种曲艺比较来说,鼓子曲由于曲谱的限制,斯斯文文地坐着清唱,不加表演,所以不能很生动地唱出。坠子书曲调简单,双口站着唱的时候,可以加入适当的表演。"[1]

进入新时代,必须尽快适应新的意识形态,张长弓因而努力调整自家的美学立场。具体说来,就是在曲艺研究中强调"舞台性"。鼓子曲之所以广泛流传,很大程度缘于民众的自娱自乐,作者对这一点很清楚:

> 鼓子曲主要的乐器是一把三弦。农村的艺人往往抱着三弦弹着走着,树荫下,草坪上,大门外,麦场中,遇着生意,就自弹自唱。男女老少很快地围成一个圈子。其时间多是在黄昏以后。[2]

这是多么美好的场景,为什么一定要用"舞台"来限制或改造呢[3]?强调"表演性",目的自然是希望"充分利用这种群众喜闻乐见的艺术形式,可以更好地发挥文艺的宣传教育

---

[1] 张长弓:《河南的三大曲艺——鼓子曲、高台曲、坠子书》,《张长弓曲论集》205—206页。
[2] 同上书200页。
[3] 我在粤东山村插队八年,目睹每当皓月当空,村民自发集合,三五成群,唱奏潮州弦诗。那小巷里四处飘荡的悠扬乐声,纯属村民的自我娱乐。此情此景,使我深信,"舞台性"并非民间曲艺流传的主要动力。

作用"。作者甚至以身作则，用民间唱词（鼓儿词、道情书、坠子书）形式撰写了《金家滩》和《张佩先》[1]。在我看来，这种努力并不可取。许多本以自娱为主的民间器乐及曲艺，一旦变成了舞台表演，演员摇头晃脑，听众正襟危坐，整个氛围及韵味会大为改变。

抗战中张长弓之所以历尽艰辛，四处寻访鼓子曲，除了个人爱好，更重要的是文化传承的责任感。"曲子与曲谱，同为五百年来无名作者不断创造与修改的结晶"，是中华文化瑰宝，不能任其在战火中陨落。《鼓子曲言》的"题记"中提及为何拼命追寻《劈破玉》，就因为担心其一如嵇康的《广陵散》，永远消失于人间[2]。作者以个人之力，搜集并刊印《鼓子曲存》，也是担心这些珍贵的俗曲湮没无闻：

> 河南鼓子曲之所以可贵，不仅是它保存有明清以来的名贵牌子，而且它还吸收了四方杂调。不论是秦陇樵夫牧儿的西调，不论是江南歌女的小曲，一一唱奏在鼓子曲中。假如"文人"病俗曲为太俗，实在是不知俗曲。譬如《劈破玉》《码头》两个牌子，重沓复奏至四五百板，简直是古代伟大的交响乐。《倒推船》用三句二十一字，须哼到一百零八板。其难能比诸文人雅

---

[1] 参见《〈张佩先〉序》，《张长弓曲论集》221—223页。
[2] 参见张长弓《鼓子曲言》143—144页。

曲，有过之而无不及。[1]

不同于历代文人之看不起俗曲，张长弓在撰于1947年6月的《〈鼓子曲存〉序》中，称自家"整理原稿所抱的态度"是"斟酌轻重""改正错误"，对于内容则"不敢妄加更动"[2]。这种尊重古人（即便是民间流传的文本）的态度，属于历史学者，而不是新时代的文人作家。换句话说，同是学者张长弓，中华人民共和国成立前的工作重点在"存古"，之后则努力"开今"。正是这一学术趣味的转移，导致了《鼓子曲言》和《河南坠子书》在论述风格上的巨大差异。

抗战中抢救《劈破玉》，既是发思古之幽情，也有保存民族文化的苦心孤诣[3]，实在令人钦佩；中华人民共和国成立以后，作者努力追赶时代脚步，为工农大众服务。但就学术质量而言，《鼓子曲言》明显高于《河南坠子书》。除了前者撰述过程十分艰辛，论证相对严密，更因其中蕴含某种情怀——作为人文学者的道德操守以及对于民族文化遗产的敬

---

[1]《〈鼓子曲存〉序》，《张长弓曲论集》208页。
[2] 同上书209页。
[3] 张一弓《远去的驿站》卷外篇"浪漫的薛姨"："父亲正走火入魔地出入于茶坊酒肆，结识艺人和曲友，只喝清茶而从不饮酒，寻访比较俗的《小黑妞》和《偷石榴》、比较雅的《古城会》和《黛玉悲秋》。薛姨斜睨着我父亲来去匆匆的身影，洋腔洋调地说：'密司特张，山河破碎，国难当头，你还有如此高涨的雅兴？'父亲说：'密司薛，你是教英文的，你该懂得，我正在寻找南阳民间的小莎士比亚，搜集他们的"十四行诗"，这是对民间文化的拯救。'"（94—95页）

重。三种曲艺形式中,作者最重鼓子曲;鼓子曲中尤其挂念"最难的牌子"《劈破玉》[1]——不是好不好听,也无关其能不能广泛传播,关键在于乐曲的"难度"以及"濒危"。因此,作者论述态度很虔诚,不像《河南坠子书》侧重思想内容,需要不时"分析出唱词中的革命性、进步性,而批判它的落后性和反人民性"[2]。

借用"古代伟大的交响乐"来描述《劈破玉》,以及强调"其难能比诸文人雅曲,有过之而无不及",隐约透露出作者根深蒂固的文人趣味。作为文学史家,张长弓其实并不满足于"乡野之音",骨子里依旧是在追求某种"俗中之雅"。而作为小说家,张一弓对父亲的这一趣味心领神会,《远去的驿站》中没有河南坠子的位子,只有鼓子曲——尤其是"鼓子曲中的'娘娘'"《劈破玉》。借助"父亲"与宛儿姨的对话,"我"终于明白了这"已有四百五十年以上的历史"的古曲如何珍贵,以及"父亲"为何"从燕大归来后,就把寻找《劈破玉》作为他教学之余的第一要务了"[3]。学者张长弓的考证是否精确,暂且不论;小说家张一弓却凭借此话题,驰骋想象,扶摇直上,展开了一系列惊心动魄的故事:"在潭头,在此后我们被迫逃亡的每一个驿站上,我

---

[1] 张长弓《鼓子曲言》第二章"牌子与杂调"称:"曲界常言:'《劈破玉》为君,《马头》为臣,其余则为庶民百姓。'言其余皆不足贵,唯《劈破玉》《马头》最难哼,亦最高雅。"(11页)
[2] 参阅《河南坠子书》第九章"内容的批判",见《河南坠子书》75页。
[3] 参见张一弓《远去的驿站》315—316页。

都听见父亲向隐士和学士、向盲琴师和女艺人、向天上的流云和地下的流萤、向窗外的月光和窗内的油灯发出同样的低语：劈破玉，劈破玉……好像是在呼叫一个神秘的女巫或是在破译一个美丽的谜语、追寻一个神奇的梦境或是叹惜一块破碎的璞玉。"[1]

五、文学史家的视野

王省吾传、李柏芝校《劈破玉》曲谱，收录在1948年正中书局版《鼓子曲言》中。流传四五百年的俗曲，没有步《广陵散》后尘，自然是好消息。至于曲谱是怎么传下来的，请看小说家言："柳二胡琴强撑着老弱残躯，口授了最后一段旋律，就在连天炮火中溘然长逝。宛姑娘的父亲也在病床上苦苦等待女儿的归来，把他记录的'工尺谱'交给女儿，也撒手人寰，乘鹤归天了。"[2]回到了开封古城的宛儿姨，强忍悲痛，抓紧译完曲谱，又忙着张罗《劈破玉》的合成演奏。至于"父亲"则自费刊行了《鼓子曲存》，且正抓紧修订《鼓子曲言》。小说接下来的叙述，大大出人意料：在1948年夏国共两军争夺开封城的战火中，"父亲"倒下去了——先是被无知的解放军小战士抓走，回家路上又成了

---

[1] 张一弓：《远去的驿站》308页。
[2] 同上书347页。

国军飞机的攻击目标。"父亲仅仅被一场将他排除在外的战争蹭了一下,就像一只被割破喉管的绵羊,生命在瞬间消失。"[1]

张一弓小说《远去的驿站》中的"父亲",是以自己的父亲、河南大学教授张长弓为原型的;其中"父亲"的学术经历与著述,与张长弓若合符节。既然如此,为何要将1954年12月方才病逝的"父亲",提前六年结束生命?"父亲终年四十三岁,治学仅得二十年光阴,还有八年以上的光阴被笼罩在战火硝烟里。包括他离世后由南京正中书局出版的《鼓子曲言》在内,一生著述仅得二百余万字。"[2]为渲染"父亲"治学的艰难,非要让他在战火中结束生命不可?你可以说,这是小说,这么写方能"催人泪下"。可我怀疑还有更深沉的因素,决定了"父亲"必须倒在1948年。

《远去的驿站》中描写父亲去世这一节,题为"火蝴蝶"。"火蝴蝶"未见"古典",似乎是来自香港电影的"新典":相传美丽的火蝴蝶是一种会扑火的昆虫,它们不甘平凡,向往在火中绚丽灿烂的一刻,因此不惜以身扑火。小说家以此为题,意在强调"父亲"这一辈子,是为学术而献身——寻访《劈破玉》以及撰写《鼓子曲言》,只是其中最为华丽的一章。在小说的不同章节,作家不断提醒我们,"父亲"写过什么什

---

[1] 参见张一弓《远去的驿站》357—361页。
[2] 同上书361页。

么书。让父亲张长弓编撰的各种著作,变着法子在《远去的驿站》中露面——卷首篇"胡同里的开封"有小说集《名号的安慰》和《中国文学史新编》《先民浩气诗选注》,第二卷"桑树上的月亮"结尾提及《文学新论》,第四卷第四节"劈不破的玉"中则是《鼓子曲存》[1],至于"父亲"撰写《鼓子曲言》,因是故事主线,自然多处涉及。为了防止"穿帮",张长弓50年代撰写的《河南坠子书》及《唐宋传奇作者暨其时代》,没有在《远去的驿站》中出现。

张长弓最早出版的学术著作,其实不是1935年上海开明书店版《中国文学史新编》,而是《远去的驿站》中遗漏的《中国僧伽之诗生活》。前者虽有导师郭绍虞的序言,也曾多次印刷,但属于中学讲义,乃综合各家之说,没有多少创新之处[2]。作者本人也承认:"这部稿子,是为的安阳高中、开封师范等校应用而编撰的。执笔时候,对于编制方法,曾经考虑过,所以在课室内讲授,学者去自修,或较于其他文学史本为适用些。"为了便于读者参阅,此书用"附录"形式开列书目,先列三十六种中国文学史,次列十四种

---

[1] 参见张一弓《远去的驿站》8—10、188、344页。
[2] 郭绍虞《〈中国文学史新编〉序》称:"最近张常工先生寄示他所编著的《中国文学史》。他说,这是他历年在各高中讲授时的讲稿,或者可作高中用的教本。这虽是张君的谦辞,然而这样坦白地说明他自己著作的分量,不说过分夸大的话,那也是值得称许的。"郭称此书编制匀称,论断平允,"不求有功,先求无过,则此书之长亦正在适合高中的教本,不必以作者之谦辞,误贬此书之价值也"。郭序载张长弓著《中国文学史新编》,上海:开明书店,1935年。

中国文学分史，再列十二种中国文学断代史，最后十种含有中国文学史性质的书，殿后的正是作者本人的《中国僧伽之诗生活》[1]。

1933年北平著者书店刊行的《中国僧伽之诗生活》，当属作者自费印刷，因其中穿插不少自家尚未完成的著作广告。作者1933年6月6日撰于汴垣的《弁言》称，全书"拔取中国历代僧伽中之能诗者约一百六十人，考察其诗作并阐明僧诗的特质"，"每人至多取诗三四首，有一人只取一首者"。我最感兴趣的是第八节"晚清诸诗僧"、第九节"一个殿后的诗僧曼殊"[2]，还有就是作者如何见缝插针，在书中给自己大做广告：扉页上"本书著者其他著译两种"——《古诗论述》《中古诗人著述考》；第一章结束，添上"本书著者其他著译之三"《魏晋南北朝诗话集》；第四章结束时，穿插著译之四《谢灵运》；第五章结束，又有著译之五《中国文学论著》，据说是"译述日本诸文士关于中国文学的论著二十余篇"；全书结束，还剩半页纸，于是有了著译之六《中国文学史论》。这最后一种，作者自称"在编著中"，而撰述的缘起是对国人已出二十余种文学史"不能说不满意"，"不过作者想，文学史这种东西，不是点鬼簿，不是指南一

---

[1] 参见张长弓《〈中国文学史新编〉自序》以及《中国文学史新编》250—255页。
[2] 参见《〈中国僧伽之诗生活〉弁言》以及《中国僧伽之诗生活》213—224页，北平：著者书店，1933年。

览一类的东西,是要探索一些前代之人生的。这部稿子,就是从这里着笔。"[1]作者时年只有二十八岁,竟如此勇猛著书,让人惊叹不已。只是这里预告的六书,除了《中国文学史论》两年后以《中国文学史新编》面世,其余全都落空。

1936年,南京正中书局刊行张长弓编著的《先民浩气诗选注》,此书日后多次印刷,起码有1947年南京版,1959年台北版。在该书《自序》中,作者称:"六七年来,滥竽师范高中大学国文讲席的经验,使我怀疑国文教学的无用,不免减却国文讲授的兴趣与勇气。……我以为国文教学最重要的一点,是灌输青年以向上的思想与焕发的精神。像那走进古董铺内玩赏古董的知识,与习得一些运笔的技术,在目前青年似不是亟亟需要的呢。"此次选诗,"以思想意识为前提,作品艺术为次要",因此"自《毛诗》至最近作古之诗人,凡有国家民族意识的,有服务君主精神的,有博大胸怀的,有向上志愿的,总之有人生积极态度的篇什,都合于我选取的标准"。书中入选各诗,只有极为简要的注释;书后所附"作者介绍",也都十分平常。一句话,这是一部以道德教诲为主旨的诗歌读本。集中选入的最后一位诗人是梁启超,所选三诗中,《读陆放翁集》最能显示编者的情怀:"诗界千年靡靡风,兵魂销尽国魂空。集中什九从军乐,亘古男儿一放翁";"辜负胸中十万兵,百无聊赖以诗鸣;谁怜爱国

---

[1] 参见张长弓《中国僧伽之诗生活》扉页及19、127、177、224页。

千行泪，说到胡尘意不平"[1]。

1942—1943年撰成于群山之中潭头镇的《文学新论》，抗战胜利后由上海世界书局刊行。全书十三章，原题《文学导言》，从"文学的定义"说到"文学与人生"，多引古代文论，也间述译介进来的西洋论著。作者称坊间的"文学概论"，一类是纯中国的，一类是纯西洋的，而自己"这本《导言》，却是不中不西"。我关心的是此书的写作过程："最后要说明的，本稿起讲于三十一年二月。时太平洋战事爆发，燕京大学猝被敌人封闭，余乔装南来，间关渡河，旋即承乏河南大学。当时因片纸只字未能携带，到校后重新编著各种讲义，《导言》即是其中之一。讲着、写着，迄于三十二年六月，全稿讲授两遍，大致已就。"[2]

上述四书，有一定的学术水准，但原创性不强。张长弓的著作，在学术史上能站得住的，只有《鼓子曲言》。撰成于抗战烽火中的《鼓子曲言》，之所以值得后学认真对待，除了上面提及的文化情怀，还有其独特的研究思路——将社会调查与音乐视野带入文学史研究。而这一点，参照其单独刊行的论文，可以看得更清楚。

在撰于"河南大学听香室"的《中古游牧民族的音乐与诗歌》中，张长弓强调游牧民族的马上音乐，主张关注

---

[1] 参见张长弓《〈先民浩气诗选注〉自序》以及《先民浩气诗选注》165页，南京：正中书局，1936年。
[2] 参见张长弓《文学新论·序》，《文学新论》，上海：世界书局，1946年。

诗歌、音乐与乐器关系，并将其追溯到游牧民族的生活方式[1]；而在《论"吴歌""西曲"产生时的社会基础》中，作者认定"文学音乐的情调多本于社会生活"，因而倾向于从地理及经济角度谈文学，且格外关注商业发达对于吴歌的影响。接下来的这段插话，很能显示作者治学的特点："我在岭南时，曾搜集很多某某寮的小曲。其内容多是唱的别情离绪，因为闽、广人经商于南洋群岛的多，旷夫怨女遍于社会，所以产生出这种情调的小曲很多。当我见到某某寮时，想到'西曲'；现在讲到'西曲'，又想到闽、广的某某寮。可知'西曲'情调的形成，本于繁华的商业社会，是无疑的。"[2]

作为文学史家，张长弓并不满足于引经证史，而是侧重社会调查，强调古今对话、雅俗互证。这一治学特点，在1946年的《释"乱"》中，有很好的体现。针对郭沫若《屈原研究》中将《离骚》之"乱"认定为"辞"字之误，李嘉言撰文反驳，以为"乱曰"之"乱"有"曲终"的意义[3]。张长弓进一步辨析，称：（1）乱字本身就是杂乱，代表合乐的内容，乃第一意义；（2）因为合乐是四部曲的末

---

[1] 参见张长弓《中古游牧民族的音乐与诗歌》，《国文月刊》68期，1948年6月。

[2] 参见张长弓《论"吴歌""西曲"产生时的社会基础》，《国文月刊》75期，1949年1月。

[3] 参阅李嘉言《关于〈楚辞〉之"乱"——与郭沫若先生书》，见《李嘉言古典文学论文集》111—113页，上海：上海古籍出版社，1987年。

一部，所以又含有曲终意义。因之《楚辞》、汉赋在篇末有"乱曰"。故曲终系引申之第二意义；（3）由曲终又引申为"终始"之终，此系第三意义。接下来的这段引申发挥，最值得关注：

> 此种"乱曰"体制，含有"乱"的意义，在今日俗文学中还可以见到。大河南北流行之南阳曲中，保存不少实例。南阳曲之每一出戏，系由多少不定的牌子组成，每个牌子有谱有词。很多牌子的"曲终"是众声俱作。……南阳曲所用乐器，简单的是一把三弦，复杂的还配上琵琶、秦筝、八角鼓之类。一人主唱，唱至最后一句，所有乐器加紧拍节，在场人士不论男女老幼，齐声合唱，此颇近于"乱"之意义，若然，"礼失求诸野"，于此得之。[1]

此文虽短，却显示作者学术视野之开阔。这是一个希望贯通古今，调和雅俗，兼及文辞与音乐的文学史家。作者的这一学术抱负，可惜没能充分实现；而此种著述风采，仅在《鼓子曲言》中有所展露。

这就回到我的困惑：《远去的驿站》让"父亲"在解放军攻打开封的战火中丧生，是为了表彰他治学勤勉，乃至为

---

[1] 张长弓：《释"乱"》，《国文月刊》47期，1946年9月。

学问而殉职,还是另有隐情——比如像我一样认定张长弓学术上的高峰是《鼓子曲言》,中华人民共和国成立后接受思想改造,紧跟形势,其著述乏善可陈?起码穿上军装的堂舅劝慰母亲的那番话,我不觉得是作家的主旨:"他们的父亲在黎明前离去,你要站起来迎接黎明。"[1]这里不想强做解人,多费心思去猜测作家的"原意",我只谈阅读印象:这是一位以《鼓子曲言》为学术生命、与开封城的毁灭和新生有着密切联系的文学史家。

六、草色遥看近却无

在张一弓等撰《〈张长弓曲论集〉序言》中,有对于《鼓子曲言》和《河南坠子书》写作经过的描述:

> 长弓先生研究河南坠子书的意愿,亦萌生于20年代中期在开封当教员的时候。那时去南关、相国寺茶棚听坠子,是他最重要的业余娱乐。对坠子书进行搜集、整理和理论探讨,基本是在1947—1950年做的。整理研究的方法与鼓子曲相同。但"采风"基本是在开封各处茶棚,不像鼓子曲"采风"之跑遍豫西南各县,结交的坠子朋友也不像鼓子曲友那样多而

---

[1] 参见张一弓《远去的驿站》361页。

且广。[1]

照此说来，张长弓之研究《河南坠子书》，主要得益于古城开封；而撰写《鼓子曲言》，其经验及灵感主要来自于乡野。我却反过来，认定《鼓子曲言》更能代表张长弓潜在的"开封书写"。

撰写《鼓子曲言》的大部分时间，张长弓随河南大学四处迁徙；只是在完成初稿后，才回到开封古城。可在我看来，"距离"不构成作者体味的障碍或思考的断裂，即便在偏僻的嵩县潭头或遥远的宝鸡石羊庙，训练有素的文学史家，很容易凭借"声音"，超越千山万水，与曾经的"七朝古都"对话。这里的"开封"，不一定落实为具体的相国寺或龙亭公园，而是带有某种象征意味。这一文化符号，是作者为寻访鼓子曲所深入的南阳、沁阳、唐河或某个豫西小镇所无法获得的。

在我看来，鼓子曲与开封城的关系，正如韩愈《早春》诗所描述的："天街小雨润如酥，草色遥看近却无。"借助张长弓的《鼓子曲言》与张一弓的《远去的驿站》，我们看到了两代文人隔着半个世纪风云所做的对话，看到了学术著作与长篇小说之间曲折回环的互文，看到了文辞与声音的隔阂以及并非遥不可及的转化，而理解这一切，均离不开那个模

---

[1] 张一弓等撰：《〈张长弓曲论集〉序言》。

糊而又坚定的古城背景。不忍远去成绝响的,不仅仅是《劈破玉》那样的古曲,也包括开封的古都风韵——即便因为黄河泛滥,城摞城的开封绝少可以直接触摸的唐宋遗存,但凭借众多悠扬的乐曲,召唤古老的灵魂,无论学者还是作家,均能迸发出巨大的激情与想象力。

2011 年 10 月 15 日于香港中文大学客舍

(初刊《文学评论》2012 年 2 期)

我见青山多妩媚

——叶灵凤、李欧梵的"香港书写"

一、与香港结缘

《上海摩登——一种都市文化在中国（1930—1945）》（北京大学出版社，2001年）第七章论及叶灵凤的小说，颇多新意（此前我们受鲁迅影响，视叶为"才子加流氓"）。第十章"双城记"谈及上海与香港互为他者，主要以张爱玲为线索，但也提及1938—1941年的"南来潮"中，很多作家只是过客，最认同香港的是叶灵凤。"叶灵凤1938年离沪，一半也是出于耻辱（被左翼作家联盟除名），在香港度过了他三十七年的余生。他在港先是自茅盾走后，接手编辑《立报》的文学副刊，然后又接替戴望舒编《星座》，在这个著名的《星岛日报》文学副刊上，他连载了大量的散文小品，直至他七十多岁退休，七十五岁病逝。不过，他的小说创作是早就停止了，相反倒是浸淫在他一生的书籍嗜好中，成为一代藏书家。"（343页）

谈及"一代藏书家",李先生请我们参阅《读书随笔》前两序。其实,冯亦代撰《读叶灵凤〈读书随笔〉》(《读书》1988年8期),提醒我们:"能将香港的历史与风物写入一书的人,大概要首推灵凤了。"在1947年6月5日《星岛日报》副刊《香港史地》的"发刊词"中,叶灵凤称:"不管你是喜欢还是憎恶,香港终是一个重要的而且值得研究的地方";"对于这样一个重要的地方,我们可说太缺乏注意了,更谈不到学术上的研究"。在我看来,居港后的叶灵凤,最重要的著述,莫过于其书写香港的《香港方物志》(1958年)、《香江旧事》(1968年)、《张保仔的传说和真相》(1970年)、《香港的失落》(1989年)、《香海浮沉录》(1989年)、《香岛沧桑录》(1989年)等。

赴港后的叶灵凤,不是李著关注的重点,只须稍作交代——在李先生看来,叶灵凤这三十七年的"余生",不外读书、藏书、编报,再写点散文小品。如此判断,决定了那位1970—1972年任职香港中文大学的助理教授,不会想到要去拜访垂垂老矣的叶灵凤。当然,那时的李欧梵,还没有写作《上海摩登》的计划,更不会想到自己也将定居香港,且大谈特谈如何"寻回香港文化"。李先生所撰《寻回香港文化》(2002年)、《都市漫游者:文化观察》(2002年)、《城市奏鸣曲》(2003年)、《清水湾畔的臆语》(2004年)、《又一城狂想曲》(2006年)等,大都以香港为第一主角或思考目标。

四十年前在香港擦肩而过的叶、李二君，今天成了我的阅读与思考对象。都是外地人，却把他乡当故乡，定居香港后，积极进行"香港书写"，其著述影响深远。而且，二人都有意无意地以上海作为香港的对照物，相看两不厌……如此"双城记"，蕴含了很多历史以及文化的趣味。

二、"南来文人"与"东归学者"

抗战爆发后的"南来文人"，为香港现代文学及文化建设起了重要作用，这点学界多有论述。其实，20世纪90年代以来，诸多原本任教美国的华裔学者来港，对于香港学术/文化的意义，至今没有很好的阐述。单就我比较熟悉的文学及文化研究而言，香港城市大学的张信刚、郑培凯、张隆溪，香港科技大学的王靖献、高辛勇、郑树森，岭南大学的刘绍铭、马幼垣，香港大学的陈炳良，香港中文大学的张洪年，浸会大学的钟玲等，这些教授立足学院，积极介入香港的日常事务以及文学/文化建设，发挥了很好的作用。只是像李欧梵这样有知名度和曝光率的，还属凤毛麟角。或许有一天，我们会将此"孔雀东南飞"作为一种特殊的文化现象，进行综合研究。

就像周作人说的，一个地方住久了，有了感情，这就是我的家乡（《故乡的野菜》）。现代人对于籍贯，不像古人那么重视；即便出生地或成长记忆，也不一定具有决定性意义。历经多次迁徙,只要住下来,拿起笔,从事有关"香港"的书写,就值得关注与庆贺,同时,也应该被纳入"香港文学"的考察范围。

相隔四十年,"南来文人"与"东归学者",一旦定下神来,开始关注香港文化,对于"香港形象"的塑造,起了重要作用。他们的工作,与土生土长的香港人,又有什么区别呢?

我注意到李欧梵在香港大学或香港科技大学当讲座/杰出教授时,与他日后真的定居后,对于香港的论述,略有变化。此前是"高屋建瓴",多有批评与建议;此后则"体贴入微",多有表彰与鼓励——"为香港打打气"。立说颇有差异,但两者都是"有效的介入"。

三、"风物志"还是"城市学"

叶、李这两位"外乡人"的"香港书写",各有其特点,而且,带有明显的时代特色。一个是作家,但也做考证;一个是学者,但也写小说。二人家庭出身、学术背景以及生活阅历完全不同,这都很好说;关键是,当其面对这日渐熟悉也日渐亲近的国际性大都市,采用何种写作策略。

李欧梵说到香港,批评其缺乏对于自身历史的体认与追怀(见《寻回香港文化》中《"双城记"的文化记忆》等文);而叶灵凤做的就是这事——后期诸多写作,专注香港的史地与风物。反过来，李欧梵对于当下香港人日常生活的观察，以及其文化批判的立场，恰好是叶所缺乏的。李为潘国灵《城市学2——香港文化研究》写序，鼓吹"冲出象牙塔"，"转'游'为'牧'，下决心多为这块'平滑'的空间做点工作"，很能显示其类似本雅明的不怎么"学院"，甚至"反学院"的学术立场。

叶灵凤的文章趣味，更接近周作人；而曾撰写《铁屋中的呐喊》的李欧梵教授，大概更愿意追摹鲁迅——至少在介入当下社会生活这一点上。

这里还牵涉各自的社会地位、工作环境，以及大众媒体的差异——毕竟，我关注的不是叶的小说或者李的学问，而是其报刊文章。而研究大众传媒的都知道，专栏的书写不完全取决于个人趣味。另外，"象征资本"十分雄厚的李欧梵，视野并不局限于香港，而是不断在两岸四地奔跑，借上海打香港，借香港说台北，借台北批北京——多姿多彩的城市散论，依旧是狐狸洞主人的独门绝活。

同样是"都市想象"，地方志与城市学不同，前者关注本乡本土的历史因缘，后者则是国际视野中的都市风景。半个多世纪（40年代末至今）的历史风云，曲折投射乃至具体而微地落实在叶灵凤和李欧梵的"香港书写"上。真希望有机会为这两位文人/学者各编一本"香港论"——前者注重上下因缘，后者强调左右联系，二者交叉配合，恰好为当下的香港确定历史、文化乃至精神的坐标。

台湾诗人余光中《十年看山》诗云:"十年看山,不是看香港的青山,是这些青山的背后,那片无穷无尽的后土。"临别香港,方才懊悔错过了香港山色的妩媚,"顿悟那才是失去的梦土"。香港文化人马家辉借题发挥:"如果来港教学的'海归派'都能及早拥有'余光中式'的自悔心情,奋笔投入,脑袋付出,香港报刊的知识水平尺寸肯定不会低落如今。"(《在废墟里看见罗马》111页,香港:天地图书公司,2006年)如此殷切期待,有叶灵凤、李欧梵二先生的榜样在前,我相信不会落空。还记得辛弃疾的《贺新郎》吧,"我见青山多妩媚",紧接着的,就应该是"料青山、见我应如是"了。

2010年11月18日于香港中文大学客舍

(初刊香港《苹果日报》2010年12月26日)

为何"文库",什么"文学",哪个"海上"

上海人有气魄,刚刚举办过举世瞩目的世博会,又推出了一百三十卷、六千万字的"海上文学百家文库",让人惊羡不已。二者的规模及影响力,当然不可同日而语,可我为何还要将其相提并论呢?就因为我从中看出迅速崛起的大上海之志向、视野与自信。

这套大书是上海作协和上海文学发展基金会发起并组织实施的,借用徐俊西先生《前言》中的说法,属于"建设上海文化大都市的基础性文化工程"。未曾拜读全书,只见丛书选目及各卷编后,故只能"有感"而已。对于这么一套大书,版本的选择、文字的校勘、书籍的装帧等,同样很重要;某种意义上,真的是"细节决定成败"。以我的观察,上海人历来注重"细节",这点尽可放心;因此,不妨集中精力讨论这套大书的编辑思路。

为了方便论述,我抓住"文库""文学""海上"这三个关键词,逐步展开,最后才谈我们需要什么样的"百家"。

如此作文，有点"八股"，属于既希望切题又缺乏准备的无奈之举。

这套属于总集性质的大书，与清人之搜集整理乡邦文献、晚清开始的地域文化研究、古已有之的经典化过程、百年中国的文学史书写，以及当下十分时兴的都市想象，这五种思路互相纠结共存。此前刊行各书，性质相近且可与之比照的，不是古籍整理性质的《续修四库全书》等，而是同属"上海制作"的"民国丛书"和"中国新文学大系"。

从1989年到1996年，上海书店共推出"民国丛书"五编，皇皇五百册，精选1912—1949年刊行的图书一千一百二十六种，分哲学/宗教类、社会科学纵论类、政治/法律/军事类、经济类、文化/教育/体育类、语言/文字类、文学类、美术/艺术类、历史/地理类、科学/技术类、综合类等十一类，大致呈现了民国年间的学术风貌及成就。1935年，上海良友图书公司推出十卷本"中国新文学大系"，收录1917—1927年的新文学，得到学界的高度评价；半个世纪后，上海文艺出版社接过火炬，继续前行。随着第五辑（2009年）的顺利刊行，百卷本的"中国新文学大系"成为阅读、品鉴、研究20世纪中国文学时绕不过去的"宝库"。一个是学术著作汇编，见其魄力；一个是文学作品选辑，见其眼光，二者都很能体现上海学界及出版界的整体水平。如今轮到"海上文学百家文库"登场了，有什么值得夸耀的地方？

为何"文库",什么"文学",哪个"海上"

近现代中国史上,上海的文学创作及出版事业曾占据半壁江山。开埠后的工商业发展,华洋杂处与中西交汇的特殊环境,北伐后政治中心与文化中心的南移,战乱导致的大批移民等,使得上海聚集了大量的财富与人才。正如出版说明所称:"海上文学是由上海本土的作家和来自浙江、江苏、四川、广东、安徽、湖南、福建、东北等地的作家共同创造的。"这就使得此文库的编辑眼光,迥异于边界清晰的"北京古籍丛书"或"岭南文库"——在区域与全国之间徘徊,这既是其优势,也是其难处。具体编选时,以保存文献为第一要义,但又必须兼及文学史判断。选择中共早期重要人物瞿秋白、张闻天、陈毅、潘汉年等人的作品,这是政治／文学双保险,很容易获得掌声;而收录姚文元的父亲、曾被作为叛徒特务大加讨伐的姚蓬子,则需要勇气。作为活跃在30年代上海文坛的左翼作家,姚蓬子确实值得关注,只是必须突破政治上的禁锢。至于文学史眼光,那就更加见仁见智了——给工人作家胡万春单列一卷,我以为很好;让林语堂、徐訏合集,则似乎不应该。这还是局部问题。大方向上,为了照顾长篇小说的完整性,让吴趼人、李伯元、朱瘦菊、周天籁各立两卷,实在不合适。像《二十年目睹之怪现状》《官场现形记》《歇浦潮》《亭子间嫂嫂》这四部长篇,近年都曾单独刊行(前二书更是遍地开花),读者没必要到浩瀚的文库里来寻觅。若以人为主,长篇节录加上相关资料,更能显示这套文库的学术分量。编总集,篇幅本身就代表评价，要不，你为什么要为鲁迅、茅盾、郭沫若、巴金各设两卷呢？鲁迅的两卷和周天籁的两卷，编辑思路上不一致，这未免有点可惜。

这不是一般的文库，是"文学总集"性质的文库，那么，首先就必须界定何为"文学"。传统的四大块——诗歌、散文、小说、戏剧，似乎很明确，但具体分疏起来，仍大有文章在。此文库视野开阔，不太为现有观念所束缚，这点很好。

首先，所谓戏剧，不仅是西洋引进的话剧，更包括传统的戏曲乃至电影剧本。若京剧《智取威虎山》《海瑞上疏》、越剧《梁山伯与祝英台》、沪剧《芦荡火种》、滑稽戏《七十二家房客》等，在现当代文化史上的意义及作用，值得大力肯定。除了夏衍、阳翰笙、柯灵的集子收电影剧本，此文库还专设一卷，选录40年代末四部有代表性的电影剧本（孙瑜《武训传》、姚克《清宫秘史》、陈白尘《乌鸦与麻雀》、李天济《小城之春》），颇有眼光。

其次，不拘泥于"文学概论"，收录朱东润的"文学传记"《张居正大传》。如果我们记得诺贝尔文学奖曾经授予哲学家罗素（1950年）、政治家及历史传记作者丘吉尔（1953年），对于什么是"文学"，应该有更为通达的见解。由此说开去，与其像现在这样，选录刘大杰、陈子展、赵景深等不怎么精彩的小说、诗歌、戏剧、散文，还不如节选其文学史著述。既然我们可以选王元化、蒋孔阳的理论文章，为什

为何"文库",什么"文学",哪个"海上"

就不能节选影响极大的《中国文学发展史》?

最后,收入陈伯吹等七位儿童文学家,或一人一卷,或二人、四人一卷。评价有高低,篇幅有大小,但无论如何,让儿童文学作品进入这套文库,是很好的思路。而更让我高兴的是,此文库选录翻译文学家的作品。傅雷入选且单列一卷,没有任何悬念;将周煦良、满涛、辛未艾、王道乾等人的文章集为一卷,也很值得期待。唯一遗憾的是,本文库还是回避了译文的问题——选录的是翻译家的散文或随笔。其实,译文也是创作,凡对20世纪中国文学略有了解者,都明白翻译文学的地位及其作用。

再说说什么是"海上文学"。这套书最容易引起争议的是,在"海上文学"的框架中,收录明显属于"京派"的沈从文等人的作品。此举是否合适,取决于你从"文坛"还是"流派"的角度看问题。假如关注的是文化氛围及文学生产,谈论"海上文学"而非"上海作家"或"海派文学",这样做是可以接受的。本文库的"凡例"有曰:"凡是从19世纪初期到20世纪中叶,曾经在上海生活、工作并在文学史上取得重要成就或产生过较大影响的已故作家均可入选。"上海是个移民城市,籍贯不太重要,关键是生活经历以及认同感。如此重要的"大码头",很多作家来过,但居住多长时间才算数?这是个难题。现代社会,读书人流动频繁,谈论"地域文化",可谓处处荆棘。文库之所以回避"上海文学"或"海派文学",而采用较为模糊的"海上文学",大概是意识到此中的陷阱。面对主要业绩在其他地区完成的著名作家，最好只选其在沪期间的写作，那就更有说服力了。要不然，将大半部中国现当代文学史收入囊中，会引起其他省市作家、学者乃至官员的不满。当然，也可采取"互见"的办法，若广东编类似文库，则黄遵宪、梁启超、吴趼人归队；轮到安徽呢，也会收入陈独秀、胡适、张恨水的作品……以此类推，诸多文库（丛书）呈现犬牙交错的状态。

这就要求编者明确边界，哪些该收，哪些不该收。若龚自珍曾随父亲在上海居住十二年、刘熙载晚年在上海主持龙门书院长达十四年，这些事迹不是每个人都清楚的，编者说明了，我相信大家就能接受。至于黄遵宪、章太炎、蔡元培、梁启超、王国维、刘师培、胡适等，这些在文坛及学界举足轻重的人物，与上海这座城市确实有某种关联，但怎么选才合适，值得斟酌。我倾向于扣紧作家与这座城市的联系——在上海写，写上海，以及与上海生活经验有关。这样，取舍之间，更为从容些。说到底，"海上文坛"也只是中国文学史上的一章——即便是非常华丽的篇章。因此，论述时，须有所节制。称"在上海和江南任事四五年，是黄遵宪一生事业的最高峰"；或者说张恨水的《夜深沉》"比之《啼笑因缘》更胜一筹"，我以为不太妥当。这两卷的编者都是很好的学者，大概是意识到纳入黄遵宪和张恨水有点勉强，于是刻意强调，这就有点过了。

丛书名"海上文学百家文库"，我拆开来谈；为何将为何"文库",什么"文学",哪个"海上"

"百家"留到最后,因感觉那是形容词,主要体现编者的眼光与气魄。那是关于这座城市的文学丰碑,或者说,是一座用文字建构成的城市。正因有此期待,拜读文库书目,有三点遗憾:

第一,文库所收清末民初作品太少,若更多考虑"拾遗补缺",则袁祖志、孙玉声、张春帆等人作品均可选录。大凡编辑此类丛书,都会在坚持文学标准的同时,适当放宽早期作品的门槛。更何况,这几位的创作,对于"海派文学"的形成有奠基作用。

第二,取消"已故作家"以及截至"20世纪中叶"这两个限制,只要是完成并发表于20世纪末以前的作品,全都在选录的范围。从晚清一直选到90年代末,操作上可行,而且更能显示"海上文坛"的实力及魅力。像现在这样,老作家杨绛、黄裳等因仍健在而不选;王安忆、陈村等则因辈分不高而遗漏,对于本文库的代表性与学术性,都是很大的打击。更多考虑文坛实绩,而非"盖棺论定",那样标准明确,容易掌握。进入21世纪,文学创作另有一番新气象,暂时搁置是可以的。为了减少人事矛盾,在世作家一概不选,这办法表面上"讨巧",实则忽略了当代人的眼光与趣味——就像唐人选唐诗,固然有其局限性,仍被后世学者格外看重。

第三,所谓选录作品时"以其在上海地区从事文学事业的成就和影响为依据",意味着编者更多关注"经典化"以及"文学史",而较少考虑"都市文化"的形成。假如不太拘泥于是否"精品",而更为看重"城市书写"的展开,则清末上海竹枝词以及若干有关上海的笔记小说、文化史著,都可以入选。关注城市的文学业绩,也关注城市的文学面相——后者与政治的城市、经济的城市、建筑的城市等,一并构成我们对于上海这座国际性大都市的记忆。

好在这是一个"开放性、研究性书系",一百三十卷之后,还可能后继有人。若如是,则真的是"余音袅袅,不绝如缕"了。

2010年12月12日于香港中文大学客舍

(此乃笔者2010年12月15日在"作为文学城市的上海——暨'海上文学百家文库'学术研讨会"上的发言。初刊《现代中文学刊》2011年1期,原题《为何"文库",什么"文学",哪个"海上"——读"海上文学百家文库"书目有感》)

中编

风正一帆悬

——如何"养育"世界文化名城

"都市"既非人间天堂,也非罪恶渊薮,而是人类文明演进的产物。中国改革开放三十多年,重要业绩之一,就是都市化进程加速。中国的城市化率,从1976年的15.4%上升到2008年年底的45.6%,再过几年,城市人口将超过农村人口(中国社会科学院财政与贸易经济研究所发布的《中国财政政策报告2010/2011》)。而据世界银行预测,到2020年,中国市区人口超过一百万的大城市数量将突破八十个。这意味着,都市的魅力、困惑以及陷阱,是今后很长一段时间里中国政府、学界以及媒体所必须共同直面的难题。

这就难怪,谈论"都市文化"、"都市文学"或"都市想象",如今成了大热门。以我个人为例,去年11月27—29日在北京和天津主持"20世纪三四十年代平津文坛"研讨会,12月15日在上海参加"作为文学城市的上海——暨《海上文学百家文库》学术研讨会",12月17—18日在香港主持"香港:都市想象与文化记忆"国际学术研讨会,12月24日在台北的政治大学与日本东京大学大木康教授做题为"都市与文学"的公开对话，再加上这回参加中山大学与广州市政府主办的"建设世界文化名城高峰论坛"，一个半月内，在中文世界里最重要的六个城市——北京、天津、上海、香港、台北、广州——参加学术活动，论题都是"都市文化"，可见大家的趣味高度一致，且形成某种"文化自觉"。

正因为此乃"潮流"，主事者很容易扯起风帆，顺流而下；这反而提醒我们，越是顺风顺水，越有必要仔细推敲我们的奋斗目标及工作策略。下面就谈三点浅见。

首先，关于城市的口号，请在"建设""经营""打造"之外，加上"养育"一词。之所以咬文嚼字，就因为主事者选择某一动词时，往往有其特定立场或潜意识。谈及"城市"的规划或远景，你总能听到很多铿锵有力的论述，而我特别在意论述者对于动词的使用。三十年前，我们听到的多是平实的说法，叫"建设城市"，马上让人联想到迅速拓宽的马路，还有拔地而起的高楼，在这过程中，工程师无疑是主角。二十年前，你听到的是商业味道十足的"经营城市"，没错，金融家开始登场了，资本力量加上推土机，所向披靡，城市像摊大饼一样急剧扩张。最近十年，你最常听到的是"打造"什么什么"城市"，毫无疑问，能抡起大锤，像打铁一样对待一座城市，让其日新月异的，只有政府官员。

经过三十多年的不懈努力，中国城市已焕然一新，有了相当靓丽的外表（城市化过程中毁坏文物或土地财政等后遗症，暂且不论），这个时候，有必要引入人文学者的视角。尤其是像广州这样雄心勃勃的大都市，两大目标中，建设"国际商贸中心"远比成为"世界文化名城"容易得多。在我看来，前者指日可待，后者则任重道远——描述这一漫长而艰辛的过程，假如选择动词的话，我将舍弃雷霆万钧的"打造"，而采用春风化雨的"养育"。

表面上是一个动词的选择，背后却是一种城市发展思路。之所以不喜欢"打造"这个词，就因为未免过高估计了人的主观能动性。你以为城市是一块铁，只要烧红了（转化成现实条件，就是"有钱"或"有权"），就可以随心所欲地将其打造成刀剑、犁耙或玩具，那是不对的。一方水土养育一方人才，一方水土创造一方文化，同样道理，一方水土也培植一方名城。

人需要养育，城也需要养育——包括体贴、呵护与扶持。这是人文学者与工程师或经济学家不一样的地方。在我看来，城市不仅是外在于人的建筑群，而且是人及其生活方式的自然延伸。说"养育"或许有点文人化，但这是对于当今中国占主流地位的工程师/企业家思维的反拨。希望凸显这么一种思路：城市本身有其生命，值得你我尊重，不是想怎么改就怎么改，必须讲究"顺势而为"。理解这座城市的前世与今生，而后才谈发展和未来。还有，就像对待孩子一样，有所期待，但不揠苗助长。给孩子/城市成长的时间和空间，随时观察，并不断修正期待，而不是滥用威权，强迫孩子/城市去实现你的梦想。

以今天的技术水平，短时间内建成一座新城——甚至是高低错落的仿古建筑，都不是什么难事。极而言之，"罗马"是可以"一天建成的"。但这只是徒有外表，缺乏修养与内涵。好的城市就像油画一样，是一层层涂上去的，看得出每个时代不同的笔触，以及这些笔触背后的情怀。生活在一座有历史、有文化而又舒适的城市，是很幸福的事情。因此，即便你很有钱，也很有权，请尊重先人的努力，不要一切推倒重来。

其次，谈及城市，警惕"见人一长，辄思并之"。在全球化时代，既反对故步自封，也必须警惕"过度学习"。资讯如此发达，视觉的冲击力又那么强，很有事业心的主事者，不知不觉中，很容易拷贝别人"美好的家园"。我曾经说过一句刻薄的话：喜欢说外国大学怎样怎样的，往往是短期访问学者；喜欢说外国城市如何如何的，大都是观光客。因为，惊鸿一瞥，印象极深，来不及仔细阅读，好像三言两语就能说清楚。越是沉潜下来，你越知道问题的复杂性，深知很难"一言以蔽之曰"。看到外国有什么好景观，回来就学，以旅游者的趣味改造中国城市，如此"从善如流"，其实很危险。这些年中国各大中小城市的广场、草坪、音乐喷泉、标志性建筑等，就是这么弄出来的。你知道在北方城市里养一片大草坪是什么代价——更不要说圈起来，让大家轮流拍照，将城市变成了盆景。

我们需要学习，但拒绝山寨版——不管你是打造"东方威尼斯"，还是建设"亚洲的巴黎"，都是不自信的表现。而且，很容易毁了原本存在的历史文脉。这让我想起清人姚鼐的故事。清代大学者王鸣盛有一天对戴震说，我以前很怕姚鼐，现在终于不怕了。戴震问：为什么？王的回答非常精彩："彼好多能，见人一长，辄思并之。夫专力则精，杂学则粗，故不足畏也。"听完戴震的转述，姚鼐大为惊悚，当即决定舍弃词学，专攻文章，后果然以建立桐城文派而留名千古。

身处全球化大潮中，难的反而不是学习与借鉴，而是对自家传统的保持、坚守与提升。对于城市来说，"博采众长"不一定是好事。借用一句俗语：别人的肉，长不到自己身上。建军事要塞或工业基地，当然也讲地理位置及资源配置，但相对来说单纯些；创建"世界文化名城"，需要的不仅是"天时地利"，还必须有"人杰地灵"。这就要求充分考虑人的因素。城市建筑很容易复制（好不好是另一回事），但城市居民你是换不掉的——也不应该换。明白这一点，谈论城市的命运，必须关注、尊重、体贴本地人的趣味。

城市主要是为本地居民而建，不是为外来游客或联合国官员设计的，切忌以游客的眼光来打量、评论、规划城市。即便旅游业占GDP很大比例的城市，也不该如此思考问题。因为，随着时间流转、世代变迁，游客的趣味也会改变；

而城市面貌不是舞台上的背景，说变就能变。更何况，"中看"的不一定"中用"，我们追求的不是"生活，让城市更美好"，而是"城市，让生活更美好"。

回到"养育"的说法。自家的孩子，你知道他/她身体的长处和局限性，一般不会硬逼着其"挟太山以超北海"。同样道理，城市管理者，既讲有为，也得讲有所不为。表面上，这道理很显豁，可常常被忽视。原因是，最近这些年，借助出国旅游、考察或培训，中国官员全都"开眼看世界"，脑子里装满了巴黎、伦敦、纽约、东京等大城市的图景，谈论自家城市的发展愿景时，明里暗里，往往以之为楷模。我想提醒的是，看得见的是"旅游景观"，看不见的是"日常生活"——对于本地人来说，后者无疑更重要。

之所以从"养育"的角度谈城市，主张讲究时令，讲究水土，讲究节奏，那是有感于近年中国各地城市建设步伐很大，一是经济实力猛增，二是领导希望有所作为，三是学者投其所好，不断编造各种"新概念"。我有点担心，擅长学习的中国城市，会因此失去自己的历史文化命脉，变得千篇一律——弄不好还是山寨版。

这么说，你以为我只注重"文物保护"，不见得，我对亚运会开幕式拿珠江做文章便大为赞赏。这样的场景，只能属于广州，是北京奥运会、上海世博会想不到也做不到的。表面上是如何构思大型文体活动，背后则是最近二十年广东学界、媒体及官员对于"珠江文化"的理解、阐释与传播。

珠江养育了广州人，也养育了广州城，对广东文化性格的形成起决定性作用。作为珠江儿女，我们用这么一场隆重的仪式，欢迎远方的客人，更表达我们对这条母亲河的敬意。如此尊重历史，协调古今，但又突出文化创意，是可以诞生新的都市想象的。

最后，文化名城是建起来的，也是说出来的。如果说政治中心是"国家"说了算，经济中心是"老板"说了算，文化中心则是文化人及老百姓说了算。这方面，学界及传媒大有可为。

香港小说家及文化评论家陈冠中曾谈及两座城市被严重低估，一是台北，二是广州（《城市九章》72—84页，上海：上海书店出版社，2008年）。我同意这一说法，只是想略加补充：这两座城市为何被低估，一是世人不识货，二是自家少宣传。

北京、上海的朋友游览台北，经常表示不以为然，觉得新旧杂陈，除了101大楼，没多少抢眼的建筑。这其实正是台北的好处。香港的靓丽一眼就看得出，台北的好处必须住下来，慢慢体味，才能理解。如此混杂而多样的城市，肌理健全，生活方便，这才可能有类似本雅明那样的"都市漫游者"。街道太宽，无法从容漫步；高楼林立，对行人产生压迫感；城市焕然一新，缺乏历史沧桑……所有这些，导致都市"好看"但不"宜居"。在中文世界里，台北和广州是两座很好地兼及"乡土性"的大都市——我甚至认为，小巷深处与日常饮食，方才是这两座城市的真滋味。

对于"城市文化"的养成而言,历史太长太短、文物太多太少、责任太重太轻,都不是很理想。相对于西安、北京或上海、深圳,广州有历史感,但不太沉重,更容易自由挥洒。无论历史上还是当下,广州都不是政治中心,不是经济第一,不是文化最悠久,大学也不是最好的——虽不太出风头,但都在第一梯队,这种感觉其实很好。"比上不足比下有余",这是常被批评的心理状态;至于演艺圈,更是忌惮"千年老二"。可我欣赏这种状态。永远在第一梯队,但不领跑,心态更为从容,时间上也比较优裕。单就文化创造而言,不温不火,不急不慢,反而可能做出大文章。

无论吃饭、穿衣、行路、娱乐、做学问,广州人大都随意、自在,不太追求"戏剧性",因而也就比较平和安详;不像某些精英主导的城市,显得躁动不安,随时准备跃起或爆炸。打个比喻,广州是座有平常心的城市,不骄纵,不造作,比较本色与低调。这让我想起了广州人的煲汤。煲汤需要时间,需要材料,也需要食客的期待与品味——说实话,不是每个人都了解广州的"好处"。

这就说到广州被低估的第二个原因。关注日常生活,不太高调,也不太张扬,这种处世风格,在一个浮躁的时代,容易被忽视。偶尔开开亚运会,来点"小蛮腰"(广州塔)之类,也很能提神,但广东人不太习惯于说话时满脸跑眉毛,或满篇堆砌格言警句。如此平实、内敛,其实是一种比较成熟的生活姿态。但必须有人解读，否则很容易被误解。不要说外地人无法体会，就连本地人也未见得真能领悟。

大声说出我们城市的好处与缺失，这不仅属于宣传部的职责，大学、媒体与公众，都有义务热心参与。因为，此举既影响外地游客，也陶冶本地居民，还潜移默化地制约着日后城市的发展方向。某种意义上，这一次次的陈述与辩难，是在说出我们的城市理想，也是在塑造我们的城市形象。

关于城市的建设、经营、管理与言说，是一门大学问，超越目前大学及研究院的学科设置。或者说，"城市"这话题天生就是跨学科的。学者们再努力，也只是在"摸象"，你说像柱子，我说像墙壁，说出我们各自"真实的感受"，吵吵闹闹中，逐渐形成一种共识，一种愿景，一种压力，使得任何人做决策时，都不能不有所忌惮。

这里的"说"，不仅是提建议、做方案、评是非，也包括讲故事。在讲述城市历史与传说的过程中，当事人会不断整理思路，以往习焉不察，如今豁然开朗，甚至把自己感动得热泪盈眶。应该说，比起宏大论述，故事及细节中更容易见真情。就好像评选"岭南文化十大名片"，你可以同意，也可以不同意，甚至激烈反对，但争论中，你我都对所谓的"岭南文化"有了更深切的体会。

在这个意义上，"说城市"本身，既是手段，也是目的。城市的历史与文本的历史，应该基本同步。正是无数作家的描写、学者的研究、大众的口口相传,使城市得以青春永驻。在这个意义上,"文化名城"的命脉,更多掌握在公众——你我手中。

2011年1月4日于广州中山大学

(初刊《南方都市报》2011年1月25日)

"保护"才是"硬道理"

——关于建设历史文化名城的思路

一说"历史文化名城",不管中国的还是世界的,马上让人联想到兴旺的旅游业。似乎这金字招牌本身,就意味着白花花的银子。可那真是天大的误会。跟金融中心、政治中心不一样,争来了"历史文化名城"称号,主要职责是"守护",而不是"创收"。不能说这头衔没有好处,但那好处是相当遥远的,属于"前人种树,后人乘凉"的性质。

从1982年2月国务院转批国家建委、国家城建总局、国家文物局《关于保护我国历史文化名城的请示的通知》算起,中国人之建设"历史文化名城",已到了"而立之年",是该好好地反省了。从第一批核准的北京、西安、广州等二十四座城市,到第二批三十八座(1986年)、第三批三十七座(1994年),后又陆陆续续增补了十二座,截至2010年年底,中国已经有了一百一十一座"历史文化名城"。或古代都市,或传统风貌,或风景名胜,或民族特色,或具有某种特殊职能,一句话,"历史文化名城"的边界不断延伸。按此趋势，总有一天，中国稍微像样点的城市，都能挂上这牌子。当初设立"历史文化名城"，初衷是"保护"，如今已逐渐转化成"开发"与"利用"；谈的是如何赚钱，而不是如何花钱，那当然谁都要。

严格遵守《中华人民共和国文物保护法》，获得"历史文化名城"称号，就得为保护古迹和文化遗产花钱，且不能胡拆乱盖；若失职，则严肃追究当地领导的责任——真这么做，"名城"成了烫手山芋，没那么多地方会抢。为此"虚名"，束缚住自家手脚，限制发展经济的方略，主事者不会那么傻。好在中国的"历史文化名城"评选，只管挂牌，不管摘牌，缺乏严格的监督与处罚。换句话说，只有荣誉，没有责任。虽然媒体上不断有某某古城被"开发性破坏"，且是在当地政府的主导或默许下完成的报道，可到目前为止，没见到哪位市长或市委书记因野蛮拆迁或毁坏文物而被撤职或起诉。明知最近三十年中国城市大扩张，对自身历史文化命脉伤害很严重，可"历史文化名城"的称号有增无减。这就难怪其成了一块香饽饽，谁都想得到。可这缺乏精神内核与社会责任的"历史文化名城"，即使争取到了，也就是招揽游客的招牌而已，实在没什么可夸耀的。

如何建设"历史文化名城"，思路其实很简单，也就四句话：有本钱，肯保护，能融合，善表达。第一，不能想象刚刚拔地而起的新城（比如深圳），会来申请"历史文化名城"；敢要这块牌子的，多少总有点历史文化的底子。第二，城市必须发展，不可能固守五百年前乃至五十年前的样子，难处在于如何实现古今之间的对接与融合，以及基于传统的更新和创造。第三，不能满足于"此中有真意，欲辨已忘言"，必须明确告诉公众，"古城"有什么好，"保护"的依据何在，"历史文化"能不能当饭吃，还有，那些美好的"愿景"能否实现，现实中随处可见的陷阱如何回避。之所以需要不断陈述，那是因为，说服公众，说服领导，同时也是在说服我们自己。这三点都比较容易理解，最难说清楚且最难做到的是"保护"。

有人强调"创新"，有人关注"民生"，这都很要紧；但因其有利益驱动或政绩考核，我相信总能往前走。只有谈"保护"，最为势单力薄。比起建地铁、盖高楼、炒概念，保护古城是投入大且见效慢，无法在你为官一任的任期内显示明显效果。可能是你退休十年、二十年后，甚至是子孙后代，才明白当初那些牺牲"发展"而强调"保护"的意义。

每座城市都有自己的独特生命，都有其历史文化命脉，你必须努力理解并适应它，再略作调整与发挥。不仅是街道、楼台等建筑格局，还有城市生活的方方面面。千百年留下来的东西，大有深意，但都很脆弱，必须小心呵护，哪经得起你用推土机加金融资本的"辣手摧花"。在目前这个体制下，我不怕领导没有雄心，也不怕群众没有欲望，我怕的是政绩优先的制度，迅速致富的心态，这上下结合的两股力量，使得众多"古城"日新月异，在"重现辉煌"的口号下，逐渐丧失其"历史文化"价值。

在一个经济迅速崛起、社会急剧转型的时代，你想守，凭什么守，守得住吗？那些关于保护古城与发展经济没有任何矛盾的高调，都是站着说话不腰痛。我的家乡广东省潮州市，属于第二批历史文化名城，有八处全国重点文物保护单位。80年代经济大潮兴起时，潮州主要在城外另谋发展，包括建各种行政大楼、商业机构等。因此，古城内部格局没动，保留下来了。这些年，随着维修工程的逐步推进，这小城变得越来越可爱。三年前，号称中国四大古桥之一的广济桥（湘子桥）修复完工，我在"十八梭船廿四洲"前，偶遇某退休领导，出于礼貌，也出于真心，我说了一句：潮州古城能保护成这个样子，不容易。没想到那老领导竟热泪盈眶，开始诉说起当初如何如何受委屈来。他的话我信。今日中国，"旧城改造"之所以能顺利推进，有政府官员的政绩考量，有资本的逐利需求，还有百姓迅速提升生活水准的强烈愿望。当领导的，建设新城容易，守护古城很难。

前一届（2003—2007年）的北京市政协文史委，曾锲而不舍地就保护历史文化名城做调研、提建议、发文章、上条陈，屡败屡战，多少缓解了北京市疯狂拆迁的速度。我不是主力，只是帮助敲敲边鼓。当时的最大感觉是，善用媒体力量，兼及百姓与专家的立场，还是可以有所作为的。但是，即便在这"首善之区"，谈保护"历史文化名城"，也都是一件十分艰难且吃力不讨好的事。有感于此，我才会说，对于古城来说,"保护"才是"硬道理"。

放慢脚步,看看三十年间评审的那些"历史文化名城",今天到底状态如何,有什么经验教训,对那些已名不副实的"名城"给予批评、警告乃至摘牌,而不是在各种压力下,不断增补名单,扩大"光荣榜"。中国的"历史文化名城"做好了,再来谈"世界历史文化名城",那样或许更有把握些。

2011年1月9日于香港中文大学客舍

附记:

此文乃应某大报的邀请而撰,说好是谈"历史文化名城"。文章刊出后,发现被改得面目全非,我给组稿者发信,表达愤怒,得到的回复是:"因报纸篇幅限制和原则要求,确实做了一些压缩和修改,但感觉并未伤筋动骨。"这促使我认真核实原稿和刊文,想看看编辑到底做了哪些工作。

不看不知道,一看吓一跳——从另拟题目到调整段落到删改语句,几乎全都"顺"了一遍。我既感叹编辑工作量之大,又反省其修养与权力。仔细观察,其修整策略大致如下:

第一,凡属批评语句,一律改为正面立论。比如,文中有这么一段:"千百年留下来的东西,大有深意,但都很脆弱,必须小心呵护,哪经得起你用推土机加金融资本的'辣手摧花'。在目前这个体制下,我不怕领导没有雄心,也不怕群众没有欲望,我怕的是政绩优先的制度,迅速致富的心态，这上下结合的两股力量，使得众多'古城'日新月异，在'重现辉煌'的口号下，逐渐丧失其'历史文化'价值。"编辑将这段话浓缩为："这些经过千百年历史冲洗而留下来的东西底蕴丰厚，却很脆弱。我们必须尝试理解、精心呵护并努力适应它，在此基础上再进一步发展。"是保留了"保护古城"的意思，可立场及趣味已大相径庭。

第二，凡涉及领导责任的，一律改为没有主体。如"虽然媒体上不断有某某古城被'开发性破坏'，且是在当地政府的主导或默许下完成的报道"那一段，删去了追究领导责任的提法，以及"明知最近三十年中国城市大扩张，对自身历史文化命脉伤害很严重"之类"不合时宜"的言论。

第三，文章着重个人感受，谈及潮州及北京的古城保护工作；大概是担心褒贬不当，编辑将这两大段全部删去，另拟如下"总结"："对于大多数地区来说，建设新城容易，守护古城很难。这是一场持久战，不仅需要专家努力，而且需要百姓参与和媒体推动，大家一起找问题、出主意、想办法。"如此高屋建瓴的"指导性意见"，根本就不符合我的身份、性格与文风。而且，这两段本是文章重点，除了说明"当领导的，建设新城容易，守护古城很难"，还带有个人阅历与感受，好歹也算"一家之言"。

不就是一篇"学术随感"，并非指引方向的"社论"，值得如此大动干戈？让我感慨不已的是，经过这么一番伤筋动骨的"修饰"，削弱了个性，磨平了棱角，变成方方正正、千篇一律的砖头，砌在哪里都合适。可这还能算是我的文章吗？

将稍为有点"意气"的话（连"叛逆"都算不上），清除得一干二净，这天下就太平了？我不相信。记得鲁迅在《花边文学·序言》中说过："我曾经和几个朋友闲谈。一个朋友说：现在的文章，是不会有骨气的了，譬如向一种日报上的副刊去投稿罢，副刊编辑先抽去几根骨头，总编辑又抽去几根骨头，检查官又抽去几根骨头，剩下来还有什么呢？我说：我是自己先抽去了几根骨头的，否则，连'剩下来'的也不剩。"重读鲁迅此文，真的出了一身冷汗。其实，我辈平庸，了解大报的地位及立场，撰文时已经"很知进退"了；可没想到还是被"修正"成这个样子。

为了发表而自己抽去骨头，还是为了保存骨头而舍去在大报露面的机会，对于当下的中国人来说，俨然也是个问题。现借《同舟共进》宝地，原稿照刊——不是说此文有多好，而是借以观察"删改"的"标准与尺度"。

2011 年 2 月 13 日于京西圆明园花园

（初刊《同舟共进》2011 年 3 期）

"三足"能否"鼎立"

——都市文化的竞争与对话

谈论"都市文化",可以一枝独秀,也可以双峰并峙,还可以三足鼎立,就看你的立场、视野及趣味了。

抓住一个魅力无穷且甚合自己口味的都市,穷追猛打,锲而不舍,那是最容易出成果也最容易得到公众及学界承认的研究思路。但是,长期关注某一特定城市,固然可以深耕细作;若过于"目不斜视",一不小心就成了"情人眼里出西施"。为救此弊,于是有了城市间的对峙与对话——无论公众还是学者,都习惯拿两座各具特色但等级相当的城市做比较。如此"双城记"思路,具体展开为两种研究策略:一是强调差异,黑白分明,效果强烈;一是突出互补,参差对照,你中有我,我中有你。在《另一种"双城记"》(《读书》2011年1期)中,我曾提及:"这两种类型的'双城记'都很重要,但针对目前中国学界的现状,我更愿意谈合作而不是对抗、互补而不是竞争的'双城记'——比如京津、沪宁、成渝、苏杭或者穗港(省港)。后一类'双城记',反差不太大，因而不太耀眼，但其实更重要，不该被我们忽视。"

至于三足鼎立的城市记忆，我想到的只有法国小说家左拉的小说三部曲《三城记》(《鲁尔德》、《罗马》和《巴黎》)，以及十年前上海文艺出版社创意的"三城记"小说系列——请王安忆、许子东与王德威各主编一册中短篇小说选，希望借此呈现同一时期上海、香港、台北这三座城市的发展轨迹。此外，还有一些随笔或电影以"三城"为名，但不以城市比较为宗旨。至于学术研究，恕我孤陋寡闻，至今未见让人拍案惊奇的相关著述。而在"黑白分明"与"参差对照"两种策略中，我依旧欣赏"你中有我、我中有你"的互补型之"三城记"。

谈论"三城记"，并不指向眼下很热门、有可能上升为国家战略的"粤港澳合作"。作为学者而非政治家，我关心的是推进"都市文化"研究，而不是如何落实"一国两制"、促成三地间的政治对话及经济合作。作为幅员辽阔、人口一亿多的大省，广东省内各地经济发展水平及城市化进程很不一样，加上广州话、潮州话、客家话之间的隔阂以及各地民众生活习俗的差异，很难拿如此"庞然大物"，来与五十五万人口的澳门进行"城市间"的"对话"。一定要"沟通"与"对话"，澳门选择的应该是"广州市"而不是"广东省"。只是因为"特别行政区"这一政治设计，使得很多人过高估计了澳门在中国文化版图上的地位。

明末清初，澳门作为广州的外港，在中西文化交流中确实起了关键性的中介作用，对此，历史学家莫不交口称赞。可第一次鸦片战争以后，清政府被迫开放广州、厦门、福州、宁波、上海五个通商口岸，同时割让香港岛给英国。"五口通商"后形成新的运输及贸易格局，使得本就日渐衰微的澳门经济，更是雪上加霜。而与澳门分居珠江口东西两侧的香港之迅速崛起，也让澳门相形见绌。这里不准备讨论香港、澳门"此起彼伏"的过程及动力，只想指出一点：经由一百多年的演进，今天的澳门，无论经济实力还是文化创造，都远不及香港——我们甚至可以说，澳门文化深受已经登上国际舞台且长袖善舞的香港文化的影响。

这"虽好犹小"的澳门，尽管个性鲜明，让人过目不忘，在经济及文化上均无法与广州以及香港"比肩"。既然如此，这三座距离很近（广州至香港一百四十二公里，广州至澳门一百四十五公里，港澳之间相距六十公里）、同属珠江三角洲、同样以粤语为共同交际语的城市，实际上很难形成"三足鼎立"的局面。

所谓"三足鼎立"，取其互相竞争，又互相支撑，任何时候都可以"照花前后镜，花面交相映"。这一相对稳定的三角，在移动过程中，不可能永远同步，但也不应该差异太大，否则，一足折断或陷落，这结构也就立即解体了。因此，要想找到完美的可供分析的样本，还真是不太容易。

真是无巧不成书，正愁澳门无力"扛鼎"，蓦然回首，惊叹毗邻香港的深圳，得益于改革开放大潮以及特区政策，

"三足"能否"鼎立"

从一个小渔村迅速成长为"风姿绰约"的大都市。若讲历史传统,深圳自然无法与广州乃至澳门相提并论;可仅仅三十年,深圳的城市规模、科技实力以及国际知名度,已经可以跟广州"称兄道弟"了。单就人口规模而言,广州一千二百七十万,深圳一千零三十五万,香港七百一十万,都是特大型城市;讲金融实力及人均产值,目前香港遥遥领先,可三城间的差距正日渐缩小。我坚信,不远的将来,香港、广州、深圳都将成为繁花似锦的国际性大都市。

若此说不谬,在这么小的一个地区(广深港高铁建成后,从广州经深圳到香港,全长一百四十二公里,只需四十八分钟),集中三座同样有岭南文化基因的大都市,形成三足鼎立的局面,如此壮观景象,让人浮想联翩——三城间能否真诚合作、携手前行,以至好戏连台?

第一,谈"真诚合作",那是假定各方都有足够的实力与自信。只有各具特色,势均力敌,谁也取代不了谁,才有所谓的"共同发展"。若实力过分悬殊,必定走向兼并,而非温情脉脉的"分工合作"。历史上"省港"间有很密切的联系,只是时代不同,合作方式及主导力量迭经变化。不说远的,改革开放初期,各项指标遥遥领先的香港,其经济、政治乃至文化的影响力并不局限于珠三角,而是辐射全国;如今,面对广州、深圳咄咄逼人的追赶,其居高临下的心态正在逐渐调整。作为一座两千年的古城,广州乃岭南地区历代郡、州、府、省的治所,其悠久的历史文化,使得广州的重新崛起带给人无限遐想。历史文化不是一朝一夕就能形成的，深圳作为年轻城市，骨架刚刚搭起，离血肉丰满还有很长一段距离，好在此城目前仍处上升阶段。三城各有自己的历史传统与发展空间，日后的合作与竞争，不太可能走向你吃掉我或我吃掉你。正因没有定于一尊的霸主，这擂台才异彩纷呈，充满悬念与戏剧性。

第二，广州、香港、深圳这三座城市，都有自己不同凡响的个性，相互间可以兼容，但很难被取代。粤语方言是其最大公约数，岭南文化在三城中也有不同程度的承传。广州是岭南文化的中心，曾辉煌千载，如今正借改革开放的东风（包括去年的亚运会），不断重建自信，重塑形象，努力将其影响力扩展到全国乃至世界。成为国际性大都市，对于广州来说，既不是遥不可及，也不是唾手可得。在第一届"广州论坛"上，我发表了《风正一帆悬——如何"养育"世界文化名城》（《南方都市报》2011年1月25日），提及"广州这样雄心勃勃的大都市，两大目标中，建设'国际商贸中心'远比成为'世界文化名城'容易得多"，就是这个意思。至于香港，语言、习俗、信仰等植根于岭南，但长期受英美文化熏陶，发展出迥然不同的韵味及风采。尤其香港的电影及流行歌曲曾风靡全国，至今仍有很大的影响力。要说"华洋杂处"，深圳不如香港；要说"植根本土"，深圳不如广州。这座城市的最大特色，在于生活习俗及思想文化上的"五湖四海"——三十年间，借助"特区"这个平台，聚集大量人才，代表全国人民，屹立在岭南大地上。深圳人讲粤语，也讲普通话，有岭南文化的底子，但更敞开胸怀，迎接八面来风；其文化上的"杂糅"乃至"混搭"，长远看，底蕴深厚，有很大的生长空间。

第三，在都市文化建设上，三城本可互相借鉴，取长补短，但前提是，必须超越目前的政治框架，不要动不动就抬出"一国两制"的大道理。必须承认，这三城民众的日常生活以及思考与表达，深刻受制于大都使用粤语这一现实。再过五十年、一百年，政治体制不知演进成什么样子，但因相近的语言、习俗、历史传统、文化记忆，我相信这三城之间仍然血脉相连。能否更多考虑合作与互补，而不是简单的"争强斗胜"，将决定这三座城市的未来走向。因为，放在更大的全球视野中，这三大都市实在离得太近了。做得好，则协调发展，达成"三赢"局面；做不好，则可能因争夺生存空间而互相拆台。

先不说三城间如何"通力合作"，就说学界的对话，目前的状态很不理想。去年12月，我和陈国球、王德威在港合作主持"香港：都市想象与文化记忆"国际学术研讨会，当时给广州以及深圳的媒体发了邀请，希望他们参与或关注。结果如何？说好要来的深圳媒体临阵退却，广州倒是派来了主任记者，旁听会议并进行专访，可发表出来时，只有我关于"岭南文化十大名片"的大段议论，而无只字道及这个学术研讨会。据说相关报道是写了，但领导认为这是香港的事，跟广东没什么关系，故上不了版。我相信大家心里都明白，过去以及未来，香港的事情，广州人应该关注——反之亦然；但在当下的现实生活中，因政治体制的区隔，大家都小心翼翼、客客气气地维持"友好关系"。这种深怕"越界"，多一事不如少一事的心态，导致广州与香港之间，很难开展大规模的文化合作，实在很可惜。

第四，共同的方言、共同的生活习俗、共同的文化记忆，本该很容易"对话"与"合作"才是，为何目前的状态不太理想？有政治体制、经济利益等现实问题，这里仅从"心态"入手，探究破解此困境的方法。

以我有限的观察，不少港澳人士对于"一国两制"的解读，偏向于"两制"而不是"一国"，有什么矛盾或需求，直接到北京谈，不屑于跟作为"城市"的广州对话。这么考虑问题，在现实政治层面有其合理性，但若着眼于经济及文化，则严重妨碍其融入飞速发展的珠三角城市群。最近几年，香港开始出现自我反省的声音，我读到的最为单刀直入的论述，是梁文道的《回到广东》——此乃《大广东》一书的四篇序言之一。《大广东》（上书局同人编著，香港：上书局，2009年7月）一书讲述香港的民俗风情、饮食男女、功夫、电影、明星、信仰等，系多人合撰的随笔集，着眼于发掘香港人日常生活中所保存的"广东传统"。正如梁文所说："我们所熟悉的'香港意识'，其实是20世纪70年代之后才出现的一种文化现象"，"回归以来，香港最大的变化之

"三足"能否"鼎立"

一就是广东的再发现"。面对港人北上寻求更大发展空间的潮流,梁文道称,我们根本用不着搬去北京或上海,因为我们就在充满魅力的珠三角,就在中国:"唯一要变化的,只是狭隘的地域意识;在香港人固有的身份之外,重新拾回我们曾经拥有的广东观念。只要打开这道思想上的边界,你将发现,其实你已经'北上'了。"此书从日常生活入手,谈论都市想象与文化记忆,所涉及的"广东",不是政治意义上的,而是文化意义上的。即便如此,这话也只有梁文道能说,要是我说绝对挨骂,因为"政治不正确"。回归前后十年的"香港论述",很大程度上基于"认同危机"。如今虽逐渐消解,但心结仍在,如梁文思路的,在目前的香港绝对是少数。面对珠三角正逐渐融为一体这一大趋势,港人经济上早已"北上";至于思想及文化,则有待长时间的抵抗、互动与磨合。

迅速崛起且获得无数掌声的深圳,必须适应"特区"光环减退乃至消失,自觉将自己作为一般城市来认真经营,方能自强不息。对于都市文化建设而言,硬件最容易,人才次之,体制最难。博物馆、图书馆、影剧院等硬体设施,深圳很快就能赶上广州、香港;至于人才引进,深圳一直做得不错。但无论新闻出版、电影电视,还是一般意义上的文化产业,深圳都不是香港、广州的对手。这需要时间,不可能一蹴而就。有必要提醒的是,不是所有的东西都能用钱买来,也不是所有的东西都能"速成"。习惯于"跨越式发展"的深圳人应当记得，有些东西只能"慢工出细活"——比如学术、思想、文化。香港的高等教育成绩斐然（香港大学、香港中文大学、香港科技大学在各种大学榜上排名都很靠前），这点有目共睹；即便广州，也有近年进步十分明显、约略可以迈进全国前十的中山大学等。反观深圳，目前仅有一所实力并不雄厚的深圳大学，而南方科技大学的创办又一波三折，前途未卜。依我浅见，以深圳的经济实力、人口规模以及雄心壮志，独立创办或合作经营七八所大学，应该说是绰绰有余。正是因为高等教育不发达，导致深圳在科技产业上引领风骚，而在思想建设及文化创造上明显乏力。因为科技人才可以引进，但大学办在何处，对该地区的文化熏陶，属于"随风潜入夜，润物细无声"，实在不容你小觑。

对于广州这座兼及"乡土性"、注重日常生活，相对比较从容的大都市，我甚有好感。只是放眼看去，前有国际化色彩很浓的香港，后有聚集全国英才的深圳，广州实在不能掉以轻心。表面随和、实则自尊心很强的广州人，欣赏乃至崇尚香港，但不一定看得起深圳。在我看来，广州人必须转化思路，以平常心看待这后起之秀有点生涩、有点夸张、有时甚至显得笨拙的表演。作为都市文化，广州与香港的差异性较大，各自都有腾挪趋避的空间；真正成为竞争对手，且有可能抢去广州风头的是深圳，而不是香港。

某种意义上，21世纪的竞争，既是国家或区域间的竞争，也是城市间的竞争。但愿如此各具魅力但也各有隐忧的"三城"，能够建立良好的对话框架，形成有效的合作机制，携手共进，促成中华民族的伟大复兴。

2011 年 11 月 12 日于香港中文大学客舍

（初刊《南方都市报》2011 年 11 月 18 日）

六城行

——如何阅读 / 阐释城市

直到现在也不明白，为何那么集中，一个半月时间里，我先后在北京、天津、上海、香港、台北、广州这六座中国最为重要的城市，参加以都市文化研究为主旨的讨论会或专题演讲——2010年11月27—28日参加北京大学中文系与天津师大文学院合作在北京/天津召开的"20世纪三四十年代平津文坛"研讨会，发表《另一种"双城记"》；12月15日参加上海市作家协会、上海文学发展基金会、上海文艺出版社联合举办的"作为文学城市的上海"研讨会，发表《为何"文库"，什么"文学"，哪个"海上"》；12月17—18日参加香港中文大学与香港教育学院合办的"香港：都市想象与文化记忆"国际学术研讨会，发表《我见青山多妩媚——叶灵凤、李欧梵的"香港书写"》；12月24日在台湾政治大学演讲，题为《"都市"为何需要"文学"》；2011年1月4日参加中山大学和广州市政府联合主办的"广州论坛·广州建设世界文化名城高峰论坛"，发表《风正一帆悬——如何

"养育"世界文化名城》。

正因为全都凑到一起了,促使我一边参加活动,一边观察、思考——为何大家都对"城市"以及"都市文化"感兴趣?中国的学者、官员及媒体人是如何"阅读城市"的?怎样组织关于都市的国际学术会议?……暂不评说此六城之前世今生、功过得失,而是反省我所参与的这些活动的宗旨、趣味及操作方式,力图从一个侧面阐释城市文化生态及学术生产机制。说白了,我之讲述并回味这六城之行,目的是讨论都市文化研究的可能性。

一、在"六城行"中阅读城市

自称"乡下人",在作家沈从文是赌气、抗争,在我则只是写实,故"也无风雨也无晴"。儿时生活在农村,每天与青山绿水做伴;念大学后,洗净了泥腿子,变成了城里人。今日中国很多衣冠楚楚的"成功人士",跟我一样,都是生活在城里的"乡下人",或曰有农村生活经验的"城里人"——整个生命被裁成两截,一截在城,一截留乡。我们这代人,有幸见证中国突飞猛进的城市化进程。国家统计局的中国城市化数据为:1949年10.64%,1959年18.41%,1969年17.50%,1979年19.99%,1989年26.21%,1999年30.89%,2009年46.59%。而2011年4月公布的第六次人口普查统计,中国城镇人口接近6.66亿人,城市化率达到49.68%。换句话说,当下中国,有一半人口生活在各大、中、小城市。不管你赞赏还是批评,身边的变化明确无误地告诉我们,中国的城市化进程在加速,此趋势不可逆转。

传统中国,城乡之间有差异,但并不截然对立。大江南北,多的是"耕读人家"——年少时读书科考,入朝为官;年纪大了,则告老还乡。就靠这个制度,传统中国很好地保持了城乡之间的流动性。晚清以降,随着西学东渐的逐步展开,城市的教育、医疗及文化娱乐大发展;相形之下,广大农村日益凋敝。中华人民共和国成立后,城乡二元结构进一步凝固——好长时间里,除了上大学或当兵,乡下人很难转换身份。这里的不公平,城里人未必体会得到。我曾提及:当下中国,不要说官员或富豪没有"告老还乡"的意愿,很多到城里打拼的乡下人,也都已经回不去了。什么时候,我们这些从乡下走出来的"城里人",功成名就后,还愿意回老家去,那个时候,"新农村建设"才能说是获得成功(《大学校园里的"文学"》,《渤海大学学报》2007年2期)。韩国前总统卢武铉退休后回到只有几十户人家的小山村,跟老邻居一起钓鱼,这故事让我很感动——可惜,他回乡后不久就因被"秋后算账"而自杀了。

作为曾经的"乡下人",面对此波澜壮阔、泥沙俱下的历史进程,我的立场是:不忘生养我们的广阔农村及父老乡亲,但逐渐融入城市生活,参与城市的经济建设与文化创造。

就拿此次"六城行"来说吧。恰好,这六座城市我都比较熟悉,不纯粹是隔岸观火。1984年秋到北大念博士,此后就一直生活在这座原先很"土"、现在努力变得很"洋"的国际性大都市——关于北京,我开过课,写过书,主持过国际学术研讨会。至于十年前还面目模糊、而今借助滨海新区开发而迅速崛起的天津,虽只是旅游、开会、讲学,来去匆匆,但因晚清及民国年间京津(平津)在生活及文化上是一体的,多少总有些体会。研究现代中国的,一般都会关注作为西学东渐桥头堡的"大上海"。上海除了是我的研究对象,还因从2002年夏天起,作为华东师范大学"紫江学者"讲座教授,我每年都会前去集中讲学。记得刚去时,上海房价没有北京高,每平方米四五千元,朋友劝我在此置业,因缺乏经济头脑,谢绝了。后来听到一个笑话,上海人自己总结的:早买三年房,等于抢了一次银行。上海房价一路狂飙,我接触到的本地人,大都信心满满;至于生活在上海的外地人,则忧心忡忡。1993年冬我首次赴台参加学术会议,过程相当坎坷;以后路途日渐平坦,几乎每年都去,还曾在台湾大学客座一学期。在日常生活以及人文研究方面,几乎可算半个"台湾通"。最近五年,我兼任香港中文大学讲座教授,每年一半时间在北大,一半时间在中大,习惯于用香港的眼光阅读北京,用北京的尺度丈量香港。至于广州,那更是我的老根据地了。作为"文革"后恢复高考的第一届大学生,我在康乐园生活了六年半。北上之后,还与母校中山大学保持着密切联系,经常应召回来参加各种学术活动。

我与这六座城市"结缘",虽有早晚、深浅之别,但因专业领域及个人趣味,对其文学及文化面相一直比较关注,这才可能应邀撰写相关论文。在"六城行"中"阅读城市",此举并非专深的学术研究,而是略带专业背景的社会观察——观察城市建筑、世风民情、文学艺术,也观察教授们的"都市研究",以及学术会议的组织方式等。

二、"比较城市学"的视野

作为大学教授,若讲述关于都市的专题课,我会开列一大堆参考书,也会撰写若干高头讲章,但说心里话,更欣赏本雅明(Walter Benjamin,1892—1940)对于巴黎等欧洲城市的漫游与品鉴。在我看来,阅读城市,最好兼及学者的严谨、文人的温情以及漫游者的好奇心。学者本雅明一如诗人波德莱尔,在拥挤的人群中漫步,观察这座城市及其所代表的意识形态,这种兼具体贴、温情与想象力的"漫游",既不同于市民的执着,也不同于游客的超然,而是若即若离,不远不近,保留足够的驰骋想象的空间,还有独立思考以及批判的权利。

无论政府还是学界、媒体还是民众,越来越关注"城市"——包括城市的魅力、缺憾以及前景。受制于各自的视野、立场及知识储备,同样谈城市,关注点不同,立论更是千差万别。十八年前，一个偶然的机缘，我写了篇短文《"北京学"》(《北京日报》1994年9月16日)，日后广被征引；而从2001年秋天起，我先后在北京大学、香港中文大学讲授四轮以"都市文化"或"都市与文学"为题的专题课，吸引了不少聪颖的学生，至今已指导完成六篇研究都市文化的博士论文（收入北京大学出版社的"都市想象与文化记忆丛书"）。此外，从2003年起，我和哈佛大学王德威教授合作，联合本地学者，先后组织了四次国际会议——"北京：都市想象与文化记忆"（北京，2003年）、"西安：都市想象与文化记忆"（西安，2006年）、"香港：都市想象与文化记忆"（香港，2010年）、"开封：都市想象与文化记忆"（开封，2011年）。汉唐以及汉唐以前的长安，明清以及明清以降的北京，加上北宋京城开封的兴衰起伏，都是古代中国史上最值得关注的"都市景观"。至于近代以来的世界图景，香港的故事同样扣人心弦。关注当代都市之异军突起，也关注古都重获新生的强烈愿望，此一仍在继续的系列国际会议，采用跨学科的思路，兼及文学、史学、考古、艺术、地理、建筑等，目的是尽可能拓展"都市阐释"的空间与力度。

同样关注城市历史、城市生活以及城市文化，不同于一言九鼎的政府官员、踌躇满志的经济学教授，以及披头散发、神采飞扬的艺术家，作为人文学者，我的工作目标是在"比较城市学"的视野中谈论自己居住或心仪的城市。大家都在谈城市，本地人与异乡人、官员与民众、大学教授与报刊编辑、历史学家与杂文作者，对同一座城市的感觉截然不同，表述方式更是天差地别（这还不包括政治立场的对立）。一旦引入"城市比较"的视野，很可能还会夹杂某些个人意气。因此，从事都市研究，无论你是"双城记""三足鼎立"，还是"四面开花""六六大顺"，其工作目标都不应该是为本城争荣誉，而是洞幽烛微，发现历史以及现实的各种可能性。

这说起来容易，真正实践很难。我曾谈及所谓的"双城记"，可以是黑白对照，形成强烈的反差；也可以是五彩斑斓，同中有异、异中有同。大略而言，前者强调对抗中的对话，后者侧重合作时的竞争。针对目前中国学界的现状，我更愿意谈合作而不是对抗、互补而不是竞争的"双城记"——比如京津、沪宁、成渝、苏杭或者穗港（省港）（参见《另一种"双城记"》，《读书》2011年1期）。我也曾提及广州、香港、深圳这三座城市，都有自己不同凡响的个性，相互间可以兼容，但很难被取代。能否更多考虑合作与互补，而不是简单的"争强斗胜"，将决定这三座城市的未来走向。因为，放在更大的全球视野中，这三大都市实在离得太近了。做得好，则协调发展，达成"三赢"局面；做不好，则可能因争夺生存空间而互相拆台（参见《"三足"能否"鼎立"——都市文化的竞争与对话》，《南方都市报》2011年11月18日）。

谈论都市文化，无论是"双城记"，还是"三足鼎立"，学生及媒体都很好奇，也很感兴趣。可真的接着做，却没那么容易。在"20世纪三四十年代平津文坛"研讨会的闭幕式上，我提及在"天津"阅读"北京"，在"北京"观看"天津"，或者将"京津"视为一体作综合论述，是一个长远的研究计划，为下一代研究者预留的发展空间。目前只是一些零星散论，但我相信十年后会成为热门话题，且能出大成果。基于此预期，对照这一回的讨论会，明显不尽如人意：第一，论者多注重"文学"，而相对忽略了"城市"，缺乏对于"都市研究"的理论自觉；第二，大家瞩目的依旧是"精英"，缺乏对于大众（通俗）文学/文艺/文化的关注与理解；第三，学者的目光集中在北京，认真体会/体贴天津的极少；第四，京津之间文学/文化/思想/学术的互动没能很好展开，形不成真正意义上的对话。换句话说，在中国学界，"比较城市研究"尚在起步阶段，还不到冲刺的时候。随着时间的推移，这一研究思路或许会吸引越来越多的学者，论述也会日渐深入、扩大、精致。

三、严谨的学术论文背后

如何研究城市，包括谁在说、说什么、怎么说——甚至连发言的契机、会场的布置以及听众情绪，都会对你的立场及论述风格产生潜在的影响。作为一名关注怎样"养育城市"（而非"经营城市"或"打造城市"）、侧重学术深度（而非"文化传播"或"决策参考"）的人文学者，我有我不同于"官员"、"媒体人"或"经济学家"的视角及价值追求。

关于城市的论述，越来越专业化，这是大好事。但在诸多关于金融、规划、交通、下水道、形象设计等专业论题之外，希望能给海阔天空的"议论"、大而无当的"批评"，以及不具备可操作性的"建议"，保留一席余地——那往往是人文学者坚守立场、驰骋想象，展现其人间情怀的绝佳方式。

几年前，为北京会议论文集撰写序言，我提及："走出单纯的风物掌故、京味小说，将'北京城'带入严肃的学术领域，这很重要。但同是都市研究，主旨不同，完全可能发展出不同的论述策略。注重历史考证与影响现实决策，思路明显不同。倘若将城市作为文本来阅读、品味，则必须透过肌肤，深入其肌理与血脉，那个时候，最好兼及史学与文学、文本分析与田野调查。也正因此，本书的取材，涉及了考古实物、史书记载、口头传说、报章杂志等。虽说无法呈现完整的历史图景，各论题之间互相搭配，参照阅读，起码让我们意识到，所谓的'北京记忆'，竟可以是如此丰富多彩。"(《北京记忆与记忆北京》，陈平原、王德威编《北京：都市想象与文化记忆》，北京：北京大学出版社，2005年）而面对新华社记者"在进行北京研究的过程中有哪些题外的思考"的提问，我的答复是："相对于时代大潮，个人的力量实在太渺小，只能做到尽心尽力。保不住城墙，保不住四合院，那就保住关于这座城市的历史记忆，这也是一种功德。除了建筑的城市，还有一个城市同样值得守护——那就是用文字构建的、带有想象成分的北京。这是我们能做的事情。学者们用教育、学术、大众传媒甚至口头讲演等，尽可能让大家留住这个城市的身影，留住'城与人'之间剪不断理还乱的复杂情感。"（参见《想象北京城的前世与今生》，《北京师范大学学报》2005年4期）

人文学者的批评与建议，即便因不太了解实际情况而显得有点"迂腐"，也不纯然是书斋里的"自说自话"。在为《都市蜃楼》（香港：牛津大学出版社，2010年）撰写序言时，我谈及："作为研究者，我们需要理解城市，理解作家，理解那些并不透明的文类及其生产过程，更需要理解我们自己的七情六欲。说实话，无论作家还是学者，之所以寻寻觅觅，不就因为还有个撇不清、挪不开、搁不下的'我'。面对'东方之珠'的急剧转型，作为读书人，你自然会不断叩问'我'从哪里来，要到何处去，怎样在这大转折时代里安身立命。"

为何邀请近百位研究文学、历史、绘画、电影、新闻、建筑的专家学者，从"都市想象与文化记忆"角度，关注香港这座国际性大都市的前世今生？记得1989年年初，我赴港参加"文学创作文化反思"研讨会，黄继持、卢玮銮等中大教授送我《八方》文艺丛刊，当时很震撼——内地没有这么视野开阔、印刷精美的文艺丛刊！二十多年过去了，我熟悉的北京、上海、广州的文学、文化及学术研究方面急起直追，香港不再专美于前，某些方面甚至变得落后了。因此，借用原哈佛大学教授、现香港中文大学讲座教授李欧梵的说法，希望给香港、给香港人、给香港文化打打气——这就是我们隐藏在严谨的学术论文背后的情怀。

四、政府之支持"都市研究"

为了配合"香港：都市想象与文化记忆"国际学术研讨会的召开，那一学期，我在香港中文大学开设"都市与文学"专题课。修课的学生提出一个我从未想过的问题：网上检索，发现我们开"西安：都市想象与文化记忆"国际学术研讨会时，有一场与西安市党政领导的对话。实际效果如何不得而知，但官员愿意听学者讲城市如何发展，这已让他们很惊讶了。因为，在香港开学术研讨会，尤其是谈"文化问题"，政府官员是不会来听的。

在《明报》组织的"三人谈"中，我谈及这个问题：为何在内地开"都市研究"的会议，容易得到当地政府的支持？李欧梵说了一句很精彩的话："内地城市明白'文化是城市的核心竞争力'，香港不明白。"我接着大发感慨："香港不觉得文学和文化重要，不觉得值得由政府来支持，更不用说用心经营了。其实，关于城市的记忆，是一次次讲述出来的，城市的视野也是再三讨论出来的。政府官员、企业家、建筑师建设有形的城市，人文学者则通过反复讲述与阐释，帮助引导我们的城市往哪个方向发展。"(《城市书写·文化缺席——陈平原、陈国球、李欧梵三人谈》，[香港]《明报》2010年12月16日)

政府之所以积极支持"都市研究"，是有自己的打算——除了文化情怀，还有政绩方面的考量。我评论那套一百三十卷的"海上文学百家文库"，将其与举世瞩目的世博会相勾连："二者的规模及影响力，当然不可同日而语；可我为何还要将其相提并论呢？就因为我从中看出迅速崛起的大上海之志向、视野与自信。"(《为何"文库"，什么"文学"，哪个"海上"》，《现代中文学刊》2011年1期)这套大书是上海作协和上海文学发展基金会发起并组织实施的，属于"建设上海文化大都市的基础性文化工程"，背后是上海市政府在推动。政府支持的"文化工程"，好处是经费充足，缺点是限时限刻完成，大都比较粗糙。

这就涉及一个敏感问题：如何看待政府主导的学术研究或文化活动？政府有权又有钱，办起事来雷厉风行；但如果由政府主导学术会议，会不会失去学术研究的独立性与批判性？三种可能的状态——给钱，不管；不给钱，也不管；既然给钱，当然要管：台湾香港倾向于前两种，而大陆则选择第三种。这点，在媒体报道中看得很清楚。凡政府支持的学术会议，都集中报道领导如何光临、接见与会代表、发表

"重要讲话"。至于万里迢迢赶来与会的学者们,似乎反倒成了配角。

在当下中国,如何既尊重政府的出资与参与热情,又保证学者的尊严与独立性,是一门学问。我参与主办的北京、西安、香港、开封四次国际会议,有三种合作形式:全部经费来自大学(北京、香港)、大学与政府共同资助(西安)、主要经费由政府负责(开封)。即便是第三种,也只是会前放映城市宣传片,会后参观刚刚落成的书店街,还有市长简短讲话、书记热情宴请。我询问与会的国内外学者,会不会感觉不舒服?答复是:自家发言不受影响,而且,了解当下的市政建设,对自己的研究有好处。当然,这里需要某种沟通与协调的技巧:讲清楚会议的宗旨及听众的趣味,帮助领导恰如其分地表达。至于会议期间的新闻报道与会后的出版论文集,则分而治之,井水不犯河水,各得其所。

五、见了领导千万别激动

近年参加各种学术会议——大学组织的、媒体策划的、政府主导的、企业出钱的,隐约感觉到某种不安。当着主人的面,说几句无伤大雅的客套话,完全可以理解;但若轻易改变学术立场,见风使舵,则很不妙。尤其是面对政府官员,读书人当明白,礼遇不等于信任,倾听也不是问计。我的建议是:见了领导,千万别激动,不卑不亢,好话歹话都说，有用无用不管。那是因为，现代学者不同于古代策士，"主公"的心事你不见得了解，人家也没要求你越俎代庖。抱定一个知无不言、言无不尽的态度，你可听可不听，我该说什么还说什么。当下中国，保持学者良知，拒绝曲学阿世，应是治学的第一律令。

学者"术业有专攻"，而"城市研究"又天生是个综合性话题，需要凝聚多学科的视野与学识。有些你我真的懂得，有些只是约略知道，有些则干脆隔行如隔山。倘若不是决策者，有时"谈门道"，有时"看热闹"，千万别把自己的话太当真——能落实很好，不被接受也没关系。因为，学者的"深刻见解"，很可能无助于实际问题的解决；具体管事的，更多考虑策略性与可操作性。

之所以再三强调，无论什么场合，不看"主人"脸色，坚守自家立场，那是因为，做城市研究的，诱惑实在太多了，弄不好就变成官员或房地产商的"托"。学者的可贵之处，在独立研究，不该与智囊团的"出谋划策"相提并论。可如今，碰到高傲的领导，嫌你表扬不到位；碰到谦虚的官员，又嫌你出的主意太少。其实，远道而来的学者，只能谈大思路；再了不起的学术成果，也都没本事点石成金。眼下那么多开放型城市请"市长顾问"，好在请的都是企业家、前政要或经济学教授，未见有请人文学者的。

不要说"经世致用"，即便"社会影响力"，也不该过分追求。学者有尊严，不说自己不信、不服或不懂的话，尤其忌讳投其所好，走到哪个城市都啧啧称奇，连夸"了不起"。记得我第一次在"广州论坛"发言，提及"广州是座有平常心的城市，不骄纵，不造作，比较本色与低调"，因而这是一座"被低估的城市"(《风正一帆悬——如何"养育"世界文化名城》，《南方都市报》2011年1月25日)，据说广州的领导、民众及媒体人都很高兴。可这是真心话，有我长期在北京、上海、香港等大城市生活的体会，着眼点是普通人的生活感觉——舒适、随意且有品位。参加第二届"广州论坛"，我报的题目是《"三足"能否"鼎立"》，据说记者们很期待。听过我的发言，有记者追问为何谈的是广州、深圳、香港这三座有岭南文化基因、以粤语方言为主的城市之间的竞争与对话，而不是"北上广"之三足鼎立？我的回答是：广州经济上不错，新闻业风光无限，中山大学在教学与科研方面进步也很快，但总体而言，在学术/思想/文化方面，目前无法与北京、上海比肩。从记者交织着遗憾与落寞的眼神中，我读出了某种压力——作为说话负责任的学者，要超越公开场合为主人或为家乡说好话这一"潜规则"，实在不容易。

中国学者中，不缺擅长说好话的，缺的是敢说真话——"真话"不等于"正确"，"正确"不等于"合用"。作为学者，我们的责任是说出自己相信的、经过深思熟虑的见解；至于领导在不在场，民众爱不爱听，能不能收获掌声或付诸实践，不在考虑之列。可惜的是，"行走江湖"多年，发现一个小小的秘密：无论著书立说或现场发言均不受外界影响、气定神闲、"吾道一以贯之",这样的学者越来越少了。

(本文为2011年3月16日作者在华东师范大学作题为《都市研究的可能性》的专题演讲,2011年11月26日在广州"岭南大讲堂"上作题为《六城记——都市想象与文化记忆》的专题演讲;2012年1月27日,北京"破五"爆竹声中,改定于京西圆明园花园)

(初刊《中华读书报》2012年2月8日)

"城市"怎样"阅读"

——一个人文学者的追求与困惑

2011年我在上海的华东师范大学演讲,谈都市研究的理论及方法,学生根据现场录音整理出了演讲稿,我没同意发表。除了思路芜杂,没讲出什么新东西,更因现场有学生提问:作为中文系的教授或学生,我们为什么要研究城市?记得当时借用理查德·利罕三个环的说法——最里面的一环是追述城市的历史,中间一环考察各种文学和城市运动,最外面一环则涉及那些城市被表现/描绘的方式[1],称无论哪一环,文学系师生均可有所作为。事后想想,我的回答不太对口,学生想问的很可能不是如何跨越学科边界,而是怎样协调学院内外的论述姿态。

2012年我在吉隆坡为马来西亚创价学会演讲,题为《都市文化研究的可能性》。主办方原本担心此题目太"学术"了,没想到现场听众很踊跃,听完演讲后纷纷提问:怎样看

---

[1] 参见理查德·利罕著、吴子枫译《文学中的城市——知识与文化的历史》4页,上海:上海人民出版社,2009年。

待吉隆坡一百二十八层高楼建设规划，如何保存有历史意义的旧街区，是否支持民众与政府及开发商抗争……我是一介平民，不代表政府，表态时自然可以很直率。此事提醒我，习惯在书斋里安安静静地"读书作文"的人文学者，一旦讨论城市话题，其效应很容易溢出校园，成为错综复杂的社会运动的一部分。

我问自己，作为人文学者，你真的理解城市吗？当你谈论城市话题时，是否已经有某种社会承担？你那些弥漫着人间烟火味的随笔，就是你想要的学问？我得先说服自己，再努力去说服别人。以下的论述，很大程度是在检讨自己莽撞地闯入"城市研究"领域的心路历程。

一、大都市的困境及魅力

不管你喜欢不喜欢，中国的城市化进程在加速。媒体上不时有"逃离北（京）上（海）广（州）"的说法，但这更像是一种"抱怨"（抱怨自己境遇不佳）或"期许"（希望别人早日离开，以减少城市的拥挤程度），而不是真实的生存状态。看近年各大城市的人口统计，还有自己身边的大学生、硕士生、博士生的求职意向，你就明白，人口仍在向大都市集中，这一大趋势没有改变。总有一天，这些千万人级的大都市会不堪重负的。问题在于，用行政命令来决定谁留下谁离开的时代已经一去不复返了。谁都知道大城市"居大不易",但一茬茬年轻人还是纷纷涌进来,并且很快地生根开花结果。因此,我们不能只是数落大城市的诸多弊端,也得看到其独特的魅力。否则,整天唱衰大城市的你我,为何不带头上山下乡呢?

在我看来,有四个因素导致青年人千方百计地要待在大城市:第一,创业的机遇;第二,孩子的教育;第三,医疗质量;第四,文化娱乐。不要说他们,无数像我这样从农村走出来的人,拼搏了大半辈子,退休后也没能像传统士大夫那样告老还乡,造福桑梓。我曾经讨论过晚清以降的读书人为何"有家归不得";一代代的读书郎,背起书包上学堂,进城以后,一般都不愿回到儿时生长的乡村。而这就决定了城市必定越来越繁荣,农村也将越来越凋敝[1]。

相对于亘古且广袤的农村,现代城市的商业发达,建筑雄伟,生活方便,文化繁荣;而且,更适合于青春焕发、野心勃勃的年轻人。拿文化来说,要讲新奇、怪异、独特、创造性,以及文化融合,城市无疑在乡村之上。大量生活习惯及知识背景不同的人群,离开乡土而涌入城市——尤其是大城市,乃一个时代经济发展、社会进步的标志。无论东方还是西方,城市史与文明史都是互相依存的。你可以批判自己心目中丑陋无比的大城市,可阻挡不了涌入城市的汹涌人潮。而且,"城市化不再仅仅意味着是人们被吸引到城市、

---

[1] 参见陈平原《大学有精神》236—237页,北京:北京大学出版社,2009年。

被纳入城市生活体系这个过程；它也指与城市的发展相关联的生活方式具有的鲜明特征的不断加强；最后，它指人群中明显地受城市生活方式影响的变化"[1]。

随着中国城市化进程的加速推进，原先弥漫于各发达国家的"城市病"，毫无悬念地降临在神州大地上。人口问题、交通问题、居住问题、医疗问题、治安问题、水资源问题、城市规划问题等，但最关键的，还是人的欲望无限膨胀，导致心灵世界百孔千疮。人类要控制无止境的欲望，调整城市布局以及生活节奏，确实需要某种智慧。香港著名作家陈冠中有一篇有趣的文章，题为《城市与我的五个错误想法》，检讨自己年轻时候对于美国式城市生活的向往，称理想的城市应具备以下五个特点：第一，让市民能步行完成生活和工作的任务，退而求其次，可用脚踏车或各种公交特别是轨道交通补足；第二，住在节能的高密度紧密城市；第三，街道上的商店生意兴隆，途人如鲫；第四，不排斥高楼，但不认为越高越大就越好；第五，从宜居来看自己的城市，把城市当家园。如此"洗心革面"，明显可见雅各布斯的影响[2]。

---

[1] 参阅路易·沃斯《作为一种生活方式的都市主义》，见汪民安等主编《城市文化读本》144页，北京：北京大学出版社，2008年。
[2] 参阅陈冠中《城市与我的五个错误想法》，《第一财经日报》2006年8月11日。陈文中有这么一段话，很容易让人联想到雅各布斯的名著《美国大城市的死与生》："一个城区，只要主街道是繁荣的——马路不宽不窄，容易穿行，街上有行人有商店，不同年龄的建筑物紧密并存，商住混合，公共空间有社区感，公共建筑紧贴闹区成为小巧地标，同时不管路弯路直，建筑物能形成连绵街墙——总是让人喜欢的。"

简·雅各布斯在《美国大城市的死与生》中谈及城市街道与地区的多样性，称以下四个条件不可缺少：功能不能过于单一、大多数的街段要短、建筑物应该多样、人口密度要足够高；而在阐述"一个地区的建筑应该各式各样"时，特别提示老建筑的意义："老建筑对于城市是如此不可或缺，如果没有它们，街道和地区的发展就会失去活力。所谓的老建筑，我指的不是博物馆之类的老建筑，也不是那些需要昂贵修复的气宇轩昂的老建筑——尽管它们也是重要部分——而是很多普通的、貌不惊人和价格不高的老建筑，包括一些破旧的老建筑。"[1]之所以说城市建筑最好是"新老交集"，而不应该追求"焕然一新"，考虑的是生活方便以及经商环境（租金不会太贵），还有就是居住者的历史意识及审美趣味。

除了期待大城市的"幡然悔悟"，我们还能做什么呢？靠社会主义新农村来弥合城乡之间的差距，在我看来不太现实。我更寄希望于日渐崛起的小城镇。若小城空气好，食品安全，青山绿水，加上交通改善，网络畅通，或许还能留住若干知识精英。二十年前，我应日本学术振兴会的邀请，在东京大学和京都大学待了将近一年。因时间及经费均很充裕，我在日本全境到处游走，回来还写了本随笔集[2]。当时最大的感慨是：跟东京、大阪等大城市比，我们大概落后二十年，而跟

---

[1] 简·雅各布斯著、金衡山译：《美国大城市的死与生》165、207页，南京：译林出版社，2005年。
[2] 参阅陈平原《阅读日本》，沈阳：辽宁教育出版社，1996年。

那些整洁清幽的小镇以及农村比，我们被落下的距离更大，五十年后都不一定能赶上。今天看来，这个判断大致准确。

三十年前，第一次听邓丽君唱"小城故事多"，心里颇不以为然，因那时我正在为大都市的经济活力与文化氛围所陶醉。随着时间的推移，逐渐领略现代化大都市狰狞的一面。但即便如此，偶尔"怀旧"可以，真要我重回小城生活，实在没有这个勇气。1996年欧游，拜访荷兰的莱顿大学和德国的海德堡大学、图宾根大学等——"十万左右的居民，其中大约四分之一是来自世界各地的学生；走过几百年风雨历程的大学，拥有众多活跃在国际学界的'明星'；每幢饱经沧桑的建筑上，都镌刻着一连串动人心魄的故事……不能想象。这些小城的厚重感与生命力。"[1]当时撰文，感叹这样的小城，我愿意居住。

中国与欧美不一样，好大学全都集中在大城市。除了抗战期间的西迁以及"文革"期间的下放，一般状态下，中国没有办在乡间或小城的好大学。因而，也就不可能有欧美那种优雅宁静、文化氛围浓厚的大学城。中国也有"大学城"，但那都是建在大城市的郊区，兼及大学扩招与郊区开发，在地方政府与开发商的通力合作下"一夜之间"建成的，和欧洲的大学城不是一回事。

---

[1] 陈平原：《小城果然故事多》，见《走马观花》154页，上海：上海书店出版社，2009年。

我知道科技在进步,政府在努力,民生在改善,市民们的承受能力也越来越强,五十年或一百年后,北京、天津、上海、广州这样的特大城市,不再进一步膨胀就不错了,很难期望其"自觉减肥"。意识到这一点,从2001年起,我在北大开设相关课程,引领学生们"阅读城市",培养其对于城市历史、城市建筑、城市风情、城市文学的鉴赏与批判能力。我的思路是:"趁着老北京还没有完全消逝,赶紧出去四处走走看看,这样,对这座城市才有真切的体会。日后做研究,心里踏实多了。首先是理解这座城市,喜欢这座城市,然后再谈研究。"[1]

无数从农村走出来的"读书人",再也找不回记忆中的"桃花源"了,若没能寻到诗意盎然的小城风光,很可能就得像我一样,努力融入大都会的万丈红尘。你我不一定做城市研究,但必须了解自己栖息的这座城市——它的前世今生、喜怒哀乐,以及繁花似锦中的七情六欲,同时保留一份观察、体会、分析、批判的热情与能力。

二、"旅文学"的局限与调整

不是"旅游文学",是"旅文学"——当然,这是我生

---

[1] 陈平原:《想象北京城的前世与今生——答新华社记者刘江问》,《北京师范大学学报》2005年4期。

造的词，模仿对象是"产学研"。后者乃20世纪90年代响彻云霄的口号，如今仍在沿用，只不过已经收敛许多。所谓"产学研"，即产业、学校、科研机构相互配合，发挥各自优势，形成强大的研究、开发、生产一体化的先进系统。政府官员及企业家这么提倡，没有问题；但如果大学校长也这么说，可就让人疑窦丛生了。强调教学、科研、产业三合一，为何不是"学研产"而是"产学研"？一旦提"产学研"，注重的必定是科技成果转化，"产业化"于是成了此"先进系统"的龙头。具体到90年代的中国，大学校长谈"产学研"，主要着眼点在发展校办企业，以便在办学经费严重不足的情况下"生产自救"。各大学所处位置、人才储备、专利数量、发展机遇等有很大差异，像北大方正、清华紫光那样，从校办企业起步，最终成长为大型的投资控股集团的，其实不多。但一旦提倡"面向经济建设主战场"，学校领导青睐的，必定是科技成果的成功转化。直到今天，校长们对"文化研究"远不及对"文化创意产业"感兴趣，因后者可以与市场对接；而一旦对接成功，有看得见摸得着的"好处"。

　　同样道理，学者关注城市问题，最受政府官员期待的，一是帮助其发展旅游业，二是做大做强文化创意产业。几年前，我曾应邀在南方某地演讲，领导说最后一节最好，可惜没能充分展开——那是谈文化古城保护的艰难，以及文化古城作为重要的无形资产，对于子孙后代的意义。这其实很好理解，作为一市之长，他需要把城市的美誉度转化成GDP。"美丽也是生产力"，这是选美大赛的口号。毫无疑问，文化古城之"美"，也可以是一种"生产力"。问题在于，如何通过发展旅游业来"兑现"前人留下的这张"空白支票"。

与传统的人文学不同，所谓"城市研究"必定是跨学科的。你的"书生之见"，一不小心就会发生"现实效应"，对当下的城市化进程起或正面或反面的作用，故发言必须谨慎。学者参与"申遗计划"的设计或"文保单位"的评审，都是间接影响城市建设的方向。今年5月初，国务院印发通知，公布了第七批全国重点文物保护单位共一千九百四十三处，这是扩编规模最大的一次。至此，我们已经有了"国保单位"四千二百九十五处。对于地方政府来说，如此积极申请，有保护文物的意识，但更多的还是着眼于日后的旅游开发。

这就牵涉我们谈论城市的前世今生时，主要着眼点何在？在学术研究、在文物保护，还是在旅游开发？三者之中，到底哪个优先，学者与官员看法不一样，这很正常，因为屁股决定脑袋。问题在于，现在政府钱多力量大，很多学者也就顺应潮流，整个工作程序变成了"旅游开发—文物保护—学术研究"，我简称为"旅文学"的发展思路。

三者都很重要，何者优先，这取决于你的立场。作为人文学者，谈及如何建设"历史文化名城"，我的态度是："有人强调'创新'，有人关注'民生'，这都很要紧；但因其有利益驱动或政绩考核，我相信总能往前走。只有谈

'保护'的,最为势单力薄。"[1]时至今日,我还是认定,对于人文学者来说,竭力守护那些在城市化大潮中正日渐变味乃至很可能土崩瓦解的"历史文化名城",是我们的神圣职责。我没说别的工作(包括旅游开发)不重要,只是感叹,基于学术立场的"保护",因其无利可图,势单力薄,最容易被忽略。

所谓基于"学术立场",既相对于"经济利益",也相对于"政治正确"。我不喜欢动辄以是否关心民生疾苦相威胁,也不接受古城保护的"原教旨主义"。有不少古城保护的积极分子,调子定得太高,说古城的一砖一瓦都不能动,这么说,别说政府,连群众都反感。不近人情的战斗,效果并不好,且容易授人以柄。如果老房子全都挂牌保护了,活人怎么生存?再说,老建筑如何合理利用重获新生,也是个难题。开发商乱拆有文物价值的房子,必须严厉谴责;但若不能成片保护,把周边的房子全都拆光,建起了高楼大厦,就保留一个盆景般孤零零的小四合院,这样的保护有意义吗?

"城市研究"不仅仅是学术问题,还必须面对千百万人的日常生活,因此,不能说赌气的话。假如你希望有所作为,就得介入到实际操作中,学会抗辩、战斗与妥协。就以

---

[1] 陈平原:《"保护"才是"硬道理"——关于建设"历史文化名城"的思路》,《同舟共进》2011年3期。

"名人故居"为例,偌大一个北京城,到底能保多少?这里所说的"名人",是政治家、商人,还是文化人?确定保护名单时,主要考虑建筑,还是着眼人物?是建纪念馆,还是仅仅挂个牌子?所有这些,都必须认真斟酌。我曾在巴黎、伦敦、布拉格、布达佩斯等地寻找作家故居,深知此举关系重大。挂牌纪念,并非越多越好,一代人的判断,须经得起历史的考验。北京市政协讨论应保护的"名人故居"名单,做了好几年,还没有最后定下来。我反对"漫天要价就地还钱"的心态及论述方式,确实需要的才予以保留。另外,我不主张再建鲁迅纪念馆、郭沫若纪念馆那样有很高"行政级别"的文保单位,也不认为一说"保护"就必须大张旗鼓,既给编制又给钱。动员民间的力量,参与到此事业中,方是正路。

三、"双城""三足"及其他

城市越来越大,问题越来越复杂,观察角度多样,论述策略迥异,结论也就必定是五花八门。研究城市的,可以是专门家,也可以是像我这样的业余爱好者:"我之研究北京,关注的不是区域文化,而是都市生活;不是纯粹的史地或经济,而是城与人的关系。虽有文明史建构或文学史叙述的野心,但更希望像波德莱尔观察巴黎、狄更斯描写伦敦那样,理解北京、长安等都市的七情六欲、喜怒哀乐。如此兼及

'历史'与'文学',当然是自己的学科背景决定的。"[1]我认同理查德·利罕的看法:"历史学家试图用概念系统解释城市,作家们则借助于想象系统";"城市和关于城市的文学有着相同的文本性,也就是说,我们阅读文学文本的方法与城市历史学家阅读城市的方法相类似"[2]。将城市的现状、城市的历史、城市催生的文学,以及文学中的城市,四者对读,互相阐释,是我"阅读城市"的基本策略。

作为人文学者,我的工作目标是在"比较城市学"的视野中,谈论自己居住、心仪或研究的城市。2010年11月,在北大中文系与天津师大文学院联合召开的"20世纪三四十年代平津文坛研究"学术研讨会上,我剖析并非黑白对照形成强烈反差,而是同中有异、异中有同的"另一种'双城记'",主张将京津作为"双城记"来综合研究[3]。2011年11月,我在中山大学和广州市委宣传部合作主持的"2011广州论坛"上,谈论传统的"省港对话"为何消失,以及眼下的"三城故事"(香港、广州、深圳)到底该怎样讲述、如何书写[4]。

谈城市,不仅是双峰对峙,还可以三足鼎立。我关于珠

---

[1] 陈平原:《文学的都市与都市的文学——中国文学史有待彰显的另一面相》,《社会科学论坛》2009年3期。
[2] 参见理查德·利罕著、吴子枫译《文学中的城市——知识与文化的历史》9—10页。
[3] 参见陈平原《另一种"双城记"》,《读书》2011年1期。
[4] 参见陈平原《"三足"能否"鼎立"——都市文化的竞争与对话》,《南方都市报》2011年11月18日。

三角城市群的论述，发表后反响很大，原因是广州与深圳的竞争日渐激烈，引发诸多联想与猜测。至于"另一种'双城记'"的说法，影响尚局限于我自己指导的学生。黄育聪的博士学位论文《文人群体与现代天津的文化空间》已通过了匿名评审，即将举行正式答辩。此论文除了"导论"与"结语"，主体部分五章，第五章"'双城记'里的文人与天津的文化定位"是我要求加上的。在我看来，城市间的对话，既关涉政治、经济、文化，更是学术研究的大方向。你可以做城市群的研究，也可以集中精力在某个特定城市，但一定要有跨城市或比较城市学的视野。否则，很容易沉湎其间，自觉不自觉地夸大此城市的特殊性与重要性，或者陷入漫无边际的资料海洋而迷失论述的大方向。

近在眼前的政治制度的隔阂或经济利益的牵扯，导致不同城市间，即便历史上血肉相近，也都很难展开大规模的文化合作。这实在很可惜。就像北京与天津，这两座特大城市离得这么近，可又显得那么遥远，似乎互相都看不见。广州与香港也一样，只提经济上的"粤港"合作，完全抛开了文化上的"省（穗）港"互动。澳门更是如此，五十万人口的特别行政区，动辄要跟中央谈，不跟广东谈，更不要说近在咫尺的珠海了。这种心态，对于文化建设很不利。作为学者，应该有超越一时一地"利害计较"的眼光与襟怀。

如此学术立场，不说是书斋呓语，起码也是无关大局。举两篇关于天津的小文章，看我如何像堂·吉诃德那样，胡乱挥动长矛。今年年初北京市政协大会，我应邀做题为《作为文化双城的京津》的专题发言："迅速崛起的天津，其咄咄逼人的姿态，必定从经济领域向科技、文化、学术、思想等方面延伸。此前志得意满的北京人，必须正视这一挑战"；"作为国际性大都市，无论北京还是天津，目前都处在发展的关键时刻，需要一个有理想、可操作、兼容各种意见、展现合作意愿的高端论坛。相对于已基本定型的偏向于人文学的'北京论坛'（北京大学，2004年创立），或侧重社会科学的'上海论坛'（复旦大学，2006年创立），建议设立常规性质的'京津论坛'"。[1]我的大会发言效果很好，若干措施也都切实可行，但因不是"领导讲话"，大家听听也就算了，不会有人当真。从政的朋友告知，只在报刊上发表文章，不写供领导决策参考的"内参"，是不可能有影响力的。可我不喜欢上条陈，只愿意表达自家的思考，至于有人听没人听，无所谓。

同样是2013年1月，北京大学出版社刊行了北京大学中文系、天津师范大学文学院合编的《三四十年代平津文坛研究》，该书序言《作为学术话题的"京津"》，其实是我为研讨会（2010年）所做的闭幕词："这回的研讨会，蕴含某种学术企图——在'天津'阅读'北京'，在'北京'观看'天津'，当然更包括将'京津'视为一体，做综合性论述。

---

[1] 陈平原：《作为文化双城的京津》，《北京观察》2012年2期。

不仅史实考辨,而且文学/文化批评,乃至理论建构。选择'京津'这一'双城记'视角,不是一时兴起的应景之作,更不是一次性的消费行为。对于我来说,这是一个长远的研究计划,为下一代研究者预留的发展空间。"[1]

建议设立常规性质的"京津论坛",不会有任何结果(除非哪一天某位领导突然心血来潮),我也只是当文章写,起"立此存照"的作用;至于开列一大堆从事京津研究的理由,以及设想今后如何开展工作,只要有年轻朋友加盟,我相信是能够实现的。

四、如何协调"三驾马车"

如果你不满足于书斋里的阅读与写作,愿意站出来,介入城市建设或城市文化问题的讨论,你就必须意识到,城市问题远比我们想象得复杂,不是红脸白脸、好人坏人、忠臣奸臣那么简单且绝对,而是诸多同样合理的诉求在一起碰撞,最终决定历史发展的方向。谈城市,牵涉的面很广,有政治立场,有利益纠葛,有学科偏见,还有一时一地的舆论氛围等,如何把握稍纵即逝的机遇、拿捏说话的分寸,难度远大于"单打一"的专业论文。

---

[1] 陈平原:《作为学术话题的"京津"》,北京大学中文系、天津师范大学文学院编《三四十年代平津文坛研究》,北京:北京大学出版社,2013年。

做城市研究,单靠个人的智慧,千里走单骑,效果不是很明显。若媒体、大学、政府这"三驾马车"能够通力合作,则可能有更大的突破。问题在于,如何确保"三驾马车"方向一致、步调一致,而不是各吹各的号,甚至互相拆台?

在追怀城市历史、表彰古城风貌、评点城市规划、抵挡推土机的野蛮掘进、培育公众的城市想象与城市意识方面,媒体起了很好的作用。既代表公众的利益与趣味,也受制于大的政治氛围与舆论环境,在不直接冲撞政府底线的状态下,媒体还是能仗义执言的。但媒体的特性是"喜新厌旧",无论多重要的话题,都不可能长久关注。媒体谈城市问题,好处是敏感、有趣、家常、切己;缺点则是很难深入拓展。

在历史研究或理论建构方面,大学教授(及研究员)有自己独特的贡献。不说与城市建设直接相关的专业,如轨道交通、人口规划、地下水处理等,就说人文学者吧,也都分成两种:一是固守书斋,依旧做自己的文史研究(可能涉及城市问题);二是走出校园,紧贴现实生活,完成政府布置的各种"命题作文"。不少大学设立了某某城市或某某城市文化研究院,主要工作便是承接相关项目,宣传政府决策,收集整理资料(如编辑城市年鉴),为政府决策提供理论依据。

基于中国的特殊国情,再好的专业著述,政府一般也是不看的。学者们只有通过人大代表问责或政协委员提案的方式,才能多少影响城市建设的规划。各大城市的政协(尤其是"文史委"),有清誉、有学问,但没实权、没责任,往往比较开明，经由锲而不舍的努力，多少做了些好事。今年年初，因卸任在即，我为北京市文史委题写"感悟或寄语"："十五年间，多次参加文史委组织的活动，锲而不舍地就保护历史文化名城做调研、提建议、发文章、上条陈，屡败屡战，但多少缓解了北京市疯狂拆迁的速度。虽不是主力，只是帮助敲敲边鼓，也与有荣焉。我坚信，善用媒体力量，兼及百姓与专家的立场，在保护古城风貌这件事上，北京市政协文史委还是可以有所作为的。"利用政协这个平台，为"保护历史文化名城"或"改良城市建设规划"摇旗呐喊，这方面，我不是积极分子，但看见很多同人的身影，深感敬佩。

城市最后建成什么样子，市政府的权力最大；因而，功过得失，主要由其承担。当年梁思成抗争无效，对北京市长彭真直言："五十年后，历史将证明你是错误的，我是对的。"[1]这种知识分子的骨气以及道义的胜利，很感人，但为时太晚。因为，城市大格局一旦建成，除非战火，很难发生根本性的改变。

作为人文学者，如果你想走出书斋，为保护文物、维护生态平衡、抵制城市过度扩张、改善底层民众的生活等做点贡献，在坚守自家立场的同时，得学会与媒体相处、与政府沟通。因为"城市研究"既是学术，也是政治；既是历史，也是现实；既是研究，也是说服。我反对以下三种倾向：第

---

[1] 参见王军《城记》184页，北京：生活·读书·新知三联书店，2003年。

一种,看不起媒体,信不过政府,以"众人皆醉我独醒"的姿态指点江山;第二种,摇身一变成了媒体人,整天哇啦哇啦乱说话;第三种,完全丧失独立性,成了政府决策或条令的解说员。其实,作为人文学者,最难的不是"遗世独立",更不是"卖身投靠",而是"有立场且能坚持"。

城市问题很复杂,在具体操作中,有很多实际困难需要克服。举古城保护为例,在一个经济迅速崛起、社会急剧转型的时代,你想守,凭什么守,守得住吗?那些关于保护古城与发展经济没有任何矛盾的高调,都是站着说话不腰疼。人文学者不能只顾自己说得痛快,一味逞才使气,你可以持批判立场,但必须理解你的批评对象的立场及思路,设身处地地想想,才能有比较通达的见解。有时候不纯然是个人品质或学养问题,而是各自所处"位置"决定其价值判断与思维方式。理解官场中人的难处,用他们听得懂的语言,与之对话,而不是整天横眉竖眼,一副你死我活的样子,那样效果要好得多。

所谓"千夫诺诺,不如一士谔谔",我们需要有骨气、讲气节的好学者。可另一方面,不同立场、不同趣味、不同专业的学者,面对"城市"这么一个庞然大物,完全可能有截然不同的论说,且都能"自圆其说"。读王军著《城记》你就明白,当年高调批判梁思成的,主张拆城墙的,也都是著名的专家学者。这个时候,官员听哪些专家的话,决定了城市的发展方向。人文学者的独立思考与批判性,使得历史不可能照你我说的走,只是多少受你我立场及表达的牵制。

至于人文学者既希望获得政府的经费支持,又不想受其视野及趣味的限制,更不希望成为某一具体政策的宣传员,这其实是有一定难度的。如何处理,我在《六城行——如何阅读/阐释城市》以及《开封:都市想象与文化记忆》的序言中,都已谈及[1],这里不赘。最好的办法是,政府通过财政拨款,设立城市保护、城市研究、城市文化建设的基金会;研究者向基金会提出学术研究或文化活动的经费申请,而不必直接跟政府有关部门打交道。这样,政府不承担责任,学者也更能自由表达。

五、"论文"之外,为何需要"杂感"

二十年前写过一则《"北京学"》,那纯属玩儿票;十年前发表《"五方杂处"说北京》,已经摆出一副做学问的架势——但很可惜,到目前为止,关于都市文化研究,我只出版了兼容论文、随笔、杂感的《北京记忆与记忆北京》[2]。当然,还有若干城市研究的长文,但散落各地,实在不成系

---

[1] 参见陈平原《六城行——如何阅读/阐释城市》,《中华读书报》2012年2月8日;《〈开封:都市想象与文化记忆〉序言》,陈平原、王德威、关爱和编《开封:都市想象与文化记忆》,北京:北京大学出版社,2013年。

[2] 陈平原:《"北京学"》,《北京日报》1994年9月16日;《"五方杂处"说北京》,《书城》2002年3期;《北京记忆与记忆北京》,北京:生活·读书·新知三联书店,2008年。

统。无论从哪个角度看，如此做学问，都显得"很不专业"。

为什么会这样"漫不经心"呢？我自己的解释是：阅读城市，最好兼及学者的严谨、文人的温情以及漫游者的好奇心，这方面，我追摹的是本雅明（Walter Benjamin，1892—1940）对于巴黎等欧洲城市的漫游与品鉴。如此自我辩解，不能说毫无道理，但明显显得"苍白"。

理查德·沃林在《瓦尔特·本雅明：救赎美学》中称："有不少人追随德国悠久的文学传统，欢迎断片风格——这似乎特别适合于本雅明，因为对他而言，专注于断片和废墟仿佛已经形成他的一种文学签名了。"但不该将这种论述绝对化，将本雅明著作作为文学作品来阅读，并非作者本人的愿望[1]。学者们一般认为，本雅明在解读城市时，特别迷恋小物件以及生活细节："本雅明的著作将（？）捕捉日常生活的边缘细节，通读这些细节中的换喻和隐喻，继而表现整个城市生活转瞬即逝的象征因素，同样表现出来的，还有特殊的历史时刻和人物，这是为了用寓言来描写政治的现实。"[2] 这种糅合个体经验、理论知识、审美感性、文体创新的努力，恰好对应城市的复杂、幽深、暧昧与多元。在这个意义上，本雅明用漫游者的心态以及"品鉴"的笔调来写作，是

---

[1] 参见理查德·沃林著、吴勇立等译《瓦尔特·本雅明：救赎美学》22、25页，南京：江苏人民出版社，2008年。

[2] 参见迈克尔·基思《瓦尔特·本雅明，都市研究与城市生活的叙事》，汪民安等主编《城市文化读本》64页。

有道理的。

　　带着强烈的个人立场、情感与体验，来面对如此杂乱无章但又生气勃勃的都市生活，对于研究者来说，此举将决定其文体选择。内在的律动需要体验，文化的裂缝需要跳跃，破碎的感觉需要拼接，因此，关于城市的片断化思考，最合适的表达方式不是艰深的史学专著，而是才华横溢的文化随笔。将城市作为文本来解读，借助寓言、象征、隐喻、戏拟等，时而思接千古，时而神游四海，本雅明的思路很有吸引力。但某种意义上，这也是"退回书斋"的结果。

　　谈及在城市问题上人文学者与科技专家或社会科学家的最大差异，我的体会是：我们能够深入剖析具体时空中某一特定城市的文化肌理，也擅长讨论某位学者或作家的城市记忆与都市写作，可一旦涉及当下中国的城市化进程，就显得力不从心。我的困境正在于，既不满足于书斋里的阅读与写作，又无法真正介入现实社会，影响当下的城市化进程。刚才提到我在吉隆坡为马来西亚创价学会演讲，不只回答了很多尖锐的提问，第二天还随朋友去茨厂街看当地文人学者为保护那些即将消失的老建筑而制作的壁画。马来西亚的朋友告诉我：政府会倾听，但不会改变——已经走到了这一步，最多稍微停一停，照顾一下公众情绪而已。在中国，这个问题更严重，政府连认真倾听都懒得做，说拆就拆，说建就建。学者以及公众的意见，基本上"无关大局"。

　　这里有两点值得注意——第一，学者永远分成好几派，政府不难找到愿意为任何一项决策抬轿子的。第二，业主的态度也值得留意。马来西亚朋友带我去看一幢旧建筑，说该建筑如何如何有历史价值，可惜保不住，很快就要拆了。热心城市保护的人士跑前跑后，帮业主反拆迁，可一旦政府答应给更优惠的条件，业主马上翻脸，称"关你们外人什么事"！北京也是如此，你要求保护四合院，原住户希望争取的是好价钱。他们会说，我们要保护自己的利益，你给不给钱？不给钱，走开。不住在这种肮脏、拥挤、生活很不方便、半夜起来上公共厕所的旧街区，你说什么大话？

我们这些在大学教书的，既不是决策者，也不是当事人，对于城市建设、扩张、改造过程中出现的诸多问题，到底有没有责任，能不能开口，开口了又效果如何？十二年来，针对城市研究，我在大学里开过四轮专题课，组织过四次国际学术研讨会，希望通过不懈的努力，改变世人对于城市的想象，进而让城市变得更舒适、更美好、更人性。某种意义上，城市是建起来的，也是说出来的——尤其是城市的历史意蕴与文化内涵，即内在的力度与美感，需要人文学者帮助发掘，才能被公众所接纳。

只要用功，我们谈古代城市，可以做到游刃有余；而一旦涉及当下的中国城市，则很可能捉襟见肘。有幸（或者说不幸）经历中国城市化进程中最"高歌猛进"因而也最容易"百弊丛生"的时代，像我这样既非"身负重任"，也非"学有专长"的人文学者，做不到"凭栏一片风云气，来做神州袖手人"（陈三立诗），那就只能写点针砭时弊的杂文随笔，为大时代留点印记。说到这里，我终于想清楚了，自己之所以做城市研究而不够专注，著述体例芜杂只是表象，关键是内心深处一直徘徊在书斋生活与社会关怀之间。之所以采用两套笔墨，背后是两种不同的学术思路：在与学界对话的专著之外，选择了"杂感"，也就选择了公民的立场，或者说知识分子的责任。在这个意义上，"芜杂"也不全然是一件很坏的事情，若持之以恒，说不定还能另辟蹊径，闯出一番新天地。

2013 年 5 月 15 日初稿，5 月 24 日改定于京西圆明园花园

（初刊《天津师范大学学报》2013 年 5 期）

看得见的风景与看不见的城市

说到"风景",可以是名山大川,可以是乡野小镇,也可以是北上广深这样的国际性大都市。我的基本立场是:成为世人赞叹不已的风景,可以是城市的一项重要功能,但不该作为城市建设及发展的工作重心。理由是:风景的主要功能是观赏,而城市的主要功能是居住与生活。本文通过分析城市的不同要素,哪些因成为风景而备受关注,哪些虽很重要,但因位置隐秘而不被关注;有没有可能更改观察的角度与评判立场,让风景呈现更为丰富的内涵,让城市更有活力、更有趣味、更适合普通民众居住与生活。

一、风景之文野

假期出国旅行,东奔西跑,花钱买罪受,除了享受美食与体验生活,主要是看风景。乡下人进城与城里人下乡,都在看风景,只是观察角度与欣赏趣味不同而已。随着文化交流频繁、民众收入增加以及教育水准提升,不同人群的欣赏趣味也在逐渐接近。面对壮丽河山,不同种族、语言、教养的人群,欣赏趣味比较接近;但面对历史文化遗产,可就大不一样了,趣味相差十万八千里。

姑且把山川等大自然的鬼斧神工称为"野风景",而把建筑等人类智慧的结晶称为"文风景",当然也就有了文野兼备的"双风景"——仿照"世界自然与文化双重遗产"的命名。实际上,除了出生入死的探险家,一般人看不到没有任何人工痕迹的"野风景"。而聪明且谦卑的建筑师,也会在设计时恰如其分地引入大自然的因素,是谓借景。因此,文野之分,只是大致而言。

对于风景文野的理解与鉴赏,画家无疑是最敏感的。在中国山水画中,着意绘制名山胜水,历来别有幽怀。五代南唐董源的《潇湘图》、北宋宋迪的《潇湘八景图》,与北宋张择端的《清明上河图》、明代仇英的《南都繁会图》,江山形胜与都市风流,显然是两种不同的欣赏趣味。而随着城市繁华、文人雅兴以及旅游业的发展,明中叶以后,采用组画形式,表现本地实景山水,成了金陵画家的一种创作时尚。都市风物的图像表达,包括气势万千的长卷以及便于传播、价格低廉的版刻。这里不说绚丽多彩的长卷《皇都积胜图》《南都繁会图》,就谈晚明朱之蕃编、陆寿柏绘图的《金陵四十景图像诗咏》,以及清初高岑编绘的《金陵四十景图》——后者兼及审美眼光、地理知识以及旅游趣味,在一系列图文互动中，蕴含着某种地方意识、文人情怀乃至政治意涵[1]。

从晚明的《金陵四十景图像诗咏》，到晚清的《申江胜景图》，再到晚清画报中众多关于上海建筑的介绍（如1909年至1910年《图画日报》中将近150幅的"上海之建筑"），传统名胜古迹逐渐让位于代表新的生活方式的西洋建筑。这一风景从野到文的转移，乃近代城市崛起带来的经济实力以及审美眼光的变化。可以这么说，从晚清开始，伴随着西学东渐以及城市化进程，无论文人、画家、官员还是百姓，都越来越看好高楼的实用价值及象征意义。

最近三十年，中国城市流行大拆大建，其面貌真的是"日新月异"，既让人振奋，也让人担忧。除了特别敏感的地区官员不敢乱来（如拉萨八廓街的改造工程），普遍状态是主政者大手一挥，当即平地起高楼。城市规划及建设一旦出错，不管是建还是拆，纠正起来都很难。有的要用一两代人时间（建筑寿命起码几十年），有的则是无可挽回（如北京拆城墙），真可谓一失足成千古恨。可从没听说有哪个官员因胡乱决策、糟蹋大好城市而受到严厉处罚。在主政者看来，因"开发"城市而铸下大错，那也属于好心办坏事。

基于此思路，最近三十年的城市建设，虽然也讲保护历

---

[1] 参见陈平原《左图右史与西学东渐》第九章《风景的发现与阐释——晚清画报中的胜景与民俗》，北京：生活·读书·新知三联书店，2018年。

史文化遗产，但主调是"自铸伟词"，也就是眼下中国正热火朝天展开的争建第一高楼或标志性建筑。所谓标志性建筑，包含财富、技术、趣味与想象力，因此，可作为一个时代的记忆来阅读。比如，你逛广州城，可借五个历史意涵丰富的标志性建筑，观察风景变迁背后的意识形态。

广州号称有两千多年的建城史，可参观的遗址不少；但要说抬头可见、让你过目不忘的，莫过于以下五座建筑。首先是越秀山上的镇海楼，那是明洪武十三年，即公元1380年永嘉侯朱亮祖扩建广州城时，在越秀山顶修的建筑，俗称五层楼，现是广东省级文物保护单位。到过广州的游客，大概都会对那些可以避风雨防日晒，且兼具商业功能的骑楼街印象深刻。这种适应亚热带气候的建筑形式，可不是广州人独创的。先新加坡，后中国香港，再因张之洞、陈炯明的先后倡导，20世纪初期陆续建成。目前西关老街是此类骑楼最集中也最具观赏性的地方。1956年广州市长朱光指示，要创作一个能代表广州形象的标志性雕塑，就像美国纽约的自由女神像和法国巴黎的埃菲尔铁塔等一样，于是就有了我们熟悉的五羊雕塑。这座城标性质的雕塑，1960年建成，放置在越秀公园内，今天仍是游客拍照的好地方。像我这样因恢复高考而得以走进中山大学的"77级"大学生，谈论1983年开业的白天鹅宾馆，自是备感亲切。矗立在珠江边，坐拥五百二十间豪华客房与套房，这宾馆今天看来很平常，可那是中国第一家中外合资的五星级宾馆，当初曾被大量报道。以至纪念改革开放四十周年，你很难完全忘却其曾经的靓影。当然，当下最抢眼的广州风景，莫过于总高度六百米、2010年建成并对外开放的广州塔，俗称小蛮腰。小蛮腰位于城市新中轴线与珠江景观轴交会处，和举行亚运会开闭幕式的海心沙岛以及珠江新城隔江相望，是目前观赏新广州英姿的最佳场所。可以这么说，广州最近七百多年的历史，借助这五座标志性建筑，很容易串联起来讲述。

二十多年前，你若从北京入境，步出首都国际机场的入境大厅，迎面就是大幅广告画，上面有西安兵马俑、敦煌莫高窟、北京天坛，当然也有上海东方明珠电视塔，这很符合那个时代外国人对于古老且神秘的中国的想象。这些年明显变了，中国各大机场的广告，或电视、报纸、新媒体中的城市形象，正越来越多地出现摩天大楼的身影。古迹与高楼，前者代表我们的历史与文化，后者象征我们的技术与财富；前者稳重平静，后者龙腾虎跃；前者数量恒定，后者则与日俱增。

为何某些城市你没去过，但感觉很熟悉？就因为其标志性建筑在大众媒体中经常出现。正是公众的阅读趣味与大众传媒的相互激荡，使得某些特定的"风景"迅速崛起并野蛮生长。这些代表性建筑，因其可视度与观赏性，更因其代表财富与技术，还有就是"雄心壮志冲云天"，而成为当下中国城市建设的宠儿。

二、高楼的迷思

不管是招商引资,还是旅游观光,知名度很重要。而在决定风景的知名度方面,图像比文字更直观,也更有冲击力。以"观看"而非"阅读"的姿态看待城市,重修作为历史文物的古建筑,远不及建设规模宏大且设计奇特的现代建筑来得抢眼。对比台湾著名画家杨三郎的"台北旧街",与今日台北101大楼照片,除了文艺人士,一般不会倾向于前者。同样拍摄香港维多利亚港灯光,五十年前的温馨与今天的璀璨相比,后者无疑更容易吸引游客。

说城市让人"过目不忘",与表扬城市让人"来了就不想走",完全是两回事。前者意味着城市声誉,意味着旅游业,更意味着GDP,还有官员的政绩。因此,你很容易理解,最近三十年,中国的城市规划中,最受青睐的是建高楼,而且越高大、越奇特,越容易得到领导的青睐。此举不仅拉动GDP,美化城市形象,体现大国雄心,说不定还有大工程中隐秘的权钱交易。

借建设摩天大楼来炫耀人类的科技成就,展示这个国家或城市的财富与时尚,如此"高楼崇拜",全世界都曾有(或仍有)这种抑制不住的冲动。只是因近年中国经济状态好,发展快,雄心大,这问题显得尤其突出。有钱、上进、繁华、虚荣——若再凑上大国雄心,那就更是一发不可收。

近三十年乃中国高楼及标志性建筑的黄金时代,全世界著名建筑师都跑来中国竞标,而且很容易获得成功。

这就说到如何看待今日中国普遍存在的"高楼迷思"。曾有记者描述中国人"摩天"的冲动,罗列诸多触目惊心的数字,如截至2012年,美国有五百三十三座摩天大楼,中国则有四百七十座摩天大楼;但中国在建的摩天大楼还有三百三十二座,占全球在建摩天大楼的87%。预计至2022年,中国摩天大楼总数将达一千三百一十八座,是美国五百三十六座的2.5倍,其中80%将建在中小城市。数字过后,便是某名人断言:"当今中国各大城市兴建摩天高楼则是一种'暴发户'式的炫耀,更是一种不自信的表现,因为摩天大楼已经不再是技术、先进、时尚和实力的唯一象征,这种模式已经过时了。"[1]可是没有用,"冲动"本就是非理性的,不是冷冰冰的数字所能劝告或说服的。可以这么说,这股兴起于20世纪30年代美国的高楼建造热潮,如今正席卷中国的大江南北,而且势不可遏。

2012年5月11日福布斯中文网刊出《世界最高建筑排行榜:前十名中国独占五席》,具体排名是:第一,位于阿拉伯联合酋长国的迪拜,一百六十层,总高八百二十八米;第二,台北101大厦,高五百零八米;第三,上海环球金融中心,高四百九十二米;第四,位于马来西亚首都吉隆坡的

---

[1] 参见刘德炳《"摩天"的冲动》,《中国经济周刊》2014年2期,1月14日。

国家石油公司双塔大楼；第五，南京紫峰大厦；第六，美国西尔斯大厦；第七，上海金茂大厦；第八，香港国际金融中心大厦；第九，广州中信广场大厦；第十，深圳信兴广场大厦。那是2011年的世界最高建筑排名，现在呢？网上传播甚广的"2017年世界十大高楼排行"，看得你胆战心惊。第一还是迪拜塔；第二苏州中南中心，目前处于在建状态，塔冠最高点七百二十九米，建成后将成世界第二高楼；第三武汉绿地中心；第四上海中心大厦；第五位于麦加的皇家钟塔饭店；第六位于深圳的平安国际金融中心；第七天津高银117大厦；第八美国纽约世界贸易中心一号楼；第九广州东塔；第十位于北京的中国尊——请记得，这排名第十的中国尊，设计楼高五百二十八米，比原先的世界第二高楼台北101大厦还高出二十米。目前已建成或在建的世界十大高楼中，中国大陆竟然占了七席。大概，在中国人看来，很难想象一座国际性大都市可以没有让人惊叹不已的摩天大楼。

今天的摩天大楼热，早已不仅是为了利用城市土地，促进商业繁荣了，它更像是一个城市的面子，象征意义远大于经济效益。为什么非要竞争十大建筑不可？因为十一、十二就不怎么入人眼了，传播效果不佳。在一个注意力经济的时代，倘若某建筑被关注，等于是这座城市的免费广告，其视觉形象会自己长腿，跑遍全世界的。

除了摩天大楼，还有各种让人过目不忘的标志性建筑。官员、开发商以及游客的审美趣味，共同塑造了今天中国的城市形象。比如,今天谈论北京,不能只是天坛、故宫、天安门广场,"水煮蛋"(国家大剧院)、"鸟巢"(国家体育场)、"大裤衩子"(中央电视台新址)的名气,一点都不比这些传统名胜低。而这些新崛起的标志性建筑,单个看都很漂亮,但与周边环境的协调度,以及与整个城市历史文脉的关联性,则很值得怀疑。比如,清晨或夕阳下的国家大剧院,确实很漂亮;华灯初上时,更是温情脉脉。可无论上下午,当你开车经过长安街,接近"水煮蛋"时,大剧院屋顶钛合金的阳光反射都格外刺眼,让人很难受。而站在景山顶上万春亭前观赏北京中轴线,真是蔚为壮观,唯一大煞风景的,就是这金光闪闪的"水煮蛋"。

三、下水道的启示

大都会里鳞次栉比的摩天大楼,高高挂在蓝天白云下,犹如美术馆里的西洋风景画,只要你踏进展厅,其美妙之处一目了然。相反,若是家常居室或亭台园林,则如中国画山水长卷,必须在书斋中慢慢展开,方才可赏可玩,可游可居。

这就说到城市的看得见与看不见。高楼是看得见的风景,下水道则代表看不见的城市。城市里不可或缺的地下管道,不具备观赏性,平日里很不起眼,出了大事才会引起关注,真应了那句"成事不足,败事有余"的老话。因此,正面报道极少涉及,一出场多跟负面新闻联系在一起。

过于注重标志性建筑,而忽略城市的基本功能,这是今天中国城市建设的普遍状态。比如,北京的交通问题解决得不好,平日里"首都"变成了"首堵",这还无伤大雅。最让人惊心动魄的,是2012年7月21日的水灾,北京财产损失过百亿,死亡79人,广渠门立交桥下丁先生更是死于非命[1]。太平年代,淹死在市中心,这实在是不可思议。单这一项,北京作为国际性大都市的形象便大打折扣。半个月后,广州某男子出差到北京,居然随身携带铁锤,登机时自然被拦下,说是为了在北京遇大雨时可以敲破车窗自救[2]。这真不知道是无知、恶搞,还是一种行为艺术?因为下水道问题困扰今天中国几乎所有大城市,每到雨季,总有城市变成威尼斯,各种戏谑层出不穷。但如此一本正经地演出,且堂而皇之地登在党报上,我还是第一次看到。第二年夏天预报有大到暴雨,市政府严令城区不能死人。结果呢,暴雨不来了,不知是预报有误,还是老天爷被吓蒙了。

每当这个时候,就会有人提起雨果的名言以及青岛的传说。所谓一个城市的良心是下水道,主政者有钱建造高楼大厦,却无心发展下水道;平日里不起作用的下水道,在关键

---

[1] 参见新华网北京2012年7月22日电《北京21日暴雨死亡人数上升至37人》,新华网北京2012年8月6日电《北京"7·21"特大暴雨遇难者人数升至79人》。

[2] 参见《广州日报》2012年8月4日A18版《怕赴京"被困水中"男子竟带铁锤登机》。

时刻让滔滔洪水迅速排淌,城市于是得以回归安详——这些富有哲理的论述,很大程度是当代人的引申发挥,与雨果《悲惨世界》中的描写相去甚远[1]。可雨果没这么想,并不妨碍当代中国读者非要这么误读与挪用不可。毕竟,下水道的建设远远落后于城市的发展,这是个不争的事实。

至于说中国唯一不怕水淹的青岛,是因为德国人百年前造的排水系统,因政治不正确,导致新华社必须专门发文辟谣。德国人占领青岛时期建设的排水系统,雨水排泄与生活污水排泄分开处理,从设计理念到施工质量在当年都是世界一流。但历史是历史,现实是现实,我相信专家的说法:"目前市内三区排水管网总长约三千公里,德占时期修的管网占比不到千分之一,对整个青岛排水系统影响已经非常小了。"[2]这里还得考虑一个因素,青岛以丘陵地势为主,本身就不容易积水,加之三面环海,出水自然迅速,这与那些窝在大山里或矗立在平原上的都市明显不同。

大城市是否雨季成灾,牵涉天时地利人和。就说这"人和"吧,主要是心态而不是技术。与其疯传青岛故事,不如看看江西赣州的古下水道。早在九百年前,赣江边上南方小城赣州就已建成了能让洪峰迅速通过的地下沟渠,而且至今

---

[1] 参见朱达志《关于"城市良心"雨果究竟是怎么说的》,《中国青年报》2016年7月12日。

[2] 参见《青岛:德国管网的N个"神话"真相调查》,《新华每日电讯》2016年7月25日。

还在使用。

今天中国大中城市之所以"逢暴雨必涝",与我们的排水管网设计标准太低有关。据说,对商业和高价值区域的防涝标准设计,中国最高是十年一遇,英国是三十年一遇,美国则是百年一遇[1]。不是技术能力,也不是经济实力,关键在于现实需求。你设计防涝标准,五年一遇、十年一遇与百年一遇,意味着施工投入的巨大差异。请问,同样花钱,你愿意在脸上涂脂抹粉,还是在脚底抹防冻膏?

一个是抬头就能看得见的风光,一个是潜藏着的风险。若平安无事,再好的下水道,谁还记得它的功劳?因此,评价官员的政绩,最不出彩的是下水道,而摩天大楼或标志性建筑则容易给人留下深刻印象。高楼的风景百看不厌,而下水道的危机则属于一时,且不一定落在你头上。这你就很容易理解,为何没有一个官员会把主要精力放在这"看不见的城市"上。

当然,下水道是一个极端的例子,我们的城市里,还有许多普通的生活设施同样被忽视。二十多年前,我在东京访学,听说三天后地铁司机罢工,大家这才突然关注起地铁司机来,以前我们每天搭乘地铁,从没意识到他们的存在。期限前一天晚上,劳资双方达成了协议,危机得以化解。在巴

---

[1] 参见《中国排水管网最高标准十年一遇 与欧美差距大》,"澎湃新闻"2015年8月24日。

黎教书那年，则碰上环卫工人罢工，三天下来，香街变成了臭街，这才知道环卫工人原来这么重要。眼下的事情，北京老楼加挂电梯，讨论了十几年了，这里面有一些实际困难，如城市美观、资金来源，还有邻里关系如何处理，但这正是一个城市需要努力解决的，也是管理者该特别用功的地方。

从某种意义上说，那些平日里很不显眼的生活设施，正是城市的经脉所在。这里强调的是，城市是用来住的，不是用来观赏的，舒适度远比视觉形象重要。因此，城市规划与建设，应多关心那些不怎么出彩的，并非一眼就能看见的"风景"，这才是执政为民者应格外看重的政绩。

请不要高唱"三都""两京"赋，一味赞美宫殿巍峨，那是旧文人的腔调。北京人最爱听人表扬"皇家气派"，殊不知那是观光客的眼光与趣味。皇家气派和普通人的生活没有关系，而且还会挤压百姓的生存空间。对于本地居民来说，实用和舒适才是最值得赞赏的。在这方面，同属国际大都市，"标志性建筑"很多的北京，其实不及上海、广州、香港与台北。恕我直言，今天的北京，确实光鲜亮丽，但作为大都市，更适合于观光，而不是居住——当然，我说的是平民百姓。

十二年前在西安开"都市想象与文化记忆"国际学术研讨会，接受记者采访时，我谈及不该按观光客的眼光来改造城市，理由是："城市是给人看的，更是给人住的，因此应当尊重市民的感受，要有自己的品位与风格，勇于展现自己的审美趣味，来影响观光客的眼光，这样才是一个良性循环。因为西安永远是西安人的西安,而不是观光客眼中的西安。"[1]

最近十几年,北京办奥运,上海有世博,广州则是亚运会,深圳又开大运会——都使得城市建设提速,公共设施得到很大改善。作为大型赛事举办城市,希望借此提升城市的形象及知名度,这全世界都一样。此举虽可以理解,但很难持续。

理论上大家目标一致,都是希望城市变得越来越漂亮。可实际上,百姓要的是生活舒适,商家要的是利市大发,官员要的是政绩显赫,各有各的利益诉求。我希望强调的是,城市建设应更多考虑市民的需求,把适合于居住以及本地民众的感受放在第一位。这也是我为什么一再追问城市为谁而建。我心目中的城市,应该为广大市民,而不是为官员或观光客而建。看一座城市是不是可爱,应比生活设施,比文化氛围,比服务意识,比审美品位,而不是比面积,比人口,比 GDP,或者标志性建筑的多与少。在我看来,小巷深处,平常人家,才是一个城市的精髓所在。

四、最有文化的城市

城市不是为观光客而建,但风光旖旎的、富有历史意味

---

[1] 参见《学者献策古城文化建设 孙清云等参加研讨》,《西安晚报》2006年11月4日。

的、充满活力的城市,确实能吸引很多观光客。这是"旅游城市"的魅力所在,也是其立身之本。城市年轻,没有历史文化命脉,你不能胡编乱造;但若有此命脉,必须小心呵护,适当时候再加以开发利用,切忌杀鸡取卵。过去有句口号,叫"文化搭台,经济唱戏";我主张反过来,应该是"经济搭台,文化唱戏"——今天做不到,将来也必须如此。因为,发展经济的最终目的,是实现大众的丰衣足食以及幸福安康;而是否幸福,文化是个重要指标。

呵护城市的历史文化命脉,做好了会有经济效益;但不能反过来思考,从经济效益的角度来选择性地"扶持文化事业"。有些城市记忆对于当地人来说很重要,但不见得能转化为旅游资源。就像卡尔维诺在《看不见的城市》中所说的:"但是,这座城市不会诉说它的过去,而是像手纹一样包容着过去,写在街角,在窗户的栅栏,在阶梯的扶手,在避雷针的天线,在旗杆上,每个小地方,都一一铭记了刻痕、缺口和卷曲的边缘。"[1]这些琐琐碎碎的物件,外人看不出有什么好,只有本地居民才懂得鉴赏与珍惜。这种不足为外人道的"历史记忆",也是居民幸福感的来源之一。

不同于人均GDP,"幸福感"很难测算,但普通民众脸上的笑容非常直观。上下班时刻,让电视镜头对准大街上匆

---

[1] 伊塔罗·卡尔维诺著、王志弘译:《看不见的城市》20页,台北:时报文化,1993年。

匆走过的民众,看他们的表情是轻松愉快,还是冷漠麻木,或者忧心忡忡,就能大致明白这座城市的幸福感。对于居民来说,谁都希望自己生活的城市干净、舒适、安全、有文化、有品位。可怎么才叫"舒适"或"有品位"?社会地位不同、文化修养迥异,必定言人人殊,谁也说服不了谁。与其评选全国"最幸福的城市"或"最怕老婆的城市"(据说那是文明的标志)[1],还不如看哪个城市更有文化。我曾在演讲中提及美国评选"最有文化的城市",《南方都市报》想尝试做,我告知此举难度太大,因数据收集不易,更因牵涉官员政绩,担心浮夸与造假。

美国最有文化城市的调查及评选,始于2003年,目前仍在继续。这项由康涅狄格州立大学校长米勒博士领衔的课题组,选取了六大文化指标:报纸发行量、杂志发行量、书店总数、图书馆馆藏资源、市民受教育水平及互联网资源量,在这六大指标下面又设了不同的子指标。课题组对全美国人口超过二十五万的六十九座大城市进行排名。2007年进入排行榜前十的城市依次是:第一,明尼阿波利斯;第二,西雅图;第三,圣保罗;第四,丹佛;第五,华盛顿特区;第六,圣路易斯;第七,旧金山;第八,亚特兰大;第九,

---

[1] 据说,在"最怕老婆的城市"的评选中,我的家乡潮州排名第二,真是不可思议。因为我的家乡常被诟病的,正是大男子主义。我怀疑,是不是家乡民众为了洗刷这个名声,拼命投票所致。

匹兹堡；第十，波士顿[1]。此后若干年，华盛顿、西雅图、明尼阿波利斯经常占据前三甲。前两者本就名声显赫，让人惊讶的是那跨密西西比河两岸、人口只有三十六万的明尼阿波利斯，竟然也经常站前排。在中国人看来，此等中小城市，怎么能比大名鼎鼎的纽约、洛杉矶、芝加哥更有文化呢？

如果中国也来评选"最有文化的城市"，会是北京第一、上海第二、广州或深圳第三吗？我很怀疑。中国的一、二、三线城市划分，看人口，看GDP，不看教育、文化以及人的素质，未免可惜了。

我对美国人评选最有文化城市的方案也有意见，具体说来就是设计评选标准时，不该漏了虽不太好量化但可以明显感受到的文学艺术。在我看来，那是一个城市灵魂的表现，也是其魅力所在。

对于城市来说，文学艺术的重要性不言而喻。比如谈北京，不能离开老舍；谈湘西的凤凰小城，不能离开沈从文。我们潮州市领导很开明，好几年前就不断叮嘱，希望我写出像沈从文一样好看的小说，让潮州也能像凤凰小城一样吸引全世界的游客。可惜我无此才华。意识到文学及文学家对于大小城市的重要性，但不是想做就能做到的。不过，知道文学的永久魅力，比只会欣赏热闹且显赫的表演艺术，还是高一个档次。

---

[1]《"美国最有文化城市"排行榜揭晓》，《新民晚报》2007年12月29日。

我在香港中文大学教书期间，曾感叹特区政府不太支持文学创作，更愿意出钱邀请国际著名艺术团体来港演出。艺术表演看得见摸得着，且见效很快，不像支持文学创作，那是个人性的，主要在书斋里耕耘，弄不好花钱打水漂，连响声或涟漪都没有。内地其实也如此，刚刚富起来的城市，都更愿意支持表演艺术如音乐、舞蹈、戏剧等，而且，各大城市的剧院或音乐厅，本身就是很好的风景。

前些年，我在香港中文大学开设都市文学专题课，组织撰写《我的"香港记忆"》，发现影响年轻人的城市记忆的，歌已经打败了诗，文字也逐渐被图像（影视、漫画）取代。我的学生到香港参加学术会议，搁下行李，专门跑到港岛去找"皇后大道"。就因为他们是听罗大佑的歌《皇后大道东》长大的。一代人的城市记忆，受制于早年的阅读，当然也与我们的文化修养有关。不妨走出纯文学的迷思，除了小说、诗歌、戏剧、散文，可以兼及谈论考古、历史、地理、绘画、建筑、音乐等的笔记乃至史著，当然，广义的文学仍是其根基。

城市为什么需要文学家？因为关于城市的前世今生、七情六欲，还有潜藏的欲望以及积累的潜能，只有作家能敏感捕捉到并将其准确表述出来，这需要直觉、需要想象力，以及很好的表达方式。有好作家的城市，真的是"有福"[1]。

---

[1] 参见《都市文化研究的可能性》，陈平原《讲台上的"学问"》153—176页，上海：华东师范大学出版社，2017年。

从文学与城市互动的角度,来理解、诠释以及催生新的文学,以及喜欢文学的市民。这里有个重要的中介,那就是文学馆。既保留纸上(文学)的城市,也关注作家的生活印记,二者交汇重叠,很容易形成某个城市的"文学地图"。

北京有中国现代文学馆,1985年成立,2000年建成并正式开放,此乃全世界规模最大的综合性文学场馆,藏书多,会议中心也很好。除了国立的文学馆,我希望有更多地区的或个人的文学馆,那更适合于凭吊与游玩。上海的文学馆正在建设,广州、香港也都在努力了,北京不妨筹建属于自己城市的文学馆——不是文学史书写,而是和城市记忆联系在一起。我喜欢地区/城市性质的文学馆,因其半文学、半风土,外加无伤大雅的争强斗胜与旅游观光。

五、博物馆与书店的故事

1899年,梁启超受日本人犬养毅启发,将报章、学堂、演说视为"传播文明三利器"[1]。一百多年过去了,现如今,学校的重要性大家都承认,办报纸开讲座也有很多人关注。但建博物馆、进博物馆、读博物馆,长期没有得到政府及民间充分的重视。你问知识在什么地方?在田野、在山村、在

---

[1] 参见梁启超《自由书·传播文明三利器》,《饮冰室合集·专集》卷2 41页,上海:中华书局,1936年。

街道、在大学,也在博物馆里。博物馆与图书馆、美术馆并列,如今成了传播知识的最佳场所。

中国人建博物馆的历史,只有大约一百一十年。1906年,清政府派出考察各国政治的大臣回来,向皇帝上奏折,说开民智有几个途径,除了办学校之外,图书馆、博物馆、万牲园都得办[1]。1907年7月19日,北京万牲园正式对外开放,那就是今天的北京动物园[2]。万牲园是中国官办博物馆事业的起点,若从民间着眼,则1905年张謇创办南通博物苑已着先鞭。从那个时候起,中国人学会了用动物园、植物园、博物馆、美术馆、公园等来传递知识、美化心灵。

囊括古今中外高低雅俗的博物馆文化,让你我多识草木鸟兽虫鱼、地方性知识、艺术史修养,以及蕴藏其中的"人情物理",此乃"人文素质"的最佳表征——因其在具体而有限的专业知识之外,体现一个人的视野、趣味、眼光、思路乃至境界。过去说读书需与现实人生相对照,这当然很重要;今天需要补充的是:读书必须兼及虚实、图文、雅俗,博物馆是其中重要的一环。

目前北上广深等一线城市,博物馆数量大致达到中等发

---

[1] 据《清实录》,光绪三十二年(1906)八月二十六日,出使各国考察政治大臣戴鸿慈、端方等奏:"各国导民善法,拟请次第举办。曰图书馆,曰博物馆,曰万牲园,曰公园。"见魏开肇等辑《清实录北京史资料辑要》582页,北京:紫禁城出版社,1990年。

[2] 参见刘珊《万牲园史考》,《文物春秋》2003年3期;陈平原《城阙、街景与风情——晚清画报中的帝京想象》,《北京社会科学》2007年2期。

达国家水平。这自然是鼓舞人心的好消息。博物馆的主要功能到底是研究并传播知识,还是保存并展示珍宝?如何协调博物馆作为公益事业与商品经济之间的矛盾?还有,如何让实物展览与课堂教学互相补充,使博物馆真正成为学校教育的有机组成部分?所谓达到"世界知名博物馆的水平",绝非仅限于建筑外观,更重要的是对于国内外观众的巨大吸引力。而这,既取决于藏品质量与编排水平,也受制于观众的修养及趣味。

十五年前,我出版《大英博物馆日记》,其中第一篇《国民教育的立场》,特别表彰伦敦的大英博物馆、国家画廊、泰特美术馆等之免费参观,且重复王韬的慨叹,称此举"用意不亦深哉"[1]。在与之相关的专题演讲中,我再三表达见贤思齐的愿望。没想到,过了不到五年,中宣部、财政部、文化部、国家文物局便于2008年1月23日发布《关于全国博物馆、纪念馆免费开放的通知》。根据通知,除文物建筑及遗址类博物馆外,全国各级文化文物部门主管的博物馆、纪念馆等全部免费开放。虽仍有"政绩工程"的意味,执行中也出现了若干偏差,但这是大好事,值得赞赏。

最近几年,不断读到振奋人心的好消息,如广州将投上百亿建设三十座博物馆[2],各大学已建或正积极筹建博物

---

[1] 参见陈平原《大英博物馆日记》,济南:山东画报出版社,2003年;增订版,北京:生活・读书・新知三联书店,2017年。
[2] 参见《广州将投上百亿建设30座博物馆》,《南方日报》2012年8月8日。

馆（网传你不得不看的四十家隐身于高校的博物馆），还有每到"5·18国际博物馆日"前夕，各大媒体都会报道各大城市建设博物馆的成绩及发展规划。即便如此，那天从香港飞北京，飞机上读《星岛日报》关于内地主题公园增长迅速以及全世界博物馆排名的报道，还是感觉不太舒服。2017年全球博物馆进馆人数排名，法国卢浮宫第一（八百一十万），中国国家博物馆第二（八百零六万），美国国家航空航天博物馆第三（七百万）[1]。表面上差距不太大，但考虑到国家人口，更重要的是卢浮宫收费，而中国国家博物馆是免费的，不免对中国人参观博物馆的热情不无担忧。

下面两则报道，让我们又喜又惊，明白当下中国博物馆的真实状态。2012年11月21日新华网刊《数据称中国每年建100座博物馆 已建成馆生存堪忧》，称我国登记注册的博物馆数量已发展到三千五百八十九个，并且还以每年一百个左右的速度增长。2013年8月7日中国新闻网《国家文物局公布2012年度全国博物馆名录》则称，全国备案博物馆三千八百六十六家，其中国有博物馆三千二百一十九家，民办博物馆六百四十七家。平均三天多就增加一座博物馆，这样的建筑速度，实在了不起。可眼看不少城市在政府工作报告中提出，要在三五年内打造博物馆之城，又让人对此政绩工程持怀疑态度。以中国政府的行政能力，楼是可以

---

[1] 参见《卢浮宫全球最多人入场》，《星岛日报》2018年5月20日。

迅速建起来的，只是建得起不等于养得起，养得起不等于用得好。

作为建筑的博物馆，在中国各大城市里正茁壮成长，一时蔚为奇观。可硬件不等于软件，博物馆建筑与作为收藏、展览、研究三合一的博物馆文化，二者并不同步。而培养公众积极、认真、深入阅读博物馆的热情，以达成提高自我修养的目标，更是相当艰巨的任务。目前中国博物馆事业的现状是，建筑比藏品好，藏品比展览强，展览比观众优。最应该用力的，是如何提高公众进博物馆参观的愿望，以及阅读博物馆的能力。在我看来，培养中国观众欣赏各式各样高水平博物馆的"雅趣"，此任务一点也不比建三十座或三百、三千大型博物馆轻松。建得起，养得好，用得上，需要政府与民间、学者与大众共同努力。看来，从有钱到有文化，还有很长的路要走。

比起朝气蓬勃的博物馆，更让人担忧的是老气横秋的实体书店。三十年前我写《京华买书记》(1988年)、《逛书摊》(1989年)等系列短文，前者的《小引》中有这么一段：

北京这块地方，历史文物不用说了，就是景致风情，也颇有可夸口的。庙会中一人高的糖葫芦串，冬夜里热腾腾香喷喷的涮羊肉，深秋银杏林中一地金黄的落叶，还有冰雪初化时街道两旁嫩黄的柳芽，这些都曾让我这岭南人激动不已。可说实话，真正吸引我的，还是这儿的"文化空气"。说具体点，那就是买书、读书、品书、评书的种种便利种种乐趣。[1]

我保留有 2012 年 6 月 9 日《新京报》的《书评周刊》，总共十六版，主题是"书香北京　精神家园"，其引言很得我心："书店，是一座城市的灯光；书店，是一座城市的精神家园。书店对于一座城市，意义不仅仅在于卖书，它更是一个重要的公共文化空间。我们在此分类介绍北京一百四十处书香地标，希望对读者的读书生活，能提供一点便利。"作为读书人，逛书店是一种精神享受，只是随着年纪增长，加上自家书房拥挤，我逛书店的时间及兴致逐渐减少。而年轻一辈呢，因网络购书太方便，也不怎么愿意进实体书店了。因此，作为都市风景及精神家园的书店正日趋没落。

网络购书很方便，且因经营成本低，可以打折出售。读者为了贪图便宜，到实体书店翻看，再到网上下单，如此一来，实体书店就更难生存了。多年前就有这样的声音，应立法规定新书第一年不打折，网络售书也不例外，这样才能保护实体书店。如不加保护，放任实体书店彻底坍塌，图书出版业和城市文化形象都将受到很大冲击。再说，大家都喜欢

---

[1] 陈平原：《京华买书记·小引》，《书里书外》3 页，杭州：浙江文艺出版社，1988 年。

在网上买折扣书,图书价格必定虚高,长远看,很不利于图书的良性生产。

说到实体书店的存在价值,我想起金耀基的《剑桥一书贾》,说的是有个叫台维的书商,没什么学问,但其书店成为剑桥不可或缺的风景,以至他退休时,耶稣学院的院长等为他举行了盛大的午宴,表彰他的贡献[1]。还有就是原北大哲学系教授王炜,90年代中期放弃自家的海德格尔研究,在北大南门外办起了风入松书店,书店入口处写着"人,诗意地栖居",同样成为北大校园外一道亮丽的风景[2]。

好消息是,博物馆在迅速增多;坏消息是,实体书店在逐渐减少。随着网络普及带来报纸萎缩,以及实体书店的减少,还有出版业的危机重重等,如何界定及怎样建设中国"最有文化的城市",是摆在我们面前的巨大挑战。

六、内在视角与外在视角

我曾经说过,城市问题的复杂性,超越一般人的想象;具体操作时,有很多实际困难需要克服。人文学者谈城市,不能一味逞才使气——持批判立场时,须理解你所批评对象的立场及思路。同时,兼及理想与现实,不要一味唱高调。

---

[1] 参见金耀基《剑桥一书贾》,《剑桥语丝》,北京:生活·读书·新知三联书店,2007年。
[2] 参见陈平原《怀王炜》,《长歌唱罢风入松》,北京:新星出版社,2006年。

更重要的是设身处地,站在居民而不是官员、专家、游客的角度想想,才能有比较通达的见解[1]。

为什么将官员、专家、游客并列?因为其采取的立场及眼光,或居高临下,或隔岸观火,故我称之为外在视角。与之相对应的内在视角,是指设身处地,感同身受。简单说,假如你是本地居民,且将长期生活在这座城市,你是否愿意采取这种城市建设方案。就像写文章一样,首先是修辞立其诚。不然的话,事不关己,高高挂起,或站着说话不腰疼,只要求对方扮演你所希望的角色,供你观赏与批判,那是不道德的。

在城市规划与建设中,死守某种教条,不管叫唯 GDP,还是叫文物保护,表面上简单有力,原则性很强,实则属于削足适履,因其不考虑具体城市的实际情况,也不顾及当地百姓的日常生活。谈论此类话题,既要高屋建瓴,又要脚踏实地;尤其对于当地民众,须持同情之理解立场。可惜,人类就是这么吃一堑长一智,扭扭捏捏往前走的。以北京城为例,半个多世纪前的强拆城墙,以及希望站在天安门城楼,一眼望去都是大烟囱,今天成了笑柄。可你还记得圆明园画家村、798、宋庄艺术区的争论及命运吗?类似的故事还有很多,最大教训在于主政者不懂城市学,也不关心普通民众

---

[1] 参见陈平原《"城市"怎样"阅读"——一个人文学者的追求与困惑》,《天津师范大学学报》2013年5期。

的命运。城市的魅力何在,以及城市该往哪里走,谁说了算?官员、专家、文人、居民、游客,怎么体现各自的愿望,是投票决定,还是官大说了算?不能只怨领导,民众同样需要学会如何鉴赏城市——这里包含视野、知识、情感与判断力。至于学者以及大众传媒的责任,不仅监督政府,更是普及知识,养成趣味,甚至包括必不可少的自我反省。

中国的城市,南北方不同,大中小有别,其规划与管理,无法一言以蔽之。如何兼及保护与建设,既需要高尚趣味与长远想象,又得考虑当地民众的日常生活以及欣赏趣味,这说起来容易做起来难。考虑到中国行政权力之大,以及政绩考核表和领导任期制,你就明白保持城市的均衡更新以及可持续发展,是如何艰难。前些年的GDP挂帅,以及以省市区县为单位的竞争体制,既促成了中国的高速发展,也留下很多遗憾。怀念那些没有提新口号、不追求短期效应的省长、市长、校长,今天我们终于承认,守住青山绿水是政绩,守住古城的历史文化命脉也是政绩。

一说城市,大家心目中出现的是北京、上海、广州、深圳等一线城市,或者所谓的新一线,如成都、杭州、重庆、武汉等;再次也是二、三线城市,很少人关注四、五线城市。其实,中国人口基数太大,三百三十八个地级以上城市,都值得认真观察。某种意义上,船小好掉头,这些中小城市在城市改造方面的某些实验性方案,说不定更有启示意义[1]。

　　大中小城市,各有其优势与难处,我不在其位,只能在视野之内,采用"举例说明"的方式,谈自己感兴趣的话题。这里涉及甘肃省临夏回族自治州(常住人口二百一十七万)的首府临夏市(人口二十七万)、山西省大同市(常住人口三百四十二万、城区人口七十六万)和广东省潮州市(常住人口二百七十七万、城区人口五十万),更多的是体谅与表彰,而不是总结或推广。这三个城市,大同、潮州属于四线,临夏更是五线。在以大为美的国人眼中,这都不值一提;可以我有限的了解,其城市改造方案值得辨析。

　　临夏古称河州,从唐至今,围绕八座清真寺形成了八个教坊十三条街巷,故称"八坊十三巷",那里的回族砖雕、汉族木刻、藏族彩绘等很有特色。因是回族聚居区,建筑有特色,人心也比较齐,且有很好的经商传统,在政府的支持与引导下,拓宽街巷,修缮房屋,实现了微改造,如今成了很有人气的风情区/商业街。初夏的傍晚,我曾漫步八坊十三巷,饶有兴致地观赏其民俗馆、手工艺馆、人物故事馆,还有全国重点文物保护单位、集中西传统于一身的四合

---

[1] 二千万人口的特大城市,二百万人口的大城市,二十万人口的中小城市,各有其特点,也各有其魅力。德国的海德堡,大名鼎鼎,不过也就十万人口,而且,那里的居民很骄傲,平均文化水准很高。我在海德堡大学教过几个月书,当地民众并不羡慕柏林或法兰克福。

院式建筑群东宫馆。可我最为关心的是,这街区改造到底谁出钱谁受益,还有,原先的居民哪里去了。得知住户还是原来的住户,为了居住及经商环境的改善,政府及居民各自掏钱,共襄盛举,我很高兴。之所以感叹这一点,是因很多城市商业区改造的结果是,老住户都被迁到远郊区,生活变得很不方便。

临夏市八坊十三巷的微改造,各方都获益,赞赏者居多;大同的古城重建则因到了"天翻地覆慨而慷"的地步,争议极大,至今未有定论。据记述2007—2012年大同古城保护与修复业绩的《大同城区古城保护与修复纪实》,2008年3月该市启动违章建筑综合整治、棚户区拆迁安置,以及旧城区道路改造。同年6月,大同市人大常委会听取审议并通过了市政府《关于历史文化名城保护工作的报告》。此后的五年,大同完成东城墙、南城墙、北城墙、华严寺、善化寺、关帝庙等重要文保单位修复,新城区的太阳宫、博物馆、图书馆、美术馆、大剧院等新地标密集开工[1]。如此大动作的城市改造,需要巨额资金,还涉及十万居民拆迁,能否妥善处理,各界争议极大。加上此举与1964年《威尼斯宪章》提出的文物修复"最小干预原则"不符,专家及媒体纷纷讨伐,但当地领导不为所动,民众也大都赞同。前年我

---

[1] 参见田静、赵佃玺主编《大同城区古城保护与修复纪实》,中共大同市城区委员会、大同市城区人民政府编印,2013年。

专门前去考察，征询若干官员及学者意见，对此备受非议的旧城改造（批判者认为是重建，不是改造）有较多体谅。

这里的关键在于如何看待原有的大同古城。大同作为都城四百多年，作为府城（包括道、路、州）一千三百多年，有丰富的文化底蕴，这点毫无争议。否则，1982年国务院颁布第一批全国历史文化名城，就不会将此桂冠授予大同了。问题在于，1649年清军攻陷大同后，曾残酷屠城，并将城墙拆去五尺。三年后府县复还故址，并从附近移民，大同方才逐渐复兴。换句话说，除了若干古迹，整个城市的基本建筑，并没有大家想象得那么久远。与此相类似的是被誉为八朝古都的开封，黄河多次决口，开封城摞城，现有房屋基本上都是清代以降所建。

这就说到那些饱经战火、多次劫后余生、如今很可能"名大于实"的历史文化名城，到底该如何保护与改造。大同市是做了认真规划的，对榜上有名的文物保护单位，也有精心修缮。争论在于重建城墙以及拆除市区的很多普通民居，还有就是官员雷厉风行的工作作风。我的看法是，法定保护文物不能动，至于道路及民居如何规划，应尊重本地百姓的意见。是古城没错，但如果永远破破烂烂，你愿意居住吗？我担心的不是城市规划是否合理，而是政府借了那么多钱，给老百姓画了那么大的饼，这个饼是否能做熟，资金链会不会断裂。若能平安度过此显然十分强烈的阵痛期，重建大同这剂猛药，说不定还真有效。

即便"大同造城"成功，也不具有普遍意义。不要说大城市，就说我的家乡潮州，古城整体格局在，生活机能完善，最好的办法就是适当疏散人口，活化各式民居，使其成为古朴优雅的旅游城市。

今年春天回去，发现老城区原本杂乱且陈旧的中山路，变得焕然一新了。此处号称潮州的工艺一条街，改造升级后，与西湖公园、牌坊街、滨江长廊三大景区牵手，更好地呈现了古城艺术传承、文化休闲、特色美食等特点。而每天晚上8点、9点两次开启的十六分钟伴随着潮州大锣鼓的湘子桥灯光秀，更是让人惊艳。多年前就有人建议利用古城门、小广场、湘子桥、韩江以及对面的笔架山，安排印象漓江那样的实景演出，我极力反对。理由是一旦"印象"起来，必定影响本地民众的日常生活；而且，江风明月本无价，非要圈起来收钱，于心不忍。现在变成公开表演，不仅没有收益，还有谁来付账的问题。

领导告知，中山路的修缮是企业家捐赠，湘子桥灯光秀则因采用LED灯，除了最初的设计与施工，每晚电费只有几百元，老百姓都叫好。这我就放心了，市政改造需要花钱，可那本来就是政府该做的，只要不过分加重百姓的经济负担，能让小城民众有更好的精神享受，何乐而不为？所谓执政为民，本地居民对于美好生活的想象与追求，应该得到最大限度的尊重。

大都会金融实力雄厚，发展房地产压力很大，加上文物古迹多，因此保护是第一要素；小城市不一定，有的基础很好，有的则徒有虚名，其修缮与改造，必须因地制宜。若规划得当，能兼及民众需求与历史想象，外来的专家与游客，实在没有权力要求人家一成不变，充当你怀旧或猎奇的对象。就好像你生活在城市，希望乡下人不烧煤气烧柴火，不用空调用葵扇，那是不对的。

这里的基本假设是：第一，城市化进程有许多弊端，但此时代潮流浩浩荡荡，不可抗拒；第二，大城市如何经营是个难题，没有万全之计，只能尽量趋利避害；第三，政府越来越有钱，对于城市建设的影响力日渐加大，故荣辱成败系于一身；第四，如何平衡各方立场及利益，兼及老百姓过上美好生活的愿望，以及保护历史文化、增加城市收益，是个大课题；第五，最终拍板的是主政者，"关键时刻"专家的抗争或呼吁基本不起作用[1]，应该突出平日里润物细无声的熏陶，也需要传媒及民众的监督；第六，城市规划及建设一旦失败，官员常被指责，其实学者也高明不到哪里去，只是相对于官员的大权在握、掷地有声，责任稍轻而已。

就好像挑剔的美食家，乃一个地方饮食业发达的关键；城市建设及经营水平的有效提升，取决于敢言的鉴赏家与批评家，也取决于善于听取批评及建议的主政者。今天的中国

---

[1] 我在北京生活，深知官员好恶对于城市规划的巨大影响——西客站上的"瓜皮帽"，人民大会堂旁边的"水煮蛋"，当初设计时不是没有人反对，但抗议无效。

学者，谈论城市，除学会沟通与对话，更得努力保持学术立场，拒绝见风使舵[1]。

（此文据作者 2012 年 8 月 18 日在马来西亚创价学会［吉隆坡］及 2012 年 11 月 10 日在中山大学［广州］的专题演讲《都市文化研究的可能性》、2013 年 8 月 19 日在广州市海珠区宣传文化干部大学堂专题演讲《城市史、城市规划与城市文化——如何在城市建设中凸显历史文化命脉》，以及 2018 年 6 月 2 日在北京师范大学举办的"2018 学术前沿论坛"的主题报告与 6 月 23 日在《北京青年报》主办的"青睐讲堂"专题演讲《看得见的风景与看不见的城市》，综合整理而成，2018 年 7 月 16 日定稿于京西圆明园花园）

（初刊《北京社会科学》2018 年 9 期）

---

[1] 参见陈平原《六城行——如何阅读/阐释城市》，《中华读书报》2012 年 2 月 8 日。

下编

"都市想象与文化记忆丛书"总序

美国学者理查德·利罕（Richard Lehan）在其所著《文学中的城市》（*The City in Literature*, University of California Press, 1998）中，将"文学想象"作为"城市演进"利弊得失之"编年史"来阅读；在他看来，城市建设和文学文本之间，有着不可分割的联系。"因而，阅读城市也就成了另一种方式的文本阅读。这种阅读还关系到理智的以及文化的历史：它既丰富了城市本身，也丰富了城市被文学想象所描述的方式。"（289页）在某种程度上，我们所极力理解并欣然接受的"北京"、"上海"或"长安"，同样也是城市历史与文学想象的混合物。

讨论都市人口增长的曲线，或者供水及排污系统的设计，非我辈所长与所愿；我们的兴趣是，在拥挤的人群中漫步，观察这座城市及其所代表的意识形态，在平淡的日常生活中保留想象与质疑的权利。偶尔有空，则品鉴历史，收藏记忆，发掘传统，体验精神，甚至做梦、写诗。关注的不是区域文化,而是都市生活;不是纯粹的史地或经济,而是城与人的关系。虽有文明史建构或文学史叙述的野心,但更希望像波德莱尔观察巴黎、狄更斯描写伦敦那样,理解北京、上海、长安等都市的七情六欲、喜怒哀乐。如此兼及"历史"与"文学",当然是我辈学人的学科背景决定的。

谈论"都市想象与文化记忆",必须兼及建筑、历史、世相、风物、作家、作品等,在政治史、文化史与文学史的多重视野中展开论述。若汉唐长安、汉魏洛阳、六朝金陵、北宋开封、南宋临安、明清的苏州与扬州、晚清的广州与上海、近现代的天津、香港和台北,以及八百年古都北京,还有抗战中的重庆与昆明等,都值得研究者认真关注。如此"关注",自然不会局限于传统的"风物记载"与"掌故之学"。对城市形态、历史、精神的把握,需要跨学科的视野以及坚实的学术训练;因此,希望综合学者的严谨、文人的温情以及旅行者好奇的目光,关注、体贴、描述、发掘自己感兴趣的"这一个"城市。

关于都市的论述,完全可以而且必须有多种角度与方法。就像所有的回忆,永远是不完整的,既可能无限接近目标,也可能渐行渐远——正是在这遗忘(误解)与记忆(再创造)的巨大张力中,人类精神得以不断向前延伸。总有忘不掉的,也总有记不起的,"为了忘却的记念",使得我们不断谈论这座城市、这段历史。在这个意义上,记忆不仅仅是工具,也不仅仅是过程,它本身也可以成为舞台,甚至构成

"都市想象与文化记忆丛书"总序

一种创造历史的力量。

既然我们对于城市的"记忆",可能凭借文字、图像、声音,乃至各种实物形态,今人之谈论"都市想象",尽可八仙过海,各显神通。无言的建筑、遥远的记忆、严谨的实录、夸饰的漫画、怪诞的传说、歧义的诠释……所有这些,都值得我们珍惜,并努力去寻幽探微深入辨析。相对于诗人的感伤、客子的怀旧或者斗士的抗争,学院派对于曾流光溢彩的"都市生活"的描述与阐释,细针密缝,冷静而客观,或许不太热闹,也不太好看,但却是我们进入历史乃至畅想未来的重要通道,必须给予足够的理解与欣赏。

本丛书充分尊重研究者的眼光、趣味与学术个性,可以是正宗的"城市研究",也可以是"文学中的城市";可以兼及古今,也可以比较中外;可以专注某一城市,也可以是城城联姻或城乡对峙;可以阐释建筑与景观,也可以是舆论环境或文学生产;可以侧重史学,也可以是艺术或文化。一句话,只要是对于"都市"的精彩解读,不讲家法,无论流派,我们全都"虚位以待"。

2008年7月22日于香港中文大学客舍

(陈平原主编"都市想象与文化记忆"丛书,北京大学出版社,2009年3月起陆续刊行)

《西安：都市想象与文化记忆》序言

漫长的中国史上，曾做过都城的城市很多；但同为都城，持续时间及重要性相差甚远。其中至关重要的，按历史顺序，是西安、洛阳、南京、开封、杭州、北京（也有加上安阳而成"七大古都"的）。而"重中之重"，毫无疑问，前期是西安，后期是北京。这就很容易理解，我们之谈论"都市想象与文化记忆"，为何首选这两座城市。

有那么两回，同是金秋时节，国内外同行相聚一堂，以历史文化为视角，为这两座伟大的城市"造像""招魂"。2003年10月，北大中文系和哥伦比亚大学东亚系在北京召开"北京：都市想象与文化记忆"国际学术研讨会；两年后，专题论文集问世。2006年11月，以"西安：历史记忆与城市文化"为题的国际学术研讨会在西安召开，这次会议的组织者，包括哈佛大学的王德威、哥伦比亚大学的刘乐宁、陕西师范大学的陈学超以及北京大学的陈平原。同样是两年后，相关的专题论文集也将推出。

《西安：都市想象与文化记忆》序言

专题论文集既不同于汗漫无涯的杂志，也不同于一以贯之的专著，讲究的是"众声喧哗"中，自有相近的学术视野与精神追求。本书收文二十则，按论述对象略为区隔：第一辑乃考古学及历史学视野中的长安，第二辑是古典文学视野中的长安，第三辑为近现代文化史视野中的西安，第四辑专注于当代西安的阅读与写作，第五辑可称古都西安的回顾与展望。如此简要描述，只能是"大而言之"；以下关于各文的介绍，更必定挂一漏万。在我看来，好文章除了要有好立意，更需要条分缕析的详细论证。而对此类文章，任何"提要钩玄"的努力，都不可能得其神髓。作为编者之一，我的责任是"编目"与"撮要"，以便读者在最短时间内，初步了解此书的大致脉络。真正的专业评判，有赖各位深入细致的阅读。

研究古代城市，主要依靠考古学的发掘以及古代文献的解读；具体到周代城市，则尚须兼及青铜器上的铭文。只有把这三类数据有效地结合起来，我们才能对周代城市的功能和特征有一个较为全面的了解。李峰《城市规制和古代国家的形态——以渭水中游周代城市为例》便是从此入手，认定西周时期的城市并没有形成像希腊-罗马文明中的那种城市自治体制，而是构成了一个由王室控制的城市网络。已有的用于分析中国古代国家的形态，包括城市国家、邑制国家、领土国家、支系国家、封建国家以及所谓的乡村国家等；在这些模式中，作者认为，最能反映西周国家实况的，应该是根据中国古代资料所建立的"邑制国家"。

平濑隆郎《秦始皇的城市建设计划与其理念基础》一文，主要讨论了秦始皇的城市建设计划与天方位的关系。秦始皇建造极庙，视之为天的中心，将天方位表现在地上。象征天方位的建筑有：始皇帝陵（其生前称为骊山宫）、阿房宫、南山（其祭祀场所）、咸阳宫。咸阳宫在亥方位，骊山宫在卯方位，南山在午方位，阿房宫在申方位。长乐宫是唯一能用来讨论这种方位配列的极庙。

探讨中国古代的城市设计方式，以及中国人用何种形式将社会结构表现在城市规划上，西汉帝国的首都长安城墙内的区域，特别适合用来讨论这个主题。因为，不断出现的考古遗迹，让我们得以勾勒当初长安城的都市设计，以及主要街道的轮廓和宫殿群的蓝图。贝克定《西汉城市与城郊的结合——王莽九庙与西汉道路》在探讨时人对于空间的认知时，用首都城墙周围的郊区或远鄙地区的空间规划来观察，而不采用都市居民对于自家房间与庭院的配置。其基本假定是，在开阔而不受限制的空间，更能自由地发挥时人对于空间的经营概念；而人们对于空间的认知，是受既有的社会规范所影响的，而非只是个人的想法。

唐长安的宏观规划——包括里坊、市场、宫殿、官邸、寺院、街道等诸方面，均得到学者的关注；而与日常生活息息相关的住房，却鲜有人问津，主要原因是资料匮乏，迄今的考古发现尚难以提供直接的研究证据。熊存瑞的《唐长安

《西安：都市想象与文化记忆》序言

住房考略》以宋敏求、徐松收集的资料为主，结合政令、正史、杂史、笔记等有关文献记载，探讨唐长安民居的若干问题，如竞奢之风、房产价值、火灾、房产税等，使我们对这座当时世界上人口最多的中世纪城市，有了更加深入的了解。

假如研究"历史记忆"，宋以后的长安是一个非常值得关注的地方。因为这里曾经是帝国的政治、经济与文化中心，但在宋以后，逐渐从中心退居边缘。于是，长安的历史，既可以被写成一部国都史，也可以被写成一部地方史；而地方志的作者，往往得进行这样的取舍。王昌伟的《从"遗迹"到"文献"——宋明时期的陕西方志》，以从宋代到明代的陕西方志为考察对象，探讨陕西作为一个集体记忆的载体被建构的历史，并从编纂者的书写原则及所引起的讨论，一窥士人社群对帝国与地方的关系的思考。明代陕西方志在体例和内容上，都和宋元时期的同类作品大不相同。最明显的，就是明代方志的编纂者对于历代都城遗迹的重视，远不如宋元时代的编纂者；而其新增"文献""人物"等类目，把重点从对古迹的记载，转向对地方人文传统的记录。可以这么说，明代学者重视的是如何以方志延续人文传统，改善社会风气，以达到教化的目的。

作为汉唐盛世的象征，"长安"在中国古典文学中的重要性不言而喻。然而，新莽乱政后，东汉迁都洛阳，尽管长安仍是《两都》《二京》等京都大赋的书写重心，却是作为洛阳的"对立面"而存在的：原先宏伟的宫殿苑囿、壮盛的游观赏猎，在赋家推尊洛阳之崇尚仁德礼仪时，成为被批判检讨的负面教材。梅家玲《从长安到洛阳——汉赋中的京都论述及其转化》循由京都大赋的地理转移历程，探讨其发展迁变的轨迹。剥落了帝国润饰鸿业的表层华藻，"京都论述"所建树的结构方式，并未随帝国盛世的远去而消逝，反而经由"空间书写"到"地方书写"的渐次转化，以另类形式融入了个人抒情言志的文本中。如此一来，长安也好，洛阳也罢，其意义便不再是作为帝国的资产、盛世的象征，而是庶民家族安身立命的家园，更是个体生命可见可闻且自我实践的栖居之地。

唐朝存在于印刷时代之前，因而，诗歌的生产与传播，必然受到地点和时间两个因素的限制。生活在现代的我们，几乎无法想象长安是怎样地随着诗的节奏震荡着。从皇宫到妓馆，诗溢满了长安城，并且从长安流向外省。倪健《唐代长安诗歌的流传》一文，考察诗歌在长安流传的情况，以及诗的流传对于都城所起的作用（包括商业方面）。作者力图说明，稠密的人口和较高的教育水平，使长安成为诗歌迅速地口头流传的理想地点。而各级官员、赴京考试的学子以及北里歌妓，则是唐长安诗歌流传的中心。

中国诗歌的主体性从本质上是关于见与被见的问题。唐代的李白和王维，虽然风格很不一样，可是有相似之处：都依赖于外在主体的视觉洞察，以刻画诗歌中的主体性。方葆珍《"知人"于唐朝——中国诗歌主体的形成》所要论述的是，王维将读者引诱进他所创造的视觉框架，以便诗内和诗外的主体合二为一；李白常会特意做出拒绝外在主体的仪态，如"独酌无相亲"，一面声明其身体和感情的孤立，一面将所有目光集中于自己身上。

《冥报记》所记事项之前后因果报应，几乎纯属胡思乱想；但书中所述故事发生的场所等，却可借以复原隋大兴城和唐长安城的历史面貌。辛德勇《〈冥报记〉报应故事中的隋唐西京影像》称，隋大兴城和唐长安城，在当时是具有重大影响的国际大都市。最早系统记述这座城市的传世典籍，乃唐玄宗开元年间史官韦述撰著的《两京新记》，然亦仅有残本存留于日本。《冥报记》涉及的隋唐西京城，虽零星不成系统，但都是高宗永徽年间以前的情况，足以证实或补充《两京新记》等晚出著述的记载；并且，这种不经意的记述，有时反而更准确地保存下一些重要的史事，起到专门著述无法替代的作用。

隋代"开皇乐议"以音乐理论为论辩主体，但牵涉面甚广，不妨视为"中古长安"的一场"音乐风云"。沈冬的《中古长安，音乐风云——隋代"开皇乐议"与音乐文化变迁》不但强调此事件在音乐内部与外部两方面的高度重要性，同时也试图证明其关键意义是，总结了过去的发展且带动了未来的演进。所谓的"风云"至少可以分成三个层面来看：其一，由此事的文化背景看，是雅乐、俗乐、胡乐三者数百年来的濡染交化所引起的大融合；其二，由此事的音乐论辩看，是众臣各执立场，交锋不断的大争议；其三，由此事的政治影响看，是由音乐论辩而至政治斗争，终于导致权臣黜落的大震撼。由此可见，"开皇乐议"虽着眼于音乐，其带动的政治、文化等各方面的问题同样值得关注。

宋元以降，中国叙事文学飞越发展，白话小说横跨雅俗，在出版市场上亦占有一席之地。然而，此时小说的重心却早已随着经济与文化发展的趋势，远离关中地区，完全向东南位移了。虽仍有不少小说作品牵涉到长安，但几乎无一例外，都是对汉、隋、唐时期都城长安的投射，而与小说产生当代的长安没有关系。胡晓真《夜行长安——明清叙事文学中的长安城》所要论述的是，在明清叙事文学中，长安只能夜行——这是一个在文本中被高度历史化，以致无法表现实体存在的场所。隐喻与象征，因此便成为小说对长安城的基本处理模式。

谈论近现代文化史视野中的西安，不能不关注易俗社。李孝悌《西安易俗社与中国近代的戏曲改良运动》对比西安易俗社和上海新舞台的演出，得出一些有趣的结论：二者皆关心当代议题，皆以戏剧为教育、娱乐大众的媒介，皆与20世纪初至30年代成形的论述相符。但此二剧社在方针、功能及社员组成上，却有极大的差异。在新舞台演出的改革剧中，我们看到传统的主题、传说、信仰、历史事件和角色，如何被巧妙地与现代议题、当代关怀和新想法交织在一起。易俗社的表演所呈现的，则不只是新与旧的融合，更是传统的坚韧。虽然易俗社和新舞台都以致力于改革戏剧著称,然而两者间地理、经济及历史上的差异,使得其有了截然不同的发展方向。

1924年的七八月间,应西北大学的邀请,鲁迅前往西安讲学。鲁迅此行的主要目的,是为创作长篇小说或剧本《杨贵妃》做准备;没想到旅行结束时,计划取消了。到底是什么原因促使鲁迅放弃此写作计划,以致留下了无可弥补的遗憾,害得后人为鲁迅能否写长篇小说而争论不休?后世的众说纷纭,大都将《杨贵妃》的"不幸流产",归咎于西安的自然环境、政治氛围以及社会生活。所有这些,都不是空穴来风,但又都不足以充分说明问题。陈平原《长安的失落与重建——以鲁迅的旅行及写作为中心》除了努力钩稽、复原鲁迅的《杨贵妃》小说或戏剧创作计划,更着重阐述:作为思接千古、神游万仞的小说家,到底该如何复活那已经永远消逝了的"唐朝的天空",以及如何借纸上风云,重建千年古都长安。论文经由对这一"故事"的深入剖析,呈现城市记忆、作家才识以及学术潮流之间错综复杂的关系,进而探讨古都的外在景观与作家的心灵体验之间的巨大张力,思考在文本世界"重建古都"的可能性及必经途径。

"五四"时代蔚为奇观的"革新派"与"守旧派"之争,最具代表性的,是从徽州走出的胡适和从长安走出的吴宓。陈学超《大梦谁先醒——从长安走出的吴宓》对吴宓融合中西、撷精取粹的态度大为赞赏,认为其在波诡云谲的现代中国文化史上，留下了作为稳健的革新者的足迹，其中渗透的文化精神，今天仍值得我们认真体会、吸取。

辨析林语堂长篇小说《朱门》中的"西安想象"，是宋伟杰《古都，朱门，纷繁的困惑——林语堂〈朱门〉的西安想象》一文的中心任务。小说男主人公李飞是一个生于西安、长于西安，在上海历练之后，重返故乡的现代人。李飞之眼是记者之眼，但他不是普通的职业记者，因为"他向来不喜欢把任何事情写得记录化、统计化，而是在字里行间表达他个人的感触"。李飞是西安古城一个性情流露的观察者，一个保持距离的目击者，一个入得其内、出得其外的写生画家，一个诙谐幽默、嬉笑怒骂的作者，一个在故乡现场追踪、敏锐思考的漫步者。其眼中的西安，因此成了对古城的现代打量。

王德威《废都里的秦腔——贾平凹的小说》所要讨论的是，贾平凹如何将秦腔作为定义民间生活伦理的最后支柱。秦腔的架势气吞山河，可是调门一转，飞扬的尘土、汹涌的吼叫都还是要落实在穿衣吃饭上。作者认为，从《废都》到《秦腔》，贾平凹对中国城乡的蜕变有动人观察，但是，只有当他将自身的"黏液质＋抑郁质"扩散成为文明乃至天地的共相，黏黏糊糊，他才形成了自己的"场"。有意无意间，他的小说投射了社会知识阶层的一种精神面貌。谓之虚无、谓之自怜，都有道理。然而物伤其类，作为贾平凹的读者，我们能不心有戚戚焉？吊诡的是，颓废的文明成就了一个作家的文名。

《西安：都市想象与文化记忆》序言

葛岩《七十年代：记忆中的西安地下读书活动》并非一般意义上的论文，更像是关于特殊年代西安的"读书记忆"。除了思想的追求，青春期反叛的心理和生理冲动，社会群体身份的认同，现实利益的吸引等，都可能成为地下读书的驱动力。而对"文革"时期地下读书活动的动机、条件和约束的不断追问，或可指向一个更具普遍性的问题：在严峻体制的控制下，为什么异端知识依然可能传播？本源于官方意识形态的革命情怀和破坏力，可追溯到俄国民粹主义者或早期中国共产党人献身理想的传奇，成为这些读书者反叛想象的重要来源。而"解放全人类"的胸怀，则使一些人顽强地把个人成长的激情紧紧地与现实政治连接，以至成为"文革"政治的对抗者。为维护体制而出版的书籍，竟成了他们质疑体制的思想根据。

历史上，长安的文学是那样辉煌，不仅太史公的《史记》是"史家之绝唱，无韵之离骚"，汉赋和唐诗堪称文学史上空前的美文华章；而且，即便是宫廷乐府与民间传奇，也都令人赞美不绝。但到了"废都时代"，西安的文学，竟也像古城一样开始废弛颓败。李继凯、李春燕《西安小说作家近期创作心态管窥》认为，时至近现代，西安文坛大抵仍是荒凉一片，偶有小花野草轻摇，却终不见文学的灿烂春天来临。新时期尤其是进入新世纪以来，借西部大开发的时代机遇，西安作家方才八仙过海，各显身手，成为中国当代文学的重镇"陕军"中的主力。

与以上各文之倾向于"精雕细刻"不同，第五辑所收二文纵论古今时，取"大题小作"策略。朱士光《古都西安的发展变迁及其与历史文化嬗变之关系》综述西安三千余年的城市发展史，从西周丰镐都城的建筑，到秦始皇营建"弥山跨谷"的庞大帝都咸阳，继之以汉唐帝国都城长安的横空出世；唐之后至清末一千年间，长安虽不再为国都，却仍是中国西北重要的政治、军事、经济中心。而最近一百年，虽历经战祸与动乱，西安艰难地转型，现正朝着现代化国际都市的目标迈进。相对于朱的历史描述，肖云儒的《汉唐记忆与西安文化》更像是文人抒怀：西安文化建设乃至整个经济社会发展，虽不能止于"发思古之幽情"，却应该"发思古之优势"，以现代的、独有的思路和方法，使古城的古调翻成新曲，而不是轻率地、轻易地、轻浮地抛却古调，另谱新声。作者认为，中国的印章西安，正用自己的发展，印证着中华民族的振兴。

　　除了本书所收二十篇文章，在"西安：历史记忆与城市文化"国际研讨会上，美国匹兹堡大学荣休讲座教授、著名历史学家许倬云发表了专题演讲，至于提交论文而未入集的有：日本东京大学教授户仓英美的《长安美女骑帚翔——从汉唐小说看西方文化流播》、美国哥伦比亚大学教授刘乐宁的《西安城市文化的语言学视角》、陕西师范大学教授侯甬坚的《西安气候：唐人笔下的记录和追思》、西北大学教授李浩的《唐长安园林与西安文化建设》、陕西省文物局局

《西安：都市想象与文化记忆》序言

长赵荣的《西安大遗址保护与汉唐文化的彰显》等。以上论文，因各种缘故未能提交定稿，实为憾事。不过，各位教授对会议的鼎力支持，仍令人心存感激。

此外，会议期间，还有两个值得一提的插曲：邀请部分学者参加"把历史还原给文学——贾平凹《秦腔》获奖对话会"，这在意料之中；组织全体与会专家，与市委及市政府诸多官员就"西安城市文化建设方略"展开真诚对话，可就有点出乎意料了。"史学研究"与"建言献策"不在一个层面，但能让当局了解学者们的立场与趣味，未尝不是一件好事。看《西安晚报》长篇报道所使用的小标题：诸如"珍惜每一座古塔、每一个牌坊、每一间民房""留住民间的生活印迹""西安是西安人的西安""保存城市记忆要发动民间力量""现代西安应汲取汉唐精神""汉唐的厚重宏大值得称道""文化传承从育人做起""建立西安全方位文化标志体系""请马友友做新的西安形象代言人"等，确实显示了专家们的知无不言、言无不尽（参见《学者献策古城文化建设　孙清云等参加研讨》，《西安晚报》2006年11月4日）。至于是否真有效果，那就不在我们的考虑范围内了。

正如"都市想象与文化记忆"丛书的"总序"所说，我们希望在政治史、文化史与文学史的多重视野中，就汉唐长安、汉魏洛阳、六朝金陵、北宋开封、南宋临安、明清的苏州与扬州、晚清的广州与上海、近现代的天津、香港和台北，以及八百年古都北京，还有抗战中的重庆与昆明等，展开深入的探讨。至于下一次的"话题"将是哪一座历史文化名城,这取决于天时、地利与人和。唯一可以确定的是,关于"都市想象与文化记忆"的发掘与辨析,将是一项充满魅力与挑战的"长期计划"。

2008年9月28日于京西圆明园花园

(《西安:都市想象与文化记忆》,陈平原、王德威、陈学超编,
北京:北京大学出版社,2009年)

作为学术话题的"京津"

——《三四十年代平津文坛研究》序

北京大学与天津的学校有缘。1919年9月,蔡元培校长发表《北京大学第二十二年开学式演说词》,称反正办学经费不足,不如将北大工科归并于北洋大学(即现在的天津大学),以便集中精力办好理科。对于如此决策,蔡先生日后没有后悔,反而很得意,在《我在北京大学的经历》中再次提及。1937年抗战期间,国民政府命令国立北京大学、国立清华大学与私立的南开大学组成国立长沙临时大学,第二年改称国立西南联合大学。联大九年,三校精诚合作,得益于共同的学术理念,同时也因抗战前三校教授就互相兼课,自由转换,合作起来没有任何障碍。这些都是青史留名的大事,如今,京津之间的大学合作,又添了件小事,那就是北大中文系与天津师大文学院联合召开"20世纪三四十年代平津文坛"学术研讨会。

三次合作,层次不同,宗旨有异,影响更是不可同日而语。不过,我想说的是,京津之间的合作,既是历史研究的课题，也是近在眼前的事实，从长远看，二者都有很好的发展前景。我提交给会议的《另一种"双城记"》，专门谈这个问题。简要地说，就是四句话：第一，在近现代中国文化史上，天津很重要；第二，平津两座城市关系密切，适合做综合研究；第三，"双城记"是个很好的学术视野，便于互相发现；第四，所谓的"双城记"，可以是黑白对照，形成强烈的反差，也可以是五彩斑斓，同中有异、异中有同。大略而言，前者强调对抗中的对话，后者侧重合作时的竞争。

这两天半的"平津文坛"讨论，内容非常充实。昨天上午孙玉石、王得后、吴福辉、温儒敏四位先生的专题发言，我因事没能到场聆听，实在可惜；听与会的夏君转述，令人心驰神往。前天上午在未名湖边，紧接着开幕式的是"北方左联"专题，八位发言者，不仅在史实辨析上有所推进，更重要的是，让学界重新关注"北方左联"这个长期被忽略的话题。第三至第七这五场，发表的是关于30年代京派文学、40年代现代主义诗歌、三四十年代天津通俗小说等专业论文，多少都有所创获。值得庆贺的是，除解志熙、高恒文、吴晓东等已成熟的学者外，年轻一辈所撰论文，也都很有分量，如中国人民大学张洁宇、北京师范大学林分份、首都师范大学张松建、中央民族大学冷霜、南开大学耿传明、中山大学李荣明、南京大学葛飞、北京社会科学院季剑青、中国现代文学馆陈艳等，一看就是训练有素，颇具学术实力。至于天津师大赵利民教授、高恒文教授与北大商金林教授、王风副教授的精诚合作,更是此次研讨会得以成功举办的重要保障。

这回的研讨会,蕴含某种学术企图——在"天津"阅读"北京",在"北京"观看"天津",当然更包括将"京津"视为一体,做综合性论述。不仅史实考辨,而且文学/文化批评,乃至理论建构。选择"京津"这一"双城记"视角,不是一时兴起的应景之作,更不是一次性的消费行为。对于我来说,这是一个长远的研究计划,是为下一代研究者预留的发展空间。因此,我寄希望于有远大志向的年轻一辈学者的积极介入与参与。目前只是一些零星的散论,但十年后必定会成为热门话题,且能出大成果。

基于如此预期,这一回的讨论会,在我看来,有以下不尽如人意处:第一,注重"文学"而相对忽略"城市",明显缺乏对于"都市研究"的兴趣与理论自觉。第二,注重"精英"而缺乏对于大众(通俗)文学、文艺、文化的关注与理解。第三,"京津"尚未成为全国性的学术话题,除两位日本学者(琦玉大学小谷一郎教授、东京女子大学下出铁男教授)外,与会者不是在京津生活,就是从北大毕业。第四,学者更多地谈论北京,而缺少对于天津的关注与体贴。第五,京津之间文学/文化/思想/学术的互动,没能很好地展开,形不成真正意义上的"双城记"。第六,提交给会议的论文不够成熟,会场上也缺乏深入的对话与争辩。之所以有这些遗憾,很简单,我们刚起步,还不到冲刺的时候。

随着时间的推移，这个话题会吸引越来越多的研究者，各位的论述也必定会日渐深入、精致、扩大。

(此乃作者2010年11月29日在"20世纪三四十年代平津文坛"学术研讨会上所做的"闭幕词"，权当《三四十年代平津文坛研究》一书的"代序"。)

(《三四十年代平津文坛研究》，北京大学中文系、天津师范大学文学院编，北京大学出版社，2013年)

《开封:都市想象与文化记忆》序言

选择"开封"作为我和王德威共同主持的"都市想象与文化记忆"系列国际学术研讨会的第四站,在旁人看来是"水到渠成",实际上则是"无心插柳柳成荫"。

说"水到渠成",因此前我们已先后在北京(2003年)、西安(2006年)和香港(2010年)举行过三次以"都市想象与文化记忆"为主题的国际学术研讨会,既然已经见识过唐及唐以前的长安,元明清以降的北京,还有近现代的香港,谈论中国史,不就独缺宋代这一块了吗?考虑到"华夏民族之文化,历数千载之演进,而造极于赵宋之世"(陈寅恪《邓广铭宋史职官志考证序》),选择开封这座曾经举世闻名的古都大做文章,那是再合适不过的了。因为,这座城市最繁盛、最值得追忆的,无疑是其真正"号令天下"的北宋年间(960—1127)。那一百六十八年的辉煌,日后被世世代代的开封人用各种方式追怀、书写、赞叹与回味。对于研究者来说,盛世固然值得探究,衰落也自有其意义;至于为何由盛而衰,怎样贞下起元,那更是绝好的大题目了。可说实话,此乃事后诸葛亮,当初我们并没有如此"高瞻远瞩"。

好食物不一定合你的胃口,更何况还有何时上菜的问题。这些年,"都市想象与文化记忆"系列国际学术研讨会虽步步为营,可并非我们工作的全部——相反,并非城市史专家的我们,只是在从事文学史、文化史、教育史、学术史的同时,将"城市"作为一个重要的参照系。如此学术姿态,缺点是不够专业,好处则是带入不同学科的视野,与诸多领域的专门家就"城市问题"展开深入对话。

与许多兵强马壮、粮草充足的研究团队不同,我们俩作为主持人,纯属业余爱好——限于个人精力、学术准备以及经费支持等,办此类跨学科的国际会议,三年一次就很不错了。因为,会前的立意与筹备,会后的修订与出版,绝非"唾手可得"。另外,因师友推荐,已有南京、天津、广州、台北等城市进入我们的视野。

之所以最后选择了"开封",且不顾舟车劳顿,隔年便提前开工,与中央党校副校长李书磊的积极推介有关。李君河南人,早年就读北京大学中文系,与我很熟悉。2010年10月的一天,我正紧锣密鼓地筹办香港会议,突然接到李君来电,说是对当初参加北京、西安两次"都市想象与文化记忆"研讨会印象极佳,问能不能明年秋天在开封也做一次,他可以说服河南大学及开封市政府"做东"。

谈论《东京梦华录》,辨析《清明上河图》,这当然很有趣，可如何设计话题，能否找到合适的研究者，我实在没把握。跟王德威商量，没想到他竟一口应承，称如此意蕴宏深的古城，"就算以古典文学、历史、考古为主，也不为过"；更何况还有当代文学中的"豫军"，以及河南梆子在台湾六十年的发展等，也都值得深究。于是，我俩抖擞精神，提前进入了七朝古都开封。

说起来轻松，进入实际操作，可是关山万重。时间紧迫，如何与开封市政府及河南大学展开精诚合作，怎么确定会议的宗旨、话题与组织方式，还是颇费斟酌的。

2010年10月下旬有此动议，12月与开封市副市长当面商讨，第二年2月写信给河南大学寻求合作，3月23日发出正式邀请信，筹备工作有条不紊地推进。可说实话，如此专业会议，半年时间，无论对于与会者还是主办方来说，都是过于仓促了。好在大都是老朋友，操作起来轻车熟路，且很能体谅"业余选手"办会的艰难。

河南大学党委书记关爱和乃文学院教授、中国近代文学史专家，多年前就已认识，估计很好合作；果然，一拍即合。关兄热情且能干，可就是太忙，于是拉上了文学院院长李伟昉，让他负责日常事务。与会者只知道会议开得很成功，实际上中间颇多波澜与曲折，全靠关、李二位沉着应战，才将危机一一化解。

有感于中国的学术会议倾向于"大而全"，我们反其道而行之，采取"小而精"的模式。国内外学者加起来不超出三十人，且采用邀稿的方式，与会者必须精心准备论文，积极参与讨论。为了谢绝"大牌学者"的信口开河，从一开始就说好，经费由开封市政府及河南大学出，但邀请名单由双方商定。

选择了开封古城，一不小心就会开成"宋史研讨会"。若如此，则河南大学早有准备，且做得很好，不劳我们这些"三脚猫"来凑热闹。我给关爱和的信中称："此系列研讨会的共同特点是：邀请国内外不同专业（文学、历史、教育、考古、艺术、建筑等）的学者，就某一特定城市的'前世今生'展开深入探讨，既讲历史纵深，也有现实关怀。如此古今贯通，文史兼顾，且以'都市生活/文化'为中心，其工作目标是：让开封不仅活在宋代，也活在当下。"此办会宗旨得到了河大朋友的认可，因此才有了"邀请信"上建议专家们关注的如下议题：

1. 古今开封的社会生活、民俗风情、建筑风格、语言变迁；

2. 古今开封的文化生产，如教育、出版、文学、艺术等；

3. 不同时代、不同媒介、不同文类所呈现的"开封"；

4. 帝都体验与文学表现之关系；

5. 作为思想主体与作为表现对象的"东京人""开封人""河南人"；

6. 从知识考掘的角度反省"宋史""开封论述"的建构。

其实，与会专家来自不同领域，大都胸有成竹，你提你的建议，他写他的论文。我关心的是，在如此跨学科对话中，能否呈现某些大视野或大思路。从最终结果看，还算比较理想。经过一番评审与筛选，最后入集的25篇论文，共分为五辑，中间三辑讨论古代开封的年节、寺院、法律、市声、话本、诗文、雅音、戏曲等，自然是本书的主体；但第一辑之贯通古今，兼及个人感慨，第五辑之谈论现当代开封之跌宕起伏、悲欢离合，或许更能体现我们的思路——让开封走出宋代，活在当下。

这回的国际会议，大部分费用是开封市政府提供的。政府愿意支持学术，自然是大好事；可我原来有点担心，会不会变成了时下常见的"国际会议搭台，书记市长唱戏"？专家们大老远跑来了，可不是为了听"政府工作报告"的。我请李书磊转达，希望开幕式上各方致辞，合起来不超过二十分钟。之所以提如此"无礼要求"，是有感于今日中国官员越来越有文化，越来越能说话，越来越愿意在国际会议上长篇大论。本只是发牢骚，没想到开封市领导当真了，致辞非常简单，话不多，转而放映介绍开封历史及现状的纪录片，并邀请各位来宾会后参观新修复的文化街。这样"润物细无声"的宣传方式，很受与会专家的欢迎。

从2000年10月开始策划，到2011年10月21—24日举办会议，再到2012年7月编定书稿，终于赶在年底前付印了——两年多时间里，与现实的以及虚拟的"开封古城"打交道，忙得不亦乐乎。如今，事情即将了结，特向积极参会并提交论文的各位作者,以及鼎力支持此次国际会议及出版计划的开封市政府、河南大学及其文学院,表示衷心的感谢。

2012 年 12 月 23 日于香港中文大学客舍

(《开封:都市想象与文化记忆》,陈平原、王德威、关爱和编,北京大学出版社,2013 年)

《香港：都市想象与文化记忆》序言

又是一次"起了个大早儿，赶了个晚集"——2011年10月召开的"开封：都市想象与文化记忆"，论文集2013年1月就刊行了；反而是2010年12月召开的"香港：都市想象与文化记忆"，拖到今天才出书，实在惭愧。之所以如此"步履蹒跚"，有主客观各方面的原因，不说也罢。唯一想强调的是，此举更让我明白，选择香港作为论述对象，确实很有必要。

记得和王德威讨论下次"都市想象与文化记忆"系列国际研讨会在哪里开，我一口咬定就是香港，除了因近年在香港中文大学教书，得天时、地利、人和之便，更因我深感作为研究对象的"香港"，长期被严重忽略。这一点，是我到香港教书后才逐渐体会到的。

按理说，1991年春我在港中大待过四个月，对这座城市并不陌生。可为了港中大讲论会的课程，我还是恶补了一阵子有关香港的社会、历史、宗教、建筑、文化、文学等知识。说实话，给我最大刺激的，还属卢玮銮（小思）教授编著的两本文学书——《香港文学散步》（增订版，香港：商务印书馆，2007年）让我学会"行脚与倾听"（借用黄继持"引言"题目），《香港的忧郁——文人笔下的香港（1925—1941）》（香港：华风书局，1983年）则让我理解香港人平日深藏不露的情感。正如卢玮銮在《序》中所说："多少年来，从交通、经济的角度看，这小岛愈来愈受重视，没有人会否认她的重要性，但奇怪的是也从没有什么人真正爱过她。……选了适夷《香港的忧郁》作书名，并不是说那是篇特别重要的文章，只是，我觉得这名字，很配合香港的遭遇和性格。"此序言写于1983年，十四年后，香港回归中国，曾引起国人强烈的自豪感。那段时间，大陆媒体上充满各种关于香港基本情况的介绍。

只是时过境迁，还有多少大陆民众关心香港的历史与现状、政治与法律、学术与文化，以及香港人的前世今生、喜怒哀乐？说起来，不外是国际金融中心、购物天堂、美食圣地；电影业曾经很辉煌，流行音乐也不错；至于人物嘛，商业有李嘉诚，学术有饶宗颐，作家有金庸；演艺明星可就多了，萝卜白菜各有所爱，比如死去的张国荣、梅艳芳，活着的周润发、梁朝伟，还有那擅长搞笑的喜剧天才周星驰……如果我没想错，这就是一般大陆民众心目中的香港。

可这就是香港吗？记得陈国球曾撰《收编香港——中国文学史里的香港文学》（2002年），谈及大陆的文学史家是

《香港：都市想象与文化记忆》序言

如何一厢情愿地"驯悍香港"的:"一是以'现实主义'为批评基准,肯定那些批判'香港社会黑暗'的作家和作品";"一是强调个别作家的怀土之情,如果能够歌颂'统一''回归',当然是最好的展品"。陈文之所以语带嘲讽,是明显地不满香港这种长期的"被书写"的命运。如此主体性意识,在"九七回归"前后,曾得到很大的强化。而回过头来看大陆民众,则依旧按照自己的趣味,讲述他们所理解的"香港故事";就连学者也都不觉得有调整自己立场、认真倾听港人声音的必要。而随着时间的推移,这种视觉上的"错位",变得越来越严重。

不说别的,就谈文学及文化。记得1989年年初,我来港参加"文学创作文化反思"研讨会,黄继持、卢玮銮送我好多册《八方》文艺丛刊。当时特别感慨,大陆没有这么视野开阔、印刷精美的文艺杂志。二十多年过去了,我熟悉的北京、上海、广州的文化及学术界正奋起直追,不再让香港专美于前。换一种说法,在某些方面,香港其实已经落后了。正是有感于此,陈国球、王德威和我精诚合作,邀请近百位研究香港文学、绘画、电影、新闻、建筑的专家学者,从"都市想象与文化记忆"的角度,关注香港这座国际性大都市的前世今生,希望借此给"香港文化"加油打气。

邀请信上,提供给与会代表的参考议题包括:(1)晚清以来香港的文化生产,如教育、出版、文学、绘画、摄影、音乐、电影、戏剧,以至商业设计等;(2)晚清以来香港的社会生活、建筑风格、语言变迁；(3)晚清以来不同时段、不同媒介、不同文类所呈现的"香港"；(4)晚清以来作家的都市体验与文学表现的关系；(5)作为思想主体与作为表现对象的"香港人"；(6)殖民、去殖民、后殖民情境与"香港书写"；(7)不同媒介、不同文类中香港与其他城市关系的想象。设想不见得落实，计划也不等于业绩，上述议题，有的得到充分论述，有的则无人问津。

而在会议的闭幕式上，我谈了三点设想：

第一，原计划邀请更多的外国学者，可实际到会的，除了东亚，再就是美国的华裔学者。不是组织者不用心，此乃学界的现状。若开"上海"或"北京"的研讨会，我们很容易在欧美学界请到好学者。可见，作为"都市研究"对象的"香港"，尚未成为热门课题。建议香港政府跟学界合作，编纂《香港文学大系》和《香港学术文库》，赠送各国大学及图书馆，以吸引学界的关注。十年后，方才可能有好的研究成果。

第二，走出纯粹的"香港文学研究"格局。香港中文大学有"香港文学中心"，香港教育学院计划编辑《香港文学大系》，这都很好，是我们整个事业的根基。但"都市研究"最好是跨学科的——若人文学及社会科学各领域的专家学者能有更多"同台表演"的机会，通过深入的对话，增进相互间的了解，那样激发灵感，可能出大成果。

第三，学院中人，必须学会与公众对话，能上能下，能雅能俗，能深能浅，那才是比较理想的状态。此次会议因议题的关系，得到诸多香港媒体的关注，会前专访，会后刊文，效果很不错。记得胡适说过，有人称羡他地位特殊，有说话的自由，而他的解释是：他的自由是自己一点一点争取来的。当今世界，各国大学里的人文学者，因学术评鉴的关系，大都变得日渐封闭，不太愿意跟公众对话，这可不是好现象。尤其是都市文化研究，宁愿屡败屡战，也不可采取"不全宁无"的姿态，拒人于千里之外。

会议终于圆满结束了，讨论如何编论文集时，我出了两个馊主意：第一，论文集最好在大陆出版，主要不是考虑印数，而是希望更多大陆读者了解香港，尤其是理解香港学者的立场及思路；第二，评审论文时，自觉向香港学者倾斜——只要说得过去的，尽可能选入。正因这两个建议，日后论文集在编辑出版过程中，碰到了很多意想不到的困难。

好在经由北大出版社及各位作者的不懈努力，论文集即将刊行。我总算可以松一口气了。经历了这么一番磨炼，更坚定我当初的预感：谈论香港，很可能比谈论其他任何一座城市都要复杂得多。也正因此，这个话题仍有很大的发展空间，值得后来者认真耕耘。

本书共分五辑，前两辑乃传统的文史研究，只是因政局变化，分为上下篇；第三辑讨论香港电影；第四辑则是在冷战大背景下，谈论港台及东南亚文坛的互动；第五辑很特别，是两位建筑师的工作理念与保育体会。

最后，请允许我代表另外两位编者陈国球、王德威，向参加此次会议的全体代表（限于篇幅，很多论文无法入选），以及提供经费支持的香港中文大学中国语言及文学系、香港教育学院中国文学文化研究中心、北美蒋经国基金校际汉学中心，表示衷心的感谢。

2014年8月28日于香港中文大学客舍

（《香港：都市想象与文化记忆》，陈平原、陈国球、王德威编，北京大学出版社，2015年）

《都市蜃楼：香港文学论集》小引

1989年年初，我和十几位中国大陆的作家、评论家应邀到港参加"文学创作与文化反思"研讨会，那是我第一次走进这座国际性大都市，除了惊叹密集的高楼、发达的商业，还对其文化与学术充满好奇心。会前会后，香港中文大学中文系教授黄继持、卢玮銮、黄维梁等，或赠送书刊，或参与座谈，其对"香港文学"的热情推介，让我大为震撼。因为，此前我对香港文学的了解，仅限于金庸等武侠小说。进入90年代，因合办《文学史》集刊，我开始关注友人陈国球、王宏志、陈清侨，还有诗人兼学者也斯（梁秉钧）等人的香港论述。如此一来，跟别的大陆学者不同，我是先认识谈论"香港文学"的学人，而后才逐渐熟悉"香港文学"这一论题的。

也正因此，虽未涉足香港文学研究，我对这一领域的进展却略有所知；专家不在场时，偶尔也可充充内行，辨认那一连串歪歪扭扭但却勇往直前的脚印。二十年前，世人还在为香港是否"文化沙漠"说三道四,今天,再没人对这个话题感兴趣了。大家忙着为"香港文学"编年表、出丛书、办学会、印专刊。至于各种关于"香港文学"的"剪影""观察""探赏""追踪""反省""简论""概说""史略"等,那就更是不胜枚举了。

时代氛围不同,思想立场不同,学术训练不同,自然会有迥然不同的"香港论述"。这回"香港文学论集"的焦点,在"都市生活"——生活在如此五光十色、变幻莫测的国际性大都市,香港作家能做什么,他/她们提供的是"写生集"还是"咏怀诗"?是"画梦录"还是"长恨歌"?是"燃犀铸鼎",还是"镜花水月"?是探测这座城市的前世今生,还是深究其五脏六腑?所有这些,有赖于学者们的深入解读。作为研究者,我们需要理解城市,理解作家,理解那些并不透明的文类及其生产过程,更需要理解我们自己的七情六欲。说实话,无论作家还是学者,之所以寻寻觅觅,不就因为还有个撇不清、挪不开、搁不下的"我"。面对"东方之珠"的急剧转型,作为读书人,你自然会不断叩问"我"从哪里来,要到何处去,怎样在这大转折时代里安身立命。

这几年在香港中文大学教书,目睹年青一代(无论教师还是学生)对于"香港文学"的那种执着与痴迷,我深受感动。其实,学者一如作家,其"表述"本身,既是一种生活方式,也是一种社会责任,更是一种精神建构。选什么不选什么,论这个不论那个,本身大有讲究——除了学术立场,还与个人的生存境遇密切相关。作为同事，我努力理解这一切，并与之展开真诚的对话。只可惜，时至今日，谈论"香港文学"这样严肃的话题，我仍处在"外行看热闹"的阶段。既然一时插不上话，那就干脆改为撰写"广告词"——

本书分"历史的追迹""刊物与作品""都市与文学"三辑，收文二十一则，从晚清文人生活到当下的创作潮流，从中国文学史里的"香港文学"，到小说家笔下的"历史记忆"与"身份书写"，讨论一个多世纪的潮起潮落中，香港这个大都市的异样风采及其文学表现，为 2010 年 12 月即将在港召开的"香港：都市想象与文化记忆"国际学术研讨会"预热"（此次会议由香港中文大学中国语言及文学系和香港教育学院中国文学文化研究中心联合举办，并得到北美蒋经国基金校际汉学中心赞助）；所收论文，仅限于同人前些年的业绩，不外借此表明我们对此课题的强烈关注，并希望召唤更多的研究者以及更为成熟的研究成果。

2010 年 8 月 17 日于香港中文大学

（初刊香港中文大学中国语言及文学系、香港教育学院中国文学文化研究中心合编《都市蜃楼：香港文学论集》，香港：牛津大学出版社，2010 年）

附录：都市研究·香港文化·大众传媒

——陈平原、陈国球、李欧梵三人谈

内地城市明白"文化是城市核心竞争力"，香港不明白

陈平原：中文大学文物馆最近有一个展览，叫"毋忘香港的根——发掘港深七千年的历史"，让我挺感动的。然而考古学意义上的七千年，跟历史文化上开埠至今的一百七十年是不同的历史时段。我们往往更关注后者——那是作为都市的香港，而不是从人类文明存在说起的香港。

我不是香港人，但知道1997年前后有一批香港论述，讨论什么是香港人、香港的主体性问题，既是针对港英当局与中国政府，也是寻找自己的定位。当时学术界做了很多工作，这些年却没那么热闹了。

李欧梵：回归后也有一些人一头栽进内地文化，什么都

说好，反而不关心香港。其实香港跟内地的关系很复杂，既是岭南文化的一部分，也有自己的殖民文化。

陈国球：香港这个议题，是从1984《中英联合声明》、"九七"问题炒热起来的。过去当然也有论述，不过当时不是很有意识。

陈平原：倒是内地城市对自己的定位越来越重视，例如明年1月4日广州市政府和中山大学合办"广州建设世界文化名城高峰论坛"，邀请世界各地十多位学者主讲，我是其中之一。内地这种演讲会，学者跟市政府的领导都会去听，一起关心：我们的城市到底处在什么位置？如何令百姓生活得更幸福？怎样令这个城市变得更有文化？

2003年我和王德威在北京合办"北京：都市想象与文化记忆"，2006年又有西安会议，明年还准备在开封开，都是关于"都市想象与文化记忆"的会议。我们通常跟大学合作，也会得到当地政府的关注与支持。我在中大讲课提到那次西安会议，有学生Google了一下，发现那次研讨会，西安市党政领导都去听学者说西安该怎样发展。实际作用暂时不知道，但西安市政府起码有倾听学者意见的姿态。在香港开研讨会，政府官员会来听吗？不仅不来听，申请经费也未必批准。也许香港自觉得很了不起，不必反省与批判，只需一直往前走。

李欧梵：说得太好了！内地各大城市都在对话，香港政府却只管经济形象。你看索罗斯来港大家那个紧张就知道。

陈平原：内地大城市的"都市研究"，做得比较粗，也有些为政府贴金的感觉，但起码他们正在努力去做。

李欧梵：内地城市明白"文化是城市的核心竞争力"，香港不明白。

陈平原：对，他们都知道文学、文化对城市形象有多重要。我感慨的是，香港不觉得文学和文化重要，不觉得值得由政府来支持，更不用说用心经营了。其实，关于城市的记忆，是一次次讲述出来的，城市的视野也是再三讨论出来的。政府官员、企业家、建筑师建设有形的城市，人文学者则通过反复讲述与阐释，帮助引导我们的城市往哪个方向发展。

陈国球：我们该怎样处理香港？一条是纵线：过去、现在、将来是怎样？另一条线是作为地区，研究它跟其他地方有什么交流，比如西方文化，如殖民教育或南来文化怎样影响香港。我前阵子到马来西亚,看到他们受《中国学生周报》影响很深。他们先是有《中国学生周报》,后来拿掉"中国",就叫《学生周报》,里面大多是周报的文章,再加入一些本地的东西,后来发展成重要刊物《蕉风》。另外,香港作为北美或海外华侨的文化输送点,是非常明显的。过去香港对内地也曾有一些影响的:夏志清的《中国现代小说史》、司马长风的《中国现代文学史》影响了陈思和的重写文学史运动,也应该影响了你们(按:指钱理群、黄子平、陈平原的《二十世纪中国文学三人谈》);更别说金庸、流行小说与电影文化的影响了。

从大局看来,其实香港对周边地区影响很大,所以香港研究也不应只有香港人关心。我们这次会议特别希望香港与外地研究香港的学者交流,邀请了马来西亚、中国台湾、中国大陆与北美的与会者。西方学界对香港的关注不够,需要再推动。

李欧梵:美国人只会看香港电影。

陈国球:可能大家没想到香港研究的意义。其实香港文化对欧洲也有意义,例如反思如何面对殖民主义、自由主义与封建皇朝的问题。怎样走在现代化的前面,面对什么困难。

政府应该为香港文化做什么？把文化责任推给市场是有问题的

陈平原：我问过香港三联书店：你们出版王赓武的《香港史新编》、刘以鬯的《香港短篇小说百年精华》、薛凤旋的《香港发展地图集》，都很不错，是不是得到政府的支持？他们说没有，都是凭良心一本一本做出来的。我问为什么不做大一点，他们说必须考虑资金和市场。可这不是个别出版社的责任，也不该靠一个出版社来经营——没有城市像香港这样对待自己的历史与文化的。把文化事业全都推给市场，是有问题的。内地任何一个大城市，都会有意识地做这些事，而且做得很大。例如，上海刚刚出版一百三十卷的"海上文学百家文库"，都由政府资助。他们通过上海文学发展基金会，由学者评估哪些项目值得支持。要是只靠出版社，即便像三联那样认真地干，也只能一年出一两本。香港这样富裕的国际性大都市，不论商界或政府，都该向自己的历史文化研究投入较多精力。

内地整理过许多晚清以降一百多年的学术著作，出版了如"民国丛书""中国现代学术文库"等。起初我以为香港也有这类关于香港史地、香港学术研究的丛书，最后发现图书馆根本没有。所以，我们应该要求香港政府支持编纂"香港学术文库"，整理这一百多年来出版的各种学术著作，如经济、历史、哲学、文学理论等，还可办研讨会——我曾跟人打趣说，就出个一百卷吧，一半送到全世界的图书馆，一半留在香港，不用多少钱就能完成这事情。不做的话，香港怎能建立自己的学术形象和历史文化面貌？

另外，香港该有"香港研究"出版基金，由政府投资。像广东有"岭南文库"，北京有"北京古籍丛书"，都是政府出钱支持学术著作出版。在我看来，不仅是香港人研究香港，全世界学者只要愿意研究香港且能通过学术评审的，都应该能够取得资助。以香港的经济地位、财政实力，这样的事只是小菜一碟。

"东归学人"参与的香港文化建设，有不能忽视的贡献

陈平原：我这次会议提交的论文题目是《我见青山多妩媚》，那是辛弃疾的句子。当年余光中临别香港之际，说起初只看到青山背后的大陆，到快要离开时才突然觉得香港是这样可爱。其实，学者不管从哪里来，到了香港，必须面对这个"青山"。欧梵，你知道我论文的副题是什么？——叶灵凤、李欧梵的"香港书写"。

李欧梵：啊？我也有书写吗？

陈平原：有，写了好多。我有一个观点，你听听是不

是有道理：30年代至40年代，叶灵凤来港后撰写大量有关香港史地、传说、故事、人文、风物的文章。"南来文人"中，愿意扎下根来，认真寻找"香港"的，当然不止叶灵凤一人，我只是举例而已。90年代以后，原在美国教书的学者，好些回到香港各大学任教，也积极介入当下的香港文化生活。我称之为"东归学者"，初步列了一个名单，十多人，还在征求国球的意见。他们有些是香港人，像陈炳良、张洪年、刘绍铭，也有些是台湾或大陆出去的，如张信刚、张隆溪、郑培凯、郑树森、钟玲等。三四十年代是"南来文人"与本地作家共同构成香港文学的高峰期。而90年代以后，一批"东归学者"跟本地学人合作，完成了"香港想象"。我想讨论在这两个不同时空里，他们的香港书写有什么变化。

李欧梵：这个论述唯一的问题——你把我们这批人的地位提得太高了。

陈平原：没有。东归的学者也有自己对话的目标。正如叶灵凤不是本地人，他每回谈到香港，其实都是以上海作为对话的对象。我想谈的是，他们如何与本地的作家学者合作，完成香港论述。我也是外地人，也希望参与这工作。

陈国球：这很有意思。早在70年代后半期，我们已看到东归学人对香港带来很大的学术动力，特别是在文学和文化方面。中文大学有一大批，像周英雄、郑树森、陆润堂、王建元等。钟玲、黄德伟以及我的老师陈炳良就到了港大。还有从美回来的黄维樑，也为香港文学做了不少工作。他们对香港文学研究有新想法，会到大会堂演讲比较文学和新的文学方法论。陈炳良老师也开始办香港文学的会议。他真的很用心，艰难地面对一些传统的阻力，因为当时学界根本看不起香港本地文学与文化。是他们一步步地做，为大学注入学术动力，再加上政治因素催化，才使香港渐渐受关注。

我还记得欧梵1995年在哈佛大学连续办了几天workshop，那次藤井省三也去了。他跟当时在哥伦比亚的朋友说要去参加这个会议，朋友听到"香港文学"都不回应，只是笑。可见这种非常轻蔑的态度，在外地也有。

李欧梵：是。那次在哈佛一连开了几天会，有陈清桥、王宏志、郑树森、许子东等。当时有人研究香港文化，我叫他们一起来，没任何条件，不用提交正式论文，只管尽情讨论，之后也不出版论文集。

陈国球：在海外会议里，我觉得这次会议很重要，印象特深。

学者的条件相对优裕，就有义务进入媒体跟社会对话

陈平原：学者介入社会，不外从政和议政两条路。议政，以欧梵为例，你回港十年，贡献很大，这不是客套话。现在回头看，你确实利用哈佛大学教授的头衔，为香港文化带来积极的影响，因为这里的人确是迷信这些……

李欧梵：学术名牌，文化资本。

陈平原：对。坦白一点说，哈佛是你的文化资本、象征资本，很雄厚。你刚来香港的时候，写了很多很凌厉的文章，批评港政府不重视历史文化，发挥了很大的作用。而且你没有评估的压力——现在香港的学者，再勇敢也先要顾及学术发表、申请研究计划、教学行政工作，没那么多时间写这些短文。因为在大众媒体发表，不会得到什么学术认同。你没这些顾虑，很潇洒，左一巴掌，右一巴掌，唤起了不少对于香港问题的关注。

李欧梵：这是老人才能做的事。

陈平原：学界就是应该有多些愿意走出来与社会对话的人。学者彻底地变成媒体从业人员是不行的，过多跟政府或

商人牵扯，独立性也会消失。你保留了独立性，还能写这些文章，用胡适的话说：这自由是你自己争取来的。这是相当理想的状态。

香港的媒体人生活压力恐怕比大学教授大得多。学者的条件相对优裕，就有义务进入媒体，用某种形式跟社会对话。这次会议，我通知了内地两个报纸媒体，《南方都市报》和《深圳商报》，都是当地发行量最大的。我说广州、深圳的读者，都必须关注香港问题，与之对话。他们一听，都很高兴，说一定要来做专访。

媒体不见得就不关心学院的事情，有时是我们高傲的姿态拒绝了他们，有时是我们关注的事离他们太远。有些题目特别专业，的确不可能要求大众关心；但有些可以共同关心的话题，如香港文化与历史，是应该跟大众沟通对话的。我们应该学会用公众听得懂的语言，把我们的思考、积累、知识传播给公众，这是我们该做的事情。

编纂"香港文学大系"说了快二十年，为什么还未出来？

陈国球：关于香港文学研究，香港政府付出过多少？曾有过一些经费，打算用来开展香港文学史的研究，但没有号召学界来做，结果不了了之。香港政府不懂处理香港文化，不然就要靠艺术发展局。他们也不知道发展文学是该找作家还是学者去处理。

李欧梵：政府最会分饼，分出来再切成一小块一小块，等你们填写一大堆表格去申请。

陈平原：我听说香港要编"香港文学大系"，都快二十年了，为什么还未出来？部分原因是经费问题。那天我听到陈智德和国球说要找私人募捐来做研究，我的天啊，政府在干什么？如果学者没看到这问题的重要性，没想过要做这事情，那是学者失职；但如果学者想做而得不到政府支持，就是政府失职。

陈国球：的确早就有学者提出编修"香港文学大系"，只是最后没拿到经费。部分原因是学术力量分散，没有非常有远见的人推动，结果一拖再拖。现在我跟陈智德找到一些私人捐款，很少，但不管多少，一定会做。我们会先做1949年前的部分，现已组成一个团队，希望慢慢招募多些合作的人。

我完全认同平原，至今还没有一套"香港文学大系"，我们学界有责任。内地人写香港文学史我也不反对，不同的人来做也好，但香港也该自己动手，而且不是一个人，是一起来做，希望组合出一种力量。推动香港文学必须有所承担，这次会议起码是个开始。

文学散步、都市漫游，我们曾经怎样记录香港？

陈国球：回头看我们的文化文本，比如电影、建筑、绘画，怎样记录香港？在里面有没有香港情怀？不管是什么文本，不管是本地还是南来、外来的，只要对这里有感情，其实都非常重要。

李欧梵：应该包括各种语言的记录，本来就是受英国殖民统治嘛。我替哈佛大学出版社写的 *City Between Worlds: My Hong Kong* 就是刻意用英文写关于香港的书。我认为这是我用整整一年时间为香港做的贡献与服务，结果可算石沉大海，只有外国大学用作教科书，只有英文书评，本地几乎没有读者。我想：够了，我算为香港服务够了！

陈国球：香港现在当然需要做这些回顾、寻根。像小思老师主持文学散步，欧梵老师带我们去都市漫游，都让我们了解香港。香港人教育上没有得到这方面的知识，若要关怀就得自发地做。1997年，我曾在香港《明报》、北京《读书》和台湾《联合文学》发表《感伤的教育——香港，现代文学，和我》，就是想说出那份感觉。我们过去的教育根本没有身边的东西，基本上不告诉你个人身份是什么，也不教你去思考它,我觉得很有问题——比如教科书里许地山的《落花生》,我们一直念,却从来不知道作者就在香港,就在港大!明明是身边的东西,联系起来,就会更了解《落花生》、许地山,以及香港。我觉得过去殖民教育真的亏欠了我们一点点。

我最近研究抒情文学,就看看香港有什么抒情文学,其中一篇文章蛮有意思,就在《中国学生周报》,我从中大香港文学研究中心的香港文学数据库找到的,就叫《弥敦道抒情》,我很喜欢这篇文章!没有说弥敦道有什么了不起,但有非常复杂的眼光和态度,从声音、色彩、灯色写弥敦道的感觉,有正有反,感情非常复杂,那是60年代的文章。

陈平原:这两年有本杂志叫《城市志》,有诗、有文、有照片、有漫画。他们一个一个街区地写,一小块一小块地做成一本杂志,我觉得,说不定现在年轻人已经在关注小区文化了。我这学期给学生上一门"都市和文学"课,最后一课,请他们一起讲"我的香港记忆",从一本书、一幅画、一部影视作品或一个场面说起。刚开始布置时,有的人说,我刚到香港不久,哪有什么印象与记忆?也有人说,我从小在这里长大,根本没感觉,怀旧又太年轻了。可是我跟他们说,不管什么年纪,都必须停一下脚步,往回看,珍惜那些即将消失的场景与心情。结果呢,真正发表时,学生们都很感动。其实,每个人都有自己格外深刻的"香港印象",每座城市也都有值得格外珍惜的生命记忆。

(此次对话2010年12月8日下午在香港中文大学陈平原宿舍举行,黄念欣、陈子谦根据现场录音整理,以《城市书写·文化缺席——陈平原、陈国球、李欧梵三人谈》及《学术声音如何介入都市论述——陈平原、陈国球、李欧梵三人谈》为题,刊于《明报》2010年12月16、17日)

高等职业教育改革创新教材

职业教育"立交桥"建设系列教材

汽车法规概论习题集

第 3 版

林 平 主编

机械工业出版社

目 录

第一章　概论 ………………………………………………………………………… 1

第二章　道路交通安全法 …………………………………………………………… 3

第三章　汽车登记 …………………………………………………………………… 5

第四章　汽车检验 …………………………………………………………………… 7

第五章　汽车报废与回收 …………………………………………………………… 9

第六章　汽车销售管理 ……………………………………………………………… 11

第七章　二手车流通管理 …………………………………………………………… 13

第八章　汽车维修管理 ……………………………………………………………… 15

第九章　汽车保险 …………………………………………………………………… 17

第十章　道路交通事故处理 ………………………………………………………… 19

第十一章　机动车驾驶证管理 ……………………………………………………… 21

第十二章　道路运输从业人员管理 ………………………………………………… 23

第一章 概 论

一、填空题

1. 宪法是国家的_____法，是一切法律的_____。它经过严格的立法程序，由_____制定。
2. 我国的法律就其内容和制定的机关而言，可以分为_____和_____。
3. 行政法规的名称只限定三种：_____、_____、_____。
4. 国务院所属各部委、各委员会为了执行宪法、法律和国务院发布的规范性文件而发布的主要有_____、_____和_____。
5. 省、直辖市的人大和它们的常委会，在不与宪法、法律、行政法规相抵触的前提下，可以制定_____。这些法规须报全国_____备案。
6. 法律的实施必须遵循公民在法律面前_____的原则。
7. 法律的实施，包括法律的_____和法律的_____两种方式。
8. 法律制裁的种类主要有_____、_____、_____和_____。
9. 交通是由交通主体（人）、_____和_____三个基本要素组成的。
10. 狭义的交通仅指人类利用一定的_____、线路、港站等实现旅客、货物的空间位移的活动，包括铁路、_____、航空、_____和_____五种交通方式。
11. 美国的汽车认证管理采取"_____，_____"的模式。
12. 欧洲的汽车认证管理采取"_____，_____"的模式。
13. 民事制裁是对违反民事法律及其他某些部门法律的人所给予的_____的制裁。
14. 法律上的"道路"是指_____、_____和虽在单位管辖范围但允许社会机动车通行的地方，也包括广场、公共停车场等用于_____的场所。
15. 1950 年 3 月 20 日，交通部颁布了_____，同年 7 月 15 日发布了实施细则，这是新中国成立以后的第一部交通法规。
16. 中国强制性认证（3C 认证）标志的式样由_____、_____组成，其中"CCC"为"中国强制性认证"的英文名称"China Compulsory Certification"的英文缩写。

二、判断题

1. 只有全国人大和它的常委会才能行使立法权，制定法律。（ ）
2. 基本法律规定国家某一方面的基本制度，只能由全国人大常委会制定。（ ）
3. 其他法律指的是由全国人大制定的宪法和基本法律以外的各种法律，这些法律由国务院制定。（ ）
4. 国务院及其所属机构发布的规范性文件均有全国性的效力。（ ）
5. 法律的遵守，就是通常所说的守法。（ ）
6. 违法，是指违反法律规范要求的行为。（ ）
7. 行政制裁由法定的行政机关作出。（ ）
8. 刑事制裁，就是人民法院对犯罪者实施的刑罚。（ ）
9. 交通是指人、物、信息在两地间的往来、输送和传递，是各种运输事业和邮电通信的总称。（ ）
10. 道路交通法规是以道路交通关系为其调整对象的法律规范的总称。（ ）
11. 民事制裁由人民法院以判决或裁定的形式作出。（ ）

三、单项选择题

1. 行政法规中用于对某一方面的行政工作作比较全面、系统的规定叫_____。
   A. 条例　　　B. 规定　　　C. 办法　　　D. 规章
2. 行政法规中对某一方面的行政工作作部分的规定叫_____。
   A. 条例　　　B. 规定　　　C. 办法　　　D. 规章
3. 行政法规中对某一项行政工作作部分的规定叫_____。
   A. 条例　　　B. 规定　　　C. 办法　　　D. 规章
4. 《中华人民共和国道路交通安全法实施条例》属于_____。
   A. 基本法律　　B. 法律　　　C. 行政法规　　D. 部门规章
5. 《机动车驾驶证申领和使用规定》属于_____。
   A. 法规　　　B. 命令　　　C. 指示　　　D. 规章

四、简答题

1. 法律的适用的特点是什么？

2. 法律的效力的含义是什么？

3. 违法的要件分为哪几种？

4. 行政制裁的内容是什么？

5. 道路交通法规的作用包括哪几个方面？

6. 美国汽车保用法（简称柠檬法）条件有哪几个？

五、案例分析题

1. 案例：

章某戴头盔驾驶电动自行车穿越公路时，为了赶时间未从人行横道通过，而是横穿机动车道，正好与程某驾驶的中巴车相撞。

事故发生后，章某的头盔被撞碎，碎片扎进了其左眼球，致使其视网膜下腔出血，左眼全盲。经法医鉴定，章某的综合伤残程度为 8 级。章某不愿承担本起事故的次要责任，双方当事人对事故的处理未能达成协议，引发诉讼。

章某是否应承担本起事故的次要责任？

分析：

2. 案例：

雷某自恃熟悉交通规则及熟练的驾驶技能，先后 6 次在交通要道上，趁前方车辆变道之际，采用不减速或加速行驶的方法，在自己直行车道上故意从后碰擦前方车辆，从而制造交通事故。而后，在交通事故处理中，雷某隐瞒事故是其故意制造的真相，致使公安交警部门按照道路交通法规规定的路权优先原则，确认对方车辆驾驶人承担事故的全部责任，并在公安交警部门的调解下，由对方车辆驾驶人赔偿其车辆修理费等。雷某诈骗的 85 000 元赃款全部挥霍殆尽。

雷某故意制造交通事故获取赔款应如何定罪？

分析：

第二章　道路交通安全法

一、填空题

1. 道路交通安全法立法宗旨是为了维护道路_____，预防和减少_____，保护人身安全，保护公民、法人和其他组织的财产安全及其他合法权益，提高_____。
2. 道路交通安全法立法目的是保障道路交通_____、_____、_____。
3. 道路交通安全工作应当遵循_____、_____的原则。
4. 驾驶机动车上道路行驶，应当悬挂_____，放置_____，保险标志，并随车携带_____。
5. 机动车发生交通事故造成人身伤亡、财产损失的，由保险公司在机动车第三者责任强制保险责任_____内予以赔偿；超过责任限额的部分再由_____承担赔偿责任。
6. 对交通事故损害赔偿的争议，当事人可以请求_____部门调解，也可以直接向_____提起民事诉讼。
7. 公安机关交通管理部门及其交通警察的执法必须依照法定的_____和_____，简化办事手续，做到_____、严格、_____、高效。
8. 《中华人民共和国道路交通安全法实施条例》于_____年___月___日起与道路交通安全法同步施行。
9. 《中华人民共和国道路交通安全法实施条例》在内容上重点对道路交通安全法规定要在配套法规中明确的，予以_____；对道路交通安全法的原则规定予以_____，增强其可操作性。
10. 用于公路营运的_____、_____、_____应当安装、使用符合国家标准的行驶记录仪。
11. 道路交通安全法将_____、_____、_____优先通行作为通行的基本原则。
12. 机动车载物不得超过机动车_____的载质量，装载长度、宽度不得超出_____。
13. 交通信号灯分为机动车信号灯、_____信号灯、_____信号灯、车道信号灯、方向指示信号灯、_____信号灯和铁路平交道口信号灯。
14. 交通标志分为指示标志、_____标志、_____标志、指路标志、旅游区标志、道路施工安全标志和_____标志。
15. 道路交通标线分为_____标线、_____标线、_____标线。
16. 交通警察的指挥分为_____信号和_____的交通指挥信号。

二、判断题

1. 县、乡级地方人民政府应当依据道路交通安全法律、法规和国家有关政策，制定道路交通安全管理规划，并组织实施。（　　）
2. 教育行政部门、学校应当将道路交通安全教育纳入法制教育的内容。（　　）
3. 机动车未登记前上道路行驶的，应当申领特殊牌证。（　　）
4. 机动车国家安全技术标准，是指《机动车运行安全技术条件》（GB 7258）。（　　）
5. 机动车号牌应当按照规定悬挂并保持清晰、完整，需要时可以临时遮挡。（　　）
6. 任何单位和个人不得收缴、扣留机动车号牌。（　　）
7. 报废机动车不得上道路行驶。（　　）
8. 特种车辆应当按照规定喷涂标志图案，安装警报器和标志灯具。（　　）
9. 公路监督检查的专用车辆设置有统一的标志和示警灯，属于特种车辆。（　　）
10. 在进行机动车安全技术检验时，只需提供机动车行驶证和机动车第三者责任强制保险凭证，任何单位不得附加其他条件。（　　）
11. 机动车行经人行横道时，应当减速行驶；遇行人通行时，必须停车让行。（　　）
12. 行人通过没有交通信号灯、人行横道的路口，或者在没有过街设施的路段横过道路时，应当在确认安全后通过。（　　）
13. 当机动车与非机动车、行人发生交通事故时，机动车一方没有过错的，不承担赔偿责任。（　　）
14. 一些小的交通事故可以由双方当事人协商"私了"，而不必通过公安机关交通管理部门处理。（　　）
15. "特种车辆"执行非紧急任务时，可以使用警报器和标志灯具，但不享有相应的道路优先通行权。（　　）
16. 交管部门如因采取不正确的方法拖车造成车辆损坏的，要承担补偿责任。（　　）
17. 机动车驾驶人造成交通事故后逃逸，将被吊销驾驶证，且终生不得重新取得机动车驾驶证。（　　）
18. 交通事故当事人没有过错或者虽有过错但不属于发生交通事故原因的，当事人无责任。（　　）

三、单项选择题

1. 道路交通安全法的效力范围包括空间效力、时间效力和_____。
   A. 对车辆的效力　　B. 对人的效力　　C. 对道路的效力　　D. 对环境的效力
2. 道路交通安全法对人的效力包括_____。
   A. 车辆驾驶人　　　　　　　　　B. 行人、乘车人
   C. 车辆驾驶人、行人、乘车人
   D. 车辆驾驶人、行人、乘车人及进行与道路交通有关活动的自然人、法人和其他

组织

3. 进行定期安全技术检验时必须提供机动车行驶证和_____。
 A. 身份证 B. 驾驶证
 C. 上一年检验合格标志 D. 机动车第三者责任强制保险凭证

4. "特种车辆"主要指警车、消防车、救护车和_____。
 A. 公路监督检查的专用车辆 B. 工程救险车
 C. 危险品运载车 D. 工程专用车

5. 高速公路限速标志标明的最高时速不得超过_____。
 A. 60km B. 100km C. 120km D. 160km

6. 故意遮挡、污损或者不按规定安装机动车号牌的，将处警告或者20元以上_____以下罚款。
 A. 50元 B. 100元 C. 200元 D. 500元

7. 对行人、乘车人、非机动车驾驶人违反道路交通安全法律、法规关于道路通行规定的，可以处5元以上_____以下罚款。
 A. 50元 B. 100元 C. 200元 D. 500元

8. 驾驶人员每100mL血液中的酒精含量为_____称为醉酒驾车。
 A. 20mg B. 40mg C. 60mg D. 大于80mg

9. 酒后驾车的主要危害有触觉能力降低、视觉障碍、心理变态、疲劳和_____。
 A. 无法踩制动踏板 B. 无法转转向盘
 C. 辨色能力下降 D. 判断能力和操作能力降低

四、简答题

1. 对营运机动车驾驶者酒后驾车的处罚有哪些？

2. 交通事故现场的快速处理方式有哪几种？

五、案例分析题

1. 案例：
2009年5月26日13时许，胡某驾驶无号牌三轮摩托车（搭载2人）与临时停在公路右侧曾某驾驶的半挂大货车追尾相撞，造成胡某当场死亡、两乘车人受伤及两车受损的交通事故。事故中，胡某无机动车驾驶证驾驶无号牌机动车，且在雨天未保持安全车距行驶；曾某驾驶的机动车未按规定临时停车。

曾某是否应该承担责任？

分析：

2. 案例：
张某驾驶某小区物业公司使用的、已停驶且使用其他机动车号牌的中型专项作业车时，在该小区一栋楼前的马路右侧停靠，下车检查污水井情况。郭某醉酒后，骑自行车逆行沿马路陡坡冲下，迎面撞在停靠在路边的清洁作业车上，经抢救无效死亡，自行车损坏。

该交通事故的责任应如何划分？如果张某应承担责任，那么其赔偿是由张某承担还是由小区物业公司承担？

分析：

第四章　汽车检验

一、填空题

1. 根据汽车检验的目的，汽车检验类型可分为＿＿＿＿＿检验、＿＿＿＿＿检验和与维修有关的汽车检验。
2. 安全技术检验包括汽车申请注册登记时的＿＿＿＿＿、汽车＿＿＿＿＿、汽车临时检验和汽车特殊检验（包括肇事车辆、改装车辆和报废车辆等技术检验）等。
3. 小型、微型非营运载客汽车超过 6 年的每＿＿＿年检验 1 次；超过 15 年的，每＿＿＿年检验 1 次。
4. 机动车应至少装置一个能永久保持的产品标牌，机动车均应在该标牌上标明品牌、＿＿＿＿＿、制造＿＿＿＿＿、生产＿＿＿＿＿及制造国。
5. 按站立乘客用的地板面积核定客车乘员数时，城市公共汽车及无轨电车按每 1 人不小于＿＿＿ m^2 核定，其他城市客车按每 1 人不小于＿＿＿ m^2 核定；长途客车和旅游客车、专用校车及车长不大于 6m 的客车不允许核定站立人数。
6. 乘用车和挂车轮胎胎冠上花纹深度不允许小于＿＿＿mm；其他机动车转向轮的胎冠花纹深度不允许小于＿＿＿mm，其余轮胎胎冠花纹深度不允许小于＿＿＿mm。
7. 申请检验合格标志时，机动车所有人应当提交＿＿＿、机动车＿＿＿和机动车＿＿＿＿＿。
8. 除＿＿＿、＿＿＿和＿＿＿等机动车不能异地检验外，其他机动车均可以全国通检。
9. 进口汽车入境口岸检验检疫机构对进口汽车的检验包括：一般项目检验、＿＿＿检验和＿＿＿检验。
10. 用户在国内购买进口汽车时，必须索取海关签发的＿＿＿＿＿＿＿和购车发票。在办理正式牌证前，车主应到所在地海关登检、换发＿＿＿＿＿＿＿，作为到车辆管理机关办理正式牌证的依据。

二、判断题

1. 某辆载货汽车的注册登记日期是 2018 年 3 月 18 日，对应的年度检验日期就是第二年的 9 月。（　　）
2. 安检机构有权力对未经检验的车辆出具检验报告。（　　）
3. 安检机构有权力要求机动车到指定的场所进行维修。（　　）
4. 《机动车运行安全技术条件》适用于在我国道路上行驶的机动车。（　　）
5. 机动车在车身前部外表面的易见部位上应至少装置一个能永久保持的商标或厂标。（　　）
6. 城市公共汽车是指仅在城乡道路上运营使用的公共汽车。（　　）
7. 卧铺客车的每个铺位可以核定 2 人。（　　）
8. 机动车的警告性文字均应有中文标注。（　　）
9. 非专用校车运送学生时，应在前风窗玻璃右下角和后风窗玻璃适当位置各放置一块可以从车外清楚识别的标牌。（　　）
10. 汽车（三轮汽车除外）的转向盘必须设置于左侧。（　　）
11. 行车制动的控制装置与驻车制动的控制装置应相互独立。（　　）
12. 采用真空助力的行车制动系统，当真空助力器失效后，制动系统将失去制动性能。（　　）
13. 同一轴上的轮胎规格和花纹应相同。（　　）
14. 机动车转向轮允许装用合格的翻新轮胎。（　　）
15. 车窗玻璃不允许张贴镜面反光遮阳膜。（　　）
16. 客车如果采用安全玻璃作为安全出口，需在车内明显部位装备击碎玻璃的锤子。（　　）
17. 机动车排气污染物排放应符合相关标准的规定。（　　）
18. 申请检验合格标志前，机动车所有人应当将涉及该车的道路交通安全违法行为和交通事故处理完毕。（　　）

三、单项选择题

1. 机动车定期检验标准为＿＿＿＿＿。
A. 道路交通安全法
B. 道路交通安全法实施条例
C. 《机动车运行安全技术条件》（GB 7258）
D. 各地自行确定的标准

2. 发动机功率不允许小于标牌（或产品使用说明书）标明的发动机功率的＿＿＿＿＿。
A. 95%　　　　　　　　B. 85%
C. 75%　　　　　　　　D. 65%

3. 最高设计车速不小于 100km/h 的轿车转向盘的最大自由转动量不允许大于＿＿＿＿＿。
A. 15°　　　　　　　　B. 20°
C. 30°　　　　　　　　D. 45°

4. 驻车制动一般应在操纵装置全行程的＿＿＿＿＿以内产生规定的制动效能。
A. 1/4　　　　　　　　B. 1/3
C. 2/3　　　　　　　　D. 1/2

5. 机动车所有人最早可以在机动车检验有效期满＿＿＿＿＿内，向登记地车辆管理所申请检验合格标志。
A. 前 1 个月　　　　　　B. 前 2 个月
C. 前 3 个月　　　　　　D. 前 6 个月

四、简答题

1. 《机动车运行安全技术条件》（GB 7258）适用范围是什么？

2. 《机动车安全技术检验项目和方法》（GB 21861）规定的人工检验项目内容有哪些？

3. 《机动车运行安全技术条件》（GB 7258）对发动机的总体要求标准有哪些？

五、案例分析题

1. 案例：

华某与梁某在饭馆喝酒后，华某骑上自行车，而梁某坐在了他的自行车后座上。华某由于不胜酒力，难以控制自行车，行驶中摔倒，造成梁某颅脑损伤死亡。

华某与梁某各应承担多大责任？华某的行为是否构成交通肇事罪？

分析：

2. 案例：

刚刚拿到驾驶证不久的大学教授郑某找陪驾来提高驾驶技术，在陪驾服务公司练车过程中翻车，造成车辆严重受损，郑某受伤，教练李某死亡。李某的家属向法院提起诉讼，经法院调解，郑某赔偿了李某家属丧葬费、死亡赔偿金及精神抚慰金共20万元。而后，郑某将陪驾服务公司诉至法院，以陪驾服务公司提供了不符合要求的车辆及没有陪驾资格的教练为由，请求法院判令被告返还其陪驾费用并承担违约损失共计人民币296 808元。

被告陪驾服务公司辩称，郑某已取得驾驶证，且驾驶时操作不当是引起车祸的直接原因，故应由原告郑某承担全部赔偿责任。

被告陪驾服务公司是否应该承担赔偿责任？

分析：

第五章　汽车报废与回收

一、填空题

1. 小型教练载客汽车使用年限为____年，公交客运汽车使用年限为____年。
2. 大型非营运载客汽车使用____年或累计行驶_____km 应报废。
3. 出租车使用____年或累计行驶_____km 应报废。
4. 专用校车使用____年或累计行驶_____km 应报废。
5. 营运车辆转为非营运车辆或非营运车辆转为营运车辆，一律按_____的规定报废。
6. 报废汽车回收企业应向报废汽车拥有单位或者个人出具_____。
7. 拆解的"五大总成"可以按照有关规定交售给_____，或者作为废金属交售给钢铁企业冶炼；拆解的其他零配件能够继续使用的，可以_____。

二、判断题

1. 国家对报废汽车回收（含拆解）企业实行资格认定制度。（　　）
2. 非营运载客汽车是指单位和个人不以获取运输利润为目的的自用载客汽车。（　　）
3. 报废汽车回收管理的有关工作由公安交通管理部门负责。（　　）
4. 任何单位和个人都可以从事报废汽车回收活动。（　　）
5. 任何单位或者个人不得将报废汽车出售、赠予或者以其他方式转让给报废汽车回收企业之外的单位或者个人。（　　）
6. 任何单位或者个人不得利用报废汽车"五大总成"以及其他零配件拼装汽车。（　　）

三、单项选择题

1. "五大总成"是指拆解的发动机、前后桥、变速器、车架和_____。
   A. 起动机　　　B. 发电机　　　C. 轮胎　　　D. 转向机
2. 拟从事报废汽车回收业务的，应当向省、自治区、直辖市_____部门提出申请取得《资格认定书》。
   A. 商务管理　　　　　　B. 公安交通管理
   C. 交通运输管理　　　　D. 工商行政管理
3. 家用轿车可延长使用的年限为_____。
   A. 5 年　　　B. 10 年　　　C. 15 年　　　D. 无限制
4. 不得延缓报废的车辆是_____。
   A. 营运汽车　　　　　　B. 货车和客车
   C. 教练车和出租车　　　D. 非营运汽车
5. 回收的报废大客车和_____，应当在公安机关的监督下解体。
   A. 轿车　　　B. 低速汽车　　　C. 电动三轮车　　　D. 校车

四、简答题

1. 何为报废汽车？

2. 报废汽车回收企业应当具备哪些条件？

五、案例分析题

1. 案例：

李某受单位委派运输拉货，行驶中与朱某驾驶的三轮汽车相撞发生交通事故，致使坐在三轮汽车上的杜某受伤。交警大队对事故进行勘察后，无法确认是哪一方当事人的违章行为造成的该次交通事故。在不能得到及时赔偿的情况下，杜某诉至法院，要求李某及其单位赔偿。

交通事故责任无法查清应由谁承担赔偿责任？李某的单位对原告请求的损害赔偿是否负有连带责任？

分析：

2. 案例：

在某中学就读的侯某高考后，应约来到教师李某家参加私人聚会，当天参与聚会的均是李某的学生，共 11 人。聚会用餐中，师生 12 人共喝了 20 瓶啤酒。餐毕，学生提议去唱卡拉 OK，随后师生 12 人分乘 6 辆摩托车前往。其中，侯某将其向邻居王某借来的两轮摩托车，交给年仅 13 岁的六年级学生黄某驾驶，由黄某搭载侯某前往。

当晚 9 时 30 分，两人行驶中，因黄某酒后驾驶且年龄尚小，采取的驾驶措施不当，致使摩托车冲出公路，撞到公路左边水泥盖板上，侯某头部严重受伤经送往医院抢救无效死亡，黄某身体受伤，摩托车严重毁损。

事故发生后，死者侯某父母向黄某的父母、摩托车车主王某等索赔未果，遂将 13 岁的小学生黄某、教师李某和摩托车车主王某列为被告，向法院提起诉讼，请求法院判令以上各被告赔偿抚养人生活费和死亡赔偿金等各项经济损失共计 338 651 元。

被告中谁应该承担赔偿责任？死者侯某是否应承担责任？

分析：

第六章 汽车销售管理

一、填空题

1. 汽车供应商是指为汽车品牌经销商提供汽车资源的企业，包括_____、_____。
2. 从事汽车销售及其相关服务活动应当遵循合法、_____、_____、诚信的原则。
3. 4S店包括整车销售（Sale）、零配件供应（Spareparts）、_____、_____。
4. 《汽车销售管理办法》于_____年7月1日开始施行，从根本上打破了汽车销售品牌授权____体制，允许授权销售和_____两种模式并行。
5. 经销商出售未经供应商授权销售的汽车，或者未经境外汽车生产企业授权销售的进口汽车，应当以____形式向消费者作出提醒和说明，并书面告知向消费者承担相关责任的_____。
6. 未经供应商授权或者授权终止的，经销商不得以_____的名义从事经营活动。
7. 经销商、售后服务商销售或者提供配件应当如实标明____配件、____配件、____配件、____配件等，明示生产商（进口产品为进口商）、生产日期、适配车型等信息。
8. 供应商采取向经销商授权方式销售汽车的，授权期限（不含店铺建设期）一般每次不低于____年，首次授权期限一般不低于__年。
9. 供应商应当向经销商提供相应的营销、宣传、售后服务、技术服务等_____及_____。
10. 经销商应当在经营场所以适当形式明示销售汽车、配件及其他相关产品的____和各项服务_____，不得在标价之外加价销售或收取额外费用。
11. 汽车三包中的质量保证期包括_____、_____和易损耗零部件的质量保证期。
12. 家用汽车产品包修期限不低于____年或者行驶里程_____km，以先到者为准；家用汽车产品三包有效期限不低于__年或者行驶里程_____km，以先到者为准。
13. 家用汽车产品三包责任发生争议的，消费者可以与____协商解决；可以依法向各级_____等第三方社会中介机构请求调解解决；可以依法向_____部门等有关行政部门申诉进行处理；也可以依法向人民法院起诉。

二、判断题

1. 汽车供应商应及时向社会公布停产车型，并采取积极措施在合理期限内保证配件供应。（ ）
2. 汽车供应商在汽车品牌经销商授权销售区域内可以向用户直接销售汽车。（ ）
3. 供应商、经销商可以限定消费者户籍所在地。（ ）
4. 供应商、经销商不得对消费者限定汽车配件、用品、金融、保险、救援等产品的提供商和售后服务商。（ ）
5. 经销商向消费者销售汽车时，应当核实登记消费者的有效身份证明，签订销售合同。（ ）
6. 供应商不得限制经销商、售后服务商转售配件。（ ）
7. 经销商、售后服务商向消费者销售或者提供原厂配件以外的其他配件时，不需要提醒和说明。（ ）
8. 汽车供应商可以对汽车经销商规定经销数量及进行品牌搭售。（ ）
9. 三包责任由生产者承担。（ ）
10. 家用汽车产品包修期和三包有效期自上户之日起计算。（ ）
11. 因已被书面告知存在瑕疵，所以整车可以免除三包责任。（ ）
12. 三包责任不因汽车所有权转移而改变。（ ）

三、单项选择题

1. 供应商对经销商的合理要求可以是_____。
A. 为本企业品牌汽车设立单独展区，满足经营需要和维护品牌形象的基本功能
B. 要求同时具备销售、售后服务等功能
C. 限制为其他供应商的汽车提供配件及其他售后服务
D. 搭售未订购的汽车、配件及其他商品
2. 承担汽车质量保证义务、提供售后服务，应当由_____负责。
A. 授权代理商 B. 非授权代理商
C. 总代理商 D. 供应商
3. 汽车经销商在经营过程中，_____。
A. 可以设置汽车供应商授权使用的店铺名称、标识、商标
B. 不可以从事非授权品牌汽车的经营
C. 可以不将授权品牌汽车直接销售给最终用户
D. 不可以开设授权品牌汽车的经营
4. 经销商建立的汽车销售、用户等信息档案保存期不得少于_____。
A. 1年 B. 3年
C. 5年 D. 10年
5. 家用汽车存在下列_____情形的，经营者可以不承担所规定的三包责任。
A. 三包凭证遗失的
B. 产品包修期和三包有效期以内，但汽车所有权发生了转移的
C. 家用汽车产品用于出租或者其他营运目的
D. 未在4S店加发动机润滑油，车辆轮毂出现质量问题

四、简答题

1. 汽车三包有效期与保修期的区别有哪些？

2. 供应商、经销商交付汽车时需要查验的凭证内容有哪些？

3. 汽车三包的含义是什么？

五、案例分析题

1. 案例：

谭某在某汽车销售公司看中一辆新轿车，随后在该公司销售业务员的陪同下进行试驾。不料试驾途中撞在了护栏上，车辆受损。该汽车公司的业务经理闻讯急忙赶到了现场，要求谭某留下1万元作为车辆损坏赔偿，谭某不同意。

事后，汽车公司把受损车辆拖回公司总部并委托其属下的售后服务站作出维修估价。估价结果为被撞车辆损坏修复费需要10 076元，车辆销售时需让利1万元。

谭某对这份单方面出具的车损估价的真实性表示怀疑，双方因对赔偿事项协商不成，汽车公司遂把谭某告上了法庭，请求法院判令谭某赔偿其在试驾过程中操作不当，造成的汽车公司商品车损坏的修复费用10 076元，并承担该车在今后销售中需折让1万元的损失，合计20 076元。

谭某答辩过程中对汽车公司提供的由其售后服务站出具的维修估价单提出异议，认为该证据是汽车公司自身的售后服务站所作出的，不能作为认定案件事实的证据。汽车公司应当另行申请有资质的评估机构对车辆的损坏情况进行重新评估。

谭某是否应该赔偿车辆损失或负责维修车辆使其恢复原状？商家是否应该承担责任？

分析：

2. 案例：

6岁儿童田某钻过高速公路隔离防护铁丝网上一个破损时日已久的洞后，在高速公路上玩耍，被车撞致身亡。肇事车辆逃逸，未被查获。田某的父母将某高速公路公司告上法庭，要求其承担民事赔偿责任。

高速公路公司认为，其没有违法或过错行为，田某的死亡是因其严重违法行为和其父母未尽到监护职责造成的。

高速公路公司是否应承担民事赔偿责任？

分析：

六、计算题

李强于2013年11月1日购买了一辆轿车，排量为1.6L，发票价11.8万元（即厂家指导价），试计算李强应交多少车辆购置税？由于汽车质量问题，该车于2014年12月1日退车，税务机关应退回多少车辆购置税？如果该车是在2009年12月1日购买的，价格相同，应交多少车辆购置税？

第七章 二手车流通管理

一、填空题

1. 二手车经营行为是指二手车经销、____、____、鉴定评估等活动。
2. 从事二手车相关经营活动应当遵循____、____、____、____的原则，接受依法实施的监督检查。
3. 二手车交易市场经营者和二手车经营主体应当确认卖方的_____，车辆的号牌、_____、《机动车行驶证》，有效的机动车安全技术检验合格标志、_____、交纳税费凭证等。
4. 二手车交易完成后，现车辆所有人应当凭_____，按法律、法规有关规定办理转移登记手续。
5. 除法律、行政法规规定外，任何单位和部门_____或_____对交易车辆进行评估。
6. 二手车交易市场是指具备一定规模的_____、必要的_____，满足车辆展示需求，为买卖双方提供_____和办理二手车鉴定评估、转移登记、保险、纳税等手续的场所。
7. 二手车需要进行异地转移登记的，由车辆_____公安机关交通管理部门办理车辆转出手续，在_____公安机关交通管理部门办理车辆转入手续。
8. 二手车法定证明、凭证齐全合法，并完成交易的，二手车交易市场经营者应当按照国家有关规定开具_____，并如实填写。
9. 二手车交易市场经营者在交易市场内应设立醒目的公告牌，明示_____、_____、客户查询和监督_____等内容。

二、判断题

1. 二手车所有人可以不通过经销企业、拍卖企业和经纪机构将车辆直接出售给买方。（ ）
2. 买方购买的二手车如因卖方隐瞒和欺诈不能办理转移登记，卖方应当无条件接受退车，并退还购车款等费用。（ ）
3. 已达到国家强制报废标准的车辆允许在本地区作为二手车买卖。（ ）
4. 二手车只能在公安机关交通管理部门注册登记的行政辖区内交易。（ ）
5. 进行二手车交易时买卖双方应当签订合同。（ ）
6. 二手车销售发票全国统一。（ ）
7. 二手车实施自愿评估制度。（ ）
8. 二手车的交易价格由买卖双方商定。（ ）
9. 二手车转移登记手续应按照公安部门有关规定在原车辆注册登记所在地公安机关交通管理部门办理。（ ）
10. 购买或出售二手车可以委托二手车经纪机构办理。（ ）
11. 二手车经纪人不得以个人名义从事二手车经纪活动。（ ）
12. 二手车经纪机构可以从事二手车的收购、销售活动。（ ）
13. 二手车直接交易双方可不签订买卖合同。（ ）
14. 国家限制二手车流通。（ ）
15. 二手车的交易价格必须委托具有资质证书的中介机构进行评估确定。（ ）

三、单项选择题

1. 二手车经销企业收购、销售二手车的经营活动称为_____。
   A. 经销　　　　B. 拍卖　　　　C. 经纪　　　　D. 鉴定评估
2. 二手车拍卖企业以公开竞价的形式将二手车转让给最高应价者的经营活动称为_____。
   A. 经销　　　　B. 拍卖　　　　C. 经纪　　　　D. 鉴定评估
3. 二手车经纪机构以收取佣金为目的，为促成他人交易二手车而从事的居间、行纪或者代理等经营活动称为_____。
   A. 经销　　　　B. 拍卖　　　　C. 经纪　　　　D. 鉴定评估
4. 二手车鉴定评估机构对二手车技术状况及其价值进行鉴定评估的经营活动称为_____。
   A. 经销　　　　B. 拍卖　　　　C. 经纪　　　　D. 鉴定评估
5. 二手车经销企业销售，拍卖企业拍卖，直接交易和经纪机构经纪二手车时，应当按规定向_____开具税务机关监制的二手车销售统一发票。
   A. 卖方　　　　B. 买方　　　　C. 经销方　　　　D. 经纪方
6. 二手车交易市场经营者、经销企业、拍卖公司应建立交易档案，交易档案保留期限不少于_____年。
   A. 1　　　　B. 2　　　　C. 3　　　　D. 4

四、简答题

1. 何为二手车？

2. 二手车交易完成后，卖方应当向买方交付的内容包括哪些？

3. 禁止交易的二手车包括哪些？

4. 二手车流通中国家管理部门的职责分别是什么？

5. 二手车拍卖公告的主要内容是什么？

五、案例分析题

1. 案例：

李某乘坐公交车回家，当车行至一站台前时，由于车门失去安全性能导致车未停稳时车门就开了，致使正要下车的李某摔跌到道路上受伤，后经医院抢救无效而死亡。

事故发生后，交警勘察现场后认定受害人李某违反"机动车行驶中，不得干扰驾驶，不得将身体任何部分伸出车外，不得跳车"的相关规定，确定受害人李某承担事故全部责任。同时，交管部门曾对事故车辆进行过技术鉴定，并下发了技术鉴定书：该车经上线检查，整车不合格，驻车制动器失效，前小灯、左后转向灯、后制动灯信号失效，左后倒车灯、右前转向灯破损。

李某的家属一纸诉状将公交公司起诉到法院，请求法院判令该公司赔偿死者家属丧葬费、精神损失费等共计13.8万元。

李某的家属认为，法院已对"李某系驾驶人在受害人要求下车而车尚未停稳便打开车门，致使李某在下车时摔伤致死"的事实予以确认。李某乘坐公交公司的营运大客车，双方已形成事实上的客运合同关系。作为承运人，首先应当使用合格的车辆作为运输工具，而公交公司使用不合格的车辆上路运营，这是造成李某摔伤致死的过错之一。其次，驾驶人在履行职务行为时，应当知道车辆在未停稳时不得打开车门让旅客上下车的基本操作规则和常识，而公交公司的驾驶人却违背这一基本操作规则和常识，致使李某在车未停稳时从车上摔下受伤致死。因此，公交公司应对李某的死亡承担主要赔偿责任。

被告公交公司辩称，交警已认定李某承担事故全部责任，因此公交公司不应承担赔偿责任。

公交公司是否应承担主要赔偿责任？

分析：

2. 案例：

某日凌晨，一辆出租车撞到路边的树上，车内的一男一女都不同程度受伤，男出租车驾驶人孔某坐在副驾驶位置上，女乘客沈某却坐在驾驶人的位置上。事故发生后，沈某头部受伤严重被送往医院救治。沈某状告出租车驾驶人孔某和车主马某，起诉状上写道：驾驶人孔某在教她开车时，因出租车撞到路边树上，使其头部受伤严重并毁容，现要求孔某和马某赔偿其医药费、误工费等费用共计55 223.08元。

驾驶人孔某说：她非要学开车。事故当日凌晨3时许，孔某开车在街上碰到陌生的女乘客沈某，行车途中因为内急，孔某把车停下来自己下车方便，等回来时，沈某已经坐到了驾驶人的位置上，并表示想学开车。孔某于是坐在副驾驶位置上，由沈某驾驶车辆。在车辆行驶过程中，沈某为了躲避一台三轮车，向左急打转向盘，于是车辆就撞在路边树上了。

乘客沈某说：他非要教我开车。当日，沈某打孔某的车回老家。行驶过程中孔某主动提出教沈某开车。孔某把车停下来，让沈某坐到了驾驶人的位置上，帮助沈某打火，挂上一档，沈某就开始驾车前行。孔某在副驾驶位置上坐着，后来不知怎么就撞树上了。

第一种观点认为：出租车驾驶人孔某让一名陌生的没有驾驶证的乘客开车，这是车辆单方肇事的主要原因，孔某本身带有一种故意和重大过失，要承担全部责任。

第二种观点认为：乘客沈某明知自己没有驾驶资格，却不顾驾驶车辆的危险性，驾车导致肇事，应负主要责任。

第三种观点认为：驾驶人孔某应负事故主要责任，乘客沈某无证驾车存在过错应负次要责任。在民事赔偿方面，车主马某要承担连带责任；如果驾驶人没有赔偿能力，要由车主先垫付，之后再向驾驶人追偿。

你同意哪种观点？

分析：

第八章　汽车维修管理

一、填空题

1. 道路运输经营者是道路运输车辆技术管理的_____，负责对道路运输车辆实行择优选配、_____、_____、_____、_____和适时更新，保证投入道路运输经营的车辆符合技术要求。
2. 道路运输经营者应当加强_____、_____、_____、_____和节能等方面的业务培训，提升从业人员的业务素质和_____，确保车辆处于良好的技术状况。
3. 车辆维护分为日常维护、一级维护和二级维护。日常维护由_____实施，一级维护和二级维护由道路运输_____组织实施，并做好记录。
4. 车辆二级维护出厂前，须进行_____检测，并由维修企业的质量检验员审验合格后，签发_____。
5. 机动车维修经营者应当依法经营，_____，_____，提供优质服务。
6. 机动车维修经营业务根据维修对象的不同，可分为_____维修经营业务、_____维修经营业务、摩托车维修经营业务和_____维修经营业务四类。
7. 汽车、其他机动车维修经营业务根据经营项目和服务能力的不同，可分为_____维修经营业务、_____维修经营业务和_____维修经营业务。
8. 二类汽车维修企业可以从事相应车型的_____、总成修理、_____、小修、维修救援和_____工作。
9. 汽车维修企业应有健全的维修管理制度，包括质量管理制度、_____制度、车辆维修档案管理制度、_____制度、设备管理制度及_____制度等。
10. 危险货物运输车辆维修，是指对运输易燃、易爆、_____、_____、剧毒等性质货物的机动车的维修，不包含对危险货物运输车辆_____的维修。
11. 从事一、二类汽车维修业务和一类摩托车维修业务的证件有效期为____年；从事三类汽车维修业务、二类摩托车维修业务及其他机动车维修业务的证件有效期为____年。
12. 机动车维修经营者应当将机动车维修经营_____和_____悬挂在经营场所的醒目位置。
13. 机动车维修经营者不得_____机动车，不得_____的机动车，不得_____机动车。
14. 托修方要改变机动车_____，更换_____、_____和_____的，应当按照有关法律、法规的规定办理相关手续，机动车维修经营者在查看相关手续后方可承修。
15. 机动车维修经营者应当公布机动车_____和_____，合理收取费用。
16. 机动车维修经营者应当按照国家、行业或者地方的维修标准和规范进行维修。尚无标准或规范的，可参照机动车生产企业提供的_____、_____和有关技术资料进行维修。
17. 机动车维修经营者对机动车进行二级维护、总成修理、整车修理的，应当实行维修前诊断检验、_____和_____制度。
18. 机动车维修竣工质量检验合格的，维修质量检验人员应当签发《机动车维修竣工出厂_____》；未签发的机动车，不得交付使用，车主可以拒绝_____或_____。
19. 对机动车维修质量的责任认定需要进行技术分析和鉴定，且承修方和托修方共同要求道路运输管理机构出面协调的，应当组织_____或委托_____的检测机构作出技术分析和鉴定。鉴定费用由_____承担。

二、判断题

1. 道路运输车辆的维护分为一级维护、二级维护、三级维护。（　　）
2. 危险品运输车辆应该到二类以上的汽车维修企业进行维修作业。（　　）
3. 县级以上地方人民政府交通主管部门负责具体实施本行政区域内的机动车维修管理工作。（　　）
4. 县级以上道路运输管理机构负责组织领导本行政区域的机动车维修管理工作。（　　）
5. 只有获得一类汽车维修经营业务许可的，才可以从事相应车型的整车修理。（　　）
6. 三类汽车维修企业不能从事整车修理业务。（　　）
7. 获得危险货物运输车辆维修经营业务许可的，除可以从事危险货物运输车辆维修经营业务外，还可以从事一类汽车维修经营业务。（　　）
8. 申请从事一类和二类维修业务的应当配备技术负责人员、质量检验人员和从事机修、电器、钣金、涂漆的维修技术人员至少各1名。（　　）
9. 机动车维修经营许可证件实行有效期制。（　　）
10. 机动车维修经营者变更许可事项的，应当向作出原许可决定的道路运输管理机构备案。（　　）
11. 机动车维修经营者变更名称、法定代表人、地址等事项的，应当向作出原许可决定的道路运输管理机构备案。（　　）
12. 维修结算清单中，工时费与材料费应分项计算。（　　）
13. 机动车维修经营者对于换下的配件、总成，应当交托修方自行处理。（　　）
14. 机动车维修质量保证期，从维修竣工出厂之日起计算。（　　）

三、单项选择题

1. 道路运输管理机构对机动车维修经营申请予以受理的,应当自受理申请之日起____日内作出许可或者不予许可的决定。
   A. 10　　　　　　B. 15　　　　　　C. 20　　　　　　D. 30

2. 从事一、二类汽车维修业务的证件有效期为_____。
   A. 1年　　　　　B. 3年　　　　　C. 6年　　　　　D. 8年

3. 《机动车维修竣工出厂合格证》由_____级道路运输管理机构按照规定发放和管理。
   A. 国家　　　　　B. 省　　　　　　C. 市　　　　　　D. 县

4. 拆检轮胎并进行轮胎换位的维修作业属于_____作业范围。
   A. 小修　　　　　B. 日常维护　　　C. 一级维护　　　D. 二级维护

5. 不需要进行竣工质量检验的维修是_____。
   A. 一级维护　　　B. 二级维护　　　C. 总成修理　　　D. 整车修理

四、简答题

1. 机动车维修经营的含义是什么?

2. 申请从事机动车维修经营的,应当提交哪些材料?

3. 机动车维修竣工出厂质量保证期的内容是什么?

五、案例分析题

1. 案例:

2009年1月7日,罗女士与杨女士驾驶的车辆发生追尾碰撞。紧接着,杨女士的车辆又追撞到了前面同车道车辆的尾部,造成杨女士车的车尾和车头受损。该事故经交警部门认定,罗女士承担事故全部责任。事故发生后,杨女士对自己受损的车辆进行修复,花费了8 863元。2009年2月20日,杨女士支付2 000元评估费,委托某资产评估公司对自己的车辆贬值情况进行评估。结果认定其车贬值价格为8 600元,该资产评估公司出具了评估鉴定结论和鉴定费票据。另外,杨女士在修车期间还花费了2 000元的租车费。为此,杨女士将罗女士及其所驾车辆投保的保险公司告上法庭,要求赔偿汽车维修费、汽车贬值损额、评估费、租车费,共计21 463元。

庭审中,当事双方的矛盾主要集中在汽车贬值损额、评估费、租车费是否应该赔付的问题上。对于杨女士主张的汽车贬值损额、评估费、租车费,罗女士认为这些费用无法律依据,不同意赔偿。保险公司也认为,汽车贬值损失、评估费以及租车费不在保险范围内,不予认可。

杨女士要求赔偿的各项费用是否应该支付?由谁支付?

分析:

2. 案例:

2005年7月2日,于某准备过高速公路时,为走近路,由路基防护网的破损处进入公路,被卞某驾驶的高速行驶中的轿车猛烈撞击,于某的身体在空中旋转数圈后落下,当场死亡。事故发生后,经公安机关现场勘察认定,车辆的行驶速度为114km/h,超过该路段的最高限制速度110km/h。

甲认为,高速公路是一种非常特殊的交通环境,行人和不符合要求的其他车辆不得进入。如果行人或不符合要求的其他车辆违反有关的交通管理法规,进入高速公路,就要承担因此而发生的后果。所以,在本案中,行人于某应承担事故的全部责任。

乙认为,在高速公路上,机动车在正常行驶的过程中虽然较一般的道路享有更高的路权,但这并不意味着驾驶人在高速公路上就可以不尽机动车驾驶人的高度注意、谨慎驾驶、确保安全的义务。本案中,驾驶人驾车超过了法律规定的最高时速,违反了其应尽的义务,构成了违章。所以,机动车驾驶人应当承担交通事故的次要责任。

你同意甲还是乙的观点?

分析:

第九章　汽车保险

一、填空题

1. 投保人故意不履行如实告知义务的，保险人对于合同解除前发生的保险事故，不承担＿＿＿＿或者＿＿＿＿的责任，并不退还＿＿＿＿。
2. 保险人收到被保险人或者受益人的赔偿或者给付保险金的请求后，情形复杂的，应当在＿＿＿＿日内作出核定。对属于保险责任的，在与被保险人或者受益人达成赔偿或者给付保险金的协议后＿＿＿＿日内，履行赔偿或者给付保险金义务。对不属于保险责任的，应当自作出核定之日起＿＿＿＿日内，向被保险人或者受益人发出拒绝赔偿或者拒绝给付保险金通知书，并说明理由。
3. 个人保险代理人、保险代理机构的代理从业人员、保险经纪人的经纪从业人员，应当具备＿＿＿＿＿＿＿＿规定的资格条件，取得保险监督管理机构颁发的＿＿＿＿＿＿。
4. 机动车发生交通事故造成人身伤亡、财产损失的，由保险公司在机动车第三者责任强制保险＿＿＿＿＿＿予以赔偿；不足的部分，按照当事人＿＿＿＿承担赔偿责任。
5. 机动车交通事故责任强制保险（交强险），是指由保险公司对被保险机动车发生道路交通事故造成＿＿＿＿＿、＿＿＿＿＿以外的受害人的人身伤亡、财产损失，在责任限额内予以赔偿的＿＿＿＿责任保险。
6. 被保险机动车发生道路交通事故，被保险人或者受害人通知保险公司的，保险公司应当立即＿＿＿＿，告知被保险人或者受害人具体的＿＿＿＿等有关事项。
7. 未按照规定投保交强险的，由公安机关交通管理部门扣留＿＿＿＿，通知机动车所有人、管理人依照规定＿＿＿＿，并处依照规定投保最低责任限额应缴纳保险费的＿＿＿＿罚款。

二、判断题

1. 保险人是指与被保险人订立保险合同，并按照合同约定负有支付保险费义务的人。（　　）
2. 投保人是指与保险人订立保险合同，并按照合同约定承担赔偿或者给付保险金责任的保险公司。（　　）
3. 交强险保险合同属自愿订立，买了其他保险就可以不参加交强险。（　　）
4. 保险合同成立后，通常投保人可以解除合同，保险人不得解除合同。（　　）
5. 投保人和保险人可以协商变更合同内容。（　　）
6. 采用保险人提供的格式条款订立的保险合同，对合同条款有两种以上解释的，人民法院或者仲裁机构应当作出有利于被保险人和受益人的解释。（　　）
7. 投保人、被保险人故意制造车辆保险事故的，保险人有权解除合同，不承担赔偿或者给付保险金的责任。（　　）
8. 责任保险是指以被保险人对第三者依法应负的赔偿责任为保险标的的保险。（　　）
9. 车辆附加险不能独立保险。（　　）
10. 交通事故的损失是由非机动车驾驶人、行人故意碰撞机动车造成的，机动车一方不承担赔偿责任。（　　）
11. 机动车第三者责任保险（简称"商业三责险"）属于非强制保险。（　　）
12. 交强险实行全国统一的保险条款和基础费率。（　　）
13. 第三者责任险保费全国各地不一致。（　　）
14. 车辆在装卸货物时所致他人伤亡或财产损失，保险公司应按第三者责任负责赔偿。（　　）
15. 全车失窃不属于车辆损失险保险责任范围。（　　）
16. 车辆停放时由于外界失火引起车辆着火，属于车辆损失险保险责任范围。（　　）
17. 由于碰撞引起车辆失火等，属于车辆损失险保险责任范围。（　　）
18. 车辆被盗抢后60天内被找回，在此期间车辆损坏或零部件丢失的，保险公司负责赔偿修复费用。（　　）
19. 未参加交强险的机动车，机动车管理部门不得予以登记，机动车安全技术检验机构不得予以检验。（　　）
20. 交通事故责任强制保险保险标志式样全国统一。（　　）
21. 签订交强险合同时，投保人可以向保险公司提出附加其他条件的要求。（　　）
22. 签订交强险合同时，保险公司不得强制投保人订立商业保险合同以及提出附加其他条件的要求。（　　）
23. 被保险机动车所有权发生转移的，应当办理交强险合同变更手续。（　　）
24. 保险公司可以向被保险人赔偿保险金，也可以直接向受害人赔偿保险金。（　　）

三、单项选择题

1. 机动车发生交通事故造成人身伤亡、财产损失的，机动车一方即使没有过错也应承担不超过＿＿＿＿的赔偿责任。
   A. 10%　　　　B. 20%　　　　C. 25%　　　　D. 30%
2. 第三者责任险中的"第三者"包括的人员有＿＿＿＿。
   A. 驾驶人　　　B. 乘坐人员　　C. 投保人　　　D. 行人
3. 下列事故中，不属于车辆损失险保险责任范围的是＿＿＿＿。
   A. 直流供油而引起的车辆火灾
   B. 由于碰撞引起车辆火灾
   C. 电气设备老化、短路或超负荷引起车辆火灾

D. 车辆停放时由于外界失火引起车辆火灾

4. 下列情形中，道路交通事故中受害人人身伤亡的丧葬费用、部分或者全部抢救费用，不应该由救助基金先行垫付的是_____。
A. 抢救费用超过交强险责任限额的
B. 肇事机动车未参加交强险的
C. 机动车肇事后逃逸的
D. 驾驶人属于无证驾驶的

5. 保险公司应当自收到赔偿申请之日起_____内，书面告知被保险人需要向保险公司提供的与赔偿有关的证明和资料。
A. 1 日 B. 2 日 C. 3 日 D. 5 日

6. 上 4 个年度未发生有责任道路交通事故的，交强险费率浮动比率为_____。
A. -10% B. -20% C. -30% D. -40%

7. 上一个年度发生一次有责任不涉及死亡的道路交通事故的，交强险费率浮动比率为_____。
A. -10% B. 0% C. 10% D. 20%

四、简答题

1. 实施交强险制度的意义是什么？

2. 交强险的责任限额内容是什么？

3. 投保交强险时投保人应当向保险公司告知的重要事项包括哪些？

五、案例分析题

1. 案例：

2007 年 3 月 23 日，陆某持 E 类驾驶证驾驶载物超过核定载物量的正三轮摩托车（需 D 证驾驶），途经某交叉路口由西向东行驶时，与经该交叉路口骑自行车由东向西行驶的朱某相碰撞，致朱某受伤（后朱某被评定为 10 级伤残），车辆部分损坏。交警部门认定陆某承担本起事故的全部责任。

保险公司认为，陆某驾驶的车辆与准驾车型不符，当属无证驾驶。根据《机动车交通事故责任强制保险条例》相关规定，驾驶人未取得驾驶资格发生道路交通事故的，造成受害人的财产损失，保险公司不承担赔偿责任，因此保险公司不应承担赔偿责任。

陆某认为，《机动车交通事故责任强制保险条例》相关规定对受害人人身伤亡损失并未规定保险公司免责。即便对属于医疗费用的抢救费用规定保险公司先行垫付，其本质也是先行赔偿而非免责，其立法目的在于保障受害人能得到及时救治，保险公司仍应在责任限额内赔偿。因而，驾驶人未取得驾驶资格造成交通事故，对受害人的人身伤亡造成的损失，保险公司仍应在责任限额内予以赔偿。

你同意谁的意见？保险公司是否应承担赔偿责任？

分析：

2. 案例：

2009 年 3 月 3 日，刘某将自己的轿车在某保险公司投保，并与该保险公司签订了车辆保险合同，保险公司为该车承保了机动车损失险及车上人员责任险，保险期间为 1 年。2009 年 5 月 7 日，该车辆转让给李某，并在车管所进行了转让登记，车牌号予以变更。2009 年 5 月 15 日，该车发生交通事故，致李某受伤，车辆受损。经公安交警大队事故责任认定，李某承担事故的全部责任。李某向保险公司提出理赔申请后，保险公司以出险时被保险车辆已过户，未向公司书面申请办理批改手续为由，不予赔付。李某将保险公司告上法庭，要求其按保险合同予以赔偿。

保险公司是否应该按合同予以赔偿？

分析：

第十章 道路交通事故处理

一、填空题

1. 交通事故是指车辆在道路上因过错或者_____造成的_____或者_____的事件。
2. 公路上发生道路交通事故的，驾驶人必须在_____的原则下，立即组织车上人员疏散到_____，避免发生次生事故。
3. 机动车与机动车、机动车与非机动车发生_____事故时，当事人对事实及成因_____的，可以自行协商处理损害赔偿事宜。
4. 因收集证据的需要，公安机关交通管理部门可以扣留_____及机动车_____，并开具_____凭证。
5. 当事人对检验、鉴定结论有异议的，可以在公安机关交通管理部门送达检验、鉴定报告之日起____日内申请重新检验、鉴定，经____级公安机关交通管理部门负责人批准后，进行重新检验、鉴定。
6. 公安机关交通管理部门应当根据当事人的_____对发生道路交通事故所起的作用以及_____的严重程度，确定当事人的责任。
7. 根据其行为对交通事故发生的作用以及过错的严重程度，交通事故责任可以划分为以下四种：____责任、____责任、____责任和____责任。
8. 当事人对道路交通事故认定有异议的，可以自道路交通事故认定书送达之日起____日内，向上一级公安机关交通管理部门提出_____复核申请。复核申请应当载明复核请求及其_____和_____。
9. 救助基金是指依法筹集用于垫付机动车道路交通事故中受害人人身伤亡的_____、部分或者全部_____的社会专项基金。
10. 根据法律规定推定行为人_____，行为人不能证明自己_____的，行为人应当承担_____责任。
11. 侵害他人造成人身损害的，应当赔偿_____费、_____费、交通费等为治疗和康复支出的合理费用，以及因误工减少的_____；造成残疾的，还应当赔偿残疾生活辅助具费和残疾赔偿金；造成死亡的，还应当赔偿丧葬费和死亡赔偿金。
12. 因租赁、借用等情形，机动车所有人与使用人不是同一人时，发生交通事故后属于该机动车一方责任的，由保险公司在机动车强制保险_____予以赔偿。不足部分，由机动车_____承担赔偿责任；机动车所有人对损害的发生有____的，承担相应的赔偿责任。
13. 当事人之间已经以买卖等方式转让并交付机动车但未办理所有权转移登记，发生交通事故后属于该机动车一方责任的，由保险公司在机动车强制保险_____予以赔偿。不足部分，由_____承担赔偿责任。
14. 盗窃、抢劫或者抢夺的机动车发生交通事故造成损害的，由_____、_____或者_____承担赔偿责任。保险公司在机动车强制保险责任限额范围内垫付抢救费用的，有权向交通事故责任人_____。
15. 在公共道路上_____、_____、_____妨碍通行的物品造成他人损害的，有关单位或者个人应当承担侵权责任。

二、判断题

1. 检验中需要解剖尸体的，应当征得其家属的同意。（   ）
2. 重新检验、鉴定应当另行委托检验、鉴定机构。（   ）
3. 受害人和行为人对损害的发生都没有过错的，可由双方分担损失。（   ）
4. 损害是因受害人故意造成的，行为人不承担责任。（   ）
5. 因不可抗力造成他人损害的也应承担责任。（   ）
6. 因正当防卫造成损害的，不承担责任。（   ）
7. 因紧急避险造成损害的，由引起险情发生的人承担责任。（   ）
8. 为维护他人的合法权益而使自己受到人身损害，因侵权人没有赔偿能力，赔偿权利人可以请求受益人在受益范围内予以适当补偿。（   ）
9. 道路、桥梁、隧道等人工建造的构筑物因维护、管理瑕疵致人损害的，由所有人或者管理人承担赔偿责任，但能够证明自己没有过错的除外。（   ）

三、单项选择题

1. 交通事故发生在两个以上管辖区域的，由_____公安机关交通管理部门管辖。
   A. 事故起始点所在地
   B. 事故终止点所在地
   C. 事故起始点所在地或终止点所在地
   D. 上级部门指定
2. 公安机关交通管理部门可以适用简易程序处理的交通事故为_____。
   A. 酒后驾驶   B. 无证驾驶
   C. 双方驾驶人受伤   D. 仅造成人员轻微伤或者财产损失
3. 除简易程序外，公安机关交通管理部门对道路交通事故进行调查时，交通警察不得少于_____人。
   A. 1   B. 2   C. 3   D. 4
4. 收集证据时，公安机关交通管理部门不得扣留_____。
   A. 事故车辆   B. 事故车辆行驶证
   C. 与事故有关的物品   D. 事故车辆所载货物
5. 交通事故因抢救受伤人员需要保险公司支付抢救费用的，由_____书面通知保险公司。
   A. 公安机关交通管理部门   B. 交通事故社会救助基金管理部门
   C. 卫生医疗管理部门   D. 事故当事人

6. 交通事故重新检验、鉴定以_____为限。
   A. 1 次　　　　　B. 2 次　　　　　C. 3 次　　　　　D. 4 次
7. 下列情形_____，公安机关交通管理部门应受理复核申请。
   A. 任何一方当事人向人民法院提起诉讼并经法院受理
   B. 适用简易程序处理的道路交通事故
   C. 车辆在道路以外通行时发生的事故
   D. 当事人对事故责任划分存在异议

四、简答题

1. 经过自行协商达成的事故损害赔偿协议书的内容是什么？

2. 何为交通肇事逃逸？

3. 道路交通事故认定书应当载明哪些内容？

4. 遭受人身损害（未死亡），赔偿义务人应当予以赔偿的费用包括哪些？

五、案例分析题

1. 案例：

刘某驾驶小客车进入收费公路。行驶途中因行车道上堆有煤炭，刘某就在逆行道上行驶，结果与对面驶来的小客车相撞，造成两车损坏及两车驾驶人刘某、郑某受伤。公安交通警察大队出具了《交通事故认定书》，认定驾驶人刘某对交通事故负全部责任。

为此，刘某以公路收费公司为被告起诉到法院，称因为行车道上堆有煤炭，不得不占道逆行才导致车祸发生。本次交通事故是因被告未尽管理义务，没有保证道路畅通造成的，要求被告赔偿两车损失及医疗费等。

公路收费公司辩称，该公司虽然有收费权，但路政管理权及公路养护权交给了其他管理部门，该公司不应该成为被告。此次交通事故的发生系原告司机违章行驶造成的，公路上的煤炭不应该成为交通事故发生的直接原因。

公路收费公司是否应承担赔偿责任？

分析：

2. 案例：

王某受单位委派驾车到上级机关报送有关材料，张某得知后要求搭车一同前去办理个人事宜。车辆在行驶途中突然爆胎，失去控制后撞到路旁大树上。王某当场死亡，张某因抢救及时脱离危险，后被评定为 5 级伤残。张某在出院后多次到王某所在单位要求赔偿医疗费、误工费、伤残抚恤金等费用。

王某所在单位是否应承担赔偿责任？

分析：

第十一章 机动车驾驶证管理

一、填空题

1. 申请增加大型客车准驾车型的，应已取得驾驶大型货车准驾车型资格____年以上，并在申请前最近连续____个记分周期内没有满分记录。
2. 申领机动车驾驶证的人，在户籍地居住的，应当在_____提出申请；在暂住地居住的，可以在_____提出申请；现役军人（含武警），应当在_____提出申请；申请增加准驾车型的，应当在所持机动车驾驶证_____提出申请。
3. 机动车驾驶证每个科目考试一次，可以补考____次。补考仍不合格的，本次考试终止。申请人可以重新申请考试，但科目二、科目三的考试日期应在____日后预约。在学习驾驶证明有效期内，已考试合格的科目_____。
4. 申请人在考试过程中有舞弊行为的，取消本次_____，已经通过考试的其他科目_____。
5. 小型汽车驾驶证申请人条件之一是年龄为____岁，身高____。
6. 初次申请机动车驾驶证，申请人预约考试科目二，报考小型汽车的在取得学习驾驶证明满____日后预约考试；报考大型货车的，在取得驾驶技能准考证明满____日后预约考试。
7. 持军队、武装警察部队机动车驾驶证的申请人申请大型客车、牵引车、中型客车、大型货车准驾车型机动车驾驶证的，考试科目为_____和_____；申请其他准驾车型机动车驾驶证的，_____机动车驾驶证。
8. 道路交通安全违法行为记分周期为____个月，满分为____分，从机动车驾驶证_____起计算。
9. 年龄在60周岁以上的机动车驾驶人，应当____年进行一次身体检查，在记分周期结束后____日内，提交县级或者部队团级以上医疗机构出具的有关身体条件的证明。
10. 持有准驾车型为大型客车、牵引车、城市公交车、中型客车、大型货车、无轨电车、有轨电车的机动车驾驶人，应当每____年进行一次身体检查，在记分周期结束后____日内，提交县级或者部队团级以上医疗机构出具的有关身体条件的证明。
11. 机动车驾驶人因_____、_____等原因，无法在规定时间内办理驾驶证期满换证、提交身体条件证明的，可以向机动车驾驶证核发地车辆管理所申请延期办理。延期期限最长不超过____年。
12. 机动车驾驶人可以委托代理人代理机动车驾驶证的_____、_____、提交身体条件证明、延期办理和_____业务。

二、判断题

1. 没有使用计算机打印的机动车驾驶证无效。（   ）
2. 可以从互联网上下载、使用有关机动车驾驶证的表格。（   ）
3. 车辆管理所办理机动车驾驶证业务，遵循严格、公开、公正、便民的原则。（   ）
4. 机动车驾驶证有效期分为6年和10年。（   ）
5. 申请大型客车准驾车型的，申请人年龄应在18周岁以上50周岁以下。（   ）
6. 申请小型汽车准驾车型的无身高要求。（   ）
7. 双手拇指缺失的，可以申请小型汽车、小型自动档汽车准驾车型的机动车驾驶证。（   ）
8. 左下肢缺失或者丧失运动功能的，可以申请小型自动档汽车准驾车型的机动车驾驶证。（   ）
9. 吸食、注射毒品，长期服用依赖性精神药品成瘾尚未戒除的不能申请机动车驾驶证。（   ）
10. 吊销机动车驾驶证未满1年的不能申请机动车驾驶证。（   ）
11. 申请小型汽车驾驶证，申请人凭身份证可以在全国申请。（   ）
12. 在暂住地不准申请准驾车型为大型货车的机动车驾驶证。（   ）
13. 学习驾驶证明的有效期为2年。（   ）
14. 机动车驾驶人在核发地车辆管理所管辖区以外居住的，可以向居住地车辆管理所申请换证。（   ）
15. 年龄在70周岁以上的不得驾驶摩托车。（   ）
16. 机动车驾驶证遗失的，机动车驾驶人应向居住地车辆管理所申请补发。（   ）
17. 机动车驾驶证被依法扣押、扣留或者暂扣期间，机动车驾驶人不得申请补发。（   ）
18. 超过机动车驾驶证有效期1年以上未换证的，将注销其机动车驾驶证。（   ）
19. 年龄在60周岁以上的机动车驾驶人，在每个记分周期内均应提交身体条件证明。（   ）

三、单项选择题

1. 申请小型汽车、小型自动档汽车、残疾人专用小型自动档载客汽车、轻便摩托车准驾车型的，申请人年龄应为____。
   A. 18周岁以上70周岁以下　　　B. 18周岁以上60周岁以下
   C. 21周岁以上50周岁以下　　　D. 24周岁以上50周岁以下
2. 道路交通安全法律、法规和相关知识考试科目简称____。
   A. "科目一"　　B. "科目二"　　C. "科目三"　　D. "术科"
3. 初次申请机动车驾驶证的，申请人预约考试科目三，报考小型汽车的，在取得学习驾驶证明满____天后预约考试。
   A. 20　　B. 30　　C. 40　　D. 60
4. 年龄在____周岁以上的，不得驾驶大型客车、牵引车、城市公交车、中型客车、大型货车、无轨电车和有轨电车。

A. 50　　　　　　B. 60　　　　　　C. 70　　　　　　D. 80

5. 机动车驾驶人有＿＿＿情形，应予换发机动车驾驶证。
A. 道路交通安全违法行为未处理完毕的
B. 身体条件不符合驾驶许可条件的
C. 在一个记分周期内记分达到 12 分未接受相关考试的
D. 在核发地车辆管理所管辖区以外居住的

四、简答题

1. 机动车驾驶证到期换证应履行什么手续？

2. 申请大型货车准驾车型驾驶证应符合的年龄及地域条件是什么（身体条件不叙述）？

3. 对在一个记分周期内累积记分达到 12 分和 24 分的机动车驾驶人应作何种处理？

五、案例分析题

1. 案例：
何某驾驶摩托车与另一辆摩托车迎面相撞，两摩托车均有不同程度损坏，肇事摩托车驾驶人弃车逃逸，何某受伤被过路人送往医院治疗。经公安交通警察大队认定，肇事摩托车驾驶人肇事逃逸，应负交通事故全部责任。肇事摩托车车主为孔某，他在交通事故当日上午 8 时许发现摩托车丢失后就立即报了案，公安机关已立案侦查，尚未破案。何某头部严重受伤，先后两次入院治疗，共花去医疗费 58 442.40 元。何某在找不到肇事车辆驾驶人的情况下，向法院起诉请求由肇事车辆的所有人孔某承担他的医疗费。孔某认为偷车人造成的交通事故，与自己没有关系，不应由自己承担受害人的损失。

孔某是否应承担赔偿责任？

分析：

2. 案例：
一日，一辆货车被停放在某工厂内。次日凌晨，在该厂打工的张某、汤某、姜某三人（均无驾驶证）发现停在厂内的货车车门未锁、钥匙还插在车上后，张某即打开厂门，三人先后驾驶该车，并将其驶离该厂。当张某驾驶该车时，与路边的行人王某发生碰撞，造成王某受伤。公安交警部门事故责任认定张某应负事故的全部责任，王某不负事故责任。张某则认为应由张某、汤某、姜某三人共同承担连带责任。

汤某、姜某是否应承担赔偿责任？

分析：

第十二章　道路运输从业人员管理

一、填空题

1. 经营性道路客货运输驾驶员从业资格考试由_____级道路运输管理机构组织实施，_____组织一次考试。
2. 国家对经营性_____、_____实行从业资格考试制度。
3. 道路运输从业人员从业资格证件有效期为__年。道路运输从业人员应当在从业资格证件有效期届满__日前到原发证机关办理换证手续。
4. 申请参加经营性道路客货运输驾驶员从业资格考试需提供下列材料：_____及复印件；_____及复印件；申请参加道路旅客运输驾驶员从业资格考试的，还应当提供道路交通安全主管部门出具的_____年内无重大以上交通责任事故记录证明。
5. 道路运输从业人员诚信考核和计分考核周期为__个月，从_____从业资格证件之日起计算。
6. 交通主管部门和道路运输管理机构应当在考试结束____日内公布考试成绩。对考试合格人员，应当自公布考试成绩之日起____日内颁发相应的道路运输从业人员从业资格证件。
7. 道路运输从业人员从业资格证件遗失、毁损的，应当到_____办理证件补发手续。
8. 经营性道路客货运输驾驶员和道路危险货物运输驾驶员不得超限、____运输，连续驾驶时间不得超过__小时。
9. 道路危险货物运输驾驶员应当按照道路交通安全主管部门指定的行车____和____运输危险货物。

二、判断题

1. 道路危险货物运输从业人员指的是危险货物运输驾驶员。　　　　　(　　)
2. 国家对所有道路运输从业人员均实行从业资格考试制度。　　　　　(　　)
3. 初次申请参加道路运输从业人员资格考试的可以在暂住地提出申请。(　　)
4. 道路运输从业人员从业资格考试成绩有效期为1年，逾期作废。　　 (　　)
5. 从事4.5吨及以下普通货运的驾驶员可以不办从业资格证和车辆营运证。(　　)
6. 道路运输从业人员从业资格证件全国通用。　　　　　　　　　　　(　　)
7. 已获得从业资格证件的人员需要增加相应从业资格类别的，可以在暂住地提出申请，参加相应培训和考试。　　　　　　　　　　　　　　　　　　　(　　)
8. 道路危险货物运输驾驶员年龄不得超过55周岁。　　　　　　　　　(　　)
9. 从业资格证件由设区的市级道路运输管理机构发放和管理。　　　　(　　)
10. 道路运输从业人员应当在从业资格证件有效期届满3个月前到原发证机关办理换证手续。　　　　　　　　　　　　　　　　　　　　　　　　　　　(　　)
11. 超过从业资格证件有效期180日未申请换证的，发证机关将注销其从业资格证件。　　　　　　　　　　　　　　　　　　　　　　　　　　　　　　(　　)
12. 道路危险货物运输驾驶员只能驾驶道路危险货物运输车辆。　　　　(　　)

三、单项选择题

1. 道路危险货物运输从业人员从业资格考试由设区的市级人民政府交通主管部门组织实施，每_____组织一次考试。
   A. 月　　　　　B. 季度　　　　C. 半年　　　　D. 年
2. 道路危险货物运输从业人员从业资格证件由_____交通主管部门发放和管理。
   A. 省级　　　　B. 设区的市级　C. 县级　　　　D. 省级或市级
3. 道路运输从业人员从业资格证件有效期为_____年。
   A. 1　　　　　B. 2　　　　　C. 3　　　　　D. 6
4. 道路运输从业人员从业资格考试成绩有效期为_____年。
   A. 半　　　　　B. 1　　　　　C. 2　　　　　D. 3
5. 经营性道路客货运输驾驶员和道路危险货物运输驾驶员连续驾驶时间不得超过_____个小时。
   A. 2　　　　　B. 4　　　　　C. 6　　　　　D. 8
6. 道路运输从业人员从业资格证件遗失、毁损的，应当到原发证机关办理_____手续。
   A. 换证　　　　B. 补证　　　　C. 变更　　　　D. 注销

四、简答题

1. 取得经营性道路旅客运输驾驶员从业资格的条件有哪些？

2. 取得经营性道路危险货物运输驾驶员从业资格的条件有哪些？

五、案例分析题

1. 案例：

宋某和妻子周某无偿搭乘王某驾驶的轿车。轿车行驶中突然碰到路面上某公路部门修道时弃置的泥堆，汽车猛地飞向相对方向的行车道，与孙某驾驶的货车相碰撞后，又与在货车后侧行驶的张某驾驶的重型货车相碰撞，致王某及乘坐轿车的周某、宋某和另一人受伤。周某经抢救无效于当日死亡。

宋某将公路部门及王某告上法庭，要求王某和公路部门承担宋某的医疗费、误工费、护理费等费用，同时承担其妻周某死亡的死亡赔偿金、丧葬费、抢救费、被抚养人生活费、精神损害抚慰金等费用。

王某和公路部门是否应承担赔偿责任？宋某和周某是否应承担责任？

分析：

2. 案例：

某公共交通公司驾驶员唐某驾驶大客车，与出租车驾驶员张某驾驶的出租车（属某出租车公司所有，车主为潘某，张某为受雇驾驶员）相撞。大客车被撞后向右侧冲去，将凌某撞伤。公安交通警察大队出具的《交通事故认定书》认定：唐某、张某驾驶汽车行经交叉路口时没有确保安全，让行不够，各负同等交通事故责任，凌某无交通事故责任。凌某受伤后在医院住院243天，经法医鉴定为3级伤残。原告凌某以公共交通公司、出租车车主潘某、出租车公司为被告，向法院起诉，要求三被告赔偿下列损失：医疗费、继续治疗费、住院伙食补助费、护理费、残疾生活补助费、交通费、精神损失费等，合计1 347 742.2元。律师代理费及诉讼费也由被告承担。

某公共交通公司辩称：本案不能适用连带赔偿责任，应由各被告按交通事故责任认定书的认定分别承担责任，原告要求赔偿精神损失费和律师费无法律根据，应重新鉴定。

某出租汽车公司辩称：交通事故责任认定不当，出租车只能承担两车相撞责任，不承担大客车撞人的责任，原告的民事赔偿请求依据不充分。原告不应将出租汽车公司列为被告，出租汽车公司不是肇事驾驶员的单位，也不是肇事车所有人，不应承担赔偿责任。

潘某辩称：交通队的责任认定不合理；其无力赔偿。

出租汽车公司是否应承担连带赔偿责任？

分析：

融、保险、救援等产品的提供商和售后服务商，但家用汽车产品"三包"服务、召回等由供应商承担费用时使用的配件和服务除外。经销商销售汽车时不得强制消费者购买保险或者强制为其提供代办车辆注册登记等服务。

经销商向消费者销售汽车时，应当核实登记消费者的有效身份证明，签订销售合同，并如实开具销售发票。

二、汽车交付

供应商、经销商应当在交付汽车的同时交付以下随车凭证和文件，并保证车辆配置表述与实物配置相一致：国产汽车的机动车整车出厂合格证；使用国产底盘改装汽车的机动车底盘出厂合格证；进口汽车的货物进口证明和进口机动车检验证明等材料；车辆一致性证书，或者进口汽车产品特殊认证模式检验报告；产品中文使用说明书；产品保修、维修保养手册；家用汽车产品"三包"凭证。

三、售后服务

经销商、售后服务商销售或者提供配件应当如实标明原厂配件、质量相当配件、再制造件、回用件等，明示生产商（进口产品为进口商）、生产日期、适配车型等信息，向消费者销售或者提供原厂配件以外的其他配件时，应当予以提醒和说明。

列入国家强制性产品认证目录的配件，应当取得国家强制性产品认证并加施认证标志后方可销售或者在售后服务经营活动中使用，依据国家有关规定允许办理免于国家强制性产品认证的除外。

供应商、经销商应当建立健全消费者投诉制度，明确受理消费者投诉的具体部门和人员，并向消费者明示投诉渠道。投诉的受理、转交以及处理情况应当自收到投诉之日起7个工作日内通知投诉的消费者。

第二节　销售市场秩序

一、供应商行为

供应商采取向经销商授权方式销售汽车的，授权期限（不含店铺建设期）一般每次不低于3年，首次授权期限一般不低于5年。双方协商一致的，可以提前解除授权合同。

供应商应当向经销商提供相应的营销、宣传、售后服务、技术服务等业务培训及技术支持。供应商、经销商应当在本企业网站或经营场所公示与其合作的售后服务商名单。

供应商不得限制配件生产商（进口产品为进口商）的销售对象，不得限制经销商、售后服务商转售配件，有关法律法规规章及其配套的规范性文件另有规定的除外。

供应商应当及时向社会公布停产或者停止销售的车型，并保证其后至少10年的配件供应以及相应的售后服务。

供应商发生变更时，应当妥善处理相关事宜，确保经销商和消费者的合法权益。

二、经销商行为

未违反合同约定被供应商解除授权的,经销商有权要求供应商按不低于双方认可的第三方评估机构的评估价格收购其销售、检测和维修等设施设备,并回购相关库存车辆和配件。

经销商不再经营供应商产品的,应当将客户、车辆资料和维修历史记录在授权合同终止后 30 日内移交给供应商,不得实施有损于供应商品牌形象的行为;家用汽车产品经销商不再经营供应商产品时,应当及时通知消费者,在供应商的配合下变更承担"三包"责任的经销商。供应商、承担"三包"责任的经销商应当保证为消费者继续提供相应的售后服务。

供应商可以要求经销商为本企业品牌汽车设立单独展区,满足经营需要和维护品牌形象的基本功能,但不得对经销商实施下列行为:要求同时具备销售、售后服务等功能;规定整车、配件库存品种或数量,或者规定汽车销售数量,但双方在签署授权合同或合同延期时就上述内容书面达成一致的除外;限制经营其他供应商商品;限制为其他供应商的汽车提供配件及其他售后服务;要求承担以汽车供应商名义实施的广告、车展等宣传推广费用,或者限定广告宣传方式和媒体;限定不合理的经营场地面积、建筑物结构以及有偿设计单位、建筑单位、建筑材料、通用设备以及办公设施的品牌或者供应商;搭售未订购的汽车、配件及其他商品;干涉经销商人力资源和财务管理以及其他属于经销商自主经营范围内的活动;限制本企业汽车产品经销商之间相互转售。

三、双方行为

供应商制定或实施营销奖励等商务政策应当遵循公平、公正、透明的原则。

供应商应当向经销商明确商务政策的主要内容,对于临时性商务政策,应当提前以双方约定的方式告知;对于被解除授权的经销商,应当维护经销商在授权期间应有的权益,不得拒绝或延迟支付销售返利。

除双方合同另有约定外,供应商在经销商获得授权销售区域内不得向消费者直接销售汽车。

> **小资料**
>
> **品牌与商标**
>
> 商标是指"任何能够将自然人、法人或者其他组织的商品或者服务与他人的商品或者服务区别开的文字、图形、数字、三维标志和颜色组合,以及上述要素的组合"。
>
> "品牌"虽为"商标"的同义词,是"商标"的俗称,但并非法律术语。
>
> 另有观点认为,商标是申请注册的受法律保障其专用权的品牌。品牌与商标的不同之处主要是商标能够得到法律保护,而未经过注册获得商标权的品牌不受法律保护。所以说,商标是经过注册获得商标专用权从而受到法律保护的品牌。
>
> 也有观点认为,品牌是一个集合概念,主要包括品牌名称、品牌标志、商标和品牌角色四部分。商标不是品牌的全部,而仅仅是品牌的一种标志或记号,即品牌中的标志部分,或者说,商标就是指产品标志,是便于消费者识别的部分。

第三节 监督管理

一、监督管理机关

国务院商务主管部门负责制定全国汽车销售及其相关服务活动的政策规章，对地方商务主管部门的监督管理工作进行指导、协调和监督。

县级以上地方商务主管部门对本行政区域内汽车销售及其相关服务活动进行监督管理。

二、信息管理

供应商、经销商应当自取得营业执照之日起90日内通过国务院商务主管部门全国汽车流通信息管理系统备案基本信息。供应商、经销商备案的基本信息发生变更的，应当自信息变更之日起30日内完成信息更新。

供应商、经销商应当按照国务院商务主管部门的要求，及时通过全国汽车流通信息管理系统报送汽车销售数量、种类等信息。

经销商应当建立汽车销售、用户等信息档案，准确、及时地反映本区域销售动态、用户要求和其他相关信息。汽车销售、用户等信息档案保存期不得少于10年。

三、监督检查措施

县级以上地方商务主管部门应当依据职责，采取"双随机"办法对汽车销售及其相关服务活动实施日常监督检查。监督检查可以采取下列措施：进入供应商、经销商从事经营活动的场所进行现场检查；询问与监督检查事项有关的单位和个人，要求其说明情况；查阅、复制有关文件、资料，检查相关数据信息系统及复制相关信息数据；依据国家有关规定采取的其他措施。

> **小资料**
>
> **4S店**
>
> 一种以"四位一体"为核心的汽车特许经营模式，包括整车销售（Sale）、零配件供应（Spareparts）、售后服务（Service）和信息反馈（Survey）。4S店的核心含义是"汽车终身服务解决方案"。4S店一般采取一个品牌在一个地区分布一个或相对等距离的几个专卖店，按照生产厂家统一的店内外设计要求进行建造。在品牌授权制度下，各个汽车品牌企业构建了以4S店为主体的汽车流通网络，自建自用是其主要特征。国外某品牌汽车4S店，如图6-1所示。

图6-1 国外某品牌汽车4S店

第四节　家用汽车产品三包责任规定

国家质量监督检验检疫总局《家用汽车产品修理、更换、退货责任规定》（总局令第150号）于2013年1月15日正式对外公布，自2013年10月1日起施行。2019年3月14日，国家市场监督管理总局发布了《家用汽车产品修理、更换、退货责任规定（修订征求意见稿）》。

一、总则

"汽车三包"的概念是指汽车产品生产者、销售者和修理者在内，因汽车产品质量问题，对汽车产品进行修理、更换和退货的行为。其中，质量保证期包括包修期、三包有效期和易损耗零部件的质量保证期。

家用汽车产品（指消费者为生活消费需要而购买和使用的乘用车，不包括运营车和公务用车等专用乘用车）消费者、经营者行使权利、履行义务或承担责任，应当遵循诚实信用的原则，不得恶意欺诈。

三包责任由销售者依法承担。销售者依照规定承担三包责任后，属于生产者的责任或者属于其他经营者的责任的，销售者有权向生产者和其他经营者追偿，如图6-2所示。

国家市场监督管理总局（以下简称市场监管总局）负责本规定实施的监督管理；组织建立家用汽车产品三包信息公开制度，并可以依法委托相关机构建立家用汽车产品三包信息系统，承担有关信息管理工作；推动建立家用汽车产品三包责任争议第三方处理机制。各省（自治区、直辖市）市场监督管理部门负责本规定在本行政区域内实施的监督管理。市县两级市场监督管理部门负责依法受理消费者投诉。

图6-2　三包责任由销售者依法承担

二、生产者义务

生产者应当严格执行出厂检验制度；未经检验合格的家用汽车产品，不得出厂销售。

家用汽车产品应当具有中文的产品合格证或相关证明以及产品使用说明书、三包凭证和维修保养手册等随车文件。

产品使用说明书应当符合消费品使用说明等国家标准规定的要求。家用汽车产品所具有的使用性能和安全性能在相关标准中没有规定的，其性能指标、工作条件和工作环境等要求应当在产品使用说明书中明示。

三包凭证应当包括以下内容：产品品牌、型号、车辆类型规格、车辆识别代号（VIN）和生产日期；生产者名称、地址、邮政编码和客服电话；销售者名称、地址、邮政编码、电话等销售网点资料、销售日期；修理者名称、地址、邮政编码、电话等修理网点资料或者相关查询方式；家用汽车产品三包条款、包修期和三包有效期以及按照规定要求应当明示的其他内容。

随车提供工具和备件等物品的，应附有随车物品清单。

三、销售者义务

销售者销售家用汽车产品，应当符合下列要求：

1）向消费者交付合格的家用汽车产品以及发票。
2）按照随车物品清单等随车文件向消费者交付随车工具和备件等物品。
3）当面查验家用汽车产品的外观和内饰等现场可查验的质量状况。
4）明示并交付产品使用说明书、三包凭证和维修保养手册等随车文件。
5）明示家用汽车产品三包条款、包修期和三包有效期。
6）明示由生产者约定的修理者名称、地址和联系电话等修理网点资料，但不得限制消费者在上述修理网点中自主选择修理者。
7）在三包凭证上填写有关销售信息。
8）提醒消费者阅读安全注意事项、按产品使用说明书的要求进行使用和维护保养。

对于进口家用汽车产品，销售者还应当明示并交付海关出具的货物进口证明和出入境检验检疫机构出具的进口机动车辆检验证明等资料。

消费者所购买的车辆一旦发生问题，应直接找与其发生买卖合同关系的销售者索赔。

四、修理者义务

修理者（指与生产者或销售者订立代理修理合同，依照约定为消费者提供家用汽车产品修理服务的单位或者个人）应当建立并执行修理记录存档制度。书面修理记录应当一式两份，一份存档，一份提供给消费者。

修理记录内容应当包括送修时间、行驶里程、送修问题、检查结果、修理项目、更换的零部件名称和编号、材料费、工时和工时费、拖运费、提供备用车的信息或者交通费用补偿金额、交车时间、修理者和消费者签名或盖章等。

修理记录应当便于消费者查阅或复制。

用于家用汽车产品修理的零部件应当是生产者提供或者认可的合格零部件，且其质量不低于家用汽车产品生产装配线上的产品。

五、三包责任

在家用汽车产品包修期和三包有效期内，家用汽车产品出现产品质量问题或严重安全性能故障而不能安全行驶或者无法行驶的，应当提供电话咨询修理服务；电话咨询修理服务无法解决的，应当开展现场修理服务，并承担合理的车辆拖运费。

产品质量问题，是指家用汽车产品出现影响正常使用、无法正常使用或者产品质量与法规、标准和企业明示的质量状况不符合的情况。

严重安全性能故障，是指家用汽车产品存在危及人身、财产安全的产品质量问题，致使消费者无法安全使用家用汽车产品，包括出现安全装置不能起到应有的保护作用或者存在起火等危险情况。

1. 包修期和三包有效期

家用汽车产品包修期限不低于3年或者行驶里程60 000km，以先到者为准；家用汽车产品三包有效期限不低于2年或者行驶里程50 000km，以先到者为准。

家用汽车产品包修期和三包有效期自销售者开具购车发票之日起计算；向消费者交付家用汽车产品晚于购车发票开具日期的，按照实际交付日期起算。

2. 包修

在家用汽车产品包修期内，家用汽车产品出现产品质量问题，消费者凭三包凭证由修理者免费修理（包括工时费和材料费）。

家用汽车产品自销售者开具购车发票（或者交付产品）之日起60日内或者行驶里程3 000km之内（以先到者为准），发动机、变速器、动力蓄电池、行驶驱动电机的主要零件出现产品质量问题的，消费者可以选择免费更换发动机、变速器、动力蓄电池、行驶驱动电机。发动机、变速器、动力蓄电池、行驶驱动电机的主要零件的种类范围由生产者明示在三包凭证上，其种类范围应当符合国家标准GB/T 29632《家用汽车三包主要零件种类范围与三包凭证》等标准、规范的规定。

家用汽车产品的易损耗零部件在其质量保证期内出现产品质量问题的，消费者可以选择免费更换易损耗零部件。易损耗零部件的种类范围及其质量保证期由生产者明示在三包凭证上。生产者明示的易损耗零部件的种类范围应当符合国家标准GB/T 29632《家用汽车三包主要零件种类范围与三包凭证》等标准、规范的规定。

在家用汽车产品包修期内，因产品质量问题每次修理时间（包括等待修理备用件时间）超过5日的，应当为消费者提供备用车，或者给予合理的交通费用补偿。修理时间自消费者与修理者确定修理之时起，至完成修理之时止。一次修理占用时间不足24h的，以1日计。

3. 包换和包退

在家用汽车产品三包有效期内，符合规定更换或退货条件的，消费者凭三包凭证和购车发票等由销售者更换或退货。

1）家用汽车产品自销售者开具购车发票（或者交付产品）之日起60日内或者行驶里程3 000km之内（以先到者为准），家用汽车产品出现转向系统失效、制动系统失效、车身开裂、燃油泄漏、动力蓄电池起火，消费者选择更换家用汽车产品或退货的，销售者应当负责免费更换或退货。

2）在家用汽车产品三包有效期内，发生下列情况之一，消费者选择更换或退货的，销售者应当负责更换或退货：

① 因严重安全性能故障累计进行了两次修理（图6-3），严重安全性能故障仍未排除或者又出现新的严重安全性能故障的。

② 发动机、变速器、动力蓄电池、行驶驱动电机累计更换2次后，或者发动机、变速器、动力蓄电池、行驶驱动电机的同一主要零件因其质量问题，累计更换2次后，仍不能正常使用的（发动机、变速器、动力蓄电池、行驶驱动电机

图6-3 严重安全性能故障累计进行了两次修理后仍存在同一问题应包换和包退

与其主要零件更换次数不重复计算)。

3)在家用汽车产品三包有效期内,因产品质量问题修理时间累计超过35日的,或者因同一产品质量问题累计修理超过5次的,消费者可以凭三包凭证和购车发票,由销售者负责更换。

下列情形所占用的时间不计入修理时间:需要根据车辆识别代号(VIN)等定制的防盗系统、全车线束等特殊零部件的运输时间(特殊零部件的种类范围由生产者明示在三包凭证上);外出救援路途所占用的时间。

4)在家用汽车产品三包有效期内,符合更换条件的,销售者应当及时向消费者更换新的、合格的、同品牌、同型号家用汽车产品;无同品牌、同型号的家用汽车产品更换的,销售者应当及时向消费者更换不低于原车配置的家用汽车产品;无不低于原车配置的家用汽车产品向消费者更换的,消费者可以选择退货,销售者应当负责为消费者退货(图6-4)。

图 6-4　只修不换不退的问题不会再出现了

4. 更换或退货的其他规定

1)在家用汽车产品三包有效期内,消费者书面要求更换或退货的,销售者应当自收到消费者书面要求更换或退货之日起10个工作日内,作出书面答复。逾期未答复或者未按规定负责更换或退货的,视为故意拖延或者无正当理由拒绝。

2)在家用汽车产品三包有效期内,符合更换条件的,销售者应当自消费者要求换货之日起15个工作日内向消费者出具更换家用汽车产品证明;符合退货条件的,销售者应当自消费者要求退货之日起15个工作日内向消费者出具退车证明,并负责为消费者按发票价格一次性退清货款。

家用汽车产品更换或退货的,应当按照有关法律法规规定办理车辆登记等相关手续。

3)按照规定更换或者退货的,消费者应当支付因使用家用汽车产品所产生的合理使用补偿,销售者依照规定应当免费更换或退货的除外〔即家用汽车产品自销售者开具购车发票之日起60日内或者行驶里程3 000km之内(以先到者为准),家用汽车产品出现转向系统失效、制动系统失效、车身开裂或燃油泄漏,消费者选择更换家用汽车产品或退货的,销售者应当负责免费更换或退货〕。

合理使用补偿费用的计算公式为:〔(车价款(元)×行驶里程(km))/1 000〕×n。使用补偿系数n由生产者根据家用汽车产品使用时间和使用状况等因素确定,不超过0.7%。

家用汽车产品更换或者退货的,发生的税费按照国家有关规定执行。因质量问题退车的,已缴税款每满1年扣减10%计算退税额,未满1年的按已缴税款全额退税。纳税人申请退税时,应填写《车辆购置税退税申请表》,分下列情况提供资料:未办理车辆登记注册的,提供生产企业或经销商开具的退车证明和退车发票、完税证明正本和副本;已办理车辆登记注册的,提供生产企业或经销商开具的退车证明和退车发票、完税证明正本、公安机关车辆管理机构出具的注销车辆号牌证明。

4)消费者遗失家用汽车产品三包凭证的,销售者和生产者应当在接到消费者申请后10

个工作日内予以补办。消费者向销售者和生产者申请补办三包凭证后,可以依照规定继续享有相应权利。

按照规定更换家用汽车产品后,销售者和生产者应当向消费者提供新的三包凭证,家用汽车产品包修期和三包有效期自更换之日起重新计算。

在家用汽车产品包修期和三包有效期内发生家用汽车产品所有权转移的,三包凭证应当随车转移,三包责任不因汽车所有权转移而改变。

5) 按照规定更换或退货的家用汽车产品再次销售的,应当经检验合格并明示该车是"三包换退车"以及更换或退货的原因。"三包换退车"的三包责任按合同约定执行。

六、三包责任免除

在家用汽车产品包修期和三包有效期内,存在下列情形之一的,经营者对所涉及产品质量问题,可以不承担所规定的三包责任:

1) 无有效发票和三包凭证的。
2) 消费者所购家用汽车产品已被书面告知存在瑕疵的。
3) 家用汽车产品用于出租或者其他营运目的的。
4) 使用说明书中明示不得改装、调整、拆卸,但消费者自行改装、调整、拆卸而造成损坏的。
5) 发生产品质量问题,消费者自行处置不当而造成损坏的。
6) 因消费者未按照使用说明书要求正确使用、维护、修理产品,而造成损坏的。
7) 因不可抗力(如地震、台风、洪水和战争等)造成损坏的。

不过,经营者是否免责,还要看以上某种情形与车辆故障的因果关系。比如,已被书面告知存在瑕疵的,仅对存在瑕疵的部分可以免除三包责任,而非整车;比如,消费者为追求车辆动力性能改动了发动机,造成发动机系统出现故障,这种情形下经营者可免除三包责任。但若是改动了发动机后,车辆轮毂出现质量问题,由于改装与故障无直接因果关系,经营者则不能免责;又如,消费者若在4S店外维护时使用了符合要求、且比原厂产品规格更高的机油,发动机因出厂加工原因而出现气门损坏故障时,经营者仍需按三包规定承担责任。

七、争议的处理

家用汽车产品三包责任发生争议的,消费者可以与经营者协商解决;可以依法向各级消费者权益保护组织等第三方社会中介机构请求调解解决;可以依法向市场监督管理部门等有关行政部门申诉进行处理。

申诉时,消费者要提供必要的材料,包括车辆的信息、车辆出现质量问题的描述和车辆维修记录等,同时针对反映的问题,消费者要提出合理的诉求。

家用汽车产品三包责任争议双方不愿通过协商、调解解决或者协商、调解无法达成一致的,可以根据协议申请仲裁,也可以依法向人民法院起诉。

省级以上市场监督管理部门可以组织建立家用汽车产品三包责任争议处理技术咨询人员库,为争议处理提供技术咨询;经争议双方同意,可以选择技术咨询人员参与争议处理,技术咨询人员咨询费用由双方协商解决。国家质检总局颁布实施了《家用汽车产品三包信息和争议处理技术咨询人员管理办法》(自2013年10月1日起施行),明确并细化了汽车三包规定中涉及的三包信息管理和三包争议处理技术专家库建设等具体工作措施。

处理家用汽车产品三包责任争议，需要对相关产品进行检验和鉴定的，按照产品质量仲裁检验和产品质量鉴定有关规定执行。三包政策为消费者撑起了保护伞（图6-5）。

图6-5　三包政策为消费者撑起了保护伞

第五节　案例分析

一、发生事故各方均无责任的赔偿

【案例】

王某驾车途经交叉路口地段时，和驾驶电瓶车的吴某相撞，致使吴某跌地受重伤。事后，经交警部门调查，双方都不存在过错，属于双方无责任情况。吴某的女儿作为法定代理人将王某和保险公司告上法庭，要求两被告赔偿损失8万余元。而王某却认为，发生交通事故时自己是正常行驶，不该承担全部赔偿责任，吴某应与自己承担同等责任。

发生事故时各方均无责任，如何确定赔偿责任？

【分析】

法院审理后认为，机动车发生交通事故造成人身伤亡、财产损失的，由保险公司在机动车第三者责任强制保险责任限额范围内予以赔偿；不足部分，机动车与非机动车驾驶人、行人之间发生交通事故时，属各方无责任的，由机动车一方承担全部赔偿责任。本案是发生在机动车与电瓶车（非机动车）之间的交通事故，因此，保险公司应在机动车第三者责任强制保险责任限额范围内予以赔偿，不足部分应由王某承担赔偿责任。

二、行人"撞"死骑车人

【案例】

杨某过马路时被自行车撞倒，所幸只是受了一些皮外伤，而骑自行车的张某却在倒地后昏迷不醒，虽经抢救，仍不幸死亡。

随后，张某的父母以杨某在过马路时没有在人行横道上行走，而是站在自行车道上，导致事故发生，以及没有及时报警为由，将其告上法庭，要求杨某赔偿医疗费和死亡赔偿金等共计 18 万余元。

杨某收到法院的传票后直喊冤枉，称自己站在非机动车道上，处于静止的状态，被处于高速运动状态的张某撞了，自己也是受害人。

【分析】

法院经审理认为，张某在骑车行驶中占道和骑行方向是正确的；而杨某站立于非机动车道路上，没有站在人行横道上，故占道错误，而且事故发生后，杨某虽被撞但意识清楚，但没有报警也没有保护现场，对事故发生负有责任，法院判决杨某赔偿死者死亡赔偿金等共计 23 万元中的 40%，并向其支付精神损害抚慰金 1 万元。

三、机动车道上打出租车发生车祸，谁承担责任

【案例】

出租车驾驶人罗某驾驶出租车行至某路口时，踩下制动踏板等候绿灯信号。这时，黄某走到该车所在机动车道上打车，上前拉开出租车右前车门，进入车内。当黄某正用右手抓住出租车右前车门外缘准备关车门时，交通信号灯转换成绿灯，在出租车右侧稍前停放的一辆货车起步行驶，黄某来不及将手收回，导致货车左侧车厢与出租车右前车门和黄某右手碰挂，发生两车轻微受损，黄某右手受伤的交通事故。

黄某将出租车驾驶人罗某、出租车公司、出租车保险公司以及货车驾驶人郑某等告上法庭，要求其赔偿人身损害。

该事故的责任应由谁承担？

【分析】

法院审理认为，黄某作为一个具有完全民事行为能力的人，对在机动车道上拦乘机动车的危险性应有足够的认知能力，却违反道路交通安全法"不得在机动车道上拦乘机动车"及"开关车门不得妨碍其他车辆和行人通行"的规定，其对损害后果的发生有重大过错。罗某驾驶出租车在路口等待绿灯放行，其行为没有过错，对黄某忽然拉开车门的瞬间行为也不可能预见。当黄某拉开的出租车车门与货车发生碰挂时，罗某驾驶的出租车仍处于静止状态。因此，引起交通事故发生的原因不是罗某的行为，而是黄某拉开的车门与郑某驾驶的货车相碰挂，罗某与黄某之间不存在交通事故，故罗某不应承担赔偿责任。由于罗某不承担责任，故与罗某有关系的出租车公司以及保险公司也不应承担责任。郑某在驾驶货车起步时，将黄某右手致伤，对黄某实施了侵权行为。法院判定黄某自行承担此次交通事故 80% 的责任，郑某未尽到谨慎注意义务，承担 20% 的责任。

四、新车试驾发生事故，试驾者和车行如何承担责任

【案例】

2011 年 7 月 16 日，柯先生到车行看车，签订了《试乘试驾客户保证书》，约定顾客在试乘试驾时要严格遵守行车驾驶的一切法规和要求，做到安全、文明驾驶，对车辆造成的一切损失，将由试乘试驾者全部承担。柯先生有驾驶证，车行工作人员薛某接待并安排柯先生

试驾。薛某坐在副驾驶座陪同试驾。柯先生驾驶车辆过程中碰撞绿化带，造成自己受伤及车辆损坏。经车行委托评估，车辆损失价值 79 200 元。车行没有为事故车购买车辆损失商业保险。由于事故成因无法查清，车行认为柯先生驾车疏忽大意，操作错误，应承担事故全部责任。柯先生则认为，不应由其赔钱。

【分析】

法院审理后认为，柯先生在驾驶车辆过程中，没有小心驾驶，在转弯路段的操作不当，对事故的发生存在过错，应负相应责任。车行作为汽车销售企业，指派陪同试驾的销售人员没有就路线和相关的操作注意事项给柯先生提供适当的指引，对事故的发生也存在一定的过错；而且，车行没有为事故车辆购买商业保险，车辆损失无法通过保险理赔得到补偿，车行的行为增加了试驾者的责任风险。因此判定试驾者担三成责任，车行担七成责任。

2012 年 12 月 21 日起施行的《最高人民法院关于审理道路交通事故损害赔偿案件适用法律若干问题的解释》中第八条规定，"机动车试乘过程中发生交通事故造成试乘人损害，当事人请求提供试乘服务者承担赔偿责任的，人民法院应予支持。试乘人有过错的，应当减轻提供试乘服务者的赔偿责任。"

第七章 二手车流通管理

2018年，全国31个省、市、自治区1 068家二手车交易市场累计二手车交易1 382.1万辆，同比增长11.46%；交易金额达到8 603.57亿元。为了更好地规范二手车交易行为，强化市场主体责任；加强消费者权益保护，确保消费放心、交易便捷、服务完备；明确监管职责，加强市场监管，规范交易秩序，促进二手车市场健康、有序发展，商务部正加快修订《二手车流通管理办法》。《二手车流通管理办法》（商务部、公安部、工商总局、税务总局令2005年第2号），于2005年10月1日正式实施。本节内容参照2018年11月15日商务部修订后的《二手车流通管理办法（征求意见稿）》编写。

第一节 概述

一、管理机关的职责

国务院商务主管部门、公安部门、税务部门、市场监督管理部门在各自职责范围内负责二手车流通有关指导、协调和监督管理工作。

县级以上地方商务主管部门牵头负责本地二手车流通管理工作，拟定本地二手车流通行业发展的政策措施；公安部门负责二手车转移登记，依法查处扰乱公共秩序、危害公共安全，侵害公民人身、财产安全等违法犯罪行为；税务部门负责二手车交易税款征收和发票的监督管理，监督企业依法纳税，查处偷逃税款违法行为；市场监督管理部门负责二手车市场反垄断和反不正当竞争执法，实施产品和服务质量监管，依法处理合同纠纷和保护消费者权益等。

二、二手车经营行为

二手车是指从办理完注册登记手续到依法应当实施报废之前进行交易并转移所有权的汽车、挂车和摩托车。

二手车交易市场是指具备一定规模的固定场地、必要的配套设施，满足车辆展示需求，为买卖双方提供二手车交易和办理二手车鉴定评估、转移登记、保险、纳税等手续的场所。

二手车经销企业是指从事二手车收购、整备、销售经营活动的企业，包括开展车辆置换并销售二手车的新车销售企业。

二手车经营行为是指二手车经销、拍卖、经纪、鉴定评估等。二手车经销是指二手车经销企业收购、销售二手车的经营活动；二手车拍卖是指二手车拍卖企业以公开竞价的形式将二手车转让给最高应价者的经营活动（图7-1）；二手车经纪是指二手车经纪机构以收取佣金为目的，为促成他人交易二手车而从事居间、行纪或者代理等经营活动；二手车鉴定评估是指二手车鉴定评估机构对二手车技术状况及其价值进行鉴定评估的经营活动。

二手车交易市场经营者和二手车经销企业依法在市场监督管理部门注册登记，在企业营业执照的经营范围中应当标明"二手车交易市场"或"二手车经销"字样。二手车交易市场经营者应当具备法人资格，在企业名称中标明"二手车交易市场"字样。新车销售企业开展二手车经营活动的，应当在企业营业执照的经营范围中予以标明。

从事二手车相关经营活动应当遵循合法、自愿、公平、诚信的原则，接受依法实施的监督检查。

图7-1 二手车拍卖会车辆展示现场

二手车交易市场经营者、二手车经销企业应当在经营场所醒目位置明示交易服务流程、服务项目、收费标准、监督电话等内容，不得向消费者收取约定以外的费用。

国家鼓励发展专业化、品牌化、连锁化的二手车经销、拍卖流通模式，促进二手车自由流通。

第二节 二手车流通

一、卖方的责任

1. 二手车卖方应当提供车辆真实情况

二手车交易市场经营者和二手车经营主体应当确认卖方的身份证明，车辆的号牌、《机动车登记证书》《机动车行驶证》、有效的机动车安全技术检验合格标志、车辆保险单和交纳税费凭证等。

国家机关、国有企事业单位在出售、委托拍卖车辆时，应持有本单位或者上级单位出具的资产处理证明。

出售、拍卖无所有权或者处置权车辆的，应承担相应的法律责任。

二手车卖方应当向买方提供车辆的使用、修理、事故、检验以及是否办理抵押登记、交纳税费、报废期等真实情况和信息。买方购买的车辆如因卖方的隐瞒和欺诈不能办理转移登记的，卖方应当无条件接受退车，并退还购车款等费用。

2. 交付内容

二手车交易完成后，卖方应当及时向买方交付车辆、号牌及车辆法定证明和凭证。凭证不全的应以书面方式予以说明并经买方确认。车辆法定证明和凭证主要包括：

1)《机动车登记证书》。
2)《机动车行驶证》。
3) 有效的机动车安全技术检验合格标志。
4) 车辆购置税完税证明。
5) 车船使用税缴付凭证。
6) 车辆保险单。

二、经销企业的责任

1. 委托二手车经纪机构购买二手车时对双方的要求

1) 委托人向二手车经纪机构提供合法身份证明。
2) 二手车经纪机构依据委托人的要求选择车辆，并及时向其通报市场信息。
3) 二手车经纪机构接受委托时，双方签订合同。
4) 二手车经纪机构根据委托人的要求代为办理车辆鉴定评估的，鉴定评估所发生的费用由委托人承担。

2. 禁止经销、买卖、拍卖和经纪的车辆

1) 已报废或者达到国家强制报废标准的车辆。
2) 在抵押期间或者未经海关批准交易的海关监管车辆。
3) 在人民法院、人民检察院、行政执法部门依法查封、扣押期间的车辆。
4) 通过盗窃、抢劫、诈骗等违法犯罪手段获得的车辆。
5) 发动机号码、车辆识别代号或者车架号码与登记号码不相符，或者有凿改迹象的车辆。
6) 走私、非法拼（组）装的车辆。
7) 不具有《机动车登记证书》或《机动车行驶证》的车辆。
8) 其他国家法律法规禁止经营的车辆。

3. 经销企业的责任

1) 二手车经销企业销售二手车时应当向买方提供质量保证及售后服务承诺，并应在经营场所予以明示。
2) 进行二手车交易应当签订合同。合同示范文本由国务院工商行政管理部门制定。
3) 二手车所有人委托他人办理车辆出售的，应当与受托人签订委托书。
4) 二手车经销、拍卖企业销售、拍卖二手车时，应当按规定向买方开具税务机关监制的统一发票。
5) 进行二手车直接交易和通过二手车经纪机构进行二手车交易的，应当由税务机关或二手车交易市场经营者按规定向买方开具税务机关监制的统一发票。
6) 二手车交易完成后，现车辆所有人应当凭税务机关监制的统一发票以及其他凭证，按法律、法规有关规定办理转移登记手续。

三、自愿评估制度

实施二手车自愿评估制度。除涉及国有资产的车辆外，二手车的交易价格由买卖双方商定，当事人可以自愿委托具有资格的二手车鉴定评估机构对二手车进行评估，以供交易时参考。除法律、行政法规规定外，任何单位和部门不得强制或变相强制对交易车辆进行评估。

积极规范二手车鉴定评估行为。二手车鉴定评估机构应当本着"客观、真实、公正、公开"的原则，依据国家有关法律法规，开展二手车鉴定评估经营活动，出具车辆鉴定评估报告，明确车辆技术状况（包括是否属事故车辆等内容）。

二手车鉴定评估机构应当明确鉴定评估标准和免责条款，不得出具虚假或有重大遗漏的报告，对鉴定评估结果承担相应的法律责任。

鼓励有资质的认证机构开展二手车鉴定评估机构认证服务，培育二手车认证品牌。

二手车鉴定评估机构的行政许可已取消。

《二手车鉴定评估技术规范》（GB/T 30323—2013）于 2014 年 6 月 1 日起施行。

 小资料

最早的汽车广告

1900 年，美国第一家汽车厂——奥兹莫比尔的新工厂竣工。奥兹父子在工厂门口树立了一块醒目的标志牌，上书"世界最大的汽车工厂"，来往行人无不驻足观看；奥兹父子还制作了大量色彩鲜艳的海报式广告，到处张贴，宣传该厂 1901 年 1 月生产 100 辆汽车的计划。这一广告活动取得了预期的效果。

第三节 二手车交易规范

一、交易的合法性

1. 交易的合法性

二手车交易市场经营者和二手车经营主体，应按下列项目确认卖方的身份及车辆的合法性：

1）卖方身份证明或者企业营业执照原件合法有效。

2）车辆号牌、机动车登记证书、机动车行驶证、机动车安全技术检验合格标志真实、合法、有效。

3）交易车辆不属于《二手车流通管理办法》中规定的禁止交易的车辆。

2. 车辆所有权或处置权证明

二手车交易市场经营者和二手车经营主体应核实卖方的所有权或处置权证明。车辆所有权或处置权证明应符合下列条件：

1）机动车登记证书、行驶证与卖方身份证明名称一致；国家机关、国有企事业单位出售的车辆，应附有资产处理证明。

2）委托出售的车辆，卖方应提供车主授权委托书和身份证明。

3）二手车经销企业销售的车辆，应具有车辆收购合同等能够证明经销企业拥有该车所有权或处置权的相关材料，以及原车主身份证明复印件。原车主名称应与机动车登记证和行驶证名称一致。

3. 交易合同

二手车交易应当签订合同，以明确相应的责任和义务。交易合同包括：收购合同、销售合同、买卖合同、委托购买合同、委托出售合同和委托拍卖合同等。

二手车卖方应在合同中向买方明确是否提供保修。二手车卖方提供保修的，应当明确保修承担人、范围、期限、修理和投诉方式、免责条款等内容。

二手车经销企业在销售二手车时，应将车辆状况表格附在交易合同中，车辆状况表格与交易合同具有同等法律效力。车辆状况表格应包括车辆基本信息、价格信息、重要配置信息、事故信息、重要功能异常信息、延长保修信息等以及需要说明的其他事项。

车辆转移登记手续应在国家有关政策法规规定的时间内办理完毕，并在交易合同中予以明确。

2012年1月1日起，二手车交易中的车辆购置税过户、转籍和变更业务已全面取消。

二手车应在车辆注册登记所在地交易。二手车转移登记手续应按照公安部门有关规定在原车辆注册登记所在地公安机关交通管理部门办理。需要进行异地转移登记的，由车辆原属地公安机关交通管理部门办理车辆转出手续，在接收地公安机关交通管理部门办理车辆转入手续。

4. 交易档案

二手车交易市场经营者、经销企业和拍卖公司应建立交易档案，交易档案主要包括以下内容：

1）车辆号牌、机动车登记证书、机动车行驶证、机动车安全技术检验合格标志的法定证明和凭证复印件。

2）购车原始发票或者最近一次交易发票复印件。

3）买卖双方身份证明或者企业营业执照复印件。

4）委托人及授权代理人身份证明或者企业营业执照以及授权委托书复印件。

5）交易合同原件。

6）二手车经销企业的《车辆信息表》，二手车拍卖公司的《拍卖车辆信息》和《二手车拍卖成交确认书》。

7）其他需要存档的有关资料。

交易档案保存期不得少于5年。

二手车交易市场经营者和二手车经营主体如发现非法车辆，伪造证照和车牌等违法行为，以及擅自更改发动机号、车辆识别代号（车架号码）和调整里程表等情况时，应及时向有关执法部门举报，并有责任配合调查。

二、收购和销售

1. 收购车辆要求

二手车经销企业在收购车辆时，应按下列要求进行：

1）核实卖方身份以及交易车辆的所有权或处置权，并查验车辆的合法性。

2）与卖方商定收购价格，如对车辆技术状况及价格存有异议，经双方商定可委托二手车鉴定评估机构对车辆技术状况及价值进行鉴定评估。达成车辆收购意向的，与卖方签订收购合同，收购合同中应明确说明收购方享有车辆的处置权。

3）按收购合同向卖方支付车款。

2. 销售车辆要求

1）二手车经销企业将二手车销售给买方之前，应对车辆进行检测和整备。

2）二手车经销企业应对进入销售展示区的车辆，按《车辆信息表》的要求填写有关信息，并在显要位置予以明示，并可根据需要增加《车辆信息表》的有关内容。

3）达成车辆销售意向的，二手车经销企业应与买方签订销售合同，并将《车辆信息表》作为合同附件。按合同约定收取车款时，二手车经销企业应向买方开具税务机关监制的统一发票，并如实填写成交价格。

3. 办理转移登记手续

买方持规定的法定证明、凭证（买方及其代理人的身份证明；机动车登记证书；机动车行驶证；二手车交易市场、经销企业和拍卖公司按规定开具的二手车销售统一发票；属于解除海关监管的车辆，应提供《中华人民共和国海关监管车辆解除监管证明书》），到公安机关交通管理部门办理转移登记手续。

世界最大的二手车拍卖公司

1945 年，美国美瀚市的几个人成立了美瀚汽车拍卖公司（Manheim Auto Auction，下称美瀚公司，如图 7-2 所示）。到 1959 年，美瀚公司已经发展成为世界上规模最大、销售量最高的汽车拍卖公司。美瀚公司为买卖双方提供二手车车辆服务和交易市场，2018 年二手车成交约 800 万辆，经营额高达 570 亿美元。美瀚公司是一家全球性的二手车市场营销组织，它在全球设有 135 个拍卖点和相关企业，拥有 32 000 名员工，其中仅在北美就有 85 家拍卖点。其业务遍及澳大利亚、比利时、中国、德国、新西兰、波多黎各、西班牙、泰国和英国等地。美瀚公司利用在线交易平台和卫星信息同步传输设备等先进二手车拍卖科技产品，为全球拍卖场的用户提供全套拍卖服务。美瀚公司的总部设在美国佐治亚州亚特兰大市。

图 7-2　美瀚汽车拍卖公司的一个二手车拍卖场

三、经纪

1. 委托

购买或出售二手车可以委托二手车经纪机构办理。委托二手车经纪机构购买二手车时，应按《二手车流通管理办法》规定进行：

1）委托人向二手车经纪机构提供合法身份证明。
2）二手车经纪机构依据委托人的要求选择车辆，并及时向其通报市场信息。
3）二手车经纪机构接受委托购买时，双方签订合同。
4）二手车经纪机构根据委托人要求代为办理车辆鉴定评估时，鉴定评估所发生的费用由委托人承担。

二手车经纪机构应严格按照委托购买合同向买方交付车辆、随车文件及规定的法定证明和凭证（车辆号牌、机动车登记证书、机动车行驶证和机动车安全技术检验合格标志）。

2. 接受委托

二手车经纪机构接受委托出售二手车时，应按以下要求进行：

1）及时向委托人通报市场信息。
2）与委托人签订委托出售合同。
3）按合同约定展示委托车辆，并妥善保管，不得挪作他用。
4）不得擅自降价或加价出售委托车辆。

签订委托出售合同后，委托出售方应当按照合同约定向二手车经纪机构交付车辆、随车文件及规定的法定证明和凭证。

车款和佣金给付按委托出售合同约定办理。

通过二手车经纪机构买卖的二手车，应由二手车交易市场经营者开具国家税务机关监制的统一发票。

进驻二手车交易市场的二手车经纪机构应与交易市场管理者签订相应的管理协议，服从二手车交易市场经营者的统一管理。

二手车经纪人不得以个人名义从事二手车经纪活动。

二手车经纪机构不得以任何方式从事二手车的收购、销售活动。

二手车经纪机构不得采取非法手段促成交易，不得向委托人索取合同约定佣金以外的费用。

四、拍卖

1. 委托拍卖

从事二手车拍卖及相关中介服务活动，应按照《拍卖法》及《拍卖管理办法》的有关规定进行。

委托拍卖时，委托人应提供身份证明、车辆所有权或处置权证明及其他相关材料。拍卖人接受委托的，应与委托人签订委托拍卖合同。

委托人应提供车辆真实的技术状况，拍卖人应如实填写《拍卖车辆信息》。如对车辆的技术状况存有异议，拍卖委托双方经商定可委托二手车鉴定评估机构对车辆进行鉴定评估。

拍卖人应于拍卖日 7 日前发布公告。拍卖公告应通过报纸或者其他新闻媒体发布，并载明下列事项：拍卖的时间和地点，拍卖的车型及数量，车辆的展示时间和地点，参加拍卖会办理竞买的手续，需要公告的其他事项。

拍卖人应在拍卖前展示拍卖车辆，并在车辆显著位置张贴《拍卖车辆信息》。车辆的展示时间不得少于 2 天。

2. 网上拍卖

进行网上拍卖时，拍卖人应在网上公布车辆的彩色照片和《拍卖车辆信息》，公布时间不得少于 7 天。

网上拍卖是指二手车拍卖公司利用互联网发布拍卖信息，公布拍卖车辆技术参数和直观图片，通过网上竞价，网下交接，将二手车转让给超过保留价的最高应价者的经营活动。

网上拍卖过程及手续应与现场拍卖相同。网上拍卖组织者应根据《拍卖法》及《拍卖管理办法》有关条款制定网上拍卖规则，竞买人则需要办理网上拍卖竞买手续。

任何个人及未取得二手车拍卖人资质的企业不得开展二手车网上拍卖活动。

3. 拍卖成交

拍卖成交后，买受人和拍卖人应签署《二手车拍卖成交确认书》。

委托人、买受人可与拍卖人约定佣金比例。佣金比例未作约定的，依据《拍卖法》及《拍卖管理办法》有关规定收取佣金。

拍卖未成交的，拍卖人可按委托拍卖合同的约定向委托人收取服务费用。

拍卖人应在拍卖成交且买受人支付车辆全款后，将车辆、随车文件及规定的法定证明、凭证交付给买受人，并向买受人开具二手车销售统一发票，如实填写拍卖成交价格。

五、直接交易

二手车直接交易方为自然人的，应具有完全民事行为能力。无民事行为能力的，应由其法定代理人代为办理，法定代理人应提供相关证明。

二手车直接交易委托代理人办理的，应签订具有法律效力的授权委托书。

二手车直接交易双方或其代理人均应向二手车交易市场经营者提供其合法身份证明，并将车辆及规定的法定证明和凭证送交二手车交易市场经营者进行合法性验证。

二手车直接交易双方应签订买卖合同，如实填写有关内容，并承担相应的法律责任。

二手车直接交易的买方按照合同支付车款后，卖方应按合同约定及时将车辆及规定的法定证明和凭证交付买方。

车辆法定证明和凭证齐全合法，并完成交易的，二手车交易市场经营者应当按照国家有关规定开具二手车销售统一发票，并如实填写成交价格。

六、交易市场的服务与管理

二手车交易市场（图 7-3）应具有必要的配套服务设施和场地，设立车辆展示交易区、交易手续办理区及客户休息区，还应做到标识明显，环境整洁卫生。交易手续办理区应设立接待窗口，明示各窗口业务受理范围。

二手车交易市场经营者在交易市场内应设立醒目的公告牌，明示交易服务程序、收费项目及标准、客户查询和监督电话号码等内容。

二手车交易市场经营者应制定市场管理规则，对场内的交易活动负有监督、规范和管理

图 7-3　二手车交易市场

责任，保证良好的市场环境和交易秩序。由于管理不当给消费者造成损失的，经营者应承担相应的责任。

二手车交易市场经营者应及时受理并妥善处理客户投诉，协助客户挽回经济损失，保护消费者权益。

二手车交易市场经营者在履行其服务、管理职能的同时，可依法收取交易服务和物业等费用。

二手车交易市场经营者应建立严格的内部管理制度，牢固树立为客户服务和为驻场企业服务的意识，加强对所属人员的管理，提高人员素质。

第四节　案例分析

一、二手车过户保险仍有效

【案例】

2007年3月，杨某为自己的轿车在某保险公司投了车辆损失险、盗抢险和第三者责任险，保险期限为1年。

2007年11月，杨某将该车转让给了李某。但李某并未及时到保险公司办理保险过户。一周后，张某向李某借车用，车辆在路上发生交通事故，严重受损。报案后，保险公司立即派人员赶到现场勘察，并作出了机动车辆保险定损报告，确定维修费共计2.3万余元。不过，保险公司以李某未及时办理保险过户，属除外责任为由，向李某发出拒赔通知书。

二手车过户后，保险是否仍然有效？

【分析】

《中华人民共和国保险法》第49条规定，保险标的转让的，保险标的的受让人承继被保险人的权利和义务。也就是说，车主在购得二手车后可直接承继原车主的权利和义务，无须前往保险公司办理过户手续。

不过，值得注意的是，保险法还有如下规定，即因保险标的的转让导致危险程度显著增加的，被保险人应及时通知保险人，并及时办理过户变更手续，保险公司可依据危险程度增加情况增收保费或解除合同。否则，因转让导致保险标的危险程度显著增加而发生的保险事故，保险人不承担赔偿保险金的责任。"机动车危险程度显著增加"通常是指机动车改装、加装或由非营业用改为从事营业性运输等。

二、非驾驶人驾车发生交通事故，责任谁承担

【案例】

张某有货车一辆，雇用驾驶人刘某运输物品。刘某在运输途中，将车交给张某之子张某某驾驶（张某某系未成年人，且没有取得驾驶证）。当日凌晨4时许，张某某驾驶货车时与王某驾驶的三轮汽车相撞，致三轮汽车上21人死亡、3人受伤。

此特大交通事故中雇用驾驶人刘某是否应该承担责任？

【分析】

法院经审理认为，被告人张某某、刘某违反交通运输管理法规，因而发生21人死亡、3人受伤的特大交通事故，情节特别恶劣，其行为已构成交通肇事罪，应依法惩处。鉴于被告人张某某发生交通事故时系未成年人，应依法从轻处罚。发生交通事故时，刘某虽然没有亲自驾驶机动车，但其系正式驾驶人，在明知张某某没有驾驶证，又系未成年人的情况下，让其驾驶机动车，负有不可推卸的责任。被告人张某某、刘某应共同承担此次交通事故的主要责任。王某驾驶的三轮汽车严重超载，应负此次交通事故的次要责任。

三、限制行为能力人开车发生事故，如何承担责任

【案例】

被告黄某之夫骑摩托车不慎摔伤，黄某闻讯后，在未征得原告张某父母同意的情况下，让原告（未满16周岁）驾驶三轮汽车去事故现场。原告驾车过程中与王某驾驶的三轮汽车相撞，致使王某车上的4人受伤住院治疗。经公安交通警察大队认定：张某应负70%的责任，王某应负30%的责任。原告在对受害人按责任书的认定进行赔偿后，以被告在未经其父母同意情况下指使未成年人开车，造成交通事故为由，与被告协商，要求被告负担部分赔偿责任，但被告予以拒绝。原告遂以上述理由诉至法院，要求被告对其经济损失予以赔偿。

被告黄某答辩称，其是在找人准备去事故现场时遇见原告的，原告问明情况后主动开车载其去事故现场。因是原告主动要求出车和原告自身驾驶车辆时发生的交通事故，故由原告负担交通事故的赔偿责任，应由原告的监护人负责，其不承担任何责任。

黄某是否应承担责任？

【分析】

不满16周岁的限制行为能力人，在我国是不可能取得机动车驾驶证的，因而不具有驾驶机动车上路行驶的资格。这一点，应属公民应知和应当遵守的内容。若其监护人知其驾驶机动车上路行驶不制止，或者竟为其驾驶机动车提供物质条件，则监护人对限制行为能力人未尽到监护职责，监护人应对限制行为能力人所从事的不合法行为负责，不能以未得到其同意为理由来推脱自己的责任。而监护人以外的其他人雇用或指使限制行为能力人从事依其行为能力不能从事的行为，实际上是借助限制行为能力人延伸和扩展了自己的活动范围，并因此而获得利益。依照转承责任的理论，雇用人或指使人应对其

受雇人或受指使人在雇用活动或指使范围内从事的活动负责。依此点，本案被告是难以推却自己责任的。

  法院经审理认为，原告系限制民事行为能力人，被告在未征得原告父母同意的情况下，让原告驾驶机动车为其服务，因此原告所发生的交通事故，由原告承担的赔偿责任，被告应负60%的责任；原告的法定监护人因对原告监护不严，应负40%的责任。

第八章

汽车维修管理

《道路运输车辆技术管理规定》（交通运输部令 2016 年第 1 号）于 2016 年 1 月 22 日发布，自 2016 年 3 月 1 日起施行。2019 年 6 月 21 日，交通运输部《关于修改〈道路运输车辆技术管理规定〉的决定》（交通运输部令 2019 年第 19 号）修正发布并实施。

《机动车维修管理规定》（交通部令 2005 年第 7 号）于 2005 年 6 月 24 日发布。2019 年 6 月 21 日，交通运输部《关于修改〈机动车维修管理规定〉的决定》（交通运输部令 2019 年第 20 号）第三次修正，并公布实施。

交通运输部主管全国道路运输车辆技术管理监督和机动车维修管理工作。县级以上地方人民政府交通运输主管部门负责本行政区域内道路运输车辆技术管理监督和机动车维修管理工作。县级以上道路运输管理机构具体实施道路运输车辆技术管理监督工作和机动车维修管理。

第一节 道路运输车辆技术管理要求

一、道路运输车辆技术条件

道路运输车辆包括道路旅客运输车辆（以下简称客车）、道路普通货物运输车辆（以下简称货车，总质量 4 500kg 及以下普通货运车辆除外）、道路危险货物运输车辆（以下简称危货运输车）。

道路运输车辆技术管理，是指对道路运输车辆在保证符合规定的技术条件和按要求进行维护、修理、综合性能检测方面所做的技术性管理。

道路运输经营者是道路运输车辆技术管理的责任主体，负责对道路运输车辆实行择优选配、正确使用、周期维护、视情修理、定期检测和适时更新，保证投入道路运输经营的车辆符合技术要求。

从事道路运输经营的车辆应当符合下列技术要求：①车辆的外廓尺寸、轴荷和最大允许总质量应当符合《道路车辆外廓尺寸、轴荷及质量限值》（GB 1589）的要求；②车辆的技术性能应当符合《道路运输车辆综合性能要求和检验方法》（GB 18565）的要求；③车型的燃料消耗量限值应当符合《营运客车燃料消耗量限值及测量方法》（JT 711）、《营运货车燃料消耗量限值及测量方法》（JT 719）的要求；④车辆技术等级应当达到二级以上。危货运输车、国际道路运输车辆、从事高速公路客运以及营运线路长度在 800km 以上的客车，技术等级应当达到一级。技术等级评定方法应当符合国家有关道路运输车辆技术等级划分和评定的要求；⑤从事高速公路客运、包车客运、国际道路旅客运输，以及营运线路长度在 800km 以上客车的类型等级应当达到中级以上。其类型划分和等级评定应当符合国家有关营运客车类型划分及等级评定的要求；⑥危货运输车应当符合《汽车运输危险货物规则》（JT 617）的要求。

二、技术管理的一般要求

道路运输经营者应当遵守有关法律法规、标准和规范，认真履行车辆技术管理的主体责任，建立健全管理制度，加强车辆技术管理。鼓励道路运输经营者设置相应的部门负责车辆技术管理工作，并根据车辆数量和经营类别配备车辆技术管理人员，对车辆实施有效的技术管理。道路运输经营者应当加强车辆维护、使用、安全和节能等方面的业务培训，提升从业人员的业务素质和技能，确保车辆处于良好的技术状况。

道路运输经营者应当根据有关道路运输企业车辆技术管理标准，结合车辆技术状况和运行条件，正确使用车辆。鼓励道路运输经营者依据相关标准要求，制定车辆使用技术管理规范，科学设置车辆经济、技术定额指标并定期考核，提升车辆技术管理水平。

道路运输经营者应当建立车辆技术档案制度，实行一车一档。档案内容应当主要包括：车辆基本信息、车辆技术等级评定、客车类型等级评定或者年度类型等级评定复核、车辆维护和修理（含《机动车维修竣工出厂合格证》）、车辆主要零部件更换、车辆变更、行驶里程、对车辆造成损伤的交通事故等记录。档案内容应当准确、详实。

第二节　道路运输车辆的维修与检测

一、车辆维护与修理

道路运输经营者应当建立车辆维护制度。车辆维护分为日常维护、一级维护和二级维护。日常维护由驾驶人实施，一级维护和二级维护由道路运输经营者组织实施，并做好记录。

道路运输经营者应当依据国家有关标准和车辆维修手册、使用说明书等，结合车辆类别、车辆运行状况、行驶里程、道路条件、使用年限等因素，自行确定车辆维护周期，确保车辆正常维护。

根据《〈道路运输车辆技术管理规定〉释义》，道路运输车辆二级维护的推荐周期为：小型客车（含乘用车）（车长≤6m）为 40 000km 或 120 日；中型及以上客车（车长>6m）为 50 000km 或 120 日；货车（最大设计总质量≤3 500kg）为 40 000km 或 120 日；货车（最大设计总质量>3 500kg）为 50 000km 或 120 日；挂车为 50 000km 或 120 日。

道路运输经营者可以对自有车辆进行二级维护作业，保证投入运营的车辆符合技术管理要求，无需进行二级维护竣工质量检测。道路运输经营者不具备二级维护作业能力的，可以委托二类以上机动车维修经营者进行二级维护作业。机动车维修经营者完成二级维护作业后，应当向委托方出具二级维护出厂合格证。

道路运输经营者应当遵循视情修理的原则，根据实际情况对车辆进行及时修理。

道路运输经营者用于运输剧毒化学品、爆炸品的专用车辆及罐式专用车辆（含罐式挂车），应当到具备道路危险货物运输车辆维修条件的企业进行维修。专用车辆的牵引车和其他运输危险货物的车辆由道路运输经营者消除危险货物的危害后，可以到具备一般车辆维修条件的企业进行维修。

二、车辆检测管理

道路运输经营者应当定期到机动车综合性能检测机构，对道路运输车辆进行综合性能检测。

道路运输经营者应当自道路运输车辆首次取得《道路运输证》当月起，按照下列周期和频次，委托汽车综合性能检测机构进行综合性能检测和技术等级评定：①客车、危货运输车自首次经国家机动车辆注册登记主管部门登记注册不满60个月的，每12个月进行1次检测和评定；超过60个月的，每6个月进行1次检测和评定；②其他运输车辆自首次经国家机动车辆注册登记主管部门登记注册的，每12个月进行1次检测和评定。

客车、危货运输车的综合性能检测应当委托车籍所在地汽车综合性能检测机构进行。货车的综合性能检测可以委托运输驻在地汽车综合性能检测机构进行。

道路运输经营者应当选择通过质量技术监督部门的计量认证、取得计量认证证书并符合《汽车综合性能检测站能力的通用要求》（GB 17993）等国家相关标准的检测机构进行车辆的综合性能检测。

汽车综合性能检测机构对新进入道路运输市场车辆应当按照《道路运输车辆燃料消耗量达标车型表》进行比对。对达标的新车和在用车辆，应当按照《道路运输车辆综合性能要求和检验方法》（GB 18565）、《道路运输车辆技术等级划分和评定要求》（JT/T 198）实施检测和评定，出具全国统一式样的道路运输车辆综合性能检测报告，评定车辆技术等级，并在报告单上标注。车籍所在地县级以上道路运输管理机构应当将车辆技术等级在《道路运输证》上标明。

道路运输管理机构和受其委托承担客车类型等级评定工作的汽车综合性能检测机构，应当按照《营运客车类型划分及等级评定》（JT/T 325）进行营运客车类型等级评定或者年度类型等级评定复核，出具统一式样的客车类型等级评定报告。

汽车综合性能检测机构应当建立车辆检测档案，档案内容主要包括：车辆综合性能检测报告（含车辆基本信息、车辆技术等级）、客车类型等级评定记录。车辆检测档案保存期不少于2年。

第三节 汽车维修管理

机动车维修经营，是指以维持或者恢复机动车技术状况和正常功能，延长机动车使用寿命为作业任务所进行的维护、修理以及维修救援等相关经营活动。

机动车维修经营者应当依法经营，诚实信用，公平竞争，优质服务，落实安全生产主体责任和维修质量主体责任。

机动车维修管理,应当公平、公正、公开和便民。

任何单位和个人不得封锁或者垄断机动车维修市场。托修方有权自主选择维修经营者进行维修。除汽车生产厂家履行缺陷汽车产品召回、汽车质量"三包"责任外,任何单位和个人不得强制或者变相强制指定维修经营者。

一、经营许可

1. 分类许可

机动车维修经营业务根据维修对象分为汽车维修经营业务、危险货物运输车辆维修经营业务、摩托车维修经营业务和其他机动车维修经营业务四类。

汽车维修经营业务、其他机动车维修经营业务根据经营项目和服务能力分为一类维修经营业务、二类维修经营业务和三类维修经营业务。

获得一类、二类汽车维修经营业务或者其他机动车维修经营业务许可的,可以从事相应车型的整车修理、总成修理、整车维护、小修、维修救援、专项修理和维修竣工检验工作;获得三类汽车维修经营业务(含汽车综合小修)、三类其他机动车维修经营业务许可的,可以分别从事汽车综合小修或者发动机维修、车身维修、电气系统维修、自动变速器维修、轮胎动平衡及修补、四轮定位检测调整、汽车润滑与养护、喷油泵和喷油器维修、曲轴修磨、气缸镗磨、散热器维修、空调维修、汽车美容装潢、汽车玻璃安装及修复等汽车专项维修工作。具体有关经营项目按照《汽车维修业开业条件》(GB/T 16739)相关条款的规定执行。

获得危险货物运输车辆维修经营业务许可的,除可以从事危险货物运输车辆维修经营业务外,还可以从事一类汽车维修经营业务。

危险货物运输车辆维修,是指对运输易燃、易爆、腐蚀、放射性、剧毒等性质货物的机动车维修,不包含对危险货物运输车辆罐体的维修。

2. 从事汽车维修经营业务或者其他机动车维修经营业务的条件

1)有与其经营业务相适应的维修车辆停车场和生产厂房。租用的场地应当有书面的租赁合同,且租赁期限不得少于1年。停车场和生产厂房面积按照国家标准《汽车维修业开业条件》(GB/T 16739)相关条款的规定执行。

2)有与其经营业务相适应的设备、设施。所配备的计量设备应当符合国家有关技术标准要求,并经法定检定机构检定合格。从事汽车维修经营业务的设备、设施的具体要求按照国家标准《汽车维修业开业条件》(GB/T 16739)相关条款的规定执行;从事其他机动车维修经营业务的设备、设施的具体要求,参照国家标准《汽车维修业开业条件》(GB/T 16739)执行,但所配备设施、设备应与其维修车型相适应。

3)有必要的技术人员。

① 从事一类和二类维修业务的应当各配备至少1名技术负责人员、质量检验人员、业务接待人员以及从事机修、电器、钣金、涂漆的维修技术人员。技术负责人员应当熟悉汽车或者其他机动车维修业务,并掌握汽车或者其他机动车维修及相关政策法规和技术规范;质量检验人员应当熟悉各类汽车或者其他机动车维修检测作业规范,掌握汽车或者其他机动车维修故障诊断和质量检验的相关技术,熟悉汽车或者其他机动车维修服务收费标准及相关政策法规和技术规范,并持有与承修车型种类相适应的机动车驾驶证;从事机修、电器、钣金、涂漆的维修技术人员应当熟悉所从事工种的维修技术和操作规范,并了解汽车或者其他

机动车维修及相关政策法规。各类技术人员的配备要求按照《汽车维修业开业条件》（GB/T 16739）相关条款的规定执行。

② 从事三类维修业务的，按照其经营项目分别配备相应的机修、电器、钣金、涂漆的维修技术人员；从事汽车综合小修、发动机维修、车身维修、电气系统维修、自动变速器维修的，还应当配备技术负责人员和质量检验人员。各类技术人员的配备要求按照国家标准《汽车维修业开业条件》（GB/T 16739）相关条款的规定执行。

4) 有健全的维修管理制度。包括质量管理制度、安全生产管理制度、车辆维修档案管理制度、人员培训制度、设备管理制度及配件管理制度。具体要求按照国家标准《汽车维修业开业条件》（GB/T 16739）相关条款的规定执行。

5) 有必要的环境保护措施。具体要求按照国家标准《汽车维修业开业条件》（GB/T 16739）相关条款的规定执行。

3. 从事危险货物运输车辆维修经营业务的条件

1) 具备汽车维修经营一类维修经营业务的开业条件。
2) 有与其作业内容相适应的专用维修车间和设备、设施，并设置明显的指示性标志。
3) 有完善的突发事件应急预案，应急预案包括报告程序、应急指挥以及处置措施等内容。
4) 有相应的安全管理人员。
5) 有齐全的安全操作规程。

4. 申请

申请从事机动车维修经营的，应当向所在地的县级道路运输管理机构提出申请，并提交下列材料：

1) 《交通行政许可申请书》、有关维修经营申请者的营业执照原件和复印件。
2) 经营场地（含生产厂房和业务接待室）、停车场面积材料、土地使用权及产权证明原件和复印件。
3) 技术人员汇总表，以及各相关人员的学历、技术职称或职业资格证明等文件原件和复印件。
4) 维修检测设备及计量设备检定合格证明原件和复印件。
5) 按照汽车、其他机动车、危险货物运输车辆、摩托车维修经营，分别提供其他相关材料。

5. 行政许可

道路运输管理机构应当按照《中华人民共和国道路运输条例》和《交通行政许可实施程序规定》规范的程序实施机动车维修经营的行政许可。

道路运输管理机构对机动车维修经营申请予以受理的，应当自受理申请之日起 15 日内作出许可或者不予许可的决定。符合法定条件的，道路运输管理机构作出准予行政许可的决定，向申请人出具《交通行政许可决定书》，在 10 日内向被许可人颁发机动车维修经营许可证件，明确许可事项；不符合法定条件的，道路运输管理机构作出不予许可的决定，向申请人出具《不予交通行政许可决定书》，说明理由，并告知申请人享有依法申请行政复议或者提起行政诉讼的权利。

机动车维修经营者应当在取得相应工商登记执照后，向道路运输管理机构申请办理机动车维修经营许可手续。

6. 申请机动车维修连锁经营服务网点

由机动车维修连锁经营企业总部向连锁经营服务网点所在地县级道路运输管理机构提出申请,提交下列材料,并对材料真实性承担相应的法律责任:

1) 机动车维修连锁经营企业总部机动车维修经营许可证件复印件。
2) 连锁经营协议书副本。
3) 连锁经营的作业标准和管理手册。
4) 连锁经营服务网点符合机动车维修经营相应开业条件的承诺书。

道路运输管理机构在查验申请资料齐全有效后,应当场或在5日内予以许可,并发给相应许可证件。连锁经营服务网点的经营许可项目应当在机动车维修连锁经营企业总部许可项目的范围内。

7. 经营许可证

机动车维修经营许可证件实行有效期制。从事一、二类汽车维修业务和一类摩托车维修业务的证件有效期为6年;从事三类汽车维修业务、二类摩托车维修业务及其他机动车维修业务的证件有效期为3年。

机动车维修经营许可证件由各省、自治区、直辖市道路运输管理机构统一印制并编号,县级道路运输管理机构按照规定发放和管理。

机动车维修经营者应当在许可证件有效期届满前30日到作出原许可决定的道路运输管理机构办理换证手续。

二、维修经营

1. 维修经营许可范围

机动车维修经营者应当按照经批准的行政许可事项开展维修服务。

机动车维修经营者应当将机动车维修经营许可证件和《机动车维修标志牌》悬挂在经营场所的醒目位置。《机动车维修标志牌》由机动车维修经营者按照统一式样和要求自行制作。

托修方要改变机动车车身颜色、更换发动机、车身和车架的,应当按照有关法律、法规的规定办理相关手续,机动车维修经营者在查看相关手续后方可承修。

2. 收费规范

机动车维修经营者应当公布机动车维修工时定额和收费标准,合理收取费用。

机动车维修工时定额可按各省机动车维修协会等行业中介组织统一制定的标准执行,也可按机动车维修经营者报所在地道路运输管理机构备案后的标准执行,也可按机动车生产厂家公布的标准执行。

机动车维修经营者应当使用规定的结算票据,并向托修方交付维修结算清单。维修结算清单中,工时费与材料费应当分项计算。维修结算清单标准规范格式由交通运输部制定。

机动车维修经营者不出具规定的结算票据和结算清单的,托修方有权拒绝支付费用。

三、质量管理

1. 质量标准

机动车维修经营者应当按照国家、行业或者地方的维修标准和规范进行维修。尚无标准或规范的,可参照机动车生产企业提供的维修手册、使用说明书和有关技术资料进行维修。

2. 配件管理

机动车维修经营者不得使用假冒伪劣配件维修机动车。

机动车维修配件实行追溯制度。机动车维修经营者应当记录配件采购、使用信息，查验产品合格证等相关证明，并按规定留存配件来源凭证。

托修方、维修经营者可以使用同质配件维修机动车。同质配件是指，产品质量等同或者高于装车零部件标准要求，且具有良好装车性能的配件。

机动车维修经营者对于换下的配件、总成，应当交托修方自行处理。

机动车维修经营者应当将原厂配件、同质配件和修复配件分别标识，明码标价，供用户选择。

3. 竣工质量检验

机动车维修经营者对机动车进行二级维护、总成修理、整车修理的，应当实行维修前诊断检验、维修过程检验和竣工质量检验制度。

承担机动车维修竣工质量检验的机动车维修企业或机动车综合性能检测机构应当使用符合有关标准并在检定有效期内的设备，按照有关标准进行检测，如实提供检测结果证明，并对检测结果承担法律责任。

机动车维修竣工质量检验合格的，维修质量检验人员应当签发《机动车维修竣工出厂合格证》；未签发机动车维修竣工出厂合格证的机动车，不得交付使用，车主可以拒绝交费或接车。

4. 维修档案

机动车维修经营者应当建立机动车维修档案，并实行档案电子化管理。维修档案应当包括：维修合同（托修单）、维修项目、维修人员及维修结算清单等。对机动车进行二级维护、总成修理、整车修理的，维修档案还应当包括：质量检验单、质量检验人员、竣工出厂合格证（副本）等。

机动车托修方有权查阅机动车维修档案。

5. 质量保证期

机动车维修实行竣工出厂质量保证期制度。

汽车和危险货物运输车辆整车修理或总成修理质量保证期为车辆行驶 20 000km 或者 100 日；二级维护质量保证期为车辆行驶 5 000km 或者 30 日；一级维护、小修及专项修理质量保证期为车辆行驶 2 000km 或者 10 日。

质量保证期中行驶里程和日期指标，以先达到者为准。

机动车维修质量保证期，从维修竣工出厂之日起计算。

在质量保证期和承诺的质量保证期内，因维修质量原因造成机动车无法正常使用，且承修方在 3 日内不能或者无法提供因非维修原因而造成机动车无法使用的相关证据的，机动车维修经营者应当及时无偿返修，不得故意拖延或者无理拒绝。

在质量保证期内，机动车因同一故障或维修项目经两次修理仍不能正常使用的，机动车维修经营者应当负责联系其他机动车维修经营者，并承担相应修理费用。

机动车维修经营者应当公示承诺的机动车维修质量保证期。

6. 质量监督

道路运输管理机构应当加强对机动车维修经营的质量监督和管理，采用定期检查、随机抽样检测检验的方法，对机动车维修经营者维修质量进行监督。

道路运输管理机构可以委托具有法定资格的机动车维修质量监督检验单位，对机动车维修质量进行监督检验。

道路运输管理机构应当受理机动车维修质量投诉，积极按照维修合同约定和相关规定调解维修质量纠纷。

对机动车维修质量的责任认定需要进行技术分析和鉴定，且承修方和托修方共同要求道路运输管理机构出面协调的，道路运输管理机构应当组织专家组或委托具有法定检测资格的检测机构作出技术分析和鉴定。鉴定费用由责任方承担。

> **小资料**
>
> ### 旧时的北京交通
>
> 民国初年，北京的人口增长和城市迅速商业化导致了交通急剧膨胀，铺设与更新街道就成为当时政府面临的一道难题。1914 年，"京都市政公所"成立，它的职责就是通过当时政府的行为，改变陈旧的城市基础设施。
>
> 过去的北京城，只有"里 9 外 7"共 16 个城门作为与外界交往的通道。成为"中华民国"首都后，北京交通流量急速攀升，城门周围立即成为令人头痛的"堵点"。1915 年前后，当时政府的内政部和市政公所共同展开了"正阳门改建工程"。拆除瓮城，保留箭楼，在城楼两侧的城墙上各开两个门洞，仿照外国通例，分出上下行道，车辆行人一律靠左行，这样就产生了最早期的交通法规。此后，政府又新建了沟通内外城的和平门，在城墙上打开了几个重要的豁口，因堵塞而濒于窒息的 16 个城门总算松了一口气。
>
> 1915 年，在时任交通总长朱启钤的提议下，一条环绕北京内城的环城铁路建成，其位置恰恰相当于半个世纪后建成的北京环线地铁。
>
> 20 世纪的最初 30 年间，几乎所有现代交通工具都被陆续引入北京。北京进入了混合型交通的时代，古老与新兴的交通工具共生共存，并形成激烈的竞争。
>
> 最先占领公共交通领域的是人力车（图 8-1）。人力车最初来自日本，故又被称为"东洋车"，被北京人改造后投入大批量生产。最初只有东交民巷使馆区的外国人才坐东洋车。后来，北京坐洋车的人日益增多。人力车的流行主要在于其小巧的车身和不太快的速度十分适合北京城原有的道路系统；其次在于其送客到门的服务。北京也是第一个将人力车商品化的城市，第一家国产人力车公司"茂顺车行"早在 1901 年就推出了自己的车型，价格定在每辆车 47.5 两白银。在 1925—1932 年间，北京城共有 30 多家人力车生产厂（又称皮车行）。

图 8-1 前门附近的人力车

1937年，北京街头上出现了营业性的三轮车。1941年太平洋战争爆发以后，由于汽油等燃料奇缺，再加上三轮车比人力车轻便、快捷、稳当，价格也不算太贵，因此发展很快。

北京的第一辆自行车是19世纪70年代由外国人进献给光绪皇帝的。直到20世纪20年代初，自行车才作为一种新兴的代步工具出现在北京街头。当时的自行车大都是英国和日本制造的高档名牌货，使用自行车最多的是警察、公务员、邮递员、送货员、报贩和学生，大多数为公车，私车还比较少。

1924年12月17日，北京市内有轨电车（俗称"铛铛车"）开通，标志着北京交通史上由畜力和人力到电力的一个质的飞跃，如图8-2所示。但电车要在北京城站稳脚跟，却是磕磕绊绊，遭遇了来自人力车的顽强抗争。为了保证全城5万名人力车夫不至于大批失业，京师总商会呈请市政府限制电车系统的发展。1929年10月22日，北平市人力车夫与电车工会发生大规模冲突。几千名人力车夫冲进电车公司停车场，砸坏、焚烧电车17辆，打伤驾驶人、售票员10余人。（1899年，由西门子公司承建永定门至马家堡的有轨电车线路，比北京城内的有轨电车要早20多年，是北京最早的有轨电车，也是中国第一条有轨电车线路。）

图8-2　北京市内有轨电车开通

到20世纪20年代初，北京也仅是一些政府高官和社会名流有自备汽车，没有公共汽车，出租汽车也非常少。北平的公共汽车到1935年才出现，但公共汽车公司的财力远比不上电车公司，无法与其抗衡，只能勉强维持运行。

第四节　案例分析

一、汽车修理中的事故谁承担责任

【案例】

2008年11月14日下午，洪某驾驶货车经唐某的修理铺时，停车要求拆换轮胎。唐某用千斤顶将车厢双排车轮撑起后，拆下外侧轮胎螺母时，内侧轮胎突然爆炸，并将外侧轮胎冲出，击中唐某的前胸和头部。唐某经医院抢救无效于当日死亡。

当地交警部门认为此事故不属交通事故，不作处理；当地安全部门认为此事故也不是安全生产责任事故。

该事故应如何定性？

【分析】

该车停靠的场所属道路交通安全法规定的"道路"，该车在运输途中进行必要维修时应当视为运输期间,该期间发生的意外事故仍属交通事故。该案应属道路交通事故人身损害赔偿案件。该车因严重超载致使轮胎爆裂,其存在的安全隐患是伤亡事故发生的直接原因,因此车主洪某应负事故的主要责任;唐某在该事故中未尽安全注意义务,应负事故的次要责任。

二、牛受惊造成的交通事故

【案例】

深秋的一天,王某驾驶一辆三轮汽车正常行驶时,与驾畜力车、从岔路口拐入大道的张老汉相遇。当时张老汉坐在车上,因牛受惊,一个前仰蹄就将张老汉抛出车外,致使张老汉头部碰触路面,颅脑严重损伤,经抢救无效死亡。

经交警大队现场勘查,王某驾驶的三轮汽车与畜力车并没有发生接触,但经技术鉴定,三轮汽车的制动装置不合格,因而交警部门无法认定当事人的事故责任。

王某对张老汉的死亡是否应负赔偿责任?

【分析】

王某对张老汉的死亡不必承担赔偿责任。因为"车辆制动装置不合格"这一过错与案件中的损害事实之间没有因果关系。

本案中造成张老汉死亡及财产损失的原因是张老汉自己的行为,而王某驾驶制动装置不合格车辆的违章行为与张老汉忽视自身安全义务的行为无关,所以王某的违章行为与张老汉的死亡与财产损失没有事实上的因果关系,不需承担赔偿责任。

三、交通事故后是否存在车辆贬值费

【案例】

刘某向朋友李某借用一辆轿车后,在借用的第二天,驾驶该车时发生了翻车事故。修车等发生的近3万余元经济损失,保险公司全部进行了赔偿。但李某认为,尽管该车由保险公司对修车费用等经济损失给予了全部赔偿,但由于该车发生事故后,个别部件进行了更换,造成整车贬值,因而要求刘某赔偿其3万元的车辆贬值费。刘某则认为该车的损失已由保险公司全部赔偿,车也已经修好,不应该再由其赔偿任何损失,而且车辆贬值费的提法也没有法律依据。

刘某是否应赔偿车辆贬值费?

【分析】

在我国传统的民事诉讼中,少有提出贬值损失赔偿请求的案件,而且在民事法律中也没有"贬值损失"这一概念。但车辆在交通事故中受损后,即便修好了,其美观度特别是安全性能及驾驶性能也往往会降低,很难完全恢复到事故前所具有的状态,这必然会造成车辆实际价值的贬损。在二手车交易市场上,对于发生过交通事故的汽车,其估价必较无事故者低,这是市场规则。因而,由于车辆发生交通事故造成其贬值是客观存在的。但这种贬值的损失到底是否属于财产损失呢?对财产权的侵害行为,包括非法侵入、妨害、侵占、毁损四种,其中造成财产损失的侵权行为一般由毁损引起。毁损是指加害人不法侵害他人财产,致使所受侵害之财物不复以原有方式存在或者部分、全部丧失原有功用、价值的行为。由此可见,本案中由于被告的行为致使其所借车辆发生翻车事故,这种毁损行为的确也在客观上造成了车辆价值的部分丧失。因而，车辆的贬值损失应包括在财产损失里面。

目前我国的交通法规中，并未提出"车辆贬值费"的概念，也没有相应的赔偿项目。在目前的保险市场中，也未设置这个险种，车损险也没有涵盖该项内容。保险车辆受损后，保险公司理赔的范围仅限于修理费等实际发生的费用，而不包括车辆实际价值贬损的部分，保险公司还没有承担"车辆贬值费"的先例。然而车辆的贬值损失是实实在在存在的，有损害就应当有赔偿，因此，当保险公司对车辆的其他损失理赔后，应由侵权人对车辆的贬值损失予以赔偿。依据《中华人民共和国民法通则》第 106 条——"公民、法人由于过错侵害国家的、集体的财产，侵害他人财产、人身的，应当承担民事责任"，与第 117 条——"损坏国家的、集体的财产或者他人财产的，应当恢复原状或者折价赔偿"，赔偿数额可参考物价评估部门根据损失的情况而作出的评估报告。

但是，2016 年最高人民法院又专门就车辆贬值损失费出了一份公开答复，明确了不支持的态度。理论上讲车辆贬值损失是存在的，但计算贬值损失的可操作性差，会增加社会负担，也会增加法院的负担，影响社会效率。只有在一些极端情况下，法院才会特例支持。

小资料

北京早期的出租车

1913 年，法国人率先在北京最繁华的地段——东单，开设兼营马车、汽车租赁的飞燕汽马车行，其主要为驻京外国使馆人员、官僚、洋买办服务。乘客到站点要车的运营服务方式是从马车行的服务方式延续下来的。最早使用的出租汽车车型是美国产的福特 T 型车（图 8-3），其模样很像敞篷马车的车厢，喇叭是人力的，制动装置使用的是"摇轮闸"。

当时的出租车主要来往于戏院、饭庄、公园和车站等场所之间，乘客等候时间往往长于其行驶时间。车行的经营活动由当时的使馆区行政事务委员会管理，其职能是负责登记、发放号牌并维护营业秩序。当时的京师警察厅警务处营业课负责管理车行开业、歇业的登记和调查报告等事。

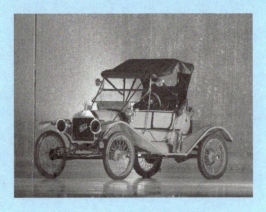

图 8-3 1911 年福特 T 型汽车

最初，出租汽车的收费办法以日租用和小时租用来计算。日租用的租价为每日 22 元；小时租用的租价为早上 8 时至中午 12 时的租价为 12 元，下午 2 时至 6 时的租价为 12 元，每超过 1 小时加 4 元。出租汽车的租价大约是马车的 4.4 倍。

四、在修车试车过程中发生道路交通事故时，相应赔偿责任的认定

【案例】

原告驾驶摩托车经过被告林某的修车厂旁路段时，被林某的徒弟小林在修车试车时撞倒，造成原告受伤、摩托车损坏，原告经法医评定为十级伤残。事故发生后，公安交警大队

认定被告小林负事故的全部责任,原告无责任。

被告林某辩称:小林虽是本人徒弟,其起动汽车撞伤原告并非在执行职务工作。因此,本人不应承担被告小林的转承责任。

被告小林辩称:本人修理汽车油路,该车修理后还未试车(按规矩谁处理的车就由谁去试车),于是上车起动汽车。本人在修车后试车是执行职务的过程,所造成的损失不应由本人承担。

【分析】

法院审理认为,公民由于过错损害他人人身的,应承担民事责任,交通事故责任者应当按照所负交通事故责任承担相应的损害赔偿责任。虽然被告小林在本案的交通事故中负全部责任,但是被告林某与被告小林已形成师徒关系,作为师傅的被告林某对被告小林应尽监督、管理、教育、培训的义务,对被告小林在执行职务时致人损害的行为应承担民事赔偿责任。被告小林在修车过程中明知自己无汽车驾驶证,仍上车试车,也应相应承担一定的责任。被告自愿达成协议,约定对原告的损失由被告林某承担70%,被告小林承担30%,两被告的约定不违反法律的规定,应予准许。两被告应相互承担连带责任。肇事汽车车主不承担赔偿责任。

小资料

美国汽车维修业特点

数量多,分布广。汽车维修厂家非常多,而且分布广泛,基本上公路沿途都有维修点,能够及时为顾客提供服务。

维修质量好,效率高。维修人员都受过专业培训,素质比较高,并且设备也很先进,专业化、机械化程度高,因而维修车辆能达到优质、高效。

形式多样、可选性强。汽车维修厂的形式多种多样,顾客可以根据自己的爱好、汽车的受损程度以及所需要维修的项目去选择适合的厂家。一般来说,根据维修厂的规模、功能大致可以将其分为四类:①汽车制造公司的专修厂,相当于我国的特约维修站。这类维修厂规模较大,生产设备精良,维修人员受过统一培训,在技术上具有权威性,维修服务对象主要是定点品牌车。②主要承接维护、调整、小修业务的大众化维修厂,相当于我国的一、二类汽车修理厂。其生产规模较第一类略小,但综合性较强,业务范围非常广泛,维修设备也很齐全,能承接各种专业技术要求不高的业务。③分布在公路沿线,只从事某一项维修业务的维修点,相当于我国的专业维修店。这类维修点规模很小,业务也比较单一,但设备却很先进,专业化程度非常高。④事故车维修中心,又称汽车钣金维修厂(Auto Body Shop),这是一种要求技术和设备齐全的修理厂,主要承接车祸和碰撞车的矫正维修与烤漆,此类企业占地规模大、维修设备机具和技术水平都较高,地理位置一般距离市区较远,但交通便利。

美国汽车维修业管理严格。美国政府对汽车维修业的管理主要依靠各州政府直属部门——汽车维修局,相当于我国各地交通运输管理局。其主要职能有以下几个方面:①对该州汽车维修人员进行培训考核;②对修竣汽车的尾气排放进行监督;③受理消费者诉讼,维护行业形象;④审核汽车维修企业业主经营资格。

第九章 汽车保险

第一节 保险概论

《中华人民共和国保险法》自 2009 年 10 月 1 日起施行（1995 年 6 月 30 日第八届全国人民代表大会常务委员会第十四次会议通过，根据 2002 年 10 月 28 日第九届全国人民代表大会常务委员会第三十次会议《关于修改〈中华人民共和国保险法〉的决定》修正，2009 年 2 月 28 日第十一届全国人民代表大会常务委员会第七次会议修订）。

一、保险合同

1. 一般规定

1) 保险合同是指投保人与保险人约定保险权利义务关系的协议。

投保人是指与保险人订立保险合同，并按照合同约定负有支付保险费义务的人。

保险人是指与投保人订立保险合同，并按照合同约定承担赔偿或者给付保险金责任的保险公司。

订立保险合同时，投保人与保险人应当协商一致，遵循公平原则确定各方的权利和义务。除法律、行政法规规定必须保险的外，保险合同自愿订立。

2) 财产保险的被保险人在保险事故发生时，对保险标的应当具有保险利益。

财产保险是以财产及其有关利益为保险标的的保险。

被保险人是指其财产或者人身受保险合同保障，享有保险金请求权的人。投保人可以为被保险人。

保险利益是指投保人或者被保险人对保险标的具有的法律上承认的利益。

3) 投保人提出保险要求，经保险人同意承保，保险合同成立。保险人应当及时向投保人签发保险单或者其他保险凭证。

保险单或者其他保险凭证应当载明当事人双方约定的合同内容。当事人也可以约定采用其他书面形式载明合同内容。

4) 依法成立的保险合同，自成立时生效。投保人和保险人可以对合同的效力约定附条件或者附期限。

5) 保险合同成立后，投保人按照约定交付保险费，保险人按照约定的时间开始承担保险责任。

6）除另有规定或者保险合同另有约定外，保险合同成立后，投保人可以解除合同，保险人不得解除合同。

7）订立保险合同时，保险人就保险标的或者被保险人的有关情况提出询问的，投保人应当如实告知。

投保人故意或者因重大过失未履行规定的如实告知义务，足以影响保险人决定是否同意承保或者提高保险费率的，保险人有权解除合同。合同解除权，自保险人知道有解除事由之日起，超过30日不行使而消灭。自合同成立之日起超过2年的，保险人不得解除合同；发生保险事故的，保险人应当承担赔偿或者给付保险金的责任。

投保人故意不履行如实告知义务的，保险人对于合同解除前发生的保险事故，不承担赔偿或者给付保险金的责任，并不退还保险费。

投保人因重大过失未履行如实告知义务，对保险事故的发生有严重影响的，保险人对于合同解除前发生的保险事故，不承担赔偿或者给付保险金的责任，但应当退还保险费。

保险人在合同订立时已经知道投保人未如实告知的情况的，保险人不得解除合同；发生保险事故的，保险人应当承担赔偿或者给付保险金的责任。

保险事故是指保险合同约定的保险责任范围内的事故。

8）订立的保险合同，采用保险人提供的格式条款的，保险人向投保人提供的投保单应当附格式条款，保险人应当向投保人说明合同的内容。

9）对保险合同中免除保险人责任的条款，保险人在订立合同时应当在投保单、保险单或者其他保险凭证上作出足以引起投保人注意的提示，并对该条款的内容以书面或者口头形式向投保人作出明确说明；未作提示或者明确说明的，该条款不产生效力。

> **小资料**
>
> **保　　险**
>
> 投保人根据合同约定，向保险人支付保险费，保险人对于合同约定的可能发生的事故，因其发生所造成的财产损失承担赔偿保险金责任，或者当被保险人死亡、伤残、疾病或者达到合同约定的年龄、期限等条件时，承担给付保险金责任的商业保险行为。

2. 保险合同应包括事项

1）保险人的名称和住所。

2）投保人、被保险人的姓名或者名称、住所，以及人身保险的受益人的姓名或者名称、住所。

3）保险标的。

4）保险责任和责任免除。

5）保险期间和保险责任开始时间。

6）保险金额。

7）保险费以及支付办法。

8）保险金赔偿或者给付办法。

9）违约责任和争议处理。

10）订立合同的年、月、日。

投保人和保险人可以约定与保险有关的其他事项。

受益人是指人身保险合同中由被保险人或者投保人指定的享有保险金请求权的人。投保人和被保险人可以为受益人。

保险金额是指保险人承担赔偿或者给付保险金责任的最高限额。

投保人和保险人可以协商变更合同内容。

变更保险合同的，应当由保险人在保险单或者其他保险凭证上批注或者附贴批单，或者由投保人和保险人订立变更的书面协议。

3. 采用保险人提供的格式条款订立的保险合同中不能出现的无效条款

1）免除保险人依法应承担的义务或者加重投保人、被保险人责任的。

2）排除投保人、被保险人或者受益人依法享有的权利的。

采用保险人提供的格式条款订立的保险合同，保险人与投保人、被保险人或者受益人对合同条款有争议的，应当按照通常理解予以解释。对合同条款有两种以上解释的，人民法院或者仲裁机构应当作出有利于被保险人和受益人的解释。

4. 赔偿或者给付保险金

投保人、被保险人或者受益人在知道保险事故发生后，应当及时通知保险人。因投保人、被保险人或受益人故意或者重大过失未及时通知保险人，致使保险事故的性质、原因及损失程度等难以确定的，保险人对无法确定的部分，不承担赔偿或者给付保险金的责任，但保险人通过其他途径已经及时知道或者应当及时知道保险事故发生的除外。

保险事故发生后，按照保险合同请求保险人赔偿或者给付保险金时，投保人、被保险人或者受益人应当向保险人提供其所能提供的与确认保险事故的性质、原因、损失程度等有关的证明和资料。

保险人按照合同的约定，认为有关的证明和资料不完整的，应当及时一次性通知投保人、被保险人或者受益人补充提供。

保险人收到被保险人或者受益人的赔偿或者给付保险金的请求后，应当及时作出核定；情形复杂的，应当在30日内作出核定，但合同另有约定的除外。保险人应当将核定结果通知被保险人或者受益人；对属于保险责任的，在与被保险人或者受益人达成赔偿或者给付保险金的协议后10日内，履行赔偿或者给付保险金义务。保险合同对赔偿或者给付保险金的期限有约定的，保险人应当按照约定履行赔偿或者给付保险金义务。

保险人未及时履行规定义务的，除支付保险金外，应当赔偿被保险人或者受益人因此受到的损失。

任何单位和个人不得非法干预保险人履行赔偿或者给付保险金的义务，也不得限制被保险人或者受益人取得保险金的权利。

保险人依照规定作出核定后，对不属于保险责任的，应当自作出核定之日起3日内，向被保险人或者受益人发出拒绝赔偿或者拒绝给付保险金通知书，并说明理由。

保险人自收到赔偿或者给付保险金的请求和有关证明、资料之日起60日内，对其赔偿或者给付保险金的数额不能确定的，应当根据已有证明和资料可以确定的数额先予支付；保险人最终确定赔偿或者给付保险金的数额后，应当支付相应的差额。

人寿保险以外的其他保险的被保险人或者受益人，向保险人请求赔偿或者给付保险金的诉讼时效期间为2年，自其知道或者应当知道保险事故发生之日起计算。

未发生保险事故，被保险人或者受益人谎称发生了保险事故，向保险人提出赔偿或者给付保险金请求的，保险人有权解除合同，并不退还保险费。

投保人、被保险人故意制造保险事故的，保险人有权解除合同，不承担赔偿或者给付保险金的责任；除投保人已交足 2 年以上保险费的，保险人应当按照合同约定向其他权利人退还保险单的现金价值外，不退还保险费。

保险事故发生后，投保人、被保险人或者受益人以伪造、变造的有关证明、资料或者其他证据，编造虚假的事故原因或者夸大损失程度的，保险人对其虚报的部分不承担赔偿或者给付保险金的责任。

二、财产保险合同

1. 财产保险合同内容

保险事故发生时，被保险人对保险标的不具有保险利益的，不得向保险人请求赔偿保险金。

保险标的转让的，保险标的的受让人承继被保险人的权利和义务。

保险标的转让的，被保险人或者受让人应当及时通知保险人，但货物运输保险合同和另有约定的合同除外。因保险标的转让导致危险程度显著增加的，保险人自收到通知之日起 30 日内，可以按照合同约定增加保险费或者解除合同。保险人解除合同的，应当将已收取的保险费，按照合同约定扣除自保险责任开始之日起至合同解除之日止应收的部分后，退还投保人。

被保险人、受让人未履行规定的通知义务的，因转让导致保险标的的危险程度显著增加而发生的保险事故，保险人不承担赔偿保险金的责任。

货物运输保险合同和运输工具航程保险合同，保险责任开始后，合同当事人不得解除合同。

被保险人应当遵守国家有关消防、安全、生产操作、劳动保护等方面的规定，维护保险标的的安全。

保险人可以按照合同约定对保险标的的安全状况进行检查，及时向投保人、被保险人提出消除不安全因素和隐患的书面建议。

投保人、被保险人未按照约定履行其对保险标的的安全应尽责任的，保险人有权要求增加保险费或者解除合同。

保险人为维护保险标的的安全，经被保险人同意，可以采取安全预防措施。

在合同有效期内，保险标的的危险程度显著增加的，被保险人应当按照合同约定及时通知保险人，保险人可以按照合同约定增加保险费或者解除合同。保险人解除合同的，应当将已收取的保险费，按照合同约定扣除自保险责任开始之日起至合同解除之日止应收的部分后，退还投保人。

被保险人未履行规定的通知义务的，因保险标的的危险程度显著增加而发生的保险事故，保险人不承担赔偿保险金的责任。

有下列情形之一的，除合同另有约定外，保险人应当降低保险费，并按日计算退还相应的保险费：据以确定保险费率的有关情况发生变化，保险标的的危险程度明显减少的；保险标的的保险价值明显减少的。

保险责任开始前，投保人要求解除合同的，应当按照合同约定向保险人支付手续费，保险人应当退还保险费。保险责任开始后，投保人要求解除合同的，保险人应当将已收取的保险费，按照合同约定扣除自保险责任开始之日起至合同解除之日止应收的部分后，退还投保人。

投保人和保险人约定保险标的的保险价值并在合同中载明的，保险标的发生损失时，以约定的保险价值为赔偿计算标准。

投保人和保险人未约定保险标的的保险价值的，保险标的发生损失时，以保险事故发生时保险标的的实际价值为赔偿计算标准。

保险金额不得超过保险价值。超过保险价值的，超过部分无效，保险人应当退还相应的保险费。

保险金额低于保险价值的，除合同另有约定外，保险人按照保险金额与保险价值的比例承担赔偿保险金的责任。

2. 重复保险

重复保险是指投保人对同一保险标的、同一保险利益、同一保险事故分别与两个以上保险人订立保险合同，且保险金额总和超过保险价值的保险。

重复保险的投保人应当将重复保险的有关情况通知各保险人。

重复保险的各保险人赔偿保险金的总和不得超过保险价值。除合同另有约定外，各保险人按照其保险金额与保险金额总和的比例承担赔偿保险金的责任。

重复保险的投保人可以就保险金额总和超过保险价值的部分，请求各保险人按比例返还保险费。

3. 赔偿

保险事故发生时，被保险人应当尽力采取必要的措施，防止或者减少损失。

保险事故发生后，被保险人为防止或者减少保险标的的损失所支付的必要的、合理的费用，由保险人承担；保险人所承担的费用数额在保险标的的损失赔偿金额以外另行计算，最高不超过保险金额的数额。

保险标的发生部分损失的，自保险人赔偿之日起 30 日内，投保人可以解除合同；除合同另有约定外，保险人也可以解除合同，但应当提前 15 日通知投保人。

合同解除的，保险人应当将保险标的的未受损失部分的保险费，按照合同约定扣除自保险责任开始之日起至合同解除之日止应收的部分后，退还投保人。

保险事故发生后，保险人已支付了全部保险金额，并且保险金额等于保险价值的，受损保险标的的全部权利归于保险人；保险金额低于保险价值的，保险人按照保险金额与保险价值的比例取得受损保险标的的部分权利。

因第三者对保险标的的损害而造成保险事故的，保险人自向被保险人赔偿保险金之日起，在赔偿金额范围内代位行使被保险人对第三者请求赔偿的权利。此保险事故发生后，被保险人已经从第三者处取得损害赔偿的，保险人赔偿保险金时，可以相应扣减被保险人从第三者处已取得的赔偿金额。保险人依照规定行使代位请求赔偿的权利，不影响被保险人就未取得赔偿的部分向第三者请求赔偿的权利。

保险事故发生后，保险人未赔偿保险金之前，被保险人放弃对第三者请求赔偿的权利的，保险人不承担赔偿保险金的责任。

保险人向被保险人赔偿保险金后，被保险人未经保险人同意放弃对第三者请求赔偿的权利的，该行为无效。

被保险人故意或者因重大过失致使保险人不能行使代位请求赔偿权利的，保险人可以扣减或者要求被保险人返还相应的保险金。

保险人向第三者行使代位请求赔偿的权利时，被保险人应当向保险人提供必要的文件和所知道的有关情况。

保险人、被保险人为查明和确定保险事故的性质、原因和保险标的的损失程度所支付的必要的、合理的费用，由保险人承担。

保险人对责任保险的被保险人给第三者造成的损害，可以依照法律的规定或者合同的约定，直接向该第三者赔偿保险金。

4. 责任保险

责任保险的被保险人对第三者造成损害，被保险人对第三者应负的赔偿责任确定的，根据被保险人的请求，保险人应当直接向该第三者赔偿保险金。被保险人怠于请求的，第三者有权就其应获赔偿部分直接向保险人请求赔偿保险金。

责任保险的被保险人对第三者造成损害，被保险人未向该第三者赔偿的，保险人不得向被保险人赔偿保险金。

责任保险是指以被保险人对第三者依法应负的赔偿责任为保险标的的保险。

责任保险的被保险人因给第三者造成损害的保险事故而被提起仲裁或者诉讼的，被保险人支付的仲裁或者诉讼费用以及其他必要的、合理的费用，除合同另有约定外，由保险人承担。

> **小资料**
>
> **汽车产量第一的国家**
>
> 据世界最早的汽车统计——1903年的统计，当时法国生产的汽车数量为30 204辆，几乎是当时第二大汽车生产国——美国汽车生产数量11 235辆的三倍，差不多占当时世界汽车总产量61 927辆的一半。
>
> 1906年，美国的汽车产量超过法国，夺得汽车王国的宝座。在此之前，法国的汽车产量一直居于世界榜首。
>
> 1980年以前，美国汽车工业在全世界一直处于领先地位。但在1980年，美国被日本夺去了汽车产量的王位。当年，日本生产的汽车达到11 042 884辆，而美国只生产了8 010 374辆。
>
> 1993年，美国生产汽车1 120万辆，比日本多生产20万辆，重新恢复了世界汽车业霸主的地位。
>
> 2009年，我国汽车生产量达到1 379.10万辆，以300多万辆的优势首次超越美国，使我国成为世界第一大汽车生产国。

三、保险代理人和保险经纪人

1. 保险代理人和保险经纪人的职责

保险代理人是根据保险人的委托，向保险人收取佣金，并在保险人授权的范围内代为办理保险业务的机构或者个人。

保险代理机构包括专门从事保险代理业务的保险专业代理机构和兼营保险代理业务的保险兼业代理机构。

保险经纪人是指基于投保人的利益，为投保人与保险人订立保险合同提供中介服务，并依法收取佣金的机构。

保险代理机构、保险经纪人应当具备国务院保险监督管理机构规定的条件，取得保险监督管理机构颁发的经营保险代理业务许可证、保险经纪业务许可证。

保险专业代理机构、保险经纪人的高级管理人员，应当品行良好，熟悉保险法律、行政法规，具有履行职责所需的经营管理能力，并在任职前取得保险监督管理机构核准的任职资格。

个人保险代理人、保险代理机构的代理从业人员、保险经纪人的经纪从业人员，应当品行良好，具有从事保险代理业务或者保险经纪业务所需的专业能力。

保险代理机构、保险经纪人应当有自己的经营场所，设立专门账簿记载保险代理业务和经纪业务的收支情况。

保险代理机构和保险经纪人应当按照国务院保险监督管理机构的规定缴存保证金或者投保职业责任保险。

保险人委托保险代理人代为办理保险业务，应当与保险代理人签订委托代理协议，依法约定双方的权利和义务。

保险代理人根据保险人的授权代为办理保险业务的行为，由保险人承担责任。

保险代理人没有代理权、超越代理权或者代理权终止后以保险人名义与投保人订立合同，使投保人有理由相信其有代理权的，该代理行为有效。保险人可以依法追究越权的保险代理人的责任。

保险经纪人因过错给投保人、被保险人造成损失的，依法承担赔偿责任。

保险活动当事人可以委托保险公估机构等依法设立的独立评估机构或者具有相关专业知识的人员，对保险事故进行评估和鉴定。

接受委托对保险事故进行评估和鉴定的机构和人员，应当依法、独立、客观、公正地进行评估和鉴定，任何单位和个人不得干涉。机构和人员因故意或者过失给保险人或者被保险人造成损失的，应依法承担赔偿责任。

保险佣金只限于向保险代理人和保险经纪人支付，不得向其他人支付。

2. 保险代理人、保险经纪人及其从业人员在办理保险业务活动中的禁止行为

1）欺骗保险人、投保人、被保险人或者受益人。
2）隐瞒与保险合同有关的重要情况。
3）阻碍投保人履行规定的如实告知义务，或者诱导其不履行规定的如实告知义务。
4）给予或者承诺给予投保人、被保险人或者受益人保险合同约定以外的利益。
5）利用行政权力、职务或者职业便利以及其他不正当手段强迫、引诱或者限制投保人订立保险合同。
6）伪造、擅自变更保险合同，或者为保险合同当事人提供虚假证明材料。
7）挪用、截留、侵占保险费或者保险金。
8）利用业务便利为其他机构或者个人牟取不正当利益。

9）串通投保人、被保险人或者受益人，骗取保险金。

10）泄露在业务活动中知悉的保险人、投保人和被保险人的商业秘密。

 小资料

最早的汽车保险

1896年11月2日，英国事故保险公司开展了世界上最早的汽车保险业务。这种保险，由参加保险的人和公司进行商谈以决定合同内容。这种保险业务规定参加保险的每一辆汽车的车主须缴纳30先令（伦敦地区为2英镑），再加上30%的保险金额。但是，特别提出的一点是，"由受惊了的马而引起的车祸，不适用保险条例。"1897年，美国西部的大机械制造商吉尔伯特·鲁密斯首次实行汽车财产保险，该厂对其生产的单缸汽车以每1 000美元支付7.5美元的保险金进行了财产保险。1912年，挪威最早使汽车保险和第三者保险成为义务。

第二节 汽车保险种类

汽车保险有两大类：一类是基本险，主要有机动车第三者责任强制保险（交强险）、第三者责任险、车损险和车上人员责任险；另一类是附加险，主要有全车盗抢险、玻璃单独破碎险、自燃损失险、新增设备损失险、不计免赔特约险、车上货物责任险、车身划痕损失险和停驶损失险等。

其中，基本险可以独立进行保险（其中交强险必须购买），但附加险不能独立进行保险。

一、交强险

1. 机动车第三者责任强制保险法律依据

《中华人民共和国道路交通安全法》第17条："国家实行机动车第三者责任强制保险制度，设立道路交通事故社会救助基金。具体办法由国务院规定。"

《中华人民共和国道路交通安全法》第76条：机动车发生交通事故造成人身伤亡、财产损失的，由保险公司在机动车第三者责任强制保险责任限额范围内予以赔偿；不足的部分，按照下列规定承担赔偿责任：

（一）机动车之间发生交通事故的，由有过错的一方承担赔偿责任；双方都有过错的，按照各自过错的比例分担责任。

（二）机动车与非机动车驾驶人、行人之间发生交通事故，非机动车驾驶人、行人没有过错的，由机动车一方承担赔偿责任；有证据证明非机动车驾驶人、行人有过错的，根据过错程度适当减轻机动车一方的赔偿责任；机动车一方没有过错的，承担不超过百分之十的赔偿责任。

交通事故的损失是由非机动车驾驶人、行人故意碰撞机动车造成的，机动车一方不承担赔偿责任。

我们需将"机动车第三者责任强制保险"（又称"交通事故责任强制保险"，简称"交强险")与现行的商业"机动车第三者责任保险"（简称"商业三责险"）区分开来，后者为非强制保险。

2. 实施交强险制度的意义

交强险是责任保险的一种。目前现行的商业机动车第三者责任保险是按照自愿原则由投保人选择购买的。以前商业三责险投保率比较低（2005年约为35%），致使发生道路交通事故后，有的因没有保险保障或致害人支付能力有限，受害人往往得不到及时赔偿，也造成了大量经济赔偿纠纷。因此，实行交强险制度就是通过国家法律强制机动车所有人或管理人购买相应的责任保险，以提高商业三责险的投保面，在最大限度上为交通事故受害人提供及时和基本的保障。

建立交强险制度有利于道路交通事故受害人获得及时的经济赔付和医疗救治；有利于减轻交通事故肇事方的经济负担，化解经济赔偿纠纷；通过实行"奖优罚劣"的费率浮动机制，有利于促进驾驶人增强交通安全意识；有利于充分发挥保险的保障功能，维护社会稳定。

3. 交强险与商业三责险的差异

一是赔偿原则不同。根据《中华人民共和国道路交通安全法》的规定，对机动车发生交通事故造成人身伤亡、财产损失的，由保险公司在机动车第三者责任强制保险责任限额范围内予以赔偿；而商业三责险中，保险公司是根据投保人或被保险人在交通事故中应负的责任来确定赔偿责任的。二是保障范围不同。除了个别事项外，交强险的赔偿范围几乎涵盖了所有道路交通责任风险；而商业三责险中，保险公司不同程度地规定有免赔额、免赔率或责任免除事项。三是交强险具有强制性。机动车的所有人或管理人都应当投保交强险，同时，保险公司不能拒绝承保，不得拖延承保，不得随意解除保险合同。四是交强险实行全国统一的保险条款和基础费率（如非营业客车6座以下每年950元），按照交强险业务总体上"不盈利不亏损"的原则审批费率。五是对"第三者"的赔偿不同。交强险对于撞了自家人的车主，可以因遭受人身伤亡或财产损失而向保险公司索赔；而商业第三者责任保险对于撞了自家人的车主，保险公司免赔。六是交强险实行分项责任限额。

小资料

中国汽车保险的历史

汽车保险进入我国是在鸦片战争以后，但由于当时我国保险市场处于外国保险公司的垄断与控制之下，加之工业不发达，当时我国的汽车保险实质上处于萌芽状态。新中国成立以后的1950年，创建不久的中国人民保险公司就开办了汽车保险。但不久就出现了对此项保险的争议：有人认为汽车保险以及第三者责任保险对肇事者予以经济补偿，会导致交通事故的增加，会对社会产生负面影响。于是，1955年中国人民保险公司停止了汽车保险业务。直到20世纪70年代中期，为了满足各国驻华使领馆等外国人拥有的汽车保险的需要，我国开始办理以涉外业务为主的汽车保险业务。我国保险业恢复之初的1980年，中国人民保险公司逐步全面恢复中断了近25年之久的汽车保险业务，以适应国内企业和单位对于汽车保险的需要，适应公路交通运输业迅速发展、事故日益频繁的客观需要。从此以后，汽车保险一直是财产保险的第一大险种，并保持高增长率，我国的汽车保险业务进入了高速发展时期。

4. 交强险的责任限额

交强险责任限额是指被保险机动车发生道路交通事故时，保险公司对每次保险事故所有受害人的人身伤亡和财产损失所承担的最高赔偿金额。

交强险责任限额分为死亡伤残赔偿限额 11 万元、医疗费用赔偿限额 1 万元、财产损失赔偿限额 2 000 元以及被保险人在道路交通事故中无责任的赔偿限额。被保险人在交通事故中无责任的情况下，死亡伤残赔偿限额为 1.1 万元，医疗费用赔偿限额为 1 000 元，财产损失赔偿限额为 100 元。

交强险的目的是为交通事故受害人提供基本的保障。交通事故受害人获得赔偿的渠道是多样的，交强险只是最基本的渠道之一。交强险实行 12.2 万元的总责任限额，并不是说交通事故受害人从所有渠道最多只能得到 12.2 万元赔偿。除交强险外，受害人还可通过其他方式得到赔偿，如从商业三责险、人身意外保险和健康保险等均可获得赔偿。除此之外，交通事故受害人还可根据受害程度，通过法律手段要求致害人给予更高的赔偿。

机动车所有人或管理人在购买交强险后，还可根据自身的支付能力和保障需求，在交强险基础之上同时购买商业三责险作为补充。

机动车发生交通事故造成人身伤亡、财产损失的，由保险公司在机动车第三者责任强制保险责任限额范围内予以赔偿。超过责任限额的部分再由当事人承担赔偿责任。医疗机构对交通事故中的受伤人员应当及时抢救，不得因抢救费用未及时支付而拖延救治。肇事车辆参加机动车第三者责任强制保险的，由保险公司在责任限额范围内支付抢救费用；抢救费用超过责任限额的，未参加机动车第三者责任强制保险或者肇事后逃逸的，由道路交通事故社会救助基金先行垫付部分或者全部抢救费用，道路交通事故社会救助基金管理机构有权向交通事故责任人追偿。

> **小资料**
>
> **现代内燃机的奠基人**
>
> 德国工程师奥托（Nikolaus August Otto, 1832—1891, 如图 9-1 所示）于 1876 年研制出了第一台实用的四冲程发动机（图 9-2），这是一台单缸卧式、功率为 2.95kW、等容燃烧的煤气机，压缩比约为 2.5，采用活塞曲柄连杆机构，热效率高达 12%~14%，转速为 250r/min。不久这种发动机就被冠以发明人的名字，被称为奥托机而闻名于世。奥托于 1877 年 8 月 4 日取得四冲程发动机专利。1878 年，在巴黎举办的万国博览会上，奥托的发动机受到了极高的评价。后来，人们一直将四冲程循环称为奥托循环。正是根据奥托循环的原理，后来人们制成了汽油机和柴油机。奥托以"内燃机奠基人"的名义载入了史册。但是，1886 年，德国法院经过审判后作出判决：取消奥托获得的四冲程发动机专利。
>
>
>
> 图 9-1　现代内燃机的奠基人奥托

图 9-2　奥托四冲程发动机

二、第三者责任险

1. 第三者责任险

第三者责任险是指被保险人允许的合格驾驶人员在使用保险车辆过程中发生意外事故，致使第三者遭受人身伤亡或财产的直接损毁，依法应当由被保险人支付的赔偿金额，保险人依照保险合同的规定，对超过交强险各分项赔偿限额以上的部分给予赔偿的责任保险。

所谓"第三者"是指除了投保人及其财产、被保险车辆驾乘人员及其财产以外的其他人和财产。保险公司称为保险人（即第一者），车主称为被保险人（即第二者）。

第三者责任保险的责任范围除了投保时明确的被保险人之外，还包括被保险人允许的驾驶人员，如单位或个人的驾驶人、雇佣或借调的驾驶人以及保险车辆借给他人使用时的驾驶人等。这些人使用保险车辆时对第三者造成的人身伤亡或直接财产损失，均由保险公司负责赔偿。

2. 最高赔偿限额

投保时，投保人可以自愿选择投保，事故最高赔偿限额常分为 10 万元、20 万元、50 万元和 100 万元等。对第三者的赔偿数额，应由保险公司进行核定，被保险人不能自行承诺或支付赔偿金额。

3. 第三者责任险保费计算

第三者责任险保费全国各地和各公司不一致，且经常调整。

人保财险四川省分公司，2018 年家庭自用轿车的第三者责任险（6 座以下）的收费如下：保额 5 万元为 604 元，10 万元为 873 元，15 万元为 994 元，20 万元为 1 080 元，30 万元为 1 219 元，50 万元为 1 463 元，100 万元为 1 906 元。

4. 第三者责任险的赔付

国务院颁布的《中华人民共和国道路交通安全法实施条例》，对交通事故责任认定、处罚、事故损害赔偿的调解以及具体的损害赔偿计算标准等都有详尽的规定。公安交通管理部门应依照相关法规对事故当事人进行责任认定，确定赔偿标准，而保险公司则应根据公安交通管理部门的调解或裁决对被保险人依法应支付的赔偿金额给予补偿。

交通事故在我国一般由公安交通管理部门处理,但是非公共道路上发生的车辆事故,如村庄、大院、乡间土路上发生的车辆事故,可由出险地政府有关部门参照《中华人民共和国道路交通安全法实施条例》进行处理,保险公司再予以赔付。

投保第三者责任险的机动车辆种类一般不受限制,客车、货车、摩托车、拖拉机、拖车以及救护车、消防车、油罐车等车辆都可投保。一些在厂区、仓库、港口内行驶的电瓶车、吊车和叉车等专用车辆,只要具备有关部门颁布的营运证或行驶证,保险公司通常可将其作为厂内机动车辆予以特约承保,对其发生的保险责任内的事故,保险公司给予赔偿。

5. 除外责任

第三者责任险中的除外责任,不论其在法律上是否应当由被保险人承担,保险公司均不负责赔偿。

除外责任包括:被保险人及其家庭成员所有或代替保管的财产;本车的驾驶人及乘坐人员和财产;拖拉的未保险车辆或其他拖带物造成的损失;保险车辆发生意外事故,引起停电、停水、停气、停产、停业、停驶、通信中断或网络中断、数据丢失和电压变化等造成的损失以及各种其他间接损失等。

第三者责任险的除外责任有几点需要注意:

1) 所有车辆的被保险人及其家庭成员,一般是根据独立经济的户口进行划分。家庭成员是指每一户中的成员,而不论是否为直系亲属。例如,父母兄弟多人各自另立户口分居,在经济上各自独立,就不能视为被保险人的家庭成员。而夫妻分居两地,虽有两个户口,但两者经济并不各自独立,则实质上是两个合而为一的整体家庭成员。保险公司在对"被保险人及其家庭成员"的区分上,要掌握一个原则,即支付给受害者的赔款,应由受害人所得,最终不能回到被保险人手中。

2) 企业所有或代管的财产,一般是指投保单位或集体所有或代管的财产,如投保单位的仓库、设备和住宅等。但目前许多企业规模较大,下属机构很多,这种企业作为一个整体投保后,如何区别其所有财产,这就要看其下属机构是否在经济上进行独立核算。如果是经济上独立核算单位,他们的财产就不能看做是投保企业的所有财产。例如,某大型化工企业下属4个分厂,均为独立核算单位。虽然该化工企业统一投保了第三者责任险,但一分厂车辆撞了二分厂的财产,保险公司就应当进行赔偿。

3) 车辆在装卸货物时所致的他人伤亡和财产损失,也不属于第三者责任险的责任范畴。如车辆在装卸水泥时,水泥袋坠落砸伤行人或砸坏其他物品的,就不在第三者责任险的赔偿范围之内;但保险车辆上装的货物,在行驶中不慎造成第三者人身伤亡或财产损失,因为其为在使用车辆过程中发生的意外事故,则保险公司应按第三者责任险负责赔偿。

> **小资料**
>
> **现代汽油机的发明者**
>
> 1872年,奥托在德国建立了德意志发动机制造公司(道依茨燃气发动机厂),戴姆勒(Gottlieb Daimler,1834年—1900年,如图9-3所示)加入了奥托的公司。作为总工程师的戴姆勒为奥托机的完成作出了重大贡献。1882年,戴姆勒和他毕生的事业合作者威尔海姆·迈巴赫(Wilhelm Maybach,1846年—1929年,如图9-4所示)一道另行成立

了汽车发动机工厂,两个人移居斯图加特坎斯塔特(Bad Cannstatt)鸽子窝大街,潜心研制汽车发动机。由于工厂太小,设计室只得被安置于斯塔特布拉格街34号迈巴赫的住室之内。戴姆勒很富有,他修了一个庄园,并建了温室。他和迈巴赫常常在温室里工作到深夜,邻居们怀疑他们在私造钱币,便要求警察调查戴姆勒温室的秘密。二人根据奥托发动机的模型,于1883年8月15日制成了今天汽车用发动机的原型——高压点火卧式汽油机,如图9-5所示;并于同年12月16日获得了德意志帝国第28022号专利——汽油发动机的专利。

图9-3 现代汽油机的发明者戴姆勒　　图9-4 汽车设计大王威尔海姆·迈巴赫

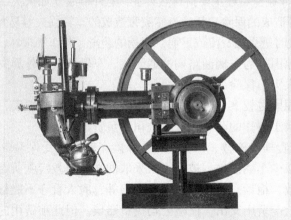

图9-5 戴姆勒高压点火卧式汽油机

三、车辆损失险

1. 车辆损失险

车辆损失险是指车主向保险公司投保以预防车辆可能造成损失的保险。

车辆损失险的保险金额可以按投保时的保险价值或实际价值确定，也可由投保人与保险公司协商确定，但保险金额不能超出保险价值。

2. 车辆损失险保费计算

车辆损失险保费 = 基础保费 + 购置价格 × 费率 = 280 + 裸车价 × 1.088%

旧车按投保时保险车辆的实际价值确定，即根据投保时的新车购置价减去折旧金额后的价格确定。

3. 车辆损失险的保险责任

车辆损失险的保险责任，是指保险车辆在行驶或停放中遇到下列情况遭受损失时，由保险公司负责经济损失赔偿的责任。

车辆损失险保险责任范围主要有如下方面：碰撞、倾覆、火灾、爆炸、雷击、暴风、洪水、地陷、冰陷、崖崩、雹灾、泥石流、滑坡、海啸，载运保险车辆的渡船遭受自然灾害或意外事故（仅限于有驾驶人员随车照料者）。此外，发生保险事故时，被保险人对保险车辆采取施救和保护措施所支付的合理费用，保险公司也负责赔偿。

4. 车辆损失险保险责任的类别

车辆损失险的保险责任分为碰撞责任、非碰撞责任和施救保护费用责任。

1）碰撞责任。碰撞责任是车辆损失险的主要责任，碰撞危险是机动车辆最易发生的危险之一。碰撞是指车辆与外界物体的意外接触，如两车对撞、追尾相撞和撞及其他物体等。一般因碰撞造成的损失，除了因驾驶人的故意行为外，不论驾驶人员是否违章或有无过失（明确除外责任者不在内），保险公司均负责赔偿。倾覆是指保险车辆由于自然灾害或意外事故，造成车辆倾斜翻倒、车体触地，使其失去正常状态和行驶能力，不经过施救不能恢复行驶的状态。如因雨天路滑，车辆不慎翻到沟里，或因车辆转弯过急、车速过快，发生侧翻或全翻等，保险公司对倾覆造成的损失负责赔偿。

2）非碰撞责任。非碰撞责任主要指自然灾害、意外事故（如火灾、爆炸）以及车辆渡船过河时发生意外事故等造成的保险责任。自然灾害造成的车辆损失容易判别和界定，如洪水将车辆冲走；在山区行驶时遭受泥石流或雪崩、崖崩的袭击，将车辆损坏；冰雹将车身砸烂等。

火灾事故的起火原因如为车辆油路漏油遇明火，车辆停放时外界失火碰撞等，即车辆自身以外的火源引起的火灾，保险公司负责赔偿。

车辆发生爆炸的原因也较多。但若因发动机内部原因发生的爆裂，如缸体破裂、活塞脱顶造成的爆裂，则不属于爆炸的范畴，保险公司不负责赔偿。

3）施救保护费用责任。施救、保护费用指保险车辆在遭受保险责任范围内的自然灾害或意外事故后，为了减少车辆损失，被保险人采取的必要施救措施所支付的合理费用，如雇佣吊车、拖车进行抢救、拖运，使用消防设备灭火等，雇人看守不能行驶的事故车辆或因抢救过程中损害他人的财产费用支出，保险公司负责赔偿。但此项费用的最高赔偿额不能超过该车的保险金额。如将车辆施救、保护以及修理费用相加，预计已达到或超过保险金额，保险公司可推定全损，予以赔偿。

5. 除外责任

在机动车辆保险责任之外，还有一些危险称为除外责任。由除外责任造成的被保险车辆损失和损坏，保险公司不负责赔偿。

除外责任包括下列情况：地震及其次生灾害、战争、军事冲突或暴乱；驾驶人员酒后驾驶车辆、无有效驾驶证、人工直接供油；受本车所载货物撞击；自然磨损、朽蚀、轮胎自身炸裂或车辆的自身故障（如自燃）；保险车辆遭受保险责任范围内的损失后，未经必要的修理，致使损失扩大的部分；保险车辆因保险责任范围内的灾害或事故致使被保险人停业、停驶的损失以及各种间接损失；其他不属于保险责任范围内的损失和费用。

 小资料

柴油机的发明者

在柴油机发展史上，最重要的人物是德国工程师鲁道夫·狄塞尔（Rudolf Diesel，1858年—1913年，如图9-6所示）。1893年8月10日，狄塞尔试制出了试验柴油机。试验时，狄塞尔首先用工厂总传动机拖动柴油机运转，待运转趋向平稳时喷入燃料。不料霎时间柴油机发出了像开炮似的一声轰鸣，只见装在气缸盖上的测功指示器像炮弹一般飞出去，排气管内喷射出浓密的黑烟，柴油机不断"嘣嘣"作响，火花四射，吓得在场的人四散奔逃，大叫"可怕"。第一台样机试验失败了，这是因气缸内承受的压力太高，气缸产生破裂，发动机的功率连克服自身的摩擦力也不够。但早在1892年1月28日，狄塞尔就向当时的柏林皇家专利局申请了发明专利，并于同年2月27日取得了柴油机的专利权。1894年2月17日，狄塞尔将改进后的柴油机（图9-7）再次进行试验，其仅运行了一分钟，但有人将这一分钟称为"划时代的一分钟"。

图9-6　柴油机的发明者鲁道夫·狄塞尔　　　　图9-7　狄塞尔试验成功的第一台柴油机

1897年，狄塞尔在奥格斯堡机器制造厂制成了完全依靠压缩点火燃烧，以柴油为燃料，等压加热，功率为13.25kW，热效率高达38%的发动机——四冲程柴油机，并将其誉为"无声发动机"。这是一项震惊世界的卓越发明！

1898年，柴油机投入商业生产。狄塞尔的发明使他一下子成为百万富翁。可惜，由于这种新机器在工艺上还没有过关，新产品无法很好使用，订户纷纷退货，结果又使狄塞尔负债累累，声誉一落千丈。遗憾的是，1913年9月27日，狄塞尔接受英国海军部邀请到伦敦参加会议。两天后，狄塞尔从船上突然失踪，谜一般地死去了（很可能是自杀），终年只有55岁。后来，人们为了纪念狄塞尔，将柴油机称为"狄塞尔发动机"（Diesel Engine）。

四、车上人员责任险

车上人员责任险（乘坐险）是指保险车辆发生保险责任范围内的事故，致使保险车辆上的人员遭受伤亡，保险人在保险单所载明的该项赔偿限额内计算赔偿本应由被保险人支付的赔偿金额的责任保险。

车上人员责任险保险金额通常分为每座 1 万元、2 万元、5 万元、10 万元等。

车上人员责任险保费，非营运轿车驾驶人座位为投保金额的 0.42%，乘客座位每座为投保金额的 0.27%。如果 5 座不全部投保，通常保费要提高。某保险公司，如按每人 2 万元投保，5 座全部需保费 300 元（20 000 元 × 0.42% + 20 000 元 × 0.27% × 4 = 300 元），平均每座 60 元；不全部投保，则每座 120 元。

五、自燃损失险

自燃损失险是指保险车辆因本车电器、线路、供油系统、供气系统发生故障及运载货物的自身原因起火燃烧，造成保险车辆损失，以及被保险人在发生本保险责任事故时，为减少车辆损失所支出的必要合理的施救费用，由保险公司进行赔付的保险。

车辆自燃损失险保费的计算方法为：

$$自燃损失险保费 = 新车购置价格 \times 0.15\%$$

或

$$自燃损失险保费 = 车辆折旧价 \times 0.4\%$$

车辆折旧价值是指用新车购置价减去折旧金额后的价格。按照规定，家庭自用轿车的月折旧率为 6‰，即车辆折旧价值 = 新车购置价 ×（1 − 已使用月数 × 6‰）。

通常情况下，新购车辆和处于质保期内的车辆可以不投保自燃损失险，使用时间在 3 年以上的车辆可考虑投保此险种。

六、盗抢险

盗抢险是指保险车辆因全车被盗窃、抢劫、抢夺时，经县级以上公安刑侦部门立案核实，满 60 天未查明下落的，保险人对其直接经济损失按保险金额计算赔偿的保险。

如果车辆被盗抢后 60 天内被找回，但在此期间车辆发生损坏或零部件丢失，保险公司负责赔偿修复费用。

车辆被盗窃、抢劫、抢夺后被找回的，保险人尚未支付赔款的，车辆归还被保险人。保险人已支付赔款的，车辆应归还被保险人，被保险人将赔款返还给保险人；被保险人不同意收回车辆的，车辆权益归保险人所有。

全车盗抢险保费的计算方法为：

$$盗抢险保费 = 基础保费 + 车辆折旧价 \times 费率 = 120 + 车辆折旧价 \times 0.45\%$$

盗抢险的保费一般为车辆损失险保费的 20% ~ 30%。

七、玻璃单独破碎险

玻璃单独破碎险是指保险车辆只发生风窗玻璃破碎后，由保险公司承担赔付责任的保险。

玻璃单独破碎险保费计算方法为：新车价 × 0.15%（国产玻璃）；新车价 × 0.25%（进口玻璃）。

八、新增加设备损失险

新增加设备损失险是指投保车辆在出厂时原有各项设备以外，被保险人对另外加装设备进行的保险，保险人将在保险合同中该项目所载明的保险金额内，按实际损失计算赔偿。

九、不计免赔特约险

不计免赔特约险是指发生保险责任范围内的事故后，按照对应投保险种规定的免赔率计算的、应当由被保险人自行承担的免赔金额部分，保险人负责赔偿的保险。

免赔率的通常规定为：负次要事故责任的为5%，负同等事故责任的为8%，负主要事故责任的为10%，负全部事故责任的为15%，自燃损失和盗抢全车损失的为20%。

不计免赔特约险保费的计算方法为：

不计免赔特约险保费 =（车辆损失险保费 + 第三者责任险保费）×20%

特别说明，除交强险全国统一外，近年来车辆其他保险费的计算方法变化较大，且各地并不相同。

 小资料

石油价格的攀升

1970年国际市场石油的价格是每桶2美元，1972年为2.89美元，1973年为5.11美元，1974年为11.65美元，1978年为12.93美元，1979年为20.13美元，1980年为31.47美元，1981年为34.87美元。

1998年因亚洲金融风暴等因素，国际油价曾创下当时近30年新低，在1998年12月时最低报价甚至低于9美元，比1997年平均减少近5成。

2003年2月12日，纽约商交所石油期货价达到每桶35.77美元，创下自2000年12月12日以来的历史新高。2004年初，国际油价突破每桶40美元关口，一年时间翻了一倍。

2008年1月2日，石油价格首次突破每桶100美元大关。

2008年7月11日，伦敦北海布伦特石油价格再创历史新高，达每桶147.25美元，超过了同年7月3日每桶146.69美元的纪录；同一天，纽约石油价格也达到了创纪录的每桶147.27美元。

（注："桶"作为石油等液体测量单位，被法规或惯用法确立的数值为42美式加仑，约合159L。1桶原油因相对密度不同为135~138kg。）

第三节 机动车交通事故责任强制保险条例

《机动车交通事故责任强制保险条例》（国务院令第462号），于2006年3月21公布，自2006年7月1日起施行。根据2012年3月30日《国务院关于修改〈机动车交通事故责任强制保险条例〉的决定》第一次修订，自 2012 年 5 月 1 日起施行；根据 2012 年 12 月 17 日《国务院关于修改〈机动车交通事故责任强制保险条例〉的决定》第二次修订，自 2013 年 3 月 1 日起施行；根据 2016 年 2 月 6 日《国务院关于修改部分行政法规的规定》第三次修订。

一、总则

在中华人民共和国境内道路上行驶的机动车的所有人或者管理人，应当依照《中华人民共和国道路交通安全法》的规定投保机动车交通事故责任强制保险。

机动车交通事故责任强制保险，是指由保险公司对被保险机动车发生道路交通事故造成本车人员、被保险人以外的受害人的人身伤亡、财产损失，在责任限额内予以赔偿的强制性责任保险。

国务院保险监督管理机构（以下称保监会）依法对保险公司的机动车交通事故责任强制保险业务实施监督管理。

公安机关交通管理部门、农业（农业机械）主管部门（以下统称机动车管理部门）应当依法对机动车参加机动车交通事故责任强制保险的情况实施监督检查。对未参加机动车交通事故责任强制保险的机动车，机动车管理部门不得予以登记，机动车安全技术检验机构不得予以检验。

二、投保

除保险公司外，任何单位或者个人不得从事机动车交通事故责任强制保险业务。

机动车交通事故责任强制保险实行统一的保险条款和基础保险费率。保监会按照机动车交通事故责任强制保险业务总体上不盈利不亏损的原则审批保险费率。

保监会应当每年对保险公司的机动车交通事故责任强制保险业务情况进行核查，并向社会公布；根据保险公司机动车交通事故责任强制保险业务的总体盈利或者亏损情况，可以要求或者允许保险公司相应调整保险费率。调整保险费率幅度较大的，保监会应当进行听证。

被保险机动车没有发生道路交通安全违法行为和道路交通事故的，保险公司应当在下一年度降低其保险费率。在此后的年度内，被保险机动车仍然没有发生道路交通安全违法行为和道路交通事故的，保险公司应当继续降低其保险费率，直至最低标准。被保险机动车发生道路交通安全违法行为或者道路交通事故的，保险公司应当在下一年度提高其保险费率。多次发生道路交通安全违法行为、道路交通事故，或者发生重大道路交通事故的，保险公司应当加大提高其保险费率的幅度。在道路交通事故中被保险人没有过错的，不提高其保险费率。

投保人在投保时应当选择从事机动车交通事故责任强制保险业务的保险公司，被选择的保险公司不得拒绝或者拖延承保。

投保人投保时，应当向保险公司如实告知重要事项。重要事项包括机动车的种类、厂牌型号、识别代码、牌照号码、使用性质和机动车所有人或者管理人的姓名（名称）、性别、年龄、住所、身份证或者驾驶证号码（组织机构代码）、续保前该机动车发生事故的情况以及保监会规定的其他事项。

签订机动车交通事故责任强制保险合同时，投保人应当一次性支付全部保险费；保险公司应当向投保人签发保险单和保险标志。保险单和保险标志应当注明保险单号码、车牌号码、保险期限、保险公司的名称、地址和理赔电话号码。

被保险人应当在被保险机动车上放置保险标志。保险标志式样全国统一。保险单、保险标志由保监会监制。任何单位或者个人不得伪造、变造或者使用伪造、变造的保险单和保险标志。

签订机动车交通事故责任强制保险合同时，投保人不得在保险条款和保险费率之外，向保险公司提出附加其他条件的要求。

签订机动车交通事故责任强制保险合同时，保险公司不得强制投保人订立商业保险合同以及提出附加其他条件的要求。

保险公司不得解除机动车交通事故责任强制保险合同，但投保人对重要事项未履行如实告知义务的除外。

投保人对重要事项未履行如实告知义务的，保险公司解除合同前，应当书面通知投保人。投保人应当自收到通知之日起5日内履行如实告知义务；投保人在上述期限内履行如实告知义务的，保险公司不得解除合同。

保险公司解除机动车交通事故责任强制保险合同的，应当收回保险单和保险标志，并书面通知机动车管理部门。

投保人不得解除机动车交通事故责任强制保险合同，但有下列情形之一的除外：被保险机动车被依法注销登记的；被保险机动车办理停驶的；被保险机动车经公安机关证实丢失的。

机动车交通事故责任强制保险合同解除前，保险公司应当按照合同承担保险责任。

合同解除时，保险公司可以收取自保险责任开始之日起至合同解除之日止的保险费，剩余部分的保险费退还投保人。

被保险机动车所有权发生转移的，应当办理机动车交通事故责任强制保险合同变更手续。

机动车交通事故责任强制保险合同期满，投保人应当及时续保，并提供上一年度的保险单。

机动车交通事故责任强制保险的保险期间为1年，但有下列情形之一的，投保人可以投保短期机动车交通事故责任强制保险：境外机动车临时入境的；机动车临时上道路行驶的；机动车距规定的报废期限不足1年的；保监会规定的其他情形。

> **小资料**
>
> **充气轮胎的发明者**
>
> 由于金属车轮的剧烈振动，使早期的汽车行驶速度并不比马车快。乘坐铁轮车是什么感觉呢？美国海军少校怀特（M. G. White）曾追述："这是我初次尝试不用马拉的陆地交通工具。我乘坐铁轮的戴姆勒牌铁轮（Wire Wheel，如图9-8所示）汽车在高低不平的花岗石路上行驶，车子的剧烈运动使我联想到药水瓶上的说明——服前摇匀。"

1845年12月10日，英国伦敦的铁匠罗伯特·汤姆森（Robert william Thomson, 1822年—1873年，如图9-9所示）的题为《为改善马车及其他一切车辆的车轮》的申请，获得了专利，还分别于1846年在法国和1847年在美国取得了充气轮胎的专利。他首先提出了用压缩空气或马毛充入中空的橡胶弹性囊，以缓冲车辆在运动过程中产生的振荡和冲击。他第一个获得了橡胶充气轮胎的专利权。他还用涂有橡胶的帆布制成内胎，然后充入空气，外面包上皮革以抵抗粗糙路面对它的磨损。不过，马车商抱怨这种轮胎没走多远就破裂放炮，吓得马匹惊骇万状、狂跳不已；其次，轮胎需要手工制造，所以价格很高；还有，把轮胎安装到车轮上去需要70根以上的螺钉，因而也不能轻易地取下来。因此，汤姆森的专利被束之高阁。

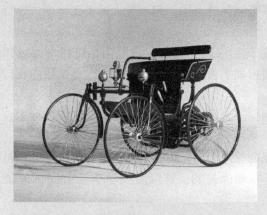

图9-8　早期戴姆勒牌铁轮汽车

图9-9　罗伯特·汤姆森

充气轮胎在汽车上的广泛应用，人们不会忘记英国的一位兽医。1888年，英国北爱尔兰贝尔法斯特的一位兽医约翰·邓禄普（John Boyd Dunlop，1840年—1921年，如图9-10所示）发明了自行车用充气轮胎。1887年10月的一天，邓禄普想到要改善自行车的轮胎，因为他的儿子在院子里骑自行车，在草坪上扎下了深深的钢轮印迹，很是难看。邓禄普在花园里浇花时，无意踩到了两条浇花用的橡皮水管，突然心生一计，把橡皮管按自行车轮子的大小弯成圆环，将两端用胶粘结实，然后把橡皮管充足水，以减轻轮胎的压力。当邓禄普家的另一主治医生约翰·费甘看到了这件事，好运就来了。费甘因为对病人用柔软骑垫和褥垫有丰富的经验，他建议在轮胎中不充水而充入空气。于是，邓禄普用橡胶做内胎，外面包以亚麻布，再绑在自行车的轮子上，用给足球打气的空气泵给轮胎打气。1888年2月28日夜，乔尼的三轮自行车的两个后轮装配了充气轮胎，当夜乔尼就试着骑起来了。

图9-10　约翰·邓禄普

后来，英国埃德林自行车公司（W. Edlin & Co.）和邓禄普签订了合同，使用邓禄普的充气轮胎，生产比赛用的自行车。从此自行车就装上了充气轮胎。

> 1888年12月7日,邓禄普取得了"自行车、三轮车及其他道路车辆用新式轮胎"的专利。后来邓禄普放弃兽医职业,于1889年建立邓禄普充气轮胎有限公司(Dunlop Pneumatic Tire Co Ltd),空气轮胎具有了真正的实用价值。不久,这种充气轮胎便应用到了汽车上。但是,由于汤姆森早已取得了充气轮胎的专利,因此邓禄普的轮胎专利后来被宣布无效。

三、赔偿

被保险机动车发生道路交通事故造成本车人员、被保险人以外的受害人人身伤亡、财产损失的,由保险公司依法在机动车交通事故责任强制保险责任限额范围内予以赔偿。

道路交通事故的损失是由受害人故意造成的,保险公司不予赔偿。

有下列情形之一的,保险公司在机动车交通事故责任强制保险责任限额范围内垫付抢救费用,并有权向致害人追偿:驾驶人未取得驾驶资格或者醉酒的;被保险机动车被盗抢期间肇事的;被保险人故意制造道路交通事故的。

机动车交通事故责任强制保险在全国范围内实行统一的责任限额。责任限额分为死亡伤残赔偿限额、医疗费用赔偿限额、财产损失赔偿限额以及被保险人在道路交通事故中无责任赔偿限额。

国家设立道路交通事故社会救助基金(以下简称救助基金)。有下列情形之一时,道路交通事故中受害人人身伤亡的丧葬费用、部分或者全部抢救费用,由救助基金先行垫付,救助基金管理机构有权向道路交通事故责任人追偿:抢救费用超过机动车交通事故责任强制保险责任限额的;肇事机动车未参加机动车交通事故责任强制保险的;机动车肇事后逃逸的。

救助基金的来源包括:按照机动车交通事故责任强制保险保险费的一定比例提取的资金;对未按照规定投保机动车交通事故责任强制保险的机动车的所有人和管理人的罚款;救助基金管理机构依法向道路交通事故责任人追偿的资金;救助基金孳息;其他资金。

被保险机动车发生道路交通事故,被保险人或者受害人通知保险公司的,保险公司应当立即给予答复,告知被保险人或者受害人具体的赔偿程序等有关事项。

被保险机动车发生道路交通事故的,由被保险人向保险公司申请赔偿保险金。保险公司应当自收到赔偿申请之日起1日内,书面告知被保险人需要向保险公司提供的与赔偿有关的证明和资料。

保险公司应当自收到被保险人提供的证明和资料之日起5日内,对发生的道路交通事故是否属于保险责任作出核定,并将结果通知被保险人;不属于保险责任的,应当书面说明理由;属于保险责任的,在与被保险人达成赔偿保险金的协议后10日内,赔偿保险金。

被保险人与保险公司对赔偿有争议的,可以依法申请仲裁或者向人民法院提起诉讼。

保险公司可以向被保险人赔偿保险金,也可以直接向受害人赔偿保险金。但是,因抢救受伤人员需要保险公司支付或者垫付抢救费用的,保险公司在接到公安机关交通管理部门通知后,经核对应当及时向医疗机构支付或者垫付抢救费用。

因抢救受伤人员需要救助基金管理机构垫付抢救费用的,救助基金管理机构在接到公安机关交通管理部门通知后，经核对应当及时向医疗机构垫付抢救费用。

医疗机构应当参照国务院卫生主管部门组织制定的有关临床诊疗指南，抢救、治疗道路交通事故中的受伤人员。

保险公司赔偿保险金或者垫付抢救费用及救助基金管理机构垫付抢救费用时，需要向有关部门和医疗机构核实有关情况的，有关部门和医疗机构应当予以配合。

保险公司和救助基金管理机构的工作人员对当事人的个人隐私应当保密。

道路交通事故损害赔偿项目和标准依照有关法律的规定执行。

小资料

石油的得名与开采

石油的得名与开发经历了一个漫长的过程。

最早，美国塞尼加族印第安人在池塘和溪流中发现了一种黑色浮油，他们用毡子铺在水面上，吸起黑油，然后把它拧在桶里。传说这种油可以治疗关节痛，当时这种黑油被用做药品。

以前，美国的食盐大部分产自盐井。19世纪30年代，肯塔基的一些盐井被这些黑油浸漫污染。有开发头脑的商界人士灵机一动，组成美国药用油公司，收购这种被污染的盐井，改产药用油，并将其命名为"美国油"，许多医生用它来医治百病。第一个把这种油叫"石油"的是西宾夕法尼亚一个盐井老板的儿子塞缪尔·基尔（Kier），如图9-11所示。他接管父业后，盐井发生了这种黑油污染。经取油观察，他发现这种油与医生用来治疗他妻子肺痨病的"美国油"是一样的东西。于是，基尔便改行从事药用油生意。基尔的宣传广告上有这样的话："岩油，又名石油，为天生良药！深藏于地下400英尺处！对关节痛、久咳不愈、疟疾、牙痛、神经痛、痔疮、小便不畅、消化不良和肝病等均有奇效。""石油"就这样得名了。

图9-11 塞缪尔·基尔

与此同时，波士顿有一些药品制造商为了寻找较好的润滑油，于1852年从煤焦中提炼出一种"煤油"，其不仅可以充当润滑油，还可以用来点灯。在这之前的1846年，加拿大医生兼地质学家亚伯拉罕·格斯纳（A. Gesner）已发现可以从沥青岩中提炼煤油。1854年，美国耶鲁大学的化学教授西利曼（B. Silliman）在康涅狄格州的纽黑文建立了最早的石油分馏装置，以提取煤油。同年，美国一位名叫乔治·比塞尔（G. H. Bissell）的人，注意到西利曼关于石油潜在价值的报告，便合伙组建了第一个宾夕法尼亚石油公司，利用石油炼制多种油品。当时，汽油被当做一种容易发生火灾的赘物，而运至郊外地坑中烧掉或在夜晚倾入河流中。1892年，一位石油商以两分钱一加仑的价格出售汽油，并为这份意外之财庆幸不已。

石油的新用途——可以提炼煤油——发现了,但是怎样才能大量开采石油呢?一位名叫詹姆斯·汤森的人首先想到钻入地下深处抽油的办法。他请来了一个住在小旅馆里的无业游民来做这个工作,此人名叫埃得温·德雷克(Edwin Drake,1819年—1880年,如图9-12所示)。德雷克先前在列车上做过列车员,只有小学文化程度,从未受过开矿的专业技术训练。他唯一的便利条件是一张铁路乘车免票证,可以用来免费乘车前往宾夕法尼亚石油公司的梯塔斯维尔油田。1857年12月,德雷克来到了油田,产油的地方是个小水塘,所产药用油在当地被叫做"野马油"。德雷克想到,是不是可以像挖盐井那样去挖油井呢?于是,他找到挖过盐井的威廉·史密斯(William Smith),此人不但是挖井老手,而且还能制造钻挖工具。

1859年6月,史密斯带着他的两个儿子,改用一开始就用铁管钻井的新方法。他们在绳索前端安装一个钻头,通过使钻头强烈地上下运动而打出洞来;为了使钻头打出笔直的洞,他们在洞里又打入了铁管,使钻头在铁管内上下起落。1859年8月27日,这天是星期六,史密斯父子钻到21.2m(69.5英尺)的深度时,停工休息,因为次日是星期天。隔天,史密斯等人再到井边,只见里面净是油状物。德雷克便问:"这是什么?"史密斯说:"这就是你要发的财呀!"

图9-12 埃得温·德雷克

听到这个消息,人们立即赶来钻取石油。宾夕法尼亚的西北地区便成了世界上第一块油田,充满生机的城镇在这里拔地而起。因德雷克未曾将自己的钻探方法申请专利权,其又不善经营,结果别人靠石油发了财,他却未能致富,潦倒而终。图9-13、图9-14所示分别为第一口油井屋和第一口油井。

图9-13 第一口油井屋

图9-14 第一口油井

四、罚则

保险公司以外的单位或者个人，非法从事机动车交通事故责任强制保险业务的，由保监会予以取缔；构成犯罪的，依法追究刑事责任；尚不构成犯罪的，由保监会没收违法所得。违法所得 20 万元以上的，并处违法所得 1 倍以上 5 倍以下罚款；没有违法所得或者违法所得不足 20 万元的，处 20 万元以上 100 万元以下罚款。

保险公司违反规定，有下列行为之一的，由保监会责令改正，处 5 万元以上 30 万元以下罚款；情节严重的，可以限制业务范围、责令停止接受新业务或者吊销经营保险业务许可证：拒绝或者拖延承保机动车交通事故责任强制保险的；未按照统一的保险条款和基础保险费率从事机动车交通事故责任强制保险业务的；未将机动车交通事故责任强制保险业务和其他保险业务分开管理、单独核算的；强制投保人订立商业保险合同的；违反规定解除机动车交通事故责任强制保险合同的；拒不履行约定的赔偿保险金义务的；未按照规定及时支付或者垫付抢救费用的。

机动车所有人和管理人未按照规定投保机动车交通事故责任强制保险的，由公安机关交通管理部门扣留机动车，通知机动车所有人和管理人依照规定投保，并处依照规定投保最低责任限额应缴纳保险费的 2 倍罚款。机动车所有人和管理人依照规定补办机动车交通事故责任强制保险的，公安机关交通管理部门应当及时退还机动车。

上道路行驶的机动车未放置保险标志的，公安机关交通管理部门应当扣留机动车，通知当事人提供保险标志或者补办相应手续，并可以处警告或者 20 元以上 200 元以下罚款。当事人提供保险标志或者补办相应手续的，公安机关交通管理部门应当及时退还机动车。

伪造、变造或使用伪造、变造的保险标志，或者使用其他机动车的保险标志的，由公安机关交通管理部门予以收缴，扣留该机动车，并处 200 元以上 2 000 元以下罚款；构成犯罪的，依法追究刑事责任。当事人提供相应的合法证明或者补办相应手续的，公安机关交通管理部门应当及时退还机动车。

第四节　机动车交通事故责任强制保险费率浮动

《机动车交通事故责任强制保险费率浮动暂行办法》规定，2007 年 7 月 1 日起签发的机动车交强险保单，实行交强险费率与道路交通事故相联系的浮动。

一、交强险费率浮动因素及比率

交强险费率浮动因素及比率见表 9-1。

表 9-1　交强险费率浮动因素及比率表

	浮动因素		浮动比率
与道路交通事故相联系的浮动 A	A_1	上一个年度未发生有责任道路交通事故	-10%
	A_2	上两个年度未发生有责任道路交通事故	-20%
	A_3	上三个及以上年度未发生有责任道路交通事故	-30%
	A_4	上一个年度发生一次有责任不涉及死亡的道路交通事故	0%
	A_5	上一个年度发生两次及两次以上有责任道路交通事故	10%
	A_6	上一个年度发生有责任道路交通死亡事故	30%

二、计算方法

交强险最终保险费计算方法为：

交强险最终保险费 = 交强险基础保险费 × (1 + 与道路交通事故相联系的浮动比率 A)

交强险基础保险费根据中国保监会批复中国保险行业协会的《关于中国保险行业协会制定机动交通事故责任强制保险行业协会条款费率的批复》（保监产险〔2006〕638号）执行。

交强险费率浮动标准根据被保险汽车所发生的道路交通事故计算。

与道路交通事故相联系的浮动比率 A 为 $A_1 \sim A_6$ 其中之一的，不累加，同时满足多个浮动因素的，按照向上浮动或者向下浮动比率的最高者计算。

仅发生无责任道路交通事故的，交强险费率仍可享受向下浮动。

浮动因素计算区间为上期保单出单日至本期保单出单日之间。

与道路交通事故相联系的浮动比率进行上下浮动时，应根据上年度交强险已赔付的赔案浮动。上年度发生赔案但还未赔付的，本期交强险费率不浮动，直至赔付后的下一年度交强险费率向上浮动。

三、特殊情况的交强险费率浮动方法

首次投保交强险的机动车费率不浮动。

在保险期限内，被保险机动车所有权发生转移的，应当办理交强险合同变更手续，且交强险费率不浮动。

机动车临时上道路行驶或境外机动车临时入境投保短期交强险的，交强险费率不浮动。其他投保短期交强险的，根据交强险短期基准保险费并按照相关标准浮动。

被保险机动车经公安机关证实丢失后追回的，根据投保人提供的公安机关证明，机动车在丢失期间发生道路交通事故的，交强险费率不向上浮动。

机动车上一期交强险保单期满后未及时续保的，浮动因素计算区间仍为上期保单出单日至本期保单出单日之间。

在全国车险信息平台联网或全国信息交换前，机动车跨省变更投保地时，如投保人能提供相关证明文件的，可享受交强险费率向下浮动；不能提供的，交强险费率不浮动。

交强险保单出单日距离保单起期最长不能超过3个月。

除投保人明确表示不需要的，保险公司应当在完成保险费计算后、出具保险单以前，向投保人出具《机动车交通事故责任强制保险费率浮动告知书》（附件），经投保人签章确认后，保险公司再出具交强险保单和保险标志。投保人有异议的，应告知其有关道路交通事故的查询方式。

 小资料

汽车色彩与安全

汽车行车安全性不仅受其操作安全视线的影响，还受到车身颜色的能见度影响。视认性好的颜色能见度佳，因此人们通常把这些颜色用于汽车外部以提高行车安全性。

心理学家认为，色彩能按不同方式影响人们的心理。不同的色彩，进入人们的眼帘后，不仅能使人们产生大小、轻重、冷暖、明暗及远近等感觉，还能使人们产生兴奋、紧张、安定、轻松、烦躁及忧郁等心理效果。这是人的视觉与各种感觉器官通过大脑神经活动复杂联系的结果，是人类在长期劳动实践中逐渐形成和完善起来的。如红色会使人联想起火红的旗帜；绿色会使人想到无边无际的原野；黄橙色会使人联想起熊熊的烈火和炎热的太阳；蓝色会使人想起宁静的湖水和广阔的海洋。可见，不同的色彩会给人带来不同的心里感觉。

如果利用色彩所具有的上述心理效果，在汽车内部和外部采用有利于司乘人员情绪的色彩，将对预防交通事故有着重要的意义。

一辆车的安全性，车身颜色提供的可见度影响是不容忽视的。可见度是由车辆尺寸大小、光度及颜色的饱和度等因素决定的。据日本和美国的调查，发生事故的车辆中，车身颜色是蓝色和绿色的最多，而黄色的最少。因为蓝色和绿色为收缩色，车辆看起来比实际要小，尤其是傍晚和下雨天，这两种颜色的车辆常不为对方车辆和行人注意而诱发事故。而黄色及红色为膨胀色，车辆看起来比实际要大，不论远近都很容易引起人们的注意。

驾驶室内部色彩如何，也会给司乘人员带来不同的心理反应。如果色彩过于浓重，会使司乘人员感到压抑；如果色彩过于灰暗，会使司乘人员感到沉闷忧郁；如果色彩过于刺激，会使司乘人员感到亢奋烦躁；如果色彩过于艳丽，会使司乘人员感到刺目。这些色彩对司乘人员的情绪都有一定的影响，不仅会分散司乘人员的注意力，还易造成司乘人员过早视觉疲劳，从而诱发交通事故。

开什么颜色的汽车上路最安全？新西兰奥克兰大学的科学家对1 000多辆各色汽车进行调研后发现，银白色是最佳选择，这种颜色的汽车出车祸的概率最小，即使出事，驾驶人受伤程度也相对较轻，在车祸中遭受重伤的概率比开白色汽车的少50%。

相比之下，开白、黄、灰、红和蓝色汽车的驾驶人受伤的概率大致相同，而黑、褐和绿色汽车最容易发生交通事故，驾车人受伤的概率是开白、黄、灰、红和蓝色汽车的2倍。

银白色汽车为何比其他颜色汽车安全的原因目前还不得而知，这可能与银白色对光线的反射率较高，易于识别有关。

第五节 案例分析

一、"起火点起火原因不明"还是"不明原因起火"

【案例】

李某与某保险公司签订了一份机动车辆保险合同。根据合同约定，保险车辆在使用过程中，因"碰撞、倾覆、火灾、爆炸"等原因造成车辆损失的，保险公司负责赔偿；保险车辆因"自燃以及不明原因产生火灾"造成车辆损失的,保险公司不负责赔偿。合同签订后,原告李某按约缴纳了保险费,合同有效期为1年。

在保险合同有效期内,李某的保险车辆在某市场内发生火灾,车辆被毁。火灾发生后,当地公安消防部门在火灾原因认定书中认为"该火灾起火点位于北数第一辆车(即原告被毁车辆)与第二辆车中间立柱东侧地面上,起火原因不明"。李某持该认定书向保险公司索赔,保险公司认为该火灾属不明原因产生的火灾,按保险合同的约定属免赔责任,双方发生纠纷,诉至法院。

【分析】

公安消防部门在火灾原因认定书中将李某车辆的起火原因认定为:"该火灾起火点位于北数第一辆车(即原告被毁车辆)与第二辆车中间立柱东侧地面上,起火原因不明"。从最终的火灾原因认定书中可以看出,"火灾原因不明"是该火灾的起火点起火原因不明。

中国保监委关于《机动车辆保险条款解释》中规定:"火灾"是指车辆本身以外的火源引起的、在时间或空间上失去控制的燃烧所造成的灾害。"自燃以及不明原因产生的火灾"是指保险车辆发生自燃和保险车辆因不明原因产生火灾而造成的损失,保险人不负责赔偿。从以上的规定中,我们不难看出,保险车辆由自身以外的火源造成保险车辆损失的,保险公司应承担赔偿责任,反之,如果保险车辆发生自燃和保险车辆自身因不明原因产生火灾而造成的损失,保险公司不承担赔偿责任。结合本案实际情况综合分析,原告车辆受损的原因是由于在两辆车之间有一个不明原因起火点起火,导致保险车辆受损,而非保险车辆自身因不明原因起火造成的。所以,根据原、被告双方签订的车辆保险合同的约定,本次事故是由于车辆自身以外的火源造成的保险车辆受损,保险公司应承担赔偿责任。

二、无证驾驶伤人,保险公司是否应赔偿

【案例】

2008年8月5日5时许,刘某无证驾驶三轮摩托车驶入非机动车道,将站在非机动车道内的高某撞伤。该事故经交通巡警大队认定,刘某负全部责任。刘某驾驶的机动车于2008年6月28日在某保险公司投保了机动车交通事故责任强制保险。高某就赔偿问题诉诸法院,请求刘某与保险公司共同承担其各项赔偿费用合计23 988.12元。

刘某无证驾车伤人,保险公司该不该赔偿?

【分析】

保险公司是否应当赔偿高某因交通事故造成的损失存在两种观点。

一种观点认为,保险公司不应赔偿原告高某因本起交通事故造成的损失。虽然肇事车辆在该公司投保了交强险,但是因肇事车辆的驾驶人未取得驾驶资格,属于保险公司免责的情形;另外本案原告已经出院不属于应当垫付抢救费的情形,所以保险公司不应当承担任何责任。这种观点依据的是《机动车交通事故责任强制保险条例》第22条第一款的前半部分规定。

另一种观点认为,保险公司应当赔偿原告高某因本起交通事故造成的损失。这种观点依据的是《中华人民共和国道路交通安全法》第76条的规定。

对于本案,以上两种观点所依据的两个法条都有被适用的可能。此时,涉及法条发生冲突时应当如何处理的问题。发生法律冲突时,按特殊规定优于一般规定、后法优于前法、高

层次法优于底层次法的规则处理。从后法优于前法来看，2007年12月29日修改通过的《中华人民共和国道路交通安全法》通过时间比《机动车交通事故责任强制保险条例》迟，故应当优先适用；从高层次法优于底层次法来看，《中华人民共和国道路交通安全法》的法律位阶高于《机动车交通事故责任强制保险条例》，故应当优先适用。

另外，从设置交强险的意义上来看，交强险有利于道路交通事故受害人减少救济求偿的环节，获得及时有效的经济保障和医疗救治；有利于减轻交通事故肇事方的经济负担；有利于充分发挥保险的社会保障功能，维护社会稳定。这样看来，《中华人民共和国道路交通安全法》第76条，比《机动车交通事故责任强制保险条例》第22条能更好地实现交强险的立法目的，应当优先适用。

综上，保险公司应当在交强险责任限额范围内承担赔偿责任。

三、公交车驾驶人撞死妻子能否获得赔偿

【案例】

某公交车驾驶人在倒车时不慎将送他上班的妻子撞倒，并致其死亡。交通事故责任认定，该驾驶人对本起交通事故承担全部责任。

公交公司和保险公司是否应承担死亡赔偿责任？

【分析】

根据我国法律规定，机动车发生交通事故造成人身伤亡的，由保险公司在机动车第三者责任强制险责任限额范围内予以赔偿，超过责任限额部分由有过错的机动车一方承担赔偿责任。

由于肇事驾驶人驾驶公交车系职务行为，被告公交公司是肇事车辆的车主，根据交通事故责任认定，该驾驶人对本起交通事故承担全部责任，因此，对于超过机动车第三者责任强制险责任限额部分，应当由被告公交公司予以赔偿。

本案的肇事驾驶人既是肇事加害者，又是受害受偿者。因为，他固然是交通事故的肇事者，依法应承担因为肇事致人死亡而应承担的法律责任；但同时他又是死者的丈夫，依照法律规定和保险合同的约定，他有资格以死者亲属的身份，向保险公司和肇事车辆所在单位，主张请求赔偿权利。作为死者的第一顺序法定继承人，他有权获得赔偿。本案和其他一些撞了自家人案件不同的地方是：很多撞了自家人的肇事者本身就是车主，自己是车主再向车主也就是自己索赔在实质上没有意义。而本案肇事驾驶人是公交公司的雇员，依法他可以向车主索赔，所以公交公司也应承担赔偿责任。

按照现行的《机动车交通事故责任强制保险条例》，撞了自家人的车主，可以因遭受人身伤亡或财产损失而向保险公司索赔。这也是第三者强制责任保险的费率要高于商业第三者责任保险费率的原因，因为商业第三者责任保险对撞了自家人的交通事故是规定保险公司免赔的。

四、驾驶人撞死自己，保险公司是否应赔偿

【案例】

吴某驾驶自己的汽车在运输货物途中，因道路不熟，停车问路时未拉驻车制动，致使车辆向前溜行，将自己撞伤死亡。事故发生后，经交警部门认定，吴某因驾驶制动装置不符合

技术标准车辆，停车时未拉驻车制动，未能确保安全导致事故发生，吴某应负该起事故的全部责任。事故发生后，吴某亲属向保险公司申请赔偿，保险公司以死者吴某是被保险人不属于交强险合同中所指称的受害人，拒绝理赔。之后，吴某亲属向法院提起诉讼，请求判决保险公司赔偿保险金11万元。

保险公司是否应赔偿？

【分析】

本案的争议焦点是吴某是否系交强险合同所指称的受害人。根据《机动车交通事故责任强制保险条例》（下称交强险条例）第三条关于机动车交通事故责任强制保险概念的规定，即本条例所称机动车交通事故责任强制保险，是指由保险公司对被保险机动车发生道路交通事故造成本车人员、被保险人以外的受害人的人身伤亡、财产损失，在责任限额内予以赔偿的强制性责任保险。该条文明确将被保险车辆的本车人员及被保险人排除在交强险受害人范畴之外。交强险条例第21条第一款也同样将本车人员及被保险人从交强险合同的受害人之中剔除。双方签订的保险合同中的条款也有相同的规定。本案中吴某既是本车人员又系被保险人，但不属于交强险合同所指称的受害人，原告关于吴某系交强险合同的受害人的辩解不成立，保险公司不应赔偿。

但是，近年类似案例的法院判例中，只要驾驶人发生事故时在车外，大多判保险公司应赔偿。

五、交通肇事逃逸不能一概拒赔

【案例】

王某系挂靠于某运输公司的个体驾驶人，驾驶中型货车从事长途运输业务。在一次运输过程中，王某驾车撞上了停靠于路边的一辆小货车。事故发生后，王某企图驾车逃逸，但驶出不远便被交警截获。交警扣押了王某及事故车辆，并对现场进行了查勘。王某预感到要承担责任，便向保险公司报了案，保险公司也派人赶到了现场。两周之后，交警部门作出处理：事故发生后王某驾车逃逸，应承担本案全部责任，并吊销王某驾驶证。

王某向保险公司提出索赔，认为本案属于第三者责任险项下的保险事故，保险公司应当补偿自己对被撞车辆所承担的赔款。保险公司认为，王某驾驶过程中由于过失导致撞车事件的发生，并因此承担了一定的赔偿责任，属于保险事故；但是，王某在肇事之后有逃逸行为，"肇事逃逸"构成保单规定的免责事由，保险公司可以免除赔偿责任。因此，本次事故造成的损失应由王某自行承担。后双方经过多次交涉未能达成一致，最终王某向法院提起了诉讼。

保险公司是否可以免除赔偿责任？

【分析】

王某与保险公司之间的保险合同合法有效，双方均应按照合同行使自己的权利，履行自己的义务。王某由于过失导致事故发生，并承担了相应的经济责任，构成第三者责任险项下的保险事故，保险公司应当予以赔偿。第三者责任险保单中"责任免责"中笼统地规定了"肇事逃逸"一项，保险公司能否据此免责，不能一概而论，须结合个案作具体分析。

就本案而言，王某肇事后有逃逸行为，但未实施完毕即被交警截获，其行为没有造成事故损失的扩大，也没有影响保险公司对现场的勘察或加重保险公司的义务。王某肇事逃逸严重违反了道路交通管理方面的法律法规，应当受到一定的惩罚，但并不丧失自己在保险合同中的权利，王某与保险公司的权利义务仍应依据保单和合同法加以确定。保险公司在保单中笼统地将肇事逃逸列为免责事由，没有申明具体情况，只能解释为当事人的逃逸行为客观上加重了保险人的合同义务时，保险公司才能免责。根据权利义务相平衡的原则，对于交通肇事后逃逸的交通事故，保险公司不能一概拒赔，王某承担的赔偿金，应由保险公司予以补偿。

六、投保当日出车祸是否应赔偿

【案例】

2011年11月14日，某汽车物流有限公司从西安发送10辆重型装载自卸车至新疆。当日下午4时17分，物流公司在保险公司为10辆车购买了保险，每辆车交保险费214.58元，共计支付保险费2 145.8元。当日，保险公司未出具保单，只给了一张卡，卡上保险期间为2011年11月15日至2011年11月25日。当晚7时20分许，物流公司驾驶人李某驾驶一重型装载自卸车发生重大交通事故，警方认定李某负事故全部责任。2011年11月16日，保险公司出具了该车的保险合同。物流公司先行向受害人家属支付各项赔偿金36万元。保险公司以事故未发生在双方约定的保险期内为由，不同意理赔。双方调解未果，物流公司遂诉至法院。

【分析】

法院审理后认为，物流公司缴纳保险费，双方保险合同关系自缴纳保费起即成立，保险公司应承担保险责任。保险公司在收取保险费享受保险合同权利的同时，保险期间责任开始，也应当依约履行义务，承担保险责任。保险公司将保险期间约定为交纳保险费后的2011年11月15日零时起生效，明显免除了保险公司在物流公司交纳保险费后至保险合同生效前这段时间的保险责任，违反了《保险法》的诚实信用原则，因此该约定对物流公司不产生效力。"次日零时生效"的条款应为无效。法院判决保险公司在交强险责任范围内向物流公司支付赔偿金12万元，在商业险责任范围内向物流公司支付赔偿金20万元，并承担相关诉讼费用。

新买的汽车在驾驶当日就出了交通事故，保险公司以保险合同中约定"次日零时生效"为由，拒绝赔偿。这个保险行业的惯例被法院打破。

七、被盗车辆发生交通事故保险公司能否免责

【案例】

2012年1月10日20时55分，赵某驾驶一辆两轮摩托车沿公路行驶，黄某（无机动车驾驶证）驾驶两轮摩托车（该车属被盗车辆）相向行驶，会车时发生碰撞，造成赵某死亡和两车损坏的交通事故。事故经交警部门调查后认定赵某负此次事故的主要责任，黄某负此次事故的次要责任。事故发生后，死者赵某的家属起诉到法院请求判令：肇事摩托车（属被盗摩托车）承保的保险公司在交强险限额内赔偿死亡赔偿金、丧葬费和被抚养人的抚养费等共计188 083元中的120 000元；驾驶肇事摩托车的黄某赔偿损失68 083元。

被告保险公司认为其所承保的摩托车系被盗抢期间肇事，依据《机动车交通事故责任强制保险条例》第二十二条规定应免责，主张其不承担赔偿责任。

【分析】

根据《中华人民共和国道路交通安全法》第七十六条规定，机动车发生交通事故造成人身伤亡、财产损失的，由保险公司在机动车第三者责任强制保险责任限额范围内予以赔偿。《机动车交通事故责任强制保险条例》中没有被保险机动车被盗期间发生交通事故免除赔偿之规定；《机动车交通事故责任强制保险条例》第二十一条第一款明确规定，被保险机动车发生道路交通事故造成本车人员、被保险人以外的受害人人身伤亡、财产损失的，由保险公司依法在机动车交通事故责任强制保险责任限额范围内予以赔偿。交强险是国家为了维护公民利益，以法律法规形式强制实行的险种，其主要目的在于保障车祸受害人能够获得基本保障，故被告保险公司主张免责的理由于法无据。

法院审理后认为，依照《中华人民共和国民法通则》第一百一十九条、《中华人民共和国侵权责任法》第四十八条、《中华人民共和国道路交通安全法》第七十六条、《最高人民法院关于确定民事侵权精神损害赔偿责任若干问题的解释》第十一条的规定，作出判决：被告保险公司在机动车第三者责任强制保险限额内赔偿死者家属经济损失 110 316.23 元；被告黄某赔偿死者家属经济损失 68 083 元。

第十章 道路交通事故处理

第一节 道路交通事故处理程序

《道路交通事故处理程序规定》（公安部令第 146 号）是为了规范道路交通事故处理程序，保障公安机关交通管理部门依法履行职责，保护道路交通事故当事人的合法权益而制定的。该规定经 2017 年 6 月 15 日公安部部长办公会议通过，2017 年 7 月 22 日发布，自 2018 年 5 月 1 日起施行。2008 年 8 月 17 日发布的《道路交通事故处理程序规定》（公安部令第 104 号）同时废止。

一、交通事故处理原则及管辖

处理道路交通事故，应当遵循合法、公正、公开、便民、效率的原则，尊重和保障人权，保护公民的人格尊严。

道路交通事故的调查处理应当由公安机关交通管理部门负责。

交通警察处理道路交通事故，应当按照规定使用执法记录设备。

道路交通事故由事故发生地的县级公安机关交通管理部门管辖。未设立县级公安机关交通管理部门的，由设区的市公安机关交通管理部门管辖。

二、报警和受案

1. 报警

发生死亡事故、伤人事故的，或者发生财产损失事故且有下列情形之一的，当事人应当保护现场并立即报警（图 10-1）：

1）驾驶人无有效机动车驾驶证或者驾驶的机动车与驾驶证载明的准驾车型不符的。

2）驾驶人有饮酒、服用国家管制的精神药品或者麻醉药品嫌疑的。

3）驾驶人有从事校车业务或者旅客运输，严重超过额定乘员载客，或者严重超过规定时速行驶嫌疑的。

4）机动车无号牌或者使用伪造、变造的号牌的。

5）当事人不能自行移动车辆的。

图 10-1 发生车祸时应及时报警

6）一方当事人离开现场的。

7）有证据证明事故是由一方故意造成的。

驾驶人必须在确保安全的原则下，立即组织车上人员疏散到路外安全地点，避免发生次生事故。驾驶人已因道路交通事故死亡或者受伤无法行动的，车上其他人员应当自行组织疏散。

发生财产损失事故且机动车无检验合格标志或者无保险标志的，或者碰撞建筑物、公共设施或者其他设施的，车辆可以移动的，当事人应当组织车上人员疏散到路外安全地点，在确保安全的原则下，采取现场拍照或者标画事故车辆现场位置等方式固定证据，将车辆移至不妨碍交通的地点后报警。

载运爆炸性、易燃性、毒害性、放射性、腐蚀性、传染病病原体等危险物品车辆发生事故的，当事人应当立即报警。

2. 受案

公安机关及其交通管理部门接到报警的，应当受理，制作受案登记表并记录下列内容：

1）报警方式、时间，报警人姓名、联系方式，电话报警的，还应当记录报警电话。

2）发生或者发现道路交通事故的时间、地点。

3）人员伤亡情况。

4）车辆类型、车辆号牌号码，是否载有危险物品以及危险物品的种类、是否发生泄漏等。

5）涉嫌交通肇事逃逸的，还应当询问并记录肇事车辆的车型、颜色、特征及其逃逸方向、逃逸驾驶人的体貌特征等有关情况。

交通肇事逃逸，是指发生道路交通事故后，当事人为逃避法律责任，驾驶或者遗弃车辆逃离道路交通事故现场以及潜逃藏匿的行为。

报警人不报姓名的，应当记录在案。报警人不愿意公开姓名的，应当为其保密。

接到道路交通事故报警后，需要派员到现场处置，或者接到出警指令的，公安机关交通管理部门应当立即派交通警察赶赴现场。

发生道路交通事故后当事人未报警，在事故现场撤除后，当事人又报警请求公安机关交通管理部门处理的，公安机关交通管理部门应当在3日内作出是否接受案件的决定。经核查道路交通事故事实存在的，公安机关交通管理部门应当受理，制作受案登记表；经核查无法证明道路交通事故事实存在，或者不属于公安机关交通管理部门管辖的，应当书面告知当事人，并说明理由。

> **小资料**
>
> **最早因违反交通规则被判罚的驾驶人**
>
> 1895年10月17日，英国巴菲尔德的约翰·亨利·奈特，因没有驾驶证开车，被定为"无证驾驶汽车"罪；同时还有詹姆斯·普林贾，其被定为"在禁止时间里开车"罪。两人同时被法院传讯，被通知罚款2先令6便士。他们两人成为世界上最早因违反交通规则被判罚的驾驶人。

三、自行协商和简易程序

1. 自行协商

机动车与机动车、机动车与非机动车发生财产损失事故，当事人应当在确保安全的原则下，采取现场拍照或者标画事故车辆现场位置等方式固定证据后，立即撤离现场，将车辆移至不妨碍交通的地点，再协商处理损害赔偿事宜。

非机动车与非机动车或者行人发生财产损失事故，当事人应当先撤离现场，再协商处理损害赔偿事宜。

发生可以自行协商处理的财产损失事故，当事人可以通过互联网在线自行协商处理；当事人对事实及成因有争议的，可以通过互联网共同申请公安机关交通管理部门在线确定当事人的责任。

当事人报警的，交通警察、警务辅助人员可以指导当事人自行协商处理。当事人要求交通警察到场处理的，应当指派交通警察到现场调查处理。

当事人自行协商达成协议的，制作道路交通事故自行协商协议书，并共同签名。道路交通事故自行协商协议书应当载明事故发生的时间、地点、天气、当事人姓名、驾驶证号或者身份证号、联系方式、机动车种类和号牌号码、保险公司、保险凭证号、事故形态、碰撞部位、当事人的责任等内容。

当事人自行协商达成协议的，可以按照下列方式履行道路交通事故损害赔偿：当事人自行赔偿；到投保的保险公司或者道路交通事故保险理赔服务场所办理损害赔偿事宜。

当事人自行协商达成协议后未履行的，可以申请人民调解委员会调解或者向人民法院提起民事诉讼。

2. 简易程序

公安机关交通管理部门可以适用简易程序处理以下道路交通事故，但有交通肇事、危险驾驶犯罪嫌疑的除外：财产损失事故；受伤当事人伤势轻微，各方当事人一致同意适用简易程序处理的伤人事故。

适用简易程序的，可以由 1 名交通警察处理。

交通警察适用简易程序处理道路交通事故时，应当在固定现场证据后，责令当事人撤离现场，恢复交通。拒不撤离现场的，予以强制撤离。当事人无法及时移动车辆影响通行和交通安全的，交通警察应当将车辆移至不妨碍交通的地点。

撤离现场后，交通警察应当根据现场固定的证据和当事人、证人陈述等，认定并记录道路交通事故发生的时间、地点、天气、当事人姓名、驾驶证号或者身份证号、联系方式、机动车种类和号牌号码、保险公司、保险凭证号、道路交通事故形态、碰撞部位等，并确定当事人的责任，当场制作道路交通事故认定书。不具备当场制作条件的，交通警察应当在 3 日内制作道路交通事故认定书。

道路交通事故认定书应当由当事人签名，并现场送达当事人。当事人拒绝签名或者接收的，交通警察应当在道路交通事故认定书上注明情况。

当事人共同请求调解的，交通警察应当当场进行调解，并在道路交通事故认定书上记录调解结果，由当事人签名，送达当事人。

> **小资料**
>
> **最早因酒后开车而被判罪的驾驶人**
>
> 1897年9月10日，英国伦敦出租汽车驾驶人乔治·史密斯，因当天深夜0点45分在邦德大街喝醉酒后驾驶电动出租车，在马尔波罗街警察法院受到审判。根据巡警的证词，被告把车开到了人行横道上，史密斯也承认自己"喝了两三杯啤酒"。最终，史密斯被判有罪，并被罚款20先令，是世界上最早因酒后开车而被判罪的驾驶人。

四、调查

1. 一般规定

除简易程序外，公安机关交通管理部门对道路交通事故进行调查时，交通警察不得少于2人。

交通警察调查时应当向被调查人员出示《人民警察证》，告知被调查人依法享有的权利和义务，向当事人发送联系卡。联系卡载明交通警察姓名、办公地址、联系方式、监督电话等内容。

2. 现场处置

交通警察到达事故现场后，应当立即进行下列工作：

1）按照事故现场安全防护有关标准和规范的要求划定警戒区域，在安全距离位置放置发光或者反光锥筒和警告标志，确定专人负责现场交通指挥和疏导。因道路交通事故导致交通中断或者现场处置、勘查需要采取封闭道路等交通管制措施的，还应当视情在事故现场来车方向提前组织分流，放置绕行提示标志。

2）组织抢救受伤人员。

3）指挥救护、勘查等车辆停放在安全和便于抢救、勘查的位置，开启警灯，夜间还应当开启危险报警闪光灯和示廓灯。

4）查找道路交通事故当事人和证人，控制肇事嫌疑人。

5）其他需要立即开展的工作。

道路交通事故造成人员死亡的，应当经急救、医疗人员或者法医确认，并由具备资质的医疗机构出具死亡证明。尸体应当存放在殡葬服务单位或者医疗机构等有停尸条件的场所。

3. 现场调查

交通警察应当对事故现场开展下列调查工作：

1）勘查事故现场，查明事故车辆、当事人、道路及其空间关系和事故发生时的天气情况。

2）固定、提取或者保全现场证据材料。

3）询问当事人、证人并制作询问笔录；现场不具备制作询问笔录条件的，可以通过录音、录像记录询问过程。

4）其他调查工作。

4. 勘查现场

交通警察勘查道路交通事故现场，应当按照有关法规和标准的规定，拍摄现场照片，绘制现场图,及时提取、采集与案件有关的痕迹、物证等,制作现场勘查笔录。现场勘查过程中发现当事人涉嫌利用交通工具实施其他犯罪的,应当妥善保护犯罪现场和证据,控制犯罪嫌疑人,并立即报告公安机关主管部门,如图10-2所示。

发生一次死亡3人以上事故的,应当进行现场摄像,必要时可以聘请具有专门知识的人参加现场勘验、检查。

现场图、现场勘查笔录应当由参加勘查的交通警察、当事人和见证人签名。当事人、见证人拒绝签名或者无法签名以及无见证人的,应当记录在案。

痕迹、物证等证据可能因时间、地点、气象等原因导致改变、毁损、灭失的,交通警察应当及时固定、提取或者保全。

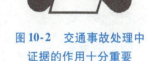

图10-2 交通事故处理中证据的作用十分重要

对涉嫌饮酒或者服用国家管制的精神药品、麻醉药品驾驶车辆的人员,公安机关交通管理部门应当按照《道路交通安全违法行为处理程序规定》及时抽血或者提取尿样等检材,送交有检验鉴定资质的机构进行检验。

车辆驾驶人员当场死亡的,应当及时抽血检验。不具备抽血条件的,应当由医疗机构或者鉴定机构出具证明。

交通警察应当核查当事人的身份证件、机动车驾驶证、机动车行驶证、检验合格标志、保险标志等。

勘查事故现场完毕后,交通警察应当清点并登记现场遗留物品,迅速组织清理现场,尽快恢复交通。

现场遗留物品能够当场发还的,应当当场发还并做记录;当场无法确定所有人的,应当登记,并妥善保管,待所有人确定后,及时发还。

5. 收集证据

因调查需要,公安机关交通管理部门可以向有关单位、个人调取汽车行驶记录仪、卫星定位装置、技术监控设备的记录资料以及其他与事故有关的证据材料。

因调查需要,公安机关交通管理部门可以组织道路交通事故当事人、证人对肇事嫌疑人、嫌疑车辆等进行辨认。辨认应当在交通警察的主持下进行。主持辨认的交通警察不得少于2人。多名辨认人对同一辨认对象进行辨认时,应当由辨认人分别进行。辨认时,应当将辨认对象混杂在特征相类似的其他对象中,不得给辨认人任何暗示。辨认肇事嫌疑人时,被辨认的人数不得少于7人;对肇事嫌疑人照片进行辨认的,不得少于10人的照片。辨认嫌疑车辆时,同类车辆不得少于5辆;对肇事嫌疑车辆照片进行辨认时,不得少于10辆车的照片。

对尸体等特定辨认对象进行辨认,或者辨认人能够准确描述肇事嫌疑人、嫌疑车辆独有特征,不受数量的限制。

对辨认经过和结果,应当制作辨认笔录,由交通警察、辨认人、见证人签名。必要时,应当对辨认过程进行录音或者录像。

因收集证据的需要,公安机关交通管理部门可以扣留事故车辆,并开具行政强制措施凭证。扣留的车辆应当妥善保管。

公安机关交通管理部门不得扣留事故车辆所载货物。对所载货物在核实重量、体积及货物损失后，通知机动车驾驶人或者货物所有人自行处理。无法通知当事人或者当事人不自行处理的，按照《公安机关办理行政案件程序规定》的有关规定办理。严禁公安机关交通管理部门指定停车场停放扣留的事故车辆。

当事人涉嫌犯罪的，因收集证据的需要，公安机关交通管理部门可以依据《中华人民共和国刑事诉讼法》《公安机关办理刑事案件程序规定》，扣押机动车驾驶证等与事故有关的物品、证件，并按照规定出具扣押法律文书。扣押的物品应当妥善保管。

对扣押的机动车驾驶证等物品、证件，作为证据使用的，应当随案移送，并制作随案移送清单一式两份，一份留存，一份交人民检察院。对于实物不宜移送的，应当将其清单、照片或者其他证明文件随案移送。待人民法院作出生效判决后，按照人民法院的通知，依法作出处理。

6. 抢救费用及救助基金垫付

投保机动车交通事故责任强制保险的车辆发生道路交通事故，因抢救受伤人员需要保险公司支付抢救费用的，公安机关交通管理部门应当书面通知保险公司。

抢救受伤人员需要道路交通事故社会救助基金垫付费用的，公安机关交通管理部门应当书面通知道路交通事故社会救助基金管理机构。

道路交通事故造成人员死亡需要救助基金垫付丧葬费用的，公安机关交通管理部门应当在送达尸体处理通知书的同时，告知受害人亲属向道路交通事故社会救助基金管理机构提出书面垫付申请。

7. 交通肇事逃逸查缉

发生交通肇事逃逸案件后，公安机关交通管理部门应当立即启动查缉预案，布置警力堵截，并通过全国机动车缉查布控系统查缉。

案发地公安机关交通管理部门可以通过发协查通报、向社会公告等方式要求协查、举报交通肇事逃逸车辆或者侦破线索。发出协查通报或者向社会公告时，应当提供交通肇事逃逸案件基本事实、交通肇事逃逸车辆情况、特征及逃逸方向等有关情况。

小资料

车祸猛于虎

自汽车问世以来，全球死于车祸的人有3 000万人以上。若按世界卫生组织统计数据，现在每年因车祸死亡人数约125万（各国交通、警察部门统计数据为约50万人），受伤人数5 000万，经济损失约5 180亿美元。道路交通事故伤害的成本占低收入国家国民生产总值（GNP）的1%，占中等收入国家GNP的1.5%，占高收入国家GNP的2%。预计到2020年，全球每年死于交通事故的人数将达到234万人，占全球每年死亡人数的3.4%。

道路交通事故死亡率最高的国家是拉丁美洲的萨尔瓦多，每10万人中有41.7人死亡；最低的国家是英国，每10万人中只有5.9人死亡。在交通事故中，驾驶人死亡率最高的国家是立陶宛，平均每10万驾驶人中有34.7人死于车祸。

车祸猛于虎，汽车交通事故就像是一场没有硝烟的战争。

五、检验与鉴定

1. 检验

需要进行检验、鉴定的，公安机关交通管理部门应当按照有关规定，自事故现场调查结束之日起 3 日内委托具备资质的鉴定机构进行检验、鉴定。

尸体检验应当在死亡之日起 3 日内委托。对交通肇事逃逸车辆的检验、鉴定自查获肇事嫌疑车辆之日起 3 日内委托。尸体检验不得在公众场合进行。为了确定死因需要解剖尸体的，应当征得死者家属同意。死者家属不同意解剖尸体的，经县级以上公安机关或者上一级公安机关交通管理部门负责人批准，可以解剖尸体，并且通知死者家属到场，由其在解剖尸体通知书上签名。

对现场调查结束之日起 3 日后需要检验、鉴定的，应当报经上一级公安机关交通管理部门批准。对精神疾病的鉴定，由具有精神病鉴定资质的鉴定机构进行。

检验、鉴定费用由公安机关交通管理部门承担，但法律法规另有规定或者当事人自行委托伤残评定、财产损失评估的除外。

公安机关交通管理部门应当与鉴定机构确定检验、鉴定完成的期限，确定的期限不得超过 30 日。超过 30 日的，应当报经上一级公安机关交通管理部门批准，但最长不得超过 60 日。

2. 鉴定

鉴定机构应当在规定的期限内完成检验、鉴定，并出具书面检验报告、鉴定意见，由鉴定人签名，鉴定意见还应当加盖机构印章。检验报告、鉴定意见应当载明以下事项：

1）委托人。
2）委托日期和事项。
3）提交的相关材料。
4）检验、鉴定的时间。
5）依据和结论性意见，通过分析得出结论性意见的，应当有分析证明过程。

检验报告、鉴定意见应当附有鉴定机构、鉴定人的资质证明或者其他证明文件。

公安机关交通管理部门应当对检验报告、鉴定意见进行审核，并在收到检验报告、鉴定意见之日起 5 日内，将检验报告、鉴定意见复印件送达当事人。

当事人对检验报告、鉴定意见有异议，申请重新检验、鉴定的，应当自公安机关交通管理部门送达之日起 3 日内提出书面申请，经县级以上公安机关交通管理部门负责人批准，原办案单位应当重新委托检验、鉴定。

同一交通事故的同一检验、鉴定事项，重新检验、鉴定以 1 次为限。重新检验、鉴定应当另行委托鉴定机构。

自检验报告、鉴定意见确定之日起 5 日内，公安机关交通管理部门应当通知当事人领取扣留的事故车辆。因扣留车辆发生的费用由作出决定的公安机关交通管理部门承担，但公安机关交通管理部门通知当事人领取，当事人逾期未领取产生的停车费用由当事人自行承担。经通知当事人 30 日后不领取的车辆，经公告 3 个月仍不领取的，对扣留的车辆依法处理。

六、道路交通事故认定

1. 认定

道路交通事故认定应当做到事实清楚、证据确实充分、适用法律正确、责任划分公正、程序合法。

公安机关交通管理部门应当根据当事人的行为对发生道路交通事故所起的作用以及过错的严重程度,确定当事人的责任:

1)因一方当事人的过错导致道路交通事故的,承担全部责任。

2)因两方或者两方以上当事人的过错发生道路交通事故的,根据其行为对事故发生的作用以及过错的严重程度,分别承担主要责任、同等责任和次要责任。

3)各方均无导致道路交通事故的过错,属于交通意外事故的,各方均无责任。一方当事人故意造成道路交通事故的,他方无责任。

4)当事人有下列情形之一的,承担全部责任:

① 发生道路交通事故后逃逸的;

② 故意破坏、伪造现场、毁灭证据的。

为逃避法律责任追究,当事人弃车逃逸以及潜逃藏匿的,如有证据证明其他当事人也有过错,可以适当减轻责任,但同时有证据证明逃逸当事人有故意破坏、伪造现场、毁灭证据情形的,不予减轻。

2. 交通事故认定书

公安机关交通管理部门应当自现场调查之日起 10 日内制作道路交通事故认定书。交通肇事逃逸案件在查获交通肇事车辆和驾驶人后 10 日内制作道路交通事故认定书。对需要进行检验、鉴定的,应当在检验报告、鉴定意见确定之日起 5 日内制作道路交通事故认定书。

道路交通事故认定书应当载明以下内容:

1)道路交通事故当事人、车辆、道路和交通环境等基本情况。

2)道路交通事故发生经过。

3)道路交通事故证据及事故形成原因分析。

4)当事人导致道路交通事故的过错及责任或者意外原因。

5)作出道路交通事故认定的公安机关交通管理部门名称和日期。

道路交通事故认定书应当由交通警察签名或者盖章,加盖公安机关交通管理部门道路交通事故处理专用章。

道路交通事故认定书应当在制作后 3 日内分别送达当事人,并告知申请复核、调解和提起民事诉讼的权利、期限。

当事人收到道路交通事故认定书后,可以查阅、复制、摘录公安机关交通管理部门处理道路交通事故的证据材料,但证人要求保密或者涉及国家秘密、商业秘密以及个人隐私的,按照有关法律法规的规定执行。公安机关交通管理部门对当事人复制的证据材料应当加盖公安机关交通管理部门事故处理专用章。

伤人事故当事人不涉嫌交通肇事、危险驾驶犯罪的,道路交通事故基本事实及成因清楚,当事人无异议的,各方当事人一致书面申请快速处理的,经县级以上公安机关交通管理部门负责人批准，可以根据已经取得的证据，自当事人申请之日起 5 日内制作道路交通事故认定书。

七、道路交通事故复核

1. 申请与受理

当事人对道路交通事故认定或者出具道路交通事故证明有异议的，可以自道路交通事故认定书或者道路交通事故证明送达之日起 3 日内提出书面复核申请。当事人逾期提交复核申请的，不予受理，并书面通知申请人。

复核申请应当载明复核请求及其理由和主要证据。同一事故的复核以 1 次为限。

上一级公安机关交通管理部门自受理复核申请之日起 30 日内，对下列内容进行审查，并作出复核结论：

1）道路交通事故认定的事实是否清楚、证据是否确实充分、适用法律是否正确、责任划分是否公正。

2）道路交通事故调查及认定程序是否合法。

3）出具道路交通事故证明是否符合规定。

办理复核案件的交通警察不得少于 2 人。

复核审查期间，申请人提出撤销复核申请的，公安机关交通管理部门应当终止复核，并书面通知各方当事人。

2. 复核

上一级公安机关交通管理部门认为原道路交通事故认定有下列情形之一的，应当作出责令原办案单位重新调查、认定的复核结论：

1）事实不清的。

2）主要证据不足的。

3）适用法律错误的。

4）责任划分不公正的。

5）调查及认定违反法定程序可能影响道路交通事故认定的。

上一级公安机关交通管理部门应当在作出复核结论后 3 日内将复核结论送达各方当事人。公安机关交通管理部门认为必要的，应当召集各方当事人，当场宣布复核结论。

上一级公安机关交通管理部门作出责令重新调查、认定的复核结论后，原办案单位应当在 10 日内依照本规定重新调查，重新作出道路交通事故认定，撤销原道路交通事故认定书或者原道路交通事故证明。

重新调查需要检验、鉴定的，原办案单位应当在检验报告、鉴定意见确定之日起 5 日内，重新作出道路交通事故认定。

八、处罚执行

公安机关交通管理部门应当按照《道路交通安全违法行为处理程序规定》，对当事人的道路交通安全违法行为依法作出处罚。

对发生道路交通事故构成犯罪，依法应当吊销驾驶人机动车驾驶证的，应当在人民法院作出有罪判决后，由设区的市公安机关交通管理部门依法吊销机动车驾驶证。同时具有逃逸情形的,公安机关交通管理部门应当同时依法作出终生不得重新取得机动车驾驶证的决定。

专业运输单位6个月内两次发生一次死亡3人以上事故,且单位或者车辆驾驶人对事故承担全部责任或者主要责任的,专业运输单位所在地的公安机关交通管理部门应当报经设区的市公安机关交通管理部门批准后,作出责令限期消除安全隐患的决定,禁止未消除安全隐患的机动车上道路行驶,并通报道路交通事故发生地及运输单位所在地的人民政府有关行政管理部门。

 小资料

世界上伤亡较多的车祸

对于尼日利亚来说,2000年11月5日绝对称得上是一个"黑色周末"。

这一天,尼日利亚西南部奥苏省的伊费至伊巴丹的高速公路上拥堵的车辆排成了一条长龙。

就在车上的人们因堵车焦躁不安、怨声载道的时候,意外发生了:一辆开得飞快的巨型油罐车突然冲出正常行车道,"轰隆隆"一头扎进拥堵的车队中。在人们的一片惊呼声中,只听"当"的一声响,油罐车的汽油猛地喷了出来,巨型油罐车径直向停在一边的轿车车队扑去。不等见势不妙的轿车驾驶人和乘客夺门逃出车外,就听得"轰"的一声巨响,油罐车和十多辆轿车刹那间被裹进了熊熊的烈火中,许多人甚至来不及呼叫一声就已被烧成了一团火球。

当大火熄灭后,现场发现了96具被烧焦的尸体,汽车残骸绵延数公里,油罐车撞击起火的中心地带更是烧成一片废墟。这起特大交通惨剧造成近200人死亡,数百人受伤。

另外一起则发生在刚果(金),当地时间2010年7月2日下午6点左右,一辆巨型油罐车在位于刚果(金)东部南基伍省乌维拉市附近的桑格村发生交通事故,如图10-3所示。油罐车突然发生爆炸,并且燃烧起来,火势不断蔓延。当时村里很多人正聚集在附近的一台电视机前观看世界杯巴西对荷兰的比赛,还没来得及散开,就已经被吞没在火海中。事故共造成超过240人死亡、190多人受伤(图10-4)。

图10-3 刚果(金)南基伍省乌维拉市附近的桑格村发生爆炸的油罐车

图10-4 油罐车爆炸事故后部分遇难者的尸体

九、损害赔偿调解

当事人可以采取以下方式解决道路交通事故损害赔偿争议：申请人民调解委员会调解；申请公安机关交通管理部门调解；向人民法院提起民事诉讼。

1. 调解申请

当事人申请公安机关交通管理部门调解的，应当在收到道路交通事故认定书、道路交通事故证明或者上一级公安机关交通管理部门维持原道路交通事故认定的复核结论之日起10日内一致书面申请。

公安机关交通管理部门应当按照合法、公正、自愿、及时的原则进行道路交通事故损害赔偿调解。

公安机关交通管理部门应当与当事人约定调解的时间、地点，并于调解时间3日前通知当事人。口头通知的，应当记入调解记录。

2. 参加损害赔偿调解的人员

1）道路交通事故当事人及其代理人。
2）道路交通事故车辆所有人或者管理人。
3）承保机动车保险的保险公司人员。
4）公安机关交通管理部门认为有必要参加的其他人员。

委托代理人应当出具由委托人签名或者盖章的授权委托书。授权委托书应当载明委托事项和权限。

参加损害赔偿调解的人员每方不得超过3人。

3. 开始调解日期

1）造成人员死亡的，从规定的办理丧葬事宜时间结束之日起。
2）造成人员受伤的，从治疗终结之日起。
3）因伤致残的，从定残之日起。
4）造成财产损失的，从确定损失之日起。

公安机关交通管理部门受理调解申请时已超过前款规定的时间，调解自受理调解申请之日起开始。

公安机关交通管理部门应当自调解开始之日起10日内制作道路交通事故损害赔偿调解书或者道路交通事故损害赔偿调解终结书。

4. 损害赔偿调解程序

1）告知各方当事人权利、义务。
2）听取各方当事人的请求及理由。
3）根据道路交通事故认定书认定的事实以及《中华人民共和国道路交通安全法》第七十六条的规定，确定当事人承担的损害赔偿责任。
4）计算损害赔偿的数额，确定各方当事人承担的比例，人身损害赔偿的标准按照《中华人民共和国侵权责任法》《最高人民法院关于审理人身损害赔偿案件适用法律若干问题的解释》《最高人民法院关于审理道路交通事故损害赔偿案件适用法律若干问题的解释》等有关规定执行，财产损失的修复费用、折价赔偿费用按照实际价值或者评估机构的评估结论计算。

5）确定赔偿履行方式及期限。

因确定损害赔偿的数额，需要进行伤残评定、财产损失评估的，由各方当事人协商确定有资质的机构进行，但财产损失数额巨大涉嫌刑事犯罪的，由公安机关交通管理部门委托。

当事人委托伤残评定、财产损失评估的费用，由当事人承担。

经调解达成协议的，公安机关交通管理部门应当当场制作道路交通事故损害赔偿调解书，由各方当事人签字，分别送达各方当事人。

5. 调解书内容

1）调解依据。
2）道路交通事故认定书认定的基本事实和损失情况。
3）损害赔偿的项目和数额。
4）各方的损害赔偿责任及比例。
5）赔偿履行方式和期限。
6）调解日期。

6. 终止调解

有下列情形之一的，公安机关交通管理部门应当终止调解，并记录在案：

1）调解期间有一方当事人向人民法院提起民事诉讼的。
2）一方当事人无正当理由不参加调解的。
3）一方当事人调解过程中退出调解的。

第二节 道路交通事故社会救助基金管理试行办法

《道路交通事故社会救助基金管理试行办法》（财政部、保监会、公安部、卫生部、农业部令第56号），自2010年1月1日起施行。

一、救助基金的救助内容与管理分工

1. 救助基金的救助内容

道路交通事故社会救助基金（以下简称救助基金），是指依法筹集用于垫付机动车道路交通事故中受害人人身伤亡的丧葬费用、部分或者全部抢救费用的社会专项基金。

"受害人"，是指机动车发生道路交通事故后除被保险机动车本车人员、被保险人以外的受害人。

"抢救费用"，是指机动车发生道路交通事故导致人员受伤时，医疗机构按照《道路交通事故受伤人员临床诊疗指南》，对生命体征不平稳和虽然生命体征平稳但如果不采取处理措施会产生生命危险，或者导致残疾、器官功能障碍，或者导致病程明显延长的受伤人员，采取必要的处理措施所发生的医疗费用。

"丧葬费用"，是指丧葬所必需的遗体运送、停放、冷藏和火化的服务费用。具体费用按照机动车道路交通事故发生地物价部门制定的收费标准确定。

机动车在道路以外的地方通行时发生事故，造成人身伤亡的，比照适用本办法。

2. 救助基金的管理与分工

救助基金实行统一政策，地方筹集，分级管理，分工负责。

财政部会同有关部门制定救助基金的有关政策，并对各省、自治区、直辖市（以下简称省级）救助基金的筹集、使用和管理进行指导和监督。

省级人民政府应当设立救助基金。救助基金主管部门及省级以下救助基金管理级次由省级人民政府确定。

地方财政部门负责对同级救助基金的筹集、使用和管理进行指导和监督。

地方保险监督管理机构负责对保险公司是否按照规定及时足额向救助基金管理机构缴纳救助基金实施监督检查。

地方公安机关交通管理部门负责通知救助基金管理机构垫付道路交通事故中受害人的抢救费用。

地方农业机械化主管部门负责协助救助基金管理机构向涉及农业机械的道路交通事故责任人追偿。

地方卫生主管部门负责监督医疗机构按照《道路交通事故受伤人员临床诊疗指南》及时抢救道路交通事故中的受害人及依法申请救助基金垫付抢救费用。

救助基金主管部门依法确定救助基金管理机构，并对救助基金管理机构筹集、使用和管理救助基金情况实施监督检查。

二、救助基金的来源

救助基金的来源包括：
1）按照机动车交通事故责任强制保险（以下简称交强险）的保险费的一定比例提取的资金。
2）地方政府按照保险公司经营交强险缴纳营业税数额给予的财政补助。
3）对未按照规定投保交强险的机动车的所有人和管理人的罚款。
4）救助基金孳息。
5）救助基金管理机构依法向机动车道路交通事故责任人追偿的资金。
6）社会捐款。
7）其他资金。

三、救助基金的垫付费用

1. 救助基金垫付情形

有下列情形之一时，救助基金垫付道路交通事故中受害人人身伤亡的丧葬费用、部分或者全部抢救费用：
1）抢救费用超过交强险责任限额的。
2）肇事机动车未参加交强险的。
3）机动车肇事后逃逸的。

依法应当由救助基金垫付受害人丧葬费用、部分或者全部抢救费用的，由道路交通事故发生地的救助基金管理机构及时垫付。

救助基金一般垫付受害人自接受抢救之时起 72h 内的抢救费用，特殊情况下超过 72h 的抢救费用由医疗机构书面说明理由。具体应当按照机动车道路交通事故发生地物价部门核定的收费标准核算。

发生上述所列情形之一需要救助基金垫付部分或者全部抢救费用的，公安机关交通管理部门应当在3个工作日内书面通知救助基金管理机构。

医疗机构在抢救受害人结束后，对尚未结算的抢救费用，可以向救助基金管理机构提出垫付申请，并提供有关抢救费用的证明材料。

2. 救助基金垫付程序

救助基金管理机构收到公安机关交通管理部门垫付通知和医疗机构垫付尚未结算抢救费用的申请及相关材料后，应当在5个工作日内，按照有关规定、《道路交通事故受伤人员临床诊疗指南》和当地物价部门制定的收费标准，对下列内容进行审核，并将审核结果书面告知处理该道路交通事故的公安机关交通管理部门和医疗机构：

1）是否属于规定的救助基金垫付情形。
2）抢救费用是否真实、合理。
3）救助基金管理机构认为需要审核的其他内容。

对符合垫付要求的，救助基金管理机构应当将相关费用划入医疗机构账户。对不符合垫付要求的，不予垫付，并向医疗机构说明理由。

救助基金管理机构与医疗机构就垫付抢救费用问题发生争议时，由救助基金主管部门会同卫生主管部门协调解决。

发生所列情形之一需要救助基金垫付丧葬费用的，由受害人亲属凭处理该道路交通事故的公安机关交通管理部门出具的《尸体处理通知书》和本人身份证明向救助基金管理机构提出书面垫付申请。

对无主或者无法确认身份的尸体，由公安部门按照有关规定处理。

救助基金管理机构收到丧葬费用垫付申请和有关证明材料后，对符合垫付要求的，应当在3个工作日内按照有关标准垫付丧葬费用，并书面告知处理该道路交通事故的公安机关交通管理部门；对不符合垫付要求的，不予垫付，并向申请人说明理由。

救助基金管理机构对抢救费用和丧葬费用的垫付申请进行审核时，可以向公安机关交通管理部门、医疗机构和保险公司等有关单位核实情况，有关单位应当予以配合。

小资料

乘汽车还是乘飞机

美国《时代周刊》中的一篇研究文章对车祸和空难进行了比较：在车祸中丧生的人数是死于飞机失事的20倍。但发生事故时，遭遇空难旅客的生还希望很小，而车祸中死亡的人数只是受伤人数的1/70。在空难中死亡的概率，每10亿人次每公里是0.345；而车祸丧生的概率，每10亿人次每公里是7.85，是空难的23倍。如果是短途旅行，则乘客乘汽车比乘飞机要安全；在300km行程内，乘汽车的安全比率比乘飞机要高4倍；在500km行程内则高2倍；而行程在1 000km以上的，乘飞机则比乘汽车要安全些。

> 另据总部位于荷兰的民航安全网（Aviation Safety Network）于 2019 年 1 月 1 日公布的统计数据显示，2018 年的空难死亡率有所上升，是自 2014 年以来民航遇难人数最多的一年，共有 556 人在民航事故中遇难，而 2017 年为民航史上最安全的一年，民航事故遇难人数为 44 人。2018 年的 15 起事故中，12 起属于客机事故，3 起为货机事故。基于全球空中交通量约为 3 780 万架次，事故率为 1/254 万；大型商用客机的致命事故率为 3.6/1 000 万，或者说约每 300 万架次才发生一起致命事故。

第三节 侵权责任法对机动车交通事故责任的规定

《中华人民共和国侵权责任法》于 2009 年 12 月 26 日第 11 届全国人民代表大会常务委员会第 12 次会议通过，自 2010 年 7 月 1 日起施行。

一、一般规定

民事权益，包括生命权、健康权、姓名权、名誉权、荣誉权、肖像权、隐私权、婚姻自主权、监护权、所有权、用益物权、担保物权、著作权、专利权、商标专用权、发现权、股权和继承权等人身、财产权益。

被侵权人有权请求侵权人承担侵权责任。

侵权人因同一行为应当承担行政责任或者刑事责任的，不影响依法承担侵权责任。

因同一行为应当承担侵权责任和行政责任、刑事责任，侵权人的财产不足以支付的，先承担侵权责任。

二、责任构成和责任方式

1. 责任构成

行为人因过错侵害他人民事权益的，应当承担侵权责任。

根据法律规定推定行为人有过错，行为人不能证明自己没有过错的，应当承担侵权责任。

行为人损害他人民事权益的，不论行为人有无过错，法律规定应当承担侵权责任的，依照其规定。

二人以上共同实施侵权行为，造成他人损害的，应当承担连带责任。

教唆、帮助他人实施侵权行为的，应当与行为人承担连带责任。教唆、帮助无民事行为能力人和限制民事行为能力人实施侵权行为的，应当承担侵权责任；该无民事行为能力人和限制民事行为能力人的监护人未尽到监护责任的，应当承担相应的责任。

二人以上实施危及他人人身、财产安全的行为，其中一人或者数人的行为造成他人损害，能够确定具体侵权人的，由侵权人承担责任；不能确定具体侵权人的，行为人承担连带责任。

二人以上分别实施侵权行为造成同一损害，每个人的侵权行为都足以造成全部损害的，行为人承担连带责任。

二人以上分别实施侵权行为造成同一损害,能够确定责任大小的,各自承担相应的责任;难以确定责任大小的,平均承担赔偿责任。

法律规定承担连带责任的,被侵权人有权请求部分或者全部连带责任人承担责任。

连带责任人根据各自责任大小确定相应的赔偿数额;难以确定责任大小的,平均承担赔偿责任。

支付超出自己赔偿数额的连带责任人,有权向其他连带责任人追偿。

2. 承担侵权责任的方式

承担侵权责任的方式主要有:

1)停止侵害。
2)排除妨碍。
3)消除危险。
4)返还财产。
5)恢复原状。
6)赔偿损失。
7)赔礼道歉。
8)消除影响、恢复名誉。

以上承担侵权责任的方式,可以单独适用,也可以合并适用。

侵害他人造成人身损害的,侵权人应当赔偿医疗费、护理费和交通费等为治疗和康复支出的合理费用,以及因误工减少的收入;造成残疾的,侵权人还应当赔偿残疾生活辅助具费和残疾赔偿金;造成死亡的,侵权人还应当赔偿丧葬费和死亡赔偿金。

因同一侵权行为造成多人死亡的,可以以相同数额确定各死亡人员的死亡赔偿金。

被侵权人死亡的,其近亲属有权请求侵权人承担侵权责任;被侵权人为单位,该单位分立、合并的,承继权利的单位有权请求侵权人承担侵权责任;被侵权人死亡的,支付被侵权人医疗费和丧葬费等合理费用的人有权请求侵权人赔偿费用,但侵权人已支付该费用的除外。

侵害他人财产的,财产损失按照损失发生时的市场价格或者以其他方式计算。

侵害他人人身权益造成财产损失的,侵权人按照被侵权人因此受到的损失赔偿;被侵权人的损失难以确定,侵权人因此获得利益的,按照其获得的利益赔偿;侵权人因此获得的利益难以确定,被侵权人和侵权人就赔偿数额协商不一致,向人民法院提起诉讼的,由人民法院根据实际情况确定赔偿数额。

侵权行为危及他人人身、财产安全的,被侵权人可以请求侵权人承担停止侵害、排除妨碍和消除危险等侵权责任。

侵害他人人身权益,造成他人严重精神损害的,被侵权人可以请求精神损害赔偿。

因防止、制止他人民事权益被侵害而使自己受到损害的,由侵权人承担责任。侵权人逃逸或者无力承担责任,被侵权人请求补偿的,受益人应当给予适当补偿。

受害人和行为人对损害的发生都没有过错的,可以根据实际情况,由双方分担损失。

损害发生后,当事人可以自行协商赔偿费用的支付方式。协商不一致的,赔偿费用应当一次性支付;一次性支付确有困难的,可以分期支付,但应当提供相应的担保。

三、不承担责任和减轻责任的情形

被侵权人对损害的发生也有过错的，可以减轻侵权人的责任。

损害是因受害人故意造成的，行为人不承担责任。

损害是因第三人造成的，第三人应当承担侵权责任。

因不可抗力造成他人损害的，不承担责任。法律另有规定的，依照其规定。

因正当防卫造成损害的，不承担责任。正当防卫超过必要的限度，造成不应有的损害的，正当防卫人应当承担适当的责任。

因紧急避险造成损害的，由引起险情发生的人承担责任。如果危险是由自然原因引起的，紧急避险人不承担责任或者给予适当补偿。紧急避险采取措施不当或者超过必要的限度，造成不应有的损害的，紧急避险人应当承担适当的责任。

四、机动车交通事故责任

机动车发生交通事故造成损害的，依照道路交通安全法的有关规定承担赔偿责任。

因租赁、借用等情形，机动车所有人与使用人不是同一人时，发生交通事故后属于该机动车一方责任的，由保险公司在机动车强制保险责任限额范围内予以赔偿。不足部分，由机动车使用人承担赔偿责任；机动车所有人对损害的发生有过错的，承担相应的赔偿责任。

当事人之间已经以买卖等方式转让并交付机动车但未办理所有权转移登记，发生交通事故后属于该机动车一方责任的，由保险公司在机动车强制保险责任限额范围内予以赔偿。不足部分，由受让人承担赔偿责任。

以买卖等方式转让拼装或者已达到报废标准的机动车，发生交通事故造成损害的，由转让人和受让人承担连带责任。

盗窃、抢劫或者抢夺的机动车发生交通事故造成损害的，由盗窃人、抢劫人或者抢夺人承担赔偿责任。保险公司在机动车强制保险责任限额范围内垫付抢救费用的，有权向交通事故责任人追偿。

机动车驾驶人发生交通事故后逃逸，该机动车参加强制保险的，由保险公司在机动车强制保险责任限额范围内予以赔偿；机动车不明或者该机动车未参加强制保险，需要支付被侵权人人身伤亡的抢救和丧葬等费用的，由道路交通事故社会救助基金垫付。道路交通事故社会救助基金垫付后，其管理机构有权向交通事故责任人追偿。

五、物件损害责任

建筑物、构筑物或者其他设施及其搁置物、悬挂物发生脱落、坠落造成他人损害，所有人、管理人或者使用人不能证明自己没有过错的，应当承担侵权责任。所有人、管理人或者使用人赔偿后，有其他责任人的，有权向其他责任人追偿。

建筑物、构筑物或者其他设施倒塌造成他人损害的，由建设单位与施工单位承担连带责任。建设单位和施工单位赔偿后，有其他责任人的，被侵权人有权向其他责任人追偿。因其他责任人的原因，建筑物、构筑物或者其他设施倒塌造成他人损害的，由其他责任人承担侵权责任。

从建筑物中抛掷的物品或者从建筑物上坠落的物品造成他人损害，难以确定具体侵权人的，除能够证明自己不是侵权人的外，由可能加害的建筑物使用人给予补偿。

堆放物倒塌造成他人损害，堆放人不能证明自己没有过错的，应当承担侵权责任。

在公共道路上堆放、倾倒和遗撒妨碍通行的物品造成他人损害的，有关单位或者个人应当承担侵权责任。

因林木折断造成他人损害，林木的所有人或者管理人不能证明自己没有过错的，应当承担侵权责任。

在公共场所或者道路上挖坑、修缮安装地下设施等，没有设置明显标志和采取安全措施造成他人损害的，施工人应当承担侵权责任。窨井等地下设施造成他人损害，管理人不能证明尽到管理职责的，应当承担侵权责任。

> **小资料**
>
> ### 我国死伤人数较多的车祸
>
> 1994年9月11日9时，原四川万县顺丰汽车运输公司驾驶人王某，驾驶43座大客车，载101人（包括2名驾驶人和99名去广东打工的农民），从万县市梁平县新胜镇开往广东。1994年9月12日15时30分许，王某驾驶的这辆大客车行至湖北省巴东县支井河路段318国道1 491km 554m坡道转弯处时，因客车严重超载、超速，驶出路外，翻下140m深的悬崖，造成55人死亡、46人受伤、车辆报废的特大交通事故。这起因超载造成的事故，是我国死伤人数最多的车祸。
>
> 2005年1月3日中午12时许，一辆车牌号为"藏AB××××"的康明斯货车，运送104名从拉萨朝拜后返回四川省甘孜、阿坝等地的群众。该车途经青海省玉树藏族自治州境内玉治公路80多公里处翻车，如图10-5所示。这起特大恶性交通事故，造成95人伤亡，其中55人死亡，另有重伤28人、轻伤12人。

图10-5　玉树车祸

第四节　最高人民法院关于审理人身损害赔偿案件适用法律若干问题的解释

《最高人民法院关于审理人身损害赔偿案件适用法律若干问题的解释》（法释〔2003〕20号）已于2003年12月4日由最高人民法院审判委员会第1299次会议通过，自2004年5月1日起实施。

一、主体责任

第一条　因生命、健康、身体遭受侵害，赔偿权利人起诉请求赔偿义务人赔偿财产损失和精神损害的,人民法院应予受理。

本条所称"赔偿权利人",是指因侵权行为或者其他致害原因直接遭受人身损害的受害人、依法由受害人承担扶养义务的被扶养人以及死亡受害人的近亲属。

本条所称"赔偿义务人",是指因自己或者他人的侵权行为以及其他致害原因依法应当承担民事责任的自然人、法人或者其他组织。

第二条　受害人对同一损害的发生或者扩大有故意、过失的,依照民法通则第一百三十一条的规定,可以减轻或者免除赔偿义务人的赔偿责任。但侵权人因故意或者重大过失致人损害,受害人只有一般过失的,不减轻赔偿义务人的赔偿责任。

适用民法通则第一百零六条第三款规定确定赔偿义务人的赔偿责任时,受害人有重大过失的,可以减轻赔偿义务人的赔偿责任。

第三条　二人以上共同故意或者共同过失致人损害,或者虽无共同故意、共同过失,但其侵害行为直接结合发生同一损害后果的,构成共同侵权,应当依照民法通则第一百三十条规定承担连带责任。

二人以上没有共同故意或者共同过失,但其分别实施的数个行为间接结合发生同一损害后果的,应当根据过失大小或者原因力比例各自承担相应的赔偿责任。

第四条　二人以上共同实施危及他人人身安全的行为并造成损害后果,不能确定实际侵害行为人的,应当依照民法通则第一百三十条规定承担连带责任。共同危险行为人能够证明损害后果不是由其行为造成的,不承担赔偿责任。

第五条　赔偿权利人起诉部分共同侵权人的,人民法院应当追加其他共同侵权人作为共同被告。赔偿权利人在诉讼中放弃对部分共同侵权人的诉讼请求的,其他共同侵权人对被放弃诉讼请求的被告应当承担的赔偿份额不承担连带责任。责任范围难以确定的,推定各共同侵权人承担同等责任。

人民法院应当将放弃诉讼请求的法律后果告知赔偿权利人,并将放弃诉讼请求的情况在法律文书中叙明。

第六条　从事住宿、餐饮和娱乐等经营活动或者其他社会活动的自然人、法人及其他组织,未尽合理限度范围内的安全保障义务致使他人遭受人身损害,赔偿权利人请求其承担相应赔偿责任的,人民法院应予支持。

因第三人侵权导致损害结果发生的,由实施侵权行为的第三人承担赔偿责任。安全保障义务人有过错的,应当在其能够防止或者制止损害的范围内承担相应的补充赔偿责任。安全保障义务人承担责任后,可以向第三人追偿。赔偿权利人起诉安全保障义务人的,应当将第三人作为共同被告,但第三人不能确定的除外。

第七条　对未成年人依法负有教育、管理和保护义务的学校、幼儿园或者其他教育机构,未尽职责范围内的相关义务致使未成年人遭受人身损害,或者未成年人致他人人身损害的,应当承担与其过错相应的赔偿责任。

第三人侵权致未成年人遭受人身损害的,应当承担赔偿责任。学校和幼儿园等教育机构有过错的,应当承担相应的补充赔偿责任。

第八条　法人或者其他组织的法定代表人、负责人以及工作人员,在执行职务中致人损害的,依照民法通则第一百二十一条的规定,由该法人或者其他组织承担民事责任。上述人员实施与职务无关的行为致人损害的,应当由行为人承担赔偿责任。

属于《国家赔偿法》赔偿事由的,依照《国家赔偿法》的规定处理。

第九条　雇员在从事雇佣活动中致人损害的,雇主应当承担赔偿责任;雇员因故意或者重大过失致人损害的,应当与雇主承担连带赔偿责任。雇主承担连带赔偿责任的,可以向雇员追偿。

前款所称"从事雇佣活动",是指从事雇主授权或者指示范围内的生产经营活动或者其他劳务活动。雇员的行为超出授权范围,但其表现形式是履行职务或者与履行职务有内在联系的,应当认定为"从事雇佣活动"。

第十条　承揽人在完成工作过程中对第三人造成损害或者造成自身损害的,定作人不承担赔偿责任。但定作人对定作、指示或者选任有过失的,应当承担相应的赔偿责任。

第十一条　雇员在从事雇佣活动中遭受人身损害,雇主应当承担赔偿责任。雇佣关系以外的第三人造成雇员人身损害的,赔偿权利人可以请求第三人承担赔偿责任,也可以请求雇主承担赔偿责任。雇主承担赔偿责任后,可以向第三人追偿。

雇员在从事雇佣活动中因安全生产事故遭受人身损害,发包人、分包人知道或者应当知道接受发包或者分包业务的雇主没有相应资质或者安全生产条件的,应当与雇主承担连带赔偿责任。

属于《工伤保险条例》调整的劳动关系和工伤保险范围的,不适用本条规定。

第十二条　依法应当参加工伤保险统筹的用人单位的劳动者,因工伤事故遭受人身损害,劳动者或者其近亲属向人民法院起诉请求用人单位承担民事赔偿责任的,告知其按《工伤保险条例》的规定处理。

因用人单位以外的第三人侵权造成劳动者人身损害,赔偿权利人请求第三人承担民事赔偿责任的,人民法院应予支持。

第十三条　为他人无偿提供劳务的帮工人,在从事帮工活动中致人损害的,被帮工人应当承担赔偿责任。被帮工人明确拒绝帮工的,不承担赔偿责任。帮工人存在故意或者重大过失,赔偿权利人请求帮工人和被帮工人承担连带责任的,人民法院应予支持。

第十四条　帮工人因帮工活动遭受人身损害的,被帮工人应当承担赔偿责任。被帮工人明确拒绝帮工的,不承担赔偿责任;但可以在受益范围内予以适当补偿。

帮工人因第三人侵权遭受人身损害的,由第三人承担赔偿责任。第三人不能确定或者没有赔偿能力的,可以由被帮工人予以适当补偿。

第十五条　为维护国家、集体或者他人的合法权益而使自己受到人身损害,因没有侵权人、不能确定侵权人或者侵权人没有赔偿能力,赔偿权利人请求受益人在受益范围内予以适当补偿的,人民法院应予支持。

第十六条　下列情形,适用民法通则第一百二十六条的规定,由所有人或者管理人承担赔偿责任,但能够证明自己没有过错的除外:

(一)道路、桥梁和隧道等人工建造的构筑物因维护、管理瑕疵致人损害的。

(二)堆放物品滚落、滑落或者堆放物倒塌致人损害的。

(三)树木倾倒、折断或者果实坠落致人损害的。

前款第(一)项情形,因设计、施工缺陷造成损害的,由所有人、管理人与设计和施工者承担连带责任。

> **小资料**
>
> ### 概念车
>
> 概念车由英文 Conception Car 意译而来。概念车不是即将投产的车型，它仅仅是向人们展示设计人员新颖、独特和超前的构思而已。概念车还处在创意、试验阶段，有的很可能永远不会投产。因为不是大批量生产的商品车，每一辆概念车都可以更多地摆脱生产制造水平方面的束缚，尽情地甚至夸张地展示自己的独特魅力。
>
> 世界第一辆概念车是别克 Y-Job（图 10-6），它于 1938 年由美国通用汽车艺术和色彩部首任主任哈利·厄尔（Harley Earl, 1893 年—1969 年）设计制作。
>
> 图 10-7 所示为奔驰汽车公司设计的未来车生物群（Biome）。
>
>
>
> 图 10-6 哈利·厄尔与他设计的世界第一辆概念车别克 Y-Job　　图 10-7 2010 年奔驰汽车公司设计的概念车"生物群"

二、赔偿范围

第十七条 受害人遭受人身损害，因就医治疗支出的各项费用以及因误工减少的收入，包括医疗费、误工费、护理费、交通费、住宿费、住院伙食补助费和必要的营养费，赔偿义务人应当予以赔偿。

受害人因伤致残的，其因增加生活上需要所支出的必要费用以及因丧失劳动能力导致的收入损失，包括残疾赔偿金、残疾辅助器具费和被扶养人生活费，以及因康复护理、继续治疗实际发生的必要的康复费、护理费和后续治疗费，赔偿义务人也应当予以赔偿。

受害人死亡的，赔偿义务人除应当根据抢救治疗情况赔偿本条第一款规定的相关费用外，还应当赔偿丧葬费、被扶养人生活费、死亡补偿费以及受害人亲属办理丧葬事宜支出的交通费、住宿费和误工损失等其他合理费用。

第十八条 受害人或者死者近亲属遭受精神损害，赔偿权利人向人民法院请求赔偿精神损害抚慰金的，适用《最高人民法院关于确定民事侵权精神损害赔偿责任若干问题的解释》予以确定。

精神损害抚慰金的请求权，不得让与或者继承。但赔偿义务人已经以书面方式承诺给予金钱赔偿，或者赔偿权利人已经向人民法院起诉的除外。

三、赔偿数额

第十九条　医疗费根据医疗机构出具的医药费和住院费等收款凭证，结合病历和诊断证明等相关证据确定。赔偿义务人对治疗的必要性和合理性有异议的，应当承担相应的举证责任。

医疗费的赔偿数额，按照一审法庭辩论终结前实际发生的数额确定。器官功能恢复训练所必要的康复费、适当的整容费以及其他后续治疗费，赔偿权利人可以待实际发生后另行起诉。但根据医疗证明或者鉴定结论确定必然发生的费用，可以与已经发生的医疗费一并予以赔偿。

第二十条　误工费根据受害人的误工时间和收入状况确定。

误工时间根据受害人接受治疗的医疗机构出具的证明确定。受害人因伤致残持续误工的，误工时间可以计算至定残日前一天。

受害人有固定收入的，误工费按照实际减少的收入计算。受害人无固定收入的，按照其最近三年的平均收入计算；受害人不能举证证明其最近三年的平均收入状况的，可以参照受诉法院所在地相同或者相近行业上一年度职工的平均工资计算。

第二十一条　护理费根据护理人员的收入状况和护理人数、护理期限确定。

护理人员有收入的，参照误工费的规定计算；护理人员没有收入或者雇佣护工的，参照当地护工从事同等级别护理的劳务报酬标准计算。护理人员原则上为一人，但医疗机构或者鉴定机构有明确意见的，可以参照确定护理人员人数。

护理期限应计算至受害人恢复生活自理能力时止。受害人因残疾不能恢复生活自理能力的，可以根据其年龄和健康状况等因素确定合理的护理期限，但最长不超过二十年。

受害人定残后的护理，应当根据其护理依赖程度并结合配制残疾辅助器具的情况确定护理级别。

第二十二条　交通费根据受害人及其必要的陪护人员因就医或者转院治疗实际发生的费用计算。交通费应当以正式票据为凭；有关凭据应当与就医地点、时间、人数和次数相符合。

第二十三条　住院伙食补助费可以参照当地国家机关一般工作人员的出差伙食补助标准予以确定。

受害人确有必要到外地治疗，因客观原因不能住院，受害人本人及其陪护人员实际发生的住宿费和伙食费，其合理部分应予赔偿。

第二十四条　营养费根据受害人伤残情况参照医疗机构的意见确定。

第二十五条　残疾赔偿金根据受害人丧失劳动能力程度或者伤残等级，按照受诉法院所在地上一年度城镇居民人均可支配收入或者农村居民人均纯收入标准，自定残之日起按二十年计算。但六十周岁以上的，年龄每增加一岁减少一年；七十五周岁以上的，按五年计算。

受害人因伤致残但实际收入没有减少，或者伤残等级较轻但造成职业妨害严重影响其劳动就业的，可以对残疾赔偿金作相应调整。

第二十六条　残疾辅助器具费按照普通适用器具的合理费用标准计算。伤情有特殊需要的，可以参照辅助器具配制机构的意见确定相应的合理费用标准。

辅助器具的更换周期和赔偿期限参照配制机构的意见确定。

第二十七条　丧葬费按照受诉法院所在地上一年度职工月平均工资标准，以六个月总额计算。

第二十八条　被扶养人生活费根据扶养人丧失劳动能力程度，按照受诉法院所在地上一年度城镇居民人均消费性支出和农村居民人均年生活消费支出标准计算。被扶养人为未成年人的，计算至十八周岁；被扶养人无劳动能力又无其他生活来源的，计算二十年。但六十周岁以上的，年龄每增加一岁减少一年；七十五周岁以上的，按五年计算。

被扶养人是指受害人依法应当承担扶养义务的未成年人或者丧失劳动能力又无其他生活来源的成年近亲属。被扶养人还有其他扶养人的，赔偿义务人只赔偿受害人依法应当负担的部分。被扶养人有数人的，年赔偿总额累计不超过上一年度城镇居民人均消费性支出额或者农村居民人均年生活消费支出额。

第二十九条　死亡赔偿金按照受诉法院所在地上一年度城镇居民人均可支配收入或者农村居民人均纯收入标准，按二十年计算。但六十周岁以上的，年龄每增加一岁减少一年；七十五周岁以上的，按五年计算。

第三十条　赔偿权利人举证证明其住所地或者经常居住地城镇居民人均可支配收入或者农村居民人均纯收入高于受诉法院所在地标准的，残疾赔偿金或者死亡赔偿金可以按照其住所地或者经常居住地的相关标准计算。

被扶养人生活费的相关计算标准，依照前款原则确定。

第三十一条　人民法院应当按照民法通则第一百三十一条以及本解释第二条的规定，确定第十九条至第二十九条各项财产损失的实际赔偿金额。

前款确定的物质损害赔偿金与按照第十八条第一款规定确定的精神损害抚慰金，原则上应当一次性给付。

第三十二条　超过确定的护理期限、辅助器具费给付年限或者残疾赔偿金给付年限，赔偿权利人向人民法院起诉请求继续给付护理费、辅助器具费或者残疾赔偿金的，人民法院应予受理。赔偿权利人确需继续护理、配制辅助器具，或者没有劳动能力和生活来源的，人民法院应当判令赔偿义务人继续给付相关费用五至十年。

第三十三条　赔偿义务人请求以定期金方式给付残疾赔偿金、被扶养人生活费和残疾辅助器具费的，应当提供相应的担保。人民法院可以根据赔偿义务人的给付能力和提供担保的情况，确定以定期金方式给付相关费用。但一审法庭辩论终结前已经发生的费用、死亡赔偿金以及精神损害抚慰金，应当一次性给付。

第三十四条　人民法院应当在法律文书中明确定期金的给付时间、方式以及每期给付标准。执行期间有关统计数据发生变化的，给付金额应当适时进行相应的调整。

定期金按照赔偿权利人的实际生存年限给付，不受本解释有关赔偿期限的限制。

第三十五条　本解释所称"城镇居民人均可支配收入""农村居民人均纯收入""城镇居民人均消费性支出""农村居民人均年生活消费支出""职工平均工资"，按照政府统计部门公布的各省、自治区、直辖市以及经济特区和计划单列市上一年度相关统计数据确定。

"上一年度"，是指一审法庭辩论终结时的上一统计年度。

四、适用范围

第三十六条　本解释自 2004 年 5 月 1 日起施行。2004 年 5 月 1 日后新受理的一审人身损害赔偿案件，适用本解释的规定。已经作出生效裁判的人身损害赔偿案件依法再审的，不适用本解释的规定。

在本解释公布施行之前已经生效施行的司法解释，其内容与本解释不一致的，以本解释为准。

> **小资料**
>
> **一起车祸赔款 49 亿美元**
>
> 1999 年 7 月 9 日，美国洛杉矶市法庭的陪审团判决通用汽车公司赔偿在一起汽车交通事故中因燃油箱起火受伤的客户 49 亿美元。这是美国历史上此类事件赔偿额最大的一次。
>
> 通用汽车公司的客户安德森和她的 4 个孩子以及朋友蒂格纳，于 1993 年的圣诞夜驱车回家。路上安德森的汽车被另一辆汽车追尾，导致汽车后部燃油箱起火燃烧，车上 6 人全部受伤。其中年仅 11 岁的小姑娘艾莉莎严重烧伤，在事后接受了 6 次手术治疗。
>
> 法庭认为通用公司没有在设计时充分考虑客户的人身安全，而是为降低制造成本使这辆 1979 年款马里布（Malibu）车型的燃油箱因安装位置不合适导致被撞后起火，造成多人受伤。为此，判决通用公司赔偿客户 49 亿美元。

第五节　最高人民法院关于审理道路交通事故损害赔偿案件适用法律若干问题的解释

《最高人民法院关于审理道路交通事故损害赔偿案件适用法律若干问题的解释》已于 2012 年 9 月 17 日由最高人民法院审判委员会第 1556 次会议通过，现予公布，自 2012 年 12 月 21 日起施行。

一、关于主体责任的认定

第一条　机动车发生交通事故造成损害，机动车所有人或者管理人有下列情形之一，人民法院应当认定其对损害的发生有过错，并适用侵权责任法第四十九条的规定确定其相应的赔偿责任：

（一）知道或者应当知道机动车存在缺陷，且该缺陷是交通事故发生原因之一的。

（二）知道或者应当知道驾驶人无驾驶资格或者未取得相应驾驶资格的。

（三）知道或者应当知道驾驶人因饮酒、服用国家管制的精神药品或者麻醉药品，或者患有妨碍安全驾驶机动车的疾病等依法不能驾驶机动车的。

（四）其他应当认定机动车所有人或者管理人有过错的。

第二条　未经允许驾驶他人机动车发生交通事故造成损害，当事人依照侵权责任法第四十九条的规定请求由机动车驾驶人承担赔偿责任的,人民法院应予支持。机动车所有人或者管理人有过错的,承担相应的赔偿责任,但具有侵权责任法第五十二条规定情形的除外。

第三条 以挂靠形式从事道路运输经营活动的机动车发生交通事故造成损害,属于该机动车一方责任,当事人请求由挂靠人和被挂靠人承担连带责任的,人民法院应予支持。

第四条 被多次转让但未办理转移登记的机动车发生交通事故造成损害,属于该机动车一方责任,当事人请求由最后一次转让并交付的受让人承担赔偿责任的,人民法院应予支持。

第五条 套牌机动车发生交通事故造成损害,属于该机动车一方责任,当事人请求由套牌机动车的所有人或者管理人承担赔偿责任的,人民法院应予支持;被套牌机动车所有人或者管理人同意套牌的,应当与套牌机动车的所有人或者管理人承担连带责任。

第六条 拼装车、已达到报废标准的机动车或者依法禁止行驶的其他机动车被多次转让,并发生交通事故造成损害,当事人请求由所有的转让人和受让人承担连带责任的,人民法院应予支持。

第七条 接受机动车驾驶培训的人员,在培训活动中驾驶机动车发生交通事故造成损害,属于该机动车一方责任,当事人请求驾驶培训单位承担赔偿责任的,人民法院应予支持。

第八条 机动车试乘过程中发生交通事故造成试乘人损害,当事人请求提供试乘服务者承担赔偿责任的,人民法院应予支持。试乘人有过错的,应当减轻提供试乘服务者的赔偿责任。

第九条 因道路管理维护缺陷导致机动车发生交通事故造成损害,当事人请求道路管理者承担相应赔偿责任的,人民法院应予支持,但道路管理者能够证明已按照法律、法规、规章、国家标准、行业标准或者地方标准尽到安全防护、警示等管理维护义务的除外。

依法不得进入高速公路的车辆、行人,进入高速公路发生交通事故造成自身损害,当事人请求高速公路管理者承担赔偿责任的,适用侵权责任法第七十六条的规定。

第十条 因在道路上堆放、倾倒、遗撒物品等妨碍通行的行为,导致交通事故造成损害,当事人请求行为人承担赔偿责任的,人民法院应予支持。道路管理者不能证明已按照法律、法规、规章、国家标准、行业标准或者地方标准尽到清理、防护、警示等义务的,应当承担相应的赔偿责任。

第十一条 未按照法律、法规、规章或者国家标准、行业标准、地方标准的强制性规定设计、施工,致使道路存在缺陷并造成交通事故,当事人请求建设单位与施工单位承担相应赔偿责任的,人民法院应予支持。

第十二条 机动车存在产品缺陷导致交通事故造成损害,当事人请求生产者或者销售者依照侵权责任法第五章的规定承担赔偿责任的,人民法院应予支持。

第十三条 多辆机动车发生交通事故造成第三人损害,当事人请求多个侵权人承担赔偿责任的,人民法院应当区分不同情况,依照侵权责任法第十条、第十一条或者第十二条的规定,确定侵权人承担连带责任或者按份责任。

二、关于赔偿范围的认定

第十四条 道路交通安全法第七十六条规定的"人身伤亡",是指机动车发生交通事故侵害被侵权人的生命权和健康权等人身权益所造成的损害,包括侵权责任法第十六条和第二十二条规定的各项损害。

道路交通安全法第七十六条规定的"财产损失",是指因机动车发生交通事故侵害被侵权人的财产权益所造成的损失。

第十五条 因道路交通事故造成下列财产损失,当事人请求侵权人赔偿的,人民法院应予支持:

(一)维修被损坏车辆所支出的费用、车辆所载物品的损失和车辆施救费用。

(二)因车辆灭失或者无法修复,为购买交通事故发生时与被损坏车辆价值相当的车辆重置费用。

(三)依法从事货物运输和旅客运输等经营性活动的车辆,因无法从事相应的经营活动所产生的合理停运损失。

(四)非经营性车辆因无法继续使用,所产生的通常替代性交通工具的合理费用。

三、关于责任承担的认定

第十六条 同时投保机动车第三者责任强制保险(以下简称"交强险")和第三者责任商业保险(以下简称"商业三者险")的机动车发生交通事故造成损害,当事人同时起诉侵权人和保险公司的,人民法院应当按照下列规则确定赔偿责任:

(一)先由承保交强险的保险公司在责任限额范围内予以赔偿。

(二)不足部分,由承保商业三者险的保险公司根据保险合同予以赔偿。

(三)仍有不足的,依照道路交通安全法和侵权责任法的相关规定由侵权人予以赔偿。

被侵权人或者其近亲属请求承保交强险的保险公司优先赔偿精神损害的,人民法院应予支持。

第十七条 投保人允许的驾驶人驾驶机动车致使投保人遭受损害,当事人请求承保交强险的保险公司在责任限额范围内予以赔偿的,人民法院应予支持,但投保人为本车上人员的除外。

第十八条 有下列情形之一导致第三人人身损害,当事人请求保险公司在交强险责任限额范围内予以赔偿的,人民法院应予支持:

(一)驾驶人未取得驾驶资格或者未取得相应驾驶资格的。

(二)醉酒、服用国家管制的精神药品或者麻醉药品后驾驶机动车发生交通事故的。

(三)驾驶人故意制造交通事故的。

保险公司在赔偿范围内向侵权人主张追偿权的,人民法院应予支持。追偿权的诉讼时效期间自保险公司实际赔偿之日起计算。

第十九条 未依法投保交强险的机动车发生交通事故造成损害,当事人请求投保义务人在交强险责任限额范围内予以赔偿的,人民法院应予支持。

投保义务人和侵权人不是同一人,当事人请求投保义务人和侵权人在交强险责任限额范围内承担连带责任的,人民法院应予支持。

第二十条 具有从事交强险业务资格的保险公司违法拒绝承保、拖延承保或者违法解除交强险合同,投保义务人在向第三人承担赔偿责任后,请求该保险公司在交强险责任限额范围内承担相应赔偿责任的,人民法院应予支持。

第二十一条　多辆机动车发生交通事故造成第三人损害，损失超出各机动车交强险责任限额之和的，由各保险公司在各自责任限额范围内承担赔偿责任；损失未超出各机动车交强险责任限额之和，当事人请求由各保险公司按照其责任限额与责任限额之和的比例承担赔偿责任的，人民法院应予支持。

依法分别投保交强险的牵引车和挂车连接使用时发生交通事故造成第三人损害，当事人请求由各保险公司在各自的责任限额范围内平均赔偿的，人民法院应予支持。

多辆机动车发生交通事故造成第三人损害，其中部分机动车未投保交强险，当事人请求先由已承保交强险的保险公司在责任限额范围内予以赔偿的，人民法院应予支持。保险公司就超出其应承担的部分向未投保交强险的投保义务人或者侵权人行使追偿权的，人民法院应予支持。

第二十二条　同一交通事故的多个被侵权人同时起诉的，人民法院应当按照各被侵权人的损失比例确定交强险的赔偿数额。

第二十三条　机动车所有权在交强险合同有效期内发生变动，保险公司在交通事故发生后，以该机动车未办理交强险合同变更手续为由主张免除赔偿责任的，人民法院不予支持。

机动车在交强险合同有效期内发生改装、使用性质改变等导致危险程度增加的情形，发生交通事故后，当事人请求保险公司在责任限额范围内予以赔偿的，人民法院应予支持。

前款情形下，保险公司另行起诉请求投保义务人按照重新核定后的保险费标准补足当期保险费的，人民法院应予支持。

第二十四条　当事人主张交强险人身伤亡保险金请求权转让或者设定担保的行为无效的，人民法院应予支持。

四、关于诉讼程序的规定

第二十五条　人民法院审理道路交通事故损害赔偿案件，应当将承保交强险的保险公司列为共同被告。但该保险公司已经在交强险责任限额范围内予以赔偿且当事人无异议的除外。

人民法院审理道路交通事故损害赔偿案件，当事人请求将承保商业三者险的保险公司列为共同被告的，人民法院应予准许。

第二十六条　被侵权人因道路交通事故死亡，无近亲属或者近亲属不明，未经法律授权的机关或者有关组织向人民法院起诉主张死亡赔偿金的，人民法院不予受理。

侵权人以已向未经法律授权的机关或者有关组织支付死亡赔偿金为理由，请求保险公司在交强险责任限额范围内予以赔偿的，人民法院不予支持。

被侵权人因道路交通事故死亡，无近亲属或者近亲属不明，支付被侵权人医疗费和丧葬费等合理费用的单位或者个人，请求保险公司在交强险责任限额范围内予以赔偿的，人民法院应予支持。

第二十七条　公安机关交通管理部门制作的交通事故认定书，人民法院应依法审查并确认其相应的证明力，但有相反证据推翻的除外。

五、关于适用范围的规定

第二十八条　机动车在道路以外的地方通行时引发的损害赔偿案件，可以参照适用本解释的规定。

第二十九条　本解释施行后尚未终审的案件，适用本解释；本解释施行前已经终审，当事人申请再审或者按照审判监督程序决定再审的案件，不适用本解释。

第六节　案例分析

一、交警执法时发生交通事故，是否应承担赔偿责任

【案例】

深夜，某县交巡警大队的几位警员在执勤时，示意一辆货车停靠在行驶道上接受检查。货车驾驶人孙某交完罚款走向自己的货车时，只听到车后"嘭"的一声，随即发现一个摩托车驾驶人头部流血躺倒在地。经县交巡警大队交通事故组现场勘查、调查取证知悉，死者江某，当晚骑二轮摩托车行驶至该处时，与临时停放在路上接受执勤民警处罚的孙某的货车相撞而亡。孙某因所驾车灯光装置不全、违章装载且未按规定停车，负本次交通事故的次要责任；江某因未戴安全头盔、酒后无证驾车，负本次交通事故的主要责任。

江某亲属不服，认为此交通事故的发生是由交巡警大队在公路上乱设卡、乱罚款、乱收费、违规查车引起的，该案不是一起道路交通事故，而是交巡警大队的行政行为侵权造成的。江母、江妻和江子遂以原告身份起诉被告交巡警大队至法院，诉请确认被告行政行为违法，侵犯了江某的生命健康权，要求被告赔偿江某死亡赔偿金、丧葬费及江母、江子的生活费合计26万元。

交巡警大队是否应承担赔偿责任？

【分析】

法院经审理认为，交巡警大队的执勤民警在定点检查处罚违章车辆时，没有指令违章车辆停靠在不影响交通安全的地段，也未将巡逻车停在违章车辆后方予以警示，该执法行为违反了公安部《交通民警道路执勤执法规则》及《公路巡逻民警中队警务规范》之相应规定，造成了江某在行车道上正常行驶撞在被查扣的违章车辆上死亡的后果。原告提出的诉讼请求应予支持，但考虑江某未戴头盔、酒后无证驾车，对死亡后果也有责任，故原、被告双方应在赔偿方面以混合责任各承担赔偿总额的50%。据此，依据《行政诉讼法》第54条第2款第3项及《国家赔偿法》第3条第5项、第6条、第7条、第27条第3款之规定，判决确认被告交巡警大队行政行为违法，赔偿江某死亡赔偿金、丧葬费及江子、江母生活费，合计13万元。

二、车被偷开撞人，车主是否应承担连带赔偿责任

【案例】

高某在和郭某等几个朋友聚在一起吃午饭时，突然接到一个朋友的电话，邀请他去谈事。考虑到朋友有车来接他，故高某并没有开走自己的车。

高某离开后不久，郭某发现了他落在桌上的车钥匙。

"我们开他的车子去练练手吧，回头再还给他，反正这么熟了，他也不会怪我们的。"郭某抓起钥匙对另一个朋友说。

虽然郭某并没有驾驶证，但是凭着多年来的"感觉"，车子还真被他发动了。郭某开车途中试图超越一辆三轮摩托车时两车发生相撞事故，致使摩托车上的一位老人死亡。

郭某因犯交通肇事罪被法院判处有期徒刑3年。遇害老人的子女随后向法院提起了民事赔偿诉讼，高某作为车主也站上了被告席。

高某觉得车子虽然是自己的，但并不是自己开车撞的人，况且他也并不知情。肇事者郭某也作证，称车子是自己偷偷开出去的，与高某无关。

那么高某是否应承担连带赔偿责任？

【分析】

郭某在没有取得驾驶证的情况下开车发生车祸，是引发这起事故的主要原因，应负事故的主要责任。因此，法院判定郭某承担70%的民事赔偿责任。高某虽然不知道郭某开了他的车子，但因为他对车辆保管不善，所以应当承担连带赔偿责任。

三、没有开车也会构成交通肇事罪

【案例】

黄某购买了一辆小客车用来营运，聘请廖某为驾驶人。一日，限载10人的小客车挤上了22名乘客，驾驶人廖某担心会发生意外，便不肯出车。但是车主黄某为赚钱，要求廖某出车，并许诺这一次出车给他加30元工资，若不出车则扣他50元工资。于是，廖某抱着侥幸心理开车上路，由于客车严重超载，在驶下一处陡坡时冲出路面，致使2人死亡，数人受伤。公安交警部门经过勘查取证，认定廖某负事故全部责任，法院以交通肇事罪判处廖某有期徒刑2年，判处黄某有期徒刑1年零6个月。

黄某没有开车怎么会构成交通肇事罪呢？

【分析】

最高人民法院《关于审理交通肇事刑事案件具体应用法律若干问题的解释》第7条中规定："单位主管人员、机动车辆所有人或者机动车辆承包人指使、强令他人违章驾驶造成重大交通事故，具有本解释第二条规定情形之一的，以交通肇事罪定罪处罚。"该解释第二条规定："交通肇事致1人以上重伤，负事故全部或者主要责任，并具有下列情形之一的，以交通肇事罪定罪处罚：（一）酒后、吸食毒品后驾驶机动车辆的；（二）无驾驶资格驾驶机动车辆的；（三）明知是安全装置不全或者安全机件失灵的机动车辆而驾驶的；（四）明知是无牌证或者已报废的机动车而驾驶的；（五）严重超载驾驶的；（六）为逃避法律追究逃离事故现场的。"本案中，车辆所有人黄某明知车辆严重超载，仍指使、强令驾驶人廖某违章驾驶，造成了这起重大交通事故的发生。因此，根据以上法律规定，黄某也构成交通肇事罪。

四、谁来承担无力负担的赔偿

【案例】

幼儿小倩在某市幼儿园就读，该园对部分家庭住址较远的幼儿采取定点包接包送的方式。一天放学后，幼儿园将小倩送到定点接送处——小倩住处附近的公路时，因交通堵塞比约定的时间迟到了约20min，恰遇小倩的家长在约定的时间未接到小倩而去厕所，但跟车的阿姨便放小倩随其他小朋友一起下车。小倩下车后横过公路回家时被小伟驾驶的摩托车撞伤。小倩的家长将小伟和幼儿园一起告上法庭，要求两被告赔偿因车祸造成的经济损失2万余元。

法院经审理认定,小倩的实际经济损失为17 000元。根据交警作出的责任划分,判决负事故主要责任的小伟赔偿经济损失12 000元;负次要责任的小倩,由其监护人承担相应的经济损失2 500元;幼儿园在安全管理方面存在疏忽大意的过错,应承担与其过错相应的补充责任,赔偿原告损失2 500元。

判决后,小伟实际给付1 400元,余额10 600元确已无力给付。

谁应该承担小伟无力负担的赔偿?

【分析】

《最高人民法院关于审理人身损害赔偿案件适用法律若干问题的解释》第七条规定:"对未成年人依法负有教育、管理、保护义务的学校、幼儿园或者其他教育机构,未尽职责范围内的相关义务致使未成年人遭受人身损害,或者未成年人致他人人身损害的,应当承担与其过错相应的赔偿责任。第三人侵权致未成年人遭受人身损害的,应当承担赔偿责任。学校、幼儿园等教育机构有过错的,应当承担相应的补充赔偿责任。"何为相应的补充赔偿责任?该解释第六条第二款规定:"因第三人侵权导致损害结果发生的,由实施侵权行为的第三人承担赔偿责任。安全保障义务人有过错的,应当在其能够防止或者制止损害的范围内承担相应的补充赔偿责任。"

就本案而言,小伟为直接侵权人,法院判决其赔偿受害人12 000元经济损失,其已给付1 400元,余下的10 600元确已无力赔偿。在此情况下,作为负有安全保障义务的幼儿园,就应依法承担相应的补充赔偿责任。补充赔偿责任的范围应为其能够防止或者制止损害的范围,这个范围与小伟应当承担的赔偿责任的范围一致。因为如果幼儿园阿姨在小倩家长未到时不让小倩下车,或者虽让小倩下车但将其护送过马路,交通事故根本就不会发生。正是因为幼儿园违反了应当积极作为的安全保障义务,才使本来可以避免的损害得以发生,因此应当为受害人向直接侵权人求偿不能承担风险责任。所以,小伟无力赔偿的10 600元应由幼儿园承担。

五、路上发生车祸却由建委承担责任

【案例】

林某驾驶摩托车载着妻子郝某,行驶中摩托车的前轮驶进某城市路段道路中间的凹槽内,造成摩托车失去平衡倒地。林某及郝某均受伤,林某经抢救无效而死亡。经公安机关认定,道路存在凹槽,致使摩托车失去平衡而翻倒是造成交通事故的直接原因;林某驾车过程中无违法行为、无过错行为,该交通事故不涉及第三方的损失,系交通意外事故。

林某的妻子将这段道路的管理者某市建委告上了法庭。

道路的管理者市建委是否应承担责任?

【分析】

本案当事人的伤亡与交通设施不符合安全要求有直接的因果关系,所以受害人有权主张交通设施的维护者承担侵权赔偿责任。该责任属于一般的侵权赔偿责任,即过失责任,因此受害人需证明侵权人未及时修补该凹槽存在过失。过失证明方法,一般是根据行为人通常应遵守的行为标准,不符合该行为标准的人则被认为有过失。这种行为标准一般都有法律的明确规定,或者是行业惯例,或者是正常情况下人们的通行做法。

法院审理后认为，道路、桥梁等人工建造的构筑物因维护、管理瑕疵致人损害的，由其所有人或管理人承担赔偿责任。路段出现凹槽，可以认定作为该路段管理人的被告市建委在管理、维护上存在瑕疵，而被告又不能证明自己没有过错，故应当赔偿由此给原告造成的损失。法院最终判决某市建委应赔偿原告医药费、丧葬费、死亡赔偿金、交通费和精神损害抚慰金合计25万余元。

六、高速公路公司未尽清扫义务造成车祸，应承担赔偿责任

【案例】

某日凌晨，某科贸公司驾驶人庄某驾驶小客车行驶在高速公路超车道上时突遇一石块，因其躲闪不及与石块相撞造成车辆爆胎跑偏，致使其与一大货车相撞，乘车人蒋某重伤致残。

蒋某将庄某、科贸公司和高速公路公司诉至法院，要求三者连带赔偿其因该事故造成的各项损失共计人民币28.47万元。

一审法院经审理后认为，由于高速公路公司没能及时清理路面石块造成事故发生，导致蒋某重伤致残，应承担民事赔偿责任。驾驶人庄某行为无过错不承担赔偿责任，故科贸公司不承担赔偿责任。据此，一审法院判令高速公路公司赔偿蒋某各项损失共计人民币22.53万元。宣判后，高速公路公司不服，上诉至中院。

高速公路公司是否应承担赔偿责任？科贸公司是否应承担赔偿责任？

【分析】

交通事故往往要经过公安部门主管道路交通安全的机构进行责任认定。在交通警察的认定中，有时驾驶人要承担全部、主要、次要、同等责任或无责任等，但绝大部分事故中，驾驶人只要依据合同关系起诉，高速公路公司都要承担一定赔偿责任。法院判定高速公路承担责任的依据主要是《最高人民法院关于审理人身损害赔偿案件适用法律若干问题的解释》（法释〔2003〕20号）第16条的规定。根据此条规定，除非高速公路管理单位证明自己没有过错，才可不承担相关责任。高速公路管理单位证明自己没有过错，首先要证明道路设施没有管理、维护上的瑕疵，形成举证责任倒置。然而，高速公路要想做到所有设施没有瑕疵的证明，几乎没有可能；而索赔者提出的合同关系和管理瑕疵，却十分奏效，这也成了高速公路的致命软肋。

中院经审理认为，高速公路公司虽举证证明自己已履行了巡查义务，但不能证明公司对事故的发生没有过错，因此应认定高速公路公司存在过错，承担赔偿责任。驾驶人庄某夜间在高速公路上行驶时，应谨慎驾驶并保持高度注意力。事故发生时路面平坦、视线良好，因庄某未及时发现路面上的石块并躲避造成事故发生，其未完全履行注意义务，应当承担赔偿责任。因庄某是科贸公司驾驶人，事发时其行为属于职务行为，故其赔偿责任应由科贸公司承担。根据二者过错的大小，高速公路公司承担80%的赔偿责任，科贸公司承担20%的赔偿责任。

第十一章 机动车驾驶证管理

《公安部关于修改〈机动车驾驶证申领和使用规定〉的决定》（公安部令第 139 号）自 2016 年 4 月 1 日起施行。

第一节 总 则

一、分级管理部门

省级公安机关交通管理部门负责本省（自治区、直辖市）机动车驾驶证业务工作的指导、检查和监督。直辖市公安机关交通管理部门车辆管理所、设区的市或者相当于同级的公安机关交通管理部门车辆管理所负责办理本行政辖区内机动车驾驶证业务。

县级公安机关交通管理部门车辆管理所可以办理本行政辖区内低速载货汽车、三轮汽车、摩托车驾驶证业务，以及其他机动车驾驶证换发、补发、审验、提交身体条件证明等业务。条件具备的，可以办理小型汽车、小型自动档汽车、残疾人专用小型自动档载客汽车驾驶证业务，以及其他机动车驾驶证的道路交通安全法律、法规和相关知识考试业务。具体业务范围和办理条件由省级公安机关交通管理部门确定。

> **小资料**
>
> **最早的汽车驾驶资格考试**
>
> 1893 年 8 月 14 日，根据巴黎警察条例，驾驶人要经过考试，这是世界上最早的汽车驾驶资格的考试。汽车驾驶人考试当时由矿山主任技术官负责。考试的内容有驾驶人的驾驶技术、发动机构造原理知识和修理技术等，年龄在 21 岁以上的才有考试资格。

二、车辆管理所业务办理要求

车辆管理所办理机动车驾驶证业务，应当遵循严格、公开、公正、便民的原则。

车辆管理所办理机动车驾驶证业务，应当依法受理申请人的申请，审核申请人提交的材料。对符合条件的，按照规定的标准、程序和期限办理机动车驾驶证。对申请材料不齐全或者不符合法定形式的，应当一次书面告知申请人需要补正的全部内容。对不符合条件的，应当书面告知理由。

车辆管理所应当将法律、行政法规和本规定的有关办理机动车驾驶证的事项、条件、依据、程序、期限以及收费标准、需要提交的全部材料的目录和申请表示范文本等在办公场所公示。

省级、设区的市或者相当于同级的公安机关交通管理部门应当在互联网上建立主页，发布信息，便于群众查阅办理机动车驾驶证的有关规定，查询驾驶证使用状态、交通违法及记分等情况，下载、使用有关表格。

申请办理机动车驾驶证业务的人，应当如实向车辆管理所提交规定的材料，如实申告规定的事项，并对其申请材料实质内容的真实性负责。

车辆管理所应当使用机动车驾驶证计算机管理系统核发、打印机动车驾驶证，不使用计算机管理系统核发、打印的机动车驾驶证无效。

机动车驾驶证计算机管理系统的数据库标准和软件全国统一，能够完整、准确地记录和存储申请受理、科目考试、机动车驾驶证核发等全过程和经办人员信息，并能够实时将有关信息传送到全国公安交通管理信息系统。

申请人使用互联网交通安全综合服务管理平台办理机动车驾驶证业务的，经过身份验证后，可以通过网上提交申请。

小资料

中国第一位汽车驾驶人

第一个拥有私人汽车的中国人是慈禧太后，其拥有汽车的时间是1902年。中国第一位汽车驾驶人是孙富龄，其为当时慈禧太后的专职驾驶人。

孙富龄，北京大兴人，成为慈禧专职驾驶人前，他在北京为皇家贵族赶马拉车。最开始，全国没有会开汽车的人，慈禧下令招纳，共有11人应试。孙富龄由于年轻机灵，懂得随机应变，得到慈禧太后的赏识。据说，孙富龄经法国人培训，很快就学会了开车，成为中国第一个有驾驶证的驾驶人。那时慈禧从未坐过汽车，便天天在皇宫内乘车兜风。几天后，慈禧忽然发现开车的竟傲然坐在自己前面，觉得不成体统，便立即下旨，要求孙富龄跪着开车。当时慈禧太后的旨意谁敢不遵？孙富龄当即下跪开车，但手不能代替双脚控制加速踏板和变速杆，心想一旦出事，性命难保。于是他心生一计，称汽车已坏，吓得慈禧也不敢再坐。孙富龄害怕日后实情暴露，慈禧降罪于他，忙携家带口连夜逃出北京城避祸。后来，这辆汽车就闲置在了颐和园内。

小资料

世界上首次汽车速度竞赛

1898年12月18日，在巴黎附近举行了世界上首次被承认的汽车陆地速度竞赛，组织者为法国汽车杂志社，赛程为1 000m。一位法国贵族查斯罗普·劳贝特（Gaston de Chasseloup-Laubat，1867年—1903年）在巴黎附近一条测量好的路段用一辆方箱形的杰纳特兹（Jeantaud）电动车以63.13km/h的速度创造了世界纪录，声称他是"世界上最快的人"，如图11-1所示。

图 11-1 查斯罗普·劳贝特驾驶杰纳特兹电动车创造了第一个世界纪录

第二节 机动车驾驶证申请

一、机动车驾驶证

机动车驾驶证记载和签注以下内容：

1）机动车驾驶人信息：姓名、性别、出生日期、国籍、住址、身份证明号码（机动车驾驶证号码）、照片。

2）车辆管理所签注内容：初次领证日期、准驾车型代号、有效期限、核发机关印章、档案编号。

机动车驾驶证有效期分为 6 年、10 年和长期。

二、机动车驾驶证申请人条件

1. 年龄条件

1）申请小型汽车、小型自动档汽车、残疾人专用小型自动档载客汽车、轻便摩托车准驾车型的，在 18 周岁以上、70 周岁以下。

2）申请低速载货汽车、三轮汽车、普通三轮摩托车、普通二轮摩托车或者轮式自行机械车准驾车型的，在 18 周岁以上、60 周岁以下。

3）申请城市公交车、大型货车、无轨电车或者有轨电车准驾车型的，在 20 周岁以上、50 周岁以下。

4）申请中型客车准驾车型的，在 21 周岁以上，50 周岁以下。

5）申请牵引车准驾车型的，在 24 周岁以上，50 周岁以下。

6）申请大型客车准驾车型的，在 26 周岁以上，50 周岁以下。

7）接受全日制驾驶职业教育的学生，申请大型客车、牵引车准驾车型的，在20周岁以上，50周岁以下。

2. 身体条件

1）身高：申请大型客车、牵引车、城市公交车、大型货车、无轨电车准驾车型的，身高为155cm以上。申请中型客车准驾车型的，身高为150cm以上。

2）视力：申请大型客车、牵引车、城市公交车、中型客车、大型货车、无轨电车或者有轨电车准驾车型的，两眼裸视力或者矫正视力达到对数视力表5.0以上。申请其他准驾车型的，两眼裸视力或者矫正视力达到对数视力表4.9以上。单眼视力障碍，优眼裸视力或者矫正视力达到对数视力表5.0以上，且水平视野达到150度的，可以申请小型汽车、小型自动档汽车、低速载货汽车、三轮汽车、残疾人专用小型自动档载客汽车准驾车型的机动车驾驶证。

3）辨色力：无红绿色盲。

4）听力：两耳分别距音叉50cm能辨别声源方向。有听力障碍但佩戴助听设备能够达到以上条件的，可以申请小型汽车、小型自动档汽车准驾车型的机动车驾驶证。

5）上肢：双手拇指健全，每只手其他手指必须有三指健全，肢体和手指运动功能正常。但手指末节残缺或者左手有三指健全，且双手手掌完整的，可以申请小型汽车、小型自动档汽车、低速载货汽车、三轮汽车准驾车型的机动车驾驶证。

6）下肢：双下肢健全且运动功能正常，不等长度不得大于5cm。但左下肢缺失或者丧失运动功能的，可以申请小型自动档汽车准驾车型的机动车驾驶证。

7）躯干、颈部：无运动功能障碍。

8）右下肢、双下肢缺失或者丧失运动功能但能够自主坐立，且上肢符合本项5）规定的，可以申请残疾人专用小型自动档载客汽车准驾车型的机动车驾驶证。一只手掌缺失，另一只手拇指健全，其他手指有两指健全，上肢和手指运动功能正常，且下肢符合本项6）规定的，可以申请残疾人专用小型自动档载客汽车准驾车型的机动车驾驶证。

3. 有下列情形之一的，不得申请机动车驾驶证

1）有器质性心脏病、癫痫病、美尼尔氏症、眩晕症、癔病、震颤麻痹、精神病、痴呆以及影响肢体活动的神经系统疾病等妨碍安全驾驶疾病的。

2）3年内有吸食、注射毒品行为或者解除强制隔离戒毒措施未满3年，或者长期服用依赖性精神药品成瘾尚未戒除的。

3）造成交通事故后逃逸构成犯罪的。

4）饮酒后或者醉酒驾驶机动车发生重大交通事故构成犯罪的。

5）醉酒驾驶机动车或者饮酒后驾驶营运机动车依法被吊销机动车驾驶证未满5年的。

6）醉酒驾驶营运机动车依法被吊销机动车驾驶证未满10年的。

7）因其他情形依法被吊销机动车驾驶证未满2年的。

8）驾驶许可依法被撤销未满3年的。

9）法律、行政法规规定的其他情形。

4. 初次申领机动车驾驶证车型

初次申领机动车驾驶证的，可以申请准驾车型为城市公交车、大型货车、小型汽车、小型自动档汽车、低速载货汽车、三轮汽车、残疾人专用小型自动档载客汽车、普通三轮摩托车、普通二轮摩托车、轻便摩托车、轮式自行机械车、无轨电车、有轨电车的机动车驾驶证。

5. 申请增加准驾车型

已持有机动车驾驶证，申请增加准驾车型的，可以申请增加的准驾车型为大型客车、牵引车、城市公交车、中型客车、大型货车、小型汽车、小型自动档汽车、低速载货汽车、三轮汽车、普通三轮摩托车、普通二轮摩托车、轻便摩托车、轮式自行机械车、无轨电车、有轨电车。

申请增加准驾车型的，应当在本记分周期和申请前最近1个记分周期内没有记满12分记录。申请增加中型客车、牵引车、大型客车准驾车型的，还应当符合下列规定：

1）申请增加中型客车准驾车型的，已取得驾驶城市公交车、大型货车、小型汽车、小型自动档汽车、低速载货汽车或者三轮汽车准驾车型资格3年以上，并在申请前最近连续3个记分周期内没有记满12分记录。

2）申请增加牵引车准驾车型的，已取得驾驶中型客车或者大型货车准驾车型资格3年以上，或者取得驾驶大型客车准驾车型资格1年以上，并在申请前最近连续3个记分周期内没有记满12分记录。

3）申请增加大型客车准驾车型的，已取得驾驶城市公交车、中型客车或者大型货车准驾车型资格5年以上，或者取得驾驶牵引车准驾车型资格2年以上，并在申请前最近连续5个记分周期内没有记满12分记录。

4）正在接受全日制驾驶职业教育的学生，已在校取得驾驶小型汽车准驾车型资格，并在本记分周期和申请前最近1个记分周期内没有记满12分记录的，可以申请增加大型客车、牵引车准驾车型。

6. 限制申请增加准驾车型的情形

有下列情形之一的，不得申请大型客车、牵引车、城市公交车、中型客车、大型货车准驾车型：

1）发生交通事故造成人员死亡，承担同等以上责任的。

2）醉酒后驾驶机动车的。

3）被吊销或者撤销机动车驾驶证未满10年的。

7. 持证申请

持有军队、武装警察部队机动车驾驶证，或者持有境外机动车驾驶证，符合申请条件的，可以申请相应准驾车型的机动车驾驶证。

三、申请

1. 申请地

1）在户籍所在地居住的，应当在户籍所在地提出申请。

2）在户籍所在地以外居住的，可以在居住地提出申请。

3）现役军人（含武警），应当在居住地提出申请。

4）境外人员，应当在居留地或者居住地提出申请。

5）申请增加准驾车型的，应当在所持机动车驾驶证核发地提出申请。

6）接受全日制驾驶职业教育，申请增加大型客车、牵引车准驾车型的，应当在接受教育地提出申请。

7）2019年6月1日起，推行小型汽车驾驶证"全国一证通"。申请个人可以凭居民身份证在全国任一地申领（还可以补领、换领、审验驾驶证），无需提交居住登记凭证。

8）2019年6月1日起，推行大中型客货车驾驶证"全省一证通考"。对在省（区）内异地申领大中型客货车驾驶证的，申请人可以凭居民身份证直接申请，无需再提交居住登记凭证。对跨省（区）异地申领的，在办理现所在省任一地居住证后，也可直接在全省范围内申领大中型客货车驾驶证。

2. 初次申请机动车驾驶证需提交的证明

1）申请人的身份证明。

2）县级或者部队团级以上医疗机构出具的有关身体条件的证明。属于申请残疾人专用小型自动档载客汽车的，应当提交经省级卫生主管部门指定的专门医疗机构出具的有关身体条件的证明。

3. 申请增加准驾车型需提交的证明

1）申请人的身份证明。

2）县级或者部队团级以上医疗机构出具的有关身体条件的证明。

3）属于接受全日制驾驶职业教育，申请增加大型客车、牵引车准驾车型的，还应当提交学校出具的学籍证明。

4. 持证申请机动车驾驶证需提交的证明

1）持军队、武装警察部队机动车驾驶证的人申请机动车驾驶证，应提交：申请人的身份证明（属于复员、转业、退伍的人员，还应当提交军队、武装警察部队核发的复员、转业、退伍证明）；县级或者部队团级以上医疗机构出具的有关身体条件的证明；军队、武装警察部队机动车驾驶证。

2）持境外机动车驾驶证的人申请机动车驾驶证，应提交：申请人的身份证明；县级以上医疗机构出具的有关身体条件的证明；所持机动车驾驶证属于非中文表述的，还应当出具中文翻译文本。申请人属于内地居民的，还应当提交申请人的护照或者《内地居民往来港澳通行证》《大陆居民往来台湾通行证》。

5. 直接申请

1）实行小型汽车、小型自动档汽车驾驶证自学直考的地方，申请人可以使用加装安全辅助装置的自备机动车，在具备安全驾驶经历等条件的人员随车指导下，按照公安机关交通管理部门指定的路线、时间学习驾驶技能，按照规定申请相应准驾车型的驾驶证。小型汽车、小型自动档汽车驾驶证自学直考管理制度由公安部另行规定。

2）符合规定要求的驾驶许可条件，具有下列情形之一的，可以按照规定直接申请相应准驾车型的机动车驾驶证考试：原机动车驾驶证因超过有效期未换证被注销的；原机动车驾驶证因未提交身体条件证明被注销的；原机动车驾驶证由本人申请注销的；原机动车驾驶证因身体条件暂时不符合规定被注销的；原机动车驾驶证因其他原因被注销的，但机动车驾驶证被吊销或者被撤销的除外；持有的军队、武装警察部队机动车驾驶证超过有效期的；持有的境外机动车驾驶证超过有效期的。

小资料

驾驶考试失败次数最多的驾驶人

英国约克郡的哈格拉韦太太,她在1970年4月29日(即62岁又26天)的一次驾驶考试中"闯了"红灯,这是她在8年中的第39次考试失败,在当年8月3日第40次考试中终于及格。更有"胜"者,美国阿肯色州小石城75岁的特纳太太,于1978年10月在第104次驾驶考试中才笔试及格。

第三节 机动车驾驶人考试

对于符合申请条件的,车辆管理所应当按规定安排预约考试;不需要考试的,1日内核发机动车驾驶证。

一、考试内容

1. 考试科目

1)机动车驾驶人考试内容分为道路交通安全法律、法规和相关知识考试科目(以下简称"科目一")、场地驾驶技能考试科目(以下简称"科目二")、道路驾驶技能和安全文明驾驶常识考试科目(以下简称"科目三")。

2)持军队、武装警察部队机动车驾驶证的人申请大型客车、牵引车、城市公交车、中型客车、大型货车准驾车型机动车驾驶证的,应当考试科目一和科目三;申请其他准驾车型机动车驾驶证的,免予考试核发机动车驾驶证。

3)持境外机动车驾驶证申请机动车驾驶证的,应当考试科目一。申请准驾车型为大型客车、牵引车、城市公交车、中型客车、大型货车机动车驾驶证的,还应当考试科目三。

4)内地居民持有境外机动车驾驶证,取得该机动车驾驶证时在核发国家或者地区连续居留不足3个月的,应当考试科目一、科目二和科目三。

2. 科目一考试内容

道路通行、交通信号、交通安全违法行为和交通事故处理、机动车驾驶证申领和使用、机动车登记等规定以及其他道路交通安全法律、法规和规章。

3. 科目二考试内容

1)大型客车、牵引车、城市公交车、中型客车、大型货车考试桩考、坡道定点停车和起步、侧方停车、通过单边桥、曲线行驶、直角转弯、通过限宽门、通过连续障碍、起伏路行驶、窄路掉头,以及模拟高速公路、连续急弯山区路、隧道、雨(雾)天、湿滑路、紧急情况处置。

2)小型汽车、小型自动档汽车、残疾人专用小型自动档载客汽车和低速载货汽车考试倒车入库、坡道定点停车和起步、侧方停车、曲线行驶、直角转弯。

3)三轮汽车、普通三轮摩托车、普通二轮摩托车和轻便摩托车考试桩考、坡道定点停车和起步、通过单边桥。

4）轮式自行机械车、无轨电车、有轨电车的考试内容由省级公安机关交通管理部门确定。

4. 科目三考试内容

1）道路驾驶技能考试内容：大型客车、牵引车、城市公交车、中型客车、大型货车、小型汽车、小型自动档汽车、低速载货汽车和残疾人专用小型自动档载客汽车考试上车准备、起步、直线行驶、加减档位操作、变更车道、靠边停车、直行通过路口、路口左转弯、路口右转弯、通过人行横道线、通过学校区域、通过公共汽车站、会车、超车、掉头、夜间行驶；其他准驾车型的考试内容，由省级公安机关交通管理部门确定。

大型客车、中型客车考试里程不少于20km，其中白天考试里程不少于10km，夜间考试里程不少于5km。牵引车、城市公交车、大型货车考试里程不少于10km，其中白天考试里程不少于5km，夜间考试里程不少于3km。小型汽车、小型自动档汽车、低速载货汽车、残疾人专用小型自动档载客汽车考试里程不少于3km，在白天考试时，应当进行模拟夜间灯光考试。

对大型客车、牵引车、城市公交车、中型客车、大型货车，省级公安机关交通管理部门应当根据实际增加山区、隧道、陡坡等复杂道路驾驶考试内容。对其他汽车准驾车型，省级公安机关交通管理部门可以根据实际增加考试内容。

2）安全文明驾驶常识考试内容：安全文明驾驶操作要求、恶劣气象和复杂道路条件下的安全驾驶知识、爆胎等紧急情况下的临危处置方法以及发生交通事故后的处置知识等。

5. 小型汽车驾驶证可异地部分科目考试

申请人申领小型汽车驾驶证期间已通过部分科目考试后，因工作、学习、生活等需要居住地发生变更的，可以在全国范围内申请变更一次考试地。申请人可以持本人身份证件至现居住地车辆管理所申请继续参加其他科目考试，已通过的科目考试成绩继续有效。全部科目考试通过后，直接在现考试地领取驾驶证。

二、考试合格标准

1）科目一考试满分为100分，成绩达到90分的为合格。

2）科目二考试满分为100分，考试大型客车、牵引车、城市公交车、中型客车、大型货车准驾车型的，成绩达到90分的为合格，其他准驾车型的成绩达到80分的为合格。

3）科目三道路驾驶技能和安全文明驾驶常识考试满分分别为100分，成绩分别达到90分的为合格。

 小资料

最大排量的赛车

1928年4月22日，美国人雷·凯茨（Ray Keech，1900年—1929年）将3个27L的巨型12缸发动机［（共计36缸，排量81L），功率为1 125kW］，装在一辆怀特（White Triplex）赛车上，在戴顿纳海滩以334.03km/h的速度刷新了当时的纪录，如图11-2所示。

图 11-2　最大排量的赛车

三、考试要求

1. 考试顺序

车辆管理所应当按照预约的考场和时间安排考试。申请人科目一考试合格后，可以预约科目二或者科目三道路驾驶技能考试。有条件的地方，申请人可以同时预约科目二、科目三道路驾驶技能考试，预约成功后可以连续进行考试。科目二、科目三道路驾驶技能考试均合格后，申请人可以当日参加科目三安全文明驾驶常识考试。

申请人预约科目二、科目三道路驾驶技能考试，车辆管理所在 60 日内不能安排考试的，可以选择省（自治区、直辖市）内其他考场预约考试。

车辆管理所应当使用全国统一的考试预约系统，采用互联网、电话、服务窗口等方式供申请人预约考试。

2. 学习驾驶证明

初次申请机动车驾驶证或者申请增加准驾车型的，科目一考试合格后，车辆管理所应当在 1 日内核发学习驾驶证明。

申请人在场地和道路上学习驾驶，应当按规定取得学习驾驶证明。学习驾驶证明的有效期为 3 年，申请人应当在有效期内完成科目二和科目三考试。未在有效期内完成考试的，已考试合格的科目成绩作废。

学习驾驶证明可以采用纸质或者电子形式，纸质学习驾驶证明和电子学习驾驶证明具有同等效力。申请人可以通过互联网交通安全综合服务管理平台打印或者下载学习驾驶证明。

申请人在道路上学习驾驶，应当随身携带学习驾驶证明，使用教练车或者学车专用标识签注的自学用车，在教练员或者学车专用标识签注的指导人员随车指导下，按照公安机关交通管理部门指定的路线、时间进行。

属于自学直考的，车辆管理所还应当按规定发放学车专用标识。在道路上学习驾驶时，应当在自学用车上按规定放置、粘贴学车专用标识，自学用车不得搭载随车指导人员以外的其他人员。

3. 考试预约

1）申请人预约考试科目二，应当符合下列规定：报考小型汽车、小型自动档汽车、低速载货汽车、三轮汽车、残疾人专用小型自动档载客汽车、轮式自行机械车、无轨电车、有轨电车准驾车型的，在取得学习驾驶证明满 10 日后预约考试；报考大型客车、牵引车、城市公交车、中型客车、大型货车准驾车型的，在取得学习驾驶证明满 20 日后预约考试。

2）申请人预约考试科目三，应当符合下列规定：报考低速载货汽车、三轮汽车、轮式自行机械车、无轨电车、有轨电车准驾车型的，在取得学习驾驶证明满 20 日后预约考试；报考小型汽车、小型自动档汽车、残疾人专用小型自动档载客汽车准驾车型的，在取得学习驾驶证明满 30 日后预约考试；报考大型客车、牵引车、城市公交车、中型客车、大型货车准驾车型的，在取得学习驾驶证明满 40 日后预约考试。

3）申请人因故不能按照预约时间参加考试的，应当提前 1 日申请取消预约。对申请人未按照预约考试时间参加考试的，判定该次考试不合格。

4. 补考及考试合格成绩有效期

每个科目考试 1 次，考试不合格的，可以补考 1 次。不参加补考或者补考仍不合格的，本次考试终止，申请人应当重新预约考试，但科目二、科目三考试应当在 10 日后预约。科目三安全文明驾驶常识考试不合格的，已通过的道路驾驶技能考试成绩有效。

在学习驾驶证明有效期内，科目二和科目三的道路驾驶技能考试预约考试的次数不得超过 5 次。第五次预约考试仍不合格的，已考试合格的其他科目成绩作废。

持军队、武装警察部队或者境外机动车驾驶证申请机动车驾驶证的，应当自车辆管理所受理之日起 3 年内完成科目考试。

5. 考试员

从事考试工作的人员，应当持有省级公安机关交通管理部门颁发的资格证书。可以聘用运输企业驾驶人、警风警纪监督员等人员承担考试辅助评判和监督职责。

考试员应当认真履行考试职责，严格按照规定考试，接受社会监督。在考试前应当自我介绍，讲解考试要求，核实申请人身份；考试中应当严格执行考试程序，按照考试项目和考试标准评定考试成绩；考试后应当当场公布考试成绩，讲评考试不合格原因。

每个科目的考试成绩单应当有申请人和考试员的签名。未签名的不得核发机动车驾驶证。

考试员、考试辅助和监管人员及考场工作人员应当严格遵守考试工作纪律，不得为不符合机动车驾驶许可条件、未经考试、考试不合格人员签注合格考试成绩，不得减少考试项目、降低评判标准或者参与、协助、纵容考试作弊，不得参与或者变相参与驾驶培训机构经营活动，不得收取驾驶培训机构、教练员、申请人的财物。

四、考试监督管理

1. 车辆管理所的责任

车辆管理所应当在办事大厅、候考场所和互联网公开各考场的考试能力、预约计划、预约人数和约考结果等情况，公布考场布局、考试路线和流程。考试预约计划应当至少在考试前 10 日在互联网上公开。

车辆管理所应当在候考场所、办事大厅向群众直播考试视频，考生可以在考试结束后 3 日内查询自己的考试视频资料。

车辆管理所应当对考试过程进行全程录音、录像，并实时监控考试过程，没有使用录音、录像设备的，不得组织考试。严肃考试纪律，规范考场秩序，对考场秩序混乱的，应当中止考试。考试过程中，考试员应当使用执法记录仪记录监考过程。

车辆管理所应当建立音视频信息档案，存储录音、录像设备和执法记录仪记录的音像资料。建立考试质量抽查制度，每日抽查音视频信息档案，发现存在违反考试纪律、考场秩序混乱以及音视频信息缺失或者不完整的，应当进行调查处理。

车辆管理所应当根据考试场地、考试设备、考试车辆、考试员数量等实际情况，核定每个考场、每个考试员每日最大考试量。

车辆管理所应当对驾驶培训机构教练员、教练车、训练场地等情况进行备案。

2. 上级机关的责任

省级公安机关交通管理部门应当定期抽查音视频信息档案，及时通报、纠正、查处发现的问题。

车辆管理所存在为未经考试或者考试不合格人员核发机动车驾驶证等严重违规办理机动车驾驶证业务情形的，上级公安机关交通管理部门可以暂停该车辆管理所办理相关业务或者指派其他车辆管理所人员接管业务。

直辖市、设区的市或者相当于同级的公安机关交通管理部门应当每月向社会公布辖区内驾驶培训机构的考试合格率、3 年内驾龄驾驶人交通违法率和交通肇事率等信息，按照考试合格率对驾驶培训机构培训质量公开排名，并通报培训主管部门。

直辖市、设区的市或者相当于同级的公安机关交通管理部门发现驾驶培训机构及其教练员存在缩短培训学时、减少培训项目以及贿赂考试员、以承诺考试合格等名义向学员索取财物、参与违规办理驾驶证或者考试舞弊行为的，应当通报培训主管部门，并向社会公布。

3. 责任倒查

对 3 年内驾龄驾驶人发生一次死亡 3 人以上交通事故且负主要以上责任的，省级公安机关交通管理部门应当倒查车辆管理所考试、发证情况，向社会公布倒查结果。对 3 年内驾龄驾驶人发生一次死亡 1~2 人的交通事故且负主要以上责任的，直辖市、设区的市或者相当于同级的公安机关交通管理部门应当组织责任倒查。

第四节　发证、换证、补证

一、发证

申请人考试合格后，应当接受不少于半小时的交通安全文明驾驶常识和交通事故案例警示教育，并参加领证宣誓仪式。

车辆管理所应当在申请人参加领证宣誓仪式的当日核发机动车驾驶证。属于申请增加准驾车型的，应当收回原机动车驾驶证。属于复员、转业、退伍的，应当收回军队、武装警察部队机动车驾驶证。

 小资料

全国机动车驾驶人、机动车保有量统计

截至 2019 年 6 月底,全国机动车保有量达 3.4 亿辆(其中汽车保有量达 2.5 亿辆),全国机动车驾驶人达 4.22 亿人(其中汽车驾驶人 3.8 亿)。以个人名义登记的小型和微型载客汽车(私家车)达 1.98 亿辆,每百户家庭私家车拥有量已超过 40 辆。货车保有量为 2 694 万辆,占汽车总量的 10.71%。2019 年上半年,汽车新注册登记 1 242 万辆,新领证驾驶人数 1 408 万人。全国有 66 个城市的汽车保有量超过百万辆,29 个城市超过 200 万辆,其中,北京、成都、重庆、苏州、上海、郑州、深圳、西安、武汉、东莞、天津 11 个城市超过 300 万辆,北京、成都 2 个城市超过 500 万辆。

二、换证

1. 到期换证

机动车驾驶人在机动车驾驶证的 6 年有效期内,每个记分周期均未记满 12 分的,换发 10 年有效期的机动车驾驶证;在机动车驾驶证的 10 年有效期内,每个记分周期均未记满 12 分的,换发长期有效的机动车驾驶证。

机动车驾驶人应当于机动车驾驶证有效期满前 90 日内,向机动车驾驶证核发地或者核发地以外的车辆管理所申请换证。申请时应提交以下证明、凭证:机动车驾驶人的身份证明;县级或者部队团级以上医疗机构出具的有关身体条件的证明。属于申请残疾人专用小型自动档载客汽车的,应当提交经省级卫生主管部门指定的专门医疗机构出具的有关身体条件的证明。

2. 降低准驾车型换证

年龄在 60 周岁以上的,不得驾驶大型客车、牵引车、城市公交车、中型客车、大型货车、无轨电车和有轨电车;持有大型客车、牵引车、城市公交车、中型客车、大型货车驾驶证的,应当到机动车驾驶证核发地或者核发地以外的车辆管理所换领准驾车型为小型汽车或者小型自动档汽车的机动车驾驶证。

年龄在 70 周岁以上的,不得驾驶低速载货汽车、三轮汽车、普通三轮摩托车、普通二轮摩托车和轮式自行机械车;持有普通三轮摩托车、普通二轮摩托车驾驶证的,应当到机动车驾驶证核发地或者核发地以外的车辆管理所换领准驾车型为轻便摩托车的机动车驾驶证。

申请时应当提交机动车驾驶人的身份证明;县级或者部队团级以上医疗机构出具的有关身体条件的证明。属于申请残疾人专用小型自动档载客汽车的,应当提交经省级卫生主管部门指定的专门医疗机构出具的有关身体条件的证明。

机动车驾驶人自愿降低准驾车型的,应当提交机动车驾驶人的身份证明。

3. 特殊情况换证

1)在车辆管理所管辖区域内,机动车驾驶证记载的机动车驾驶人信息发生变化的,或者机动车驾驶证损毁无法辨认的,机动车驾驶人应当在 30 日内到机动车驾驶证核发地或者核发地以外的车辆管理所申请换证。申请时应当提交机动车驾驶人的身份证明。

2）机动车驾驶人身体条件发生变化，不符合所持机动车驾驶证准驾车型的条件，但符合准予驾驶的其他准驾车型条件的，应当在 30 日内到机动车驾驶证核发地或者核发地以外的车辆管理所申请降低准驾车型。申请时提交机动车驾驶人的身份证明、县级或者部队团级以上医疗机构出具的有关身体条件的证明。

车辆管理所对符合规定的换证，应当在 1 日内换发机动车驾驶证。

三、补证

机动车驾驶证遗失的，机动车驾驶人应当向机动车驾驶证核发地或者核发地以外的车辆管理所申请补发。申请时应当提交机动车驾驶人的身份证明和机动车驾驶证遗失的书面声明。

符合规定的，车辆管理所应当在 1 日内补发机动车驾驶证。

机动车驾驶人补领机动车驾驶证后，原机动车驾驶证作废，不得继续使用。

机动车驾驶证被依法扣押、扣留或者暂扣期间，机动车驾驶人不得申请补发。

第五节 机动车驾驶人管理

一、记分

1. 记分周期

道路交通安全违法行为累积记分周期（即记分周期）为 12 个月，满分为 12 分，从机动车驾驶证初次领取之日起计算。

依据道路交通安全违法行为的严重程度，一次记分的分值为：12 分、6 分、3 分、2 分、1 分五种（见附录 F）。

对机动车驾驶人的道路交通安全违法行为，处罚与记分同时执行。

机动车驾驶人一次有两个以上违法行为记分的，应当分别计算，累加分值。

2. 记分与处罚

机动车驾驶人在一个记分周期内累积记分达到 12 分的，公安机关交通管理部门应当扣留其机动车驾驶证。

机动车驾驶人应当在 15 日内到机动车驾驶证核发地或者违法行为地公安机关交通管理部门参加为期 7 日的道路交通安全法律、法规和相关知识学习（满分学习教育也可以网上申请、网上认证、网上学习）。机动车驾驶人参加学习后，车辆管理所应当在 20 日内对其进行道路交通安全法律、法规和相关知识考试（即科目一考试）。考试合格的，记分予以清除，发还机动车驾驶证；考试不合格的，继续参加学习和考试。拒不参加学习，也不接受考试的，由公安机关交通管理部门公告其机动车驾驶证停止使用。

机动车驾驶人在一个记分周期内有两次以上达到 12 分或者累积记分达到 24 分以上的，车辆管理所还应当在道路交通安全法律、法规和相关知识考试（即科目一考试）合格后 10 日内对其进行道路驾驶技能考试。接受道路驾驶技能考试的，按照本人机动车驾驶证载明的最高准驾车型考试。

机动车驾驶人在一个记分周期内记分未达到 12 分,所处罚款已经缴纳的,记分予以清除;记分虽未达到 12 分,但尚有罚款未缴纳的,记分转入下一记分周期。

二、审验

1. 审验时间

机动车驾驶人按照规定换领机动车驾驶证时,应当接受公安机关交通管理部门的审验。

持有大型客车、牵引车、城市公交车、中型客车、大型货车驾驶证的驾驶人,应当在每个记分周期结束后 30 日内到公安机关交通管理部门接受审验。但在一个记分周期内没有记分记录的,免予本记分周期审验。

持有其他准驾车型驾驶证的驾驶人,发生交通事故造成人员死亡承担同等以上责任未被吊销机动车驾驶证的,应当在本记分周期结束后 30 日内到公安机关交通管理部门接受审验。

机动车驾驶人可以在机动车驾驶证核发地或者核发地以外的地方参加审验、提交身体条件证明。

2. 审验内容

1)道路交通安全违法行为、交通事故处理情况。

2)身体条件情况。

3)道路交通安全违法行为记分及记满 12 分后参加学习和考试情况。

持有大型客车、牵引车、城市公交车、中型客车、大型货车驾驶证一个记分周期内有记分的,以及持有其他准驾车型驾驶证发生交通事故造成人员死亡承担同等以上责任未被吊销机动车驾驶证的驾驶人,审验时应当参加不少于 3 小时的道路交通安全法律法规、交通安全文明驾驶、应急处置等知识学习,并接受交通事故案例警示教育。

对交通违法行为或者交通事故未处理完毕的、身体条件不符合驾驶许可条件的、未按照规定参加学习、教育和考试的,不予通过审验。

3. 身体条件证明

年龄在 70 周岁以上的机动车驾驶人,应当每年进行一次身体检查,在记分周期结束后 30 日内,提交县级或者部队团级以上医疗机构出具的有关身体条件的证明。

持有残疾人专用小型自动档载客汽车驾驶证的机动车驾驶人,应当每 3 年进行一次身体检查,在记分周期结束后 30 日内,提交经省级卫生主管部门指定的专门医疗机构出具的有关身体条件的证明。

身体条件证明自出具之日起 6 个月内有效。

4. 审验延期

机动车驾驶人因服兵役、出国(境)等原因,无法在规定时间内办理驾驶证期满换证、审验、提交身体条件证明的,可以向机动车驾驶证核发地车辆管理所申请延期办理。申请时应当提交机动车驾驶人的身份证明和延期事由证明。

延期期限最长不超过 3 年。延期期间机动车驾驶人不得驾驶机动车。

小资料

最早的汽车驾驶证

1893年8月14日，法国为法国的汽车驾驶人开始颁发驾驶证，这是世界上最早的驾驶证。驾驶证上必须贴驾驶人的照片，发行官员还要在驾驶证上写上车型。

三、监督管理

1. 实习期

机动车驾驶人初次申请机动车驾驶证和增加准驾车型后的12个月为实习期。

新取得大型客车、牵引车、城市公交车、中型客车、大型货车驾驶证的，实习期结束后30日内应当参加道路交通安全法律法规、交通安全文明驾驶、应急处置等知识考试，并接受不少于半小时的交通事故案例警示教育。

在实习期内驾驶机动车的，应当在车身后部粘贴或者悬挂统一式样的实习标志。

机动车驾驶人在实习期内不得驾驶公共汽车、营运客车或者执行任务的警车、消防车、救护车、工程救险车以及载有爆炸物品、易燃易爆化学物品、剧毒或者放射性等危险物品的机动车；驾驶的机动车不得牵引挂车。

驾驶人在实习期内驾驶机动车上高速公路行驶，应当由持相应或者更高准驾车型驾驶证3年以上的驾驶人陪同。其中，驾驶残疾人专用小型自动档载客汽车的，可以由持有小型自动档载客汽车以上准驾车型驾驶证的驾驶人陪同。

在增加准驾车型后的实习期内，驾驶原准驾车型的机动车时不受上述限制。

2. 残疾人机动车专用标志

持有准驾车型为残疾人专用小型自动档载客汽车的机动车驾驶人驾驶机动车时，应当按规定在车身设置残疾人机动车专用标志。

有听力障碍的机动车驾驶人驾驶机动车时，应当佩戴助听设备。

3. 注销机动车驾驶证

机动车驾驶人具有下列情形之一的，车辆管理所应当注销其机动车驾驶证：

1）死亡的。

2）提出注销申请的。

3）丧失民事行为能力，监护人提出注销申请的。

4）身体条件不适合驾驶机动车的。

5）有器质性心脏病、癫痫病、美尼尔氏症、眩晕症、癔病、震颤麻痹、精神病、痴呆以及影响肢体活动的神经系统疾病等妨碍安全驾驶疾病的。

6）被查获有吸食、注射毒品后驾驶机动车行为，正在执行社区戒毒、强制隔离戒毒、社区康复措施，或者长期服用依赖性精神药品成瘾尚未戒除的。

7）超过机动车驾驶证有效期1年以上未换证的（该项机动车驾驶证被注销未超过2年的，机动车驾驶人参加"科目一"考试合格后，可以恢复驾驶资格）。

8）年龄在70周岁以上，在1个记分周期结束后1年内未提交身体条件证明的；或者持有残疾人专用小型自动档载客汽车准驾车型，在3个记分周期结束后1年内未提交身体条件证明的（该项机动车驾驶证被注销未超过2年的，机动车驾驶人参加"科目一"考试合格后，可以恢复驾驶资格）。

9）年龄在60周岁以上，所持机动车驾驶证只具有无轨电车或者有轨电车准驾车型，或者年龄在70周岁以上，所持机动车驾驶证只具有低速载货汽车、三轮汽车、轮式自行机械车准驾车型的。

10）机动车驾驶证依法被吊销或者驾驶许可依法被撤销的。

4. 降低准驾车型

1）持有大型客车、牵引车、城市公交车、中型客车、大型货车驾驶证的驾驶人有下列情形之一的，车辆管理所应当注销其最高准驾车型驾驶资格，并通知机动车驾驶人在30日内办理降级换证业务：发生交通事故造成人员死亡，承担同等以上责任，未构成犯罪的；在1个记分周期内有记满12分记录的；连续3个记分周期不参加审验的。

2）机动车驾驶人在实习期内发生道路交通安全违法行为被记满12分的，注销其实习的准驾车型驾驶资格。被注销的驾驶资格不属于最高准驾车型的，还应注销其最高准驾车型驾驶资格。

3）持有大型客车、牵引车、城市公交车、中型客车、大型货车驾驶证的驾驶人在1年实习期内记6分以上但未达到12分的，实习期限延长1年。在延长的实习期内再次记6分以上但未达到12分的，注销其实习的准驾车型驾驶资格。

5. 备案

机动车驾驶人联系电话、联系地址等信息发生变化，以及持有大型客车、牵引车、城市公交车、中型客车、大型货车驾驶证的驾驶人从业单位等信息发生变化的，应当在信息变更后30日内，向驾驶证核发地车辆管理所备案。

老爷车拍卖最贵纪录

2018年8月25日，在美国加利福尼亚蒙特雷举行的一场苏富比拍卖会上，一辆1962年法拉利250GTO（底盘号3413-A）成了有史以来被正式拍出的最昂贵的汽车（图11-3）。这辆法拉利有着令人印象深刻的赛车血统——它曾赢得1962年意大利GT锦标赛，并在1962年—1965年间赢得了15场比赛。令人难以置信的是，它从未被破坏和修复过。2000年，这辆车被微软公司前执行官格雷格·惠顿（Greg Whitten）以不到700万美元的价格得到。而此次，它又被一位匿名买家以4 400万美元的落槌价成交，在缴纳拍卖佣金后，它的售价相当于4 840万美元（约合3.4亿元人民币）。这个价格打破了由一辆同类型汽车创造的3 810万美元的拍卖纪录（2014年8月，巴西亿万富翁、慈善家Lily Safra的儿子Carlos Montrverde购买）。

不过，早在2018年5月，一辆1963年法拉利250GTO在一次非正式的私人拍卖活动中，以超过7 000万美元（约合5亿元人民币）的价格成交。这辆车也有着辉煌的赛车历史，赢得了1964年的环法汽车赛冠军，并在1963年获得了勒芒24小时第4名。据说，卖车人是德国赛车手克里斯蒂安·格莱塞尔，新的买主是美国汽车零部件巨头卫士泰克（Weather Tech）的创始人兼首席执行官大卫·麦克尼尔。这是世界上有史以来最昂贵的汽车，如图 11-4 所示。

图 11-3　有史以来正式拍出的最昂贵的汽车

图 11-4　有史以来非正式拍出的最昂贵的汽车

四、校车驾驶人管理

1. 校车驾驶人驾驶资格条件

1）取得相应准驾车型驾驶证并具有 3 年以上驾驶经历，年龄在 25 周岁以上、不超过 60 周岁。

2）最近连续 3 个记分周期内没有被记满 12 分记录。

3）无致人死亡或者重伤的交通事故责任记录。

4）无酒后驾驶或者醉酒驾驶机动车记录，最近 1 年内无驾驶客运车辆超员、超速等严重交通违法行为记录。

5）无犯罪记录。

6）身心健康，无传染性疾病，无癫痫病、精神病等可能危及行车安全的疾病病史，无酗酒、吸毒行为记录。

2. 申请

机动车驾驶人申请取得校车驾驶资格，应当向县级或者设区的市级公安机关交通管理部门提出申请填写申请表，并提交以下证明、凭证：

1）申请人的身份证明。

2）机动车驾驶证。

3）县级或者部队团级以上医疗机构出具的有关身体条件的证明。

3. 准许

公安机关交通管理部门自受理申请之日起 5 日内审查提交的证明、凭证，并向所在地县级公安机关核查，确认申请人无犯罪、吸毒行为记录。对符合条件的，在机动车驾驶证上签注准许驾驶校车及相应车型，并通报教育行政部门；不符合条件的，应当书面说明理由。

4. 审验

校车驾驶人应当在每个记分周期结束后 30 日内到公安机关交通管理部门接受审验。审验时，应当提交县级或者部队团级以上医疗机构出具的有关身体条件的证明，参加不少于 3 小时的道路交通安全法律法规、交通安全文明驾驶、应急处置等知识学习，并接受交通事故案例警示教育。

5. 注销

校车驾驶人具有下列情形之一的，公安机关交通管理部门应当注销其校车驾驶资格，通知机动车驾驶人换领机动车驾驶证，并通报教育行政部门和学校：

1）提出注销申请的。
2）年龄超过 60 周岁的。
3）在致人死亡或者重伤的交通事故负有责任的。
4）有酒后驾驶或者醉酒驾驶机动车，以及驾驶客运车辆超员、超速等严重交通违法行为的。
5）有记满 12 分或者犯罪记录的。
6）有传染性疾病、癫痫病、精神病等可能危及行车安全的疾病，有酗酒、吸毒行为记录的。

五、代理

机动车驾驶人可以委托代理人代理换证、补证、提交身体条件证明、延期办理和注销业务。代理人申请机动车驾驶证业务时，应当提交代理人的身份证明和机动车驾驶人与代理人共同签字的申请表或者身体条件证明。

从 2018 年 9 月 1 日起，对补、换、审验机动车驾驶证，驾驶人和机动车所有人联系方式变更等 18 类车驾管业务，凭本人居民身份证明"一证即办"（部分需要身体条件证明）。原需审核或收回的驾驶证，通过内部信息核查，不再要求提交。

第六节 法律责任

一、非正当手段取得机动车驾驶证的法律责任

隐瞒有关情况或者提供虚假材料申领机动车驾驶证的，申请人在 1 年内不得再次申领机动车驾驶证。

申请人在考试过程中有贿赂、舞弊行为的，取消考试资格，已经通过考试的其他科目成绩无效；申请人在 1 年内不得再次申领机动车驾驶证。

申请人以欺骗、贿赂等不正当手段取得机动车驾驶证的，公安机关交通管理部门收缴机动车驾驶证，撤销机动车驾驶许可；申请人在 3 年内不得再次申领机动车驾驶证。

二、学习驾驶期间的法律责任

申请人在教练员或者学车专用标识签注的指导人员随车指导下，使用符合规定的机动车学习驾驶中有道路交通安全违法行为或者发生交通事故的，由教练员或者随车指导人员承担责任。

申请人在道路上学习驾驶时，未按照规定随身携带学习驾驶证明，由公安机关交通管理部门处 20～200 元罚款。

申请人在道路上学习驾驶时，有下列情形之一的，由公安机关交通管理部门对教练员或者随车指导人员处 20～200 元罚款：未按照公安机关交通管理部门指定的路线、时间进行的；未按照规定放置、粘贴学车专用标识的。

申请人在道路上学习驾驶时，有下列情形之一的，由公安机关交通管理部门对教练员或者随车指导人员处 200~500 元罚款：未使用符合规定的机动车的；自学用车搭载随车指导人员以外的其他人员的。

申请人在道路上学习驾驶时，有下列情形之一的，由公安机关交通管理部门处 200~2 000元罚款，可以并处 15 日以下拘留：未取得学习驾驶证明的；学习驾驶证明超过有效期的；没有教练员或者随车指导人员的；由不符合规定的人员随车指导的。

三、非正当手段使用机动车驾驶证的法律责任

机动车驾驶人有下列行为之一的，由公安机关交通管理部门处 20~200 元罚款：机动车驾驶人补领机动车驾驶证后，继续使用原机动车驾驶证的；在实习期内驾驶机动车不符合规定的；驾驶机动车未按规定粘贴、悬挂实习标志或者残疾人机动车专用标志的；持有大型客车、牵引车、城市公交车、中型客车、大型货车驾驶证的驾驶人，未按照规定申报变更信息的。

机动车驾驶人有下列行为之一的，由公安机关交通管理部门处 200~500 元罚款：机动车驾驶证被依法扣押、扣留或者暂扣期间，采用隐瞒、欺骗手段补领机动车驾驶证的；机动车驾驶人身体条件发生变化不适合驾驶机动车，仍驾驶机动车的；逾期不参加审验仍驾驶机动车的。

伪造、变造或者使用伪造、变造的机动车驾驶证的，由公安机关交通管理部门予以收缴，依法拘留，并处 2 000~5 000 元罚款；构成犯罪的，依法追究刑事责任。

四、交通管理人员的法律责任

交通警察有下列情形之一的，按照有关规定给予纪律处分；聘用人员有下列情形之一的予以解聘。构成犯罪的，依法追究刑事责任：

1）为不符合机动车驾驶许可条件、未经考试、考试不合格人员签注合格考试成绩或者核发机动车驾驶证的。

2）减少考试项目、降低评判标准或者参与、协助、纵容考试作弊的。

3）为不符合规定的申请人发放学习驾驶证明、学车专用标识的。

4）与非法中介串通谋取经济利益的。

5）违反规定侵入机动车驾驶证管理系统，泄露、篡改、买卖系统数据，或者泄露系统密码的。

6）参与或者变相参与驾驶培训机构经营活动的。

7）收取驾驶培训机构、教练员、申请人或者其他相关人员财物的。

第七节　案例分析

一、学员训练中撞死教练是否构成犯罪

【案例】

在某驾校教练场内，一名学员开着大货车练习桩考内容。练习了一段时间后，教练下了

车，跟在货车旁边让学员继续练习。教练当时让学员练习倒档，学员无意中却挂了前进档，于是教练让学员停车。此时大货车离墙十几米，教练边说边跟着货车奔跑。当教练跑到车的斜前方时，没想到学员踩制动踏板时却踩到了加速踏板，教练躲闪不及被撞到前方的墙上。在场的人赶紧拨打120急救电话，把教练送到医院，但教练终因抢救无效死亡。

学员的行为是否构成犯罪？

【分析】

本案定性的最大争议在于该学员在主观上是否存在疏忽大意的过失。确定疏忽大意过失的存在，必须把握两点：一是行为人具有特定的预见义务；二是在特定情况下行为人有足够的预见能力。

就本案而言，第一，预见义务显然应由学员、教练和驾校三方共同承担，而足够的预见能力对学员来讲尚属于到驾校学习的内容之一，无论是预见危害后果的能力还是在现实危险的情况下避免危害结果的能力，对学员来讲都还是过高的要求，特别是还不能把这种学员方面的预见义务上升到刑法调整的范畴。第二，学员不存在《中华人民共和国刑法》第15条规定的过失，原因是学员在培训活动中是一个非专业人员，对于驾驶学习过程中发生的危险无法充分预见，且对于预见到自己操作行为的危害性并控制危险行为的能力也比较低。对于驾校学员，教练、驾校都应清楚，这些人绝对是潜在的"不稳定因素"。鉴于此，在驾驶培训中对于危险或损害结果有注意义务的应是培训机构及其指派的培训人员，而不是学员。本案中出现的这种损害结果正是培训机构和培训人员应当预见并应采取积极措施防范的，而不是学员所要预见的义务范围。第三，学员在学习过程中出现操作失误，且失误没有得到及时纠正，这样危险结果的产生是教练过失造成的。因为首先，教练把学员独自留在车上驾驶，就是一种疏忽大意或过于自信的表现；其次，教练在学员驾驶出现危险的时候采取了错误的措施（跑到车的斜前方），更是一种没有尽到注意义务的表现，所以说教练的过失行为是导致其死亡结果的直接原因。

因此，学员的行为不构成犯罪，本案应属于意外事件，应作为民事损害赔偿案件进行处理。

二、无证驾车丢命又担责

【案例】

2008年12月21日零时，年仅19岁的谢某无证驾驶摩托车，且未戴头盔，与同向姚某驾驶的停在路边的重型半挂车追尾相撞，发生交通事故，致谢某死亡。事后，谢某的家人诉至法院，以姚某违规停放货车（停放时未开灯）为由，要求姚某赔偿损失。

姚某是否应该承担赔偿？

【分析】

受害人谢某无证驾驶机动车上路行驶，且未戴头盔，与停靠在路边的车辆发生追尾事故，其主观上存在重大过失，应当承担事故主要责任；姚某违规停车，负事故的次要责任，应该承担相应的赔偿。

三、驾驶证被注销是否应承担事故全责

【案例】

货车驾驶人王某5年前考取了汽车驾驶证，但王某的驾驶证因故未参加年审，故其驾驶

证被注销。一天,王某驾车到外地拉货时,行人刘某突然从车前横穿公路,王某避让不及,将刘某撞倒。交警部门对现场进行了勘验,未发现王某有其他违章行为,便以王某无证驾驶车辆造成交通事故为由,认定王某对此事故承担全部责任。王某不服,向上一级交警部门申请重新认定,上级交警部门维持了原事故认定结论。刘某以王某为被告,向法院提起诉讼,要求王某承担全部赔偿责任。

王某是否应该承担全部赔偿责任?

【分析】

当事人王某没有违章行为或者虽有违章行为,但违章行为与交通事故无因果关系,不应该承担交通事故责任。本案中,交警部门认定王某承担事故全部责任的依据是其无证驾驶,除此之外王某无其他违章行为。但是,无证驾驶并不会必然导致交通事故的发生,而且王某是按正常行驶路线和正常车速行驶的,该事故的发生主要由刘某突然横穿公路所致,故王某的行为与交通事故之间不存在因果关系。交警部门认定王某对事故负全部责任,缺乏事实根据和法律依据,依法应当不予采信。王某无证驾驶的行为,可由交警部门依照行政法律法规予以行政处罚。但是,由于刘某受到的伤害已构成重伤,故可判决王某对刘某的经济损失承担一定的赔偿责任,而不能判决王某承担刘某的全部经济损失。

四、学车期间独立驾车是否应当承担责任

【案例】

李某在学车期间驾驶小型汽车载着妻子和孩子去医院看急诊。途中汽车爆胎,李某便将汽车停在小型车道内换轮胎(未开前后小灯)。车辆修复后,在李某将坏胎放置行李舱之际,恰好张某驾驶小汽车(未开远光灯)以50km/h的高速驶来。临近时张某才发现前方李某的汽车,立即采取紧急制动措施,但由于下雨路滑,停车不及,将李某撞倒,并将李某的汽车撞出15m,冲上北侧人行道。在张某车后方随行的车辆驾驶人江某见状紧急制动,但因距前车过近,结果撞在张某车尾部,致使张某的车又将李某之妻撞倒。李某夫妇均受重伤。

事故应由谁负主要责任?

【分析】

李某在尚未取得驾驶资格的情况下,驾车上道路行驶,在交通比较繁忙地段的快车道内停车,违反了《中华人民共和国道路交通安全法》"驾驶机动车,应当依法取得机动车驾驶证"的规定,也违反了"机动车在道路上发生故障,需要停车排除故障时,驾驶人应当立即开启危险报警闪光灯,将机动车移至不妨碍交通的地方停放;难以移动的,应当持续开启危险报警闪光灯,并在来车方向设置警告标志等措施扩大示警距离,必要时迅速报警"的规定。李某既妨碍了道路的安全、畅通,也给自己的生命和财产安全造成了威胁。因此,李某在此次交通事故中有重大过错,是导致交通事故发生的决定性因素,应当承担交通事故的主要责任;张某与江某在此次交通事故中应当承担次要责任。

五、未成年人驾车事故责任谁承担

【案例】

一名年仅11岁的女孩经父亲的默许下,在马路上学开车,不幸撞倒了4名在路边散步的老人,造成2死2伤的惨剧。

事故的责任该由谁承担？

【分析】警方勘验认定车辆驾驶方负全部责任。由于肇事者年龄尚小，王某作为驾车者的监护人，因此责任由其父亲承担。

法院审理认为，被告人王某系肇事车辆的固定驾驶人，案发时在车内应当驾驶车辆，对车辆负有使用和保管的义务。王某在明知女儿是只有 11 岁的未成年人、根本不具备驾驶资格的情况下允许女儿驾车导致造成严重后果，其行为已经构成交通肇事罪。法院作出判决：女孩的父亲犯交通肇事罪，判处有期徒刑 3 年，缓刑 4 年执行。

第十二章 道路运输从业人员管理

《道路运输从业人员管理规定》（交通部令 2006 年第 9 号），自 2007 年 3 月 1 日起施行。2016 年 4 月 21 日，《交通运输部关于修改〈道路运输从业人员管理规定〉的决定》（交通运输部令 2016 年第 52 号）公布施行。2019 年 6 月 21 日，交通运输部《关于修改〈道路运输从业人员管理规定〉的决定》公布并实施。

第一节 总 则

一、管理对象

道路运输从业人员是指经营性道路客货运输驾驶员、道路危险货物运输从业人员、机动车维修技术人员、机动车驾驶培训教练员、道路运输经理人和其他道路运输从业人员。

经营性道路客货运输驾驶员包括经营性道路旅客运输驾驶员和经营性道路货物运输驾驶员。

道路危险货物运输从业人员包括道路危险货物运输驾驶员、装卸管理人员和押运人员。

道路运输从业人员应当依法经营，诚实信用，规范操作，文明从业。

二、管理机关

道路运输从业人员管理工作应当公平、公正、公开和便民。

交通运输部负责全国道路运输从业人员管理工作。

县级以上地方人民政府交通运输主管部门负责组织领导本行政区域内的道路运输从业人员管理工作，并具体负责本行政区域内道路危险货物运输从业人员的管理工作。

县级以上道路运输管理机构具体负责本行政区域内经营性道路客货运输驾驶员、机动车维修技术人员、机动车驾驶培训教练员、道路运输经理人和其他道路运输从业人员的管理工作。

第二节 从业资格管理

一、从业资格考试制度

国家对经营性道路客货运输驾驶员、道路危险货物运输从业人员实行从业资格考试制度。其他已实施国家职业资格制度的道路运输从业人员,按照国家职业资格的有关规定执行。

经营性道路客货运输驾驶员和道路危险货物运输从业人员必须取得相应从业资格,方可从事相应的道路运输活动。

鼓励机动车维修企业、机动车驾驶员培训机构优先聘用取得国家职业资格的从业人员从事机动车维修和机动车驾驶员培训工作。

道路运输从业人员从业资格考试应当按照交通运输部编制的考试大纲、考试题库、考核标准、考试工作规范和程序组织实施。

经营性道路客货运输驾驶员从业资格考试由设区的市级道路运输管理机构组织实施,每月组织一次考试。

道路危险货物运输从业人员从业资格考试由设区的市级人民政府交通运输主管部门组织实施,每季度组织一次考试。

自 2019 年 1 月 1 日起,取消 4.5t 及以下普通货运从业资格证和车辆营运证。

二、取得从业资格的条件

1. 经营性道路旅客运输驾驶员条件

1)取得相应的机动车驾驶证 1 年以上。
2)年龄不超过 60 周岁。
3)3 年内无重大以上交通责任事故。
4)掌握相关道路旅客运输法规、机动车维修和旅客急救基本知识。
5)经考试合格,取得相应的从业资格证件。

2. 经营性道路货物运输驾驶员条件

1)取得相应的机动车驾驶证。
2)年龄不超过 60 周岁。
3)掌握相关道路货物运输法规、机动车维修和货物装载保管基本知识。
4)经考试合格,取得相应的从业资格证件。

3. 道路危险货物运输驾驶员条件

1)取得相应的机动车驾驶证。
2)年龄不超过 60 周岁。
3)3 年内无重大以上交通责任事故。
4)取得经营性道路旅客运输或者货物运输驾驶员从业资格 2 年以上或者接受全日制驾驶职业教育的。
5)接受相关法规、安全知识、专业技术、职业卫生防护和应急救援知识的培训,了解危险货物性质、危害特征、包装容器的使用特性和发生意外时的应急措施。

📚 **小资料**

世界上第一辆完全依靠自身动力行驶的汽车

1769 年,法国陆军技师、炮兵大尉尼古拉斯·古诺(Nichoals Joseph Cugnot,1725 年—1804 年,如图 12-1 所示),成功地制造出了世界上第一辆完全依靠自身动力行驶的蒸汽机汽车（图12-2），"汽车"由此而得名（也有人认为汽车的得名是因其大都使用汽油）。这是汽车发展史上的第一个里程碑，从此以后各国出版物都公认法国是蒸汽机汽车的诞生地。

当时，古诺把这辆车称为卡布奥雷，其车身是用很笨重的木框架做成的，车长为7.3m，车高为2.2m，框架支承着直径为1.34m的梨形锅炉，整个车身放在3个直径为1m多的大车轮（前轮直径为1.28m，后轮直径为1.5m）上。车上装的双活塞蒸汽机，是古诺直接根据法国物理学家巴本的理论独立设计的，锅炉后面装有容积为50L的气缸2个。其前单轮具有驱动兼转向的功能。卡布奥雷的最高速度可达4km/h，每行驶15min停车一次，用同样的时间加水烧沸，产生蒸汽再继续慢悠悠地行驶。在巴黎和比利时首都布鲁塞尔之间，古诺对卡布奥雷进行了多次实验，最后将其速度改进到9km/h，可乘坐4人。但遗憾的是，由于方向杆操纵困难，卡布奥雷经常发生事故，以致一次试车途中，在般圣奴兵工厂附近下坡时撞到兵工厂的墙上，在诞生之际就开创了汽车交通事故的先例。值得纪念的世界上第一辆蒸汽机汽车，在事故中破损得七零八落，就这样结束了短暂的一生。

1771年，古诺花了一年半的时间，又研制成功了更大型的蒸汽机汽车。这辆汽车车长为7.2m，宽为2.3m，有3个木制车轮；速度可达9.5km/h，可以牵引4~5t的货物，性能也有改善。该车现珍藏在巴黎国家艺术及机械品陈列馆内，并公开展出，供人参观。

图12-1 尼古拉斯·古诺

图12-2 第一辆完全依靠自身动力行驶的蒸汽机汽车（复原图）

三、申请手续

1. 申请参加经营性道路客货运输驾驶员从业资格考试

申请人应当向其户籍地或者暂住地设区的市级道路运输管理机构提出申请，填写申请表，并提供下列材料：

1）身份证明及复印件。
2）机动车驾驶证及复印件。
3）申请参加道路旅客运输驾驶员从业资格考试的，还应当提供道路交通安全主管部门出具的 3 年内无重大以上交通责任事故记录证明。

2. 申请参加道路危险货物运输驾驶员从业资格考试

申请人应当向其户籍地或者暂住地设区的市级交通运输主管部门提出申请，填写申请表，并提供下列材料：

1）身份证明及复印件。
2）机动车驾驶证及复印件。
3）道路旅客运输驾驶员从业资格证件或者道路货物运输驾驶员从业资格证件或者全日制驾驶职业教育学籍证明。
4）相关培训证明及复印件。
5）道路交通安全主管部门出具的 3 年内无重大以上交通责任事故记录证明。

四、考试及档案

1. 考试

从业人员既可向其户籍地的市级交通运输主管部门或道路运输管理机构申请考试，也可向其暂住地申请考试。

普通货物道路运输驾驶员从业考试大纲、题库公开，推行线上线下及异地考试工作；2019 年起基本知识科目考试全面实行机考。

交通运输主管部门和道路运输管理机构对符合申请条件的申请人应当安排考试。

交通运输主管部门和道路运输管理机构应当在考试结束 10 日内公布考试成绩。对考试合格人员，应当自公布考试成绩之日起 10 日内颁发相应的道路运输从业人员从业资格证件。

道路运输从业人员从业资格考试成绩有效期为 1 年，考试成绩逾期作废。

申请人在从业资格考试中有舞弊行为的，取消当次考试资格，考试成绩无效。

2. 档案

交通运输主管部门或者道路运输管理机构应当建立道路运输从业人员从业资格管理档案。

道路运输从业人员从业资格管理档案包括：从业资格考试申请材料，从业资格考试及从业资格证件记录，从业资格证件换发、补发、变更记录，违章、事故及诚信考核、继续教育记录等。

小资料

勒诺瓦赫制造的内燃机汽车

1860 年 1 月 24 日，法国籍比利时出生的技师勒诺瓦赫（Etienne Lenoir，1822 年—1900 年，如图 12-3 所示）为他 1859 年制成的以照明煤气为燃料的二冲程发动机（图 12-4），取得了法国第 43624 号专利；1862 年 5 月，勒诺瓦赫在巴黎的拉罗凯特的工厂给一辆大型载客马车安装了自己设计的 1.1kW 二冲程发动机，制造出世界上第一辆具有行驶价值的内燃机汽车，如图 12-5 所示。

图 12-3　勒诺瓦赫

图 12-4　勒诺瓦赫制造的二冲程发动机

图 12-5　勒诺瓦赫制造的第一辆内燃机汽车（1862 年）

第三节　从业资格证件管理

一、从业资格证件及发放

经营性道路客货运输驾驶员、道路危险货物运输从业人员经考试合格后，取得《中华人民共和国道路运输从业人员从业资格证》。

道路运输从业人员从业资格证件全国通用。

已获得从业资格证件的人员需要增加相应从业资格类别的，应当向原发证机关提出申请，并按照规定参加相应培训和考试。

道路运输从业人员从业资格证件由交通运输部统一印制并编号。

道路危险货物运输从业人员从业资格证件由设区的市级交通运输主管部门发放和管理。

经营性道路客货运输驾驶员从业资格证件由设区的市级道路运输管理机构发放和管理。

二、从业资格证件的管理

1. 换证、补证、变更和注销

道路运输从业人员办理换证、补证和变更手续，应当填写《道路运输从业人员从业资格证件换发、补发、变更登记表》。

申请人违反相关从业资格管理规定且尚未接受处罚的，受理机关应当在其接受处罚后换发、补发、变更相应的从业资格证件。

1）换证。道路运输从业人员从业资格证件有效期为 6 年。道路运输从业人员应当在从业资格证件有效期届满 30 日前到原发证机关办理换证手续。

2）补证。道路运输从业人员从业资格证件遗失、毁损的，应当到原发证机关办理证件补发手续。

3）变更。道路运输从业人员服务单位变更的，应当到交通运输主管部门或者道路运输管理机构办理从业资格证件变更手续。

道路运输从业人员从业资格档案，应当由原发证机关在变更手续办结后 30 日内，移交户籍迁入地或者现居住地的交通运输主管部门或者道路运输管理机构。

4）注销。道路运输从业人员有下列情形之一的，由发证机关注销其从业资格证件：持证人死亡的；持证人申请注销的；经营性道路客货运输驾驶员、道路危险货物运输从业人员年龄超过 60 周岁的；经营性道路客货运输驾驶员、道路危险货物运输驾驶员的机动车驾驶证被注销或者被吊销的；超过从业资格证件有效期 180 日未申请换证的。

2. 违章行为记录、诚信考核和计分

交通运输主管部门和道路运输管理机构应当将经营性道路客货运输驾驶员、道路危险货物运输从业人员的违章行为记录在从业资格证的违章记录栏内，并通报发证机关。发证机关应当将该记录作为道路运输从业人员诚信考核和计分考核的依据，并存入管理档案。

道路运输从业人员诚信考核和计分考核周期为 12 个月，从初次领取从业资格证件之日起计算。诚信考核等级分为优良、合格、基本合格和不合格，分别用 AAA 级、AA 级、A 级和 B 级表示。在考核周期内，累计计分超过规定的，诚信考核等级为 B 级。

省级交通运输主管部门和道路运输管理机构应当将道路运输从业人员每年的诚信考核和计分考核结果向社会公布，供公众查阅。

3. 从业资格证管理改革措施

取消道路运输驾驶员 2 年为一周期、接受继续教育时间累积不少于 24 小时的管理制度，对于诚信考核周期内无记分的道路运输驾驶员，不再强制实施继续教育，由道路运输经营者履行对其驾驶员继续教育的主体责任。

实行区别化的诚信考核记分学习教育制度。对于诚信考核周期内有记分记录、但未达到 20 分的道路运输驾驶员，接受不少于 6 小时的网络学习教育；对于诚信考核周期内记满 20 分的道路运输驾驶员，接受不少于 18 小时的网络学习教育。

道路运输从业人员跨区域互查互认，诚信考核签注可网上办理和异地办理。

> **小资料**
>
> **摩托车的发明**
>
> 1885年8月29日，德国坎什大特的哥德利布·戴姆勒（Gottlieb Daimler），把汽油机装到了专制的自行车上，获得了摩托车专利。注册时，戴姆勒将其取名为"石油发动机骑行车"。该摩托车（图12-6）装有戴姆勒自制的单缸、风冷、四冲程、742W的汽油机；左右还有两个支地小车轮，车速为12km/h。同年11月10日，戴姆勒的长子鲍尔驾驶这辆摩托车试驶了3km。这辆世界上最早的摩托车现保存在慕尼黑科学技术博物馆内。

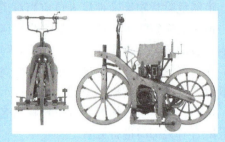

图12-6 世界上最早的摩托车

第四节 从业行为规定

一、一般规定

经营性道路客货运输驾驶员以及道路危险货物运输从业人员应当在从业资格证件许可的范围内从事道路运输活动。道路危险货物运输驾驶员除可以驾驶道路危险货物运输车辆外，还可以驾驶原从业资格证件许可的道路旅客运输车辆或者道路货物运输车辆。

道路运输从业人员在从事道路运输活动时，应当携带相应的从业资格证件，并应当遵守国家相关法规和道路运输安全操作规程，不得违法经营、违章作业。

道路运输从业人员应当按照规定参加国家相关法规、职业道德及业务知识培训。

经营性道路客货运输驾驶员和道路危险货物运输驾驶员在岗从业期间，应当按照规定参加继续教育。

经营性道路客货运输驾驶员和道路危险货物运输驾驶员不得超限、超载运输，连续驾驶时间不得超过4小时。

经营性道路旅客运输驾驶员和道路危险货物运输驾驶员应当按照规定填写行车日志。行车日志式样由省级道路运输管理机构统一制定。

二、特别规定

1. 经营性道路客货运输驾驶员

经营性道路旅客运输驾驶员应当采取必要措施保证旅客的人身和财产安全，发生紧急情况时，应当积极进行救护。

经营性道路货物运输驾驶员应当采取必要措施防止货物脱落、扬撒等。

严禁驾驶道路货物运输车辆从事经营性道路旅客运输活动。

2. 道路危险货物运输驾驶员

道路危险货物运输驾驶员应当按照道路交通安全主管部门指定的行车时间和路线运输危

险货物。

道路危险货物运输装卸管理人员应当按照安全作业规程对道路危险货物装卸作业进行现场监督，确保装卸安全。

道路危险货物运输押运人员应当对道路危险货物运输进行全程监管。

道路危险货物运输从业人员应当严格按照《汽车运输危险货物规则》(JT 617)、《汽车运输、装卸危险货物作业规程》(JT 618)操作，不得违章作业。

在道路危险货物运输过程中发生燃烧、爆炸、污染、中毒或者被盗、丢失、流散、泄漏等事故，道路危险货物运输驾驶员、押运人员应当立即向当地公安部门和所在运输企业或者单位报告，说明事故情况、危险货物品名和特性，并采取一切可能的警示措施和应急措施，积极配合有关部门进行处置。

小资料

现代汽车的诞生

1886年1月29日，德国曼海姆的一个火车驾驶人的儿子卡尔·本茨（Karl Benz，1844年—1929年，如图12-7所示），为他于1885年9月5日制造成功的三轮乘坐车（图12-8）向德国专利局申请发明汽车的专利，1886年1月29日这一天成为汽车的诞生日，本茨因此被誉为"汽车之父"。这是因为公认的汽车定义中排除了用蒸汽机驱动的各种车辆，而本茨是最早成功制造作为商品的汽油机汽车的人。同年7月3日，本茨的汽车在曼海姆的街上进行了第一次公开试验。这辆汽车在路上首次试验并以15km/h的速度行驶了1km的消息，刊登在了第二天的地方版《新巴蒂希·兰登奇敦》的"其他新闻"中；《新德意志报》也同时在"杂讯"中作了简单报道。该专利于当年11月2日由专利局正式批准发布，专利证书号为37435，属于空气及气态动力机械类，专利名称是"气态发动机汽车"。

图12-7 卡尔·本茨

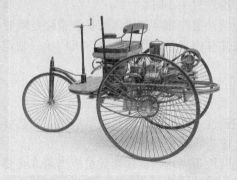
图12-8 本茨取得专利的第一辆汽车

本茨的三轮汽车可以乘坐2人，其装有橡胶轮胎，前面一个小轮子，后面两个大轮子，发动机放在后轮的车架上，人坐在汽车中间。这辆汽车靠一根操纵杆控制方向，并首先采用了所谓的齿轮齿条转向器，用齿轮和链条驱动车的后轴，装有相当先进的差速器；其发动机为单缸、四冲程，缸径为91.4mm，排量为1.05L，功率为647W，转速为400r/min；并装有散热器；整车重254kg，最高车速为18km/h；该车还不能倒行，也无制动装置。现在这辆车被收藏于德国慕尼黑科技博物馆中。

📚 小资料

汽车现代化的先驱

1908年10月1日，福特（Ford）汽车制造厂推出了具有划时代意义的T型汽车（图12-9）。1913年10月7日，福特汽车制造厂出现了世界上第一条汽车生产流水线（图12-10）。从此，T型汽车把汽车从贵族及有钱人的专利品变为了大众化商品，汽车开始成为常见的交通工具。

图12-9 福特T型汽车

图12-10 福特第一条汽车生产流水线

T型汽车装有容积为2 888mL、功率为18.38kW、转速为1 600r/min的四缸四冲程汽油机，采用两个前进档、一个倒档和脚踏换档的变速器，最高车速为65km/h，可乘坐5人。T型汽车的车身轻便，设计简单，使用可靠，售价便宜，被誉为"历史性的平民汽车"，成为美国汽车史上第一部经典作品。可以说，从T型系列汽车开始，人类才算真正跨进了汽车时代，汽车才开始真正进入家庭。因此，福特汽车公司被誉为汽车现代化的先驱，亨利·福特（Henry Ford，1863年—1947年，如图12-11所示）被人们称为"汽车大王"。

图12-11 汽车大王亨利·福特

第五节 案例分析

一、车辆挂靠公司是否应承担连带赔偿责任

【案例】

马某购置货车一辆,将该车登记在了某公司名下,并签订车辆经营协议书一份,双方约定马某在车辆挂靠经营期间每月向公司交纳服务费150元。某货运公司因有一批货物需要外运,与马某联系后,双方签订了运输货物合同书,合同书中对货物名称、装货单位、卸货地点、货物运价、付款方式、交货时间以及责任的承担等事项均作了明确约定。货物装载完毕后,马某聘用驾驶人王某驾车启运。但该车行驶途中燃起大火,待当地消防人员赶至,货物及挂车已被焚毁。后经消防部门认定,火灾起火部位位于挂车中上部,因现场破坏严重,该起火灾原因难以查明。经核定此次火灾损失计59.64万元,其中货车挂车损失9.6万余元,货物损失50万余元。

事故发生后,作为托运方的某货运公司向法院提起诉讼,请求判令马某及挂靠公司承担46万元及施救费用的责任。而作为被告方的挂靠公司以自己不是该起运输合同承运人不应担责为由,要求法院驳回原告对其公司的诉讼请求。

【分析】

法院经审理认为,原告货运公司与马某所签承运合同合法有效,且货运公司已履行合同约定义务。作为承运人的被告马某,因运输途中不明原因引起的火灾致货物毁损,且无证据能够证明该火灾系因不可抗力或货物自燃造成,因此马某应依法承担赔偿责任。被告挂靠公司作为马某车辆挂靠单位,双方签有挂靠经营协议,且按月固定收取管理费,应视为挂靠车辆法定所有人;同时,马某在与原告货运公司签运输合同时,承运单位明确为挂靠公司,故被告挂靠公司应承担连带赔偿责任。法院最终判决,由被告马某赔偿原告货运公司损失46万元,被告挂靠公司承担连带赔偿责任。

二、雇员发生车祸,雇主是否应承担赔偿责任

【案例】

2008年10月4日,王某雇佣姜某驾车从事运输工作。2008年10月29日1时许,在姜某夜班期间,姜某乘坐的祝某驾驶的重型自卸货车行驶至某铁路桥处(姜某从事运输工作的必经之路)时,由于车辆车厢处于升起状态,故车厢前端与路上的限高设施相撞,限高设施随即砸在车辆驾驶室上,导致祝某、姜某当场死亡。

经交通管理部门认定,祝某负事故的全部责任,姜某无责任。姜某的父母认为,姜某在从事雇佣活动期间发生的交通事故,造成姜某死亡,作为雇主的王某应承担赔偿责任。因此,姜某的父母要求王某赔偿死亡赔偿金和被扶养人生活费等共计63万余元。

被告王某辩称,自己招录姜某从事运输货物的工作,但事发时姜某没有按正常工作内容运送货物,而是出现在了祝某驾驶的汽车上,明显不属于从事雇佣活动,自己不应承担赔偿责任。

雇主王某是否应承担赔偿责任？

【分析】

法院经审理认为，姜某受王某雇佣，驾驶王某的货车从事运输工作。在受雇期间，姜某乘坐他人驾驶的大货车发生交通事故，造成姜某死亡。王某不能证明姜某在发生交通事故时的活动超出雇主所授权或指定的范围，也不能排除姜某的行为与履行职务无内在的联系，故王某应赔偿因姜某死亡所造成的损失。

三、搭"顺风"车致伤能否请求赔偿

【案例】

张某驾驶一辆小型货车到县城销售货物，后空车回家途中遇同村夏某请求搭便车回家，张某经夏某强烈请求后遂答应让其搭乘。途中，张某的小货车与李某驾驶的车辆相撞致夏某受伤。交警部门认定，张某与李某负同等事故责任，夏某在该事故中无责任。后夏某要求张某赔偿其损失，但张某拒不赔偿。夏某最终将张某起诉到法院，要求张某赔偿其医药费等相关费用。

张某是否应该承担赔偿责任？

【分析】

张某准许夏某搭便车，双方之间已形成好意同乘关系。在机动车损害赔偿法律制度中，好意同乘是指无偿搭乘他人机动车的行为。好意同乘人与有偿同乘者不同，有偿的同乘者，即买车票搭乘汽车的乘客，在遭遇交通事故后，可依客运合同处理。而无偿搭车造成损害的侵权行为的特点是，所搭乘的机动车并非为搭乘者的目的而运营或者行驶，而是为了机动车所有人的目的，搭乘者的目的与机动车行驶的目的仅仅是巧合，或者仅仅是顺路而已。但为专门迎送顾客或他人而运营的，即使无偿，也不是搭便车，不属于好意同乘；同乘者应当经过机动车驾驶人的同意，未经同意而搭车者，不构成好意同乘。

虽然好意同乘者双方不存在合同关系，但根据民法通则第106条第2款的规定："公民、法人由于过错侵害国家的、集体的财产，侵害他人财产、人身的，应当承担民事责任。"车辆既为驾驶人员全面操控，驾驶人员就应对车辆空间之内的人、物安全负责。同时，此种驾驶人的义务也有法律上的规定，如《中华人民共和国道路交通安全法》第22条就明确要求驾驶人按操作规则、交通规则安全驾驶车辆，这也是驾驶人负有安全保障义务的法律根源。本案中，交警部门已经认定张某与李某负同等事故责任，张某的行为违反了道路交通安全法的规定，故应当对夏某的损失承担法律责任。但由于夏某属于好意同乘者，明知货车不宜载人而强烈要求搭乘车辆，本身也存在过错，故应适当减轻张某的民事责任。

小资料

世界上最早能收车费的定期公共汽车

1832年10月31日，由伦敦-布莱顿蒸汽车公司创建的苏格兰蒸汽车公司，利用英国发明家瓦尔塔·汉科克（Walter Hancook，1799年—1852年）制造的可以乘坐14人的"恩塔普莱斯号"（Enterprise）蒸汽车，开始在布莱顿和伦敦之间运营。1833年4月22日，其开始了定时有规律的营运，这是世界上最早能收车费的定期公共汽车。

附　录

附录 A　中华人民共和国道路交通安全法

（2003 年 10 月 28 日第十届全国人民代表大会常务委员会第五次会议通过；根据 2007 年 12 月 29 日第十届全国人民代表大会常务委员会第三十一次会议《关于修改〈中华人民共和国道路交通安全法〉的决定》第一次修正；根据 2011 年 4 月 22 日第十一届全国人民代表大会常务委员会第二十次会议《关于修改〈中华人民共和国道路交通安全法〉的决定》第二次修正。）

第一章　总　　则

第一条　为了维护道路交通秩序，预防和减少交通事故，保护人身安全，保护公民、法人和其他组织的财产安全及其他合法权益，提高通行效率，制定本法。

第二条　中华人民共和国境内的车辆驾驶人、行人、乘车人以及与道路交通活动有关的单位和个人，都应当遵守本法。

第三条　道路交通安全工作，应当遵循依法管理、方便群众的原则，保障道路交通有序、安全、畅通。

第四条　各级人民政府应当保障道路交通安全管理工作与经济建设和社会发展相适应。

县级以上地方各级人民政府应当适应道路交通发展的需要，依据道路交通安全法律、法规和国家有关政策，制定道路交通安全管理规划，并组织实施。

第五条　国务院公安部门负责全国道路交通安全管理工作。县级以上地方各级人民政府公安机关交通管理部门负责本行政区域内的道路交通安全管理工作。

县级以上各级人民政府交通、建设管理部门依据各自职责，负责有关的道路交通工作。

第六条　各级人民政府应当经常进行道路交通安全教育，提高公民的道路交通安全意识。

公安机关交通管理部门及其交通警察执行职务时，应当加强道路交通安全法律、法规的宣传，并模范遵守道路交通安全法律、法规。

机关、部队、企业事业单位、社会团体以及其他组织，应当对本单位的人员进行道路交通安全教育。

教育行政部门、学校应当将道路交通安全教育纳入法制教育的内容。

新闻、出版、广播、电视等有关单位，有进行道路交通安全教育的义务。

第七条　对道路交通安全管理工作，应当加强科学研究，推广、使用先进的管理方法、技术、设备。

第二章　车辆和驾驶人

第一节　机动车、非机动车

第八条　国家对机动车实行登记制度。机动车经公安机关交通管理部门登记后，方可上道路行驶。尚未登记的机动车，需要临时上道路行驶的，应当取得临时通行牌证。

第九条　申请机动车登记，应当提交以下证明、凭证：

（一）机动车所有人的身份证明；

（二）机动车来历证明；

（三）机动车整车出厂合格证明或者进口机动车进口凭证；

（四）车辆购置税的完税证明或者免税凭证；

（五）法律、行政法规规定应当在机动车登记时提交的其他证明、凭证。

公安机关交通管理部门应当自受理申请之日起五个工作日内完成机动车登记审查工作，对符合前款规定条件的，应当发放机动车登记证书、号牌和行驶证；对不符合前款规定条件的，应当向申请人说明不予登记的理由。

公安机关交通管理部门以外的任何单位或者个人不得发放机动车号牌或者要求机动车悬挂其他号牌，本法另有规定的除外。

机动车登记证书、号牌、行驶证的式样由国务院公安部门规定并监制。

第十条　准予登记的机动车应当符合机动车国家安全技术标准。申请机动车登记时，应当接受对该机动车的安全技术检验。但是，经国家机动车产品主管部门依据机动车国家安全技术标准认定的企业生产的机动车型，该车型的新车在出厂时经检验符合机动车国家安全技术标准，获得检验合格证的，免予安全技术检验。

第十一条　驾驶机动车上道路行驶，应当悬挂机动车号牌，放置检验合格标志、保险标志，并随车携带机动车行驶证。

机动车号牌应当按照规定悬挂并保持清晰、完整，不得故意遮挡、污损。

任何单位和个人不得收缴、扣留机动车号牌。

第十二条　有下列情形之一的，应当办理相应的登记：

（一）机动车所有权发生转移的；

（二）机动车登记内容变更的；

（三）机动车用作抵押的；

（四）机动车报废的。

第十三条　对登记后上道路行驶的机动车，应当依照法律、行政法规的规定，根据车辆用途、载客载货数量、使用年限等不同情况，定期进行安全技术检验。对提供机动车行驶证和机动车第三者责任强制保险单的，机动车安全技术检验机构应当予以检验，任何单位不得附加其他条件。对符合机动车国家安全技术标准的，公安机关交通管理部门应当发给检验合格标志。

对机动车的安全技术检验实行社会化。具体办法由国务院规定。

机动车安全技术检验实行社会化的地方，任何单位不得要求机动车到指定的场所进行检验。

公安机关交通管理部门、机动车安全技术检验机构不得要求机动车到指定的场所进行维修、保养。

机动车安全技术检验机构对机动车检验收取费用，应当严格执行国务院价格主管部门核定的收费标准。

第十四条　国家实行机动车强制报废制度，根据机动车的安全技术状况和不同用途，规定不同的报废标准。

应当报废的机动车必须及时办理注销登记。

达到报废标准的机动车不得上道路行驶。报废的大型客、货车及其他营运车辆应当在公安机关交通管理部门的监督下解体。

第十五条　警车、消防车、救护车、工程救险车应当按照规定喷涂标志图案，安装警报器、标志灯具。其他机动车不得喷涂、安装、使用上述车辆专用的或者与其相类似的标志图案、警报器或者标志灯具。

警车、消防车、救护车、工程救险车应当严格按照规定的用途和条件使用。

公路监督检查的专用车辆，应当依照公路法的规定，设置统一的标志和示警灯。

第十六条　任何单位或者个人不得有下列行为：

（一）拼装机动车或者擅自改变机动车已登记的结构、构造或者特征；

（二）改变机动车型号、发动机号、车架号或者车辆识别代号；

（三）伪造、变造或者使用伪造、变造的机动车登记证书、号牌、行驶证、检验合格标志、保险标志；

（四）使用其他机动车的登记证书、号牌、行驶证、检验合格标志、保险标志。

第十七条　国家实行机动车第三者责任强制保险制度，设立道路交通事故社会救助基金。具体办法由国务院规定。

第十八条　依法应当登记的非机动车，经公安机关交通管理部门登记后，方可上道路行驶。

依法应当登记的非机动车的种类，由省、自治区、直辖市人民政府根据当地实际情况规定。

非机动车的外形尺寸、质量、制动器、车铃和夜间反光装置，应当符合非机动车安全技术标准。

第二节　机动车驾驶人

第十九条　驾驶机动车，应当依法取得机动车驾驶证。

申请机动车驾驶证，应当符合国务院公安部门规定的驾驶许可条件；经考试合格后，由公安机关交通管理部门发给相应类别的机动车驾驶证。

持有境外机动车驾驶证的人，符合国务院公安部门规定的驾驶许可条件，经公安机关交通管理部门考核合格的，可以发给中国的机动车驾驶证。

驾驶人应当按照驾驶证载明的准驾车型驾驶机动车；驾驶机动车时，应当随身携带机动车驾驶证。

公安机关交通管理部门以外的任何单位或者个人，不得收缴、扣留机动车驾驶证。

第二十条　机动车的驾驶培训实行社会化，由交通主管部门对驾驶培训学校、驾驶培训班实行资格管理，其中专门的拖拉机驾驶培训学校、驾驶培训班由农业（农业机械）主管部门实行资格管理。

驾驶培训学校、驾驶培训班应当严格按照国家有关规定，对学员进行道路交通安全法律、法规、驾驶技能的培训，确保培训质量。

任何国家机关以及驾驶培训和考试主管部门不得举办或者参与举办驾驶培训学校、驾驶培训班。

第二十一条　驾驶人驾驶机动车上道路行驶前，应当对机动车的安全技术性能进行认真检查；不得驾驶安全设施不全或者机件不符合技术标准等具有安全隐患的机动车。

第二十二条　机动车驾驶人应当遵守道路交通安全法律、法规的规定，按照操作规范安全驾驶、文明驾驶。

饮酒、服用国家管制的精神药品或者麻醉药品，或者患有妨碍安全驾驶机动车的疾病，或者过度疲劳影响安全驾驶的，不得驾驶机动车。

任何人不得强迫、指使、纵容驾驶人违反道路交通安全法律、法规和机动车安全驾驶要求驾驶机动车。

第二十三条　公安机关交通管理部门依照法律、行政法规的规定，定期对机动车驾驶证实施审验。

第二十四条　公安机关交通管理部门对机动车驾驶人违反道路交通安全法律、法规的行为，除依法给予行政处罚外，实行累积记分制度。公安机关交通管理部门对累积记分达到规定分值的机动车驾驶人，扣留机动车驾驶证，对其进行道路交通安全法律、法规教育，重新考试；考试合格的，发还其机动车驾驶证。

对遵守道路交通安全法律、法规，在一年内无累积记分的机动车驾驶人，可以延长机动车驾驶证的审验期。具体办法由国务院公安部门规定。

第三章　道路通行条件

第二十五条　全国实行统一的道路交通信号。

交通信号包括交通信号灯、交通标志、交通标线和交通警察的指挥。

交通信号灯、交通标志、交通标线的设置应当符合道路交通安全、畅通的要求和国家标准，并保持清晰、醒目、准确、完好。

根据通行需要，应当及时增设、调换、更新道路交通信号。增设、调换、更新限制性的道路交通信号，应当提前向社会公告，广泛进行宣传。

第二十六条　交通信号灯由红灯、绿灯、黄灯组成。红灯表示禁止通行，绿灯表示准许通行，黄灯表示警示。

第二十七条　铁路与道路平面交叉的道口，应当设置警示灯、警示标志或者安全防护设施。无人看守的铁路道口，应当在距道口一定距离处设置警示标志。

第二十八条　任何单位和个人不得擅自设置、移动、占用、损毁交通信号灯、交通标志、交通标线。

道路两侧及隔离带上种植的树木或者其他植物，设置的广告牌、管线等，应当与交通设施保持必要的距离，不得遮挡路灯、交通信号灯、交通标志，不得妨碍安全视距，不得影响通行。

第二十九条　道路、停车场和道路配套设施的规划、设计、建设，应当符合道路交通安全、畅通的要求，并根据交通需求及时调整。

公安机关交通管理部门发现已经投入使用的道路存在交通事故频发路段，或者停车场、道路配套设施存在交通安全严重隐患的，应当及时向当地人民政府报告，并提出防范交通事故、消除隐患的建议，当地人民政府应当及时作出处理决定。

第三十条　道路出现坍塌、坑槽、水毁、隆起等损毁或者交通信号灯、交通标志、交通标线等交通设施损毁、灭失的，道路、交通设施的养护部门或者管理部门应当设置警示标志并及时修复。

公安机关交通管理部门发现前款情形，危及交通安全，尚未设置警示标志的，应当及时采取安全措施，疏导交通，并通知道路、交通设施的养护部门或者管理部门。

第三十一条　未经许可，任何单位和个人不得占用道路从事非交通活动。

第三十二条　因工程建设需要占用、挖掘道路，或者跨越、穿越道路架设、增设管线设施，应当事先征得道路主管部门的同意；影响交通安全的，还应当征得公安机关交通管理部门的同意。

施工作业单位应当在经批准的路段和时间内施工作业，并在距离施工作业地点来车方向安全距离处设置明显的安全警示标志，采取防护措施；施工作业完毕，应当迅速清除道路上的障碍物，消除安全隐患，经道路主管部门和公安机关交通管理部门验收合格，符合通行要求后，方可恢复通行。

对未中断交通的施工作业道路，公安机关交通管理部门应当加强交通安全监督检查，维护道路交通秩序。

第三十三条　新建、改建、扩建的公共建筑、商业街区、居住区、大（中）型建筑等，应当配建、增建停车场；停车泊位不足的，应当及时改建或者扩建；投入使用的停车场不得擅自停止使用或者改作他用。

在城市道路范围内，在不影响行人、车辆通行的情况下，政府有关部门可以施画停车泊位。

第三十四条　学校、幼儿园、医院、养老院门前的道路没有行人过街设施的，应当施划人行横道线，设置提示标志。

城市主要道路的人行道，应当按照规划设置盲道。盲道的设置应当符合国家标准。

第四章　道路通行规定

第一节　一　般　规　定

第三十五条　机动车、非机动车实行右侧通行。

第三十六条　根据道路条件和通行需要，道路划分为机动车道、非机动车道和人行道的，机动车、非机动车、行人实行分道通行。没有划分机动车道、非机动车道和人行道的，机动车在道路中间通行，非机动车和行人在道路两侧通行。

第三十七条　道路划设专用车道的，在专用车道内，只准许规定的车辆通行，其他车辆不得进入专用车道内行驶。

第三十八条　车辆、行人应当按照交通信号通行；遇有交通警察现场指挥时，应当按照交通警察的指挥通行；在没有交通信号的道路上，应当在确保安全、畅通的原则下通行。

第三十九条　公安机关交通管理部门根据道路和交通流量的具体情况，可以对机动车、非机动车、行人采取疏导、限制通行、禁止通行等措施。遇有大型群众性活动、大范围施工等情况，需要采取限制交通的措施，或者作出与公众的道路交通活动直接有关的决定，应当提前向社会公告。

第四十条 遇有自然灾害、恶劣气象条件或者重大交通事故等严重影响交通安全的情形，采取其他措施难以保证交通安全时，公安机关交通管理部门可以实行交通管制。

第四十一条 有关道路通行的其他具体规定，由国务院规定。

第二节 机动车通行规定

第四十二条 机动车上道路行驶，不得超过限速标志标明的最高时速。在没有限速标志的路段，应当保持安全车速。

夜间行驶或者在容易发生危险的路段行驶，以及遇有沙尘、冰雹、雨、雪、雾、结冰等气象条件时，应当降低行驶速度。

第四十三条 同车道行驶的机动车，后车应当与前车保持足以采取紧急制动措施的安全距离。有下列情形之一的，不得超车：

（一）前车正在左转弯、掉头、超车的；

（二）与对面来车有会车可能的；

（三）前车为执行紧急任务的警车、消防车、救护车、工程救险车的；

（四）行经铁路道口、交叉路口、窄桥、弯道、陡坡、隧道、人行横道、市区交通流量大的路段等没有超车条件的。

第四十四条 机动车通过交叉路口，应当按照交通信号灯、交通标志、交通标线或者交通警察的指挥通过；通过没有交通信号灯、交通标志、交通标线或者交通警察指挥的交叉路口时，应当减速慢行，并让行人和优先通行的车辆先行。

第四十五条 机动车遇有前方车辆停车排队等候或者缓慢行驶时，不得借道超车或者占用对面车道，不得穿插等候的车辆。

在车道减少的路段、路口，或者在没有交通信号灯、交通标志、交通标线或者交通警察指挥的交叉路口遇到停车排队等候或者缓慢行驶时，机动车应当依次交替通行。

第四十六条 机动车通过铁路道口时，应当按照交通信号或者管理人员的指挥通行；没有交通信号或者管理人员的，应当减速或者停车，在确认安全后通过。

第四十七条 机动车行经人行横道时，应当减速行驶；遇行人正在通过人行横道，应当停车让行。

机动车行经没有交通信号的道路时，遇行人横过道路，应当避让。

第四十八条 机动车载物应当符合核定的载质量，严禁超载；载物的长、宽、高不得违反装载要求，不得遗洒、飘散载运物。

机动车运载超限的不可解体的物品，影响交通安全的，应当按照公安机关交通管理部门指定的时间、路线、速度行驶，悬挂明显标志。在公路上运载超限的不可解体的物品，并应当依照公路法的规定执行。

机动车载运爆炸物品、易燃易爆化学物品以及剧毒、放射性等危险物品，应当经公安机关批准后，按指定的时间、路线、速度行驶，悬挂警示标志并采取必要的安全措施。

第四十九条 机动车载人不得超过核定的人数，客运机动车不得违反规定载货。

第五十条 禁止货运机动车载客。

货运机动车需要附载作业人员的，应当设置保护作业人员的安全措施。

第五十一条 机动车行驶时，驾驶人、乘坐人员应当按规定使用安全带，摩托车驾驶人及乘坐人员应当按规定戴安全头盔。

第五十二条 机动车在道路上发生故障,需要停车排除故障时,驾驶人应当立即开启危险报警闪光灯,将机动车移至不妨碍交通的地方停放;难以移动的,应当持续开启危险报警闪光灯,并在来车方向设置警告标志等措施扩大示警距离,必要时迅速报警。

第五十三条 警车、消防车、救护车、工程救险车执行紧急任务时,可以使用警报器、标志灯具;在确保安全的前提下,不受行驶路线、行驶方向、行驶速度和信号灯的限制,其他车辆和行人应当让行。

警车、消防车、救护车、工程救险车非执行紧急任务时,不得使用警报器、标志灯具,不享有前款规定的道路优先通行权。

第五十四条 道路养护车辆、工程作业车进行作业时,在不影响过往车辆通行的前提下,其行驶路线和方向不受交通标志、标线限制,过往车辆和人员应当注意避让。

洒水车、清扫车等机动车应当按照安全作业标准作业;在不影响其他车辆通行的情况下,可以不受车辆分道行驶的限制,但是不得逆向行驶。

第五十五条 高速公路、大中城市中心城区内的道路,禁止拖拉机通行。其他禁止拖拉机通行的道路,由省、自治区、直辖市人民政府根据当地实际情况规定。

在允许拖拉机通行的道路上,拖拉机可以从事货运,但是不得用于载人。

第五十六条 机动车应当在规定地点停放。禁止在人行道上停放机动车;但是,依照本法第三十三条规定施划的停车泊位除外。

在道路上临时停车的,不得妨碍其他车辆和行人通行。

第三节 非机动车通行规定

第五十七条 驾驶非机动车在道路上行驶应当遵守有关交通安全的规定。非机动车应当在非机动车道内行驶;在没有非机动车道的道路上,应当靠车行道的右侧行驶。

第五十八条 残疾人机动轮椅车、电动自行车在非机动车道内行驶时,最高时速不得超过十五公里。

第五十九条 非机动车应当在规定地点停放。未设停放地点的,非机动车停放不得妨碍其他车辆和行人通行。

第六十条 驾驭畜力车,应当使用驯服的牲畜;驾驭畜力车横过道路时,驾驭人应当下车牵引牲畜;驾驭人离开车辆时,应当拴系牲畜。

第四节 行人和乘车人通行规定

第六十一条 行人应当在人行道内行走,没有人行道的靠路边行走。

第六十二条 行人通过路口或者横过道路,应当走人行横道或者过街设施;通过有交通信号灯的人行横道,应当按照交通信号灯指示通行;通过没有交通信号灯、人行横道的路口,或者在没有过街设施的路段横过道路,应当在确认安全后通过。

第六十三条 行人不得跨越、倚坐道路隔离设施,不得扒车、强行拦车或者实施妨碍道路交通安全的其他行为。

第六十四条 学龄前儿童以及不能辨认或者不能控制自己行为的精神疾病患者、智力障碍者在道路上通行,应当由其监护人、监护人委托的人或者对其负有管理、保护职责的人带领。

盲人在道路上通行,应当使用盲杖或者采取其他导盲手段,车辆应当避让盲人。

第六十五条 行人通过铁路道口时,应当按照交通信号或者管理人员的指挥通行;没有交通信号和管理人员的,应当在确认无火车驶临后,迅速通过。

第六十六条　乘车人不得携带易燃易爆等危险物品,不得向车外抛洒物品,不得有影响驾驶人安全驾驶的行为。

第五节　高速公路的特别规定

第六十七条　行人、非机动车、拖拉机、轮式专用机械车、铰接式客车、全挂拖斗车以及其他设计最高时速低于七十公里的机动车,不得进入高速公路。高速公路限速标志标明的最高时速不得超过一百二十公里。

第六十八条　机动车在高速公路上发生故障时,应当依照本法第五十二条的有关规定办理;但是,警告标志应当设置在故障车来车方向一百五十米以外,车上人员应当迅速转移到右侧路肩上或者应急车道内,并且迅速报警。

机动车在高速公路上发生故障或者交通事故,无法正常行驶的,应当由救援车、清障车拖曳、牵引。

第六十九条　任何单位、个人不得在高速公路上拦截检查行驶的车辆,公安机关的人民警察依法执行紧急公务除外。

第五章　交通事故处理

第七十条　在道路上发生交通事故,车辆驾驶人应当立即停车,保护现场;造成人身伤亡的,车辆驾驶人应当立即抢救受伤人员,并迅速报告执勤的交通警察或者公安机关交通管理部门。因抢救受伤人员变动现场的,应当标明位置。乘车人、过往车辆驾驶人、过往行人应当予以协助。

在道路上发生交通事故,未造成人身伤亡,当事人对事实及成因无争议的,可以即行撤离现场,恢复交通,自行协商处理损害赔偿事宜;不即行撤离现场的,应当迅速报告执勤的交通警察或者公安机关交通管理部门。

在道路上发生交通事故,仅造成轻微财产损失,并且基本事实清楚的,当事人应当先撤离现场再进行协商处理。

第七十一条　车辆发生交通事故后逃逸的,事故现场目击人员和其他知情人员应当向公安机关交通管理部门或者交通警察举报。举报属实的,公安机关交通管理部门应当给予奖励。

第七十二条　公安机关交通管理部门接到交通事故报警后,应当立即派交通警察赶赴现场,先组织抢救受伤人员,并采取措施,尽快恢复交通。

交通警察应当对交通事故现场进行勘验、检查,收集证据;因收集证据的需要,可以扣留事故车辆,但是应当妥善保管,以备核查。

对当事人的生理、精神状况等专业性较强的检验,公安机关交通管理部门应当委托专门机构进行鉴定。鉴定结论应当由鉴定人签名。

第七十三条　公安机关交通管理部门应当根据交通事故现场勘验、检查、调查情况和有关的检验、鉴定结论,及时制作交通事故认定书,作为处理交通事故的证据。交通事故认定书应当载明交通事故的基本事实、成因和当事人的责任,并送达当事人。

第七十四条　对交通事故损害赔偿的争议,当事人可以请求公安机关交通管理部门调解,也可以直接向人民法院提起民事诉讼。

经公安机关交通管理部门调解,当事人未达成协议或者调解书生效后不履行的,当事人可以向人民法院提起民事诉讼。

第七十五条　医疗机构对交通事故中的受伤人员应当及时抢救，不得因抢救费用未及时支付而拖延救治。肇事车辆参加机动车第三者责任强制保险的，由保险公司在责任限额范围内支付抢救费用；抢救费用超过责任限额的，未参加机动车第三者责任强制保险或者肇事后逃逸的，由道路交通事故社会救助基金先行垫付部分或者全部抢救费用，道路交通事故社会救助基金管理机构有权向交通事故责任人追偿。

第七十六条　机动车发生交通事故造成人身伤亡、财产损失的，由保险公司在机动车第三者责任强制保险责任限额范围内予以赔偿；不足的部分，按照下列规定承担赔偿责任：

（一）机动车之间发生交通事故的，由有过错的一方承担赔偿责任；双方都有过错的，按照各自过错的比例分担责任。

（二）机动车与非机动车驾驶人、行人之间发生交通事故，非机动车驾驶人、行人没有过错的，由机动车一方承担赔偿责任；有证据证明非机动车驾驶人、行人有过错的，根据过错程度适当减轻机动车一方的赔偿责任；机动车一方没有过错的，承担不超过百分之十的赔偿责任。

交通事故的损失是由非机动车驾驶人、行人故意碰撞机动车造成的，机动车一方不承担赔偿责任。

第七十七条　车辆在道路以外通行时发生的事故，公安机关交通管理部门接到报案的，参照本法有关规定办理。

第六章　执法监督

第七十八条　公安机关交通管理部门应当加强对交通警察的管理，提高交通警察的素质和管理道路交通的水平。

公安机关交通管理部门应当对交通警察进行法制和交通安全管理业务培训、考核。交通警察经考核不合格的，不得上岗执行职务。

第七十九条　公安机关交通管理部门及其交通警察实施道路交通安全管理，应当依据法定的职权和程序，简化办事手续，做到公正、严格、文明、高效。

第八十条　交通警察执行职务时，应当按照规定着装，佩戴人民警察标志，持有人民警察证件，保持警容严整，举止端庄，指挥规范。

第八十一条　依照本法发放牌证等收取工本费，应当严格执行国务院价格主管部门核定的收费标准，并全部上缴国库。

第八十二条　公安机关交通管理部门依法实施罚款的行政处罚，应当依照有关法律、行政法规的规定，实施罚款决定与罚款收缴分离；收缴的罚款以及依法没收的违法所得，应当全部上缴国库。

第八十三条　交通警察调查处理道路交通安全违法行为和交通事故，有下列情形之一的，应当回避：

（一）是本案的当事人或者当事人的近亲属；

（二）本人或者其近亲属与本案有利害关系；

（三）与本案当事人有其他关系，可能影响案件的公正处理。

第八十四条　公安机关交通管理部门及其交通警察的行政执法活动，应当接受行政监察机关依法实施的监督。

公安机关督察部门应当对公安机关交通管理部门及其交通警察执行法律、法规和遵守纪律的情况依法进行监督。

上级公安机关交通管理部门应当对下级公安机关交通管理部门的执法活动进行监督。

第八十五条　公安机关交通管理部门及其交通警察执行职务，应当自觉接受社会和公民的监督。

任何单位和个人都有权对公安机关交通管理部门及其交通警察不严格执法以及违法违纪行为进行检举、控告。收到检举、控告的机关，应当依据职责及时查处。

第八十六条　任何单位不得给公安机关交通管理部门下达或者变相下达罚款指标；公安机关交通管理部门不得以罚款数额作为考核交通警察的标准。

公安机关交通管理部门及其交通警察对超越法律、法规规定的指令，有权拒绝执行，并同时向上级机关报告。

第七章　法律责任

第八十七条　公安机关交通管理部门及其交通警察对道路交通安全违法行为，应当及时纠正。

公安机关交通管理部门及其交通警察应当依据事实和本法的有关规定对道路交通安全违法行为予以处罚。对于情节轻微，未影响道路通行的，指出违法行为，给予口头警告后放行。

第八十八条　对道路交通安全违法行为的处罚种类包括：警告、罚款、暂扣或者吊销机动车驾驶证、拘留。

第八十九条　行人、乘车人、非机动车驾驶人违反道路交通安全法律、法规关于道路通行规定的，处警告或者五元以上五十元以下罚款；非机动车驾驶人拒绝接受罚款处罚的，可以扣留其非机动车。

第九十条　机动车驾驶人违反道路交通安全法律、法规关于道路通行规定的，处警告或者二十元以上二百元以下罚款。本法另有规定的，依照规定处罚。

第九十一条　饮酒后驾驶机动车的，处暂扣六个月机动车驾驶证，并处一千元以上二千元以下罚款。因饮酒后驾驶机动车被处罚，再次饮酒后驾驶机动车的，处十日以下拘留，并处一千元以上二千元以下罚款，吊销机动车驾驶证。

醉酒驾驶机动车的，由公安机关交通管理部门约束至酒醒，吊销机动车驾驶证，依法追究刑事责任；五年内不得重新取得机动车驾驶证。

饮酒后驾驶营运机动车的，处十五日拘留，并处五千元罚款，吊销机动车驾驶证，五年内不得重新取得机动车驾驶证。

醉酒驾驶营运机动车的，由公安机关交通管理部门约束至酒醒，吊销机动车驾驶证，依法追究刑事责任；十年内不得重新取得机动车驾驶证，重新取得机动车驾驶证后，不得驾驶营运机动车。

饮酒后或者醉酒驾驶机动车发生重大交通事故，构成犯罪的，依法追究刑事责任，并由公安机关交通管理部门吊销机动车驾驶证，终生不得重新取得机动车驾驶证。

第九十二条　公路客运车辆载客超过额定乘员的，处二百元以上五百元以下罚款；超过额定乘员百分之二十或者违反规定载货的，处五百元以上二千元以下罚款。

货运机动车超过核定载质量的，处二百元以上五百元以下罚款；超过核定载质量百分之三十或者违反规定载客的,处五百以上二千元以下罚款。

有前两款行为的,由公安机关交通管理部门扣留机动车至违法状态消除。

运输单位的车辆有本条第一款、第二款规定的情形,经处罚不改的,对直接负责的主管人员处二千元以上五千元以下罚款。

第九十三条　对违反道路交通安全法律、法规关于机动车停放、临时停车规定的,可以指出违法行为,并予以口头警告,令其立即驶离。

机动车驾驶人不在现场或者虽在现场但拒绝立即驶离,妨碍其他车辆、行人通行的,处二十元以上二百元以下罚款,并可以将该机动车拖移至不妨碍交通的地点或者公安机关交通管理部门指定的地点停放。公安机关交通管理部门拖车不得向当事人收取费用,并应当及时告知当事人停放地点。

因采取不正确的方法拖车造成机动车损坏的,应当依法承担补偿责任。

第九十四条　机动车安全技术检验机构实施机动车安全技术检验超过国务院价格主管部门核定的收费标准收取费用的,退还多收取的费用,并由价格主管部门依照《中华人民共和国价格法》的有关规定给予处罚。

机动车安全技术检验机构不按照机动车国家安全技术标准进行检验,出具虚假检验结果的,由公安机关交通管理部门处所收检验费用五倍以上十倍以下罚款,并依法撤销其检验资格;构成犯罪的,依法追究刑事责任。

第九十五条　上道路行驶的机动车未悬挂机动车号牌,未放置检验合格标志、保险标志,或者未随车携带行驶证、驾驶证的,公安机关交通管理部门应当扣留机动车,通知当事人提供相应的牌证、标志或者补办相应手续,并可以依照本法第九十条的规定予以处罚。当事人提供相应的牌证、标志或者补办相应手续的,应当及时退还机动车。

故意遮挡、污损或者不按规定安装机动车号牌的,依照本法第九十条的规定予以处罚。

第九十六条　伪造、变造或者使用伪造、变造的机动车登记证书、号牌、行驶证、驾驶证的,由公安机关交通管理部门予以收缴,扣留该机动车,处十五日以下拘留,并处二千元以上五千元以下罚款;构成犯罪的,依法追究刑事责任。

伪造、变造或者使用伪造、变造的检验合格标志、保险标志的,由公安机关交通管理部门予以收缴,扣留该机动车,处十日以下拘留,并处一千元以上三千元以下罚款;构成犯罪的,依法追究刑事责任。

使用其他车辆的机动车登记证书、号牌、行驶证、检验合格标志、保险标志的,由公安机关交通管理部门予以收缴,扣留该机动车,处二千元以上五千元以下罚款。

当事人提供相应的合法证明或者补办相应手续的,应当及时退还机动车。

第九十七条　非法安装警报器、标志灯具的,由公安机关交通管理部门强制拆除,予以收缴,并处二百元以上二千元以下罚款。

第九十八条　机动车所有人、管理人未按照国家规定投保机动车第三者责任强制保险的,由公安机关交通管理部门扣留车辆至依照规定投保后,并处依照规定投保最低责任限额应缴纳的保险费的二倍罚款。

依照前款缴纳的罚款全部纳入道路交通事故社会救助基金。具体办法由国务院规定。

第九十九条　有下列行为之一的,由公安机关交通管理部门处二百元以上二千元以下罚款:

(一)未取得机动车驾驶证、机动车驾驶证被吊销或者机动车驾驶证被暂扣期间驾驶机动车的；

（二）将机动车交由未取得机动车驾驶证或者机动车驾驶证被吊销、暂扣的人驾驶的；

（三）造成交通事故后逃逸，尚不构成犯罪的；

（四）机动车行驶超过规定时速百分之五十的；

（五）强迫机动车驾驶人违反道路交通安全法律、法规和机动车安全驾驶要求驾驶机动车，造成交通事故，尚不构成犯罪的；

（六）违反交通管制的规定强行通行，不听劝阻的；

（七）故意损毁、移动、涂改交通设施，造成危害后果，尚不构成犯罪的；

（八）非法拦截、扣留机动车辆，不听劝阻，造成交通严重阻塞或者较大财产损失的。

行为人有前款第二项、第四项情形之一的，可以并处吊销机动车驾驶证；有第一项、第三项、第五项至第八项情形之一的，可以并处十五日以下拘留。

第一百条 驾驶拼装的机动车或者已达到报废标准的机动车上道路行驶的，公安机关交通管理部门应当予以收缴，强制报废。

对驾驶前款所列机动车上道路行驶的驾驶人，处二百元以上二千元以下罚款，并吊销机动车驾驶证。

出售已达到报废标准的机动车的，没收违法所得，处销售金额等额的罚款，对该机动车依照本条第一款的规定处理。

第一百零一条 违反道路交通安全法律、法规的规定，发生重大交通事故，构成犯罪的，依法追究刑事责任，并由公安机关交通管理部门吊销机动车驾驶证。

造成交通事故后逃逸的，由公安机关交通管理部门吊销机动车驾驶证，且终生不得重新取得机动车驾驶证。

第一百零二条 对六个月内发生二次以上特大交通事故负有主要责任或者全部责任的专业运输单位，由公安机关交通管理部门责令消除安全隐患，未消除安全隐患的机动车，禁止上道路行驶。

第一百零三条 国家机动车产品主管部门未按照机动车国家安全技术标准严格审查，许可不合格机动车型投入生产的，对负有责任的主管人员和其他直接责任人员给予降级或者撤职的行政处分。

机动车生产企业经国家机动车产品主管部门许可生产的机动车型，不执行机动车国家安全技术标准或者不严格进行机动车成品质量检验，致使质量不合格的机动车出厂销售的，由质量技术监督部门依照《中华人民共和国产品质量法》的有关规定给予处罚。

擅自生产、销售未经国家机动车产品主管部门许可生产的机动车型的，没收非法生产、销售的机动车成品及配件，可以并处非法产品价值三倍以上五倍以下罚款；有营业执照的，由工商行政管理部门吊销营业执照，没有营业执照的，予以查封。

生产、销售拼装的机动车或者生产、销售擅自改装的机动车的，依照本条第三款的规定处罚。

有本条第二款、第三款、第四款所列违法行为，生产或者销售不符合机动车国家安全技术标准的机动车，构成犯罪的，依法追究刑事责任。

第一百零四条 未经批准，擅自挖掘道路、占用道路施工或者从事其他影响道路交通安全活动的，由道路主管部门责令停止违法行为，并恢复原状，可以依法给予罚款；致使通行的人员、车辆及其他财产遭受损失的，依法承担赔偿责任。

有前款行为，影响道路交通安全活动的，公安机关交通管理部门可以责令停止违法行为，迅速恢复交通。

第一百零五条 道路施工作业或者道路出现损毁，未及时设置警示标志、未采取防护措施，或者应当设置交通信号灯、交通标志、交通标线而没有设置或者应当及时变更交通信号灯、交通标志、交通标线而没有及时变更，致使通行的人员、车辆及其他财产遭受损失的，负有相关职责的单位应当依法承担赔偿责任。

第一百零六条 在道路两侧及隔离带上种植树木、其他植物或者设置广告牌、管线等，遮挡路灯、交通信号灯、交通标志，妨碍安全视距的，由公安机关交通管理部门责令行为人排除妨碍；拒不执行的，处二百元以上二千元以下罚款，并强制排除妨碍，所需费用由行为人负担。

第一百零七条 对道路交通违法行为人予以警告、二百元以下罚款，交通警察可以当场作出行政处罚决定，并出具行政处罚决定书。

行政处罚决定书应当载明当事人的违法事实、行政处罚的依据、处罚内容、时间、地点以及处罚机关名称，并由执法人员签名或者盖章。

第一百零八条 当事人应当自收到罚款的行政处罚决定书之日起十五日内，到指定的银行缴纳罚款。

对行人、乘车人和非机动车驾驶人的罚款，当事人无异议的，可以当场予以收缴罚款。

罚款应当开具省、自治区、直辖市财政部门统一制发的罚款收据；不出具财政部门统一制发的罚款收据的，当事人有权拒绝缴纳罚款。

第一百零九条 当事人逾期不履行行政处罚决定的，作出行政处罚决定的行政机关可以采取下列措施：

（一）到期不缴纳罚款的，每日按罚款数额的百分之三加处罚款；

（二）申请人民法院强制执行。

第一百一十条 执行职务的交通警察认为应当对道路交通违法行为人给予暂扣或者吊销机动车驾驶证处罚的，可以先予扣留机动车驾驶证，并在二十四小时内将案件移交公安机关交通管理部门处理。

道路交通违法行为人应当在十五日内到公安机关交通管理部门接受处理。无正当理由逾期未接受处理的，吊销机动车驾驶证。

公安机关交通管理部门暂扣或者吊销机动车驾驶证的，应当出具行政处罚决定书。

第一百一十一条 对违反本法规定予以拘留的行政处罚，由县、市公安局、公安分局或者相当于县一级的公安机关裁决。

第一百一十二条 公安机关交通管理部门扣留机动车、非机动车，应当当场出具凭证，并告知当事人在规定期限内到公安机关交通管理部门接受处理。

公安机关交通管理部门对被扣留的车辆应当妥善保管，不得使用。

逾期不来接受处理，并且经公告三个月仍不来接受处理的，对扣留的车辆依法处理。

第一百一十三条 暂扣机动车驾驶证的期限从处罚决定生效之日起计算；处罚决定生效前先予扣留机动车驾驶证的，扣留一日折抵暂扣期限一日。

吊销机动车驾驶证后重新申请领取机动车驾驶证的期限，按照机动车驾驶证管理规定办理。

第一百一十四条　公安机关交通管理部门根据交通技术监控记录资料，可以对违法的机动车所有人或者管理人依法予以处罚。对能够确定驾驶人的，可以依照本法的规定依法予以处罚。

第一百一十五条　交通警察有下列行为之一的，依法给予行政处分：

（一）为不符合法定条件的机动车发放机动车登记证书、号牌、行驶证、检验合格标志的；

（二）批准不符合法定条件的机动车安装、使用警车、消防车、救护车、工程救险车的警报器、标志灯具，喷涂标志图案的；

（三）为不符合驾驶许可条件、未经考试或者考试不合格人员发放机动车驾驶证的；

（四）不执行罚款决定与罚款收缴分离制度或者不按规定将依法收取的费用、收缴的罚款及没收的违法所得全部上缴国库的；

（五）举办或者参与举办驾驶学校或者驾驶培训班、机动车修理厂或者收费停车场等经营活动的；

（六）利用职务上的便利收受他人财物或者谋取其他利益的；

（七）违法扣留车辆、机动车行驶证、驾驶证、车辆号牌的；

（八）使用依法扣留的车辆的；

（九）当场收取罚款不开具罚款收据或者不如实填写罚款额的；

（十）徇私舞弊，不公正处理交通事故的；

（十一）故意刁难，拖延办理机动车牌证的；

（十二）非执行紧急任务时使用警报器、标志灯具的；

（十三）违反规定拦截、检查正常行驶的车辆的；

（十四）非执行紧急公务时拦截搭乘机动车的；

（十五）不履行法定职责的。

公安机关交通管理部门有前款所列行为之一的，对直接负责的主管人员和其他直接责任人员给予相应的行政处分。

第一百一十六条　依照本法第一百一十五条的规定，给予交通警察行政处分的，在作出行政处分决定前，可以停止其执行职务；必要时，可以予以禁闭。

依照本法第一百一十五条的规定，交通警察受到降级或者撤职行政处分的，可以予以辞退。

交通警察受到开除处分或者被辞退的，应当取消警衔；受到撤职以下行政处分的交通警察，应当降低警衔。

第一百一十七条　交通警察利用职权非法占有公共财物，索取、收受贿赂，或者滥用职权、玩忽职守，构成犯罪的，依法追究刑事责任。

第一百一十八条　公安机关交通管理部门及其交通警察有本法第一百一十五条所列行为之一，给当事人造成损失的，应当依法承担赔偿责任。

第八章　附　　则

第一百一十九条　本法中下列用语的含义：

（一）"道路"，是指公路、城市道路和虽在单位管辖范围但允许社会机动车通行的地方，包括广场、公共停车场等用于公众通行的场所。

（二）"车辆"，是指机动车和非机动车。

（三）"机动车"，是指以动力装置驱动或者牵引，上道路行驶的供人员乘用或者用于运送物品以及进行工程专项作业的轮式车辆。

（四）"非机动车"，是指以人力或者畜力驱动，上道路行驶的交通工具，以及虽有动力装置驱动但设计最高时速、空车质量、外形尺寸符合有关国家标准的残疾人机动轮椅车、电动自行车等交通工具。

（五）"交通事故"，是指车辆在道路上因过错或者意外造成的人身伤亡或者财产损失的事件。

第一百二十条　中国人民解放军和中国人民武装警察部队在编机动车牌证、在编机动车检验以及机动车驾驶人考核工作，由中国人民解放军、中国人民武装警察部队有关部门负责。

第一百二十一条　对上道路行驶的拖拉机，由农业（农业机械）主管部门行使本法第八条、第九条、第十三条、第十九条、第二十三条规定的公安机关交通管理部门的管理职权。

农业（农业机械）主管部门依照前款规定行使职权，应当遵守本法有关规定，并接受公安机关交通管理部门的监督；对违反规定的，依照本法有关规定追究法律责任。

本法施行前由农业（农业机械）主管部门发放的机动车牌证，在本法施行后继续有效。

第一百二十二条　国家对入境的境外机动车的道路交通安全实施统一管理。

第一百二十三条　省、自治区、直辖市人民代表大会常务委员会可以根据本地区的实际情况，在本法规定的罚款幅度内，规定具体的执行标准。

第一百二十四条　本法自 2004 年 5 月 1 日起施行。

附录 B　机动车注册、转移、注销登记/转入申请表

		申请人信息栏			
机动车所有人	姓名/名称			邮政编码	
	邮寄地址				
	手机号码			固定电话	
代理人	姓名/名称		手机号码		
		申请业务事项			
申请事项	□注册登记　　□注销登记　　□转移登记　　□车辆转入 □车辆转出　转出至：　　省（自治区、直辖市）　　市（地、州）				
号牌种类			号牌号码		
机动车	品牌型号		车辆识别代号		
	使用性质	□非营运　□公路客运　□公交客运　□出租客运　□旅游客运　□租赁　□教练 □接送幼儿　□接送小学生　□接送中小学生　□接送初中生　□危险货物运输　□货运 □消防　□救护　□工程救险　□警用　□出租营转非　□营转非			
机动车所有人及代理人对申请材料的真实有效性负责			机动车所有人（代理人）签字： 　　　　　年　　月　　日		

附录 C　机动车变更登记/备案申请表

号牌种类					号牌号码			
申请事项		变更后的信息						
□变更机动车所有人姓名/名称								
□共同所有的机动车变更所有人								
□住所在车辆管理所辖区内迁移								
□变更联系方式	邮寄地址： 邮政编码：					手机号码： 固定电话：		
□住所迁出车辆管理所管辖区域	转入：		省（自治区、直辖市）			市（地、州）		
□变更后的使用性质	□公路客运 □营转非 □救护	□公交客运 □出租营转非 □接送幼儿		□出租客运 □危险货物运输 □接送小学生	□旅游客运 □警用 □接送中小学生	□租赁 □消防	□货运 □工程救险 □接送初中生	□教练
□更换发动机	变更后的信息：							
□更换车身/车架								
□变更车身颜色								
□更换整车								
□重新打刻发动机号码						机动车所有人及代理人对申请材料的真实有效性负责		
□重新打刻车辆识别代号								
□变更身份证明名称/号码								
□加装肢体残疾人操纵辅助装置								
代理人	姓名/名称					机动车所有人（代理人）签字： 　　　　年　　月　　日		
	邮寄地址							
	邮政编码			手机号码				

附录 D 机动车牌证申请表

申请人信息栏					
机动车所有人	姓名/名称			邮政编码	
	邮寄地址				
	手机号码			固定电话	
代理人	姓名/名称			手机号码	
申请业务事项					
号牌种类				号牌号码	
申请事项		申请原因及明细			
号牌	☐补领	☐丢失	☐灭失	☐前号牌	☐后号牌
	☐换领	☐前号牌		☐后号牌	
行驶证	☐补领	☐丢失		☐灭失	
	☐换领				
登记证书	☐申领				
	☐补领	☐丢失	☐灭失	☐未获得	
	☐换领				
检验合格标志	☐申请	☐在登记地车辆管理所申请		☐在登记地以外车辆管理所申请	
	☐补领	☐丢失		☐灭失	
	☐换领				
机动车所有人及代理人对申请材料的真实有效性负责	机动车所有人（代理人）签字： 年　月　日				

附录 E　机动车驾驶证申请表

				受理岗签字签章				档案编号		
申请人信息	姓名				性别		出生日期		国籍	
	身份证明名称		号码							照片
			号码							
	邮寄地址									
	固定电话					电子信箱				
	移动电话					邮政编码				
申请业务种类	□初次申领		申请的准驾车型代号		属于持军警驾驶证、境外驾驶证申领的，还应填写所持驾驶证种类：					
	□增加准驾车型									
	□持军警驾驶证申领				□军队驾驶证　　□武警驾驶证					
	□持境外驾驶证申领				□香港驾驶证　□澳门驾驶证　□台湾驾驶证　□外国驾驶证					
	□证件损毁换证　□转入换证　□有效期满换证				换证时无法提交居住、暂住证明原因：					
	□达到规定年龄换证　□自愿降低准驾车型换证				申请的准驾车型代号					
	□因身体条件变化降低准驾车型换证									
	□信息变化换证		变更事项			变更内容				
	□信息备案		从业单位							
	□补证			□丢失　□其他		补证时无法提交居住、暂住证明原因：				
	□注销			□本人申请　□死亡　□身体条件不适合　□丧失民事行为能力　□其他						
	□注销最高准驾车型		原因	□发生交通事故造成人员死亡，承担同等以上责任						
				□连续三个记分周期不参加审验　□记满12分						
	□注销实习准驾车型			□延长的实习期内再次记6分以上但未达到12分						
	□恢复驾驶资格	准驾车型代号		□超过有效期一年以上未换证被注销未满两年						
				□未按规定提交体检证明被注销未满两年						
	□延期换证　□延期审验 □延期提交身体条件证明			□服兵役　□出国（境）　□其他						
	申请方式	□本人申请　□监护人申请　□委托_____代理申请								
委托代理人监护人信息	代理人/监护人姓名			身份证明名称			身份证明号码			
	联系地址						联系电话			
申告的义务和内容	机动车驾驶证申请人应当如实申告是否具有下列不准申请的情形： 一、器质性心脏病、癫痫病、美尼尔氏症、眩晕症、癔症、震颤麻痹、精神病、痴呆以及影响肢体活动的神经系统疾病等以妨碍安全驾驶 二、三年内有吸食、注射毒品行为或者解除强制隔离戒毒措施未满三年，或者长期服用依赖性精神药品成瘾尚未戒除 三、提供虚假申请材料，以欺骗等不正当手段申领机动车驾驶证 四、造成交通事故后逃逸构成犯罪 五、饮酒后或者醉酒驾驶机动车发生重大交通事故构成犯罪 六、醉酒驾驶机动车或者饮酒后驾驶营运机动车依法被吊销机动车驾驶证未满五年 七、醉酒驾驶营运机动车依法被吊销机动车驾驶证未满十年 八、因其他情形依法被吊销机动车驾驶证未满二年 九、驾驶许可依法被撤销未满三年 十、法律和行政法规规定的其他不准申请的情形 上述内容本人已认真阅读，本人不具有所列的不准申请的情形						申请人及代理人对申请材料的真实有效性负责			
							申请人签字：			
							年　　月　　日			
							代理人/监护人签字			
							年　　月　　日			

附录 F 道路交通安全违法行为记分分值

一、机动车驾驶人有下列违法行为之一，一次记 12 分：

1）驾驶与准驾车型不符的机动车的。

2）饮酒后驾驶机动车的。

3）驾驶营运客车（不包括公共汽车）、校车载人超过核定人数 20% 以上的。

4）造成交通事故后逃逸，尚不构成犯罪的。

5）上道路行驶的机动车未悬挂机动车号牌的，或者故意遮挡、污损、不按规定安装机动车号牌的。

6）使用伪造、变造的机动车号牌、行驶证、驾驶证、校车标牌或者使用其他机动车号牌、行驶证的。

7）驾驶机动车在高速公路上倒车、逆行、穿越中央分隔带掉头的。

8）驾驶营运客车在高速公路车道内停车的。

9）驾驶中型以上载客载货汽车、校车、危险物品运输车辆在高速公路、城市快速路上行驶超过规定时速 20% 以上或者在高速公路、城市快速路以外的道路上行驶超过规定时速 50% 以上，以及驾驶其他机动车行驶超过规定时速 50% 以上的。

10）连续驾驶中型以上载客汽车、危险物品运输车辆超过 4h 未停车休息或者停车休息时间少于 20min 的。

11）未取得校车驾驶资格驾驶校车的。

二、机动车驾驶人有下列违法行为之一，一次记 6 分：

1）机动车驾驶证被暂扣期间驾驶机动车的。

2）驾驶机动车违反道路交通信号灯通行的。

3）驾驶营运客车（不包括公共汽车）、校车载人超过核定人数未达 20% 的，或者驾驶其他载客汽车载人超过核定人数 20% 以上的。

4）驾驶中型以上载客载货汽车、校车、危险物品运输车辆在高速公路、城市快速路上行驶超过规定时速但未达 20% 的。

5）驾驶中型以上载客载货汽车、校车、危险物品运输车辆在高速公路、城市快速路以外的道路上行驶或者驾驶其他机动车行驶超过规定时速 20% 以上但未达到 50% 的。

6）驾驶货车载物超过核定载质量 30% 以上或者违反规定载客的。

7）驾驶营运客车以外的机动车在高速公路车道内停车的。

8）驾驶机动车在高速公路或者城市快速路上违法占用应急车道行驶的。

9）低能见度气象条件下，驾驶机动车在高速公路上不按规定行驶的。

10）驾驶机动车运载超限的不可解体的物品，未按指定的时间、路线、速度行驶或者未悬挂明显标志的。

11）驾驶机动车载运爆炸物品、易燃易爆化学物品以及剧毒、放射性等危险物品，未按指定的时间、路线、速度行驶或者未悬挂警示标志并采取必要的安全措施的。

12）以隐瞒、欺骗手段补领机动车驾驶证的。

13）连续驾驶中型以上载客汽车、危险物品运输车辆以外的机动车超过 4h 未停车休息或者停车休息时间少于 20min 的。

14）驾驶机动车不按照规定避让校车的。

三、机动车驾驶人有下列违法行为之一，一次记 3 分：

1）驾驶营运客车（不包括公共汽车）、校车以外的载客汽车载人超过核定人数未达 20% 的。

2）驾驶中型以上载客载货汽车、危险物品运输车辆在高速公路、城市快速路以外的道路上行驶或者驾驶其他机动车行驶超过规定时速但未达 20% 的。

3）驾驶货车载物超过核定载质量未达 30% 的。

4）驾驶机动车在高速公路上行驶低于规定最低时速的。

5）驾驶禁止驶入高速公路的机动车驶入高速公路的。

6）驾驶机动车在高速公路或者城市快速路上不按规定车道行驶的。

7）驾驶机动车行经人行横道，不按规定减速、停车、避让行人的。

8）驾驶机动车违反禁令标志、禁止标线指示的。

9）驾驶机动车不按规定超车、让行的，或者逆向行驶的。

10）驾驶机动车违反规定牵引挂车的。

11）在道路上车辆发生故障、事故停车后，不按规定使用灯光和设置警告标志的。

12）上道路行驶的机动车未按规定定期进行安全技术检验的。

四、机动车驾驶人有下列违法行为之一，一次记 2 分：

1）驾驶机动车行经交叉路口不按规定行车或者停车的。

2）驾驶机动车有拨打、接听手持电话等妨碍安全驾驶的行为的。

3）驾驶二轮摩托车，不戴安全头盔的。

4）驾驶机动车在高速公路或者城市快速路上行驶时，驾驶人未按规定系安全带的。

5）驾驶机动车遇前方机动车停车排队或者缓慢行驶时，借道超车或者占用对面车道、穿插等候车辆的。

6）不按照规定为校车配备安全设备，或者不按照规定对校车进行安全维护的。

7）驾驶校车运载学生，不按照规定放置校车标牌、开启校车标志灯，或者不按照经审核确定的线路行驶的。

8）校车上下学生，不按照规定在校车停靠站点停靠的。

9）校车未运载学生上道路行驶，使用校车标牌、校车标志灯和停车指示标志的。

10）驾驶校车上道路行驶前，未对校车车况是否符合安全技术要求进行检查，或者驾驶存在安全隐患的校车上道路行驶的。

11）在校车载有学生时给车辆加油，或者在校车发动机熄灭前离开驾驶座位的。

五、机动车驾驶人有下列违法行为之一，一次记 1 分：

1）驾驶机动车不按规定使用灯光的。

2）驾驶机动车不按规定会车的。

3）驾驶机动车载货长度、宽度和高度超过规定的。

4）上道路行驶的机动车未放置检验合格标志和保险标志，未随车携带行驶证和机动车驾驶证的。

附录 G 机动车驾驶人身体条件证明

申请人填报事项	申请人信息	姓名			性别		出生日期								国籍			
		身份证明名称				号码												
		申请/已具有的准驾车型代号					档案编号											
		邮寄地址					联系电话											
	申告事项	本人如实申告 □具有 □不具有 下列疾病或者情况 □器质性心脏病 □癫痫 □美尼尔氏症 □眩晕 □癔症 □震颤麻痹 □精神病 □痴呆 □影响肢体活动的神经系统疾病等妨碍安全驾驶疾病 □三年内有吸食、注射毒品行为或者解除强制隔离戒毒措施未满三年，或者长期服用依赖性精神药品成瘾尚未戒除 上述申告为本人真实情况和真实意思表示，如果不属实本人自愿承担相应的法律责任														现场照相			

医疗机构填写事项		身高/cm			辨色力		红绿色盲 □有 □无	（医疗机构章）		
	视力		左眼		是否矫正		□是 □否			
			右眼				□是 □否	年	月	日
	听力	佩戴助听装置 □是 □否	左耳		躯干和颈部		运动功能障碍 □有 □无			
			右耳							
	上肢	左上肢			下肢		左下肢			
		右上肢					右下肢			
							双下肢缺失或者丧失运动功能障碍是否能够自主坐立 □是 □否			

申请方式	□本人申请	□委托_____代理申请		
委托代理人信息	姓名		身份证明名称		号码	
	联系地址			电话	

申请人签字：　　　　　　　　　医生签字：　　　　　　　　　代理人签字：

参 考 文 献

[1] 吴祖谋,李双元. 法学概论[M]. 12版. 北京:法律出版社,2016.
[2] 公安部交通管理局. 中华人民共和国道路交通安全法适用指南[M]. 北京:中国人民公安大学出版社, 2003.
[3] 林平,林龙,赵玉梅. 车鉴:世界汽车发展的历程[M]. 北京:机械工业出版社,2012.
[4] 林平. 车味:世界经典名车鉴赏[M]. 北京:化学工业出版社,2012.
[5] 林平. 车标:世界著名汽车标志[M]. 北京:化学工业出版社,2012.
[6] 林平. 车魂:世界著名汽车人物[M]. 北京:化学工业出版社,2012.
[7] 林平. 车赛:世界著名汽车赛事[M]. 北京:化学工业出版社,2013.
[8] 林平. 车志:世界著名汽车公司[M]. 北京:化学工业出版社,2013.
[9] 林平. 汽车总动员:上册[M]. 2版. 北京:机械工业出版社,2012.
[10] 林平. 汽车总动员:下册[M]. 2版. 北京:机械工业出版社,2012.
[11] 林平. 车标图鉴:珍藏版[M]. 北京:机械工业出版社,2013.
[12] 林平,林龙,赵玉梅. 汽车标志大全[M]. 北京:电子工业出版社,2014.
[13] 林平. 老爷车总动员[M]. 北京:电子工业出版社,2015.
[14] 林平. 军车总动员[M]. 北京:电子工业出版社,2017.
[15] 林平. 汽车品牌标志总动员:上册[M]. 北京:电子工业出版社,2017.
[16] 林平. 汽车品牌标志总动员:下册[M]. 北京:电子工业出版社,2017.
[17] 林平. 汽车传奇故事[M]. 北京:电子工业出版社,2018.
[18] 林平. 汽车赛事风云[M]. 北京:电子工业出版社,2018.
[19] 林平. 汽车文化[M]. 北京:机械工业出版社,2018.